HEYNE <

Das Buch

Am 13. Mai 1943 sahen Reichsleiter Bormann und mehrere andere dabei zu, wie die Maschine, die Hitler von der Ostfront zurück zur Wolfsschanze brachte, in der Luft auseinanderbrach und explodierte. Doch Bormann bewahrte einen kühlen Kopf. Er gab vor, Hitler hätte ihm für einen solchen Fall genaue Anweisungen hinterlassen und nahm damit das weitere Schicksal Deutschlands und Europas in die Hand. Alles mußte wie ein raffiniertes Puzzlespiel ineinandergreifen, dann konnte der Coup gelingen. Damit wäre der Plan der Hitler-Attentäter, Hitler zu beseitigen, zwar erfolgreich, aber sinnlos gewesen. Doch auch die Attentäter haben ihre Pläne, und sie müssen aus dem Weg geräumt werden, gleichzeitig mit all denen, die von der Sache etwas wissen oder auch nur ahnen könnten – Bormann arbeitet am wohl größten Coup des Jahrhunderts.

Der Autor

Colin Forbes, geboren in Hampstead bei London, war zunächst als Werbefachmann und Drehbuchautor tätig, bevor er sich als Autor von Actionromanen weltweit einen Namen machte. Seine Politthriller werden heute in mehr als 20 Sprachen übersetzt. Colin Forbes lebt in Surrey.
Die meisten seiner Bücher sind im Wilhelm Heyne Verlag lieferbar.

COLIN FORBES

DAS DOUBLE

Roman

WILHELM HEYNE VERLAG
MÜNCHEN

HEYNE ALLGEMEINE REIHE
Nr. 01/6719

Titel der englishen Originalausgabe
THE LEADER AND THE DAMNED
Deutsche Übersetzung von Wulf Bergner

16. Auflage

Printed in Germany 2003
Umschlagillustration: Paul Robinson/Artist Partners
Umschlaggestaltung: Nele Schütz Design, München
Druck und Bindung: Elsnerdruck, Berlin

ISBN 3-453-02322-6

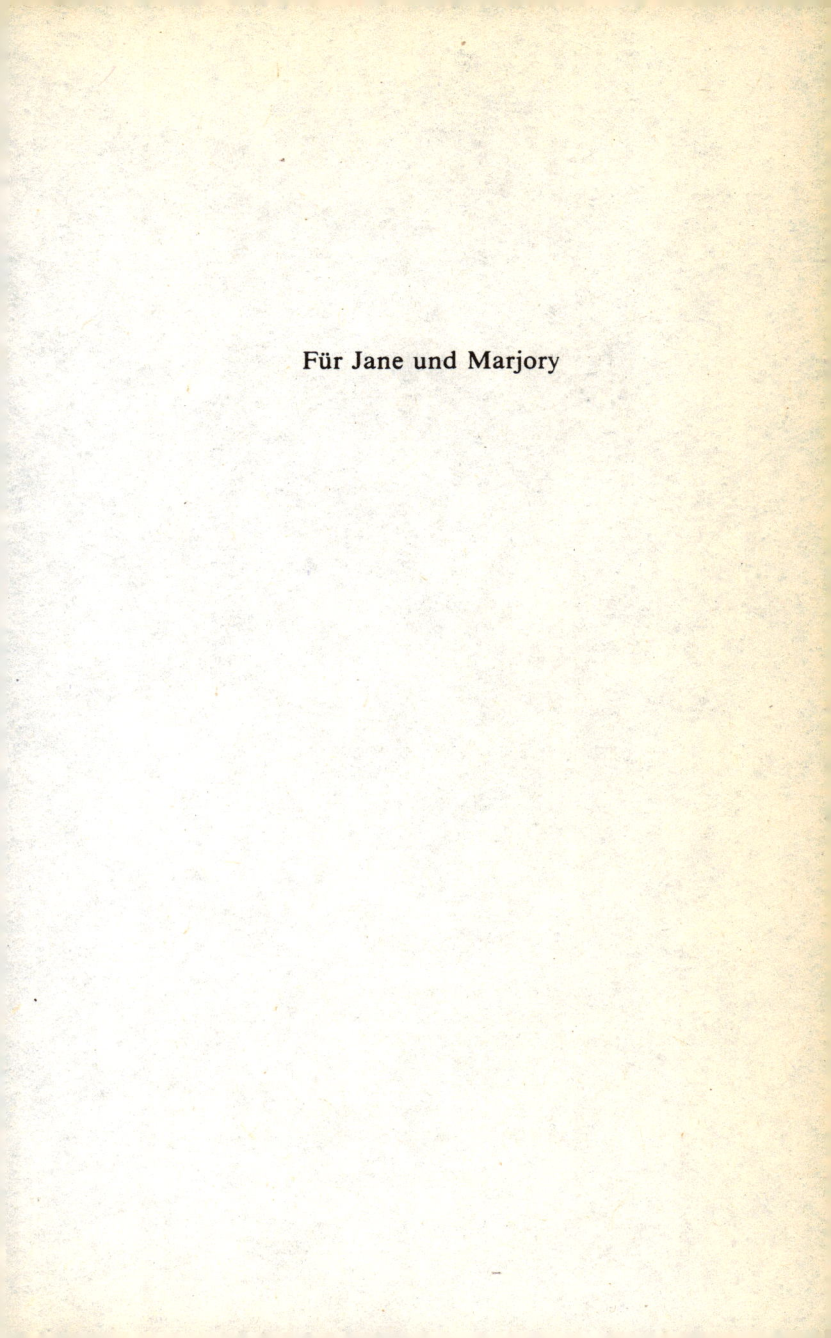

Für Jane und Marjory

INHALT

Teil I

Der Mann im Spiegel
Hitler

1

13. März 1943. Smolensk. Die Zeitbombe, die Adolf Hitler, den Führer und Obersten Befehlshaber der Wehrmacht, töten sollte, wurde mit größter Sorgfalt zusammengebaut.

Der schreckliche russische Winter dauerte an. Die Außentemperatur lag bei minus zwanzig Grad, während Hitler mit Generalfeldmarschall von Kluge und seinem Stab die nächste Offensive gegen die Rote Armee besprach. In der halben Ruine, in der die Lagebesprechung stattfand, herrschte trotz der zwei Ölöfen, die den Raum verpesteten, die Kälte eines Grabs. Doch Hitler in seinem langen Militärmantel und der Schirmmütze mit dem goldenen Adler, der ein Hakenkreuz in den Fängen hielt, war bester Laune.

»Wir werden den Russen schlagen, indem wir früher angreifen, als er erwartet«, erklärte er. »Wir vernichten ihn mit einem einzigen gewaltigen Schlag – weil wir mit zahlenmäßig überlegenen Kräften antreten, mehr Panzer aufbieten, mehr Geschütze und . . .«

»Mein Führer«, warf Kluge respektvoll ein, »ich halte es für meine Pflicht, Sie darauf aufmerksam zu machen, daß im Augenblick die Russen zahlenmäßig überlegen sind.«

»Richtig, im Augenblick.«

Hitler machte eine Pause, sah sich im Besprechungszimmer um und trat dann mit steifen Schritten an ein Fenster, dessen linke untere Scheibe nur notdürftig mit einem Zelttuchlappen abgedichtet war. Das steifgefrorene Tuch bewegte sich im Wind, dessen Heulen Hitlers Schweigen unterstrich. Das war eine typische dramatische Geste, der Trick eines Schauspielers, der sein Publikum in Spannung versetzte, bevor er eine sensationelle Mitteilung machte.

Hitlers Blick hing an einer scheinbar endlosen Kolonne russischer Kriegsgefangener, die von deutschen Soldaten bewacht durch den Schnee stampfte. Die weiße Hölle Rußlands war nur wenige hundert Meter weit sichtbar; dahinter verschwand sie in Schneeschauern. Jenseits der Gefangenenkolonne war gerade noch ein ebenfalls halb zerstörtes Gebäude mit eingestürztem Dach zu erkennen.

Hitler wandte sich unvermittelt ab, kehrte an den Tisch zurück und schlug mit der Faust auf die Lagekarte der Ostfront. Seine anfangs noch ruhige Stimme steigerte sich jetzt zu einem geifernden Bellen.

»Richtig, im Augenblick«, wiederholte er. »Was Sie noch nicht wissen, Kluge, was ich Ihnen persönlich mitteilen wollte, ist die Tatsache, daß Ihnen schon bald weitere vierzig Divisionen zur Verfügung stehen werden – darunter zehn Panzerdivisionen! Damit müssen Sie die Rote Armee binnen acht Wochen zerschlagen können!«

Kluge und seine Stabsoffiziere nahmen diese Ankündigung verblüfft auf. Der Generalfeldmarschall faßte sich als erster. Er formulierte seine Frage mit aller Vorsicht.

»Mein Führer, darf ich fragen, woher diese Divisionen, die in der Tat eine massive Verstärkung bedeuten, kommen werden?«

»Natürlich aus dem Westen!« bellte Hitler. »Der Marschbefehl wird erteilt, sobald ich wieder im Hauptquartier bin. Mit diesen frischen Infanterie- und Panzerdivisionen stehen Sie im Mai in Moskau! Ist erst einmal Moskau und damit der Knotenpunkt des russischen Eisenbahnnetzes in unserer Hand, ist Stalin erledigt!«

»Aber der Westen ist dann ungeschützt«, wandte Kluge ein. »Im Fall einer anglo-amerikanischen Landung könnte er nicht einmal . . .«

»Sie haben ein kurzes Gedächtnis, Kluge«, fiel ihm Hitler unwillig ins Wort. »Dieser gleiche Schachzug hat Erfolg gehabt, als wir 1939 Polen überrannt haben. Damals war die Westgrenze des Reiches auch ungeschützt. Damals haben die englischen und französischen Armeen auf dem Festland gestanden. Aber haben sie angegriffen? Nein! Alles ist so gekommen, wie ich's vorausgesagt hatte.«

»Aber wenn Churchill von diesem Truppenabzug erfährt . . .«

Hitler schien sich immer mehr in Rage reden zu wollen.

»Glauben Sie etwa, daß ich das übersehen habe? Überall im Westen werden bereits Scheinstellungen angelegt und Panzerbereitstellungen vorgetäuscht! Die feindliche Luftaufklärung in Frankreich und Belgien liefert dann Beweise dafür, daß unsere vierzig Divisionen noch im Westen stehen! Ein militärischer Geniestreich, Kluge! Und sobald Moskau gefallen ist, genügt eine Handvoll Divisionen, um die Überreste von Stalins Kräften einzukesseln und zu vernichten. Dafür haben Sie den ganzen Sommer lang Zeit. Danach werden hundertzwanzig Divisionen an die Westfront verlegt, um Churchill und seine amerikanischen Drahtzieher das Fürchten zu lehren.« Hitler machte erneut eine Kunstpause, bevor er wie beiläufig hinzufügte: »Vielleicht ernenne ich Sie dann zum Oberbefehlshaber West, Kluge.«

In dem anderen Gebäude, das Hitlers Blick zuvor gestreift hatte, war General Henning von Tresckow, der Chef des Stabes von Kluges Heeresgruppe Mitte, eben dabei, den Zeitzünder der von ihm zusammengebauten Bombe einzustellen. Leutnant Fabian von Schlabrendorff hielt inzwischen am Eingang Wache. Der junge Offizier – viele Jahre jünger als der General – war nervös.

»Woher wissen wir, wann er an Bord des Flugzeugs geht? Danach richtet sich schließlich die Einstellung des Zeitzünders. Die Bombe muß detonieren, solange er in der Luft ist – sonst sind wir erledigt . . .«

»Machen Sie sich darüber keine Sorgen«, beruhigte Tresckow den jungen Offizier, ohne seine Arbeit zu unterbrechen. »Der Führer fliegt unmittelbar nach der Besprechung in die Wolfsschanze zurück – ein Flug von achthundert Kilometern. Da kommt's bei der Detonation nicht auf die Minute an . . .«

»Und wenn er sich dazu entschließt, hier zu übernachten?«

»Das wird er nicht. Er entfernt sich nie länger als unbedingt nötig von seinem Hauptquartier. Er traut niemandem – er ist schon immer mißtrauisch gewesen.«

Und deshalb ist Hitler bisher auch allen Anschlägen auf sein Leben auf wundersam anmutende Weise entgangen, dachte von Tresckow. Aber diesmal konnte er zu Fall kommen; in Berlin warteten bestimmte Generale nur auf die Meldung vom Tod des Führers, um die Macht zu übernehmen.

Nachdem Tresckow sich davon überzeugt hatte, daß die Zeitbombe funktionieren würde, packte er sie mit zwei Cognacflaschen zu einem scheinbar harmlosen Paket zusammen. Damit verließ er das Gebäude in Begleitung seines Adjutanten und ging zum Flugplatz hinüber, auf dem die FW 200 Condor bereitstand, mit der Hitler nach Ostpreußen zurückfliegen würde.

Als er sich der Maschine näherte, wurde er von SS-Sturmbannführer Otto Reiter aufgehalten, der sich barsch erkundigte, was ihn herführe. General von Tresckow musterte den SS-Führer, in dessen blassem Gesicht die Backenknochen auffällig hervortraten, abweisend und hochmütig. Nach einigen Sekunden konnte Reiter diesen Blick nicht mehr ertragen; er senkte den Kopf und betrachtete das Paket, das der General ihm hinhielt.

»Ein kleines Geschenk für einen Kameraden in der Wolfsschanze, das ich ihm mit der Führermaschine zu schicken versprochen habe. Lassen Sie mich jetzt passieren – oder muß ich erst dienstlich werden? Ich kann mich auch an den Führer wenden und ihm erklären, daß Sie Ihre Befugnisse überschritten haben und ein Frontkommando das beste Mittel gegen Ihre Undiszipliniertheit wäre.«

Reiter, der in der Kälte kaum einen klaren Gedanken fassen konnte, trat bei dieser Drohung hastig zur Seite. Tresckow kletterte in die Condor hinauf, ging zwischen den in die Maschine eingebauten Spezialsitzen nach vorn, überzeugte sich mit einem Blick durch die angelaufenen Scheiben, daß Schlabrendorff den SS-Sturmbannführer in ein Gespräch verwickelt hatte, und schob sein Paket unter einen der

Sitze. Danach rückte er seine Mütze zurecht, verließ das Flugzeug, nieste heftig, als er an Reiter vorbeiging, und kehrte in seine Unterkunft zurück.

Tresckow hätte normalerweise an der Lagebesprechung teilnehmen müssen, aber er hatte sich im letzten Augenblick wegen einer Grippe bei Kluge entschuldigen lassen. Jetzt, in Abwesenheit seines Adjutanten Schlabrendorff, vor dem der General sich betont zuversichtlich gegeben hatte, änderte sich seine ganze Haltung. Er verbarg sein Gesicht in den Händen, als er auf sein Feldbett sank. So vieles konnte schiefgehen, und sein Kopf lag jetzt buchstäblich auf dem Richtblock.

Würde Reiter die Condor vor dem Abflug noch einmal durchsuchen? Er *schien* mit einem Blick auf die beiden aus dem Paket herausragenden Cognacflaschen zufrieden gewesen zu sein. Würde der Führer – wie schon so oft – den ursprünglichen Zeitplan in letzter Minute umstoßen? Der Mann besaß einen geradezu unheimlichen Instinkt, eine Art sechsten Sinn für drohende Gefahren. Bisher war er schon einem halben Dutzend auf ihn verübter Attentate entgangen. Gerüchteweise hatte Tresckow sogar gehört, Hitler besitze ein Double: einen Doppelgänger, der ihm täuschend ähnlich sehe. War das wirklich Adolf Hitler, der in diesem Augenblick Kluge und seinen Stab mit einem seiner geifernden Monologe anzufeuern versuchte?

Verdammt noch mal, ich bin doch früher nicht so voller Zweifel gewesen! dachte von Tresckow. Das mußte an dieser verfluchten russischen Kälte liegen, die einem so zusetzte, daß man kaum mehr logisch denken konnte. Er setzte sich auf, als es an die Tür klopfte. Schlabrendorff erschien auf der Schwelle.

»Er fliegt gleich ab! Er ist schon zum Flugzeug unterwegs!«

»Na, was hab' ich Ihnen gesagt?»

Der General stand auf, trat ans Fenster und legte seine Handfläche gegen die eiskalte Scheibe. Auch in diesem

Raum stank es nach den Verbrennungsgasen eines Ölofens. Tresckow hätte nicht sagen können, was er mehr haßte: diesen scheußlichen Gestank, der einen am Leben erhielt, oder die schreckliche Kälte, die einem jede Bewegung und sogar das Denken erschwerte. Er hielt seine Hand resolut gegen die schmerzhaft kalte Fensterscheibe, bis sie durch die Umrisse seines Handflächenabdrucks die verschwommene Gestalt des Führers erkennen konnten.

»Sie verstehen, Kluge«, wiederholte Hitler, »ein einziger gewaltiger Schlag mit massierten Infanterie- und Panzerkräften. Mit den Ihnen unterstellten Verbänden – der größten Kräftekonzentration dieses Krieges – stoßen Sie unaufhaltsam nach Moskau vor! In einem Zug bis nach Moskau! Gönnen Sie dem Gegner keine Atempause, geben Sie ihm keine Gelegenheit, sich zu erholen! Halten Sie sich nicht damit auf, Gefangene zu machen . . .« Sein hypnotischer Blick fixierte den Generalfeldmarschall. »Behalten Sie den 1940 in Frankreich gezeigten Angriffsschwung bei – überrollen Sie den Russen! Weiter, immer weiter, bis Sie die Kuppeln der Basiliuskathedrale im Visier Ihrer Geschütze haben!«

»Jawohl, mein Führer! Wir werden unser Bestes tun, sobald die von Ihnen angekündigten Verstärkungen eingetroffen sind.«

Hitler, der absichtlich in der bitteren Kälte ausharrte, um den anderen ein Beispiel zu geben, umklammerte Kluges Arm und sprach halblaut auf ihn ein. »Sie sind im Begriff, Geschichte zu machen. Noch in hundert Jahren werden Historiker über die zweite Schlacht um Moskau schreiben, durch die Stalin endgültig besiegt und der Kommunismus vom Antlitz der Erde getilgt worden ist!«

Kluge, einer der intelligentesten und erfahrensten Generale Hitlers, fühlte eine merkwürdige Erregung in sich aufsteigen. Die einzigartige Fähigkeit Hitlers, Untergebene zu begeistern, hatte sich auch diesmal bewährt. Der Generalfeldmarschall legte grüßend die Hand an die Mütze, während der Führer auf die bereitstehende Condor zuging.

Reiters schwerbewaffnete SS-Wache war zur Verabschiedung angetreten: Sie bildete ein Spalier, das Hitler langsam durchschritt, wobei er jedem einzelnen Mann ins Gesicht starrte. Die Kälte schien ihm nicht das geringste auszumachen; in seiner Wiener Elendszeit hatte er gelernt, seine Willenskraft einzusetzen, um alles körperliche Unbehagen zu überwinden. Am Fuß der Einstiegstreppe der FW 200 blieb Hitler jedoch stehen.

Irgend etwas stimmte hier nicht. Inmitten des lautlos fallenden Schnees sah er sich um. General von Tresckow hatte nicht an der Lagebesprechung teilgenommen. Er hatte sich wegen einer Grippe entschuldigen lassen. Weshalb fiel ihm das jetzt ein? Hitler stand unbeweglich da, ohne auf den schneidenden Ostwind zu achten, der sein Gesicht erstarren ließ. Die das Spalier bildenden SS-Männer standen ebenso unbeweglich mit zum Deutschen Gruß erhobenem Arm. In der Ferne konnte der Führer ein dumpfes Grollen hören: vom Ostwind bis nach Smolensk getragenen Geschützdonner an der Front.

General von Tresckow beobachtete diese Szene durch das Guckloch, das schon wieder beschlagen war. Er wagte nicht, nochmals eine Hand auf die Scheibe zu legen; diese Bewegung konnte gesehen werden – sie konnte sogar dem Führer auffallen, dem nichts zu entgehen schien.

»Er zögert . . . er ist mißtrauisch . . .«

In der Spannung des Augenblicks konnte Schlabrendorff nur flüstern. Wie hatten sie sich nur auf eine so verrückte Sache einlassen können?

»Ganz recht«, bestätigte Tresckow ernst. Er sah sich bereits vor einem Erschießungskommando stehen: aufrecht, ohne Orden, mit abgerissenen Schulterstücken . . . »Sein verdammter sechster Sinn ist wieder am Werk. Einfach unheimlich.«

Hitler war noch immer nicht in die Maschine gestiegen. Die erhobenen Arme der SS-Männer schienen erstarrt zu sein.

Generalfeldmarschall von Kluge und sein Stab standen noch immer dort, wo der Führer sich von ihnen verabschiedet hatte. Kluge empfand unvermindert eine Art freudiger Erregung. Vor Hitlers Ankunft war er deprimiert gewesen, denn je mehr Russen man tötete, desto mehr traten zu neuen Angriffen an. Der Rußlandfeldzug war zu einem Alptraum geworden.

Jetzt beschäftigte er sich in Gedanken mit dem neuen Angriffsplan. Je mehr er darüber nachdachte, desto überzeugter war er, daß die Offensive gelingen würde. Sie würde gelingen wie damals in Polen. Aber diesmal würden die deutschen Truppen einen kolossalen, welterschütternden Sieg erringen. Sie würden die gesamte Rote Armee mit einem einzigen Schlag vernichten.

Hitler hob plötzlich ebenfalls den rechten Arm. »Heil Hitler!« hallte es aus zwanzig Kehlen über den schneebedeckten Platz. Der Führer wandte sich wortlos ab, stieg die wenigen Stufen zur Tür hinauf und verschwand in seinem Flugzeug. Die Tür wurde geschlossen, während der Pilot die vorgewärmten Motoren anließ; die Einstiegstreppe wurde weggezogen, und die Condor holperte, Schneefahnen aufwirbelnd, über den vor kurzem geräumten Platz zum Start.

In der Maschine nahm Hitler seine Schirmmütze ab, zog den Mantel aus, gab beides einem Adjutanten, der den Schnee abschüttelte, und ging zwischen den Sitzen nach vorn. Er entschied sich für den Platz vor dem Sessel, unter den Tresckow die Zeitbombe gelegt hatte, und ließ sich seine Aktentasche bringen. Er brauchte eine Beschäftigung, um sich abzulenken: Er flog so ungern, wie er sich gern mit schnellen Wagen fahren ließ.

Der strenge Gesichtsausdruck, mit dem er die angetretenen SS-Männer gemustert hatte, war verschwunden. Obwohl er Flugzeuge nicht ausstehen konnte, lag auf seinem Gesicht jetzt ein Lächeln: das Lächeln, das so viele westliche Politiker bezaubert – und entwaffnet – hatte. Während er eine Übersichtskarte der in Frankreich, Belgien und den Niederlanden angelegten Scheinstellungen entfaltete, hob das Flugzeug ab.

Kluge und sein Stab standen weiter in der Kälte, bis die Maschine im Dunst und in den tiefhängenden Wolken verschwunden war.

General von Tresckow und Leutnant von Schlabrendorff wandten sich vom Fenster ab. Der jüngere Offizier wischte sich den Schweiß von der Stirn, und selbst der willensstarke Tresckow sank auf einen Stuhl.

»Wir haben's geschafft!« rief Schlabrendorff begeistert aus.

»Die Bombe muß noch detonieren«, wandte sein Vorgesetzter ein. Tresckow schüttelte seine Benommenheit ab, die eine Reaktion auf seine starke nervliche Anspannung war. »Und ich muß Olbricht in Berlin verständigen . . .«

Er verließ die Unterkunft und stapfte durch den Schnee zur Fernsprechvermittlung hinüber. Tresckow forderte den diensthabenden Feldwebel auf, ihn für kurze Zeit allein zu lassen, weil er ein vertrauliches Dienstgespräch zu führen habe. Sobald die Tür sich geschlossen hatte, rief er Berlin und verlangte, mit General Friedrich Olbricht – Chef des Allgemeinen Heeresamtes und stellvertretender Oberbefehlshaber des Ersatzheeres – verbunden zu werden.

»Tresckow«, sagte er knapp, als Olbricht sich meldete. »Das Geschenk, das ich Ihnen versprochen hatte, ist unterwegs . . .«

Er legte auf, sobald er die entscheidenden Worte gesprochen hatte, denn man mußte stets damit rechnen, daß die Gestapo Telefongespräche abhörte. Nun war alles in die Wege geleitet: Sobald Hitlers Tod in Berlin bekanntwurde, würde Olbricht losschlagen und mit seinen Truppen Schlüsselpositionen in der Reichshauptstadt wie das Kriegsministerium, den Rundfunk und das Ministerium für Volksaufklärung und Propaganda besetzen.

Als General von Tresckow die Vermittlungsstelle verließ, sah er kurz in die Richtung, in die Hitlers FW 200 auf ihrem langen Flug zur Wolfsschanze in Ostpreußen verschwunden war. Jetzt hing alles davon ab, ob die Bombe wie vorausberechnet detonierte.

2

13. März 1943. Auf dem einige Kilometer vom Führerhauptquartier Wolfsschanze entfernten Flugplatz Rastenburg stand Reichsleiter Martin Bormann, der Chef der Parteikanzlei, vor dem Kontrollturm und wartete auf die Ankunft des Flugzeugs mit dem Führer.

Neben ihm stand SS-Oberführer Alois Vogel, der Kommandant der SS-Wachen. Vogel, ein Hüne mit hagerem Gesicht und schmalen Lippen, trug seine schwarze SS-Uniform mit den Siegrunen auf dem rechten Kragenspiegel. Während er in dem knirschenden Schnee aufstampfte, um seine vor Kälte starren Füße zu wärmen, warf er einen ungeduldigen Blick auf seine Uhr. Er wischte ihr Glas mit dem behandschuhten Daumen ab, als es in der feuchtkalten Luft beschlug.

»Er müßte bald kommen«, stellte Vogel fest. »Wenn nur dieser verdammte Nebel nicht wäre . . .«

»Das ist um diese Jahreszeit normal«, antwortete Bormann gelassen, »und der Pilot des Führers versteht seine Sache.«

Der Nebel war tatsächlich nichts Außergewöhnliches. Von Dezember bis März lag diese unwirtlichste Ecke Deutschlands unter einer Schneedecke und in weißen Nebel gehüllt. Dadurch entstand eine unheimliche, seltsam gedämpfte Atmosphäre. Nebelschwaden zogen über den Flugplatz, rissen gelegentlich für einige Sekunden auf und gaben den Blick auf hohe Kiefernwälder frei. Im Gegensatz zu dem SS-Führer stand Bormann unbewegt, die Hände auf dem Rücken.

Bormann war ein untersetzter, stämmiger Mensch mit slawischen Gesichtszügen. Er ließ sich nur selten Gemütsempfindungen anmerken. Niemand wußte jemals, was Bormann dachte: Nach außen hin schien er lediglich der getreue Sekretär des Führers zu sein, der die Befehle seines Herrn weitergab und für ihre sofortige Durchführung sorgte. Aufmerksamere Beobachter nahmen jedoch bedrohlich wirkende Eigenschaften an dieser chamäleonartigen Persönlichkeit wahr. »Er ist Hitlers Schatten«, hatte ein General einmal festgestellt, »und der Schatten ist finsterer als der Mann, der ihn wirft.«

»Er kommt!« sagte Vogel plötzlich.

Er verließ seinen Platz neben Bormann, um den zwanzig bewaffneten SS-Männern der Leibwache des Führers noch einige kurze Anweisungen zu geben. Bormann drehte seinen Rundschädel etwas zur Seite. Vogel hatte recht: Durch den Nebel war das Brummen der Motoren einer den Platz anfliegenden Maschine zu hören. Es wurde rasch lauter. Bormann verschwand im Empfangsgebäude und kam mit einem Schäferhund an der Leine wieder zum Vorschein. Nach seinem langen Flug von Smolensk nach Rastenburg würde der Führer sich über das Wiedersehen mit seiner Schäferhündin Blondi freuen, die Bormann ihm selbst besorgt hatte, um Hitler über die Niederlage von Stalingrad hinwegzutrösten.

Durch kleine Aufmerksamkeiten dieser Art hatte Bormann seine Stellung als Hitlers Privatsekretär gefestigt; er war der Mann, über dessen Schreibtisch die meisten Führerbefehle liefen. Bormann hatte sich sogar Hitlers Schlafrhythmus angewöhnt, so daß er in der Wolfsschanze stets an der Seite des Führers zu finden war. Die Tatsache, daß Göring, Himmler und alle übrigen Nazigrößen ihn haßten, störte ihn keineswegs. Er hatte den Ehrgeiz, Hitlers Schatten zu sein – unweigerlich gegenwärtig, wenn wichtige Entscheidungen getroffen wurden.

»Die Maschine muß gleich landen!« rief Vogel ihm zu. »Soll ich das Hauptquartier benachrichtigen?«

»Nein, überlassen Sie das mir.«

Bormann blieb, wo er war, und suchte den wolkenverhangenen Himmel nach dem Flugzeug ab, das jetzt schon ganz nahe sein mußte. Ein leichter Wind war aufgekommen und zerteilte den Nebel, so daß die Landebahn plötzlich gut zu sehen war.

Hitler hat wieder mal Glück! dachte Bormann spöttisch. Der Flugplatz hatte den ganzen Tag im Nebel gelegen, aber nun würde der Pilot keine Mühe haben, die Maschine sicher herunterzubringen. Die Schäferhündin zerrte an der Leine, als spüre sie die Nähe ihres Herrn. »Platz, Blondi!« fuhr Bormann sie an, während seine kalten Augen weiter nach dem Flugzeug Ausschau hielten.

An Bord der FW 200 Condor hatte Adolf Hitler seinen Militärmantel angezogen und die Schirmmütze aufgesetzt. Sein Gesichtsausdruck war streng und arrogant: das Gesicht eines Welteroberers vor der Begrüßung durch seine Prätorianergarde. Keiner seiner wenigen mitfliegenden Mitarbeiter hätte erraten können, daß der Führer in diesem Augenblick ein Nervenbündel war. Er haßte Landungen womöglich noch mehr als Starts. Seine blaugrünen Augen zwinkerten. Er hatte bei einem Blick aus dem Fenster erkannt, daß die Maschine über Kiefernwälder dahinzog.

Unten auf dem Flugplatz hatte Bormann die viermotorige Condor im Sinkflug erkannt. Sie war kurz sichtbar und verschwand dann wieder, als der Pilot in der Platzrunde zum Endanflug eindrehte. Ein Blick übers Vorfeld, auf dem Vogel bereits seine Männer zum Empfang des Führers aufgestellt hatte, ließ Bormann die Spannung und Aufregung spüren, die unweigerlich mit solchen Anlässen verknüpft waren.

Welche Nachrichten würde Hitler von der Ostfront zurückbringen? Wenige Minuten vor seinem Abflug aus Rastenburg hatte er den Chef der Parteikanzlei beiseite genommen und ihm andeutungsweise von seinen Plänen erzählt – ein äußerst ungewöhnliches Ereignis. Normalerweise behielt Hitler alle großen strategischen Entscheidungen bis zum Augenblick ihrer Bekanntgabe eisern für sich.

»Bormann«, hatte er vertraulich gesagt, »wir stehen am

Vorabend einer Großoffensive, die in diesem Krieg eine Wende zu unseren Gunsten herbeiführen wird – ein so kühner Angriff, daß er eines Friedrich des Großen oder Napoleon würdig wäre . . .«

»Ich warte gespannt auf Ihre Rückkehr«, hatte Bormann ihm versichert.

Das Flugzeug kam wieder in Sicht: erheblich tiefer und nur noch einen Kilometer von der Platzgrenze entfernt. Es befand sich in steilem Sinkflug, als es erneut in Nebelschwaden eintauchte. Bormann, der reglos stehengeblieben war, sah einen grellweißen Lichtblitz den Nebel zerteilen. Er konnte sogar schemenhaft beobachten, wie das Flugzeug in der Luft auseinanderbrach, bevor ein gedämpfter Explosionsknall seine Ohren erreichte. Dann schloß die Nebelwand sich wieder. Über dem weiten Platz lag unheimliches Schweigen.

Bormann war wie gelähmt und zu keiner Bewegung fähig, aber der Schäferhund riß sich aufjaulend los und rannte mit nachschleifender Leine in die Richtung, aus der die Explosion zu hören gewesen war. Blondis Flucht weckte Bormann aus seiner Erstarrung. Er brüllte Vogel hastig einige Befehle zu.

»Schicken Sie zwei Mann auf den Kontrollturm! Sperren Sie sofort sämtliche Nachrichtenverbindungen! Lassen Sie den gesamten Platz abriegeln! Niemand darf ihn betreten oder verlassen! Danach kommen Sie mit mir!«

Vogel reagierte augenblicklich; er erteilte rasch seine Befehle und hastete dann hinter Bormann her, der inzwischen zu einem Halbkettenfahrzeug neben dem Kontrollturm gelaufen war. Dieses eigenartige Fahrzeug – vorn mit lenkbaren Rädern, hinten mit Gleisketten – war sehr geländegängig. Bormann saß bereits hinter dem Lenker, als Vogel mit seiner Warnung eintraf.

»Vielleicht ist die Detonation auch in der Wolfsschanze gehört worden . . .«

Bormann überlegte kurz und ließ den Motor im Leerlauf

weiterlaufen, während Vogel neben ihm einstieg. »Kempner!« rief er dann dem SS-Untersturmführer zu, der den Halbzug führte. Er betrachtete den SS-Führer, der im Laufschritt herankam und sich vor ihm aufbaute. Der Mann wirkte nicht übermäßig aufgeregt. Bormann traf eine weitere rasche Entscheidung.

»Kempner, Sie fahren in die Wolfsschanze zurück. Melden Sie dort, daß die Maschine des Führers wegen des schlechten Wetters nicht landen konnte – daß sie auf einem Ausweichflugplatz gelandet ist. Und falls jemand von einer Explosion spricht, sagen Sie einfach, das sei eine durch einen Fuchs ausgelöste Mine gewesen . . .«

Das war eine völlig glaubwürdige Erklärung. Die Wolfsschanze war durch Minenfelder abgeriegelt, und es hatte schon häufig Fehlalarm gegeben, weil Füchse Minen zur Detonation gebracht hatten. Während Kempner zu seinem Kübelwagen lief, fuhr Bormann mit dem Halbkettenfahrzeug an und hielt nochmals kurz, um drei SS-Männer einsteigen zu lassen.

Wenig später ratterte das Fahrzeug einen verschneiten Waldweg entlang. Der Flugplatz hinter ihnen war längst wieder vom Nebel verschluckt worden, der auch hier zwischen den Bäumen hing. Bormann brauchte nicht weit zu fahren. Unvermittelt erreichten sie eine Lichtung, auf der abgeknickte Baumstämme wie verstümmelte Gliedmaßen zum Himmel aufragten. Als er das Halbkettenfahrzeug zum Stehen brachte, hatten sie ein Bild des Schreckens vor sich.

Überall lagen Flugzeugtrümmer verstreut. Die Maschine mußte sich dicht über den Bäumen befunden haben, als sie explodiert war – und die Druckwelle der Explosion war durch die Bodennähe noch verstärkt worden. In vielen der umstehenden Bäume hingen Leichenteile. Der Nebel stank nach Benzin und verbranntem Fleisch. Die Schäferhündin Blondi lief jaulend und schnüffelnd durch dieses Leichenfeld. Bormann und Vogel stiegen aus; die SS-Männer folgten ihnen widerstrebend.

»Das kann er nicht überlebt haben«, sagte Bormann langsam.

»Was tun wir jetzt?« fragte Vogel.

»Augenblick, lassen Sie mich nachdenken ...«

Bormann war durch sein Verwaltungs- und Organisationstalent zum Leiter der Parteikanzlei aufgestiegen und Hitlers rechte Hand geworden. Der Führer haßte die Kärrnerarbeit notwendiger Verwaltungsaufgaben und hatte sich angewöhnt, sie weitgehend dem Chef seiner Kanzlei zu überlassen. Er erteilte Befehle, die Bormann schriftlich ausarbeitete und verbreitete – ein Verfahren, das Bormann die Möglichkeit gab, jede beliebige Anweisung zu erteilen, solange sie nur mit der Zauberformel »Auf Befehl des Führers« begann.

In diesem Augenblick hielt er das Schicksal Deutschlands in den Händen und bewies, aus welchem Holz er geschnitzt war. Während er im Schnee stand, die nebelverhangene Absturzstelle betrachtete und den Leichengestank in der Nase hatte, arbeitete sein Verstand mit der Präzision eines Uhrwerks.

»Vogel, lassen Sie das gesamte Gebiet absperren. Wer es zu betreten versucht, wird erschossen! Lassen Sie Lastwagen kommen und alles abtransportieren. Räumen Sie hier gründlich auf. Sämtliche Trümmer und Leichenteile werden weggeschafft und an einem einsamen Ort verbrannt. Sie sind mir dafür verantwortlich, daß keine ...«

Er wurde von einem der SS-Männer unterbrochen, der aus dem Nebel herangestolpert kam. Der Mann war so mitgenommen, daß er vergaß, vor Bormann strammzustehen. Er kämpfte gegen einen Würgreiz an und konnte kaum sprechen.

»Was gibt's?« fragte Bormann scharf. »Reißen Sie sich gefälligst zusammen, Mann!«

»Müller zwo hat den Kopf des Piloten in seiner Fliegerhaube gefunden – nur den Kopf ...«

»Der fliegt als erstes auf einen der Lastwagen«, erklärte Bormann brutal.

»Ich hab' hier noch was«, stieß der SS-Mann hervor. Er zeigte ihnen, was er hinter dem Rücken versteckt gehalten hatte: eine Aktentasche, deren Griff noch immer von den Überresten einer Hand umklammert wurde. »Sie gehört dem Führer . . .«

Bormann griff danach, ohne den geringsten Widerwillen zu zeigen, und tastete die Aktentasche von außen ab, bevor er sie aufriß. Die Hand fiel mit dem dabei abgerissenen Griff in den Schnee.

Reichsleiter Bormann untersuchte den Inhalt der angesengten Aktentasche. Ja, sie hatte dem Führer gehört – er erkannte die Karten von Westeuropa, die er Hitler auf dessen Wunsch vor dem Abflug nach Smolensk eingepackt hatte. Er drückte die Tasche Vogel in die Hand.

»Die kommt zu den Sachen, die verbrannt werden.« Bormann deutete auf die verstümmelte Hand im Schnee. »Das hier auch . . .«

Vogel war entsetzt. »Aber er muß doch anständig bestattet werden – er hat Anspruch auf ein Staatsbegräbnis!«

Bormann starrte ihn finster an. »Glauben Sie etwa, daß ein Genie wie der Führer die Möglichkeit, daß er eines Tages einem Attentat zum Opfer fallen könnte, nicht vorausbedacht hat? Können Sie sich nicht denken, daß er für diesen Fall genaue Anweisungen hinterlassen hat?« log er überzeugend.

»Ich . . . ich bitte um Entschuldigung, Reichsleiter«, stammelte der SS-Oberführer.

»Sie sollen sich nicht entschuldigen, sondern Ihre Pflicht tun«, wehrte Bormann eisig ab. »Ihre persönliche Zukunft hängt davon ab, wie gut Sie meine Anordnungen ausführen. Ich handle auf Befehl des Führers«, fügte er rasch hinzu.

»Jawohl, Reichsleiter! Ich veranlasse sofort alles Nötige«, antwortete Vogel eifrig.

»Sobald die abtransportierten Trümmer und sonstigen Überreste verbrannt sind«, fuhr Bormann fort, »versenken Sie die Lastwagen im nächsten See.«

»Aber das hier bleibt doch . . .« Vogels Handbewegung

umfaßte die abgeknickten Baumstämme und angesengten Kiefern, die im Nebel die Zweige hängen ließen.

»Sie bringen eine Mine her und lassen sie hier hochgehen – das genügt als Erklärung für die Schäden.«

Bormann ließ den SS-Führer stehen, kletterte in das Halbkettenfahrzeug und verließ die Absturzstelle, diesen Ort des Grauens.

Das alles geschah am 13. März 1943. Adolf Hitler war tot – mehr als zwei Jahre vor Kriegsende.

3

Martin Bormann saß im Nervenzentrum des weitverzweigten Machtapparats, der die Bewegungen von Millionen von Soldaten, riesiger Luftflotten und gewaltiger Panzer- und Artilleriekonzentrationen steuerte – eine der größten Kriegsmaschinen in der Geschichte der Menschheit.

Er saß in der sogenannten Lagebaracke, einem ebenerdigen Holzbau mit dem Raum, in dem Hitler zweimal täglich – mittags und um Mitternacht – seine Lagebesprechungen abhielt. Weiterhin war in der Baracke eine Telefonvermittlung, durch die Führerbefehle bis in den letzten Winkel seines Riesenreichs hinausgingen, eine Garderobe, eine Toilette und ein als Wartezimmer dienender Vorraum.

Die Lagebaracke stand im Mittelpunkt des Sperrkreises I der schwerbewachten Wolfsschanze und war durch drei Stacheldrahtzäune und einen Minengürtel geschützt. Ausgesuchte SS-Wachen patrouillierten entlang seiner Peripherie, und die drei Kontrollstellen waren nur mit einem Sonderausweis zu passieren, der von Himmlers Sicherheitschef ausgestellt wurde.

Bormann saß allein vor dem Telefon im Lagerraum und überlegte sorgfältig, bevor er den Hörer abnahm und die Befehle erteilte, von denen das Schicksal Deutschlands abhing.

Bisher hatten seine Vorsichtsmaßnahmen verhindert, daß die Katastrophe bekanntgeworden war. Kempner, der von ihm entsandte junge SS-Untersturmführer, hatte offenbar glaubwürdig gemeldet, die Maschine des Führers habe wegen Nebels auf einem Ausweichflugplatz landen müssen.

Bei seiner Rückkehr in die Wolfsschanze war Bormann Generaloberst Alfred Jodl, dem Chef des Wehrmachtsführungsstabs, begegnet.

»Das ist wohl wieder eine seiner plötzlichen Terminänderungen, mit denen er etwaige Attentate vereiteln will?«

»Schon möglich«, hatte Bormann geantwortet.

»Und die nächste Lagebesprechung mit dem Führer findet morgen mittag statt?«

»Ja, das ist vorgesehen«, hatte Bormann zurückhaltend bestätigt.

Jetzt saß der pedantische Leiter der Parteikanzlei allein in der Lagebaracke und studierte nochmals die Namen, die er sich auf einem Schreibblock notiert hatte. Die Wahl des richtigen Zeitpunkts war entscheidend, wenn sein Coup klappen sollte – alles mußte wie ein raffiniertes Puzzlespiel ineinandergreifen. Er studierte die Namen erneut.

Kommandant Berghof
Kuby
Reiter, Smolensk
Schulz, Berlin
Vogel, Wolfsschanze

Seine Entscheidung stand fest. Bormann nahm den Telefonhörer ab und ließ sich mit dem Kommandanten des Berghofs, Hitlers Refugium auf dem Obersalzberg bei Berchtesgaden, verbinden. Sein Gespräch mit dem Kommandanten war knapp und aufs Notwendigste beschränkt.

». . . Kuby wird morgen mit einer Condor hergeflogen – es muß eine Condor sein –, die genau die von mir angegebenen Kennzeichen trägt. Geben Sir mir jetzt Kuby selbst . . .«

Heinz Kuby erteilte er ebenso kurze und präzise Anweisungen: »Ich hole Sie persönlich auf dem Flugplatz ab und gebe Ihnen weitere Instruktionen, bevor wir zur Wolfsschanze fahren.«

»Seien Sie unbesorgt – ich weiß, was ich zu tun habe«, antwortete die vertraute Stimme. »Das Schicksal Deutschlands liegt in meiner Hand.«

»Übertreiben Sie nur nicht!« wehrte Bormann eisig ab. »Alles hängt von meiner Einweisung nach Ihrer Ankunft in Rastenburg ab.«

Er legte auf. Trotz der Zurechtweisung, die er Kuby hatte erteilen müssen, fühlte Bormann sich erleichtert, weil er plötzlich erkannte, daß er erstmals selbst vom Gelingen seines Plans überzeugt war. Die Sache mußte auch klappen, sonst war er binnen weniger Tage ein toter Mann! Sein nächster Anruf war das riskante Gespräch mit Otto Reiter, dem Kommandanten der SS-Wache in Smolensk. Aber Bormanns Trick würde darin bestehen, Reiter möglichst viel erzählen zu lassen. Er hakte den Kommandanten des Berghofs und Kuby von seiner Liste ab, während er auf die Verbindung nach Smolensk wartete.

»Reichsleiter Bormann«, meldete er sich, als Reiter am Apparat war. »Ich rufe auf Befehl des Führers an. Sie haben das Kommando geführt, das sein Flugzeug bewacht hat, während er bei der Besprechung mit Generalfeldmarschall von Kluge gewesen ist?«

»Jawohl, Reichsleiter. Ich habe persönlich alle Kontrollen überwacht, solange die Maschine hier auf dem Platz gestanden hat.« Reiters Stimme klang stolz, fast arrogant. Bormann lächelte schwach; dieser Idiot hoffte offenbar auf eine Beförderung oder einen Orden.

»Ist irgendwas Ungewöhnliches passiert, solange das Flugzeug am Boden gestanden hat? Ist jemand in seine Nähe gekommen oder an Bord gegangen?«

»Ist irgendwas nicht in Ordnung, Reichsleiter?« Die Arroganz war Besorgnis gewichen.

»Ja – Sie haben meine Frage nicht beantwortet.«

Reiter verhaspelte sich fast, so eilig sprudelte er seine Meldung heraus. »Mir fällt nichts Ungewöhnliches ein, Reichsleiter. Ich kann Ihnen versichern, daß die strengsten Sicherheitsvorkehrungen getroffen worden sind. Als General von Tresckow ein Paket an Bord gebracht hat, hab' ich's persönlich untersucht. Er hat sich darüber geärgert, das können Sie mir glauben! Aber ich weiß, was meine Pflicht ist, Reichsleiter. Sein für einen Kameraden in der Wolfsschanze bestimmtes Geschenk hat aus zwei Flaschen Cognac bestanden – zwei Flaschen Courvoisier, um es genau zu sagen. Außer ihm hat niemand das Flugzeug betreten, bis der Führer wieder aus Smolensk abgeflogen ist ...«

»Diese Sache hat natürlich nichts mit General von Tresckow zu tun«, flocht Bormann geschickt ein. »Aus der Aktentasche des Führers scheint eine Karte verschwunden zu sein – aber ich bin jetzt davon überzeugt, daß sie hier zu finden sein muß.«

»Meine Aussage kann Leutnant von Schlabrendorff bestätigen, der über Berlin zur Wolfsschanze unterwegs ist – er ist General von Tresckows Adjutant ...«

Bormann erstarrte. Er war sich darüber im klaren, daß Schlabrendorffs Besuch verhindert werden mußte, bis das Flugzeug mit Kuby aus Salzburg eingetroffen war. Später würde Tresckows Adjutant daran gehindert werden, die Führermaschine zu betreten, worauf er nach Berlin zurückkehren und – um seinen Mißerfolg nicht eingestehen zu müssen – seinem Vorgesetzten melden würde, er habe die nicht detonierte Bombe entfernt, im Zug auseinandergenommen und die Teile aus dem Fenster geworfen. Bormann hatte sich wieder gefangen.

»Verbinden Sie mich jetzt mit Generalfeldmarschall von Kluge.«

Als Kluge sich meldete, erklärte Bormann ihm, mit seinem Blick für kleinste Details sei dem Führer in Smolensk aufgefallen, daß Otto Reiter seinen Dienst nachlässig tue. »Veranlassen Sie bitte, daß er sofort zu einer Fronteinheit der Waffen-SS versetzt wird. Das ist ein Befehl des Führers!«

Kluge, erstaunt und etwas irritiert, daß Hitler sich um solche Kleinigkeiten kümmerte, sorgte sofort dafür, daß Reiter seinen Marschbefehl erhielt, aber der SS-Führer erreichte die Front nicht mehr. Auf der Fahrt dorthin griffen sowjetische Schlachtflieger die deutsche Kolonne an und erzielten einen Volltreffer auf seinen Wagen.

Bormanns nächster Anruf galt Rainer Schulz, dem Kommandeur einer gerade in Berlin stationierten SS-Sondereinheit. Auch dieses Gespräch dauerte nicht lange, aber diesmal redete vor allem Bormann.

»... Als Sie hier waren, Schulz, haben wir eine Rundfahrt mit dem Kübelwagen gemacht, Sie kennen die Stelle ... der See, der eigentlich ein großer Sumpf ist ... Sie und Ihre Leute bleiben in Deckung, bis sie die Lastwagen versenkt haben ...«

»Das erscheint mir doch als extreme Maßnahme«, wandte der SS-Führer ein. »Die Erschießung von nicht weniger als zwanzig Mann ...«

»Von denen einer, wie ich Ihnen bereits gesagt habe, ein Spion ist! Da wir nicht feststellen können, welcher es ist, müssen alle dran glauben. Ihnen ist doch klar, daß dieser Mann Zugang zur Wolfsschanze hat?« Bormann machte eine Pause. »Sie und Ihre Leute machen natürlich einen weiten Bogen um die Wolfsschanze. Sobald Ihr Auftrag ausgeführt ist, fliegen Sie nach Berlin zurück und bewahren strengstes Schweigen. Das ist ein ausdrücklicher Befehl des Führers!«

»Jawohl, Reichsleiter! Heil Hitler!«

»Noch etwas, Schulz. Wir haben ein weiteres Mitglied der Untergrundbewegung entlarvt – keinen Geringeren als den Kommandanten des Berghofs. Sofort nach Ihrer Rückkehr nach Berlin fliegen Sie allein nach Berchtesgaden und erledigen auch ihn. Die Sache muß nach einem Unfall aussehen, verstanden?«

»Wird gemacht, Reichsleiter ...«

In der Nacht zum 14. März trieb SS-Oberführer Alois Vogel, der Kommandant der SS-Wache des Führerhauptquartiers, die Männer, die zum Empfang des Führers auf dem Flugplatz gewesen waren, bei bitterer Kälte unbarmherzig an, sämtliche Spuren des Flugzeugabsturzes zu beseitigen. Mit Hilfe von starken, auf drei LKWs montierten Scheinwerfern wurde das Gelände sorgfältig nach Flugzeugtrümmern und Leichenteilen abgesucht.

Erst kurz vor Tagesanbruch war Vogel nach einem letzten Rundgang davon überzeugt, daß seine Männer sämtliche Beweise für einen Flugzeugabsturz beseitigt hatten.

»Mine legen und zünden«, wies er einen der SS-Männer an, während die drei schweren LKWs in sicherer Entfernung auf der zum See hinunterführenden Waldstraße abgestellt wurden. Die Mine war tief eingegraben, um den Detonationsknall zu dämpfen. Die Druckwelle knickte einige weitere Bäume – aber nun gab es eine Erklärung für die angerichtete Verwüstung, falls jemand zufällig in dieses abgelegene Waldgebiet kam.

»Zum See!« rief Vogel und kletterte ins Fahrerhaus des letzten Lastwagens.

Um vier Uhr am Morgen des 14. März hatten Vogel und seine zwanzig SS-Männer den ersten Teil ihres Auftrags ausgeführt. Die Ladung der drei Lastwagen – die Überreste der Condor und ihrer Passagiere – war in den Schnee am Seeufer gekippt, mit Benzin übergossen und verbrannt worden. Die verkohlten Reste hatten sie wieder auf die LKWs geschaufelt.

»Jetzt brauchen wir nur noch die Lastwagen zu versenken«, erklärte Vogel seinen erschöpften Männern. »Je schneller wir damit fertig sind, desto schneller kommen wir in unsere warmen Betten . . .«

Der Fahrer des ersten LKWs ließ seinen Motor aufheulen und überzeugte sich davon, daß die Fahrertür weit offen war. Im Licht seiner Scheinwerfer sah er Nebelschwaden aus dem dunklen Wasser des schlammigen Sees aufsteigen, der eigentlich nur ein zugefrorener Sumpf war, unter dessen dünner Eisschicht eine Mischung aus Schlamm und Wasser lag. Der Fahrer hatte keine leichte Aufgabe vor sich: Er mußte schnell genug fahren und im letzten Augenblick abspringen. Mehrere seiner Kameraden standen am Seeufer postiert, um ihm zu helfen. Er holte tief Luft, nahm den Fuß von der Bremse und gab Gas.

In seinem Eifer, seinen Auftrag tadellos durchzuführen – Vogel war ein Vorgesetzter, der Perfektion forderte –, wäre er beinahe zu spät abgesprungen. Der LKW röhrte an ihm vorbei, während er das Eis wie Glas unter seinen Stiefeln zersplittern fühlte und bis zu den Knien im Schlamm versank. Zwei seiner Kameraden bekamen ihn an den Armen zu fassen und zogen ihn ans Ufer, aber seine Stiefel waren bereits vollgelaufen. Vogel beobachtete aus sicherer Entfernung, wie der Lastwagen mit anfangs noch brennenden Scheinwerfern und Schlußlichtern im See versank. Dann verloschen die Lichter schlagartig, und das Fahrzeug verschwand unter der Wasseroberfläche.

»Los, los, beeilt euch!«

Er winkte den zweiten LKW heran, der nur wenige Meter von dem ersten entfernt versank. Sein Fahrer, der beobachtet hatte, wie es seinem Kameraden ergangen war, sprang früher ab. Dann wurde der dritte Lastwagen in den See gefahren. Nun bewies nur noch das zersplitterte Eis, daß hier etwas versenkt worden war, aber bei der gegenwärtigen Kältewelle würde die Eisdecke sich schnell wieder schließen. Vogel versammelte seine Männer um sich.

»Jetzt ist eine wohlverdiente Stärkung fällig«, sagte er und zog zwei Flaschen Wodka, die Bormann ihm mitgegeben hatte, aus den Manteltaschen. Die Männer standen beieinander und ließen die Flaschen herumgehen, als plötzlich blendend helle Scheinwerfer aufflammten.

Eine Stunde zuvor war Rainer Schulz mit seinem vor kurzem von der Ostfront abgezogenen zehnköpfigen Einsatzkommando mit einem Transportflugzeug auf dem Flugplatz Rastenburg gelandet. Im Frachtraum der Maschine drängten seine Männer sich wärmesuchend vor den fünf Beiwagenmaschinen zusammen, die sie in Berlin eingeladen hatten.

Die Luftaufsicht des Flugplatzes war von Bormann verständigt worden, daß in den frühen Morgenstunden eine Sondermaschine aus Berlin landen würde. Um 3.30 Uhr wurde die Platzbeleuchtung eingeschaltet, damit die erwartete Transportmaschine landen und ausrollen konnte. Rainer Schulz saß mit einer Schmeißer-Maschinenpistole auf den Knien im Beiwagen der ersten Maschine und wartete darauf, daß der Flugzeugbug sich öffnete und die Rampe den Boden berührte.

»Los!« rief er seinem Fahrer zu. »Wir übernehmen die Spitze . . .«

Die Kradkolonne rollte aus dem Flugzeug, dessen Luftschrauben sich noch drehten, und steuerte unter Schulz' Führung auf das bereits geöffnete Flugplatztor zu. Sie bogen nach dem Tor rechts ab – von der Wolfsschanze fort – und verließen wenig später die Straße, um einem Waldweg zu folgen.

Der Scheinwerfer des ersten Motorrads beleuchtete den verlassenen Weg, die wie Palisaden aufragenden Kiefern und durch den Wald ziehende Nebelschwaden.

Die Kolonne rollte in gleichmäßigem Tempo weiter. Alle fünf Fahrer verließen sich auf das phantastische Ortsgedächtnis ihres Kommandeurs: Schulz brauchte eine Strecke nur einmal gefahren zu sein, um sie für alle Zeiten im Kopf zu haben. Er hatte vorsichtshalber eine Generalstabskarte dieses Gebietes mitgenommen, aber er warf keinen einzigen Blick darauf, während er die Maschinen auf vereisten, von tiefen Fahrspuren durchzogenen Wegen durch den Winterwald führte.

»Halt! Absitzen! Wir gehen zu Fuß weiter . . .«

Schulz, der seine Maschinenpistole lässig schußbereit hielt, bildete wieder die Spitze der Kolonne. Alle Scheinwerfer waren ausgeschaltet worden. Schulz hatte ein Nachtglas um den Hals hängen, aber sein hervorragendes Nachtsehvermögen ließ ihn auch so genügend Einzelheiten erkennen. Der Geruch von feuchten Kiefernnadeln stieg ihm in die Nase, als er sich lautlos in Bewegung setzte.

Wie vorher abgesprochen schoben seine neun Männer – jeweils zu dritt – drei der Beiwagenmaschinen auf dem vereisten Waldweg mit seinen Spurrillen weiter. Ihre Maschinenpistolen lagen in den Seitenwagen. Das einzige Geräusch, das die Nebelschwaden jedoch rasch verschluckten, war das Knirschen des Eises, wenn ein Rad die Eisdecke einer Spurrille zersplittern ließ. Nach einiger Zeit hob Schulz warnend die Hand.

»Runter vom Weg in den Schnee«, befahl er seinen Männern halblaut. »Und keinen Ton mehr, verstanden?«

Sie näherten sich jetzt dem See. An einer Wegbiegung blieb Schulz stehen und setzte sein Nachtglas an die Augen. Der See und die von seiner Oberfläche aufsteigenden Nebelschwaden waren undeutlich erkennbar. In diesem Augenblick zündete einer von Vogels SS-Männern sich nach einem großen Schluck Wodka genußvoll eine Zigarette an. Die Männer hatten erst vor wenigen Mihuten den dritten Lastwagen im sumpfigen Wasser des Sees verschwinden lassen.

»Sehr praktisch«, flüsterte Schulz. »Sie stehen alle beisammen. Bringt die Kräder in Stellung, und wartet meinen Befehl ab.«

Die drei Maschinen wurden so aufgestellt, daß ihre Scheinwerfer Vogel und seine Männer frontal und seitlich anstrahlen konnten. Schulz lehnte sich gegen eine der Maschinen, so daß er halb auf dem Sattel saß, und hielt seine Waffe schußbereit.

»Alle sind feuerbereit.«

»Los!« befahl Schulz.

Die Synchronisation war perfekt. Die Scheinwerfer flammten gleichzeitig auf und beleuchteten und blendeten ihre Ziele. Die Waldesstille wurde für kurze Zeit durch das mörderische Kreuzfeuer der Maschinenpistolen zerrissen.

Vogel und seine Männer fanden so rasch den Tod, daß keiner von ihnen mehr dazu kam, nach seiner Waffe zu greifen. Im hellen Scheinwerferlicht brachen sie unter dem Hämmern der Maschinenpistolen zusammen und blieben neben- und übereinander in grotesken Verrenkungen liegen. In weniger als einer Minute war alles vorbei. Schulz ließ ein neues Magazin in seine Waffe einrasten und setzte sich langsam in Bewegung; seine kalten grauen Augen hielten nach irgendwelchen Lebenszeichen Ausschau.

Er glaubte, einen Mann zucken zu sehen, und schoß das halbe Magazin in den Menschenhaufen. Schulz machte sich weiter keine Gedanken über das, was hier geschehen war; er überlegte nicht einmal, welcher der Erschossenen der Spion gewesen sein mochte, von dem Bormann gesprochen hatte. Seine Männer und er hatten hier nur einen Befehl ausgeführt, wie sie ihn als SS-Einsatzkommando im Kampf gegen russische Partisanen oft durchgeführt hatten.

»Weitermachen wie immer!« wies Schulz seinen Stellvertreter an.

Er wartete, während seine Männer die Erschossenen auszogen und ihre Uniformen auf einen Haufen warfen. Schulz selbst holte einen Kanister aus einem der Beiwagen, übergoß die blutgetränkten Uniformteile mit Benzin und zündete sie an.

Im Feuerschein beobachtete er, wie seine Männer systematisch weiterarbeiteten. Jeweils zwei von ihnen packten einen Erschossenen an Armen und Beinen, schwangen ihn zwischen sich hin und her und warfen ihn dann möglichst weit in den See hinein. Die Leichen verschwanden in dem bereits wieder zufrierenden dunklen Wasser, in dem sie zuvor die drei Lastwagen versenkt hatten.

Schulz betrachtete die Szene mit ausdruckslosem Gesicht. Er kannte die masurischen Seen. Die Leichen würden tief auf den schlammigen Grund sinken. Der Schlamm würde die Toten festhalten, bis sie verwest und zerfallen waren.

»Jetzt die Uniformen und der Tascheninhalt . . .«

Zwei Männer mit Schaufeln sammelten sorgfältig die rotglühende Schlacke des von Schulz angezündeten Feuers auf und warfen sie an einer Stelle, wo einer der Lastwagen eingebrochen war, in den See. Die Schlacke versank zischend, während eine kleine Dampfwolke aufstieg. Erst nachdem Schulz sich davon überzeugt hatte, daß sämtliche Spuren beseitigt waren, erteilte er seinen nächsten Befehl.

»Zurück zum Flugplatz – zurück nach Berlin. Und beeilt euch gefälligst! Ich hab' eine Verabredung . . .«

Im stillen fügte Schulz hinzu: ». . . mit dem Kommandanten des Berghofs auf dem Obersalzberg.«

14. März 1943. Fast acht Stunden später stand Reichsleiter Bormann erneut auf dem Flugplatz Rastenburg und beobachtete die Landung einer FW 200 Condor. Auch diesmal waren zwanzig SS-Männer zum Empfang angetreten: lauter neue Gesichter, die in der Zwischenzeit auf dem Luftweg aus Berlin eingetroffen waren.

»Der Führer ist vor einem Spion in seiner Leibwache gewarnt worden«, hatte Bormann Generaloberst Jodl auseinandergesetzt. »Das könnte eine Erklärung für bestimmte geheimnisvolle Vorkommnisse sein. Deshalb ist die gesamte Leibwache an die Ostfront versetzt und durch neue Leute ersetzt worden.«

Bestimmte geheimnisvolle Vorkommnisse. Jodl hatte nicht zu fragen brauchen, was Bormann damit meinte. Seit einiger Zeit schien das sowjetische Oberkommando stets im voraus über deutsche Angriffsabsichten informiert zu sein – als übermittle jemand die Entscheidungen des Führers aus der Wolfsschanze an Stalin, sobald sie getroffen waren.

»Eine ziemlich drastische Lösung«, hatte Jodl lediglich festgestellt. »Eine großangelegte Strafaktion wegen eines einzigen Mannes . . .«

»Führerbefehl!« hatte Bormann nur gesagt und Jodl dadurch zum Schweigen gebracht.

Die neue Condor rollte auf der Landebahn aus, deren Befeuerung sofort ausgeschaltet wurde. Bormann marschierte im Nebel auf die Maschine zu, um den einzigen Passagier zu begrüßen, der die Klapptreppe herunterlief, sobald die Tür geöffnet worden war.

Nachdem Bormann einige Worte mit dem Fluggast gewechselt hatte, führte er ihn zu einem bereitstehenden sechssitzigen Mercedes. Der Reichsleiter riß die hintere Tür auf, grüßte mit erhobenem Arm und stieg nach dem Neuankömmling ein. Sobald er die Tür von innen schloß, gab der Chauffeur Gas und fuhr in Richtung Wolfsschanze vom Flugplatz. Der Mercedes wurde von zwei SS-Kradschützen eskortiert, während zwei weitere die Nachhut bildeten. Bormann gab dem neben ihm Sitzenden einen Plan, auf dem ein Fußweg durch die Minenfelder im Wald eingezeichnet war. »Für den Fall, daß Sie das Bedürfnis haben, sich etwas Auslauf zu verschaffen . . .«

Unterwegs sprach Bormann eindringlich mit seinem Begleiter, der lediglich nickte und nach vorn starrte. Dieser Mangel an Reaktion erstaunte Bormann, der dabei zum erstenmal ahnte, daß die Dinge sich nicht in der von ihm gewünschten Richtung entwickeln würden. Eine Glastrennwand sorgte dafür, daß der Chauffeur nicht hören konnte, was hinter ihm gesprochen wurde. Der Wagen passierte die Kontrollstellen eins und zwei und hielt an der Einfahrt zum Sperrkreis I.

In der Lagebaracke war Hitlers Stab um den mit großen Rußlandkarten bedeckten Kartentisch versammelt und wartete. Im Raum herrschte die übliche Spannung vor Hitlers Auftritt. Jodl ärgerte sich darüber, daß das Licht nur trüb und häufig flackernd brannte. Er kannte allerdings den Grund dafür, denn Bormann hatte ihm erklärt, was passiert war.

»Die Stromversorgung ist unterbrochen – wahrscheinlich

wegen eines technischen Defekts, obwohl auch Sabotage in Frage kommt. Jedenfalls müssen wir bei der Lagebesprechung mit dem Notstromaggregat auskommen ...«

Jodl vertrieb sich die Wartezeit damit, daß er die Verteilung der deutschen Kräfte an der Ostfront mit Generalfeldmarschall Wilhelm Keitel besprach, dessen strenger, starrer Gesichtsausdruck die Tatsache verbarg, daß er ein orthodoxer Berufsoffizier der alten Schule war. Mit anderen Worten, er hatte wie die meisten Generale beider Seiten – mit Ausnahme von Guderian, Montgomery und McArthur – sein Leben lang noch keinen originellen Gedanken gehabt. Er führte einfach Hitlers Befehle aus.

»Er kommt ...«

Keitel hatte den draußen vorfahrenden Mercedes als erster gehört. Alle Gespräche verstummten. Alle Blicke waren auf die Tür gerichtet. Die Spannung stieg schlagartig an. In welcher Stimmung ist er? fragte sich jeder. Er war so unberechenbar – und nur der intelligentere Jodl hatte den Verdacht, dies sei ein Trick Hitlers, um sie immer wieder aus dem Gleichgewicht zu bringen. Die Tür ging auf.

Adolf Hitler, der Führer und Oberste Befehlshaber der Wehrmacht, betrat den Raum. Er blieb auf der Schwelle stehen und musterte die Versammlung mit grimmiger Miene, während Bormann ihm Mütze und Mantel abnahm. Die Haartolle fiel ihm in die Stirn, und seine leicht hervortretenden Augen fixierten Keitel. Mein Gott, dachte der Generalfeldmarschall, er ist verdammt schlechter Laune!

Hitler trat an die Stirnseite des Kartentisches und blieb in charakteristischer Haltung stehen: Er legte die Hände auf dem Rücken zusammen und starrte die von flackernden Lampen beleuchtete Karte an. Hitler schwieg eine ganze Minute lang, und Bormann hatte Mühe, seine wachsende Nervosität unter einem gleichmütigen Gesichtsausdruck zu verbergen. Dann wurde das Schweigen plötzlich gebrochen.

»Geben Sie mir einen ausführlichen Lagebericht – mit allen Einzelheiten.«

Selbst bei diesem knappen Befehl war die österreichische Klangfärbung seines Tonfalls, die er nie hatte ablegen können, unverwechselbar. Er hörte schweigend zu, während Jodl sprach, und machte weiterhin ein grimmiges Gesicht, obwohl sein Gesichtsausdruck in dem fahlen, flackernden Licht kaum auszumachen war. Nachdem der Generaloberst seinen Lagevortrag beendet hatte, sah Hitler sich langsam um. Seine vertraute Stimme klang barsch.

»Der Rückflug von Smolensk ist anstrengend gewesen. Wir sehen uns morgen mittag zur gewohnten Lagebesprechung. Sie erfahren dann die Einzelheiten unserer im Osten geplanten Frühjahrsoffensive . . .«

Als er den Raum verließ, wollte Bormann ihm in seine Unterkunft folgen, aber Hitler wehrte seine Begleitung mit einer Handbewegung ab. Bormann blieb scheinbar gelassen, aber innerlich war er verwirrt und beunruhigt.

Zur Erklärung des Phänomens, das sich am 14. März 1943 in der Wolfsschanze ereignete, muß man vier Tage weit in die Vergangenheit zurückgehen – und danach bis in die Zeit des Jahres 1938.

4

10. März 1943. Außerhalb des Berghofs auf dem Obersalzberg lag der Schnee hoch, die Temperatur war niedrig, und ein bedrückendes Schweigen lastete auf der winterlichen Bergwelt.

In einem großen Raum im Berghof, Hitlers Refugium, ging es weniger still zu. Zwischen dort aufgestellten großen Spiegeln spielte sich eine alptraumhafte Szene ab. Sie waren rundum aufgestellt, so daß der Mann, der vor ihnen auftrat, die Wirkung seines Auftritts aus allen Blickwinkeln studieren konnte.

Heinz Kuby, der eine pseudomilitärische Uniform trug, die in allen Einzelheiten der von Hitler getragenen entsprach, war zugleich Redner und einziger Zuhörer. Er sprach nicht nur, sondern steigerte seine Lautstärke zu einem geifernden Bellen, das er durch heftige Gesten unterstrich. Seine Rechte schien das Gesagte durch abgehackte Bewegungen zu betonen. Eine dunkle Haartolle fiel ihm in die Stirn.

»Polen hat nun heute nacht zum ersten Male auf unserem eigenen Territorium auch durch reguläre Soldaten geschossen!« tobte er. »Seit 5.45 Uhr wird jetzt zurückgeschossen, und von jetzt ab wird Bombe mit Bombe vergolten!«

Sein kleiner Schnurrbart sträubte sich vor Gehässigkeit, als er bei diesen Worten drohend die Fäuste schüttelte. Während Kuby sich in diese künstliche Erregung hineinsteigerte, studierte er sorgfältig die sieben Hitlergestalten in den Spiegeln. Er betrachtete sein Profil von rechts, sogar die Schulter- und Armbewegungen von hinten.

Im Kellerkino des Berghofs hatte er lange Stunden damit verbracht, sich Filme anzusehen, die den Führer Reden haltend und auf Veranstaltungen zeigten – von Martin Bormann zur Verfügung gestellte Filme.

Der Schauspieler Kuby kannte selbst Hitlers kleinste Angewohnheiten – bis hin zu dem gelegentlich auftretenden Zucken seiner rechten Schulter, das ein leichtes Rucken der linken auslöste. Dieser Adolf Hitler, den er studiert hatte, war ein Mann mit zwei Gesichtern. Er war ein bescheidener, zurückhaltender Mann, der verlegen lächelte und sehr charmant und zuvorkommend sein konnte. Und er war ein mitreißender Redner voll dämonischer Energie, den Kuby jetzt imitierte, wie er Tausende und aber Tausende von Zuhörern hypnotisierte.

Kuby hatte ebenso viele Stunden damit verbracht, Schallplatten mit Hitlerreden abzuhören und sich die Stimme des Führers immer wieder vorzuspielen, bis er mit jeder Nuance seines Tonfalls vertraut war. Jetzt starrte er in die ihn umgebenden Spiegel und hob zugleich den Kopf und seinen rechten Arm – eine bekannte Geste, mit der sich der Höhepunkt einer Führerrede ankündigte.

»Ich will jetzt nichts anderes sein als der erste Soldat des Deutschen Reiches! Ich habe damit wieder jenen Rock angezogen, der mir selbst der heiligste und teuerste war. Ich werde ihn nur ausziehen nach dem Sieg oder – ich werde dieses Ende nicht überleben!«

In den Spiegeln erschien eine zweite Gestalt: eine hübsche junge Blondine. Die vielen Spiegelbilder machten unübersehbar, daß sie zwar attraktiv war, aber keine Intelligenz ausstrahlte. Da sie auf dem Berghof bleiben mußte, während der Führer in der Wolfsschanze war, empfand sie nur Langeweile, nichts als Langeweile!

Sie tanzte gern, aber ihre Lektüre bestand aus nichts Anspruchsvollerem als Modejournalen. Jetzt winkte sie Kuby im Spiegel lächelnd zu, worauf er die Stirn runzelte und seine Rede – Hitlers Reichstagsrede vom 1. September 1939 – abbrach. Da sie wußte, daß er Unterbrechungen haßte – die beiden Männer waren sich nicht nur äußerlich, sondern auch ihrem ganzen Wesen nach erstaunlich ähnlich –, versuchte sie, sich bei ihm einzuschmeicheln.

»Heinz, das genügt für heute. Komm ins Bett . . .«

»Mein Führer!« verbesserte er sie. »Wie oft muß ich dir noch sagen, daß du . . .«

»Mein Führer«, begann sie unterwürfig, »ich wollte den Vorschlag machen, jetzt ins Bett zu gehen . . .«

Er war wie benommen und griff automatisch nach ihrer ausgestreckten Hand, um sich aus dem Spiegelzimmer führen zu lassen. Eva Braun war eine lebenslustige junge Frau, die männliche Aufmerksamkeit, die der Führer sie oft entbehren ließ, zu schätzen wußte. Und sie fand es herrlich aufregend, mit seinem Doppelgänger zu schlafen. Außerdem war Kuby ein besserer Liebhaber.

Ein Adjutant auf dem Berghof hatte Martin Bormann im Oktober 1938, ein halbes Jahr nach dem Anschluß Österreichs, auf Heinz Kuby aufmerksam gemacht. Bormann hatte Kuby ursprünglich unter irgendeinem Vorwand verhaften lassen wollen, um ihn für immer in einem Konzentrationslager verschwinden lassen zu können.

»Dieser Heinz Kuby«, hatte der Adjutant Bormann gemeldet, »tritt in einem Salzburger Kabarett auf. Er imitiert den Führer, macht sich über ihn lustig ...«

»In Salzburg!« Bormann staunte über die Frechheit, mit der dieser Kerl den Führer praktisch vor seiner eigenen Haustür beleidigte. Er ließ sich noch am gleichen Abend von dem Adjutanten in das Kabarett in einer verwinkelten Salzburger Altstadtgasse begleiten.

Die ersten Nummern erinnerten an das mondäne Berlin der tollen zwanziger Jahre. Ein großes, schlankes Mädchen mit schönen Beinen imitierte recht gekonnt Marlene Dietrich, Bormann starrte die schwarzbestrumpften Beine der Sängerin unter ihrem hochgeschlitzten Rock wie gebannt an.

»Widerlich!« flüsterte er dem Adjutanten zu, ohne den Blick von den Beinen zu wenden. Der Adjutant ließ sich nicht anmerken, was er dachte. Auf dem Berghof war allgemein bekannt, daß Bormann allen Sekretärinnen nachstellte, während er zugleich dafür sorgte, daß seine Frau ständig schwanger war.

Nichts in der Meldung des Adjutanten hatte Bormann jedoch auf Heinz Kubys Erscheinung vorbereitet.

»Die Ähnlichkeit ist verblüffend!« stellte er leise fest. »Aber ich dachte, Sie hätten gesagt, er mache den Führer lächerlich ...«

»Na ja, indem er mit seiner Imitation auftritt ...«

Der Adjutant wußte nicht, wie er sich sonst dazu äußern sollte. Aber Bormann hörte gar nicht mehr zu, sondern hatte nur noch Augen und Ohren für Kuby. Das unbequem an kleinen Tischen zusammengedrängte Publikum war in unbehagliches Schweigen verfallen, seitdem sich herumgesprochen hatte, wer in einer der rückwärtigen Nischen saß.

Heinz Kuby imitierte den Führer nicht, sondern gab ihn so lebensecht und überzeugend, daß Bormann ein kalter Schauer über den Rücken lief. Wäre er nicht eingeweiht gewesen und hätte diese Umgebung nicht so überzeugend dagegen gesprochen, hätte Bormann geglaubt, den Führer vor sich zu haben. Er war sehr nachdenklich, als Kuby nach seinem Auftritt von der Bühne ging.

»Wir besuchen ihn jetzt in der Garderobe«, entschied Bormann.

»Wir lassen ihn natürlich festnehmen. Wegen ...«

»Vielleicht überlassen Sie die Entscheidungen gütigerweise mir!« knurrte Bormann.

Sein Gespräch mit Heinz Kuby in dessen winziger Garderobe, in der es nach Gesichtspuder und Schminke roch, dauerte nur wenige Minuten. Der Schauspieler war wie der Führer in der Nähe von Linz geboren, womit sein täuschend ähnlicher österreichischer Tonfall erklärt war.

»Haben Sie Verwandte?« wollte Bormann wissen.

»Nur entfernte.« Kuby stand Angstschweiß auf der Stirn. Er hatte den Besucher erkannt, obwohl Bormann sich nicht die Mühe gemacht hatte, seinen Namen zu nennen. »Meine Eltern sind früh gestorben, und ich habe keine Geschwister.«

»Wie alt sind Sie?«

»Siebenundvierzig.«

Immer bemerkenswerter! Kuby war nur zwei Jahre jünger als Hitler. Der Geschäftsführer öffnete die dünne Sperrholztür, steckte seinen Kopf in die Garderobe und starrte Bormann ungläubig an.

»Heil Hitler! Ist irgendwas nicht in Ordnung? Wir können Kubys Auftritt sofort absetzen ...«

»Ist schon abgesetzt!« erklärte Bormann. »Und wenn Ihnen Ihr Leben lieb ist, haben Sie mich nie gesehen. Heinz Kuby kommt mit uns. Lassen Sie uns jetzt durch!«

»Kommt er zurück?« wollte der Geschäftsführer wissen. »Ich muß die Programme für nächste Woche drucken lassen ...«

»Kuby sehen Sie nie wieder.«

Als Hitler eine Woche später aus Berlin kommend auf dem Berghof eintraf, wählte Bormann, sein Sekretär, sorgfältig den richtigen Augenblick für die Enthüllung seines Geheimnisses. Es war zehn Uhr abends. Der Führer hatte zum Abendessen Spaghetti gegessen und Apfelschalentee getrunken und saß nun am offenen Kamin, in dem riesige Scheite brannten.

»Wie Sie wissen, bin ich stets auf der Suche nach neuen Methoden, um Sie vor dem Angriff eines Verrückten auf Ihr Leben zu schützen, mein Führer«, begann Bormann zögernd.

»Sehr lobenswert«, bestätigte Hitler freundlich, ohne den Blick von den Flammen zu wenden, die ihn zu faszinieren schienen.

»Ich habe neulich in Salzburg einen Mann entdeckt, der Ihnen auf neuartige Weise Schutz gewähren könnte. Darf ich ihn hereinholen?«

»Gewiß, mein lieber Bormann . . .«

Er öffnete mit dramatischem Schwung die Tür zum Nebenzimmer und ließ Heinz Kuby eintreten, der jetzt einen Anzug Hitlers – Bormann hatte verblüfft festgestellt, daß er ihm tadellos paßte – mit einer Hakenkreuzbinde am linken Ärmel trug. Hitler stand langsam auf und starrte diese Erscheinung mit ausdrucksloser Miene an.

»Was soll das?« fragte er mit gefährlich leiser Stimme, nachdem er Kuby fast eine Minute lang angestarrt hatte.

»Das ist Ihr Double, mein Führer . . .« Bormann sprach hastig weiter, weil er spürte, daß irgend etwas gewaltig schiefgegangen war. »In Fällen, in denen Ihr persönliches Auftreten mit Gefahr verbunden sein könnte, könnten wir Ihren Doppelgänger . . .«

Bormann kam nicht weiter. Ohne Kuby aus den Augen zu lassen, als sei er mit einer ekelerregenden Krankheit behaftet, fällte Hitler sein Urteil.

»Schaffen Sie ihn fort! Sorgen Sie dafür, daß er mir nie wieder unter die Augen kommt! Haben Sie verstanden?«

Zuletzt kreischte er beinahe. Bormann zog den erschrockenen Kuby rasch am Ärmel aus dem Raum und kehrte ebenso hastig zurück, um zu versuchen, den angerichteten Schaden wiedergutzumachen. Als er zurückkam, marschierte Hitler mit den Händen auf dem Rücken vor dem Kamin auf und ab. Er ließ Bormann keine Chance, als erster das Wort zu ergreifen.

»Wo haben Sie diese Mißgeburt aufgegabelt? Hier hat den Kerl doch hoffentlich niemand zu Gesicht bekommen? Sie müssen ihn schleunigst fortschaffen, Bormann! Glauben Sie, daß ich mir einen Doppelgänger im eigenen Haus halten will? Stellen Sie sich vor, was passiert, wenn General von Brauchitsch ihn hier sieht und für *mich* hält!«

»Wir haben alle irgendwo einen Doppelgänger, mein Führer . . .«

»*Ich* bin einzigartig!«

In diesem Augenblick hatte Bormann einen Geistesblitz. Er war davon überzeugt, daß Hitler, der Winkelzüge liebte, von seiner Idee begeistert sein würde.

»Zumindest in einer Beziehung wäre es vorteilhaft, ihn versteckt in Reserve zu halten – wenn Sie öffentlich auftreten und zugleich heimlich an einem anderen Ort sein wollten. Während der Röhm-Revolte hätte Kuby sich bestimmt als nützlich erweisen können . . .«

»Bormann, Sie haben recht!« Hitler, der Tricks liebte, war begeistert. Ihn interessierte nur noch, wo sein Double »in Reserve gehalten« werden sollte.

»Natürlich hier auf dem Berghof«, antwortete Bormann zuversichtlich. »Ich lasse ihm ein Zimmer zuweisen und verbürge mich dafür, daß er es keinen Augenblick verläßt, solange Sie oder Besucher anwesend sind.«

»Er darf das Haus nie verlassen, darauf bestehe ich!«

»Auch dafür kann ich garantieren. Damit bleibt nur noch das Problem des Adjutanten zu lösen, der mich auf ihn aufmerksam gemacht hat. Ich schlage vor, daß wir ihn als Militärattaché an eine Botschaft im Fernen Osten versetzen . . .«

»Ausgezeichnet! Dort kann er bleiben, bis er gelb wird!«

Bormann atmete erleichtert auf. Er konnte nicht ahnen, welche ungeheuren Folgen diese kleine Episode noch haben würde.

5

12. März 1943. Der Pilot der englischen Mosquito, der die Uniform eines deutschen Luftwaffenobersten trug, donnerte im Tiefflug über den Obersalzberg. Er sah einen verschneiten Grat unmittelbar vor sich aufragen, zog seine Maschine steil hoch und entging dem Felsen nur um wenige Meter.

Wing Commander Ian Lindsays langer Flug war genau nach Plan verlaufen. Das erste Licht des heraufdämmernden Tages tauchte die wie Wachposten um das Refugium des Führers stehenden Berggipfel in eigentümlich fahle Helligkeit. Lindsay legte seinen - zur Gewichterleichterung weitgehend aus Holz gebauten - Schnellbomber in eine weite Kurve, während er eine geeignete Stelle für seinen Absprung suchte.

Er saß in dem engen Cockpit eingezwängt, und sein Rükkenfallschirm behinderte ihn bei jeder Bewegung. Dann erkannte er sein Ziel tief unter sich. Die Dächer des Berghofs trugen eine schwere Schneelast. Die Spur eines Fahrzeugs, das erst vor kurzem die kurvenreiche Bergstraße befahren hatte, war im Neuschnee deutlich auszumachen.

Ian Lindsay war lange vor Tagesanbruch auf Malta gestartet, nachdem ihn eine Dakota von Algier auf die Insel gebracht hatte. Sein Kurs hatte ihn die Adria entlang und über einen schmalen Streifen Norditaliens geführt, bevor er auf Nordostkurs die Alpen überflogen hatte.

Bis zur letzten Minute war ungewiß gewesen, ob er tatsächlich die Genehmigung zur Durchführung seines Auftrags erhalten würde. Zuletzt war sogar General Alexander mit dieser Frage befaßt worden und hatte Lindsay zu sich in die

Allied Forces Headquarters in Algier bestellt. In seiner Villa hatte der General Lindsays Gruß lässig erwidert und ihn aufgefordert, Platz zu nehmen.

»Was hat all das Gerede über einen von Ihnen geplanten Flug zu Hitler zu bedeuten?« erkundigte er sich freundlich.

»Wie viele Leute wissen eigentlich schon von diesem Unternehmen?« fragte der Wing Commander scharf. »Ursprünglich sollten höchstens zwei in London und mein hiesiger Verbindungsmann davon erfahren ...«

»Und jetzt brabble sogar schon ich davon?«

Alexander wirkte amüsiert, während er an seinem kurzgeschnittenen Schnurrbart zupfte. Er hatte gehört, daß Ian Lindsay wenig Respekt vor Vorgesetzten hatte, und sein Auftreten schien zu beweisen, daß ein stellvertretender Oberbefehlshaber der alliierten Streitkräfte ihn keineswegs einschüchtern konnte. Das imponierte Alexander sogar, während er den Mann studierte, der ihm auf der anderen Seite der auf zwei Böcken liegenden großen Tischplatte gegenübersaß.

Der sechsundzwanzigjährige Lindsay hatte dichtes, blondes Haar, eine Nase wie auf den Münzbildnissen römischer Cäsaren, einen energischen Zug um den Mund und ein kräftiges Kinn. Er war einsfünfundsiebzig groß und wirkte auf den ersten Blick vertrauenerweckend charakterfest. Sein Mienenspiel war beweglich wie das eines Schauspielers; tatsächlich war Lindsay vor dem Krieg ein begeisterter Laienschauspieler gewesen.

»Das Gebrabbel macht mir wirklich Sorgen«, antwortete Lindsay. »Sir«, fügte er nach einer kurzen Pause doch noch hinzu.

»Ich habe auch Sorgen«, vertraute Alexander ihm an, während er sich in seinen Sessel zurücklehnte. »Ich muß zwischen Eisenhower und Montgomery vermitteln. Ich muß die letzte Großoffensive gegen die Deutschen in Nordtunesien vorbereiten. Kleinigkeiten dieser Art. Und Telford, Ihr Verbindungsoffizier, hat mich vertraulich in Ihren Plan eingeweiht. Ich habe ihn dazu gezwungen – keine Informationen, keine Zusammenarbeit ...«

»Aber Sie haben doch einen Funkspruch bekommen?« fragte Lindsay barsch. Was taugte dieser General, der sich so lässig gab, überhaupt?

»Hier, lesen Sie selbst, Lindsay ...« Alexander schob ihm einen Zettel über den Tisch zu. »Und ich möchte *alles* wissen, was in meinem Befehlsbereich vor sich geht.«

Lindsay änderte seine Meinung. Der Stahl in Alexanders Blick und Stimme war unverkennbar gewesen. Jetzt schwieg der General, während sein Besucher den entschlüsselten Funkspruch in sich aufnahm.

Sie werden ersucht, Wing Commander Lindsay, der mit einem Sonderauftrag im rückwärtigen Gebiet betraut ist, in jeder Beziehung zu unterstützen. Brooke.

»Ausreichend getarnt – der Text –, wie Sie zugeben werden«, stellte Alexander ironisch fest. »Und außer mir weiß in Afrika niemand, daß Sie hier sind. Alles Gute bei Ihrem Himmelfahrtskommando. Eine Art Heß mit umgekehrtem Vorzeichen, finden Sie nicht auch?«

Lindsay dachte an sein Gespräch mit Alexander zurück, während er mit der Mosquito hoch und höher über dem Obersalzberg kreiste und auf alle möglichen Gefahren gleichzeitig zu achten versuchte. Ein deutsches Jagdflugzeug, das gestartet war, um den unangemeldeten Besucher zu identifizieren? Ein weiterer dieser verdammten Gipfel, der plötzlich aus den Wolken vor ihm auftauchte? Vor allem fürchtete er die Abwinde im Gebirge, die ein Flugzeug in den Abgrund saugen konnten, bevor der Pilot wußte, was ihm geschah.

Er wollte sein Glück in der Luft nicht überstrapazieren und hielt den Zeitpunkt für gekommen, die vertraute Umgebung seines Cockpits zu verlassen. Lindsay holte tief Luft und betätigte den Schleudersitz. Während er den feindlichen Elementen – Kälte und Sauerstoffmangel – ausgesetzt wurde, fiel sein Blick auf die verschneite Welt tief unter ihm.

Lindsay schien außergewöhnlich langsam zu sinken, im Luftraum zu *schweben* – ein sicheres Gefahrenzeichen. Er konnte innerhalb weniger Sekunden das Bewußtsein verlieren. Der Wing Commander umklammerte den Aufreißring seines Fallschirms und zog kräftig daran. Dadurch änderte sich jedoch nichts. Lindsay schwebte weiter im Leeren. Ein erschreckendes Gefühl, auf das er nicht vorbereitet gewesen war.

Er hob den Kopf und sah eine Wolke, die aus dem Nichts entstanden zu sein schien. Großer Gott! Ein Sturm, der ... Das an seinem Körper anliegende Gurtzeug straffte sich mit einem kräftigen Ruck. Die »Wolke« war die weiße Kappe seines sich öffnenden Fallschirms gewesen. Und er merkte, daß er wieder zielbewußt reagierte – daß er versuchen konnte, die Sache in den Griff zu bekommen. Als er sich umsah, erkannte er in einiger Entfernung den Berghof.

Lindsay merkte, daß der leichte Wind ihn gegen eine Felswand zu treiben drohte. Er zog an der linken Steuerleine, hielt sie fest und sank nun auf einer Diagonalen weiter, die ihn in die Nähe des Berghofs tragen würde. Dann sah er etwas anderes, das er ganz vergessen hatte: seine führerlos abstürzende Mosquito.

Das Flugzeug raste gegen einen der verschneiten Berge. Lindsay spürte im Unterbewußtsein, wie es aufprallte – seine letzte Verbindung zu einer Welt, die er vielleicht nie wiedersehen würde. Ein greller Lichtblitz, als die Treibstofftanks explodierten, ein dumpfer Schlag, den er sich vielleicht nur einbildete, und dann zu Tal rutschende Flugzeugtrümmer, die kleine Lawinen auslösten.

Lindsay sank weiter durch die unter Schnee und Eis erstarrte schweigende Bergwelt. Er hatte sich noch nie verlassener gefühlt.

Zunächst mußte er sich darauf konzentrieren, bei der Landung die im Norden und Süden gähnenden Schluchten zu vermeiden. Ob der Führer sich im Augenblick auf dem Berghof aufhielt? Lindsay konnte nur hoffen, daß das der Fall war – und daß Hitler sich an ihre Begegnung erinnerte, die vor dem Krieg in Berlin in der Reichskanzlei stattgefunden hatte. Hitler war sichtlich von dem jungen Engländer angetan gewesen, der fließend Deutsch sprach und mit dem Nationalsozialismus sympathisierte. Ihr Gespräch unter vier Augen hatte fast zwei Stunden gedauert.

Der zugeschneite Talboden war jetzt schon sehr nahe: Lindsay würde in der Nähe der zum Berghof hinaufführenden kurvenreichen Zufahrtsstraße landen. Wie hatte General Alexander ihn genannt? *Eine Art Heß mit umgekehrtem Vorzeichen.*

Am 10. Mai 1941, einem Samstag, war Rudolf Heß, der Stellvertreter des Führers, aus eigenem Antrieb nach Schottland geflogen, um den Duke of Hamilton in einer »Friedensmission« zu sprechen. Am 12. März 1943, einem Freitag, flog Ian Lindsay, ein Neffe des Herzogs von Dunkeith und vor dem Krieg Mitglied der Englisch-Deutschen Gesellschaft, in einer »Friedensmission« nach Bayern.

6

»Heil Hitler! Bringen Sie mich sofort zum Berghof!« verlangte Lindsay mit schneidender Stimme.

Er starrte den jungen SS-Führer, der in einem LKW in halsbrecherischer Fahrt die Straße vom Berghof heruntergerast gekommen war, arrogant an. Vier SS-Männer, die mit Maschinenpistolen im Anschlag von der Ladefläche gesprungen waren, gafften abwechselnd den angeblichen Luftwaffenoffizier und den deutschen Fallschirm an, der sich unterhalb der Straße bei leichtem Wind im Schnee liegend blähte.

Lindsay stellte befriedigt fest, daß er den SS-Obersturmführer bereits gründlich eingeschüchtert hatte. Der junge Offizier riß zackig den Arm hoch, worauf Lindsay flüchtig an seine Fliegerhaube tippte, und zögerte unschlüssig. Die ersten dreißig Sekunden waren entscheidend – das hatte der Engländer als Schauspieler auf der Bühne gelernt. Deshalb setzte er seine verbale Offensive fort.

»Was stehen Sie hier rum, verdammt noch mal? Ich bin fast erfroren. Bringen Sie mich zum Berghof. Ich ...«

»Warum sind Sie nicht auf dem Flugplatz gelandet?« erkundigte sich der SS-Führer. Er war schlank und hatte ein schmales Gesicht mit vollen, fast weiblichen Lippen.

»Glauben Sie, daß ich bei dieser Kälte zum Spaß abgesprungen bin?« fuhr Lindsay ihn an. »Mein Flugzeug hat einen Motorschaden gehabt ...«

Die Frage des Deutschen trug viel zu Lindsays Beruhigung bei, denn sie sagte ihm, daß die Mosquito *nicht* beobachtet worden war, bevor sie beim Aufprall gegen eine Felswand zerstört worden war. Früher oder später würde eine Bergungsmannschaft zur Absturzstelle aufsteigen und die Maschine identifizieren, aber bis dahin würde er hoffentlich mit anderen Problemen zu kämpfen haben – beispielsweise damit, wie er es schaffen sollte, Hitler unter vier Augen zu sprechen. Lindsay wartete auf die abschließende Frage, die prompt kam.

»Ich bin Obersturmführer Kranz«, sagte der junge SS-Führer. »Ihr Besuch ist uns nicht gemeldet worden. Darf ich fragen, wer Sie sind und welchen Zweck Ihr Besuch hat?«

»Wenn Sie mich noch weiter in dieser Hundekälte rumstehen lassen, sorge ich dafür, daß Sie an die Ostfront versetzt werden! Dem Kommandanten ist meine Ankunft durch ein Fernschreiben angekündigt worden ...«

»Aus der Wolfsschanze?« fragte Kranz zögernd.

»Selbstverständlich! Hat das verdammte System schon wieder nicht funktioniert? Wer ich bin, geht Sie nichts an. Der Zweck meines Besuchs ist streng geheim, und ich habe nicht die Absicht, darüber vor Ihren Leuten zu sprechen, die mich übrigens durch ihr Starren belästigen ...«

Als Kranz sofort reagierte, indem er die SS-Männer wieder aufsitzen ließ, wußte Lindsay, daß er die erste Runde gewonnen hatte. Der Idiot hatte nicht einmal seinen Dienstausweis verlangt – den Lindsay auf Wunsch hätte vorweisen können. Aber es war entscheidend, den jungen SS-Führer von Anfang an zu beherrschen, und das Vorzeigen des Ausweises wäre ein Zugeständnis gewesen.

»Darf ich Sie bitten, vorn mit mir einzusteigen?« sagte Kranz.

Der Fahrer mußte den LKW noch ein ganzes Stück bergab weiterrollen lassen, bis sie an eine Stelle kamen, wo er wenden konnte, um die lange Steigung zum Berghof in Angriff zu nehmen. Zum Glück war der Motor so laut, daß Kranz nicht versuchen konnte, Lindsay unterwegs weiter auszufragen. Der Wing Commander starrte angestrengt geradeaus, während er über den Namen nachdachte, den er vorhin gehört hatte.

Die »Wolfsschanze« – eine Wolfshöhle oder ein Fort Wolf? Lindsay hatte diesen Namen eben zum erstenmal gehört und glaubte zu wissen, daß er im Alliierten Oberkommando und bei den Nachrichtendiensten völlig unbekannt war. Die genaue Lage des Führerhauptquartiers, des Nervenzentrums aller Operationen der Wehrmacht, war ein Geheimnis, das noch niemand hatte enttarnen können.

Kurz vor dem Berghof mußten sie eine Kontrollstelle passieren, deren Schlagbaum sich hob, als der LKW heranrollte. Äußerst nachlässig! Warum hält man eigentlich immer die anderen für Supermänner und die eigenen Leute für Schwachsinnige? dachte Lindsay. Er zog seine Handschuhe aus und blies in die Hände, um sie zu wärmen.

Aus dem Augenwinkel heraus registrierte er, daß Kranz den Siegelring mit dem eingravierten Hakenkreuz an seiner rechten Hand anstarrte. Dies schien der psychologisch richtige Augenblick zu sein, dem jungen SS-Führer eine weitere Entscheidung aufzudrängen, die Lindsays Enttarnung hinauszögern würde.

»Sorgen Sie bitte dafür, daß ich auf dem Berghof ein Zimmer angewiesen bekomme, in dem ich mich frischmachen kann, bevor der Führer mich empfängt. Und es muß einen Safe für meine Geheimpapiere enthalten . . .«

»Aber der Führer ist in der Wolfsschanze«, sagte Kranz.

Lindsay fluchte im stillen, während er den Blick des SS-Führers auf sich spürte und das Mißtrauen in seiner Stimme hörte. Er antwortete sofort, ohne den Blick von der Straße zu nehmen, und wies den SS-Führer barsch zurecht:

»Kranz! Geheimhaltung – oder haben Sie vergessen, daß hier ein Fahrer neben uns sitzt?«

»Das verstehe ich nicht . . .«

Kranz' Mißtrauen hatte sich in Verwirrung verwandelt, und Lindsay nutzte seinen Vorteil, indem er sich zu ihm hinüberbeugte.

»Er wird *erwartet*«, flüsterte er. »Sie wissen doch, daß er seine Reiseabsichten nie vorher bekanntgibt – um Attentatsversuche zu erschweren. Ehrlich, Kranz, ich wage kaum, mir seine Reaktion vorzustellen, wenn ich auf die Idee käme, ihm von unserem Gespräch zu berichten . . .«

»Ich stehe völlig zu Ihrer Verfügung!«

Aber Lindsay lenkte nicht sofort ein. »Jetzt liegt es bei Ihnen, ob Sie an die Ostfront kommen oder befördert werden. Vergessen Sie nicht, mir ein Privatzimmer anweisen zu lassen. Kein Wort dem Kommandanten gegenüber, was meine Ankunft betrifft. Und am liebsten kein Wort mehr von Ihnen, bis ich mich etwas erholt habe.«

Sie konnten das berühmte große Terrassenfenster sehen, von dem Berghof-Besucher vor dem Krieg so beeindruckt gewesen waren. Lindsay stellte erleichtert fest, daß es mit Wasserdampf beschlagen war. Im Berghof befand er sich in größter Gefahr, aber dort war es – Gott sei Dank! – wenigstens *warm*.

Lindsay öffnete leise die Tür seines Zimmers auf dem Berghof, nachdem er zunächst den Türrahmen abgesucht hatte. Die Zimmertür schien nicht an eine Alarmanlage angeschlossen zu sein. Er warf einen Blick in den leeren Flur. Nirgends standen Wachen. Offenbar war es ihm gelungen, Kranz so einzuschüchtern, daß er seine Anwesenheit akzeptierte.

Wie lange dieser Zustand andauern würde, konnte Lindsay nicht beurteilen, aber er mußte sich hier umsehen, bevor er – was unvermeidlich war – enttarnt wurde. Er schloß die Tür hinter sich und schlich lautlos über den gebohnerten Parkettboden. Am Ende des Korridors führte eine Treppe ins nächste Geschoß hinunter. Lindsay blieb stehen.

Der Berghof schien menschenleer zu sein – ganz im Gegensatz zu Lindsays Erwartungen. Dann hörte er eine vertraut klingende leise Stimme und ging Schritt für Schritt die mit einem roten Kokosläufer belegte Treppe hinunter. Im unteren Flur war eine der massiven Türen nicht ganz geschlossen. Die Stimme kam aus dem Raum dahinter.

Je mehr Lindsay sich der Tür näherte, desto deutlicher wurde die Stimme. Der Engländer blieb verblüfft stehen. Kranz hatte ihm nachdrücklich erklärt, der Führer halte sich in der Wolfsschanze auf, und Linsay war davon überzeugt, daß er die Wahrheit gesagt hatte. Wer sprach dann hinter dieser nur angelehnten Tür? Der Wing Commander bildete sich ein, die Stimme wiederzuerkennen – schließlich gab es nur einen einzigen Menschen, der auf deutsch so geiferte und tobte.

Lindsay öffnete die Tür einen Spalt weit. Das rätselhafte Schauspiel, das sich ihm in dem Zimmer bot, ließ ihn erstarren. Sechs oder sieben mannshohe Toilettenspiegel waren in einem Kreis aufgestellt. In der Mitte dieses Kreises stand Adolf Hitler und gestikulierte, daß ihm die Haartolle ins die Stirn fiel, während er seinen Auftritt in den Spiegeln kontrollierte.

Der Engländer beobachtete ihn fasziniert. Dann runzelte er die Stirn. Er hatte ein hervorragendes Personengedächtnis, das durch seine Bühnenerfahrung noch geschärft worden war. Die fünf oder sechs Hitler, die er durch den Türspalt beobachten konnte, hatten etwas erschreckend Unwirkliches an sich.

Um sich nicht durch ein Geräusch zu verraten, ließ Lindsay die Tür angelehnt, ging leise davon und stieg wieder die Treppe hinauf. Die junge Frau tauchte vor ihm auf, als er in sein Zimmer zurückgehen wollte.

»Ich bin Eva Braun. Und wer sind Sie?«

Sie strich sich ihr blondes Haar aus der Stirn und betrachtete Lindsay neugierig. Er hatte einen weiteren Bühnentrick angewandt: Er hatte auf der Schwelle blitzschnell kehrtgemacht, als *verlasse* er soeben sein Zimmer, anstatt es zu betreten. Nicht allzu intelligent, war sein erstes Urteil über die junge Frau, aber von angeborenem Raffinement, was den Umgang mit Männern betraf.

»Ich bin ein Magier«, antwortete er lächelnd. »Ich bin gerade hergeflogen, um den Führer zu sprechen . . .«

»Er ist wieder in seiner schrecklichen Wolfsschanze. Kommen Sie, leisten Sie mir Gesellschaft.« Sie führte ihn den Flur entlang weiter in einen gemütlichen Wohnraum. »Ich langweile mich so schrecklich, wenn er in Rastenburg ist . . . Setzen Sie sich zu mir aufs Sofa. Ich hab' eben Kaffee gekocht – richtigen Bohnenkaffee . . .«

Rastenburg? Das lag in Ostpreußen. Hatte er Hitlers geheimes Hauptquartier entdeckt? Und hier stimmte irgend etwas nicht. Kranz wußte vielleicht nicht immer, ob der Führer gerade auf dem Berghof war – aber Eva Braun, die als Hitlers Geliebte galt, mußte seinen Aufenthaltortsort kennen. Wer war denn der Mann, der sich unten vor den Spiegeln produzierte? Lindsay war verwirrt, als Eva zwei Tassen auf den Couchtisch stellte, den Kaffee einschenkte und neben ihm auf dem Sofa Platz nahm.

»Ich habe Sie noch nie gesehen, Herr Zauberer«, stellte sie lächelnd fest und ging damit auf sein kleines Spiel ein. Er hatte instinktiv erfaßt, daß diese etwas kindische Masche bei ihr wirken würde. »Zeigt Ihre Kristallkugel Ihnen, daß der Führer bald herkommt?«

Lindsay konnte ihre Frage nicht mehr beantworten. Die

Zimmertür wurde aufgestoßen und flog krachend gegen die Wand. Der Raum füllte sich mit einem halben Dutzend SS-Männern mit Maschinenpistolen im Anschlag. Vor ihnen baute sich ein Oberst in Heeresuniform auf. Kranz blieb im Hintergrund auf der Schwelle des Zimmers.

»Entschuldigung, Fräulein Braun«, sagte der Oberst höflich, »aber dieser Mann ist verdächtig.« Sein Tonfall änderte sich, als er Lindsay ansprach. »Wer sind Sie, und wo kommen Sie her? Ich bin Müller, der Kommandant des Berghofs. Ihr Kommen ist uns nicht angekündigt worden . . .«

Müller war weit gefährlicher als Kranz. Lindsay stand langsam auf und betrachtete den aufgebrachten Deutschen, der ihn erregt anstarrte, von Kopf bis Fuß. Sein Tonfall war ruhig, beinahe nonchalant, als er antwortete.

»Ich kann mir Sie nicht mehr allzulange als Kommandant des Berghofs vorstellen – ich bin mit einem Sonderauftrag hier, der nur den Führer und sonst niemanden angeht . . .«

Müller war mit zwei, drei raschen Schritten bei ihm, bekam den Kragen von Lindsays Luftwaffenuniform zu fassen und riß ihn auf. Darunter wurde eine RAF-Uniform sichtbar. Der Kommandant stemmte die Arme in die Hüften.

»Ein Verhör im Keller dürfte sich lohnen . . .«

»Aber nicht für Sie – wenn der Führer erst einmal da ist.«

Der Lindsay am nächsten stehende SS-Mann hob seine Maschinenpistole und schlug mit dem Kolben zu. Der Engländer taumelte rückwärts gegen die Wand und rutschte zu Boden, während Eva Braun aus dem Zimmer flüchtete. Lindsay betastete die Platzwunde an seinem Kinn. Er war im letzten Augenblick zurückgezuckt, so daß der MP-Kolben ihn nur gestreift hatte.

»Hoffentlich ist die Wunde noch sichtbar, wenn ich mit dem Führer zusammentreffe«, sagte Lindsay ruhig.

Müllers Blick verriet eine gewisse Unsicherheit. Die gelassene Reaktion seines Gefangenen beunruhigte ihn. Kranz kam herein und wandte sich zögernd an den Kommandanten.

»In seinem Zimmer steht ein Safe. Ich habe ihm den Schlüssel gegeben – er hat von Geheimpapieren gesprochen . . .«

»Ich bin Wing Commander Ian Lindsay«, warf der Engländer rasch ein. »Ein Neffe des Herzogs von Dunkeith. Ich kenne den Führer aus der Zeit vor dem Krieg. Diese Dokumente sind ausschließlich für ihn bestimmt – ich habe ein Flugzeug gestohlen und bin aus Algier hierhergeflogen. Glauben Sie etwa, ich hätte Selbsmord verüben wollen? Ich bin Mitglied der Englisch-Deutschen Gesellschaft gewesen. Und mehr bekommen Sie aus mir nicht heraus, bis ich mit dem Führer sprechen darf. Wenn Ihnen Ihr hiesiger Druckposten lieb ist, möchte ich Ihnen raten, der Wolfsschanze meine Ankunft zu melden. Bis dahin möchte ich auf mein Zimmer gehen . . .«

Er wurde dorthin eskortiert, und Müller sah zu, wie Lindsay durchsucht wurde. Die einzig interessanten Funde waren der Schlüssel zum Wandsafe und der RAF-Dienstausweis des Engländers. Müller studierte die Angaben schweigend, gab Lindsay den Ausweis zurück, ohne ein Wort zu sagen, und wog den Safeschlüssel in der Hand, als versuche er, eine Entscheidung zu treffen. Lindsay, der sich wieder anzog, provozierte Müller bewußt, um seine Entscheidung zu steuern.

»Los, los, tun Sie's doch! Sperren Sie den Safe auf! Sehen Sie die Papiere durch, damit Sie den Inhalt kennen. Sobald der Führer merkt, daß Sie sie gesehen haben, läßt er Sie an die Wand stellen . . .«

Lindsay verließ sich darauf, daß er Müller richtig eingeschätzt hatte. Ein alterndes Streitroß, das hier sein Gnadenbrot erhielt: phlegmatisch, phantasielos, nur aufs Ende seiner Dienstzeit und seine Pensionierung wartend. Der SS-Mann, der Lindsay niedergeschlagen hatte, hob drohend seine Maschinenpistole. Aber Müller stellte sich vor den Engländer.

»Reisert, ich gebe hier die Befehle, verstanden? Sie haben den Gefangenen bereits vorhin ohne meine Genehmigung tätlich angegriffen . . .«

Damit wußte Lindsay, daß er sein Spiel gewonnen hatte. Müller distanzierte sich schon von Reiserts unbedachter Handlung – und würde den Wandsafe unter keinen Umständen öffnen, bevor Hitler ihm den Befehl dazu erteilte. Als der Oberst den Schlüssel einsteckte, sprach Lindsay ihn erneut an.

»Wenn Sie diesen Schlüssel behalten, muß ich hier im Zimmer bleiben ...«

»Wieso?«

»Ihretwegen, Müller! Nur wenn ich hier Wache halte, kann ich dem Führer bestätigen, daß niemand die von mir mitgebrachten Geheimpapiere zu Gesicht bekommen hat. Und das bedeutet, daß Sie mir die Mahlzeiten auf dem Zimmer servieren lassen müssen. Ich frühstücke um ...«

Müller gab sich geschlagen. Als Lindsay ausgesprochen hatte, verließ der Kommandant mit seiner SS-Wache den Raum. Der Engländer hörte, daß die Tür von außen zugesperrt wurde. Er wischte sich die feuchten Hände an der Hose ab.

Der Kommandant würde alles daran setzen, um die Verantwortung für alle weiteren Maßnahmen möglichst rasch der Wolfsschanze zuzuschieben. Sobald die Meldung von der Ankunft eines Engländers auf dem Berghof in Rastenburg eintraf, würde der Führer sich für diesen merkwürdigen Besucher interessieren. Und Lindsay vertraute ganz auf Hitlers angeblich so phänomenales Gedächtnis – daß er sich an seine Begegnung mit dem jungen Engländer, der sich ihm vor dem Krieg in Berlin als Sympathisant vorgestellt hatte, erinnern würde.

Während Lindsay in einem Sessel saß und sich plötzlich abekämpft fühlte, machte er sich wegen einer anderen Sache Sorgen. Sein Aufenthalt im AFHQ – den Allied Forces Headquarters im Mittelmeer – war nur kurz gewesen, und General Alexander hatte auf ihn den Eindruck eines Mannes gemacht, auf dessen Verschwiegenheit man sich unbedingt verlassen konnte.

Aber im AFHQ gab es einen sowjetischen Verbindungsoffizier, und unabhängig von irgendwelchen etwa bevorstehenden Katastrophen war eines wichtig: Die Russen durften unter keinen Umständen von Lindsays Existenz und erst recht nicht von seinem Auftrag erfahren.

Oberst Müller rief am Vormittag des 13. März das Führerhauptquartier an und verlangte, den Führer zu sprechen. Wie gewöhnlich nahm Martin Bormann den Anruf entgegen und bestand darauf, daß Müller ihm sein Anliegen vortrage.

»Sie glauben also, daß dieser Engländer dem Führer ein Friedensangebot unterbreiten will?«

»Bestimmtes läßt sich noch nicht sagen, Reichsleiter«, antwortete Müller. »Ich habe es aber für richtig gehalten, Sie von seiner Anwesenheit zu unterrichten, damit der Führer . . .«

»Richtig, Müller! Ich muß auf dem laufenden sein, damit ich meinerseits den Führer informieren kann, wenn es um Dinge geht, die seine Aufmerksamkeit verdienen. Halten Sie Lindsay weiterhin unter strenger Bewachung. Heil Hitler!«

In seinem Arbeitszimmer in der Wolfsschanze legte Bormann den Hörer auf und traf eine rasche Entscheidung. Der Führer war zu einer Besprechung mit Generalfeldmarschall von Kluge nach Smolensk geflogen. Er mußte durch ein Fernschreiben über diesen Engländer informiert werden.

Bormann setzte das Fernschreiben selbst auf. Dieses außergewöhnliche Ereignis konnte ungeahnte Folgen haben. Der Neffe des Herzogs von Dunkeith! Vielleicht überbrachte er tatsächlich Friedensvorschläge . . . Davon mußte der Führer sofort benachrichtigt werden!

Nachdem Bormann das Fernschreiben nach Smolensk abgesandt hatte, erwähnte er den geheimnisvollen Engländer Jodl gegenüber, der wiederum sofort Keitel informierte. Binnen weniger Stunden entstanden daraus alle möglichen Gerüchte, so daß es in der Wolfsschanze an diesem Nachmittag nur noch ein Gesprächsthema gab.

Hitlers Antwort auf Bormanns Fernschreiben war knapp und bestimmt. Er erinnerte sich offenbar recht gut an sein Gespräch mit dem Engländer und wußte genau, wer Ian Lindsay war.

Sorgen Sie dafür, daß Wing Commander Lindsay nachmittags zur Wolfsschanze geflogen wird. Werde einige Stunden nach meiner Rückkehr mit ihm sprechen.

7

13. März 1943. Den größten Teil des Jahres 1943 war die SIS-Abteilung V (Spionageabwehr) in zwei Landsitzen - Prae Wood und Glenalmond - außerhalb von St. Albans einquartiert. Der neunundzwanzigjährige Tim Whelby war in Prae Wood stationiert.

Whelby, der älter wirkte, war ein ruhiger, bei seinen Kollegen allgemein beliebter Mann. Sie fanden seine Gesellschaft entspannend, was nervlich belastete Männer dazu brachte, sich ihm anzuvertrauen - vor allem nach Dienst bei ein paar Drinks im dörflichen Pub. Seine Kleidung war so lässig wie seine ganze Art: Whelby bevorzugte Flanellhosen und eine alte Tweedjacke mit aufgesetzten Lederflecken an den Ellbogen. Er war Pfeifenraucher, was seinen Ruf als zuverlässiger Kollege zu untermauern schien.

Am Abend des 13. März verließ er den Landsitz, um ins Pub zu gehen, als ein Morris Minor, dessen Fahrer sich krachend verschaltete, die Zufahrt heraufrollte. Am Steuer saß Maurice Telford, ein hagerer Vierziger. Whelby trat an den haltenden Wagen und sah im schwachen Lichtschein der Instrumentenbeleuchtung, daß Telford blaß und übermüdet war. Außerdem war ihm das Krachen der Schaltung aufgefallen. Normalerweise war Telford ein erstklassiger Fahrer.

»Von einer Reise zurück, alter Junge?« erkundigte Whelby sich. »Ich hab' Sie schon vermißt . . .«

»Das können Sie laut sagen! Ich bin völlig erledigt . . .«

»Kommen Sie noch auf einen Drink mit? Der tut Ihnen gut, bevor Sie ins Bett gehen.«

»Das ist mein einziger Wunsch – ins Bett fallen zu können.« Telford zögerte unschlüssig. Er war nach dem langen Rückflug aus Algier nervös und aufgedreht. Tim Whelby wartete geduldig mit im Mundwinkel steckender Pfeife.

»Ja, ich könnte einen Schluck vertragen. Und eine Kleinigkeit zu essen. Sie können sich nicht vorstellen, wie lange meine letzte Mahlzeit schon zurückliegt . . .«

»Gut, alter Junge.« Whelby ging um den Wagen herum und faltete sich auf dem Beifahrersitz zusammen. »Ich bin froh, wenn ich ein bißchen Gesellschaft habe . . .«

Telford mußte den Eindruck gewinnen, er tue Whelby einen Gefallen, indem er ihn ins Pub begleite. Die beiden Männer sprachen nicht mehr miteinander, bis Whelby in die leere Bar im *Stag's Head* vorausging und auf eine Ecksitzbank unter Eichenbalken deutete.

»Ich hole die Drinks – die Nische dort drüben sieht gemütlich aus.«

Telford ließ sich auf die gepolsterte Sitzbank fallen. Er zog die Augenbrauen hoch, als Whelby ihm ein Glas hinstellte. »Was ist das?« fragte er.

»Ein doppelter Scotch. Wir wollen keine Zeit mit halben Sachen vergeuden . . . Und essen Sie die Sandwiches – leider hat's nur Käse gegeben.« Er hob sein Glas. »Trinken wir darauf, daß wir vor weiteren Auslandsreisen verschont bleiben! Prosit!«

»Wer hat erzählt, daß ich im Ausland bin?« fragte Telford.

»Irgend jemand muß davon gesprochen haben. Mir fällt nicht mehr ein, wer. Ist das wichtig?«

»Nein, wahrscheinlich nicht.« Telford, der vor Müdigkeit schwankte, leerte sein Glas. Die angenehme Wärme machte ihn mitteilsam. »Bis nach Nordafrika in einem eiskalten Liberator-Bomber – ohne Sitze, mit einem Schlafsack auf dem blanken Boden. Ich bin am ganzen Körper grün und blau.

Und das alles nur, um Kindermädchen für diesen verrückten Wing Commander Ian Lindsay zu spielen, der jetzt zu Hitler unterwegs ist, verdammt noch mal!«

»Keine sehr lohnende Aufgabe – hätte er nicht allein hinfinden können?«

Whelbys Tonfall war nonchalant, als mache er lediglich höflich Konversation. Er winkte den Barkeeper heran und bestellte eine neue Lage. Telford protestierte. »Nein, diesmal bin ich dran ...«

»Gut, dann zahlen Sie, alter Junge. Zuletzt haben wir beide einen sitzen – aber was soll man in dieser gottverlassenen Gegend anderes tun, als sich zu besaufen?«

»Ich bin nicht wirklich sein Begleiter gewesen«, erklärte Telford seinem Kollegen. »Ich sollte vor allem einen AFHQ-Bericht zurückbringen; ich hab' ihn in der Ryder Street abgeliefert, bevor ich hierher rausgefahren bin. Und ich bin mitgeflogen, um Lindsays Reise zu tarnen – zwei Leute, die in Algier ankommen, erregen weniger Aufmerksamkeit als eine Einzelperson ...«

Er trank von seinem Scotch, ließ es aber diesmal bei einem kleineren Schluck bewenden. Whelby nahm seine Pfeife zwischen die Zähne, ohne sie jedoch anzuzünden. Die beiden Männer saßen einige Minuten lang schweigend nebeneinander und sogen die Wärme des knisternden Kaminfeuers in sich auf. Telford hatte seine Sandwiches förmlich verschlungen. Essen, Trinken und Wärme bewirkten, daß er beinahe einschlief.

»Das ist natürlich nur ein Sp-p-paß gewesen«, sagte Whelby schließlich. »Die Sache mit diesem RAF-Typ, der zu Hi-Hi-Hitler fliegt?«

Er hatte die bedauerliche Angewohnheit, gelegentlich zu stottern. Obwohl Telford durch Alkohol und Müdigkeit benommen war, erinnerte er sich daran, daß Stotterer oft in ihre stockende Sprechweise verfielen, wenn sie nervös oder aufgeregt waren. Diese Tatsache erschien ihm wichtig – bedeutsam ... Sekunden später wußte er schon nicht mehr, welche Tatsache wichtig gewesen sein sollte. Dann erinnerte er sich daran, was Whelby soeben gesagt hatte, und war gelinde empört. Er sprach ganz langsam und nachdrücklich.

»Wing Commander Lindsay ist mit dem Auftrag nach Malta weitergeflogen, von dort aus allein nach Deutschland zu fliegen und mit dem Führer zu sprechen. Aber fragen Sie mich nicht nach dem Grund dafür – *weil ich ihn nicht weiß!*«

»Jedenfalls sind Sie verdammt froh, wieder daheim zu sein, deshalb trinken wir noch einen für den Nachhauseweg. Diese Lage geht auf mich. Zwei doppelte Scotch . . .«

Telford wartete, bis der Barkeeper ihre Drinks serviert und sich wieder entfernt hatte. Er hatte einen jener seltenen lichten Momente erlebt, die schlagartig ernüchternd wirken können. Da weitere Gäste in die Bar kamen, sprach er so leise, daß Whelby näher an ihn heranrücken mußte, um ihn zu verstehen.

»Das alles hätte ich Ihnen eigentlich nicht erzählen dürfen, Tim. Ich habe Vertrauen zu Ihnen, aber ein falsches Wort genügt, und ich fliege – vielleicht blüht mir sogar Schlimmeres . . .«

»Ja, die Geheimhaltungsvorschriften, alter Junge«, bestätigte Whelby mit einem Mangel an Taktgefühl, der Telford verblüffte. »Wir haben uns beide schriftlich zu ihrer Einhaltung verpflichtet«, fuhr sein Kollege fort, »deshalb sitzen wir im selben Boot. Aber wenn wir beide vergessen, worüber wir heute abend gesprochen haben, kann uns niemand was anhaben . . .«

»Einverstanden!« stimmte Telford erleichtert zu. »Und jetzt gehen wir lieber, glaub' ich.«

Whelby ging an die Theke, um zu zahlen, während Telford vorsichtig das Pub verließ und zu seinem Wagen hinausging. Dem Wirt fiel auf, wie bemerkenswert nüchtern Whelby wirkte: Er zählte ihm die Münzen genau hin.

Zwei Tage später brach Tim Whelby zu einem Achtundvierzig-Stunden-Besuch in die Londoner Ryder Street auf, um mit seinem Vorgesetzten den Fall eines im Ausland tätigen Agenten zu besprechen, den er verdächtigte, ihnen Erfundenes zu melden, um seine Daseinsberechtigung zu beweisen. Gegen zehn Uhr abends schlenderte er allein durch die Jermyn Street.

Die Jermyn Street hatte den Vorteil, daß sie schnurgerade verlief. Das erschwerte eine unauffällige Beschattung – vor allem nachts, wenn wegen der kriegsmäßigen Verdunklung ohnehin nur wenige Passanten unterwegs waren. Zuvor hatte Whelby von einer Telefonzelle auf dem U-Bahnhof Piccadilly Circus aus ein kurzes Gespräch geführt.

Jetzt blieb er stehen, um sich seine Pfeife anzuzünden, und tat, als blickte er in ein Schaufenster, während er die Straße hinter sich absuchte. Soviel er in der Dunkelheit erkennen konnte, war sie menschenleer.

Whelby schlenderte weiter und erreichte den etwas zurückgesetzten Eingang des nächsten Ladens. Ein rascher Schritt brachte ihn in diese Nische.

Josef Sawitski, ein untersetzter, stämmiger Mann mit Filzhut und dunklem Mantel, sprach als erster.

»Diese kurzfristig angesetzten Treffs sind gefährlich. Ich kann nur hoffen, daß Ihre Informationen dieses Risiko wert sind.«

»Sie müssen selbst entscheiden, ob Sie mir vertrauen wollen oder nicht . . .«

»Ich bin jedenfalls hier . . .«

»Gut, dann hören Sie zu!« Whelbys sonst eher schüchterne Art war von ihm abgefallen. Er hielt sich besser und sprach energisch, ohne im geringsten zu stottern. »Am zehnten März ist ein Wing Commander Ian Lindsay im Alliierten Hauptquartier in Algier eingetroffen. Von dort aus ist er allein nach Deutschland weitergeflogen, um mit Hitler zu sprechen . . .«

»Wissen Sie das zuverlässig?« Der untersetzte Mann, der Englisch mit deutlichem Akzent sprach, war hörbar erschrocken.

»Ich melde nichts, was ich nicht bestimmt weiß.« Whelbys Stimme klang unwirsch. »Und fragen Sie mich nicht nach meiner Quelle – sie ist jedenfalls absolut zuverlässig.«

»Lindsay soll Friedensgespräche führen, nicht wahr?« stellte der andere fest, obgleich er zu fragen schien.

»Sparen Sie sich Ihre Tricks!« sagte Whelby scharf, während er auf das Leuchtzifferblatt seiner Armbanduhr sah. »Ich habe keine Ahnung, mit welchem Auftrag er nach Deutschland geschickt worden ist. Schreiben Sie lieber auch in Ihren Bericht, daß er ein Neffe des Herzogs von Dunkeith ist. Der Herzog ist vor dem Krieg das Aushängeschild der Englisch-Deutschen Gesellschaft gewesen. Das weiß ich, weil ich ihr selbst angehört habe. So, meine Zeit ist abgelaufen. Ich muß weiter . . .«

Bevor Sawitski antworten konnte, verließ Whelby den Ladeneingang und schlenderte mit beiden Händen in den Manteltaschen die Jermyn Street hinunter. An der ersten Kreuzung bog er in die Duke of York Street ab und ging rasch über den St. James's Square. *Falls* jemand ihn beschattete, würde er sich jetzt beeilen, sein Ziel auszumachen: die Ryder Street. Whelby hatte lediglich einen längeren Spaziergang um den Block gemacht,

Josef Sawitski blieb zunächst noch in der Dunkelheit des Ladeneingangs stehen. Nach fünf Minuten trat auch er auf die Straße und begann einen langen Fußmarsch, der ihn über möglichst viele freie Plätze führte, damit niemand ihn ungesehen beschatten konnte. Es war Mitternacht, bevor er in die sowjetische Botschaft zurückkam.

Der Russe – er wurde in der Botschaft als Handelsattaché geführt – ging sofort in sein Büro, schloß die Tür hinter sich ab, schaltete die Schreibtischlampe ein und holte die Schlüsselunterlagen aus dem Wandsafe. Er schwitzte, während er seinen Funkspruch aufsetzte, obwohl es im Büro in dieser Märznacht kalt war.

Als er mit dem Ergebnis zufrieden war – wegen des Empfängers mußte die Nachricht behutsam formuliert sein –, machte er sich daran, sie zu verschlüsseln. Danach brachte er sie dem Funker vom Dienst im Keller des Gebäudes. Er wartete sogar, bis der Funkspruch durchgegeben war. Sawitski wußte, daß er in diesem Fall nicht vorsichtig genug sein konnte. Sein Funkspruch ging an »Kosak« – wie der Deckname Stalins lautete.

8

»Wing Commander Lindsay, Sie sollen sofort zur Wolfsschanze abfliegen, um mit dem Führer zusammenzutreffen. Heil Hitler!«

Oberst Müller, der Kommandant des Berghofs, knallte die Hacken zusammen und riß den Arm zum Deutschen Gruß hoch. Sein Verhalten dem unerwarteten Gast gegenüber hatte sich auffällig geändert. Er behandelte ihn jetzt fast ehrerbietig.

»Danke, ich kann selbst hinfliegen«, antwortete Lindsay unbekümmert. »Haben Sie eine Maschine für mich?« Er stand auf und erwiderte den Gruß.

»Heil Hitler!«

»Flugkapitän Bauer, einer der Piloten des Führers, ist soeben gelandet. Er hat den Auftrag, Sie abzuholen. Es ist mir eine Ehre, Sie . . .«

»Ja, ich weiß!« unterbrach ihn Lindsay. Er betrachtete die Krankenschwester, die mit dem Kommandanten hereingekommen war und nun auf Anweisungen wartete. Sie war schwarzhaarig und attraktiv. »Kriege ich die auch, Müller?«

Der Kommandant lachte derb. Lindsay hatte genau den Ton getroffen, der Müller gefiel, aber der andere schüttelte den Kopf. »Sie soll sich um Ihre Verletzung kümmern. Nehmen Sie bitte Platz, damit sie Sie versorgen kann. Aber zuerst . . .« Er zog eine flache Silberflasche aus der Hüfttasche und schraubte den Verschluß ab. »Wie wär's mit einem guten Schnaps? Wirklich guter ist heutzutage nicht mehr leicht zu bekommen.«

»Oh, vielen Dank . . .«

Lindsay ließ sich in einen Klubsessel fallen und trank einen so großen Schluck aus der Flasche, daß Müller ihn besorgt anstarrte. Der Engländer grinste nur und behielt die Flasche in der Hand, während die Krankenschwester sich daran machte, das große Heftpflaster von seiner Wunde abzulösen. Sie betupfte den häßlichen Wundschorf mit einem Wattebausch, der mit einem antiseptischen Mittel getränkt war, und schnitt ein erheblich kleineres Heftpflaster zurecht. Lindsay durfte nicht wie das Opfer eines SS-Rabauken aussehen, wenn er dem Führer gegenübertrat. Von nun an würde er äußerst höflich und zuvorkommend behandelt werden – bis zur Konfrontation mit Hitler in der Wolfsschanze.

Lindsay erkannte die Ju 52, ein Transportflugzeug, als der Mercedes, der ihn vom Berghof hergebracht hatte, auf den Flugplatz Salzburg einbog. Eine zuverlässige, aber nicht sonderlich schnelle Maschine, die für den Flug nach Ostpreußen etliche Stunden brauchen würde.

Beim Aussteigen tastete Lindsay unwillkürlich in seiner Brusttasche nach dem geschlossenen Umschlag, den Müller ihn aus dem Wandsafe hatte mitnehmen lassen. Ein Sprengmeister hatte das Paket von außen untersucht, aber der Inhalt war nicht angetastet worden.

»Bauer? Ich bin Ian Lindsay. Freut mich, Sie kennenzulernen . . .«

Lindsay streckte dem Flugzeugführer, der unter einer Tragfläche der Ju 52 hervorkam, die Hand entgegen. Bauer hatte einen kräftigen Händedruck und grinste. Er war von Lindsays freundlicher Ungezwungenheit angenehm überrascht. Ihm fiel auch auf, daß der Engländer sich die Zeit nahm, dem Chauffeur zu danken. Oberst Müller hatte sich dafür entschuldigt, daß er Lindsay nicht zum Flugplatz begleiten könne.

»Ich bin hier Mädchen für alles«, hatte er ihm auf dem Berghof erklärt. »Ich muß erreichbar sein, falls Bormann, dieser Bonze ...« Müller blinzelte Lindsay zu. »Sie sind plötzlich taub geworden, stimmt's?«

»Richtig! Was haben Sie eben gesagt?«

»Guten Flug!«

Lindsay wollte gerade in die Ju 52 klettern, als ihm die Spuren im Schnee auffielen, die von einem größeren Flugzeug zu stammen schienen.

»Ist hier heute schon jemand gestartet?«

»Alles höchst geheimnisvoll.« Bauer wirkte verärgert. »Die SS hat mich im Wachlokal festgesetzt – aber da war die Condor schon gelandet. Irgendwie merkwürdig.«

»Merkwürdig?«

»Sie hat genau wie die Führermaschine ausgesehen. Die gleichen Kennzeichen – die gleiche Condor, mit der er manchmal fliegt. Und dann ist eine Wagenkolonne vom Berghof angekommen.«

»Ist die auch irgendwie merkwürdig gewesen?«

Durch seine umgängliche Art gelang es Lindsay mühelos, den freundlichen, etwas redseligen Bauer auszuhorchen.

»Wer in den Wagen gesessen hat, war nicht zu erkennen«, berichtete der Pilot. Er zog gierig an seiner Zigarette. »Alle Vorhänge waren geschlossen. Das Eigenartige ist nur, daß der Führer sich im Augenblick in der Wolfsschanze aufhält.«

»Hoffentlich!« antwortete Lindsay. Er hütete sich davor, Bauer durch weitere Fragen mißtrauisch zu machen. »Schließlich soll ich dort mit ihm zusammentreffen.«

»Dann beeilen wir uns lieber ...«

Bauer trat seine Zigarette aus. Wenige Minuten später hob die Ju 52 ab und ging im Steigflug auf Nordostkurs. Lindsay starrte aus einem Kabinenfenster nach Westen, ohne jedoch den Obersalzberg ausmachen zu können.

»Oberst Müller! Sie erhalten hiermit den Auftrag, Wing Commander Lindsays Abflug bis auf weiteres zu verschieben.« Bormann, der diesen telefonischen Befehl von der Wolfsschanze aus erteilte, hörte Müllers Antwort erschrekkend klar und deutlich.

»Tut mir leid, Reichsleiter, aber er ist vor einer halben Stunde gestartet, wie Sie angeordnet hatten ...«

»Rufen Sie ihn zurück, Mann! Lassen Sie dem Piloten über Funk mitteilen, daß er ...«

»Das geht leider nicht«, unterbrach Müller. »Der Kontrollturm hat keine Funkverbindung mit der Maschine mehr. Nördlich von Salzburg steht ein Gewitter – und die Berge sind ebenfalls hinderlich ...«

»Soll das heißen, daß es keine Möglichkeit gibt, das Flugzeug zu erreichen, bevor es in Rastenburg landet?« erkundigte sich Bormann.

»Damit ist leider zu rechnen, jawohl!« meldete der Kommandant mit gewisser Befriedigung.

»Gut«, sagte Bormann etwas ruhiger, »dann verbinden Sie mich jetzt mit SS-Standartenführer Jäger ...«

In seinem Kopf drehte sich alles, während er wartete. Bormann hatte die ganze Nacht kein Auge zugetan, denn der Führer war tot – auf dem Rückflug aus Smolensk verunglückt. Die hiesige SS-Wachmannschaft hatte alle Spuren des Flugzeugabsturzes beseitigt und war anschließend von dem aus Berlin herbeibeorderten Einsatzkommando unter Befehl von Rainer Schulz liquidiert worden.

Bormann war so damit beschäftigt gewesen, sich um alle Einzelheiten zu kümmern, daß er gar nicht mehr an Wing Commander Lindsay gedacht hatte. Und der zweite »Führer« – Heinz Kuby – würde schon bald in Rastenburg landen. Bormann würde sich später überlegen, was mit dem unerwünschten Engländer geschehen sollte. Wichtiger war, daß Müller, der als einziger im Berghof von Kubys Existenz wußte, zum Schweigen gebracht werden mußte. Eine selbstbewußte Stimme meldete sich.

»Standartenführer Jäger. Sie wünschen?«

Keine respektvolle Anrede mit »Reichsleiter«. In der Wolfsschanze schob Bormann die Unterlippe vor: Er konnte Jäger, der bei jeder Gelegenheit seine Unabhängigkeit betonte, nicht ausstehen. Aber diesmal war er auf seine Unterstützung angewiesen. »Ist diese Verbindung garantiert abhörsicher?« erkundigte er sich.

»Wenn die Gestapo nicht gerade mithört ...« Aber das schien Jäger kein Kopfzerbrechen zu machen.

»Standartenführer! Sie sind Kommandeur der Waffen-SS-Sondereinheit zur Bewachung des Berghofs ...«

»Aber ich bin kein Fernmeldefachmann«, stellte Jäger lakonisch fest. »Und die Sache mit der Bewachung hat den Haken, daß ich einen Teil des Berghofs überhaupt nicht betreten darf. Folglich ...«

»Darauf wollen wir jetzt nicht eingehen!« unterbrach ihn Bormann hastig. »Ich rufe Sie an, um Ihnen SS-Obersturmführer Schulz anzukündigen, der demnächst mit dem Flugzeug aus Berlin eintreffen wird. Ich habe veranlaßt, daß Schulz sich sofort in die SS-Kaserne begibt. Auf keinen Fall darf Müller von seinem Kommen erfahren.«

»Gut, wie Sie wollen ...«

Jäger legte fluchend den Hörer auf. Er war ein großer, athletischer Vierziger mit buschigen dunklen Augenbrauen, einem gepflegten Schnauzbart und energischem Kinn. Als Veteran fast aller bisherigen Feldzüge haßte er seinen gegenwärtigen Posten, er hätte lieber ein Frontkommando gehabt, aber Hitler hatte einen Narren an ihm gefressen und ihn persönlich auf den Obersalzberg geholt.

»Warum sind Sie hergekommen, Schulz?« fragte Müller hörbar gereizt.

Der Kommandant saß auf dem Beifahrersitz des Mercedes, den SS-Obersturmführer Schulz die kurvenreiche Zufahrtsstraße zu dem berühmten Adlerhorst auf dem Kehlstein hinauflenkte. Eigenartigerweise hatte Hitler diesen architektonisch kühnen Bau, der vor dem Krieg unter Martin Bormanns Leitung für dreißig Millionen Reichsmark errichtet worden war, schon seit Jahren nicht mehr benützt. Sein Teehaus im Himmel langweilte ihn, und er hatte gelegentlich über Schwindelanfälle geklagt. Zu diesem verlassenen Adlerhorst waren die beiden Männer jetzt unterwegs.

»Wir haben eine Geheimsache zu besprechen ...« Der blasse, hagere Schulz machte eine Pause, während er den Wagen durch eine Haarnadelkurve lenkte. Er sprach so langsam, als sei das Aneinanderreihen von Worten nicht weniger gefährlich als der Umgang mit Dynamitstangen. »Wir müssen sichergehen, daß wir von niemand belauscht werden können. Auf Befehl des Führers, hat der Reichsleiter gesagt ...«

Müller schwieg unbehaglich. Auf für ihn charakteristische Art hatte SS-Standartenführer Jäger den Befehl Bormanns ignoriert und den Kommandanten angerufen, um ihm Schulz' Besuch anzukündigen.

»... ein widerwärtiger Kerl, kann ich Ihnen sagen. Nehmen Sie sich vor ihm in acht – der Kerl geht über Leichen!«

Am Ende der noch teilweise vereisten Zufahrtsstraße ließen sie den Wagen stehen. Sie gingen zu Fuß durch den in den Fels gesprengten Tunnel weiter. Müller stellte fest, daß er immer nervöser wurde.

Die beiden Männer traten noch immer schweigend in den mit Messing ausgekleideten Aufzug, und Schulz, der angestrengt geradeaus starrte, drückte auf den Knopf. Der Aufzug setzte sich leise surrend in Bewegung und glitt in seinem aus gewachsenem Fels herausgehauenen Schacht hundertzwanzig Meter nach oben. Müller fuhr mit einem Finger unter seinen Uniformkragen, der ihm plötzlich zu eng war. Dann hielt der Aufzug; seine Tür öffnete sich.

»Wo sind die Wachposten?« fragte Müller scharf. »Gut, daß ich hergekommen bin – sie sind nachlässig geworden. Das setzt Disziplinarstrafen!«

Schulz äußerte sich nicht dazu. Er marschierte voraus: durch eine Galerie mit römischen Säulen, quer durch einen großen kreisrunden Raum mit Glasdach und auf eine Terrasse hinaus. Die Terrasse war mit Schnee bedeckt, der an manchen Stellen eisig schimmerte. Müller beobachtete, wie Schulz mit sicherem Schritt an die Terrassenbegrenzung trat: eine niedrige, nur etwa schenkelhohe Mauer. Der Mann schien keine Nerven zu haben.

Ohne auf den Kommandanten zu achten, stützte Schulz sich mit den behandschuhten Händen auf die vereiste Terrassenmauer und starrte das eindrucksvolle Gipfelpanorama an. Unter ihm fiel die Felswand hundert Meter tief senkrecht ab. Müller trat neben den geheimnisvollen Besucher, achtete aber sorgfältig darauf, nicht in die Tiefe zu blicken.

»Hören Sie, Schulz«, knurrte er, »nachdem Sie mich jetzt hierhergeschleppt haben, kann ich nur hoffen, daß Sie gute Gründe für Ihr merkwürdiges Verhalten vorbringen können.«

»Allerbeste Gründe«, bestätigte Schulz gelassen. Er sah Müller zum erstenmal ins Gesicht. »Wir haben auf dem Berghof einen Verräter entdeckt ...«

Müller war zunächst wie gelähmt vor Entsetzen. Als Kommandant war er für die Sicherheitsüberprüfung aller seiner Untergebenen verantwortlich. Nun würde gegen ihn ermittelt werden. Er stützte sich mit beiden Händen auf die schneebedeckte Brüstung, weil er weiche Knie bekommen hatte.

»Wer ist der Verräter?« fragte er schließlich.

»Der Verräter sind Sie selbst ...«

Schulz trat blitzschnell in Aktion, während er sprach. Seine rechte Hand bekam Müllers Koppel von hinten zu fassen. Mit der linken Hand führte er gleichzeitig einen Handkantenschlag gegen den Hals des Kommandanten. Der SS-Führer nahm alle seine Kraft zusammen, um Müller hochzuheben und zugleich nach vorn zu drücken. Sein Opfer rutschte auf einer Eisplatte aus, wodurch die Vorwärtsbewegung noch beschleunigt wurde.

Der Kommandant wollte die Brüstung umklammern, aber seine behandschuhten Finger fanden keinen Halt. Er stürzte in die Tiefe wie ein Schwimmer, der sich vom Sprungbrett katapultiert. Sein Aufschrei verhallte in der klaren Bergluft.

SS-Obersturmführer Schulz fuhr mit dem Aufzug hinunter, folgte dem Tunnel ins Freie und ging zu seinem Wagen, ohne mehr als einen flüchtigen Blick auf den zerschmetterten Leichnam zu werfen. Ihm fiel lediglich aus beruflichem Interesse auf, daß der Kommandant erstaunlich weit vom Fuß des Kehlsteins entfernt aufgeprallt war. Er ließ den Motor an und fuhr zum Berghof zurück, um den »Unfall« zu melden.

»Höchst bedauerlich«, lautete Bormanns Kommentar, als Schulz ihm telefonisch Bericht erstattete. »Sie fliegen sofort nach Berlin zurück. Bestellen Sie Standartenführer Jäger, daß er vorläufig zum Kommandanten des Berghofs ernannt ist. Auf Befehl des Führers!«

Bormann legte den Hörer auf, zog sein Notizbuch aus der Tasche und schlug die Seite mit den drängendsten Problemen auf. Er strich zwei Wörter durch, um sich selbst zu bestätigen, daß eine weitere Aufgabe gelöst sei: *Kommandant Berghof.*

Bei seiner Rückkehr nach Berlin fand SS-Obersturmführer Rainer Schulz einen Marschbefehl vor. Er war an die Leningradfront versetzt worden. Drei Tage nach seiner Ankunft fiel er im Raketenhagel einer von den Verteidigern der Stadt eingesetzten Stalinorgel.

Von Salzburg nach Rastenburg in Ostpreußen hatte die Ju 52 rund tausend Kilometer weit zu fliegen. Bauers Kurs führte über die Tschechoslowakei und Polen hinweg nach Ostpreußen. Lindsay, der unterwegs auf Einladung des Flugkapitäns den Platz des Kopiloten eingenommen hatte, unterhielt sich mit Bauer über seine Erlebnisse und Erfahrungen mit der »Tante Ju«. Die beiden Männer sprachen völlig ungezwungen miteinander, denn schließlich waren sie beide Flieger.

Am frühen Nachmittag des 14. März befand die Ju 52 sich im Anflug auf Rastenburg. Lindsay, der weiterhin vorn rechts neben Bauer saß, bemühte sich vergeblich, sich auf das bevorstehende Kreuzverhör in der Wolfsschanze zu konzentrieren. Unter ihnen glitt eine scheinbar endlose Schneewüste vorbei. Darüber erstreckte sich eine tiefhängende schmutzig graue Wolkendecke, deren Färbung weitere Schneefälle ankündigte. In Gedanken war Lindsay bei der Besprechung in der Londoner Ryder Street, auf der sein verrücktes Vorhaben Gestalt angenommen hatte.

Colonel Dick Browne, der ihn in affektiertem Ton eingewiesen hatte, war Lindsay nicht gerade sympathisch gewesen.

»Falls Sie Deutschland erreichen . . .«

»*Wenn* ich Deutschland erreiche«, verbesserte ihn Lindsay.

»Wenn«, sagte der SIS-Offizier widerstrebend, als sei das höchst unwahrscheinlich. »Wenn Sie Deutschland erreichen, müssen Sie dort als erstes feststellen, wo das Führerhauptquartier liegt. Da Sie vor dem Krieg als Sympathisant der Nazis gegolten haben – und weil Sie sogar von Hitler empfangen worden sind –, ist es denkbar, daß Sie durchaus freundlich empfangen werden . . .« Er hielt seinem Besucher ein Zigarettenetui hin. »Rauchen Sie eine, Lindsay.«

Das klang fast so, als gewähre er einem zum Tode Verurteilten einen letzten Wunsch. Lindsay nahm die Zigarette und zündete sie mit dem deutschen Feuerzeug an, an das er sich gewöhnen wollte. Er schwieg hartnäckig, so daß Browne, der auf irgendeine Reaktion gehofft hatte, selbst weitersprechen mußte.

»*Wenn* Sie in dem bisher geheimen Führerhauptquartier eintreffen, müssen Sie zweitens feststellen, ob Hitler die deutschen militärischen Operationen selbst leitet – oder ob irgendein Generalfeldmarschall der eigentliche Stratege ist. In letzterem Fall müßten Sie seine Identität zu ermitteln versuchen.«

»Irgendwie klingen diese Anweisungen so, als kämen sie von ganz oben«, stellte Lindsay fest.

»Der Ursprung dieser Direktive ist streng geheim. Sobald Sie sich die gewünschten Informationen beschafft haben, schlagen Sie sich zu den alliierten Linien durch und lassen uns von dem dortigen Kommandeur benachrichtigen. Wir holen Sie mit einem Flugzeug ab und . . .«

»Ein Kinderspiel!«

»Hören Sie, Lindsay, ich kann nur hoffen, daß Sie diese Sache nicht leichtfertig angehen . . .«

»Großer Gott, Browne, soll ich etwa hier sitzen und vor Angst schlottern wie ein Preßlufthammer?«

»Ich bin noch immer Colonel!«

»Und ich bin Wing Commander!«

»Was sich als nützlich erweisen kann«, sagte Browne rasch, um das Thema zu wechseln, weil ihm klar wurde, daß dieser RAF-Typ imstande war, sich ganz oben über ihn zu beschweren. »Die Deutschen überprüfen Sie natürlich gründlich – legen Sie sozusagen unters Mikroskop. Die Unterlagen über die alliierten Truppenaufstellungen, die Sie mitbekommen, sollten dazu beitragen, Ihre Glaubwürdigkeit zu erhöhen . . .«

»Sie sind natürlich gefälscht?« fragte Lindsay mit einem Blick auf den dicken Umschlag, den Browne aus einer abgeschlossenen Schublade genommen hatte. »Die Deutschen müßten ungefähr wissen, welche Einheiten General Alexander gegen sie einsetzt.«

»Lassen Sie mich erst ausreden, alter Junge«, wehrte der Colonel ab. Er lächelte selbstgefällig. »Diese Dokumente . . .« Brownes Hand berührte den Umschlag fast liebevoll. »Wir geben Ihnen Alexanders gegenwärtige Truppenaufstellungen in Tunesien mit. Folglich haben Sie in dieser Beziehung nichts zu befürchten.«

»Wunderbar!« antwortete Lindsay sarkastisch. »Hoffentlich wissen das die Deutschen auch . . . Und ich kann mir vorstellen, wie begeistert Alexander von der Idee sein wird, mich mit diesen Unterlagen nach Deutschland fliegen zu lassen!«

Browne sah jetzt womöglich noch selbstzufriedener drein. »Das ist eben das Schöne an unserem Plan.« Er lehnte sich zurück und fuhr sich mit der rechten Hand über sein schütteres Haar. »Sobald die Deutschen bei ihrem Hauptquartier in Tunis nachfragen, wird ihnen bestätigt, daß das unsere Truppenaufstellung am Tage Ihres Abflugs gewesen ist. Aber sobald Sie gestartet sind, *ändert* Alexander diese Aufstellung. Mit etwas Glück greift Jerry aufgrund Ihrer Bestätigung an – und erlebt einen gewaltigen Reinfall!«

»Deshalb ist Alexander . . .«

». . . nur allzugern bereit, mit uns zusammenzuarbeiten. So haben wir uns sein Einverständnis gesichert. Raffiniert, nicht wahr?«

»Ziemlich.«

»Ich fasse also zusammen«, fuhr Browne fort. »Sie stellen fest, wo Hitler sich verborgen hält und ob er den Krieg selbst führt – oder wer als eigentlicher Oberbefehlshaber fungiert. Und Sie unterbreiten ihm Ihren Friedensvorschlag. Danach nehmen Sie die Hilfe der bereitstehenden Untergrundbewegung in Anspruch und setzen sich in die Schweiz ab.«

»Ein Kinderspiel«, wiederholte Lindsay trocken.

Der Engländer kehrte mit einem Ruck in die Gegenwart zurück, als er spürte, daß die Ju 52 zu sinken begann. Sie setzten zur Landung auf dem Flugplatz Rastenburg an. Aber wo, zum Teufel, lag der Platz? Unter ihnen erstreckten sich endlose, tief verschneite Kiefernwälder; nirgends waren Anzeichen menschlicher Besiedlung zu sehen. Bauers Stimme drang aus seinem Kopfhörer.

»In fünf Minuten sind wir unten.«

»Aber doch nicht irgendwo im Wald?« erkundigte sich Lindsay mit einem Anflug von Galgenhumor.

Er hörte den Piloten amüsiert lachen. »Keine Angst, wir haben schon Funkverbindung mit dem Platz. In ein paar Minuten stehen wir am Boden.«

Plötzlich lag die Landebahn vor ihnen – in einer lang gestreckten Lichtung, an deren Rändern keine Gebäude zu erkennen waren, was Lindsay höchst merkwürdig vorkam. Wo war der Kontrollturm? Bauer landete wunderbar sanft: Lindsay bewertete seine Landung als erfahrener Flieger mit zehn von zehn möglichen Punkten. Das Fahrwerk setzte weich auf, und die Ju 52 rollte aus.

Erst am Boden wurden die Gebäude am Platzrand sichtbar. Ihre Dächer waren mit riesigen Tarnnetzen überspannt, in die Kiefernzweige eingearbeitet waren. Alle Flachdächer waren zusätzlich bepflanzt; kein Wunder, daß die Wolfsschanze und der dazugehörige Flugplatz bisher noch nicht aus der Luft entdeckt worden waren. Lindsay stemmte sich mühsam aus seinem Sitz hoch. Er kam sich wie gelähmt, fast versteinert vor. Lampenfieber.

Er bedankte sich bei Bauer und schüttelte ihm zum Abschied anerkennend die Hand. Der Deutsche machte eine wegwerfende Handbewegung, als sei alles selbstverständlich gewesen, aber Lindsay merkte, daß er sich über sein Lob freute.

»Bis zum nächsten Mal«, meinte Bauer grinsend. »Was halten Sie von einem Flug über die russische Front?«

»Vielleicht gelegentlich . . .«

Lindsays Aufmerksamkeit galt jetzt einem großen Mercedes, der fast neben der Ju 52 hielt. Ein großer, gutaussehender Mann in Heeresuniform stieg aus, knallte die Hacken zusammen und grüßte zackig. »Heil Hitler! Wing Commander Lindsay? Mein Name ist Günsche; ich bin der Adjutant des Führers. Ich habe den Auftrag, Sie sofort zum Führer zu bringen, der soeben von der Ostfront zurückgekehrt ist.«

Der Engländer merkte, daß die Nachricht von seiner Ankunft wie ein Lauffeuer die Runde gemacht haben mußte. Überall auf dem gut getarnten Flugplatz ließen Männer ihre Arbeit liegen und starrten ihn an. Ein Luftwaffenoffizier machte einen Kontrollgang um eine abgestellte FW 200 – die Condor, die den Führer von der Ostfront zurückgebracht hatte, oder die Maschine, die Bauer vom Flugplatz Salzburg hatte starten sehen? Einige Bordwarte, die an einem Flugzeug arbeiteten, machten eine Pause, um Lindsay nachzublikken, und aus dem kleinen Kontrollturm beobachtete ihn jemand sogar durch ein Fernglas. Er spielte die Hauptrolle!

»Danke, Günsche. Aber ich möchte lieber vorn sitzen. Ganz allein hinten würde ich mir wie unser König vorkommen!«

»Selbstverständlich, Wing Commander.« Günsche knallte die hintere Tür zu und öffnete die vordere. »Wissen Sie«, fuhr er fort, nachdem er sich ans Steuer gesetzt hatte, »wenn der Führer mit dem Wagen unterwegs ist, besteht er auch darauf, immer vorn neben dem Fahrer zu sitzen. Er ist wahrhaft ein Mann des Volkes – wie Sie, wenn ich so sagen darf...«

Lindsay stellte verblüfft fest, daß alles ganz anders ablief, als er ursprünglich befürchtet hatte. Er gewann überall Freunde – eine Leistung, die ihm ein gewisser Colonel Richard Browne aus der Londoner Ryder Street nicht so leicht hätte nachmachen können. Der Adjutant machte weiter Konversation, während er den Mercedes über schmale Waldstraßen lenkte, und lieferte dabei interessante Informationen.

»Im Augenblick herrscht bei uns viel Betrieb, ein ständiges Kommen und Gehen, nächtliche Alarme...«

»Doch hoffentlich nichts Ernstes?« fragte Lindsay.

»Nein, nein, letzten Endes klärt sich immer alles harmlos auf. Gestern zum Beispiel haben wir eine laute Detonation gehört – als sei eine Bombe explodiert. Dann haben wir gemerkt, daß wieder mal ein Fuchs eine Mine ausgelöst hatte. Es müssen allerdings mehrere gleichzeitig hochgegangen sein – so laut war die Detonation. Ich möchte Sie davor warnen, ohne Begleiter durchs Gelände zu streifen, Wing Commander. Die Wolfsschanze ist durch mehrere Minengürtel geschützt. Dort vorn kommt schon die erste Kontrollstelle. Wundern Sie sich nicht, wir müssen noch zwei passieren, bevor wir im Inneren der Wolfsschanze sind...« Ian Lindsay wunderte sich keineswegs. Aber er war steif vor Angst.

9

In Günsches Begleitung passierte Lindsay alle drei Kontrollstellen. Vor dem Einsteigen hatte der Engländer seine Fliegerjacke ausgezogen und saß jetzt in seiner RAF-Uniform auf dem Beifahrersitz. Er wunderte sich darüber, daß die jeweiligen Wachposten ihn keineswegs feindselig, sondern nur neugierig anstarrten. Ihm fiel auf, daß sogar Günsche, den bestimmt alle kannten, an jeder Kontrollstelle seinen Lichtbildausweis vorzeigen mußte.

»Sehr strenge Kontrollen«, stellte Lindsay fest, als der Deutsche nach dem Passieren der dritten Kontrollstelle bremste und hielt.

»Selbst Keitel und Jodl müssen ihre Sonderweise vorzeigen, bevor sie passieren dürfen«, erklärte Günsche, nachdem sie ausgestiegen waren. »Nur der Führer braucht natürlich keinen Ausweis . . .«

Die Fahrt vom Flugplatz zur Wolfsschanze war deprimierend gewesen: Lindsay hatte das Gefühl gehabt, der vor Nässe tropfende Wald – die Feuchtigkeit war wohl auf einen raschen Temperaturanstieg zurückzuführen – engte die Straße von beiden Seiten ein. Die zwischen den Bäumen hängenden Nebelschwaden machten die Szene noch bedrükkender. Als sie nun die Wolfsschanze erreicht hatten, staunte Lindsay noch mehr über die Primitivität des Führerhauptquartiers.

Jenseits der Stacheldrahthindernisse, die sie zuletzt passiert hatten, standen scheinbar wahllos durcheinandergewürfelte ebenerdige Holzgebäude, die den Eindruck erweckten, als seien sie über Nacht aufgestellt worden. Sie erinnerten Lindsay an ein militärisches Durchgangslager. Am meisten Mühe hatten die Erbauer des Führerhauptquartiers sich offenbar mit seiner Tarnung gegeben.

Wie auf dem Flugplatz Rastenburg verschwanden die Gebäude unter riesigen Tarnnetzen mit eingeflochtenen olivgrün-weißen Girlanden. Die Außenwände der Baracken waren braun-grün gefleckt. Günsche drehte sich nach Lindsay um und zeigte auf ein Gebäude vor ihnen.

»Das ist die Lagebaracke – alle Lagebesprechungen finden dort oder im Führerbunker statt. Dort drüben steht die Baracke von Feldmarschall Keitel, die andere gehört Jodl. Martin Bormann hat seine außerhalb des Sperrkreises. Wenn man den Teufel nennt . . .«

Ein untersetzter, dicklicher Mann in Parteiuniform kam aus der Lagebaracke und hielt dienstbeflissen die Tür auf. Hinter ihm erschien ein weiterer Uniformierter. Lindsay spürte, wie seine Muskeln sich verkrampften, und atmete tief durch, um sich zu entspannen. Der untersetzte Mann ging neben seinem Herrn und Meister her, und Lindsay stellte überrascht fest, daß Bormann fast einen Kopf kleiner als Hitler war.

Bormann hatte Lindsay gesehen und machte dem Führer gegenüber eine Bemerkung, wobei er auf den Engländer zeigte, während die beiden auf Günsche und seinen Begleiter zukamen. Er erklärt ihm, wer ich bin, was merkwürdig ist, dachte Lindsay. Dann hob er wie der Adjutant den rechten Arm zum Deutschen Gruß.

»Heil Hitler!« sagten sie im Chor.

Der Führer erwiderte ihren Gruß mit ernster Miene. Danach veränderte sich sein Gesichtsausdruck auf geradezu erstaunliche Weise. Lindsay, der Bühnenerfahrung hatte, konnte dieses Phänomen sozusagen als Fachmann würdigen.

Die anfängliche Strenge fiel von Hitler ab, als er Lindsay freundlich die Hand schüttelte. Sein Lächeln war herzlich, und er sprach ganz ungezwungen und keineswegs herablassend, als begrüße er einen guten alten Bekannten.

»Willkommen in meinem schlichten Hauptquartier, Wing Commander. Ich freue mich schon auf ein längeres Gespräch mit Ihnen. Vor dem Krieg sind Sie einer der wenigen Engländer gewesen, die meine wahren Absichten begriffen haben. Entschuldigen Sie mich jetzt bitte? Ich habe einiges hinter mir und muß mich ausruhen . . .«

Dann war er verschwunden, und zwei Offiziere traten aus der Lagebaracke. Günsche bewegte kaum die Lippen, während er ihre Namen nannte.

»Der erste ist Generalfeldmarschall Keitel. Sehr steif und förmlich. Der hinter ihm ist Generaloberst Jodl.«

Keitel war groß und breitschultrig, hielt den Kopf hoch und hatte einen gepflegten Schnurrbart. Als er kurz vor den beiden Männer stehenblieb, wirkte er arrogant und hochnäsig. Günsche stand vor ihm stramm.

»Sie sind der englische Überläufer vom Berghof. Sie halten sich hier bereit, bis der Führer Ihnen eine kurze Unterredung gewährt.«

Nachdem Keitel diesen Befehl erteilt hatte, stolzierte er davon. Generaloberst Alfred Jodl war ein völlig anderer Typ. Er trug seine Schirmmütze schneidig schräg, und sein ironisches Lächeln wirkte beinahe amüsiert, als er stehenblieb, um Lindsay zu begutachten. Jodl war hager und glatt rasiert; sein Auftreten war energisch, aber höflich.

»Wer gewinnt Ihrer Meinung nach diesen Krieg?«

»Das weiß vorerst nur Gott allein . . .«

»Dann wollte ich, Sie hätten Gott mitgebracht, damit wir ihn fragen könnten«, antwortete Jodl. Er nickte Günsche zu. »Die heutige Lagebesprechung ist gar nicht richtig in Gang gekommen. Aber das war vielleicht ganz gut, weil das Notstromaggregat verrückt spielt. Dort drinnen ist's so finster gewesen, daß kaum die Karten zu erkennen waren.« Er wandte sich wieder an Lindsay und überraschte ihn erneut. »Was haben Sie Interessantes in diesem Umschlag, den Sie an sich drücken, als enthalte er die britischen Kronjuwelen?«

»Die alliierte Truppenaufstellung in Nordafrika.«

»Kommen Sie in zwei Stunden zu mir! Sie sind noch von niemand danach gefragt worden? Nicht einmal vom Führer? Eigenartig – ihm entgeht sonst nicht leicht etwas. Sie hätten wirklich Gott mitbringen sollen . . .«

Lindsay war verwirrt und wußte nicht, was er denken sollte. Im Vordergrund seines Bewußtseins stand seine kurze

Begegnung mit Hitler. Wenn er an ihr Gespräch vor dem Krieg zurückdachte, hatte er das merkwürdige Gefühl, als übertreibe der Führer seine frühere Persönlichkeit ...

Jodl verließ sie mit einem Lächeln, aus dem zynische Verachtung sprach. Lindsay wandte sich an Günsche, um ihn zu fragen, wo er untergebracht sei, aber der Adjutant kam ihm zuvor. »Das sieht Jodl ähnlich, daß ihm der Umschlag auffällt – obwohl ich auch erwartet hätte, daß der Führer danach fragt. Ah, da kommt jemand mehr nach Ihrem Geschmack, nehme ich an.«

Eine schlanke, schwarzhaarige junge Frau, eine aparte Erscheinung, trat aus der Lagebaracke und kam langsam auf sie zu, als wolle sie Zeit gewinnen, um Lindsay in Ruhe betrachten zu können. Ihr rechter Arm hing locker herab; in der linken Hand hielt sie einen Stenoblock.

»Christa Lundt, die Chefsekretärin des Führers«, flüsterte Günsche Lindsay zu. »Sie hat sich nach Ihnen erkundigt. Sie interessiert sich für Sie, glaube ich.« Er seufzte. »Sie Glückspilz!«

Als sie einander beim Kaffee im Kasino gegenübersaßen, gelang es Christa Lundt sofort, Ian Lindsay aus dem Gleichgewicht zu bringen.

»Sympathisieren Sie wirklich mit den Nazis, Wing Commander?«

Sie stellte ihre Frage in ausgezeichnetem Englisch. Bis dahin hatten sie miteinander Deutsch gesprochen. Lindsay, der ihr von Günsche vorgestellt worden war, hatte verblüfft ihre Einladung ins Kasino angenommen, in dem sie jetzt allein waren, wenn man von der Ordonnanz absah, die hinter der Theke beschäftigt und zu weit von ihnen entfernt war, um ihr Gespräch belauschen zu können.

»Ich bin vor dem Krieg Mitglied der Englisch-Deutschen Gesellschaft gewesen«, antwortete er und spielte den Ball damit zu ihr zurück, während er den ziemlich scheußlichen Kaffee in kleinen Schlucken trank.

Lindsay betrachtete die junge Frau genauer: ihre schmale Nase, die klaren blauen Augen, den ausdrucksvollen Mund, das energische Kinn. In seinem Unterbewußtsein schrillte ein Alarmsignal. Er war mißtrauisch und wachsam, ohne sich etwas anmerken zu lassen.

»Aber das ist, wie Sie sagen, vor dem Krieg gewesen«, fuhr sie in seiner Muttersprache fort. »Seit damals hat sich viel geändert . . .«

»Und wo haben Sie so gut Englisch gelernt, wenn ich fragen darf?« erkundigte er sich.

»Sie weichen meiner Frage aus, Wing Commander.« Ihr Lächeln kam langsam und wärmte dann wie ein behagliches Kaminfeuer. »Mit achtzehn habe ich einige Monate bei einer netten Familie in Guildford, Middlesex, verbracht . . .«

»Guildford liegt in Surrey«, warf er rasch ein.

»Dann sind Sie also tatsächlich Engländer – kein Deutscher, der sich als Engländer ausgibt.«

»Und wozu sollte ich das tun, um Himmels willen?«

Christa Lundt lächelte wieder. Er sah, daß er sich vor ihrem Lächeln in acht nehmen mußte. Es konnte jeden Mann verzaubern. Sie wußte sogar eine plausible Antwort auf Lindsays Frage.

»Weil Sie so gutes Deutsch sprechen und ganz und gar der nordisch blonde Typ sind . . .«

»Ein würdiger Vertreter der Herrenrasse?«

Lindsay wußte nicht, was er von diesem Gespräch halten sollte. Diese intelligente, attraktive junge Frau verhörte ihn regelrecht. Im Auftrag Bormanns? Er war verwirrt.

»Ein würdiges Mitglied der Englisch-Deutschen Gesellschaft«, antwortete sie, ohne den Blick von seinem Gesicht zu nehmen. »Sie haben etwas Merkwürdiges an sich, Wing Commander – wie hier merkwürdige Dinge passiert sind, bevor Sie am Ende der Welt gelandet sind.«

»Was für merkwürdige Dinge?«

Das sollte desinteressiert klingen, aber Lindsay hatte das unangenehme Gefühl, Christa Lundt nicht täuschen zu können. Sie hatte kleine, schmale Hände. Alle ihre Bewegungen waren graziös. Ihre Stimme klang sanft und beruhigend. Sie sprach jetzt noch leiser, obwohl die Ordonnanz ihren Platz hinter der Theke verlassen und sich mit einer Zeitung in die entfernteste Ecke des saalartigen Raums zurückgezogen hatte.

»Beispielsweise hat es gestern eine sehr laute Detonation gebeben, unmittelbar bevor der Führer von der Ostfront zurückkehren sollte. Uns ist erzählt worden, Füchse seien in ein Minenfeld geraten. Das ist schon früher vorgekommen, aber diese Explosion war sehr laut, und ich hatte den Eindruck – ich habe ein sehr gutes Gehör –, sie habe sich *über* dem Wald ereignet. Wie sich dann herausstellte, hat das Führerflugzeug einen Ausweichplatz anfliegen müssen.«

»Belanglosigkeiten«, meinte Lindsay mit einer wegwerfenden Handbewegung.

»Bis in die Nacht hinein ist außerhalb des Sicherheitsbereichs im Wald gearbeitet worden. Ich habe ganz deutlich Motorengeräusche gehört. Heute ist der Führer rechtzeitig zur gewohnten Lagebesprechung eingetroffen – und hat sie schon nach wenigen Minuten beendet. Mit dem Notstromaggregat ist irgend etwas nicht in Ordnung gewesen: Die Beleuchtung hat geflackert und ist dann trüb geblieben, so daß wir uns in der Lagebaracke kaum gegenseitig erkennen konnten.«

»Gut, dann hat's also Schwierigkeiten mit der Stromversorgung gegeben. Immerhin herrscht Krieg, falls Sie's vergessen haben sollten ...«

»Ich bin kein Dummerchen, Wing Commander!«

»Ich hasse Förmlichkeiten. Sagen Sie einfach Ian zu mir. Darf ich Christa zu Ihnen sagen?«

»Einverstanden, Ian – aber nur unter vier Augen. Sonst bin ich für Sie Fräulein Lundt. Bormann hat schon ein dutzendmal versucht, mich ins Bett zu bekommen, was ihm bei den meisten anderen Sekretärinnen geglückt ist. Ihn dürfen Sie nicht verärgern: Er ist der gefährlichste Mann in der

Wolfsschanze. Und er ist für die gesamte Verwaltung zuständig – auch für die Stromversorgung.«

»Ist er der einzige, der von der Sache mit dem Notstromaggregat weiß?«

»Nein, das glaube ich nicht. Keitel und Jodl sind beide technisch interessiert und stecken ihre Nase in alles mögliche. Wie die meisten von uns langweilen sie sich in unserer erzwungenen Einsamkeit.« Sie erwiderte seinen Blick. »Und bei uns grassiert das Spionagefieber! Der Führer ist davon überzeugt, daß es in der Wolfsschanze einen Sowjetspion gibt.« Ihr Gesicht wurde ausdruckslos. »Bormann ist eben hereingekommen. Er will Sie sprechen. Ich gehe jetzt ...«

Lindsay lag auf seinem Feldbett, hatte die Hände unter dem Kopf gefaltet und starrte zu der durch schwere Balken verstärkten und abgestützten Decke auf. Bormann hatte ihm seine Unterkunft angewiesen: eine Barackenhälfte im Sperrkreis II, in dem auch Keitel und Jodl ihre Privatquartiere hatten.

Der Wing Commander rief sich noch einmal jedes Wort seines Gesprächs mit Christa Lundt ins Gedächtnis. Konnte er ihr auch nur ein Wort glauben?

Der erste zweifelhafte Punkt war die geheimnisvolle Explosion, die sich nach Christas Aussagen *in der Luft* ereignet haben sollte. Merkwürdig war auch die Sache mit dem Notstromaggregat, das während der Lagebesprechung unregelmäßig gearbeitet haben sollte. Der dritte Punkt war Christas Behauptung, in der Wolfsschanze gebe es einen sowjetischen Spion. Machte das nicht alles, was sie sagte, unglaubwürdig?

Die dick vermummte Gestalt passierte die letzte Kontrollstelle und verschwand im nebelverhangenen Wald. Sie bewegte sich mit fast weiblicher Leichtfüßigkeit und beinahe lautlos über den verharschten Schnee.

In der Ferne erklang ein Knall wie ein Schuß. Die unwirkliche Silhouette blieb nicht einmal stehen. Irgendwo war ein

Ast unter der Schnee- und Eislast abgebrochen. Das passierte häufig genug. Die Gestalt bewegte sich zielbewußt auf einem schmalen Pfad durch die Minenfelder weiter. Etwa einen halben Kilometer von der Kontrollstelle entfernt schlüpfte sie zwischen einige dicht beieinanderstehende Bäume und ging in die Hocke.

Das Funkgerät war in einem Wurzelstock verborgen: in einer halb vom Schnee verdeckten Höhlung, die an einen der in dieser Gegend häufigen Fuchs- oder Dachsbaue erinnerte. Die Gestalt zog ein Notizbuch aus der Tasche und schlug die Seite mit der bereits verschlüsselten Nachricht auf.

Geschickte Finger begannen zu morsen – Finger, die zuerst die Teleskopantenne des leistungsstarken Senders ausgezogen hatten. Nichts geschah überhastet. Nachdem der Funkspruch übermittelt war, wurde das Gerät in die Höhlung zurückgeschoben. Eine Hand griff nach den tief über das Versteck herabhängenden Ästen und schüttelte eine Ladung Schnee herunter, um alle Spuren zu verbergen.

Danach machte die vermummte Gestalt sich langsam, fast gemächlich auf den Rückweg zur Kontrollstelle. In der Wolfsschanze gab es viele, die gelegentlich einen Spaziergang außerhalb der Sperrbezirke machten, um für kurze Zeit der bedrückenden Atmosphäre des Führerhauptquartiers zu entfliehen.

Eine halbe Stunde später schlüpfte Ian Lindsay in den langen Militärmantel, den Günsche ihm geliehen hatte, und verließ seine Unterkunft, um sich die Beine zu vertreten. Nebel und Dunkelheit waren in der Wolfsschanze eingefallen, und Lindsay hatte Mühe, in den schmutzig grauen Nebelschwaden nicht vom Weg abzukommen. Plötzlich ragte eine vermummte Gestalt vor dem Engländer auf.

Generalfeldmarschall Keitel hob lässig seinen Marschallstab und ging an Lindsay vorbei zu seiner Unterkunft. Die beiden Männer wechselten kein Wort. An Abenden wie diesem war niemand mit sich und der Welt zufrieden.

Teil II

Der Lucy-Ring

Roessler

10

Luzern. In seiner Wohnung im obersten Stock eines Altbaus setzte Rudolf Roessler den Kopfhörer ab und starrte seinen Schreibblock mit dem verschlüsselten Funkspruch an, der ihm soeben aus Deutschland übermittelt worden war. Er saß halb in einem Schrank vor einer heruntergeschobenen Klappe, hinter der sein starkes Funkgerät versteckt war.

Roessler, ein unauffälliger Mann in mittleren Jahren, an dem man auf der Straße hundertmal hätte vorbeigehen können, ohne ihn bewußt wahrzunehmen, begutachtete durch dicke Brillengläser die Meldung, die er in Kürze nach Moskau weiterfunken würde. Auch ohne sie entschlüsselt zu haben – Schweizer Kryptographen hatten den Code längst geknackt –, wußte er, daß er die gegenwärtige Aufstellung des deutschen Ostheeres vor sich hatte.

Das große Rätsel war die Identität des Agenten mit dem Decknamen »Specht«, der in der nationalsozialistischen Hierarchie so hoch oben stand, daß er regelmäßig Angaben über die deutschen Truppenbewegungen liefern konnte. Rudolf Roessler staunte jedesmal wieder über diese unwahrscheinliche Quelle.

Aber auch Roessler war ein Rätsel. Vor 1933 hatte er in Berlin einen Theaterverlag geleitet und eine gegen den Nationalsozialismus kämpfende Zeitschrift herausgegeben. In dieser längt versunkenen Zeit, als Berlin der »Fleischtopf Europas« war, hatte er die Verbindungen geknüpft, die – viele Jahre später – zum Aufbau des erfolgreichsten Spionagerings des Zweiten Weltkriegs geführt hatten: des Lucy-Rings.

»Anna, ich könnte eine Tasse Kaffee vertragen, bevor ich diese Meldung nach Moskau weitergebe . . .«

Er wandte sich auf seinem Drehstuhl nach seiner Frau um, die ihm lächelnd zunickte, während sie nach der Kaffeekanne griff.

»Du arbeitest zuviel. Mit dieser ständigen Nachtarbeit machst du dich noch kaputt . . .«

»Anna, vielleicht machen wir Geschichte. Vielleicht bewirken wir sogar, daß der Krieg ganz anders ausgeht – wenn Moskau nur auf uns *hört!*«

»Auf Moskau hast du keinen Einfluß«, antwortete Anna nüchtern. »Du kannst nur dein Bestes tun. Komm, setz dich an den Tisch, während du deinen Kaffee trinkst«, forderte sie ihren Mann auf, als er am Funkgerät bleiben wollte. »Das Leben ist schon kompliziert genug . . .«

Es war in der Tat kompliziert. Im Jahre 1933 war Roessler in die Schweiz emigriert, um nach Hitlers Machtergreifung seiner Verhaftung zu entgehen. Als der Zweite Weltkrieg bevorstand, gelangte Roessler zu einer Vereinbarung mit dem Nachrichten- und Sicherungsdienst der Schweizer Armee. Als Gegenleistung für die Erlaubnis, seinen Sender betreiben zu dürfen, würde er die Schweizer mit Informationen versorgen, die ihm seine alten Kontaktpersonen in Berlin lieferten.

Einer dieser Männer hatte sich kurz vor Roesslers Abreise aus Berlin an ihn gewandt. Roessler hatte seinen Namen nie erfahren; er hatte lediglich das Gefühl gehabt, mit einem Kommunisten zu sprechen.

»Ein Krieg ist unvermeidlich«, hatte dieser Mann gesagt. »Sobald er ausbricht, erhalten Sie über Funk Meldungen von Specht. Er ist ein so hoher Nazi, daß Sie's nicht glauben würden, wenn Sie's wüßten. Sie bekommen in der Schweiz ein leistungsfähiges Funkgerät geliefert. Ich sorge dafür, daß Sie alle nötigen Codes und technischen Informationen erhalten. Und wir nennen Ihnen einen Schweizer, der Sie zum Funker ausbildet . . .«

So fand sich der sanfte Roessler, der noch vor einem Jahrzehnt von einem geruhsamen Dasein als Theaterverleger geträumt hatte, im Jahre 1943 als Leiter des wichtigsten Spionagerings der Welt wieder. Sein Berliner Gesprächspartner hatte ihm zuletzt noch eine Anweisung erteilt.

»Sie brauchen einen Decknamen. Wir haben beschlossen, Sie Lucy zu nennen . . .«

In seinem Arbeitszimmer im Kreml stand Stalin mit einer entschlüsselten Meldung in der Hand an seinem Schreibtisch. Die beiden anderen Männer standen respektvoll schweigend vor dem sowjetischen Diktator.

Einer von ihnen war Lawrentij Berija, der Chef der Geheimpolizei NKWD, aus der sich später der KGB entwickeln sollte. Der zweite Besucher war General Schukow, ein breitschultriger, kräftig gebauter Uniformierter. Stalin übergab den Funkspruch zuerst Berija, kehrte hinter seinen Schreibtisch zurück, lehnte sich in seinen Sessel und zündete sich seine kurze gebogene Pfeife an. Seine gelblichen Augen beobachteten Berija unter den buschigen Augenbrauen hervor, während er mit georgischem Akzent sprach.

»Das ist eine weitere Meldung von Lucy.«

»Wer ist diese Lucy?« fragte Schukow mit schlecht verhehlter Ungeduld.

»Das braucht Sie nicht zu kümmern. Die Meldung stammt von Specht, einem wichtigen Kontaktmann in Hitler-Deutschland.« Stalin machte eine Pause. »Ich darf doch annehmen, General Schukow, daß Sie regelmäßig vor Ihrer Front aufklären lassen?«

Schukow zuckte innerlich zusammen. Diese Frage war geradezu beleidigend! Aber er zwang sich dazu, sich seine Empörung nicht anmerken zu lassen, sondern zu antworten, als sei das eine ganz normale Frage gewesen.

»Marschall Stalin, ich habe bisher stets perönlich darauf geachtet, daß Tag und Nacht durch Spähtrupps aufgeklärt wird. Sie haben Anweisung, erst zurückzukommen, wenn sie Gefangene gemacht haben, die verhört werden können . . .«

»Dann sagen Sie mir«, forderte Stalin ihn in seinem weichen Tonfall auf, «ob Sie diese Meldung über die Aufstellung der uns gegenüberstehenden deutschen Verbände für glaubwürdig halten.«

Sie warteten. Der wortkarge Berija, der sich angewöhnt hatte, nur direkte Fragen Stalins zu beantworten, hatte den Funkspruch an Schukow weitergereicht. Allein die Schweigsamkeit des NKWD-Chefs wirkte bedrohlich. Schukow wandte sich an Stalin.

»Soweit ich informiert bin, gibt diese Meldung die Kräfteverteilung im unmittelbaren Frontbereich richtig wieder . . .«

»Aber die Deutschen können eine dünne Linie aus den hier genannten Verbänden gebildet haben, um uns zu täuschen«, wandte Stalin ein.

Schukow seufzte innerlich. Er haßte diese tückischen Lagebesprechungen; ihm graute vor jedem Besuch im Kreml. Das war Stalins typische Einstellung: *Traue keinem!* Ob in Hitlers Hauptquartier – wo immer es liegen mochte – dasselbe Mißtrauen herrschte?

»Richtig«, bestätigte er. »Aber Spechts bisherige Meldungen haben sich als erstaunlich zutreffend erwiesen – als stammten sie von einem Informanten aus dem Führerhauptquartier. Als Soldat entwickelt man einen sechsten Sinn für solche Dinge . . .«

»Wir warten vorerst noch ab«, entschied Stalin. »Wir wollen noch ein paar Meldungen prüfen, bevor wir uns mit unseren Unternehmen danach richten.«

Stalin senkte den Blick und klopfte umständlich seine Pfeife aus. General Schukow merkte, daß er für diesmal entlassen war. Er verabschiedete sich aufatmend.

Kaum war Stalin mit dem Chef seiner Geheimpolizei allein, als er ihm einen zweiten Funkspruch zeigte. Er sah Berija nicht an, während er die Meldung kommentierte.

»Diese Nachricht ist aus London eingegangen. Ein englischer RAF-Offizier namens Lindsay ist von Nordafrika aus nach Deutschland zu Hitler geflogen. Wieder einer von Churchills Tricks, nehme ich an.«

»Glauben Sie, daß er einen Separatfrieden mit den Deutschen aushandeln will?« fragte Berija, nachdem er die Meldung gelesen hatte.

»Davon habe ich kein Wort gesagt, stimmt's? Wir wollen abwarten, wie sich die Dinge entwickeln.«

Das war ein Lieblingsausdruck Stalins, mit dem seine Einstellung charakterisiert war: abwarten, bis die weitere Entwicklung zu erkennen war. Ähnlich hatte er im Juni 1941 reagiert, als der Kreml von allen Seiten mit Warnungen vor einem unmittelbar bevorstehenden deutschen Angriff überschüttet worden war.

»Und falls dieser Verdacht sich bestätigen sollte?« erkundigte sich Berija vorsichtig.

»Dann müßten wir drastische Schritte erwägen, nicht wahr?«

Zwei Stunden zuvor hatte Rudolf Roessler in Luzern seine Sendung nach Moskau beendet, die Klappe vor dem eingebauten Funkgerät geschlossen und den Schrank abgesperrt, in dem er das Gerät verborgen hielt, das seinem Leben Ziel und Richtung gab.

Selbst als er den Antennendraht für große Reichweiten entlang der Wände hinter den Tapetenleisten hatte installieren lassen, hatte er vorsichtshalber eine harmlos klingende Begründung dafür geliefert.

»Ich möchte die Auslandssendungen der BBC besser hören können«, hatte er dem Rundfunktechniker erklärt.

Anna hatte das vertraute Einschnappen der Schrankklappe gehört und trat jetzt ins Zimmer.

»Ich bleibe auf und warte auf Massons Kurier«, schlug sie vor. »Du kannst schon ins Bett gehen. Ich habe die Meldung abgeschrieben und in der Villa Stutz angerufen.«

»Was täte ich bloß ohne dich?« fragte Roessler lächelnd.

»Verhungern!«

»Dieser Krieg ist doch wirklich verrückt«, fuhr Roessler fort. Als ausgebürgerter Deutscher nehme ich Meldungen aus Kreisen der deutschen Widerstandsbewegung auf. Ich leite sie nach Moskau weiter. Und ich sorge dafür, daß der Schweizer Nachrichtendienst Durchschriften dieser Meldungen erhält – weil das die Voraussetzung für die Erlaubnis ist, hier als Relaisstelle arbeiten zu dürfen. Ich empfange Meldungen von jemand in der deutschen Führungsspitze, von einem Mann, den ich bestimmt nie persönlich gekannt habe – und der ein ungeheures Risiko eingeht. Ich nehme sie von diesem unbekannten Specht auf und übermittle sie an Kosak, der mir ebenso unbekannt ist. Hört mir eigentlich jemand zu? Die Russen siegen noch keineswegs ...«

»Wir merken früh genug, wann Moskau zuhört«, erklärte Anna.

»Aber woran?«

»Wenn die Rote Armee ihren Siegeszug durch Europa beginnt. Jetzt aber, Rudolf Roessler: Marsch, ins Bett mit dir!«

11

Heinz Kuby, das Double des Führers, ließ Martin Bormann zu sich rufen, sobald er sich etwas ausgeruht hatte. Er empfing seinen Besucher in Hitlers Kriegsuniform: in dunkler Hose und hellerer Jacke militärischen Schnitts. Als Bormann eintrat und die Tür hinter sich schloß, ging Kuby mit auf dem Rücken zusammengelegten Händen auf und ab.

Bormann betrachtete seine Schöpfung aufmerksam und war erstaunt. Er hatte das *Gefühl,* sich in Gegenwart des echten Führers zu befinden. Auch die einleitende Bemerkung des ehemaligen Schauspielers war charakteristisch für Hitler – viel zu charakteristisch, um Bormann zu gefallen, der auf diese Gelegenheit, Kuby zu »instruieren«, gewartet hatte.

»Die erste Lagebesprechung hat gut geklappt, Bormann. Sie haben natürlich meine Taktik begriffen? Ich habe sehr wenig gesprochen und mir von anderen über die gegenwärtige Lage an der Ostfront Bericht erstatten lassen. Bei der nächsten Besprechung werde ich anfangen, Befehle zu erteilen ...«

»Das wäre schrecklich gefährlich!« widersprach Bormann. Er sah sich nervös in Hitlers schlichtem Arbeitszimmer um. »Ich kann mich doch darauf verlassen, daß wir allein sind?«

»Natürlich! Glauben Sie denn, ich hätte keine Vorsichtsmaßnahmen getroffen, bevor ich Sie habe rufen lassen?«

Rufen lassen. Bormann ärgerte sich über diese Ausdrucksweise. Er hatte angenommen, Kuby werde sich in vieler Beziehung ganz und gar auf seinen Rat verlassen. Statt dessen sprach der Mann, der jetzt Adolf Hitler war, bereits wie mit einem Untergebenen mit ihm. Hitler fuhr fort.

»Entscheidend ist, daß ich mich in die Details der gegenwärtigen Truppenaufstellungen und die damit verfolgten Absichten einarbeite, um den Oberbefehl übernehmen zu können . . .«

»Oberbefehl?« Bormann war wie vor den Kopf geschlagen. »Ihnen fehlen die Kenntnisse, um Unternehmen zu führen, an denen Millionen von Soldaten beteiligt sind!«

»Wenn Sie mich noch einmal unterbrechen, werfe ich Sie hinaus!« drohte Hitler. »Auf dem Berghof habe ich jahrelang nichts anderes getan, als mich auf diesen Augenblick vorzubereiten.« Er unterstrich seine Worte mit nachdrücklichen Handbewegungen. »Ich habe Clausewitz, Moltke und alle übrigen Militärschriftsteller in der Bibliothek des Berghofs studiert – ich habe alle Bücher, die mein Vorgänger gelesen hatte, praktisch auswendig gelernt. Vergessen Sie nicht, Bormann, daß ich ein hervorragendes, durch meinen Beruf geschultes Gedächtnis habe . . .«

»Und wenn ich Sie nicht unterstütze?«

»Mein Führer!« fauchte der andere. »*So* sprechen Sie mich privat und in der Öffentlichkeit an. Bilden Sie sich etwa ein, mich anprangern zu können? Ausgerechnet Sie, der mich hierher in die Wolfsschanze gebracht hat? Wie lange könnten *Sie* sich nach meiner Entlarvung noch im Amt halten? Los, antworten Sie schon!«

»Ist nicht zu befürchten, daß jemand die von Ihnen gespielte Rolle durchschaut?« gab Bormann zu bedenken. »Keitel? Oder Jodl? Wir haben die erste Hürde erfolgreich überwunden, weil ich dafür gesorgt habe, daß das Notstromaggregat so unzulänglich gearbeitet hat, daß Sie in der Lagebaracke kaum zu erkennen gewesen sind. Aber ich denke vor allem auch an die Männer, die uns hier besuchen: Goebbels Göring, Himmler . . .«

»Sie sind ein Dummkopf, Bormann!«

Hitler ließ sich in einen Sessel fallen, dessen Lehnen er mit beiden Händen umklammerte. Die Haartolle fiel ihm in die Stirn, während er den Chef der Parteikanzlei anstarrte. »Die nicht mit *meiner* Politik einverstandenen Generale warten nur auf eine Gelegenheit, mich zu entmachten – mich und meine Parteigänger, zu denen auch Keitel und Jodl gehören. Die Stellung – und vielleicht auch das Überleben – dieser Männer hängt von meiner fortdauernden Existenz ab. Das gilt jedenfalls für Sie, Bormann! Und es trifft auch auf die Männer zu, die uns hier besuchen, wie Sie es ausgedrückt haben. Sollte also jemand den Verdacht haben, hier gehe nicht alles mit rechten Dingen zu, wird er – schon aus eigenem Interesse – den Mund halten!«

»Sie haben bestimmt recht, mein Führer.«

»Sie sind wirklich ein Dummkopf, glaube ich«, fuhr Hitler nachdenklich fort. Seine leicht hervortretenden Augen fixierten Bormann. »Unser gesamter Erfolg ist auf geschickte Propaganda zurückzuführen, die wiederum auf dem von mir verwirklichten Prinzip der Großen Lüge basiert! Die Richtigkeit dieses Prinzips hat sich immer wieder bewiesen. Eine kleine Lüge reizt noch zum Widerspruch, zur Widerlegung. Eine enorme Lüge verblüfft und verwirrt die Menschen so sehr, daß sie zu glauben beginnen, sie müsse wahr sein. Verstehen Sie, wie das auch umgekehrt funktioniert?«

»Vielleicht sind Sie so freundlich, es mir zu erklären?«

Bormann stand noch immer. In seinem Kopf drehte sich alles, und er hörte wie in Trance zu, während Hitler weiter dozierte.

»Die große Lüge. Wer würde auch nur im Traum daran denken, daß ein Mann, der wie der Führer aussieht, sich wie der Führer benimmt und wie der Führer spricht, *jemand anders als der Führer sein könnte?*«

Hitler sprang in einem für ihn charakteristischen Energieausbruch auf und begann wieder, auf und ab zu gehen. Sein barscher Tonfall wurde umgänglicher, und er zeigte sich von seiner freundlichsten Seite.

»Bormann, ich brauche Ihre Hilfe. Ich möchte Sie stets an meiner Seite haben. Ich kann auf Sie zählen, nicht wahr?«

»Selbstverständlich, mein Führer! *Immer!*«

Bormann hatte unwillkürlich Haltung angenommen. Hitler blieb vor ihm stehen und legte ihm freundschaftlich eine Hand auf die Schulter. Er lächelte wieder, und seine hervortretenden Augen glänzten feucht.

»Darf ich auf das Problem mit dem Hund hinweisen?« fragte Bormann.

»Da gibt's keine Probleme: Ich habe mich bei Besuchen meines Vorgängers auf dem Berghof mit Blondi angefreundet. Sie hat Vertrauen zu mir – ich komme mit Hunden immer gut zurecht.«

»Aber ein weiteres Problem«, begann Bormann zögernd, »erscheint mir unlösbar – falls Sie jemals wieder den Berghof besuchen. Ich spreche von Eva Braun, die . . .«

»Wegen dieser Dame brauchen Sie sich nicht den Kopf zu zerbrechen«, versicherte Hitler ihm mit einem humorvollen Glitzern in den Augen. »Und ich werde den Berghof selbstverständlich wieder besuchen. Da ich dort so viele Jahre meines Lebens verbracht habe, fühle ich mich auf dem Berghof am ehesten zu Hause . . .« Er machte eine Pause.

»Ich bin froh, daß Sie dieses Thema angeschnitten haben. Bis die Leute sich an mich gewöhnt haben, könnte ein Kulissenwechsel dazu beitragen, sie abzulenken. Deshalb werden wir schon bald alle in den Berghof umziehen – ich brauche nach diesem langen, anstrengenden Winter in der Wolfsschanze dringend Erholung. Das wäre vorerst alles, glaube ich.«

Die Unterlagen über die Aufstellung der alliierten Streitkräfte in Nordafrika lagen ausgebreitet auf Generaloberst

Jodls Schreibtisch. Sie waren ihm vor zwei Stunden von Ian Lindsay übergeben worden. Jetzt saß der Engländer vor seinem Schreibtisch und wartete auf Jodls Reaktion.

Jodl hatte Zeit gehabt, sich mit dem deutschen Oberkommando in Tunis, das General Alexanders Truppen als Gegner hatte, in Verbindung zu setzen. Zu welchem Ergebnis hatte diese Überprüfung geführt? Lindsay spürte eine gewisse Verschlagenheit in Jodls Ausdruck und Wesen. Man mußte bestimmt hellwach sein, um den in der Wolfsschanze geführten Buschkrieg zu überdauern.

»Ich habe eine Zusammenfassung Ihrer Unterlagen nach Tunis übermitteln lassen und das Urteil der dortigen Stellen zu dieser angeblichen Aufstellung der alliierten Streitkräfte in Nordafrika eingeholt...«

Der Generaloberst machte eine Pause, in der er leicht mit einem Bleistift auf die Schreibtischplatte klopfte. Eine Bürolampe warf ihren hellen Schein auf die ausgebreiteten Unterlagen. Die Fenster seines Arbeitszimmers waren durch schwarze Rouleaus verdunkelt, aber draußen wäre ohnehin nichts zu sehen gewesen, weil dichter Nebel das schwache Licht der abgedunkelten Lampen an den Wegen verschluckte. Lindsay merkte, daß Jodl mit ihm spielte, und kämpfte gegen die fast übermächtige Versuchung an, irgend etwas zu sagen, um das bedeutungsschwere Schweigen zu brechen.

»In gewisser Beziehung sind diese Unterlagen ein Hinweis auf Ihre Ehrlichkeit, nicht wahr?« erkundigte Jodl sich schließlich.

Lindsay zuckte gleichmütig mit den Schultern. »Das müssen andere entscheiden. Ich warte lediglich auf mein Gespräch mit dem Führer...«

»Darauf müssen Sie vielleicht lange warten!« sagte der Deutsche scharf.

Lindsays Magennerven verkrampften sich. Anscheinend waren die verdammten Unterlagen nicht in Ordnung! Er hätte sich am liebsten eine Zigarette angezündet. Aber er widerstand auch dieser Versuchung, weil er spürte, daß Jodl auf das geringste Anzeichen von Nervosität wartete.

Der Bleistift klopfte weiter auf die Schreibtischplatte. Lindsay hätte ihn Jodl aus den Fingern reißen und zerbrechen mögen. Statt dessen lehnte er sich in seinen Sessel zurück und faltete die Hände im Schoß.

»Darauf müssen Sie vielleicht lange warten«, wiederholte Jodl. »Ich weiß nämlich zufällig, daß der Führer eine ellenlange Terminliste hat.«

Der Engländer nickte, ohne sich anmerken zu lassen, wie erleichtert er war. Jodls Art und seine Wortwahl hatten ihn davon überzeugt, er werde im nächsten Augenblick festgenommen und verhört werden.

»Tunis«, sagte Jodl plötzlich, während er Lindsay weiter aufmerksam beobachtete, »hat mir mitgeteilt, daß unsere gegenwärtigen Erkenntnisse über die alliierten Truppenaufstellungen in Nordafrika in allen Punkten mit Ihren Unterlagen übereinstimmen, Wing Commander.«

Lindsay zwang sich wieder, sich seine Erleichterung nicht anmerken zu lassen. Er war davon überzeugt, daß Jodl, dieser gerissene Kerl, ihn absichtlich auf die Probe gestellt hatte. Jetzt sah er schweigend zu, wie der Deutsche die Unterlagen einsammelte, in den kräftigen Umschlag steckte und ihm über den Schreibtisch zuschob.

»Ihr Ausweis für die Wolfsschanze. Passen Sie gut auf ihn auf.«

Sein Gesichtsausdruck war ironisch, und selbst als Lindsay Jodls Unterkunft verließ, wußte er nicht sicher, ob er das Vertrauen des anderen gewonnen hatte – oder zumindest auf seine Neutralität hoffen konnte. Eine rätselhafte Persönlichkeit, dieser Generaloberst Alfred Jodl.

Lindsay schloß die Tür hinter sich und blieb stehen. Das bleierne Schweigen – nein, das Fehlen jeglicher Geräusche störte ihn. Da knarrte irgendwo in seiner Nähe ein Schuh oder Stiefel. Er war nicht allein. Eine Hand umklammerte seinen Arm.

»Keinen Laut!«

Das war Christa Lundts melodische, weiche Stimme. Er hatte ihre Identität bereits erraten, als er eine kleine Hand auf seinem Arm gespürt hatte.

»Ich möchte mit Ihnen reden«, fuhr sie leise fort, »aber wir dürfen nicht gesehen werden. Sie wissen, daß Sie beschattet werden? Aber davon wollen wir jetzt nicht sprechen – konzentrieren Sie sich nur darauf, kein Geräusch zu machen. Wir gehen zu mir.«

Ihre Hand blieb auf seinem Arm, als sie ihn durchs Lager führte. Lindsay fand es beunruhigend, wie sie geistergleich durch den Nebel glitt. Wo hatte sie gelernt, sich so lautlos zu bewegen? Wer war diese Christa Lundt?

»So, jetzt sind wir da. Augenblick, ich muß erst aufschließen ...«

Er beobachtete und horchte. Aber er hörte nicht den geringsten Laut, als sie den Schlüssel ins Schloß steckte, aufsperrte und den Schlüssel herauszog. Sie mußte das Schloß erst vor kurzem geölt haben, daß es so lautlos funktionierte. Jetzt zog sie Lindsay in den Vorraum und forderte ihn flüsternd auf, stehenzubleiben.

Die Tür wurde geräuschlos geschlossen und von innen abgesperrt; dann flammte Licht auf. Sie standen in einer kleinen Diele mit Garderobenhaken und einem Wandspiegel. Nachdem sie ihre Mäntel ausgezogen hatten, führte die junge Frau Lindsay in einen behaglich eingerichteten Wohnraum, machte Licht und überzeugte sich als erstes davon, daß die Vorhänge ganz zugezogen waren.

»Kaffee?«

»Danke, vielleicht später.« Er nahm in dem Sessel Platz, den sie ihm mit einer graziösen Handbewegung anbot. »Sie haben davon gesprochen, daß ich beschattet werde ...«

»Natürlich in Martin Bormanns Auftrag. Er hat einen SS-Mann mit Ihrer Überwachung beauftragt. Ich bin ihm vorhin begegnet: Er hatte Sie aus den Augen verloren.« Sie lächelte amüsiert, während sie in dem zweiten Sessel Platz nahm, ihre wohlgeformten Beine übereinanderschlug und mit beiden Händen das rote Band löste, das ihre schwarzen Haare zusammenhielt. »Der Ärmste war schon ganz verzweifelt. Ich habe ihm erzählt, Sie seien bestimmt bei Keitel, deshalb friert er jetzt vor der Unterkunft unseres geehrten Feldmarschalls. Mit etwas Glück hält er die ganze Nacht dort Wache . . .«

»Weshalb sollte Bormann mich beschatten lassen? Sie haben ›natürlich‹ gesagt, nicht wahr?«

»Weil er keinem Menschen traut!« Christa stand auf und trat in die Kochnische, um Kaffeewasser aufzusetzen. »Manchmal frage ich mich, ob er wenigstens sich selbst für zuverlässig hält. Seiner Überzeugung nach sind Sie ein englischer Spion, und er ärgert sich darüber, daß der Führer Sie zu einem Gespräch empfangen will.« Sie sah zu Lindsay hinüber, als versuche sie, seine Reaktion abzuschätzen. Er wechselte das Thema, damit ihre Unterhaltung sich nicht ausschließlich um ihn drehte.

»Hier scheint wirklich Spionagefieber zu herrschen«, stellte Lindsay fest. »Sie haben von einem sowjetischen Agenten in der Wolfsschanze gesprochen . . .«

»Ich habe gesagt, der *Führer* sei davon überzeugt, daß ein Sowjetagent unser Sicherheitssystem unterlaufen habe«, verbesserte sie ihn. »Irgend jemand ganz weit oben . . .«

»Na ja, mit so was muß man im Krieg immer rechnen.«

Der Engländer ließ sich anmerken, daß er ihr nicht recht glaubte, und provozierte dadurch die erhoffte Reaktion. Christa goß den Kaffee auf, während sie antwortete.

»Er hat gute Gründe für diese Vermutung. Jedesmal, wenn die Wehrmacht zu einer Offensive antritt, haben die Russen starke Kräfte in Bereitschaft, um sie abzuwehren. Das Merkwürdige daran ist, daß sie selbst keine Offensiven vortragen. Wenn ihnen unsere Truppenaufstellungen bekannt wären, würden sie doch selbst zu Überraschungsangriffen antreten, nicht wahr? – So, hier ist Ihr Kaffee – echter Kaffee, nicht wieder Kaffee-Ersatz wie im Kasino.«

»Wer kennt eigentlich die genauen Aufstellungen?«

Christa hockte auf einer Sessellehne und trank ihren Kaffee in kleinen Schlucken, als habe sie seine Frage überhaupt nicht gehört. Hatte er sich zu weit vorgewagt? Die junge Frau war ihm ein Rätsel, und es störte ihn, daß er sie in keine bestimmte Kategorie einordnen konnte. Die wahrscheinlichste Erklärung war vermutlich, daß sie den Auftrag hatte, diesen seltsamen Engländer auszuhorchen. Aber wer war ihr Auftraggeber? Bormann? Der Führer selbst? Christa erstaunte ihn erneut, indem sie seine Frage beantwortete.

»Nur sehr wenige kennen den jeweils aktuellen Stand – vor allem natürlich der Führer, weil er alle wichtigen operativen Entscheidungen trifft. Feldmarschall Keitel gehört ebenfalls dazu. Martin Bormann nimmt an jeder Lagebesprechung teil. Und natürlich Generaloberst Jodl . . .« Dieser Name schien ihr nachträglich eingefallen zu sein. »Das sind eigentlich schon alle.«

»Folglich bilden die Verdächtigen ein Trio: Bormann, Keitel und Jodl.« Lindsay wirkte völlig entspannt, während er die Beine ausstreckte und einen Schluck aus seiner Tasse trank. »Ihr Kaffee ist sehr gut.«

»Und Ihr Trio ist einfach lächerlich! Alle drei bekleiden so hohe Posten, daß sie über jeden Verdacht erhaben sind . . .«

»Die erfolgreichsten Spione der Weltgeschichte haben stets so hohe Posten bekleidet, daß sie Zugang zu wirklich wichtigen Informationen hatten – und über jeden Verdacht erhaben waren. Sie brauchen nur an Oberst Raedl zu denken, der im alten Österreich-Ungarn die Spionageabwehr leitete und der anderen Seite waggonweise Geheimberichte lieferte.«

»Wozu sind Sie nach Deutschland geflogen, Ian?«

»Ich reise gern. Zu Hause in England bin ich mir so eingeengt vorgekommen . . .«

»Oh, Sie sind von England aus direkt nach Afrika und von dort aus zum Berghof geflogen?«

Lindsay gab keine Antwort. Er spürte: Sie war unruhig und nervös, machte sich ernstlich Sorgen um ihre eigene Sicherheit.

Christa Lundt nahm an allen Lagebesprechungen teil. Christa Lundt schrieb alle Weisungen und Befehle des Führers mit. Sie war ganz sicher imstande, die zweite Frage zu beantworten, die ihn nach Deutschland geführt hatte. Er beschloß, dieses Risiko einzugehen.

»Eines interessiert mich wirklich«, begann er. »Ist der Führer tatsächlich der große Feldherr, als den er sich ausgibt? Oder steht im Hintergrund irgendein brillanter General, der die Heere lenkt? Keitel? Jodl?«

»Soll das ein Witz sein?« Sie winkte verächtlich ab. »Ich dachte, Sie hätten erkannt, daß diese beiden Hitlers gehorsame Trabanten sind. Allein der Führer übt den Oberbefehl aus. Seit Kriegsbeginn hat nur er die wichtigen Entscheidungen getroffen, die uns so viele Siege gebracht haben. Er braucht keine Berater im Hintergrund ...«

»Sie bewundern ihn?« fragte Lindsay.

»Das tun wir alle. Aber nicht nur, weil er ein Genie ist. Er ist so rücksichtsvoll – vor allem Frauen gegenüber. Er kann sehr sanft und verständnisvoll sein. Und es ist immer wieder faszinierend, ihn seine Generale manipulieren zu sehen, die alle sehr gebildet sind, während er aus einfachsten Verhältnissen aufgestiegen ist ...«

Lindsay blieb in den Sessel zurückgelehnt, während er Christa mit Fragen bombardierte: »Warum sind Sie so nervös? Nein, nein, leugnen Sie nicht – Sie haben auf dem Weg hierher kaum aufzutreten gewagt! Sie haben sich nicht meinetwegen, sondern Ihretwegen Sorgen gemacht, stimmt's? Sie haben Angst gehabt, Sie selbst könnten entdeckt werden, nicht wahr? Weshalb das alles?«

Sie stand auf, ging langsam auf dem Teppich auf und ab, faltete die Hände und spielte nervös mit den Fingern. Offensichtlich rang sie mit sich selbst, weil sie eine wichtige Entscheidung zu treffen hatte. Dann blieb sie vor Lindsay stehen und holte tief Luft.

»Bormann will mich zum Sündenbock machen. Das weiß ich genau! Der Führer spricht immer wieder von einem Verräter in der Wolfsschanze, und Bormann verschafft dem Führer stets, was er wünscht – nur so hat er's so weit gebracht. Er wird mich als sowjetische Spionin anklagen. Das ist nur noch eine Frage der Zeit. Deshalb brauche ich eine Fluchtmöglichkeit.«

»Mein Kompliment!« Lindsay paßte sich ihrer langsamen Sprechweise an. »Sie sind gut – sogar sehr gut. Das gestehe ich Ihnen offen zu . . .«

»Was soll das heißen, verdammt noch mal?«

Christa Lundt war blaß vor Zorn. Sie ballte die Fäuste, und er spürte, daß sie dicht davor war, über ihn herzufallen. Er schwieg hartnäckig. Das konnte sie nicht ertragen.

»Ich habe gefragt, was das heißen soll!«

»Diese Geschichte mit Bormann, der Ihnen etwas anhängen will, ist natürlich Blödsinn. Dafür braucht er handfeste Beweise. Das wissen Sie so gut wie ich! Aber der zweite Teil interessiert mich – die Sache mit der Fluchtmöglichkeit, die Sie angeblich schon bald brauchen werden. Warum?«

Christa Lundt saß zusammengebrochen auf dem Sofa. Sie starrte vor sich hin, als stehe sie unter Hypnose. Ihr Oberkörper zitterte von der Taille aufwärts, als leide sie an Schüttelfrost. Ihre im Schoß liegenden Hände waren so ineinander verkrampft, daß die Knöchel weiß hervortraten. Eine ganze Minute lang gab sie keinen Laut von sich.

Lindsay blieb mit ausdruckslosem Gesicht, und ohne zu reagieren, in seinem Sessel sitzen. Er beobachtete sie aufmerksam. Dabei glaubte er, Colonel Brownes Warnung bei ihrem Gespräch in der Londoner Ryder Street zu hören.

»Vielleicht geht auch alles schief. Vielleicht gelingt es Ihnen gar nicht, zu Hitler vorzudringen. Dann müssen Sie damit rechnen, daß die anderen es mit allen möglichen Tricks versuchen – und sie haben viele auf Lager. Selbst Foltermethoden sind nicht auszuschließen. Aber sie gehen unter Umständen subtiler vor. *Möglicherweise setzen sie eine Frau auf Sie an . . .*«

Christa starrte noch immer ins Leere. In ihrem rechten Augenwinkel erschien eine Träne und rollte über ihre Wange. Lindsay wartete darauf, daß das Taschentuch erscheinen würde. Christa nahm mehrere vergebliche Anläufe, zu sprechen, und stieß die Worte dann zwischen zusammengebissenen Zähnen und zitternden Lippen hervor.

»Bormann, Jodl, Keitel – alle drei wissen, daß sie zwangsläufig zu den Verdächtigen gehören. *Ich stenographiere die Führerbefehle mit.* Deshalb bin ich für die Rolle des Sündenbocks wie geschaffen. Ich muß hier raus, um Gottes willen weg von hier . . .«

»Warum erzählen Sie das alles mir?«

Sie sprach sehr leise, beinahe flüsternd. Er mußte sich zu ihr hinüberbeugen, um ihre Antwort zu verstehen.

»Weil ich davon überzeugt bin, daß Sie hergekommen sind, um irgend etwas herauszubekommen. Sobald Sie's rausgekriegt haben, werden Sie verschwinden. Ja, Sie werden entkommen! Sie sind einfach der Typ dafür, das spüre ich ganz genau . . .«

Christa sah ihn zum erstenmal seit ihrem fast lähmenden Anfall von Angst wieder an. Sie hatte zuletzt ganz ruhig gesprochen. Ihr Angstfieber hatte sich so rasch verflüchtigt, wie es ausgebrochen war. Christa hatte plötzlich ein Taschentuch in der Hand und tupfte sich damit das Gesicht ab. In diesem Augenblick wurde leicht an die äußere Tür geklopft.

»Ich bin Major Gustav Hartmann von der Abwehr. Darf ich hereinkommen? Dieser Nebel ist wirklich scheußlich . . .«

Lindsay erstarrte. Der gesamte Handlungsablauf war geschickt arrangiert. Zuerst hatte Christa Lundt ihn vor Jodls Unterkunft abgefangen, um ihn mit zu sich zu nehmen. Dann hatte sie versucht, ihn zu verwirren, indem sie eine ungewöhnlich emotionale Atmosphäre erzeugt hatte. Nun stand ein Abwehroffizier vor der Tür.

Ian Lindsay war der Überzeugung, irgend jemand versuche mit allen Mitteln, ihn in Verruf zu bringen, bevor er Gelegenheit zu einem Gespräch mit dem Führer hatte. Er mußte unbedingt herausbekommen, wer der Drahtzieher im Hintergrund war. Bormann, Keitel – oder Jodl?

Hartmann war eine imposante Erscheinung: über einsachtzig groß und athletisch in seinem Militärmantel mit den breiten Aufschlägen. Er war Ende Dreißig und hatte einen gut geformten Schädel, energische Gesichtszüge, einen schmalen Schnurrbart und wachsame Augen. Jetzt nahm er seine Schirmmütze ab, ohne bereits über die Schwelle zu treten. Durch die offene Tür drang ein kalter Schwall nach feuchten Kiefernwäldern riechender Nebelluft in den Raum.

»Sie wollen mich sprechen, Herr Major?« fragte Christa.

»Ich bin wegen eines Routineauftrags hier – ich möchte Ihren Gast vernehmen ...«

»Darf ich Ihren Dienstausweis sehen? Und woher haben Sie gewußt, daß er hier ist?«

Der Abwehroffizier hielt ihr eine Zellophanhülle mit seinem Dienstausweis hin, während er den Engländer betrachtete. Die junge Frau gab ihm den Ausweis zurück, nachdem sie die Eintragungen gelesen hatte.

»Kommen Sie herein.«

»Mir ist mitgeteilt worden, der Engländer werde von Generaloberst Jodl befragt ...«

»Sie sind uns hierher nachgegangen und haben draußen gewartet«, stellte Christa aufgebracht fest.

»Ich wollte nicht so unhöflich sein, gleich hereinzuplatzen«, antwortete Hartmann gelassen. »Deshalb bin ich erst ins Kasino gegangen und dann zurückgekommen ...«

Als Hartmann seinen Mantel aufzuknöpfen begann, reichte es Lindsay mit dieser Komödie zwischen Lundt und Hartmann.

»Sie können Ihren Mantel anbehalten, Hartmann. Ich beantworte keine Fragen, bevor ich mit dem Führer gesprochen habe. Wer gibt Ihnen überhaupt das Recht, mich zu verhören?«

»Tut mir leid, aber ich bin nicht befugt, darüber Auskunft

zu erteilen«, antwortete der Deutsche steif. Er behielt jedoch seinen Mantel an.

»Dann habe ich nicht die Absicht, Ihnen auch nur eine einzige Frage zu beantworten. Und wenn Sie mich weiter belästigen, beschwere ich mich ganz oben ...«

Lindsay sprach barsch, fast arrogant. Er stand aufrecht und nach außen hin sehr selbstsicher vor Hartmann, während er abwartete, ob sein Bluff funktionieren würde. Wenn er sich bereitfand, sich auf untere Dienstgrade einzulassen, war die Gefahr groß, daß er es nie schaffen würde, bis zu Hitler vorzudringen.

»Die Befragung hätte auf freiwilliger Basis durchgeführt werden müssen«, stellte Hartmann fest, während seine dunklen Augen weiter den Engländer studierten. »Deshalb ...«

Er knöpfte seinen Mantel langsam wieder zu und senkte seine Stimme zu einem vertraulichen Flüstern.

»Es ist sehr in Wing Commander Lindsays Interesse – vielleicht sogar zu seinem Schutz notwendig –, daß keiner von Ihnen ein Wort über meinen Besuch verliert.« Er verbeugte sich vor Christa und setzte seine Uniformmütze auf.

»Ich verstehe nicht, was Sie damit ...«, begann die junge Frau.

»Das ist durchaus beabsichtigt. Gute Nacht!«

Lindsay wartete, bis Christa die Tür hinter dem Deutschen geschlossen hatte. Sie runzelte die Stirn, während sie sich gegen die Tür lehnte.

»Er arbeitet für die Abteilung drei der Abwehr – das ist die Spionageabwehr. Unheimlich!«

»Ich dachte, Sie hätten ihn heute abend zum erstenmal gesehen?« knurrte Lindsay. »Woher wissen Sie dann, zu welcher Abteilung er gehört?«

»Weil ich seinen Ausweis gelesen habe, Idiot!« Sie verschränkte die Arme und ging langsam auf die Kaffeekanne zu. »Die Wölfe sind überall, Wing Commander, und sie kommen von allen Seiten näher ...«

12

»Wer, zum Teufel, sind Sie?«

»Major Hartmann, OKW-Amt Ausland/Abwehr.«

Die Frage war in arrogantem, hochmütigem Ton gestellt worden. Hartmann beantwortete sie militärisch knapp. Nachdem er Christa Lundts Unterkunft verlassen hatte, war er quer durchs Lager gegangen und unter einer der Bogenlampen, deren Schein selbst den Nebel durchdrang, angehalten worden.

Generalfeldmarschall Keitel umklammerte seinen Marschallstab fester, während er einen in der Nähe stehenden Wachposten heranwinkte. Der Soldat kam mit umgehängtem Gewehr herbeigerannt. Nebelschwaden dämpften das grelle Licht, in dem die drei Männer einander gegenüberstanden. Der Wachposten starrte den Feldmarschall an und wartete auf weitere Anweisungen.

»Sind Sie bewaffnet?« erkundigte sich Keitel.

»Nur mit einer 08«, antwortete Hartmann. »Die Waffe ist selbstverständlich geladen. Eine ungeladene Pistole wäre zwecklos, finden Sie nicht auch?«

Keitel war vor Zorn fast sprachlos. Während er sonst als Sprachrohr des Führers fungierte – »die Holzpuppe des Bauchredners«, wie ein kriegsmüder General ihn nach einem Besuch in der Wolfsschanze charakterisiert hatte –, machte er seine Rolle als »Lakeitel« wieder wett, indem er Untergebene schurigelte.

»Entwaffnen!« befahl Keitel.

Bei Tageslicht hätte Hartmanns blitzschnelle Bewegung an einen Taschenspielertrick erinnert; in dieser Nebelnacht wirkte sie wundersam schnell. Bevor der Soldat auf Keitels Befehl reagieren konnte, erschien die Pistole in Hartmanns Hand. Die Mündung zielte auf die Brust des Wachpostens.

»Weg mit dem Gewehr!«

In der sonst so stillen Wolfsschanze klapperte das Gewehr, das der Soldat fallen ließ, unnatürlich laut. Keitel war so verblüfft, daß er mehrere Anläufe nehmen mußte, bis er einen zusammenhängenden Satz herausbrachte.

»Ist Ihnen überhaupt klar, mit wem Sie's zu tun haben?«

»Nein.« Eine Pause. »Wie soll man in diesem verdammten Nebel Gesichter unterscheiden können? Ich habe meinen Namen genannt. Seien Sie so freundlich, Ihren zu nennen, bevor ich meine Pistole wegstecke. Vielleicht bluffen Sie nur – schließlich gehört ein barscher Befehlston zu den ältesten Tricks der Welt. Und ich bin hergekommen, weil es hier Verrat aufzudecken gibt ...«

»Feldmarschall Keitel! Ich bin Keitel!«

»Bei diesem kümmerlichen Licht könnten Sie jeder sein. Sofern wir miteinander reden wollen, schlage ich vor, daß Sie den Posten wegschicken – der übrigens nicht sonderlich geschickt mit seiner Waffe umgeht. Die hiesigen Sicherheitsvorkehrungen scheinen ziemlich unzulänglich zu sein ...«

»Abtreten!« fuhr Keitel den Soldaten an. »Vergessen Sie Ihr Gewehr nicht, Mann – auch wenn Sie nichts damit anfangen können.« Er wandte sich an den Abwehroffizier. »Kommen Sie bitte mit. Ich muß mit Ihnen sprechen ...«

Hartmann lächelte vor sich hin, während er seine Pistole wegsteckte, eine Pfeife aus der Manteltasche zog und dem Feldmarschall folgte, der steif vor ihm hermarschierte. Er nahm die Pfeife mit dem abgenützten Mundstück zwischen die Zähne, ohne sie jedoch anzuzünden.

»Hier wird nicht geraucht!«

Keitel sprach das Verbot aus, als er sich in seinem Arbeitszimmer umdrehte und Hartmanns Pfeife sah. Der Abwehroffizier nahm seine Schirmmütze ab und die Pfeife aus dem Mund, bevor er antwortete.

»Ich zünde sie kaum jemals an. Folglich wird die reine Luft hier drinnen nicht verpestet. Aber meine Pfeife hilft mir, mich zu konzentrieren. Dagegen haben Sie bestimmt nichts einzuwenden.«

Der Abwehroffizier hatte Keitel natürlich auf den ersten Blick erkannt – aber er hatte es als geschickter Psychologe darauf angelegt, ihn sofort zu überrumpeln und aus dem Gleichgewicht zu bringen.

»Mit wessen Erlaubnis halten Sie sich im Sperrkreis auf?« fragte Keitel barsch.

Nachdem er Mütze und Mantel abgelegt hatte, hatte er hinter seinem großen Schreibtisch Platz genommen. Er füllte den großen Lehnstuhl mit seinem massigen Körper ganz aus und saß sehr aufrecht. Er hatte Hartmann nicht aufgefordert, ebenfalls Platz zu nehmen. Der Abwehroffizier legte eine Kunstpause ein, um den Schock möglichst zu verstärken.

»Auf Befehl des Führers.« Hartmann tat, als betrachte er seine Pfeife. »Ernst zu nehmende Gerüchte, die nicht ignoriert werden können, sprechen von einem sowjetischen Spion in der Wolfsschanze. Ich habe den Auftrag, ihn aufzuspüren.« Er nahm ein zusammengefaltetes Blatt Papier aus seiner Brieftasche und legte es auf die Schreibtischplatte. »Meine Abkommandierung hierher . . .« Wieder eine spannungsgeladene Pause. »Der Führerbefehl gibt mir das Recht, jeden ohne Rücksicht auf seinen Dienstgrad zu vernehmen . . .«

Keitels Gesicht war ausdruckslos geworden, während er den Vordruck überflog. Hartmann beobachtete ihn. War Keitel wirklich der sture Roboter, als der er häufig geschildert wurde? Oder verbarg sich hinter seiner bärbeißigen Art etwas weit Gefährlicheres?

»Darf ich Platz nehmen? Sehr freundlich von Ihnen.«

Hartmann hängte Mantel und Mütze neben Keitels Uniformstücke und setzte sich in einen der Besuchersessel vor dem Diplomatenschreibtisch des Feldmarschalls. Keitel hatte keine Antwort gegeben. Er faltete das Dokument langsam zusammen, schob es über den Schreibtisch und starrte Hartmann dabei forschend an. Die Atmosphäre in seinem Arbeitszimmer hatte sich spürbar verändert. Hartmann nahm Spannung, Unbehagen wahr.

»Dieser Befehl gibt Ihnen unbeschränkte Vollmachten«, stellte Keitel langsam fest.

»Ganz recht!« bestätigte der Major unbekümmert. Er schlug die Beine übereinander und lehnte sich scheinbar völlig entspannt zurück. »Ich habe das Recht, zu vernehmen und festzunehmen. Betrachten Sie mich als direkten Beauftragten des Führers ...«

Das OKW-Amt Ausland/Abwehr, kurz Abwehr genannt, war allgemein unbeliebt, weil jeder diese rätselhafte Dienststelle fürchtete. Niemand wußte genau, wo ihre Befugnisse anfingen oder aufhörten. Das entsprach völlig den Absichten von Admiral Canaris, der dieses Amt leitete, denn so hatte der alte Fuchs um so mehr Spielraum. Keitel beschloß, diesem Abwehrmann auf den Zahn zu fühlen, und mäßigte seinen barschen Tonfall so weit, daß er fast freundlich klang.

»Ihre Vollmachten gelten selbstverständlich nicht für die Spitzen des Oberkommandos – zum Beispiel für Generaloberst Jodl ...«

»Oder Sie selbst?« warf Hartmann liebenswürdig ein.

»Selbstverständlich!«

»Darf ich Sie bitten, meinen dienstlichen Auftrag nochmals durchzulesen?« schlug Hartmann jovial vor. »Heißt es darin nicht ›ohne Rücksicht auf Dienstgrad oder -stellung‹? Zweifellos auf ausdrücklichen Wunsch des Führers, da der Befehl seine Unterschrift trägt.«

Keitel preßte die Lippen zusammen. Er wäre am liebsten explodiert, aber er beherrschte sich mit großer Willensanstrengung, die dem Abwehrmajor nicht verborgen blieb. Der Feldmarschall warf einen Blick auf das zusammengefaltet auf seinem Schreibtisch liegende Schriftstück, griff aber nicht wieder danach, sondern wechselte das Thema.

»Müssen Sie unbedingt ständig an Ihrer Pfeife rumnukkeln, Hartmann?»

»Das fördert wie gesagt meine Konzentration. Wir brauchen alle irgend etwas. Wie ich sehe, ist dieses Gespräch auch für Sie belastend – Sie spielen mit Ihrem Marschallstab, seitdem wir hier sitzen.«

Keitel widerstand der Versuchung, einen Blick auf seine

Hände zu werfen, aber er faßte den Marschallstab, mit dem er bisher auf der Tischplatte gespielt hatte, fest mit beiden Händen. Hartmann wartete amüsiert. Keitel wußte nicht recht, ob er den Stab von sich wegschieben oder damit weiterspielen sollte.

»Ich finde Sie unverschämt«, stellte Keitel schließlich fest.

»Das haben vor Ihnen schon andere gesagt. Es muß wohl an meiner Art liegen – oder an meiner Arbeit . . .«

Hartmann zog Notizbuch und Drehbleistift aus der Tasche, hielt das Notizbuch schräg, damit Keitel nicht sehen konnte, was er schrieb, und begann respektvoll-geschäftsmäßig mit seiner Befragung. Durch sein Verhalten erweckte er den Eindruck, als stehe außer Zweifel, daß Keitel kooperationsbereit sei. Er stellte seine Fragen rasch nacheinander, ohne sich anmerken zu lassen, was er nicht wußte – eine bewährte Methode, um den Zeugen nicht zur Ruhe kommen zu lassen.

»Der Führer trifft bei den täglich zweimal stattfindenden Lagebesprechungen alle wichtigen militärischen Entscheidungen selbst. Sie sorgen dann dafür, daß sie verwirklicht werden?«

»Ganz recht. Ebenfalls damit befaßt ist Generaloberst Alfred Jodl . . .«

» . . . der also auch alle Entscheidungen kennt?«

»Richtig . . .« Keitel machte eine Pause und stützte sein Kinn auf den Marschallstab. Hartmann wartete geduldig, weil er ahnte, daß der Feldmarschall etwas Wichtiges hinzufügen würde.

»Vielleicht interessiert Sie, daß noch jemand bei *jeder* Lagebesprechung anwesend ist: Reichsleiter Martin Bormann.«

»Aber er ist doch seit vielen Jahren der Sekretär des Führers«, warf Hartmann ein, als halte er Keitels Hinweis für wenig bedeutsam.

Während der Abwehroffizier sprach, schien er sich Notizen zu machen. Keitel wäre verblüfft gewesen, wenn er gesehen hätte, daß Hartmann ihn in Wirklichkeit karikierte.

Der Major besaß ein so gutes Gedächtnis, daß er auf Vernehmungsprotokolle verzichten konnte.

»Gut«, fuhr Hartmann fort, »dann sind also Sie, Generaloberst Jodl und Reichsleiter Bormann die drei Männer, die immer über die gegenwärtige – und für die nächste Zukunft vorgesehene – Aufstellung des Ostheers informiert sind?«

»Sie haben die Sekretärin des Führers vergessen«, stellte Keitel nüchtern fest. »Ich spreche von Christa Lundt, die alle Führerbefehle mitstenographiert . . .«

»Wie alt ist dieses Fräulein Lundt?« fragte Hartmann.

»Schätzungsweise Anfang Zwanzig«, antwortete der Feldmarschall irritiert. Er zog die Augenbrauen hoch. »Welche Bedeutung soll ihr Alter haben?«

»Zu jung!«

Der Abwehroffizier klappte sein Notizbuch zu, nachdem er etwas – vielleicht einen Namen? – durchgestrichen hatte. Tatsächlich hatte er eine Karikatur ausgestrichen, die Keitel mit einem Monokel zeigte. Er steckte das Notizbuch ein und holte wieder seine Pfeife hervor.

»Tut mir leid, aber ich verstehe Ihre Argumentation nicht«, protestierte Keitel. »Was hat ihr Alter mit dem hypothetischen Sowjetspion zu tun, nach dem Sie fahnden?«

»Hypothetisch?« wiederholte Hartmann scharf.

»Sie haben keinen Beweis für seine Existenz . . .«

»Soll das heißen, daß Sie entgegen der festen Überzeugung des Führers – um seine eigenen Worte zu gebrauchen – nicht der Meinung sind, daß es hier einen sowjetischen Spion gibt, der Einzelheiten aus den Lagebesprechungen an die Russen weiterleitet?«

Hartmann hätte nicht freundlicher sein können, während er sich nun aufsetzte, als wolle er bald gehen. Und er hätte den Feldmarschall nicht besser in die Defensive drängen können als mit dieser Andeutung, daß Keitel möglicherweise das Urteil des Führers anzweifle. Hartmann hielt seine kalte Pfeife in der Hand und betastete ihren Kopf, während er sein Opfer beobachtete.

»Ich habe nichts gesagt, was sich auf so empörende Weise auslegen ließe!« protestierte Keitel erregt.

»Mit Worten läßt sich alles machen, Herr Feldmarschall, vor allem, wenn sie aus zweiter Hand an Dritte weitergegeben werden. Das weiß ich am besten, denn das ist mein Beruf als Vernehmungsoffizier. Hat nicht Richelieu einmal gesagt: ›Gebt mir sechs Zeilen, die irgendein Mann geschrieben hat, und ich bringe ihn an den Galgen‹?«

»Sie haben Fräulein Lundt verdächtigt!« warf Keitel dem Abwehroffizier vor.

»Ich bitte um Entschuldigung, aber *Sie* haben zuerst von ihr gesprochen. Was ihr Alter betrifft, ist die Abwehr der Überzeugung, daß ein Sowjetspion, der bis hierher vorgedrungen ist, viel älter sein muß – irgend jemand, den die Russen schon vor vielen Jahren in der Hoffnung angeworben haben, er werde eines Tages schwindelnde Höhen erreichen. Werden Sie leicht schwindlig, Herr Feldmarschall?«

»Natürlich nicht, und dieses Verhör . . .«

». . . ist hiermit beendet«, sagte Hartmann, stand auf und nahm Mütze und Mantel vom Wandhaken. »Ich werde den Führer pflichtgemäß über unser Gespräch unterrichten. Darf ich Ihnen jetzt eine gute Nacht wünschen?«

Ein wirkungsvoller Abgang! sagte sich Hartmann, als er in die feuchtkalte Nebelnacht hinaustrat. Keitel würde noch lange über seine letzte Bemerkung nachrätseln – eine Bemerkung, die geeignet war, einen Mann mit schlechtem Gewissen noch mehr zu beunruhigen.

»Mein Führer«, sagte Bormann, »Ihr Vorgänger hatte veranlaßt, daß ein Abwehroffizier aus Berlin hierher entsandt wird, um die hiesigen Sicherheitsmaßnahmen zu überprüfen. Der Offizier ist inzwischen eingetroffen – ein gewisser Major Hartmann. Er schnüffelt überall herum und . . .«

»Müssen die *hiesigen* Sicherheitsmaßnahmen denn überprüft werden?« fragte Hitler.

»Ich schlage vor, daß wir diesen Hartmann ins nächste

Flugzeug nach Berlin setzen«, antwortete Bormann. »Er könnte auch Ihnen gefährlich werden – er ist der cleverste Abwehroffizier.«

Es war ein Uhr, und der zweite Hitler ging in seinem Arbeitszimmer auf und ab, hörte zu und äußerte sich nicht zu dem Gesagten – eine beliebte Methode des Führers, bis sein Besucher sich verausgabt hatte. Danach konnte er seine eigenen Ansichten in einem endlosen Monolog vortragen.

»Es hat Gerüchte gegeben, nach denen ein sowjetischer Agent in der Wolfsschanze sitzen soll«, fuhr Bormann fort. »Ihr Vorgänger hat intuitiv gespürt, daß irgend etwas nicht in Ordnung war . . .«

»Aha! Und Sie schlagen vor, diesen Hartmann unmittelbar nach seiner Ankunft zurückzuschicken? Sie plädieren weiterhin dafür, den Engländer Lindsay der Gestapo zu übergeben? Ich soll innerhalb weniger Stunden nach meiner Landung zwei wichtige Entscheidungen des Führers umstoßen und dadurch alle möglichen Gerüchte und Spekulationen in die Welt setzen, während wir uns andererseits Mühe geben, keinen Bruch sichtbar werden zu lassen?«

Bormann war entsetzt und verblüfft zugleich. Entsetzt über seinen eigenen Mangel an Weitblick. Verblüfft über Heinz Kubys Reaktion, die genau den Überlegungen entsprach, die der vor kurzem auf dem Rückflug von Smolensk tödlich verunglückte Hitler angestellt hätte. Kuby marschierte weiter auf und ab, während er seinen Monolog fortsetzte.

»Wir tun genau das Gegenteil von dem, was Sie vorgeschlagen haben, Bormann. Lindsay bleibt hier und wird mit aller Zuvorkommenheit behandelt, bis ich bereit bin, ihn zu empfangen. Aber schon vorher – möglicherweise morgen nachmittag, wenn ich meinen Mittagsschlaf gemacht habe – möchte ich Hartmann sprechen. Unterdessen soll er seine Ermittlungen fortführen . . .«

»Aber Ihr Vorgänger hat ihm schriftlich alle nur denkbaren Vollmachten erteilt! Er kann jeden verhören – sogar Männer wie Jodl . . .«

»Um so besser! Ich werde ihn auffordern, seine Vernehmungen gründlich und energisch fortzusetzen! Merken Sie nicht, daß das die Leute weiter ablenken wird, Bormann, bis sie mich schließlich für immer akzeptieren! Keinen Widerspruch! Ich verlange, daß meine Befehle befolgt werden!«

»Ich veranlasse sofort alles Nötige . . .«

»Wenn er wirklich unbegrenzte Vollmachten hat, Bormann . . .« Das halbe Lächeln auf Hitlers Gesicht wirkte boshaft, während er den Chef der Parteikanzlei betrachtete. Auch dieses Mienenspiel verblüffte Bormann, weil es so charakteristisch für eine gelegentliche Laune des Führers war, in der niemand vor seinem Sarkasmus sicher war. »Wenn dieser Hartmann wirklich unbegrenzte Vollmachten hat, kann er auch Sie vernehmen, nicht wahr?«

»Als Ihr Vertrauter würde ich mir das verbitten, weil . . .«

»Soll das heißen, daß Sie ausdrücklich nicht verhört werden dürfen?«

»Nein, das nicht, aber . . .«

»Na, dann wollen wir hoffen, daß er zuletzt nicht Sie verhaftet!«

13

Stellen Sie fest, wo das geheime Führerhauptquartier liegt . . .

Stellen Sie weiterhin fest, ob Hitler die deutschen militärischen Operationen selbst leitet . . .

Dieses Drehbuch hatte Lindsay von Colonel Browne vom SIS mitbekommen, bevor er die Londoner Ryder Street, die ihm jetzt als Paradies auf Erden erschien, verlassen hatte. Lindsay benützte das Wort Drehbuch in Gedanken absichtlich, weil die in der Wolfsschanze herrschende Atmosphäre ihn an einen billigen Film oder ein zweitklassiges Theaterstück erinnerte.

Zwei Wochen nach seiner Ankunft konnte er die beiden

Fragen, an denen London so viel lag, einwandfrei beantworten. Die Wolfsschanze lag bei Rastenburg in den ostpreußischen Kiefernwäldern, die ständig nebelverhangen zu sein schienen, so daß die Märzsonne kaum jemals durchbrach.

Aus seinen Gesprächen mit Günsche, dem Adjutanten des Führers, und der geheimnisvollen Christa Lundt, aus Bemerkungen, die Martin Bormann machte, und aus der Beobachtung des unterwürfigen Verhaltens, das Keitel und Jodl an den Tag legten, wußte der Engländer jetzt, daß Hitler alle wichtigen Entscheidungen selbst traf.

»Sobald Sie diese Informationen besitzen«, hatte Browne ihm gelassen erklärt, als sei das alles ein Kinderspiel, »begeben Sie sich nach München und nehmen dort Verbindung mit unserem Agenten auf. Sie stellen sich an einem Montag um Punkt elf Uhr vor die Frauenkirche. Sie zünden sich eine Zigarette an und stecken sie mit der *linken* Hand zwischen die Lippen. Nach einigen Zügen lassen Sie sie zu Boden fallen und treten sie mit dem *linken* Schuh aus. Der Agent – oder die Agentin – stellt sich Ihnen mit dem Namen Paco vor. Sie antworten: ›Man muß mit den Wölfen heulen.‹ Sie werden dann von Paco über die Schweizer Grenze gebracht...«

»Und was ist, wenn die Gestapo mich nach München gebracht hat?« hatte Lindsay gefragt.

»Auch dafür ist gesorgt«, antwortete Browne, ohne Lindsay anzusehen. Er war sich der Tatsache bewußt, daß er selbst – auch wenn der Krieg noch so lange dauerte – niemals einen gefährlichen Auftrag würde übernehmen müssen: Er würde niemals hinter den feindlichen Linien abspringen und sein Leben vielleicht unter Folterqualen in einer schmutzigen Gestapo-Zelle beschließen müssen, womit sein Gegenüber durchaus rechnen mußte. Er räusperte sich und fuhr fort.

»Falls es dazu käme – und falls Sie die Existenz unseres Agenten Paco preisgegeben hätten –, würden Sie wahrscheinlich zur Frauenkirche gebracht, um den Treff einzuhalten. In diesem Fall würden Sie die Zigarette einfach in der *rechten*

Hand halten. Schließlich sind Sie Rechtshänder. Sie nehmen ein paar Züge und zertreten sie mit dem *rechten* Schuh. Die falsche Hand und der falsche Fuß warnen Paco, so daß unser Agent sich nicht zu erkennen gibt . . .«

»Gut ausgedacht!« Lindsay griff automatisch nach einer Zigarette und steckte sie sich mit der rechten Hand zwischen die Lippen. Als ihm bewußt wurde, was er da tat, sah er zu Browne hinüber. Der Colonel starrte die Zigarette wie hypnotisiert an.

»Wer ist eigentlich dieser Paco?« Lindsay zündete sich die Zigarette an. »Ein Mann – oder eine Frau?«

»Das sage ich Ihnen am besten gar nicht erst«, antwortete Browne unwirsch.

Vor seinem Abflug aus England hatte Lindsay viele Stunden damit verbracht, sich Eisenbahnkarten und Stadtpläne einzuprägen. Von Salzburg führte eine Schnellzugstrecke über Rosenheim nach München; die Fahrt hatte in Friedenszeiten rund eineinhalb Stunden gedauert. Lindsay hatte auch die Straßen der Münchner Innenstadt im Kopf.

Jetzt befand er sich über tausend Kilometer nordöstlich von München in den masurischen Wäldern. Wie er München, Paco und die Schweiz erreichen sollte, war ihm ein Rätsel. Und in wenigen Stunden – nach vierzehntägiger nervenaufreibender Wartezeit – sollte er mit Hitler zusammentreffen.

Mit einem Ruck setzte sich Lindsay auf seinem Feldbett auf. Die Tür wurde lautlos geöffnet. Christa Lundt schlüpfte herein und lehnte sich schwer atmend gegen die Wand.

»Was haben Sie jetzt schon wieder?«

Lindsay beobachtete die junge Frau scharf, während er aufstand und auf sie zuging. Christa war auffällig blaß, aber sie sprach mit ruhiger, beherrschter Stimme.

»Warum sagen Sie ›schon wieder‹ – halten Sie mich etwa für neurotisch?«

»Kommen Sie zur Sache!«

»Als ob Sie . . . wir nicht schon genügend Schwierigkeiten mit diesem Hartmann hätten, der überall rumschnüffelt und endlose Fragen stellt. Er ist jetzt bereits vierzehn Tage hier und . . .«

»Zur Sache!« drängte Lindsay.

»Die Gestapo ist da und hat nach Ihnen gefragt . . .«

Im Krieg kann der Lauf wichtiger Ereignisse oft durch scheinbar unwichtige Vorfälle beeinflußt werden. An diesem gleichen Abend wäre Colonel Browne um ein Haar ums Leben gekommen.

Browne befand sich auf dem Weg in die Ryder Street und mußte dabei den verkehrsreichen Piccadilly Circus überqueren. Schon in der Dover Street hatte er Mühe, sich zurechtzufinden. Von der Themse her zog dichter Nebel durch die wegen der Verdunklung ohnehin stockfinsteren Straßen.

Browne sah noch die Hand vor Augen – aber er sah sie verschwommen. Der feuchte Nebel schlug sich auf seiner Haut nieder und ließ ihn frösteln. Auf der Straße schien außer ihm niemand unterwegs zu sein. Oder vielleicht verschluckte der dichte graue Dunst nur alle Geräusche? Browne tastete sich an den Häusern entlang weiter. Bei diesen Sichtverhältnissen konnte man leicht vom Gehsteig auf die Straße geraten, ohne es überhaupt zu merken.

Plötzlich waren fremde Schritte hinter ihm. Keine Panik! Seine Hand tastete unwillkürlich nach der Innentasche seines Regenmantels. Er hätte die bei der Besprechung ausgegebenen Unterlagen nicht selbst mitnehmen dürfen. Aber er hatte sie in seinem Büro in aller Ruhe nochmals durcharbeiten wollen.

Hätte er doch nur Tim Whelby, seinen Assistenten aus Prae Wood, noch zu einem Drink eingeladen! Whelby hatte sich als wertvoller Mitarbeiter erwiesen: intelligent, zurückhaltend und bienenfleißig. Bei seinen Aufenthalten in der Ryder Street arbeitete er oft bis tief in die Nacht hinein im Büro, wenn alle anderen längst heimgegangen waren . . .

Browne blieb unvermittelt stehen und horchte angestrengt. Das leise Quatschen hinter ihm hatte aufgehört. Alles nur Einbildung! Er wurde eben alt und übervorsichtig. Er nahm die Schultern zurück und ging weiter. Wo, zum Teufel, blieb der Piccadilly Circus?

Wieder waren die Schritte zu hören. Browne wünschte sich, er hätte den Revolver aus seiner Schreibtischschublade in der Tasche.

Ein riesiges Monstrum ragte im Nebel vor Browne auf. Zu spät hörte er das dumpfe Brummen eines Motors. Er prallte gegen die Seite eines kriechenden Doppeldeckerbusses und schlug sich den Kopf an. Vor seinen Augen drehte sich alles. Browne stolperte rückwärts, stieß mit einem Absatz gegen etwas Unnachgiebiges, fand sein Gleichgewicht wieder und betastete seine Stirn mit zitternden Fingern.

Er blutete, das stand fest. Nichts schien dort zu sein, wo es sein sollte. Der Gedanke, daß er eine Gehirnerschütterung erlitten habe, ging ihm durch den Kopf, und er torkelte. Großer Gott, er war quer über den Piccadilly Circus gelaufen, ohne es zu merken! Eine Hand aus dem Nichts umklammerte seinen rechten Arm.

»Sind Sie verletzt? Sie sind gegen einen Bus gelaufen . . .«

Aus der Stimme, aus Tim Whelbys Stimme, klang aufrichtige Besorgnis.

»Glauben Sie, daß es richtig ist, wenn ich jetzt Alkohol trinke?« fragte Colonel Browne unsicher.

»Ein Cognac kann nicht schaden«, beruhigte ihn Whelby mit seiner sanften Stimme.

Sie saßen in einer Ecke im *Red Lion,* einem Pub in der Jermyn Street. Whelby hatte seinen Vorgesetzten in die Ryder Street zurück begleitet, wo der Colonel trotz seines mitgenommenen Zustandes als erstes die Papiere aus seiner Tasche in den Safe gelegt hatte. Whelby hatte vorgeschlagen, auf diesen Schreck hin gemeinsam einen Schluck zu trinken.

Browne nippte an seinem Cognac und sah sich nach den

übrigen Gästen um. Das *Red Lion* war ein altmodisches Pub mit einer langen Theke, hinter der der Barkeeper außer Hörweite Gläser polierte. In seiner Nähe stand ein amerikanischer Soldat, der mit dem grell geschminkten Flittchen an seiner Seite zu verhandeln schien. Die einzigen anderen Gäste waren vier in ein lärmendes Gespräch vertiefte Männer an einem Tisch am Eingang.

Der Cognac wärmte angenehm und besänftigte seine überreizten Nerven. Browne hatte Kopfschmerzen und trug ein Pflaster auf der Schürfwunde an seiner Stirn. Er bemühte sich jetzt, eine schwierige Entscheidung zu treffen. Das schien Whelby zu spüren, denn er schwieg, während er seinen Scotch trank. Browne fand seine Gegenwart wohltuend. Mit Whelby hatten sie den richtigen Mann nach Prae Wood geschickt. Tim Whelby leitete die britische Spionageabwehr in Spanien und Portugal. Er trank ziemlich viel – aber das taten alle, die draußen in St. Albans festsaßen.

»Die Sache vorhin hätte mich das Leben kosten können«, sagte der Colonel plötzlich. Er sprach etwas undeutlich. »Etwas, das ich nur im Kopf mit mir herumtrage – das nirgends notiert ist –, wäre mit mir untergegangen . . .«

»So was passiert Ihnen nicht wieder!« beruhigte ihn Whelby. Er ließ kein Interesse an Brownes Geheimnis erkennen. »Ich hole mir noch einen Schluck. Sie haben noch genug, glaube ich.«

Trotz seiner Kopfschmerzen blieb Colonel Browne ein scharfer Beobachter. Jeglicher Verdacht, Whelby könnte versuchen, ihn betrunken zu machen, war durch diese Äußerung zerstreut.

»Prosit!« Whelby kam mit seinem zweiten doppelten Scotch zurück. »Sie müssen sagen, wann Sie nach Hause wollen . . .«

»Mir gefällt's hier. Ein stiller Winkel, in dem man vor einem Anruf aus der Downing Street sicher ist.«

Er trank wieder einen Schluck Cognac und betrachtete Tim Whelby noch wohlwollender als zuvor. Ein zuverlässiger

Bursche, der ein Geheimnis für sich behalten konnte, anstatt es in irgendeinem Club über ganz London hinauszuposaunen. Dergleichen hatte Browne schon oft genug erlebt. *Pst, Feind hört mit!* Er starrte Whelby prüfend an, der diese Musterung mit gleichmütigem Lächeln über sich ergehen ließ.

»Sie werden bei uns Karriere machen, nehme ich an«, meinte der Colonel schließlich.

»Das hängt davon ab, wie gut ich arbeite . . .«

»Das hängt auch von mir ab. Machen Sie den Deutschen dort unten in Francos Hinterhof die Hölle heiß? Soviel ich gehört habe, sind Sie vor dem Krieg eine Zeitlang in Spanien gewesen.«

»Sogar bis nach Kriegsausbruch«, antworetete Whelby und ließ es dabei bewenden.

Browne trank seinen Cognac aus und setzte sich auf. Seine Entscheidung stand fest. Es war falsch gewesen, das Unternehmen Adlerhorst völlig für sich zu behalten. Er spielte mit seinem leeren Glas.

»Wir haben einen gewissen Lindsay nach Deutschland zu Hitler geschickt. Lindsay kennt ihn noch aus der Zeit vor dem Krieg . . .« Der Colonel machte eine Pause. Wie Lindsay hingekommen war, brauchte er nicht im einzelnen zu schildern. »Der springende Punkt dabei ist, daß wir Lindsay eine Möglichkeit zur Flucht schaffen mußten. Sobald er seinen Auftrag ausgeführt hat, muß er versuchen, nach München zu gelangen. Als Treffpunkt ist der Platz vor dem dortigen Dom mit den beiden Zwiebeltürmen vereinbart . . .«

»Vor der Frauenkirche«, warf Whelby ein und sah dem Amerikaner nach, der mit dem Mädchen das Pub verließ.

»Sie kennen Deutschland?« erkundigte sich Browne.

»Nur flüchtig«, antwortete Whelby, ohne den Blick seines Vorgesetzten zu erwidern.

»Wann sind Sie dort gewesen?«

»Ich war Mitglied der Englisch-Deutschen Gesellschaft. Gewissermaßen dienstlich – um die Nazis zu bespitzeln. Das steht alles in meiner Akte . . .«

»Natürlich, natürlich.« Browne hatte das Gefühl, seine Befugnisse überschritten zu haben. Jetzt wollte er Whelby beweisen, daß er ihn für völlig vertrauenswürdig hielt. »In München haben wir einen Agenten namens Paco – ein ziemlich verrückter Deckname. Dieser Agent trifft sich um elf Uhr mit Lindsay – er wartet dort jeden Montag auf ihn, um ihn über die Grenze in die Schweiz zu bringen. Das sollte außer mir noch jemand anders wissen, falls ich unter den nächsten Bus komme!«

Whelby lächelte pflichtbewußt über diesen Scherz seines Vorgesetzten. Als sie wenig später das Pub verließen, wollte Colonel Browne sich nicht von ihm stützen lassen, obwohl er beim Hinausgehen stolperte. Innerlich war er erleichtert: Lindsay war nun nicht mehr ausschließlich auf seine Unterstützung angewiesen. Körperlich fühlte er sich jedoch wie zerschlagen und hatte bohrende Kopfschmerzen. Er wollte nur noch heim und ins Bett fallen.

Vier Tage später wurde Berija im Kreml wieder einmal in Stalins Arbeitszimmer zitiert. Der Marschall mit dem Walroßschnurrbart, der Hakennase und dem unsteten Blick drückte seinem NKWD-Chef einen entschlüsselten Funkspruch der sowjetischen Botschaft in London in die Hand.

»Da haben wir's! Die Engländer strecken Friedensfühler aus, um einen Separatfrieden mit Hitler zu schließen. Dieser Wing Commander Ian Lindsay handelt in Churchills Auftrag.«

»Wir könnten ihn beseitigen lassen«, schlug Berija sogleich vor. Für Berija war dies die schnellste Lösung jedes Problems: Man liquidierte den Menschen, durch den das Problem entstanden war. Das wirkte oft Wunder. Aber Stalin schüttelte seinen grauhaarigen Kopf und grinste boshaft.

»Nein, noch nicht! Bin ich der einzige Mann in der Sowjetunion, der mehr als einen Spielzug weit vorausblickt? Vielleicht konfrontiere ich Churchill im richtigen Augenblick mit Lindsays Unternehmen, um ihn zu erpressen. Außerdem bietet sich uns jetzt eine Alternative. Ist Ihnen aufgefallen, daß der Funkspruch eine über München führende mögliche Fluchtroute Lindsays erwähnt?«

»Und?«fragte Berija.

»Sollte es sich als nötig erweisen, können wir vielleicht dafür sorgen, daß die Deutschen ihn an unserer Stelle umbringen!«

14

Kommissar Karl Gruber von der Gestapo war klein, dicklich und blaß – wie ein Mann, der nur selten an der frischen Luft ist und meistens im Büro hockt. Auf dem Weg zu Bormanns Unterkunft in der Wolfsschanze trug er den fast zur Gestapo-Uniform gewordenen Ledermantel und einen tief in seine breite Stirn gedrückten Filzhut.

Bormann verfolgte seine Annäherung mißmutig. Wer mit Himmler zu tun hatte, war automatisch sein Feind. Und er konnte diesen neuen Eindringling schon wegen seiner persönlichen Erscheinung nicht ausstehen. Mit seinen Schlangenaugen nahm der Gestapomann, der die Hände tief in den Manteltaschen vergraben hatte, unterwegs alle Einzelheiten wahr, als sammle er Details für seinen Bericht. Zu seiner Überraschung wurde die Tür von Bormanns Unterkunft aufgerissen, bevor er anklopfen konnte, und der Reichsleiter stand auf der Schwelle.

»Wer sind Sie?« fragte Bormann scharf.

»Kommissar Gruber von der Gestapo, Reichsleiter.«

»Kommen Sie rein! Machen Sie die Tür hinter sich zu!«

Bormann ging in sein Arbeitszimmer voraus, nahm hinter dem Schreibtisch Platz und deutete auf den harten, unbequemen Besucherstuhl. Gruber ließ sich vorsichtig darauf nieder, als hege er Zweifel an der Tragfähigkeit des zierlich wirkenden Stuhls. Seine kleinen Augen musterten den Raum, während er seinen Dienstausweis, in dem ein zusammengefaltetes Blatt Papier lag, vor Bormann auf die Schreibtischplatte legte. Hier, im Allerheiligsten, kam es Gruber besonders darauf an, die Form zu wahren.

»Mein Ausweis, Reichsleiter«, sagte er mit heiserer Stimme. »Das andere Schriftstück gibt mir das Recht, die hier getroffenen Sicherheitsmaßnahmen zu überprüfen und . . .«

»Danke, ich kann selbst lesen!« unterbrach Bormann unfreundlich. »Sie müssen sich vorsehen, damit Sie niemand in die Quere kommen . . .« Er machte eine Pause und hielt boshafterweise die Information zurück, die den Gestapobeamten aus dem Gleichgewicht bringen würde. Gruber tappte prompt in die Falle.

»Ich werde so unauffällig wie möglich arbeiten«, versicherte Gruber. »Ich bin natürlich auf Befehl des Führers hier und . . .«

»Menschenskind, das weiß ich selbst! Ich selbst habe einen Mann wie Sie angefordert.« Der Reichsleiter starrte Gruber an, der sich unterdessen verstohlen in seinem Arbeitszimmer umgesehen hatte, was Bormann nicht entgangen war. Er warf die Dokumente auf die Schreibtischplatte und zündete seinen Sprengsatz.

»Die Abwehr ist Ihnen zuvorgekommen. Major Hartmann ist bereits seit fast zwei Wochen dabei, die hiesigen Sicherheitsvorkehrungen zu überprüfen.«

»Die Abwehr . . .!«

»Richtig, das habe ich gesagt. Hören Sie etwa schlecht?«

Bormann beobachtete zufrieden, wie verwirrt der dicke Gruber war, aber in seine Zufriedenheit mischte sich wachsende Besorgnis. Seit dem Absturz der aus Smolensk kommenden Führermaschine hatte der Reichsleiter sich in einer unmöglichen Lage befunden. Bisher hatte er noch sehr erfolgreich laviert. Das Problem, vor dem er nun stand, war durch eine Entscheidung des Führers vor seinem Abflug an die Ostfront ausgelöst worden.

»Bormann«, hatte er um zwei Uhr nach einer der mitternächtlichen Lagebesprechungen gesagt, »irgendwo ganz in meiner Nähe arbeitet ein Sowjetspion – ich *weiß*, daß es einen gibt. Wir müssen sofort eine gründliche Sicherheitsüberprüfung durchführen lassen.«

»Soll ich die Bewachung verstärken lassen?« hatte Bormann vorgeschlagen. Aber damit war er abgeblitzt.

»Er ist ständig hier!« hatte Hitler gebrüllt. »Er ist einer von uns – irgendein Schweinehund, der dem Russen meine Befehle verrät, sobald ich sie erteile! Haben Sie verstanden? Ich verlange, daß er entlarvt wird – daß er aufgeknüpft wird! Niemand soll von den Ermittlungen ausgenommen sein. Niemand!«

»Ich verstehe«, hatte Bormann geantwortet, obwohl er nicht wußte, worauf Hitler hinauswollte.

»Stellen Sie fest, wer unser bester Abwehroffizier ist. Ich meine den mit den besten Erfolgen. Setzen Sie ein Schriftstück auf – das ich unterzeichnen werde –, das ihm unbegrenzte Vollmachten gibt, damit er den Verräter aufspüren kann. Meinetwegen kann er sogar Keitel ins Kreuzverhör nehmen, wenn er's für nötig hält!«

Hitler schlug mit der Faust auf den Kartentisch. Dann legte sein Zorn sich ebenso rasch, wie er aufgeflammt war, und er lächelte Bormann zu.

»Wird gemacht, mein Führer!«

»Ich bin noch nicht fertig!« Hitlers Stimme war erneut umgeschlagen. »Sie fordern weiterhin aus Berlin einen erstklassigen Gestapobeamten an, der zur selben Zeit dieselben Ermittlungen durchführt – mit denselben Vollmachten . . .«

Abwehr und Gestapo waren Todfeinde. Die beiden Vertreter dieser konkurrierenden Organisationen würden nichts unversucht lassen, um den Sowjetspion als erste zu fassen. Das war eine für Hitler typische Anordnung: Er spielte Menschen und Organisationen gegeneinander aus, um aus ihrer Rivalität Nutzen zu ziehen.

»Mir wär's lieber gewesen«, antwortete Gruber jetzt vorsichtig, »wenn ich vor meiner Ankunft erfahren hätte, daß die Abwehr hier tätig ist . . .«

»Bilden Sie sich etwa ein, daß der Führer sich einen Deut darum schert, was Ihnen lieber ist?« knurrte Bormann. »Wenn Sie mit Ihren Ermittlungen fertig sind, erstatten Sie mir direkt Bericht – nicht etwa Berlin. Abtreten!«

Gruber nahm diesen Befehl erleichtert entgegen. Bormanns Arbeitszimmer war so gut geheizt, daß ihm der Schweiß auf der Stirn stand. Er hatte selbstverständlich beim Eintreten den Hut abgenommen, aber er saß in seinem schweren Ledermantel auf dem Besucherstuhl und hatte Magendrücken, weil der Gürtel im Sitzen zu eng war.

Der Gestapobeamte sprang auf, riß den rechten Arm hoch und trat aufatmend in die feuchte Winterkälte hinaus.

»Bedaure, Herr Gruber, aber ich kann Ihnen unmöglich den Zutritt zur Fernmeldezentrale gestatten. Ich habe meine Anweisungen . . .«

Der SS-Führer, der Gruber den Weg vertrat, war höflich, aber unerbittlich. Er war außerdem ein Hüne und blickte mit gönnerhafter Miene auf den kleinen, dicklichen Gestapobeamten hinab. Gruber, dessen blasses Gesicht rot angelaufen war, kochte vor Wut.

»Ich habe unbegrenzte Vollmachten! Lassen Sie mich passieren, bevor ich Sie festnehme!«

»Ich bin von höchster Stelle über Ihre Vollmachten informiert worden«, antwortete der SS-Führer von oben herab. »Deshalb weiß ich, daß Sie keinen Zutritt zur Fernmeldezentrale haben. Und was meine Festnahme betrifft, fürchte ich, daß die Sache genau umgekehrt liegt: Sobald Sie auch nur einen weiteren Schritt machen, bleibt mir nichts anderes übrig, als Sie vorläufig festzunehmen . . .«

Der SS-Führer sah über ihn hinweg, und Gruber drehte den Kopf zur Seite, um seinem Blick zu folgen. Die Tür des Blockhauses, das er soeben verlassen hatte, stand offen. Der Türrahmen umgab Martin Bormanns untersetzte Gestalt. Bildete Gruber sich das nur ein, oder stand wirklich ein hämisches Lächeln auf dem Gesicht des Reichsleiters?

Er stapfte wütend davon. *Sie erstatten mir direkt Bericht – nicht etwa Berlin.* Das hatte Bormann gesagt; aber Bormann hatte auch dafür gesorgt, daß Gruber in der Wolfsschanze isoliert war. Irgend jemand würde für diese Demütigung büßen müssen.

Der Gestapokommissar ging in Gedanken die Namensliste durch, die er vor seiner Abreise aus Berlin zusammengestellt hatte: eine Liste der in diesem trostlosen Nebelloch Beschäftigten. Christa Lundt, Chefsekretärin des Führers. Ja, er würde mit ihr anfangen, sie in die Mangel nehmen ...

»Ah, Karl Gruber. Willkommen im Zentrum der Macht.«

Der Gestapobeamte drehte sich mit finsterer Miene um. Obwohl der Boden mit Harschschnee bedeckt war, hatte er keine Schritte gehört – und das mißfiel ihm. Seine Laune besserte sich keineswegs, als er sah, wer ihn angesprochen hatte.

»Hartmann! Und wie lange schleichen Sie schon hier herum, wenn ich fragen darf?«

»Lange genug, um einen anständigen Vorsprung zu haben, Gruber.« Der Abwehroffizier beobachtete den anderen mit zusammengekniffenen Augen, während er sich eine Pfeife anzündete. »Warum machen Sie ein so trauriges Gesicht? Dürfen Sie nicht an den Fernschreiber?«

»Hier stimmt irgendwas nicht, spüren Sie das nicht auch?« Gruber wechselte bewußt das Thema, um vielleicht etwas aus seinem Konkurrenten herauszulocken.

»Das macht der Nebel, der hier zwischen den Bäumen hängt«, antwortete Hartmann freundlich. »So entsteht eine deprimierende Atmosphäre, die einen glauben läßt, das Ende der Welt sei nahe.«

»Glauben Sie, daß wir den Krieg verlieren?«

»Das haben Sie gesagt, nicht ich ...«

»Hören Sie, wir sollten in dieser Sache zusammenarbeiten – und uns die Anerkennung teilen, wenn wir unseren Auftrag ausgeführt haben.«

»Soviel ich mitbekommen habe, sollen wir selbständig arbeiten.« Hartmanns Tonfall klang bedauernd. »Schade, daß Sie kein Glück mit der Fernmeldezentrale gehabt haben . . .«

Er ließ den anderen stehen. Seine letzte Bemerkung brachte Gruber wieder in Wut – was Hartmann beabsichtigt hatte. Ein wütender Mann macht leicht taktische Fehler. An der Kasinotür sah der Abwehroffizier sich um. Gruber verschwand eben in Christa Lundts Barackenhälfte.

»He, was soll das? . . . Au, Sie tun mir weh! Lassen Sie mich los! Sie sollen mich loslassen . . .«

Christa Lundt, die nur einen Morgenrock trug, starrte zu Gruber auf, der ihr einen Arm schmerzhaft auf den Rücken gedreht hatte. Er hatte sie aufs Sofa gestoßen, nachdem er, ohne anzuklopfen, bei ihr eingedrungen war. Sie hatte eben duschen wollen und ihn wütend angefahren, als er hereingeplatzt war.

»Nicht so kratzbürstig, junge Frau«, knurrte Gruber, während er ihr den Arm noch etwas weiter umdrehte. »Sie sind die Gans, die an allen Lagebesprechungen des Führers teilnimmt, stimmt's? Los, los, antworten Sie schon!«

»Ja«, keuchte sie. Bis vor wenigen Augenblicken war ihr Leben normal gewesen – jetzt starrte diese fette Made mit seinen geilen kleinen Augen in den Ausschnitt ihres Morgenrocks. Sie fühlte sich beschmutzt. Ihr Busen wogte, als sie sich dem harten Griff des Gestapobeamten zu entwinden versuchte, und Gruber starrte ihn weiterhin fasziniert an.

»So«, fuhr der Dicke fort, indem er sie in ihrer hilflosen Lage festhielt, »was tun Sie mit Ihrem Stenoblock, nachdem Sie die Befehle mit der Maschine geschrieben und abgegeben haben, damit sie . . .«

»Das ist nicht die richtige Methode, glaube ich«, sagte eine Stimme hinter Gruber. Er ließ die junge Frau los, fuhr herum und griff nach der Pistole, die er in einer Schulterhalfter unter dem linken Arm trug. Aber dann erstarrte er mit erhobener Hand zur Bewegungslosigkeit. Vor ihm stand Hartmann mit seiner Pfeife zwischen den Zähnen und aufgeknöpftem Militärmantel.

»Schon besser«, meinte der Abwehroffizier gelassen. »Ich hätte Sie durchlöchert, bevor Sie Ihre Pistole hätten ziehen können.«

»Sie bedrohen einen Gestapobeamten?«

»Ich dachte, Sie hätten mich bedroht.« Der Major blieb völlig gelassen. »Ich habe sogar eine Zeugin dafür . . .« Hartmann wandte sich an Christa Lundt, die aufgestanden war, ihre Arme über der Brust verschränkte und sich den schmerzenden Arm rieb. »Wie Sie wissen, wollte ich Sie sprechen, Fräulein Lundt . . .« Ihr Blick zeigte ihm, daß sie verstanden hatte und mitspielen würde. »Aber vielleicht möchten Sie sich jetzt zurückziehen, um sich anzukleiden . . .«

Er wartete, bis die junge Frau im Schlafzimmer verschwunden war und die Tür hinter sich geschlossen hatte. Dann fiel seine freundliche Art schlagartig von ihm ab. Er trat näher an den Gestapobeamten heran.

»Sie dämliche, kleine Kröte . . .«

»Wie sind Sie hier reingekommen?« krächzte Gruber. »Und was soll der Unsinn mit Ihrem angeblich vereinbarten Gespräch mit der Lundt?«

Gruber war blaß vor Zorn – und innerlich erschrocken über Hartmanns Fähigkeit, sich gespensterhaft leise zu bewegen.

»Meine Antwort auf die erste Frage: Ich bin auf dem selben Weg wie Sie reingekommen. Und auf die zweite Frage: Ich hatte mit Fräulein Lundt vereinbart, daß sie mir zu einer ersten Vernehmung zur Verfügung stehen würde. Ihre Methoden sind wirklich dämlich, Gruber – Sie erschrecken sie, so daß sie verworrene Antworten geben muß. Sie sind's zwar vermutlich gewöhnt, Leute mit dem Gummiknüppel zum Sprechen zu bringen, aber damit kommen Sie hier nicht weiter . . .«

»Ich melde Sie dem Reichsleiter, weil Sie mich bei der Ausübung meines Dienstes behindert haben!«

»Und was wäre, wenn ich Sie wegen versuchter Vergewaltigung anzeigen würde?«

»Eine Anzeige, die ich als Zeugin bestätigen kann«, sagte Christa von der Schlafzimmertür aus. Sie trug jetzt Rock und Bluse und war dabei, ihr langes schwarzes Haar zu kämmen. »Sie haben ihn auf frischer Tat ertappt, nicht wahr, Herr Major? Der Führer sorgt sich sehr um das Wohl seiner Mitarbeiterinnen - wie würde diese Sache also vermutlich ausgehen?«

Hartmann wußte genau, wann er schweigen mußte, um seinem Gegenüber den Nerv zu rauben. Grubers Gesichtsausdruck verriet miteinander im Widerstreit liegende Gefühle. Sein Blick wanderte von dem Abwehroffizier zu Christa Lundt hinüber, die ihn verächtlich erwiderte, und zu Hartmann zurück.

»Sie wissen beide, daß das ein lächerlicher Vorwurf ist! Ich habe lediglich versucht, sie zur Vernunft zu bringen . . .«

»Während sie nur mit einem Morgenrock bekleidet war? Kurz zuvor höre ich sie die Dusche abdrehen, unter die sie offenbar gehen wollte, als Sie sie überfallen haben. Dann finde ich sie auf dem Sofa vor, auf dem Sie sie festhalten . . .« Hartmann zuckte mit den Schultern. »Vorerst werde ich die Ereignisse protokollieren, wie ich sie gesehen habe, Fräulein Lundt als Zeugin unterschreiben lassen und das Protokoll zu den Akten nehmen. Habe ich mich klar genug ausgedrückt?«

Gruber nahm seinen Hut vom Tisch. Hartmann sah, daß seine Hand leicht zitterte und daß Gruber Schweißtropfen auf der Stirn hatte. Der Gestapokommissar verließ wortlos den Raum. Christa kam auf Hartmann zu.

»Ich bin Ihnen zu größtem Dank verpflichtet, Herr Major. Sie haben mich vor diesem widerlichen, brutalen Kerl gerettet, der . . .«

»Nein, nein, bitte danken Sie mir nicht.« Hartmann hob abwehrend eine behandschuhte Hand. »Aber ich muß Ihnen tatsächlich ein paar Fragen stellen. Fühlen Sie sich dazu imstande?«

»Ich beantworte Ihnen gern alle Fragen. Aber darf ich Ihnen zuerst eine Tasse Kaffee anbieten?«

»Danke, ich trinke gern eine.«

Hartmann setzte die Schirmmütze ab, warf seine Handschuhe hinein und legte den Mantel ab, während sie in der Kochnische den Kaffee zubereitete. Ein weniger cleverer Vernehmungsoffizier als er hätte den Kaffee zurückgewiesen und sofort seine Fragen gestellt, bevor die Lundt sich wieder gefangen hatte. Aber Hartmann suchte ein zwangloses Gespräch – und sein Plan war unerwartet erfolgreich gewesen. *Ich bin Ihnen zu größtem Dank verpflichtet . . .*

Draußen im Freien hatte Hartmann seine Unterhaltung mit Gruber absichtlich so gelenkt, daß der leicht reizbare Gestapobeamte sich zu einer unbedachten Reaktion hatte hinreißen lassen. Der Major hatte Christa Lundt in ihrer Baracke verschwinden sehen; er hatte auch wahrgenommen, daß Gruber sie beobachtet hatte, und richtig vermutet, daß der Kommissar sich als nächstes mit ihr befassen würde.

Die Sache hatte sich günstiger entwickelt, als der Major zu hoffen gewagt hatte – wegen des Zufalls, daß Christa eben hatte duschen wollen. Nun hatte er Gruber zumindest vorläufig im Schwitzkasten.

Noch wichtiger war jedoch, daß es Hartmann gelungen war, Christa Lundt für sich einzunehmen und sich ihre Dankbarkeit zu sichern. Aus seiner Sicht hätte die Entwicklung nicht günstiger verlaufen können.

»Schmeckt der Kaffee?« fragte Christa einige Minuten später.

»Ganz wunderbar! Vielleicht kann ich Sie für meine Berliner Dienststelle anfordern – nicht als Sekretärin, sondern als Kaffeeköchin!«

Sie hatte neben ihm auf dem Sofa Platz genommen, um ihm zu zeigen, daß sie Vertrauen zu ihm hatte. Hartmann zog Notizbuch und Bleistift aus der Tasche. Beides gehörte auch zu Christas Handwerkszeug; folglich war nicht zu erwarten, daß es sie genieren würde.

»Jetzt beginnt wohl der Ernst des Lebens, Herr Major?« fragte sie lächelnd.

»Achtung, gleich kommt die erste Frage! Fertig?« Er machte eine Pause, lächelte und zündete sich seine Pfeife an, nachdem er um Christas Erlaubnis gebeten hatte. Seine grauen Augen beobachteten sie aufmerksam, als er den ersten Pfeil verschoß.

»Welchen Eindruck haben Sie von diesem Wing Commander Lindsay, der angeblich nur deshalb zum Berghof geflogen ist, um den Führer zu sprechen?«

Hartmann achtete erst in zweiter Linie auf ihre Antwort; er registrierte vor allem das sofort aufblitzende Mißtrauen in Christas zuvor so freundlichem Blick.

»Seit der Rückkehr des Führers aus Smolensk sind die Zustände hier unerträglich geworden, Jodl! Unerträglich! Haben Sie mich verstanden?«

Generalfeldmarschall Keitel marschierte in Jodls Arbeitszimmer auf und ab, als könne er vor Erregung nicht stillhalten. Der Generaloberst hatte sofort gemerkt, daß irgend etwas nicht in Ordnung war, als Keitel unangemeldet hereingestürmt war. Erstens war das Gesicht des Feldmarschalls rot vor Erregung. Außerdem spielte er nervös mit seinem Marschallstab und warf jetzt seine Mütze ungewohnt energisch auf einen der Aktenständer.

Jodl, der weniger leicht aus der Ruhe zu bringen war, beobachtete seinen Besucher aufmerksam und wählte seine Worte sorgfältig. Man mußte stets damit rechnen, daß Keitel dem Führer alle Äußerungen – auch vertraulich gemachte – zutrug, wenn er sich davon einen Vorteil versprach.

»Wissen Sie einen Grund dafür?« fragte er.

»Ist der nicht offenkundig? Bei uns schnüffeln zwei lästige Außenstehende herum, die ihre Nasen in alles stecken, was sie nichts angeht, und . . .«

»Meinen Sie Hartmann von der Abwehr und Gruber von der Gestapo?«

Immer nur Fragen stellen. Niemals eine Aussage machen. Niemals eine Meinung äußern. Diese Lektion hatte Jodl schon vor langer Zeit gelernt.

»Wen denn sonst?« knurrte der Feldmarschall. »Ich bin vorhin von diesem hochnäsigen Hartmann ins Verhör genommen worden. Ich – als Chef des Oberkommandos der Wehrmacht!«

Hochnäsig? Jodl unterdrückte ein Lächeln. Hartmann, das hatte er bereits gespürt, war der bei weitem klügere und intelligentere der beiden Ermittler. Offenbar hatte er sich bei diesem Verhör auf Keitels Schwachpunkt konzentriert – seine Eitelkeit und sein Rangbewußtsein.

»Sie haben dagegen protestiert?« erkundigte Jodl sich noch immer vorsichtig. Er hatte manchmal den Verdacht, der Feldmarschall simuliere nur, wenn er den Eindruck erweckte, arrogant und nicht sonderlich intelligent zu sein.

»Wie hätte ich protestieren können?« fragte Keitel aufgebracht. »Der Führer hat ihm unbeschränkte Vollmachten gegeben. Wahrscheinlich kreuzt als nächster dieser Gruber bei mir auf. Ein fettes Schwein!«

«Solche Männer bekommen nicht oft Gelegenheit, weit höhere Chargen zu vernehmen«, stellte Jodl scharfsinnig fest. »Sie werden das meiste daraus machen, ihre Berichte vorlegen und verschwinden. Damit ist der Fall für uns erledigt.«

»Dieser ganze Unsinn, daß es in der Wolfsschanze einen sowjetischen Spion geben soll . . .«

»Der Führer trägt große Verantwortung . . .«

»Ich habe den Führer mit keiner Silbe erwähnt!«

Keitel griff nach seiner Mütze, umklammerte seinen Marschallstab fester, warf Jodl einen bösen Blick zu, marschierte hinaus und knallte die Tür hinter sich zu. Jodl hatte bei der Erwähnung eines Sowjetspions keine Miene verzogen. Nun saß er an seinem Schreibtisch und tippte mit den Fingern der rechten Hand wie ein Morsender auf die polierte Platte.

Jodl mußte zugeben, daß Keitel recht hatte. Es war

schlimm genug, in der bedrückenden Atmosphäre der Wolfsschanze leben zu müssen. Auch das ungesunde Klima setzte allen zu: In den Kiefernwäldern der näheren Umgebung gab es nicht nur Seen, sondern auch Sümpfe, aus denen die Nebel aufstiegen, die überall zwischen den Bäumen hingen und so deprimierend waren. Und jetzt hatten sie auch noch Spionagefieber!

Dem Generaloberst war aufgefallen, wie sehr sich alle persönlichen Beziehungen seit dem Eintreffen Hartmanns und Grubers verschlechtert hatten. Außerdienstliche Gespräche verliefen gezwungen und wurden auffällig vorsichtig geführt. Jodl war der Überzeugung, Hartmann rufe dieses gegenseitige Mißtrauen absichtlich hervor, um den Spion unter unerträglichen Druck zu setzen ...

Unerträglich? Merkwürdig, daß ihm gerade dieses Wort eingefallen war. Keitel hatte es zweimal benützt, als er hereingestürzt und sich über die Vernehmung durch Hartmann beklagt hatte. Jodl sah auf seine Armbanduhr. Zeit für die mittägliche Lagebesprechung.

Er stand auf, setzte seine Mütze auf, zog die Jacke glatt und warf einen Blick in den Spiegel. Die Schirmmütze saß wie gewöhnlich leicht schräg. Jodl wußte, daß es darauf ankam, immer den gleichen Eindruck zu erwecken – der Führer mochte keine Veränderungen bei seinen Mitarbeitern. Heute würden sie so gut wie sicher über die Umgruppierungen des Ostheeres für die bevorstehende Frühjahrsoffensive sprechen ...

Am Abend dieses Tages kauerte eine Gestalt in den Tiefen des nebelverhangenen Kiefernwaldes vor dem Versteck des Funkgeräts. Mit Hilfe einer abgeblendeten Taschenlampe – es war eine mondlose Nacht – sendeten geschickte Finger die Nachricht, die mit dem Kennwort »Wagner« begonnen hatte. Das Kennwort zeigte an, daß die Meldung das deutsche Heer betraf. »Olga« hätte vor einer Nachricht über Absichten der deutschen Luftwaffe gestanden.

Die kauernde, bei Nacht und Nebel kaum sichtbare Gestalt starrte die Leuchtzeiger ihrer Armbanduhr an und wartete. Es kam nur selten vor, daß eine Nachricht den umgekehrten Weg – aus der Schweiz nach Ostpreußen – ging. Sollte es jedoch eine geben, würde Luzern sie innerhalb der nächsten zwei Minuten senden. Hundertzwanzig Sekunden verstrichen – eine scheinbar endlose Pause. Eine Hand wollte das Funkgerät ausschalten. In diesem Augenblick piepsten Morsezeichen im Kopfhörer . . .

RAHS: Lucys Rufzeichen. Heute abend war also eine Meldung aufzunehmen! Die Taschenlampe wurde unter einen Arm geklemmt, damit sie das Notizbuch beleuchtete, in dem die verschlüsselte Nachricht mit Bleistift mitgeschrieben wurde. Die Mitteilung war nicht lang.

Die kauernde Gestalt schaltete das Funkgerät aus, versteckte es wieder, richtete sich auf und schüttelte Schnee von den Ästen in der Umgebung, um alle Spuren zu verwischen. Danach holte sie unter einem Baum die in einem wasserdichten Beutel steckenden Schlüsselunterlagen hervor und machte sich daran, den Funkspruch im Schein der abgeblendeten Taschenlampe zu entschlüsseln. Nachdem sie die Unterlagen ins Versteck zurückgeschoben hatte, verlor sie sich im Nebel. Der Funkspruch war ein Todesurteil gewesen.

Liquidieren Sie den Engländer . . .

In seiner Wohnung im fernen Luzern kniff Rudolf Roessler die Augen zusammen, während er vor dem Schrank saß, in dem sein Funkgerät versteckt war. Er hatte den Eindruck, um ihn herum sei es neblig. Roessler schloß die Klappe vor dem Funkgerät und dreht sich um, als er jemand hinter sich hörte.

»Oh, du bist's, Anna . . .«

»Wer denn sonst?« fragte die große, temperamentvolle Frau mit beruhigendem Lächeln. »Ich habe dir Kaffee gebracht. Und deine Brille ist ganz beschlagen. Komm, ich putze sie dir!«

Er stand auf, schloß die Schranktür und folgte Anna mit

einem Zettel in der Hand ins Wohnzimmer. Dort setzte er sich noch immer benommen an den weiß gedeckten Tisch und schlürfte seinen Kaffee, während Anna ihm die Brille putzte.

»Ich staune immer wieder über die Informationen, die Specht sendet«, stellte Roessler fest. »Wer mag er nur sein?«

»Für uns ist's besser, wenn wir das nie erfahren – und zum Glück werden wir's nie wissen. Hier hast du deine Brille. Und warum bist du ganz verschwitzt? Die Nacht ist kalt.«

»Moskau hat mir eine Nachricht für Specht übermittelt. Ich habe sie an ihn gesendet, nachdem ich seine letzte Meldung über die Umgruppierungen des deutschen Ostheers aufgenommen hatte – die ich auch schon an Kosak weitergeleitet habe. Die Nachricht von Kosak an Specht kann ich mit meinen Unterlagen nicht entschlüsseln; ich weiß also überhaupt nicht, was ich gesendet habe . . .«

Anna runzelte die Stirn. Dieser neue Aspekt machte ihr Sorgen, aber sie mußte versuchen, sich nichts anmerken zu lassen. »Damit haben wir zum erstenmal einen Funkspruch aus Moskau bekommen. Wir haben immer geglaubt, alle Nachrichten würden immer nur von Specht an Moskau zu übermitteln sein . . .«

»Dafür ist doch schon vorgesorgt worden, als wir noch in Berlin waren«, erinnerte er sie. »Damals sind Rufzeichen, Frequenzen und Sendezeiten festgelegt worden. Aber dieser Verkehr verstößt gegen unsere Übereinkunft mit dem Schweizer Nachrichtendienst. Wir haben stets erklärt, hier nur eine Relaisstation betreiben zu wollen. Was soll ich also mit dieser Nachricht tun? Sie wird den Schweizern möglicherweise nicht gefallen . . .«

»Willst du damit sagen, daß es besser wäre, sie nicht ans ›Büro Ha‹ weiterzugeben?«

»Was würdest du denn tun?« fragte Roessler unsicher.

»Vergiß die Nachricht einfach«, entschied sie. »Das ›Büro Ha‹ braucht nichts davon zu erfahren. Ich rufe jetzt dort an, damit es einen Kurier schickt, der den Funkspruch von

Specht abholt.« Sie nickte ihrem Mann aufmunternd zu. »Ich schlage vor, daß du dich nicht blicken läßt, wenn der Kurier kommt. Sieh zu, daß du deinen Schönheitsschlaf bekommst!«

Auf den Kremlmauern lag Neuschnee.

Um zwei Uhr morgens herrschte in der altehrwürdigen Zitadelle furchtsames Schweigen. Lawrentij Berija war damit beschäftigt, seinen Kneifer zu putzen, während er darauf wartete, daß die Tür am Ende des halbdunklen Vorzimmers geöffnet wurde. Neben ihm stand General Schukow in ordengeschmückter Uniform und hatte Mühe, seine Ungeduld zu zähmen.

»Guten Abend, Genossen. Oder wäre ›Guten Morgen‹ richtiger? Es ist nach Mitternacht, und ein weiterer ereignisreicher Tag liegt vor uns. Wir wollen ihn nicht vergeuden ...«

Stalin trat aus dem Schatten. Berija war schon oft aufgefallen, daß der Marschall die Angewohnheit hatte, sich unerwartet an Leute anzuschleichen. Der kleine Georgier mit dem verkrüppelten linken Arm und dem listigen Blick hielt wieder ein Blatt Papier in der rechten Hand. Berija vermutete, daß es sich um einen weiteren Funkspruch von Specht handelte. Er haßte Spionageringe, die nicht seiner eigenen Kontrolle unterstanden.

»Sagen Sie mir, was Sie davon halten, Genosse General«, forderte Stalin Schukow auf. »Das soll die aktuelle Truppenverteilung der Deutschen vor unserer Front sein ...«

Berija machte ein ausdrucksloses Gesicht; lediglich seine Augen hinter dem Kneifer funkelten. Zum Glück war diesmal General Schukow das Opfer. Stalin befand sich in einer seiner gefährlichsten Launen. Wenn er so leise und höflich sprach, spielte er Katz und Maus mit seinen Gesprächspartnern. Schukow las den Text und äußerte sich so freimütig wie immer.

»Dieser Agent versteht seine Sache. Die Einzelheiten entsprechen genau den Vorstellungen, die mein Stab und ich vom Gegner haben. Die zusätzlichen Informationen über die Verteilung der Reserven treffen wahrscheinlich ebenfalls zu. Auf der Grundlage dieser Meldung schlage ich einen Angriff vor Einbruch des Tauwetters vor. Dann haben wir die Überraschung auf unserer Seite und können . . .«

»Sie garantieren für einen großen Sieg?« Stalin zupfte an seinem Schnurrbart, während er den General lauernd beobachtete.

»Im Krieg läßt sich nichts garantieren!«

»Dann warten wir noch eine Weile – bis wir wissen, daß Specht zuverlässig ist, daß er nicht manipuliert wird . . .«

»Ich wüßte verdammt gern, wer dieser Specht ist!« brach es aus Schukow hervor. »Und wie lange wir noch abwarten wollen, bevor wir ihm seine Meldungen glauben!«

Berija hielt den Atem an. Vielleicht ließ Stalin den General im nächsten Augenblick verhaften. Die bedeutungsschwere Pause wurde durch das Ticken der großen alten Standuhr neben der Tür in Sekundenintervalle zerhackt.

»Ich schlage vor, daß Sie in Ihr Hauptquartier zurückfliegen, Genosse General«, antwortete Stalin schließlich ausdruckslos. »Wir greifen noch nicht an, verstanden? Es bleibt bei den besprochenen Abwehrmaßnahmen.«

Er wartete, bis Schukow den Raum verlassen hatte, und forderte seinen Geheimpolizeichef dann auf, sich mit ihm an den Tisch zu setzen. Stalin nahm Platz, stopfte bedächtig seine Pfeife und zündete sie an, ohne Berija aus den Augen zu lassen, der unterhalb der Tischkante, wo der Diktator sie nicht sehen konnte, krampfhaft seine feuchten Hände faltete.

»Eines Tages werden wir diese Generale zurechtstutzen müssen, Berija. Aber vorerst brauchen wir sie noch – um den Krieg zu gewinnen. Lassen Sie Schukow noch genauer als bisher überwachen . . .«

In der Londoner Ryder Street tat Colonel Browne so, als denke er laut nach, um die Reaktion seines Assistenten zu prüfen. Whelby war damit beschäftigt, vor Dienstschluß Akten in den Stahlschrank in seinem Büro zu sperren.

»Es gibt Leute, die sich überlegen, ob wir versuchen sollten, zu einer Übereinkunft mit den Deutschen zu kommen . . .« Browne machte eine Pause. »Hat die andere Seite sich in dieser Beziehung gesprächsbereit gezeigt, als Sie neulich in Madrid gewesen sind?«

»Durchaus nicht«, log Whelby prompt.

»Na ja, das war nur so eine Überlegung . . .« Browne sprach nicht weiter und nickte lediglich, als Whelby sich wenig später ziemlich eilig verabschiedete.

Zufällig hatte Whelby für diesen Abend einen Treff mit Sawitski verabredet. Ein Agent will immer irgend etwas zu berichten haben. Whelby machte aus Brownes beiläufiger Bemerkung eine außenpolitische Entscheidung der englischen Regierung.

»Lindsay scheint ein Friedensbote Churchills zu sein«, sagte er während ihrer kurzen Zusammenkunft. »Es ist noch keine zwei Stunden her, daß Browne mit mir darüber gesprochen hat, um meine Reaktion zu testen . . .«

Nach seiner Rückkehr in die sowjetische Botschaft verschlüsselte Sawitski die Meldung an Kosak wieder selbst und brachte sie dem Funker im Keller des Botschaftsgebäudes. Eineinhalb Stunden später wurde der entschlüsselte Funkspruch Stalin vorgelegt, der sich zum zweitenmal in dieser Nacht mit Berija beriet.

»Die Lage in Hitlers Hauptquartier wird allmählich verworren«, sagte Stalin, während sein Scherge die Nachricht las.

»Verworren?«

»Verworren«, bestätigte Stalin. »Wir haben dort Specht, der sich als unser wertvollster Agent in diesem Krieg erweisen kann. Und wir haben diesen Engländer, der vermutlich ein ausgebildeter Spion ist. Ich halte ihn für einen Sympathisanten der Nazis. Was ist, wenn er aufgrund seiner Erfahrung Specht entlarvt? Das muß unter allen Umständen verhindert werden.«

»Ganz recht«, stimmte Berija eifrig zu. »Da gibt's nur eine Lösung . . .«

»Wir schicken Specht einen Befehl . . .«

So entstand der Funkspruch, den Lucy dann an Specht übermittelte.

Liquidieren Sie den Engländer. Er soll montags mit einem alliierten Agenten vor der Münchner Frauenkirche zusammentreffen . . .

15

»Das ist doch Wahnsinn! Ich habe den Führer gebeten, mich dafür sorgen zu lassen, daß er in diskreter Entfernung von Wachen begleitet wird. Aber er hat darauf bestanden, diesen Waldspaziergang allein mit dem Engländer zu machen!«

Martin Bormann marschierte aufgeregt in Christa Lundts Barackenhälfte auf und ab. Die junge Frau saß steif auf einem Stuhl dicht neben der ins Freie führenden Tür. So hatte sie eine Möglichkeit zur Flucht, falls der Reichsleiter versuchte, sich an sie heranzumachen. Aber Bormann setzte seine Tirade fort.

»Als einzigen Schutz hat der Führer seine Schäferhündin Blondi bei sich . . .« Bormann blieb stehen, wischte sich den Schweiß von der Stirn und machte eine hilflose Handbewegung. »Was spielt sich Ihrer Meinung nach dort draußen im Wald ab, Fräulein Lundt?«

»Der Führer trägt einen seiner Monologe vor. Der Wing Commander hört zu. Ich sehe darin keinen Grund zur Besorgnis . . .«

Eine Viertelstunde zuvor war sie Zeugin einer außergewöhnlichen Szene gewesen. Lindsay hatte bei ihr auf dem

Sofa gesessen, und sie hatten über die Atmosphäre in der Wolfsschanze gesprochen, die immer spannungsgeladener und schlechter wurde, je länger Hartmann und Gruber ihre jeweiligen Ermittlungen fortsetzten.

Plötzlich war die Tür aufgestoßen worden. Auf der Schwelle stand Adolf Hitler mit seiner Hündin an der Leine. Er trug Mantel und Schirmmütze und starrte Lindsay und Christa prüfend an, während sie aufstanden. Dann wandte er sich abrupt an den Engländer.

»Ziehen Sie Ihren Mantel an, Wing Commander. Wir müssen miteinander sprechen. Wir machen einen Waldspaziergang, damit wir nicht belauscht werden können . . .«

Lindsay zog verblüfft seinen Mantel an und setzte die russische Pelzmütze auf, die Günsche, der ihn unter seine Fittiche genommen zu haben schien, ihm besorgt hatte. Dann begleitete er den Führer durch die Wolfsschanze und durch die drei Kontrollstellen.

Jetzt gingen sie nebeneinander her einen breiten Waldweg entlang, der zwischen den Minenfeldern hindurchführte. Die Kälte war streng, feucht und durchdringend. Lindsay bildete sich ein, die ungewohnte Waldeinsamkeit körperlich zu spüren, während Hitler den größten Teil ihres Gesprächs bestritt.

»Nach Ihrer Darstellung gibt es in London eine Friedenspartei, der es nur noch nicht gelungen ist, Churchill zu stürzen. Ist London verrückt? Was würde geschehen, wenn mein großer Kreuzzug im Osten fehlschlüge? Kommunistische Horden würden Europa überschwemmen! Großbritannien und Amerika stünden einem unversöhnlichen Gegner gegenüber, der nichts unversucht lassen würde, um sie zu vernichten. Sie könnten niemals mehr in Frieden leben – selbst wenn der Russe aus Opportunitätsgründen zunächst einer Teilung Europas zustimmen würde, müßten sie ständig mit der Angst leben, daß die bolschewistischen Horden sie eines Tages überwältigen könnten. Dann wäre Amerika isoliert. Es wäre nur noch eine Frage der Zeit, bis die kommunistische Pest auch China und Japan erfassen würde. Allein ich stehe noch zwischen dem Westen und einem Rückfall ins Barbarentum ...«

»In London – und in Washington – gibt es hochgestellte Persönlichkeiten, die das erkennen.«

»Aber warum, in Gottes Namen, handeln sie nicht endlich?«

»Vorläufig«, antwortete Lindsay nachdrücklich, »sind sie noch nicht mächtig genug. Ein großer deutscher Sieg im Osten würde ihren Einfluß stärken ...«

»Der steht bevor! Den werden Sie bald erleben, sage ich Ihnen!« In seiner Erregung sprach Hitler immer lauter. »Warten Sie nur den Sommer ab! Der Sommer 1943 wird sich als Wendepunkt der europäischen Geschichte erweisen.« Sein Tonfall und seine ganze Art wechselten unversehens. Er sprach ruhig und freundlich weiter. »Der Herzog von Dunkeith, Ihr Onkel, hat Sie als Abgesandten dieser Friedenspartei zu mir geschickt? Das habe ich gleich geahnt, als mir Ihre Ankunft gemeldet worden ist.«

Hitler hatte seine eigene Frage beantwortet. Lindsay lernte rasch dazu. Im Gespräch mit dem Führer kam es darauf an, möglichst wenig zu sagen. Hitler hatte eigene Ideen, die er nur bestätigt hören wollte. Bisher hatte er sich nach Lindsays Erkenntnissen als bemerkenswert gut informiert erwiesen. Nachdem der Führer seinen Hund durch ein kurzes »Bei Fuß!« an seine Seite zurückgeholt hatte, sprach er weiter.

»Ich habe konkrete Friedensvorschläge zu machen, die Sie Ihren Freunden überbringen sollen. Als Gegenleistung für die Einstellung aller Kampfhandlungen gegen uns ziehe ich die deutschen Truppen aus Frankreich, Belgien und den Niederlanden ab – aus ganz Westeuropa. Und Sie überlassen es mir, Stalin und sein rotes Geschmeiß zu vernichten. Die Amerikaner können uns ohne britische Hilfe und Ihre Insel als Stützpunkt nichts anhaben ...«

»Möglicherweise interessiert dieser Vorschlag sogar Churchill«, warf der Engländer ein. »Er macht sich allmählich

Sorgen darüber, wie weit die Rote Armee wohl nach Europa vordringen wird.«

»Ich werde meine Vorschläge im Detail ausarbeiten lassen. Das kann Ribbentrop übernehmen. Es wird ohnehin Zeit, daß der etwas Nützliches tut, um sich seinen Lebensunterhalt zu verdienen«, meinte Hitler sarkastisch. »Schade ist nur, daß Lord Halifax als Botschafter nach Washington abgeschoben worden ist«, fügte er nachdenklich hinzu. »Er hat zu den führenden Köpfen der Friedensfraktion gehört, nicht wahr?«

»Und wenn man sich vorstellt«, antwortete Lindsay vorsichtig, »daß Chamberlain nach seinem erzwungenen Rücktritt eben diesem Halifax das Amt des Premierministers angeboten hat! Wenn Sie nach Dünkirchen mit ihm zu tun gehabt hätten . . .«

»England und Deutschland hätten sich als gleichberechtigte Partner zu einem Kreuzzug gegen den Bolschewismus zusammengeschlossen. Gemeinsam hätten wir Sowjetrußland längst besiegt. Ich habe Frankreich damals nur angegriffen, um den Rücken frei zu haben, bevor ich den entscheidenden Kampf gegen Stalin begonnen habe. Aber niemand scheint zu begreifen, weshalb ich so und nicht anders gehandelt habe – warum ich so handeln mußte!«

Sie gingen einige Minuten lang schweigend nebeneinander her. Hier und da war der Waldboden dick mit Moos bewachsen und gab unter ihren Schritten nach, als bewegten sie sich am Rande eines Sumpfes. Es roch nach feuchten, vermodernden Kiefernnadeln.

Die beiden Männer hatten kehrtgemacht, und Hitler wollte eben weitersprechen, als der Schuß fiel. Unmittelbar neben sich *sah* Lindsay die Kugel in einen Baumstamm einschlagen. Schnee rieselte herab. Der Engländer legte Hitler eine Hand auf den Arm.

»Mein Führer, kehren Sie bitte so schnell wie möglich in die Wolfsschanze zurück! Ich versuche inzwischen, den Attentäter aufzuspüren . . .«

»Dieses feige Schwein! Nicht mal treffen kann er!«

Mit zurückgenommenen Schultern ging Hitler marionettensteif den Weg zurück, ohne seinen Schritt zu beschleunigen. Lindsay horchte in den Wald hinein. Grabesstille. Hitler glaubte, wieder einmal einem Mordanschlag entgangen zu sein – aber Lindsay wußte, wem dieser Schuß in Wirklichkeit gegolten hatte. Der Schütze hatte auf ihn gezielt. Die Kugel hatte Hitler um mindestens eineinhalb Meter verfehlt.

Bei seiner Rückkehr wurde Lindsay an der ersten Kontrollstelle festgenommen. »Wegen Verdachts der Beteiligung an einem Attentatsversuch auf den Führer ...«

Christa Lundt näherte sich dem Blockhaus, in dem Lindsay unter Arrest stand. Ein mit einer Maschinenpistole bewaffneter SS-Mann baute sich vor der Tür auf, als sie mit einem Tablett mit zugedeckten Schüsseln herankam.

»Halt, Zutritt verboten! Kommissar Gruber ...«

Sie starrte den Wachposten kalt, beinahe verächtlich an. Ihre Stimme klang durchdringend scharf.

»Ich bringe ihm sein Essen. Auf Befehl des Führers! Wollen Sie sich an der Ostfront wiederfinden? Wenn Sie mich nicht sofort vorbeilassen ...«

Der SS-Mann zögerte. Als Christa Lundt umkehren zu wollen schien, trat der Wachposten hastig zur Seite; ihr Hinweis auf eine mögliche Versetzung an die Ostfront hatte ihn so erschreckt, daß er nicht einmal daran dachte, den Inhalt der Schüsseln auf ihrem Tablett zu kontrollieren. Sie forderte ihn mit einem Nicken auf, ihr die Tür zu öffnen.

»Darauf hätten Sie auch selbst kommen können!« sagte sie unwillig. »Sehen Sie nicht, daß ich die Hände voll habe? Machen Sie die Tür hinter mir zu ...«

Lindsay lag auf dem Sofa und las Zeitung. Er sprang auf und machte auf dem Couchtisch Platz, damit Christa das Tablett abstellen konnte. Sie setzte sich aufs Sofa und wartete, bis der Engländer neben ihr saß, bevor sie mit leiser Stimme zu sprechen begann.

»Essen Sie lieber, solange alles noch heiß ist. Was soll dieser Unsinn, daß Sie versucht haben sollen, den Führer zu ermorden?«

»Das behauptet dieser verdammte Gruber!« Lindsay nahm die Deckel von den Schüsseln. Kalbskotelett mit Salzkartoffeln und Gemüse. Als der Duft ihm in die Nase stieg, merkte er erst, wie ausgehungert er war. Er sprach während des Essens weiter. »Gruber behauptet, meine Unterkunft durchsucht zu haben, als ich mit dem Führer spazierengegangen bin. Er will hier Fotokopien der neuesten Führerbefehle gefunden haben – angeblich unter meiner Matratze! Ein originelles Versteck, nicht wahr?«

»Die letzten Führerbefehle? Das könnte ich widerlegen. Das einzige Kopiergerät steht bei uns im Schreibzimmer, wo es nicht ungesehen benützt werden kann.«

»Das ist noch längst nicht alles ... Das Fleisch ist wirklich ausgezeichnet ...« Lindsay kaute eifrig. Iß bei jeder Gelegenheit, denn du weißt nie, wann die nächste kommt! Das war eine der wichtigsten Regeln aus dem in der Ryder Street zusammengestellten Überlebenshandbuch. »Gruber behauptet, ich hätte den Führer in eine Falle gelockt, damit ein Attentat auf ihn verübt werden konnte ...«

»Aber der Führer nimmt ihm das nicht ab! Gruber wollte Sie nach Berlin mitnehmen – ins Gestapo-Hauptquartier in der Prinz-Albrecht-Straße. Der Führer hat nein gesagt. Er hat lediglich zugelassen, daß Sie hier unter Hausarrest gestellt werden, bis dieser Vorfall untersucht ist.«

»Na, das ist immerhin etwas.« Lindsay wischte sich den Mund mit der auf dem Tablett liegenden Serviette ab und sah Christa ernst an. »Damit Sie's wissen: Gruber versucht, Sie mit mir in diese Sache hineinzuziehen. Er hat ein Fernschreiben nach Berlin geschickt und Ihre Personalakte angefordert.«

»Um Himmels willen!«

Christa war leichenblaß geworden. Sie umklammerte ihr Handgelenk mit den schlanken Fingern der rechten Hand –

als spüre sie bereits unsichtbare Handschellen. Lindsay, der sich vorgenommen hatte, weiterhin vorsichtig zu bleiben, beobachtete sie, während er sich aus der Blechkanne Kaffee einschenkte. Er ließ sich nicht anmerken, wieviel von ihrer nächsten Antwort abhing.

»Enthält Ihre Akte denn irgend etwas Belastendes?«

»Gruber könnte daraus etwas Belastendes konstruieren.« Sie gewann ihre Selbstbeherrschung zurück. »Sie enthält die Namen von Leuten, die ich früher gekannt habe – die seit meiner letzten Sicherheitsüberprüfung in Verdacht geraten sind. Vor allem Kurt Wagner, mein früherer Verlobter. Er ist an die Ostfront versetzt worden. Niemand hat gewußt, daß wir verlobt waren – er hat nur als ein guter Freund gegolten.«

»Verdächtigt als Mitglied der Widerstandsbewegung?«

Christa nickte. Ihre Ruhe war geradezu entnervend. »Jetzt wissen Sie, weshalb ich möglicherweise einen Fluchtweg brauche. Meine letzte Sicherheitsüberprüfung liegt schon Jahre zurück ...«

»Die Lage hier ist sehr kompliziert«, stellte Lindsay fest. »Komplizierte Situationen lassen sich ausnützen. Was wissen Sie über Major Hartmann? Er verhält sich irgendwie merkwürdig, finde ich. Vielleicht könnten wir ihn als Verbündeten gewinnen, damit er Gruber neutralisiert – die Gestapo kann die Abwehr nicht ausstehen, und dieses Gefühl beruht auf Gegenseitigkeit. Außerdem ist Hartmann viel cleverer ...«

»Ich sehe trotzdem nicht, wie Sie Hartmann dazu bringen können, uns zu helfen.« Das klang gereizt, frustriert. Christa Lundt war eine großartige Schauspielerin – oder sie sagte die Wahrheit. »Außerdem«, fügte sie besorgt hinzu, »ist Ihre eigene Lage auch nicht gerade rosig.«

»Dann müssen wir eben das Glück der Tüchtigen haben, wie der Führer sagen würde ...«

Sie war in weniger als einer Stunde zurück, schloß sorgfältig die Tür hinter sich, sah sich um und runzelte fragend die Stirn, während sie auf die übrigen Türen deutete.

»Keine Angst, wir sind allein«, sagte Lindsay.

»Dann habe ich eine wundervolle Nachricht!« Christa ließ sich neben ihm aufs Sofa fallen und nahm impulsiv seine Rechte in ihre Hände. »Der Führer hat soeben einen seiner berühmt-berüchtigten schnellen Entschlüsse gefaßt. Damit hat er alle – auch Bormann – überrascht. Das tut er gelegentlich, um selbst seine engsten Mitarbeiter aus dem Gleichgewicht zu bringen; außerdem sind dafür Sicherheitsgründe maßgeblich. Ian, wir reisen alle sofort zum Obersalzberg ab! Hitler verlegt das Führerhauptquartier für die nächste Zeit in den Berghof!«

»Was heißt in diesem Zusammenhang ›sofort‹?« wollte der Engländer wissen.

»Innerhalb von zwei Stunden! Die Wolfsschanze hat einen eigenen Gleisanschluß . . .«

»Ja, den habe ich gesehen.«

»Der Sonderzug steht schon bereit. Oh, Ian, er ist so luxuriös! Und Sie sollen uns begleiten. Der Führer betrachtet Sie als Verbindungsmann zur Friedenspartei in England. Sehen Sie, jetzt haben wir doch Glück gehabt!«

Lindsay blieb nüchtern und sachlich. »Wann kann Ihre Personalakte aus Berlin eintreffen?«

»Frühestens morgen. Die Kollegin in der Registratur ist gut mit mir befreundet. Sie hält die Akte so lange wie möglich hier fest.«

»Und wann kann sie frühestens auf dem Berghof sein?«

»Fünf Tage nach unserer Abfahrt aus der Wolfsschanze. Gruber kommt übrigens auch mit.« Christas Begeisterung flaute hörbar ab. Lindsay überlegte sich, daß sie dadurch nur einen kurzen Aufschub gewonnen hatte. Er war jetzt halbwegs davon überzeugt, daß Christa ihm kein Theater vorspielte, sondern tatsächlich eine Verbindung zur deutschen Widerstandsbewegung herstellen konnte.

»An Ihrer Stelle würde ich mir deswegen keine grauen Haare wachsen lassen«, sagte er sanft.

Christa hielt noch immer seine Hand fest. Sie beugte sich

langsam vor und berührte seine Lippen mit ihren – zuerst nur ganz leicht. Dann schlang sie die Arme um Lindsay, küßte ihn leidenschaftlich und drängte sich gegen ihn. Lindsay erwiderte ihren Kuß bereitwillig, aber als sie sich aufs Sofa zurücksinken ließ und ihn zu sich herunterziehen wollte, machte er sich behutsam frei.

»Nein, Christa, nicht hier, wo jeden Augenblick jemand hereinkommen kann . . .«

Nachdem sie gegangen war, riß er die Zigarettenpackung auf, die Christa ihm mitgebracht hatte. Während er rauchte, bemühte er sich, seine Gedanken wieder zu ordnen.

Zum Berghof . . . mit Hitlers Sonderzug. Das bedeutete vermutlich, daß sie nach Salzburg fahren und dort in Autos umsteigen würden, um zum Berghof weiterzufahren! An der Schnellzugstrecke nach München . . .

München! Der vereinbarte Treff mit dem geheimnisvollen Paco, der ihn angeblich in die Schweiz bringen konnte. Bis dahin brauchte er lediglich die Rivalität zwischen Gestapo und Abwehr auszunützen, um beide Organisationen in Schach zu halten. Ein reines Kinderspiel! dachte Lindsay ironisch, während er den Handkoffer packte, den Christa ihm von einer Ordonnanz hatte bringen lassen.

Zumindest hatte er die Antworten auf die beiden Fragen beschafft, die der Ryder Street so am Herzen lagen. Wirklich mitgenommen hatte ihn jedoch sein Waldspaziergang mit dem Führer. Dabei hatte sich ihm der überwältigende Eindruck aufgedrängt, daß der Führer eine Rolle spiele – paradoxerweise die des Führers.

Auf den ersten Blick war Hitler der Mann, mit dem er vor dem Krieg in Berlin ein langes Gespräch geführt hatte. Aber jede seiner Handbewegungen, seine Gangart und sein Mienenspiel wirkten eigenartig übertrieben. Als ob ein Schauspieler eine Rolle allzu glaubhaft verkörpern wollte. Für Lindsay war diese Begegnung ein Schock gewesen. Er war der Überzeugung, mit einem Double des Führers gesprochen zu haben, mit einem Doppelgänger . . .

Lindsay packte den kleinen Koffer wie in Trance und drückte die beiden Schlösser zu. Als jemand energisch an die Tür klopfte, schrak er zusammen.

»Wer ist da?« rief er.

»Hartmann.«

»Herein!«

Lindsays Tonfall und seine ganze Haltung waren arrogant und selbstbewußt – keineswegs die eines Arrestanten, dem alles mögliche zur Last gelegt wird. Der Major mit den grauen Augen schloß die Tür und betrachtete den Handkoffer.

»Ah, Sie sind bereit für die lange Reise. Ich wollte, ich wüßte, weshalb Sie zu uns gekommen sind ...«

»Das ist kein Geheimnis«, antwortete Lindsay, während der Abwehroffizier sich auf die Sofalehne setzte. »Ich bin hergekommen, um eine Verbindung zwischen dem Führer und einflußreichen Kreisen in Großbritannien herzustellen, die in Rußland unseren wahren Gegner sehen ...«

Der Deutsche glitt von der Lehne aufs Sofa, schlug die Beine übereinander, zog seine Pfeife aus der Tasche und stopfte sie gemächlich. Dabei ließ er den Engländer nicht aus den Augen. Lindsay spürte, daß er einen gerissenen Vernehmungsmann vor sich hatte.

»Und wer sind diese einflußreichen Kreise?« fragte Hartmann schließlich.

»*Das* ist allerdings geheim. Fragen Sie den Führer ...«

Beschränke dich auf kurze Antworten. Keine langen Erklärungen – und vor allem keine ungezwungene Unterhaltung mit Hartmann, bei der Dutzende von Fallstricken drohen konnten. Nach außen hin wirkte der Deutsche umgänglich und freundlich: eher wie ein höherer Beamter als ein Angehöriger der geheimnisumwitterten Abwehr.

»Dieser Unsinn, daß Sie an einem Attentat auf den Führer beteiligt gewesen sein sollen ...« Hartmann machte eine Pause, um dem Engländer Gelegenheit zu geben, sich dazu zu äußern. Aber Lindsay schwieg. Er zündete sich die nächste Zigarette aus der Packung an, die er von Christa hatte.

Unvermittelt wechselte der Abwehroffizier das Thema.

»Sie scheinen sich recht gut mit Fräulein Lundt zu verstehen.«

»Sie interessiert sich für mich – weil ich Engländer bin, nehme ich an.«

»Sie hat sich Ihnen seit Ihrer Ankunft ziemlich eng angeschlossen. Wie ich höre, hat sie zuvor eher als Einzelgängerin gegolten.«

»Sie müssen's ja wissen!«

Hartmann stand auf und lächelte. »Sie weichen mir aus, Wing Commander. Ich werde den Verdacht nicht los, daß Sie im Verhalten bei Vernehmungen ausgebildet worden sind.«

»Wären Sie nicht auch wachsam, wenn Sie's mit Leuten wie Gruber zu tun hätten?« fragte Lindsay rasch. »Das soll allerdings nicht heißen, daß ich Sie mit der Gestapo gleichsetzen will . . .« Diesmal beobachtete der Engländer die Reaktion des anderen. Hartmann, der eben seine Pfeife ausklopfte, hörte damit auf und starrte Lindsay unter buschigen Augenbrauen hervor an. Die beiden Männer verstanden sich in dieser Sekunde auch ohne Worte.

»Wir unterhalten uns auf dem Berghof weiter«, sagte Hartmann. Er erhob sich und zog seinen Mantel glatt. »Sie haben den Führer vor dem Krieg gekannt?«

»Ich habe ihn in Berlin kennengelernt . . .«

»Fällt Ihnen als Außenstehendem irgend etwas an der Atmosphäre hier in der Wolfsschanze auf?«

»Sie hat sich seit Ihrer Ankunft nicht gerade vorteilhaft verändert! Und seitdem Gruber hier ist . . .«

»Allgemeines Mißtrauen, Männer, die einander nicht mehr trauen, obwohl sie sich seit vielen Jahren kennen – als sei bis in die Führungsspitze hinauf Verrat zu befürchten?«

»Das müssen Sie besser beurteilen können als ich«, wehrte Lindsay ab.

»Wirklich?«

Major Hartmann blieb mit der Türklinke in der Hand stehen.

»Wirklich?« wiederholte er. »Spielen Sie bitte nicht den Ahnungslosen, Wing Commander. Geht's hier wirklich um die mögliche Existenz eines sowjetischen Spions?« Er ließ die Türklinke los und trat dicht an Lindsay heran. »Sie sind auf dem Berghof gewesen, bevor man Sie hierhergeflogen hat. Was ist Ihnen dort aufgefallen? Was haben Sie hier Ungewöhnliches bemerkt? Helfen Sie mir, Wing Commander. Ich kann Ihnen ein nützlicher Verbündeter sein . . .«

»Tut mir leid, ich weiß überhaupt nicht, wovon Sie reden«, antwortete Lindsay, ohne zu zögern.

»Auch recht! Aber ich warne Sie: Wir sprechen uns noch . . .«

Der Sonderzug des Führers – dessen Deckname merkwürdigerweise *Amerika* war – raste durch die Nacht. Ein eisiger Wind pfiff durch den Seiteneingang, als sei irgendwo ein Fenster oder eine Tür offen. Lindsay blickte den Gang hinunter und erkannte undeutlich die schlanke Silhouette am Ende des Wagens. Er begann zu rennen.

Sie fuhren durch ein Bergland – schon viele Stunden von Rastenburg entfernt. Es war kurz vor Mitternacht. Wegen der kriegsmäßigen Verdunklung war der Seiteneingang des D-Zug-Wagens nur schwach von blauen Glühbirnen erhellt, die einen geisterhaften Schimmer verbreiteten. In allen Abteilen waren die Vorhänge zugezogen; die Insassen schliefen.

Lindsay hatte nicht schlafen können und war deshalb auf die vertraute Gestalt der jungen Frau aufmerksam geworden, die an seinem Abteil vorbeigekommen war. Er hatte die Schiebetür leise geöffnet und ebenso geräuschlos wieder geschlossen. Christas Bewegungen waren so hastig und verstohlen gewesen, daß sie seine Neugier geweckt hatten. Jetzt sah er, daß dort vorn die Tür tatsächlich offenstand . . .

Der Fahrtwind war schneidend kalt. Lindsay bildete sich ein, die Nachtluft rieche nach Schnee. Er vermutete, daß sie in der Tschechoslowakei durch die Ausläufer der Tatra fuhren.

Christa Lundt stemmte die Wagentür gegen den Fahrtwind auf. Sie starrte so gebannt in die Nacht hinaus, daß sie Lindsay überhaupt nicht kommen hörte. Als Lindsay sie erreichte, zuckte Christa zusammen und machte einen Schritt ins Leere. Er bekam sie am Oberarm zu fassen, riß sie zurück und gab ihr dabei so viel Schwung, daß sie an ihm vorbei zur gegenüberliegenden Tür stolperte. Während Lindsay die offene Tür schloß, war Christa bereits dabei, die Wagentür neben der Toilette zu öffnen. Er packte ihr Handgelenk.

»Christa! Was soll das, verdammt noch mal! Willst du dir den Hals brechen?«

»Ian!« Sie zitterte vor Erleichterung. »Ich hab' dich für Hartmann gehalten ... Ich muß verschwinden – bevor Gruber meine Personalakte in die Hände bekommt. Auf jedem Bahnhof stehen Wachen. Ich muß irgendwo auf freier Strecke hinaus ...«

»Komm, wir müssen hier weg.« Lindsay öffnete die Toilettentür. »Wachen patrouillieren in regelmäßigen Abständen durch den Zug. Ein bißchen eng, aber es muß gehen.« Er schloß die Tür hinter sich und verriegelte sie. Unter ihnen ratterten die schweren Räderpaare rhythmisch über die Schienenstöße. Lindsay ließ Christa auf dem geschlossenen Deckel Platz nehmen und wischte ihr im blauen Licht der Deckenleuchte Schneeflocken von Mantel und Mütze.

Die junge Frau trug hohe Stiefel, einen Pelzmantel und eine Pelzmütze. In dem kleinen Raum war es durch die knakkende Dampfheizung so warm, daß die Flocken auf dem Boden sofort schmolzen.

»Ich habe geglaubt, du wolltest in den Tod springen – bei dieser Geschwindigkeit ...« Lindsay schüttelte den Kopf.

»Der Zug ist viel langsamer gefahren, als ich die Tür geöffnet habe«, antwortete Christa enttäuscht. »Dann ist er plötzlich wieder schneller geworden. Ich hab' dich nicht erkannt, sondern für Hartmann gehalten; deshalb wollte ich den Sprung riskieren, um nicht von ihm gefaßt zu werden.«

Lindsay betrachtete das schmale Gesicht unter der Pelzmütze, das einen trotzigen Ausdruck trug, während Christa seinen forschenden Blick erwiderte. Dies war die junge Frau, die ihn so leidenschaftlich geküßt hatte. Und was sie behauptet hatte, stimmte tatsächlich.

Der Sonderzug war verhältnismäßig langsam gefahren, als Christa an Lindsays Abteil vorbeigekommen war. Als der Wing Commander aufgestanden war, um ihr zu folgen, war der Zug auffällig schneller geworden: Offenbar hatte er den Scheitelpunkt dieses Streckenabschnitts erreicht und rollte nun wieder bergab. Christa schien zu erraten, was er dachte.

»Ich hatte eben die Tür geöffnet, als der Zug schneller geworden ist. Wäre ich sofort abgesprungen, hätte ich's vielleicht noch geschafft – ich bin ziemlich sportlich ...«

»Und erstaunlich kräftig für ein so zierliches Mädchen«, warf er lächelnd ein.

»Das ist mein Ernst!« fauchte sie. »Aber du weißt ja, wie das ist – man ist sich seiner Sache nicht ganz sicher, man zögert . Ich hab's jedenfalls getan. Inzwischen ist der Zug immer schneller geworden. Ich habe gehofft, er würde bald wieder langsamer werden. Ich wollte abspringen und untertauchen. Wir sind nicht mehr weit von Österreich entfernt ...«

»Eine verrückte Idee!« Lindsay schüttelte den Kopf. »Dort draußen herrschen Temperaturen unter dem Gefrierpunkt. An deiner Stelle würde ich warten, bis wir auf dem Berghof sind. Wie lange hast du vermutlich noch Zeit, bevor deine Personalakte in Grubers schmierigen Pfoten landet?«

»Mindestens drei Tage – wenn sie ihm auf dem schnellsten Weg nachgeschickt wird.«

»Dann müssen wir in weniger als drei Tagen unterwegs sein«, stellte Lindsay fest. Er beobachtete Christa wie ein Wissenschaftler, der ein Präparat unter dem Mikroskop studiert. Mit dieser letzten Antwort hatte er sich ihr ausgeliefert. Falls auch nur die geringste Möglichkeit bestand, daß er sich getäuscht hatte – daß Christa lediglich ein auf ihn angesetzter Lockvogel Grubers war –, blieb ihm nichts anderes übrig, als sie zu erwürgen und ihre Leiche aus dem Zug zu werfen.

Lindsay spürte, daß er feuchte Hände hatte. Er würde abrutschen, wenn er sie um ihren hübschen Hals legte. Er würde ihren Kopf gegen das dicke Wasserrohr hinter ihr schlagen müssen. Großer Gott, nur das nicht!

»Soll das heißen, daß ich dich von Anfang an richtig eingeschätzt habe? Daß du eine Fluchtmöglichkeit weißt?«

Tränen der Erleichterung, des Staunens, der Erschöpfung? Lindsay wußte es nicht, aber er sah, daß Christa plötzlich Tränen in den Augen hatte, die Zähne zusammenbiß, ein Taschentuch aus der Manteltasche holte und sich die Tränen abtupfte. Auch das konnte gespielt sein ...

»Wozu brauchst du eine Fluchtmöglichkeit?« fragte er eindringlich. »Ich verlange eine ehrliche Antwort! Keine Ausflüchte mehr, verstanden? Die Wahrheit, nichts als die Wahrheit!«

»Gruber könnte mich mit der deutschen Widerstandsbewegung in Verbindung bringen. Kurt ist schon früher verdächtigt worden. Deshalb haben sie ihn an die Ostfront versetzt. Aber niemand hat gewußt, daß er mich längst eingeweiht hatte ...«

Lindsay runzelte zweifelnd die Stirn. Christa beobachtete genau, wie ihre Worte auf ihn wirkten, obwohl sie andererseits unter dem Einfluß starker Emotionen zu stehen schien. Er beschloß, sie weiter auszufragen.

»Du gehörst also dem Widerstand gegen Hitler an?«

»Ich habe mich ihm angeschlossen, nachdem Kurt im Osten gefallen war. Bisher bin ich allerdings nur wenig aktiv gewesen ...«

»Und was hast du getan? Zu welcher Gruppe gehörst du? Zu den Kommunisten?«

Sie starrte ihn überrascht und erschrocken an. »Um Himmels willen, nein! Ich spreche von der Gruppe um Generaloberst Beck – von den Militärs. Beck gelingt es ab und zu, einen seiner Männer in die Wolfsschanze zu entsenden. Sie interessieren sich immer für Einzelheiten der Sicherungsanlagen ...«

»Du könntest eine sowjetische Spionin sein!«

»Mein Gott! Du willst mich diesen Leuten ausliefern!«

»Halt einen Augenblick den Mund, damit ich nachdenken kann.«

Lindsay stand vor der schwierigsten Entscheidung seines Lebens. Er konnte ihr vertrauen. Sie konnte ihm bei der Flucht aus Deutschland sehr nützlich sein. Aber zwei Flüchtlinge waren weit mehr als doppelt so stark gefährdet wie ein einzelner. Und sobald er sich dazu entschlossen hatte, Christa mitzunehmen, würde er sich für sie verantwortlich fühlen. Dann gab es kein Zurück mehr!

Andererseits war Lindsay ein typischer Einzelgänger. Er scheute instinktiv davor zurück, in schwierigen Situationen Halt bei anderen Menschen zu suchen. Bei anderen wußte man nie, wie sie in kritischen Augenblicken reagieren würden – und es würde Krisen geben, das stand fest. Vielleicht würde es sogar Tote geben . . .

»Kennst du die Schnellzugstrecke von Salzburg aus?«

Er war noch immer vorsichtig genug, um diese Formulierung zu wählen. Christa Lundt nickte eifrig.

»Nach Wien? Ja, die kenne ich gut«, sagte sie. »Und die andere nach München. Ich habe vor dem Krieg dort gelebt. Sobald wir auf dem Berghof sind, gibt's keine Fluchtmöglichkeit mehr.«

»Wir könnten ein Auto stehlen«, schlug er vor.

»Ausgeschlossen! Die Straßen werden viel zu scharf kontrolliert. Wir würden unweigerlich irgendwo angehalten, selbst wenn vom Berghof aus noch gar kein Alarm gegeben worden wäre.«

»Dann muß es also in Salzburg sein?«

»Richtig!« bestätigte Christa. »Salzburg ist unsere letzte Chance . . .«

16

Die pummelige Hand kratzte ein Guckloch in die durch Eisblumen undurchsichtige Scheibe. Durch das Guckloch wurden schneebedeckte Berge sichtbar. Martin Bormann, der im Speisewagen des Führerzugs in einem bequemen Lehnsessel saß, starrte sie an, ohne sie wirklich wahrzunehmen. Das Rattern der Wagenräder wurde langsamer, als der Zug einen kleinen Bahnhof in der Nähe von Salzburg durchfuhr.

»Ich verlange, daß Sie diesen Auftrag persönlich ausführen«, sagte Bormann zu dem Gestapobeamten, der ihm an seinem Tisch gegenübersaß.

»Ihr Wunsch ist mir Befehl, Reichsleiter«, antwortete Gruber eifrig.

Bei Bormann konnte man gar nicht dick genug auftragen. Wie Gruber aus Erfahrung wußte, war niemand mehr als der Chef der Parteikanzlei darauf bedacht, die Würde seiner Stellung zu wahren. Die beiden Männer waren in dem luxuriös eingerichteten Speisewagen allein.

Die drehbaren Lehnstühle waren gepolstert und mit Leder bezogen. Bormann verschwand fast in seinem Sessel: Sein Rundschädel befand sich unterhalb der Lehne, so daß der Lehnstuhl von hinten unbesetzt wirkte. Bormann schweifte in Gedanken von dem mit Gruber besprochenen Thema ab.

Sie würden sich bald auf dem Berghof befinden, wo man ungestörter als in der gräßlich düsteren Wolfsschanze war. Bormann, der Vater von neun Kindern, hatte seit Wochen keine Gelegenheit mehr zu einem Seitensprung gefunden. Er begehrte die hochnäsige, stets auf Abstand bedachte Christa Lundt. Sie ging ihm nicht mehr aus dem Sinn.

»Dieser verdammte Engländer macht mir Sorgen«, erklärte er dem Gestapobeamten. »Und der Führer ist weiterhin der Überzeugung, daß in seinem Stab ein sowjetischer Spion arbeitet, der unsere Geheimnisse verrät.«

»Ich setze meine Ermittlungen selbstverständlich fort!« versicherte Gruber ihm eilfertig. »Aber . . .«

Bormann brachte ihn mit einer ungeduldigen Handbewegung zum Schweigen. »Ich mache Sie persönlich für die Sicherheitsmaßnahmen in Salzburg verantwortlich, wenn wir aus dem Zug in die Autos nach Berchtesgaden umsteigen. Sie übernehmen das Kommando, Gruber – Ihnen untersteht auch die SS-Wache.« Bormann beugte sich vor und starrte den Kommissar über den fürs Frühstück gedeckten Tisch mit der kleinen altrosa Tischlampe an. »Sie achten besonders darauf, ob jemand versucht, auf dem Weg vom Zug zur Autokolonne zu verschwinden.«

»Wenn mir die gesamte SS-Wache unterstellt wird, kann ich dafür garantieren, daß es niemand gelingt sich abzusetzen, Reichsleiter.«

»Hören Sie mir doch erst zu! Ich bin noch nicht fertig«, knurrte Bormann. »Sie sorgen dafür, daß die SS den Zug verläßt, sobald er eingefahren ist. *Unauffällig!* Sie darf sich nicht sehen lassen. Auf diese Weise schnappen wir jeden, der sich heimlich entfernen will, verstanden?«

»Selbstverständlich, Reichsleiter.« Gruber stemmte sich aus seinem Sessel hoch. »Wenn Sie gestatten, möchte ich gleich mit den Vorbereitungen beginnen.«

Einige Minuten später erschien Major Hartmann mit einer Aktentasche in der Hand im Speisewagen.

»Die SS hat irgendwas vor. Es wäre gut, wenn ich wüßte, worum es sich handelt«, stellte Hartmann in freundlichem Tonfall fest, während er sein hartes Ei köpfte.

Der Speisewagen füllte sich mit Mitreisenden, die zum Frühstück kamen. Jodl nickte dem Abwehroffizier freundlich zu, als er an ihrem Tisch vorbeiging. Hinter ihm erschien Keitel, der weder nach rechts noch nach links schaute.

»Reden Sie gefälligst leiser!« forderte Bormann ihn irritiert auf. Er drehte sich mit seinem Sessel um und sah, daß der Tisch hinter ihm ebenso leer war, wie der hinter Hartmann und der ihnen gegenüber. Alle Mitreisenden mieden die Nähe des Leiters der Parteikanzlei.

»Hier belauscht uns niemand«, sagte Hartmann gelassen. »Ich bin kein Dummkopf, und daß Gruber irgendeinen Geheimauftrag hatte, war nicht zu übersehen. Zum Glück ist außer mir keiner in der Nähe gewesen, der sich für seine Possen hätte interessieren können . . .«

»Was Sie *Possen* zu nennen belieben«, antwortete Bormann sarkastisch, »betrifft ein Unternehmen, dessen Leitung ich ihm übertragen habe. Der Salzburger Bahnhof wird abgeriegelt.«

Der Zug rollte nicht mehr, und Hartmann benützte seine Serviette, um ein Guckloch in seine beschlagene Fensterhälfte zu reiben. Draußen war lediglich ein menschenleerer Bahnsteig zu erkennen. Das Fehlen jeglichen Bahnpersonals verlieh dieser Szenerie etwas Unwirkliches.

»Auf Befehl des Führers?« erkundigte Hartmann sich ernst.

»Auf *meinen* Befehl. Der Führer schläft noch. Wir frühstücken erst in aller Ruhe. Der Führer wird dann trotzdem früher als sonst geweckt – aber er bekommt immerhin etwas Schlaf. Jedenfalls weit mehr als ich . . .«

»Sie sollten Ihr Frühstück essen, Reichsleiter. Das beruhigt die Nerven.«

Hartmann blickte auf seinen Teller, während er sprach, so daß ihm Bormanns wütender Gesichtsausdruck zu entgehen schien. Dieser Abwehroffizier war ein seltsamer Vogel – für Bormanns Geschmack viel zu frech und selbstbewußt. Bedauerlich, daß er diesen von Hitler unterschriebenen Befehl in der Tasche hatte, der ihm die gleichen unbegrenzten Vollmachten wie dem Gestapobeamten einräumte.

Bormann schenkte sich Kaffee nach und warf dabei einen raschen Blick auf seine Armbanduhr. Innerhalb einer Stunde würden sie alle den Zug verlassen. Dann würde die Falle zuschnappen.

Lindsay, der sich ein Abteil mit Hartmann geteilt hatte, hielt die Augen geschlossen und stellte sich schlafend, als der

Deutsche zum Frühstück ging. Er bildete sich ein, noch immer die Räder rattern zu hören, obwohl der Zug jetzt stand. Lindsay vermutete, daß sie in Salzburg angekommen waren. Das Abteilfenster war so beschlagen, daß er nicht erkennen konnte, wo sie sich befanden.

Er hatte Hartmann allein hinausgehen lassen, weil er nach Möglichkeit allein frühstücken wollte, um nicht durch ein Gespräch abgelenkt zu werden. Lindsay spürte, daß seine Magennerven sich allmählich verkrampften. Christa und er mußten nun bald ihren Fluchtversuch unternehmen.

Der Wing Commander hätte gern die beschlagene Scheibe abgewischt oder sogar das Fenster heruntergelassen, um sich orientieren zu können. Aber er fürchtete, dadurch die Aufmerksamkeit etwa auf dem Bahnsteig postierter Wachen auf sich zu lenken. Am Zielort würde der Führerzug besonders scharf bewacht werden, und die Posten hatten bestimmt den Auftrag, auch den kleinsten Vorfall zu melden.

Lindsay nahm seinen Handkoffer aus dem Gepäcknetz, trat in den Seitengang hinaus und wandte sich in die Richtung, in die Hartmann gegangen war. Der Zug wirkte merkwürdig still und verlassen. Auch von draußen drangen keine Geräusche herein. Die Abteile, an denen der Engländer vorbeikam, waren alle leer.

Nachdem Lindsay an einem halben Dutzend unbesetzter Abteile vorbeigekommen war, hatte er das Gefühl, sich in einem Geisterzug zu befinden. Aber im nächsten Wagen roch es appetitanregend nach Kaffee und Toast. Lindsay blieb stehen, um einer mit einem schweren Tablett aus der Speisewagenküche kommenden Ordonnanz in weißer Jacke den Vortritt zu lassen.

Lindsay warf einen Blick in das winzige Küchenabteil, in dem sich wider Erwarten niemand aufhielt. In einer offenen Schublade sah er mehrere Messer mit Holzgriffen liegen. Lindsay wählte ein stabiles Tranchiermesser aus, zog sein linkes Hosenbein hoch und steckte das Messer in seinen Wollkniestrumpf.

Beim Weitergehen hörte er lauter werdendes Stimmengewirr, ohne bereits einzelne Worte oder Sätze verstehen zu können. Lindsay stieß eine gepolsterte Schwingtür auf und fand sich in einem luxuriösen Speisewagen wieder, dessen Einrichtung ihn an Aufnahmen aus dem legendären Orientexpreß erinnerte. Christa Lundt saß allein an einem der kleinen Tische am anderen Ende des Wagens.

Sie trug eine Brille und hatte um sich herum Papiere ausgebreitet. Als Lindsay hereinkam, hob sie kurz den Kopf und griff dann mit der linken Hand nach ihrer Kaffeetasse, während sie mit der rechten eifrig schrieb. Ihre unausgesprochene Warnung war eindeutig: *Setz dich nicht zu mir.*

»Ah, Wing Commander, Sie müssen sich beeilen, wenn Sie nicht fasten wollen. Der Führer dürfte den Zug bald verlassen. Wenn er fährt, fahren wir alle . . .«

Das war Hartmanns ironische Stimme gewesen. Der Abwehroffizier deutete einladend auf den freien Sessel ihm gegenüber. Lindsay traf eine rasche Entscheidung. In dieser kritischen Phase mußte er alles vermeiden, was Aufmerksamkeit erregen konnte. Das Dumme war nur, daß er dadurch eine halbe Wagenlänge von Christa entfernt war. Er nahm Platz.

»Die Sitzfläche ist warm«, stellte er fest. »Sie haben bereits Gesellschaft gehabt.«

»Für einen Flieger ohne nachrichtendienstliche Erfahrung sind Sie ein bemerkenswert scharfer Beobachter«, meinte Hartmann freundlich, während er sich darauf konzentrierte, sein Frühstücksei auszulöffeln. Dann hob er den Kopf und blinzelte dem Engländer zu. »Sie können sich geehrt fühlen – noch vor kurzem hat mir Reichsleiter Bormann beim Frühstück Gesellschaft geleistet.«

»Das hat Ihnen bestimmt Spaß gemacht«, sagte Lindsay.

»Er ist allgemein beliebt, wissen Sie. Das führe ich auf seinen großen persönlichen Charme zurück. Ah, da kommt schon Ihr Frühstück!«

Lindsay machte sich heißhungrig darüber her und bemühte sich, ein gleichmütiges Gesicht zu machen. Wo stand Major Gustav Hartmann eigentlich? Innerlich verfluchte er die Einladung des Abwehroffiziers, die ihn an diesen Tisch kettete. Der Deutsche war mit seinem Frühstück fertig und saß behaglich zurückgelehnt im Sessel. Er zündete sich seine Pfeife an, paffte schweigend und beobachtete, wie andere Mitreisende ihr Handgepäck aus den Gepäcknetzen nahmen und den Speisewagen durch den Ausgang hinter Lindsay verließen.

Der Engländer wußte nicht, wie er Hartmann loswerden sollte. Ein weiteres Problem ergab sich daraus, daß er mit dem Rücken zu Christa saß und nicht sehen konnte, was sie gerade tat.

Er sah sich scheinbar desinteressiert um, als Jodl nach einer prall gefüllten Aktentasche griff und den Mittelgang hinunterging. Christa saß noch an ihrem Tisch, aber sie hatte die meisten Akten wieder eingesammelt und in ihrer Aktentasche verstaut. Vor ihr lag nur mehr ein dünner Schnellhefter, in dem sie jetzt blätterte.

Sie hob den Kopf, als Lindsays Blick sie streifte, stützte ihr Kinn in die Hand, legte dabei wie zufällig den Zeigefinger auf die Lippen. Ihre Blicke begegneten sich eine Zehntelsekunde lang; dann sah Christa wieder in den Schnellhefter. Lindsay wußte, daß sie zum Aufbruch bereit war.

»Der Führer muß zu seinem Wagen gegangen sein«, stellte Hartmann fest. »Deshalb ist Bormann so plötzlich verschwunden. Er bildet sich wirklich ein, jemand anders könnte ihm das Wasser abgraben, wenn er nicht ständig um den Führer ist. Sie gehen jetzt wohl auch?«

»Ich möchte kurz mit Fräulein Lundt sprechen. Sie ist nach meiner Ankunft in der Wolfsschanze sehr nett zu mir gewesen . . .«

»Ja, natürlich.«

Hartmann erhob sich halb, deutete eine Verbeugung an und nahm wieder Platz. Lindsay war sehr erleichtert. Aber das war eine ziemlich schwache Ausrede gewesen. Bei einem

Duell mit einem Experten wie Hartmann mußte man seine ganze Energie darauf verwenden, gelassen zu erscheinen. Der hintere Teil des Speisewagens war leer, bis auf Christa, die den Schnellhefter in ihre Aktentasche steckte, das Schloß zuschnappen ließ und lächelnd zu Lindsay aufblickte.

»Guten Morgen, Wing Commander. Ich weiß nicht, ob ich Ihnen verzeihen kann, daß Sie nicht mir beim Frühstück Gesellschaft geleistet haben . . .«

Ihre Stimme war laut genug, daß Hartmann hören konnte, was sie sagte, und Christa flirtete offen mit Lindsay, um das Gesagte glaubwürdiger zu machen. Der Engländer mußte sich eingestehen, daß sie ihre Rolle weit besser spielte als er seine. Er half ihr in ihren Pelzmantel. Christa setzte rasch die Pelzmütze auf, nickte lächelnd und ging voraus.

»Auf dem Bahnsteig folgst du mir, ohne viel zu fragen«, warnte Christa ihn, als sie im leeren Vorraum an der Wagentür stehenblieb. »Jedes Zögern wirkt verdächtig. Frechheit siegt!«

Lindsay war verblüfft. Er dachte an die junge Frau, die er nachts von der offenen Tür zurückgerissen und die vor Angst zitternd in seinen Armen gelegen hatte. Jetzt standen sie am Anfang einer lebensgefährlichen Flucht – und Christa war so gelassen, als sei sie dabei, abends mit einem Freund auszugehen. Sie machte *ihm* Mut . . .

Zu seiner Überraschung stieg sie nicht gleich aus, sondern folgte dem menschenleeren Seitengang. Sie kamen an mehreren auf den verlassenen Bahnsteig hinausführenden offenen Türen vorbei, aber Christa ignorierte sie alle. Nirgends ein Mensch zu sehen. In Lindsays Hinterkopf regte sich ein unbestimmter Verdacht, der ihn beunruhigte.

Sie klapperte auf hohen Absätzen vor ihm her. Lindsay stellte fest, daß ihre Strumpfnähte perfekt saßen. Wie absurd, in dieser kritischen Phase *darauf* zu achten! Was beunruhigte ihn? Irgend etwas schien zu fehlen. Aber Fehlendes war am schwierigsten aufzuspüren. Sie gingen weiter.

Nichts ist trübseliger als ein Fernzug nach der Ankunft auf dem Zielbahnhof. Die verlassenen Abteile waren mit zerlesenen Zeitungen und Illustrierten übersät. Die Aschenbecher quollen über. Das einzige Geräusch war das rhythmische Klappern von Christas Absätzen.

Sie erreichten das Ende des dritten Wagens. Christa warf einen Blick aus der offenstehenden Tür und machte halt. Sie drehte sich nach Lindsay um, der den menschenleeren Bahnsteig mit gerunzelter Stirn betrachtete. Ihre linke Hand lag beruhigend auf seinem Arm, während sie mit der rechten nach draußen zeigte. Ihre Stimme klang ganz ruhig.

»Wir steigen hier aus. Siehst du den Ausgang dort drüben? Den nehmen wir ... Immer in Bewegung bleiben; keine Nerven zeigen! Fertig?«

»Fertig«, sagte Lindsay.

Nach dem langen Eingesperrtsein im Führerzug kam Lindsay sich auf dem Bahnsteig geradezu schutzlos und wie auf dem Präsentierteller vor. Die Luft im Freien war frisch, denn von schneebedeckten Bergen wehte eine sanfte Brise durch die Stadt. Der Gegensatz zu den rauchigen, leicht nach Moder riechenden Wagen des Führerzugs machte Lindsay beinahe schwindlig. Er hatte plötzlich das Gefühl, alle Schwierigkeiten mühelos überwinden zu können. Der sich vor ihnen auftuende Nebenausgang zog ihn magisch an.

Christa verlangsamte ihr Tempo und sah nach links. Lindsay folgte ihrem Blick durch den Hauptausgang zum Bahnhofsplatz, auf dem schwere Limousinen bereitstanden. *Nirgends auch nur ein einziger Wachposten.* Er holte tief Luft. Christa wollte rasch weitergehen.

»Kommen Sie, ich begleite Sie zu Ihrem Wagen ...«

Eine Hand umklammerte wie aus dem Nichts Christas Ellbogen und dirigierte sie in Richtung Hauptausgang. Lindsay erstarrte sekundenlang. Er brauchte nur seinen Handkoffer fallen zu lassen, um nach dem Messer in seinem Kniestrumpf greifen zu können. Die Hand an Christas Ellbogen gehörte

Hartmann. Der Abwehroffizier war katzengleich herangekommen.

Hartmann lächelte dem Engländer zu, wobei er ihn zugleich fast bittend anstarrte. Lindsay nickte, ohne recht zu begreifen, was der andere von ihm wollte, und die drei gingen zum Hauptausgang weiter. *Nirgends ein Wachposten.* Das war das fehlende Element, auf das Lindsays Unterbewußtsein reagiert hatte! Wäre er allein gewesen, hätte er dieses Gefahrenzeichen früher wahrgenommen. Das ist der Preis dafür, dachte Lindsay erbittert, daß du dir die Verantwortung für jemand anders hast aufhalsen lassen.

Auf dem Bahnhofsplatz riß ein uniformierter Fahrer die hintere Tür eines grauen Mercedes auf. Hartmann deutete mit einer Handbewegung an, daß Lindsay hinten neben Christa einsteigen solle, und nahm selbst auf dem Beifahrersitz Platz.

Lindsay warf einen Blick durchs Heckfenster. Entlang der Bahnhofsfront standen in regelmäßigen Abständen mit Maschinenpistolen bewaffnete SS-Männer, die dem Gebäude den Rücken zukehrten. Und zwei von ihnen hatten sich auf beiden Seiten des Nebenausgangs aufgebaut, den Christa angesteuert hatte, als Hartmann aufgetaucht war.

17

Es war an einem Montag, als die Wagenkolonne mit dem Stab und dem englischen Gast des Führers auf dem Salzburger Bahnhofsplatz anrollte.

An diesem Montag schneite es in München, so daß die beiden Zwiebeltürme der Frauenkirche weiße Hauben aus Neuschnee trugen. Kurz vor elf Uhr schob ein Straßenkehrer, der ein Bein etwas nachzog, seinen Karren über das Kopfsteinpflaster des Platzes vor dem Hauptportal.

Der Karren schepperte, denn seine ursprüngliche Gummibereifung war längst abgefahren, und in dem von ausländischen Rohstoffen abgeschnittenen Dritten Reich war selbst der Kunstgummi Buna Mangelware. Deshalb rollte der Karren jetzt auf rostigen Felgen übers Pflaster.

Als die Turmuhr elfmal schlug, legte der alte Straßenkehrer eine Ruhepause ein. Auf dem Dachboden eines der Gebäude, die den Platz vor der Frauenkirche umrahmten, suchte die Agentin Paco den vereinbarten Treffpunkt mit einem Fernglas ab.

Das Fernglas blieb einige Sekunden lang auf den Straßenkehrer gerichtet, und die Beobachterin konstatierte befriedigt, daß der scheinbar Behinderte an der richtigen Stelle stand. Dann suchte sie weiter die Gesichter der Menschen ab, die an der Frauenkirche vorbeihasteten.

Paco hielt nach Verdächtigen Ausschau – nach scheinbar harmlosen Passanten, die zur Gestapo gehören konnten. Aber die Männer und Frauen dort unten waren sämtlich zu alt. Deutschland war ein Land der ganz Alten und ganz Jungen geworden. Die mittleren Jahrgänge waren eingezogen oder dienstverpflichtet.

Und außerdem suchte Paco nach einem Mann, der sich eine Zigarette mit der linken Hand anzündete, einige Male daran zog und sie dann mit dem linken Schuh austrat. Um elf Uhr zehn war klar, daß dies nicht der richtige Montag gewesen war. Paco verließ ihren Beobachtungsposten auf dem Dachboden. Der Straßenkehrer verschwand mit seinem Karren in einer der engen Gassen. Der Kehrichtbehälter war halb voll. Die Rauchbomben und Handgranaten lagen unter einer dicken Schicht Abfall versteckt.

An diesem Montag saß Tim Whelby in der Halle des Hotels *Regent Palace* in der Nähe des Piccadilly Circus. Er versteckte sich hinter einer *Daily Mail*, indem er die Zeitung weit ausgebreitet in beiden Händen hielt.

Von seinem Platz aus konnte er die Drehtür am Eingang im Auge behalten: ein idealer Beobachtungsort, um Hereinkommende unter die Lupe zu nehmen. Um neun Uhr abends wimmelte es in der großen Hotelhalle von Menschen, die sich vor allem am Empfang zusammendrängten. Die meisten Männer trugen Uniform; Whelby erkannte außer Engländern Kanadier, Australier, Holländer und die allgegenwärtigen Amerikaner – viele in Begleitung englischer Freundinnen.

Obgleich Whelby, der Flanellhosen und eine bequeme alte Sportjacke trug, nach außen hin fast gelangweilt wirkte, war er sehr nervös. Sawitski, mit dem er sich hier treffen sollte, hatte sich verspätet. Whelby sah auf seine Uhr. In drei Minuten würde er aufstehen und gehen. Als er die gewohnte Nummer angerufen hatte, war der Russe ungewöhnlich erregt gewesen, als sei eine Krise eingetreten.

Whelby hatte seinen verknitterten Trenchcoat über den nächsten freien Sessel geworfen, um zu verhindern, daß jemand dort Platz nahm. Der Treffpunkt war wie immer neu. Sie trafen sich niemals zweimal am gleichen Platz. Oder zur gleichen Zeit.

Die Halle des *Regent Palace* war wegen des um diese Zeit herrschenden Andrangs ein idealer Treff. Und falls Whelby hier von einem Bekannten gesehen wurde, war er lediglich für eine halbe Stunde hereingeschlüpft, um sich aufzuwärmen. Sein Blick war auf die Drehtür gerichtet, als eine Hand seinen Trenchcoat berührte.

»Entschuldigung, ist dieser Sessel frei?« fragte Sawitski höflich.

»Ja, natürlich. Entschuldigen Sie . . .«

Whelby runzelte irritiert die Stirn, während er den Trenchcoat an sich raffte. Er gab wieder vor, seine Zeitung zu lesen. Sawitski nahm in dem freien Sessel Platz, zog ein Exemplar des *Evening Standard* aus der Tasche und folgte Whelbys Beispiel, indem er sie entfaltete.

Wo konnte der Russe nur hergekommen sein? Whelby bildete sich ein, die Drehtür genau beobachtet zu haben. Sawitski schien zu erraten, was ihn beschäftigte.

»Tut mir leid, daß ich mich verspätet habe. Ich bin im Restaurant gewesen. Ich hab' endlos lange auf die Rechnung warten müssen . . .«

Whelby grunzte etwas Zustimmendes, ohne den Kopf zur Seite zu drehen.

»Meine Leute machen sich große Sorgen wegen Ihres Landsmanns, des Wing Commanders der RAF. Haben Sie inzwischen wieder von ihm gehört?«

»Nein, nichts mehr«, murmelte Whelby.

»Uns ist mitgeteilt worden – und zwar von ganz oben –, daß dieser Lindsay die beiden letzten Wochen in Hitlers Umgebung verbracht hat. Er ist heute in Berchtesgaden eingetroffen . . .«

Tim Whelby blätterte um, streckte eine Hand nach seinem Bierglas aus und leerte es. Sawitski hatte ihn erschreckt. Woher konnten seine Leute wissen, daß Lindsay auf dem Berghof war? Er wischte sich den Mund mit seinem Taschentuch ab und sprach dahinter.

»Was geht das mich an?«

»Uns interessieren die geographischen Zusammenhänge. Von Berchtesgaden aus ist das nächste den Alliierten wohlgesinnte Land die Schweiz. Sein Fluchtweg dürfte über die Schweiz nach Spanien führen. Und für die Iberische Halbinsel sind Sie zuständig . . .«

»Was erwarten Sie von mir?«

»Sorgen Sie dafür, daß er England niemals lebend erreicht!«

Sawitski sah auf seine Uhr, stand hastig auf, als habe er sich verspätet, schlüpfte in seinen Mantel und hastete davon. Whelby beobachtete, wie er durch die Drehtür verschwand, und schaute auf die Uhr. Sobald der Russe drei Minuten Vorsprung hatte, konnte auch er das Hotel verlassen.

Weder sein glattes Gesicht noch sein harmloser Blick verrieten, welchen schweren Schlag Whelby soeben hatte einstecken müssen. Das ging weit über alles hinaus, worauf er sich je hatte einlassen wollen. *Sorgen Sie dafür, daß er England niemals lebend erreicht!*

Moderne Nachrichtenverbindungen – und ihre Überwachung – haben den Verlauf großer Feldzüge beeinflußt. Sie sind sogar für den Ausgang ganzer Kriege entscheidend gewesen. Der mühsam errungene Erfolg des Ultra-Systems, dessen Codeknacker auf einem Landsitz im englischen Bletchley stationiert waren, gab den Alliierten die Möglichkeit, wichtige deutsche Funksprüche zu entschlüsseln.

Der ungewöhnlichste Faktor, der zum Sieg der Alliierten im Zweiten Weltkrieg beitrug, war Rudolf Roesslers Lucy-Ring. Am Abend, bevor der Sonderzug des Führers die Wolfsschanze verließ, sendete Specht mit seinem im Wald versteckten Gerät eine Meldung nach Luzern. Diese mit einem ihm unbekannten Code verschlüsselte Nachricht gehörte zu den Funksprüchen, die Roessler Sorgen machten. Er nahm die Meldung als eine Folge von unverständlichen Fünfergruppen auf und leitete sie an Kosak weiter.

»Wieder ein Funkspruch in diesem merkwürdigen Code«, erklärte er Anna. »Immerhin geben wir sie jetzt ans ›Büro Ha‹ weiter.«

Die Schwierigkeiten begannen am nächsten Morgen, als der Chef des Schweizer Nachrichtendienstes persönlich bei ihnen erschien. Selbst Anna war verblüfft.

»Bitte treten Sie ein«, forderte sie Brigadier Roger Masson auf, als sei sein Besuch ganz alltäglich. »Haben Sie den letzten Funkspruch erhalten?«

»Ja, Madame. Irgend etwas ist damit nicht in Ordnung . . .«

»Was gibt's, Anna? Wer ist da?«

Roessler, dessen Rücken nach so vielen am Funkgerät verbrachten Stunden rund geworden war, kam ins Wohnzimmer und hakte die Bügel seiner Brille hinter seine großen Ohren. Er blinzelte erstaunt.

Brigadier Masson trug zu diesem Besuch Zivil. Seine Miene verhieß nichts Gutes, als er jetzt Roessler forschend anstarrte. Dann nahm er aber doch in dem abgewetzten Sessel Platz, den Anna ihm mit einer Handbewegung anbot.

»Sie haben den letzten Funkspruch doch erhalten? Ihr Kurier hat ihn abgeholt«, sagte Roessler.

»Ihr Freund in Deutschland hat wieder einmal den Code gewechselt. Unsere Entschlüßler können nichts mit der Meldung anfangen . . .«

Roessler zuckte hilflos mit den Schultern. »Ich habe leider auch keine Ahnung, was diese Meldungen bedeuten.«

»Ich verlange, daß Sie mir sofort mitteilen, wer Ihr Kontaktmann in der deutschen Führungsspitze ist!«

Der sonst so höfliche Masson wirkte kalt und reserviert. Anna hatte den Eindruck, er stehe unter großer nervlicher Anspannung. Sie mischte sich mit scharfer Stimme ein.

»Nach allem, was wir für Sie getan haben, lassen wir uns jetzt nicht einschüchtern. Sagen Sie uns, was Ihnen Sorgen macht – oder lassen Sie uns in Ruhe!«

Masson zuckte mit den Schultern und griff nach seinem Hut. »Die Identität Ihres Freundes in Deutschland«, wiederholte er. »Wir wittern Gefahr . . .«

»Gefahr für wen?« fragte Anna. »Und Rudolf kennt unseren Informanten nur unter dem Decknamen ›Specht‹! Ich frage Sie nochmals: Was macht Ihnen an diesem letzten Funkspruch so große Sorgen?«

»Unsere Codeknacker sind nicht ganz erfolglos gewesen«, antwortete Masson. »In der Meldung kommt die *Schweiz* vor . . .«

Anfang April 1943 schien die ganze Welt zu *warten*. Der Krieg, in dem Millionen von Männern an allen Fronten kämpften, war noch keineswegs entschieden. Das Hitlerreich konnte ihn noch zu seinen Gunsten entscheiden. Ein großer Sieg über die Rote Armee konnte das Ende des Kommunismus bedeuten. Würde es zu dieser Entscheidungsschlacht kommen?

In London war Tim Whelby, der bisher nur amateurhaft spioniert hatte, verwirrt und unschlüssig. Sawitski hatte ihn erstmals mit der Aussicht konfrontiert, persönlich Gewalt anwenden zu müssen, genau gesagt: einen Mord verüben zu müssen. Er wartete auf weitere Anweisungen.

In Bayern wartete Martin Bormann auf dem Berghof nervös und aufs äußerste besorgt ab, ob sein Schützling die Rolle des größten Hochstaplers der Weltgeschichte durchhalten und Erfolg haben würde. Falls ihm das gelang, würden die Nazis an der Macht bleiben; falls er versagte, würden die Generale unter Führung von Generaloberst Beck mit einem Militärputsch die Macht ergreifen.

Auf dem Berghof wartete noch ein Mann – auf eine Chance zur Flucht. Ian Lindsay wußte noch immer nicht, wie *zwei* Menschen es schaffen sollten, aus dem schwerbewachten Berghof zu fliehen..

Und in München wartete Colonel Brownes Agentin Paco ebenfalls – auf den nächsten Montag. Mit jeder Woche vergrößerte sich das Risiko für alle Beteiligten.

In Moskau wartete Stalin weiter, weil er sich nicht entscheiden konnte, ob die von Specht eingehenden Meldungen zuverlässig waren und ob er auf der Grundlage der in stetigem Strom aus Luzern einlaufenden Funksprüche militärische Aktionen veranlassen sollte.

»Daß dieser Engländer mit Hitler auf dem Berghof eingetroffen ist, macht mir am meisten Sorgen«, vertraute Stalin Berija an, als die beiden Männer wieder einmal in seinem Arbeitszimmer im Kreml saßen. »Wirklich schade, daß der erste Anschlag auf ihn mißglückt ist . . .«

»Aus den Specht-Meldungen scheint aber hervorzugehen, daß dieser Lindsay kein offizieller Vertreter Churchills ist«, wandte Berija vorsichtig ein.

Stalin starrte seinen Geheimpolizeichef verächtlich an, zog mehrmals an seiner Pfeife und legte sie dann in den Aschenbecher.

»Wenn es Hitler gelingt, die jetzt im Westen stehenden vierzig deutschen Divisionen abzuziehen und gegen uns einzusetzen, sind wir erledigt! Begreifen Sie das, Berija? Erledigt«, wiederholte er erbittert. »Und jetzt erfahre ich, daß dieser Engländer nicht nur gesund und munter ist, sondern auch Hitler auf den Berghof begleitet hat. Offenbar genießt er das Vertrauen des Führers. Vielleicht verhandelt er in diesem Augenblick mit ihm wegen eines Separatfriedens. Jedenfalls muß er zum Schweigen gebracht werden, bevor er nach England zurückkehren kann. *Liquidiert!* Ich lege die Verantwortung für sein weiteres Schicksal in Ihre Hand . . .«

18

Seit der Ankunft des Führers auf dem Berghof waren fünf Tage verstrichen. Es war Samstag, dem – wie Lindsay sich grimmig überlegte – Sonntag und *Montag* folgen würden. Und er hatte sich noch immer keinen Fluchtplan zurechtgelegt, um den Treff mit Paco in München einhalten zu können. Aber er mußte unbedingt entkommen. Er mußte nach London zurück. Churchill mußte dringend erfahren, daß hier ein falscher Hitler in den Sattel gehoben worden war . . .

»Ich lasse Ihnen ein Zimmer anweisen«, hatte Bormann ihm nach der Ankunft auf dem Berghof unfreundlich erklärt. »Der Führer hat zugestimmt, daß Sie eingehend vernommen werden.«

Die erste Überraschung für Lindsay war die Lage seines Zimmers gewesen: Es war der große Raum am Fuß der Treppe, in dem er bei seinem ersten Besuch jene alptraumhafte Szene mit den Spiegelbildern Hitlers beobachtet hatte. Aber jetzt waren die Spiegel verschwunden.

Sobald Lindsay allein war, interessierte er sich für die Schubladen im Unterteil des großen Kleiderschranks. Eine von ihnen enthielt Bücher von Clausewitz, Moltke, Schlieffen und weiteren Klassikern der Militärliteratur. Die meisten Bände wiesen Unterstreichungen und Anmerkungen auf. Zwischen ihnen fand er einen unbenützten Taschenkalender für 1943, den er automatisch einsteckte.

Kurz nachdem Lindsay seine wenigen Habseligkeiten ausgepackt hatte, war Christa Lundt zu ihm gekommen. Sie hatte das Zimmer betreten, ohne erst anzuklopfen, die Tür hinter sich geschlossen und den Zeigefinger auf die Lippen gelegt, um zu verhindern, daß er sie begrüßte. Dann hatte sie den Raum zehn Minuten lang gründlich abgesucht.

»Keine Mikrophone«, stellte sie schließlich fest. »Wir können offen miteinander reden.«

»Du bist natürlich schon früher auf dem Berghof gewesen?« Lindsay wartete ihr Nicken ab. »Bist du jemals in dieses Zimmer gekommen?«

»Niemals! Dieser Flügel ist streng bewacht und abgeriegelt gewesen. Betreten durfte man ihn nur in Begleitung des früheren Kommandanten, der dann Selbstmord verübt hat...«

»*Selbstmord?* Wie lange ist das her, Christa?«

»Ungefähr zwei Wochen. Es muß kurz nach deinem Abflug zur Wolfsschanze gewesen sein. Ich rede von Oberst Müller...«

»Müller!« Lindsay marschierte mit gerunzelter Stirn vor ihr auf und ab. »Ich habe Müller bei meinem ersten Besuch kennengelernt – der Mann hat niemals Selbstmord verübt! Was geht hier vor, verdammt noch mal?« Er blieb stehen und drehte sich ruckartig nach Christa um. »Wie soll er Selbstmord verübt haben?«

»Nun, er...« Christa zögerte, und der Engländer wartete schweigend. »Zuerst hat's geheißen, er sei tödlich verunglückt. Er ist von der Kehlstein-Terrasse hundert Meter in die Tiefe gestürzt. Dort oben befindet sich der Adlerhorst, den der Führer sich als Teehaus hat bauen lassen. Man erreicht ihn mit einem Aufzug, der in den Fels gehauen ist...«

»Weiter!« drängte Lindsay.

»Der Kommandant soll auf einer Eisplatte ausgerutscht und über die Brüstung gestürzt sein. Später ist das Gerücht aufgekommen, der angebliche Unfall sei nur zur Tarnung seines Selbstmords erfunden worden...«

»Wer ist zu seinem Nachfolger ernannt worden? Und von wem?«

»Standartenführer Jäger, der Kommandeur der hier stationierten SS-Abteilung, hat seinen Posten übernommen. Er ist ein rauhbeiniger Berufssoldat, aber er hat einen anständigen Kern. Was seine Ernennung betrifft, hat Bormann die ganze Sache selbst in die Hand genommen.«

»Woher weißt du das?«

»Stehe ich im Zeugenstand?« Sie nahm auf einem Stuhl Platz, schlug die Beine übereinander und betrachtete ihre Fingernägel. Lindsay zog den zweiten Stuhl heran, drehte ihn um und setzte sich rittlings darauf. Als er jetzt den Kopf auf seine auf der Lehne ruhenden Arme legte, konnte er Christa in die Augen blicken. Aber sie bemühte sich, seinen Blick nicht zu erwidern, und reckte trotzig das Kinn vor.

»Ich versuche hier, ein kompliziertes Puzzle zusammenzusetzen, bei dem es um Verrat, vielleicht sogar um Mord geht«, erklärte er ihr ruhig. »Deshalb frage ich dich nochmals: *Woher weißt du das?*«

»Weil ich Bormanns telefonische Anordnung, durch die Jäger vorläufig zum Kommandanten des Berghofs bestimmt wurde, selber gehört habe!«

»Und das war ausschließlich Bormanns Befehl? Auf keinen Fall ein Führerbefehl?«

»Richtig!« bestätigte Christa widerwillig. »Zu diesem Zeitpunkt hat Hitler sich gerade auf dem Rückflug von der Ostfront befunden. Er hatte sich verspätet, weil er wegen Nebels auf einem Ausweichflugplatz landen mußte.« Sie machte eine Pause. »Sonst noch was, Wing Commander?«

»Ich glaube nicht, daß von dir weitere brauchbare Informationen zu erwarten wären«, antwortete Lindsay mit einer Handbewegung, die Christa zum Widerspruch reizen sollte.

»Außer daß der Führer etwas sehr Merkwürdiges an sich hat, seitdem er aus Rußland zurück ist! Wenn ich dir sagen würde, daß ich das mit rein weiblicher Intuition spüre, würdest du mich nur auslachen . . .«

Lindsay zündete sich gemächlich eine Zigarette an, ohne die junge Frau dabei aus den Augen zu lassen. Er wartete mit seiner Antwort, bis er mehrere Züge genommen hatte.

»Nein«, antwortete er schließlich, »ich würde nicht lachen. Du bist seine Chefsekretärin, du bist intelligent – damit konstatiere ich nur Tatsachen. Deshalb nehme ich deine Intuition sehr ernst, zumal sie mit eigenen Erlebnissen übereinstimmt, auf die ich mir keinen Reim machen kann ...«

Er wählte seine nächsten Worte sehr sorgfältig.

»Ich frage mich, ob wir Zeugen der größten Hochstapelei der Weltgeschichte sind ...«

Ihr Blick warnte ihn. Christa konnte die Tür zum Gang beobachten, der Lindsay den Rücken zukehrte. Der Engländer zog an seiner Zigarette. Er hatte nicht gehört, daß die Tür geöffnet worden war, aber er nahm jetzt wahr, daß sie geschlossen wurde.

»Sie beide scheinen ständig zusammenzustecken – was in unserer kriegerischen Zeit eine angenehme Überraschung ist. Daß eine Deutsche mit einem Engländer Freundschaft schließt ...« Die vertraute Stimme gehörte Major Hartmann von der Abwehr.

»Sie haben vorhin von der größten Hochstapelei der Weltgeschichte gesprochen«, stellte Hartmann fest. »Wären Sie so freundlich, mir Ihre faszinierende Behauptung näher zu erläutern?«

Christa hatte den Raum verlassen, und Lindsay war mit dem Abwehroffizier allein, der ihm gegenüber Platz genommen hatte und ihn beobachtete, während er seiner Pfeife bläuliche Rauchwolken entlockte, die sich als Schleier zwischen die beiden Männer legten.

»Soll das eine offizielle Vernehmung sein?« erkundigte sich der Engländer.

»Nennen wir's lieber ein freundschaftliches Gespräch zwischen zwei Männern, die der Krieg zufällig für kurze Zeit zusammengeführt hat.«

»Ich habe den sowjetischen Spion gemeint, nach dem Sie fahnden«, sagte Lindsay und schwieg dann, wodurch er den Deutschen zwang, ihm weitere Bedenkzeit einzuräumen.

»Tut mir leid, ich sehe da keinen Zusammenhang . . .«

»*Falls* es einem sowjetischen Spion gelungen ist, in die nähere Umgebung Hitlers einzudringen, ist ihm die größte Hochstapelei der Weltgeschichte geglückt«, antwortete der Wing Commander.

Hartmann benützte seinen Pfeifenstopfer und starrte Lindsay dabei durchdringend an. Hinter der legeren, umgänglichen Art, mit der er sich normalerweise tarnte, war sekundenlang sein wahres Ich zu erkennen: ein unerbittlicher Verfolger, der niemals aufgab. An diese Beobachtung sollte Lindsay sich später mehrmals erinnern.

»Wissen Sie, was ich vermute?« meinte der Deutsche nachdenklich. »Ich glaube, daß Sie viel cleverer sind, als irgend jemand ahnt – vielleicht mit Ausnahme des Führers. Was Menschen betrifft, besitzt er einen untrüglichen Instinkt. *Warum* sind Sie nach Deutschland gekommen, Wing Commander?«

»Das wissen Sie doch! Um zu versuchen, eine Verständigung zwischen England und Deutschland herbeizuführen. Der eigentliche Gegner ist Rußland . . .«

»Danke«, warf Hartmann ein, »damit wären wir wieder am Anfang. Ich möchte Ihre – und meine – Zeit nicht länger vergeuden . . .«

Als er aufstand, war sein Gesichtsausdruck grimmig und resigniert zugleich. Er verließ wortlos den Raum.

Der Abwehroffizier bewegte sich katzengleich. Lindsay dachte an sein unerwartetes Auftauchen auf dem Bahnsteig in Salzburg – als Hartmann Christa und ihn davor bewahrt hatte, durch den von SS-Männern bewachten Nebenausgang flüchten zu wollen. Oder war das etwa nicht seine Absicht gewesen? Bei Hartmann wußte man das nicht.

Um sich etwas Bewegung zu verschaffen, trat Lindsay auf den Korridor hinaus. Vom Fenster am Ende des Ganges konnte er den Haupteingang des Berghofs beobachten. Er zündete sich eine Zigarette an. Während Lindsay interessiert die Szene vor dem ebenfalls sichtbaren Lieferanteneingang betrachtete, erstarrte er plötzlich und vergaß sogar die Zigarette in seiner halb erhobenen Hand. Er wußte jetzt, wie sie vom Berghof fliehen konnten.

Der Sonntag zog bleigrau und mit Schneeregen herauf. So früh am Morgen wirkte der Berghof wie ausgestorben. Lindsay ging leise die Stufen in die große Eingangshalle hinunter.

Auch hier nirgends ein Wachposten. Er trat an die mächtige zweiflüglige Eingangstür, um sie nach einer Alarmanlage abzusuchen. Dabei erinnerte er sich wieder an den Schnellkurs in der Ryder Street. Ein alter Elektriker hatte ihn dort unterrichtet.

»Suchen Sie vor allem nach versteckten Drähten, Kumpel. Ohne Leitungen keine Alarmanlage. Falls Sie's mit der SS zu tun kriegen, vertraut sie auf rohe Gewalt – sie denkt nicht weiter als bis zu einem Mann mit schußbereiter Waffe. Die Abwehr? Das sind ganz gerissene Kerle! Sie besitzt Tradition, was bedeutet, daß sie sich auf Geduld verläßt. Und zuletzt gibt's noch unsere alten Freunde von der Gestapo. Die arbeiten mit sämtlichen Tricks – auch mit Alarmanlagen.«

Aber die Gestapo war nicht für die Sicherheitsmaßnahmen auf dem Berghof zuständig. Lindsay legte eine Hand auf die schwere Klinke der rechten Türhälfte und drückte sie nach unten. Der massive Türflügel bewegte sich lautlos in gut geölten Angeln.

Der Wing Commander warf einen Blick ins Freie. Die hereinströmende Luft war unangenehm feuchtkalt. Draußen war niemand zu sehen. Die SS verließ sich offenbar auf ihre an der Straße eingerichteten Kontrollstellen. Als er die Tür wieder schloß, hörte er ein leises Geräusch hinter sich. Wie dumm, daß er geglaubt hatte, die Eingangshalle könnte tatsächlich verlassen sein!

Christa Lundt stand in der offenen Tür der zur Halle gehörenden Garderobe. Sie trug Skihosen und eine Windjacke. Sie winkte ihn zu sich heran.

Christa schloß die Tür hinter sich, lehnte sich dagegen und atmete langsam aus, während Lindsay den Raum, in dem er noch nie gewesen war, systematisch nach Mikrophonen absuchte. Als er sich umdrehte, stand Christa noch immer an der Tür. Ihr Gesichtsausdruck beunruhigte ihn.

»Ein Glück, daß wir beide so früh aufgestanden sind«, murmelte sie. »Wir müssen weg – meine Personalakte kann heute schon kommen.« Sie griff nach den Aufschlägen seiner Jacke, stellte sich auf die Zehenspitzen, so daß ihre Gesichter in gleicher Höhe waren.

Lindsay griff nach ihren Handgelenken. Falls ihnen heute die Flucht gelang – morgen war der Tag, an dem Paco in München auf ihn wartete.

»Mir ist heute morgen noch kein Wachposten begegnet«, stellte Lindsay fest. »Ist das sonntags immer so?«

Christa zuckte mit den Schultern. »Ich bin sonst nicht so früh auf den Beinen. Außerdem liegt mein Zimmer in einem weniger streng bewachten Seitenflügel.«

Lindsay begann laut zu denken. »Mir ist aufgefallen, daß jeden Tag ein großer Lieferwagen vorfährt, der die schmutzige Wäsche abholt und frische bringt. Er kommt mit lobenswerter deutscher Pünktlichkeit jeden Morgen zur gleichen Zeit – Punkt zehn Uhr. Die Wachposten sind an ihn gewöhnt. Ich habe vom Korridorfenster aus beobachtet, daß er nicht kontrolliert wird. Der Fahrer ist immer allein im Wagen – kein Beifahrer, kein Wachposten, nur der Fahrer, ein stämmiger Mann im Arbeitskittel, der große Ballen frischer Wäsche hineinschleppt. Danach bringt er die Schmutzwäsche in weißen Säcken heraus, wirft sie auf die Ladefläche, knallt die Türen zu und fährt davon. Auf der Fahrertür steht der Name einer Salzburger Wäscherei. Und wir wollen nach Salzburg . . .«

»Wohin fahren wir von dort aus?« fragte Christa.

»Später . . .« Lindsay war entschlossen, ihr Ziel erst in letzter Minute zu verraten. »Wir könnten diesen Lieferwagen als Fluchtfahrzeug benützen«, fuhr er fort. »Ich habe gesehen, daß hinten immer Wäschesäcke stehen, die hier nicht ausgeladen werden und unter denen wir uns verstecken könnten. Und ich vermute, daß die Posten an den Kontrollstellen den Wagen so gut kennen, daß sie ihn nicht durchsuchen, solange hier kein Alarm geschlagen wird. Was hast du heute morgen für Termine? Und noch was: Wie lange dürfte der Lieferwagen bis nach Salzburg brauchen, wenn er ohne Halt durchfährt?«

»Ich habe ihn ein-, zweimal wegfahren sehen«, antwortete Christa nachdenklich. »Er fährt wie ein Verrückter – wahrscheinlich hat er's eilig, nach Hause zu kommen, weil er danach frei hat. Ich schätze, daß er für die Fahrt nach Salzburg eine knappe Stunde braucht. Und ich habe heute dienstfrei. Traudl führt das Protokoll bei der Mittagsbesprechung ...«

»Was würdest du normalerweise tun?«

»Lesen, mich ausruhen, in meinem Zimmer ein bißchen waschen und bügeln. Um mich kümmert sich niemand.« Sie wirkte ruhiger, als sie jetzt zu Lindsay aufsah. »Aber du könntest sehr bald vermißt werden.«

»Das müssen wir eben riskieren! Gruber hat mich gestern vernommen – und ist enttäuscht gegangen. Vielleicht lassen sie mich heute in Ruhe, weil Sonntag ist. Ich bekomme mein Frühstück um acht Uhr; eine halbe Stunde später wird das Tablett abgeholt – und das Mittagessen gibt's erst um halb zwei nach der Lagebesprechung.«

Christa dachte bereits weiter. »Der Lieferwagen braucht eine knappe Stunde, so daß wir gegen elf in Salzburg sind. Dort wird's auf jeden Fall knapp – wohin wir auch fahren. Der Schnellzug nach Wien fährt um Viertel nach elf, der nach München um halb zwölf. Falls wir nach München wollen, könnten wir's gerade noch schaffen, bevor du hier vermißt wirst. Der Zug kommt dort um halb zwei an – wenn dir hier dein Mittagessen serviert wird. Nach Wien dauert die Bahnfahrt über drei Stunden ...«

»Wir müssen's einfach riskieren«, stellte er ruhig fest. »Unabwägbarkeiten gibt's immer. Wir wissen zum Beispiel nicht, wie weit die Wäscherei vom Bahnhof entfernt ist . . .«

»Und ob der Lieferwagen auch sonntags kommt«, fügte Christa hinzu. »Treffen wir uns wieder hier?«

»Ja, möglichst genau um Viertel vor zehn.«

Die junge Frau sah zu ihm auf und zog eine Pistole aus ihrer Jackentasche. »Die habe ich aus einem Schrank, in dem sie wahrscheinlich tagelang nicht vermißt wird. Ich habe auch ein zweites Magazin. Du bekommst sie, bevor wir abfahren . . .« Sie zögerte.

»Was hast du auf dem Herzen, Christa?«

»Ian, ich möchte, daß du mir etwas versprichst. Du sollst mich erschießen, wenn zu sehen ist, daß wir gefangengenommen werden. Am besten benützt du die nächste Kugel dann für dich selbst . . .« Sie wandte sich ab. »Falls wir sterben müssen«, fügte sie mit zitternder Stimme hinzu, »möchte ich gemeinsam mit dir sterben . . .«

Lindsay wußte nicht, was er denken, was er sagen sollte. Er war einfach nur hilflos. Er wollte Christa berühren und ließ dann die Hände sinken. Ihre Gefühle für ihn waren stärker, als er geglaubt hatte. Und er konnte sie so nicht erwidern. »Warten wir erst mal ab, ob der Lieferwagen auch sonntags kommt«, sagte er heiser und verließ den Raum.

Nachdem die Ordonnanz sein Frühstückstablett abgeholt hatte, ließ Lindsay seine Tür einen Spalt weit offen, um zu kontrollieren, ob draußen eine SS-Wache aufkreuzte. Er sah auf seine Armbanduhr. Neun Uhr zehn. In fünfunddreißig Minuten würde er sich mit Christa in der Garderobe neben der Eingangshalle treffen.

Um neun Uhr dreißig überprüfte er Korridor, Treppenhaus und Eingangshalle. Als ihm dort niemand begegnete, schlich er sich mit leichtem Gepäck die Stufen hinunter und betrat die Garderobe. Christa ging schon unruhig zwischen Tür und Fenster auf und ab.

Der Engländer beobachtete sie, während er seinen Handkoffer hinter den Schirmständer schob. Er war sich darüber im klaren, daß er allein bessere Chancen gehabt hätte – aber er konnte Christa jetzt nicht im Stich lassen. Er mußte Christa über die Schweizer Grenze bringen. Dort konnte er sich mit gutem Gewissen von ihr trennen. Da ihre Muttersprache Deutsch war, würde es ihr nicht schwerfallen, in der Bevölkerung unterzutauchen.

Lindsay durchquerte den Raum mit drei langen Schritten und faßte Christa an den Schultern. Seine Stimme war halblaut, aber sein Blick war so hart wie sein Griff.

»Hör mir jetzt gut zu! In weniger als einer halben Stunde verlassen wir diesen Raum – falls der Wäschereiwagen überhaupt kommt. Wir müssen versuchen, auf die Ladefläche zu klettern, ohne daß der Fahrer uns sieht, und uns dort verstekken. Von diesem Augenblick an gibt's kein Zurück mehr ...«

Er nahm die rechte Hand von ihrer Schulter, zog das linke Hosenbein hoch und zeigte Christa das in seinem Kniestrumpf steckende Messer, das er aus der Speisewagenküche des Führerzugs gestohlen hatte.

»Möglicherweise muß ich den Fahrer erstechen«, fuhr er fort. »Irgendwann geht die Umbringerei los. Wenn du dich nicht verdammt schnell zusammenreißt, behinderst du mich nur! Drücke ich mich klar genug aus?«

»Als wir in Salzburg aus dem Zug gestiegen sind, hab' ich dich nicht behindert«, sagte Christa leise. »Daß Hartmann uns aufgehalten hat, ist unser Pech gewesen. Mir fehlt nichts mehr, wenn wir erst einmal unterwegs sind. Ich behindere dich ganz bestimmt nicht, Ian! Aber dieses Warten macht mich schrecklich nervös ...«

»Das haben wir gemeinsam.«

Er ließ sie los und bereute seinen Ausbruch. Sie hatte natürlich recht. Aufgrund ihrer ersten Bewährungsprobe war sie als verläßlich einzustufen. Dieser persönliche Eindruck mußte ihm wichtiger als alles sein, was Christa in dieser nervenaufreibenden Wartezeit sagte.

»Bleibst du hier bei mir?« erkundigte sie sich.

»Ja.«

»Das ist nicht unbedingt nötig. Ich kann auch allein warten. Falls jemand auf die Idee kommt, in deinem Zimmer nachzusehen, wär's besser, wenn du oben wärst. Sollte ich gefaßt und durchsucht werden, habe ich die Pistole in der Tasche . . .«

»Beides ist gleich riskant«, sagte er ihr so nüchtern, als denke er dabei gar nicht an sie. »Auf dem Weg hierher bin ich nicht gesehen worden. Meine Zimmertür ist geschlossen. Falls dort eine Wache vorbeikommt, wird er annehmen, ich sei in meinem Zimmer. Bin ich aber wirklich oben, muß ich versuchen, an ihm vorbei herunterzukommen. Unter diesen Umständen gibt's keine Ideallösung.« Der Wing Commander lächelte. »Am besten gehst du weiter auf und ab . . .«

Um neun Uhr fünfundvierzig bat Lindsay Christa um die Pistole und das Reservemagazin. Er steckte die Waffe unter seine Jacke in den Hosenbund. Die Minuten verstrichen quälend langsam. Neun Uhr fünfzig. Der Schneeregen hatte etwas nachgelassen. Lindsay wünschte sich, er würde verstärkt einsetzen. Das schlechte Wetter und die Tatsache, daß Sonntag war, waren die beiden Faktoren, die möglicherweise bewirken konnten, daß die anderen lange genug im Haus blieben. Beide sahen gleichzeitig auf die Uhr. Ihre Blicke begegneten sich. Neun Uhr neunundfünfzig.

Die nächsten sechzig Sekunden schienen eine Ewigkeit lang zu dauern. Christa und Lindsay standen unbeweglich da. Beide waren einen Schritt vom Fenster zurückgetreten, um nicht selbst gesehen zu werden. *Zehn Uhr . . .*

Lindsay legte den Kopf schief und horchte auf den ersten Ton des Motors des Wäschereiwagens. Bleierne Stille. Ein Windstoß ließ Regentropfen gegen die Fensterscheibe prasseln. *Zehn Uhr eins . . .*

»Wahrscheinlich kommt er heute überhaupt nicht . . .«, begann Christa.

Der Engländer brachte sie mit einem energischen Kopfschütteln zum Schweigen und horchte angestrengt weiter. Christa konnte nicht stillhalten. Sie ballte ihre schlanken Hände zu Fäusten, streckte die Finger und machte wieder Fäuste. Lindsay blieb unbeweglich und mit zusammengekniffenen Lippen stehen. Diese Warterei kostete Nerven!

Lindsay hob eine Hand. In der Ferne wurde Motorengeräusch laut, das schnell näherkam. »Er fährt wie ein Verrückter«, hatte Christa gesagt. Der Engländer starrte angestrengt nach draußen.

Aus dem Schneeregen tauchte ein dunkler Schatten auf und nahm die Umrisse eines großen Kastenwagens an. Sein Fahrer wendete halsbrecherisch schleudernd, so daß die Motorhaube zuletzt in die Richtung zeigte, aus der er gekommen war. Lindsay hatte nun die Hecktüren des hellgrauen Lieferwagens vor sich. Die Wäsche wurde also auch sonntags zugestellt und abgeholt!

Lindsay hatte die Garderobentür einen Spalt weit geöffnet und sah in die Eingangshalle hinaus. Der Fahrer trug eine zerknautschte Schirmmütze, einen weißen Kittel sowie Schaftstiefel und kam mit einem riesigen weißen Wäschesack auf der Schulter hereingestapft. Dann verschwand er durch eine Tür in der Rückwand der Eingangshalle.

»Die Lieferwagentür steht offen«, berichtete Christa, die am Fenster Wache hielt.

»Dann los!«

Beide hatten ihr Handgepäck griffbereit. Lindsay öffnete die Tür ganz und schob Christa vor sich her. Er achtete darauf, die Garderobentür hinter sich zu schließen. Christa war bereits nach draußen verschwunden. Wie schnell der Fahrer zurückkommen würde, ließ sich nicht voraussagen. Lindsay rannte leichtfüßig über den Marmorboden, auf dem die Stiefel des Lieferwagenfahrers nasse Spuren hinterlassen hatten, und folgte Christa.

Draußen war es nicht so kalt, wie er erwartet hatte. Lindsay schwang sich in den Kastenwagen und hörte Christas halblaute Stimme: »Hier hinten ...« Sie war über die aufgestapelten Wäschesäcke bis an die Rückwand des Laderaums geklettert. Lindsay konnte sie in dem dort herrschenden Halbdunkel nicht erkennen. Mit etwas Glück würden sie dort hinten unentdeckt bleiben.

Lindsay wühlte sich unter die nachgiebigen weißen Säcke, und Christa kuschelte sich an ihn. Er lag halb auf seinem Köfferchen, aber größere Bewegungen konnten jetzt gefährlich sein. Der Engländer griff unter seine Jacke und zog die Pistole aus dem Hosenbund. Christas Lippen lagen an seinem rechten Ohr.

»Wozu brauchst du die Waffe? Du willst ihn doch nicht etwa erschießen?«

»Nur wenn er uns entdeckt. Dann setze ich mich selbst ans Steuer, und wir fahren los.«

»Hoffentlich nicht!«

Christa war hörbar erschrocken. Lindsay konnte ihr diese Reaktion nachfühlen. Irgend jemand konnte den Schuß hören. Und wie sollte er anstelle des Fahrers die Kontrollstellen passieren? Er spürte, daß Christas Haltung sich verkrampfte. Der Fahrer kam zurück, um eine neue Ladung zu holen. Die beiden Flüchtlinge hörten, daß er auf die Ladefläche kletterte und die Wäschesäcke durcheinanderwarf. Er schien immer näher zu kommen. Lindsay hoffte inständig, daß es ihm notfalls gelingen würde, den Mann durch einen Schlag mit dem Pistolengriff außer Gefecht zu setzen, um nicht schießen zu müssen.

Rums! Der Mann war mit einem Wäschesack von der Ladefläche zu Boden gesprungen. Sie hörten ihn schwerfällig davonstapfen. Lindsay spürte seine Nervosität wachsen. Mit jeder Sekunde vergrößerte sich die Gefahr, daß jemand sein Verschwinden bemerkte und eine Fahndung nach dem flüchtigen Engländer auslöste.

Der Fahrer schleppte noch dreimal volle Wäschesäcke in den Berghof. Er brachte jedesmal große Säcke mit Schmutzwäsche zurück, die er auf die Ladefläche warf. Beim dritten Mal sah Lindsay etwas, das ihn erstarren ließ.

Der Lieferwagenfahrer kam eben wieder zurück. Und durch einen Spalt zwischen zwei Säcken mußte Lindsay mit ansehen, wie Christas linker Stiefel bis zum Knöchel sichtbar war. Ein Wäschesack mußte weggerutscht sein. Wenn der Fahrer nicht blind war, *mußte* er den Stiefel sehen. Lindsay umklammerte die Pistole fester.

»Verdammtes Sauwetter, verfluchtes . . .«

Der Fahrer schimpfte vor sich hin, während er auf die Ladefläche kletterte. Er stand mit dem letzten Sack in den Händen in der offenen Tür.

»Fertig, Hans? Bei diesem Wetter macht dir die Fahrerei wohl erst richtig Spaß? Leute wie dich dürfte man gar nicht mit dem Auto auf die Menschheit loslassen . . .«

Von irgendwoher war einer der Wache stehenden SS-Männer aufgetaucht. Der Angesprochene drehte sich nach dem Uniformierten um.

»Nur kein Neid, Günther!« rief er lachend. »Dafür bin ich zum Mittagessen wieder in Salzburg. Wie steht's – willst du nicht mitfahren?«

»Bei diesem Wetter? Und bei deinem verrückten Tempo? Ich bin doch nicht lebensmüde! Wenigstens halten dich die Kontrollen auf – wenn du bis dahin nicht im Straßengraben liegst . . .«

Lindsay hielt den Atem an. Christas Stiefel war noch immer sichtbar. Er durfte nicht wagen, ihr etwas zuzuflüstern. Und sobald der Fahrer ihren Stiefel sah, würde er den SS-Mann rufen . . .

Der Leinensack mit Schmutzwäsche segelte durch die Luft, landete auf Christas Fuß und bedeckte ihn vollständig. *Rums!* Der Fahrer war von der Ladefläche gesprungen. Ein metallisches Scheppern. Dunkelheit. Er hatte die Tür zugeknallt.

Im Fahrerhaus ließ Hans den Motor an, schaltete Scheinwerfer und Nebelscheinwerfer an, legte den ersten Gang ein und löste die Handbremse. Der Kastenwagen rollte los. Er trat das Gaspedal durch. Das Fahrzeug wurde auf der Gefällstrecke rasch schneller.

Unter den Wäschesäcken klammerte Christa sich an Lindsay, während der Lieferwagen schlingernd zu Tal raste.

»Der Kerl bringt uns um!« klagte sie.

»Er fährt verdammt gut«, stellte Lindsay nüchtern fest. »Allerdings auch sehr riskant. Jetzt kann ich dir sagen, wohin wir unterwegs sind – nach München.«

»Dann sind wir um halb zwei dort, wenn du auf dem Berghof dein Mittagessen serviert bekommen sollst. Die Fahndung wird ausgelöst, während wir in München einfahren. Bormann reagiert bestimmt schnell und läßt in ganz Bayern nach uns fahnden.«

»Darüber können wir uns Sorgen machen, wenn wir Salzburg erreicht haben«, wehrte Lindsay ab. »Und wir müssen uns fast vierundzwanzig Stunden lang in München herumtreiben, bevor wir uns mit meinem Kontaktmann treffen können.«

»Kurt hat in München ein winziges Versteck auf einem Dachboden gehabt, das wir vielleicht benützen können . . .«

»Wo genau?« fragte der Engländer. »In der Innenstadt?«

»Ganz in der Nähe der Frauenkirche. Ein altes Haus in einer engen Gasse. Kurts Tante wohnt dort. Sie haßt die Nazis, weil sie ihren Mann in ein Arbeitslager gesteckt haben. Deshalb hat Kurt sich damals bei ihr . . .« Sie sprach nicht weiter. »Wir halten! Mein Gott, das ist die erste Kontrollstelle!«

Im Fahrerhaus fluchte Hans, als er die geschlossene rotweiße Schranke sah, die an der Kontrollstelle die Durchfahrt versperrte. Lauter Deppen! Hatten Sie bei diesem Sauwetter nichts Besseres zu tun? Noch dazu schien die Wachmannschaft stärker als sonst zu sein. Es wimmelte nur so von SS-Leuten.

Er bremste, ließ aber den Motor laufen, um dadurch anzudeuten, daß er es eilig habe. Zu seiner Erleichterung trat ein SS-Hauptscharführer, der ihn kannte, an den Wagen.

»Du willst wohl einen neuen Rekord aufstellen, Hans?« fragte der hagere SS-Mann. »Wir haben dich unterwegs beobachtet – du brichst dir noch den Hals, wenn du so weiterfährst.«

»Ich will rechtzeitig zum Mittagessen daheim sein. Was soll der Zirkus?«

»Wir durchsuchen alle Fahrzeuge. Zu Übungszwecken, wie's offiziell heißt. Die Anweisung ist gestern abend von oben gekommen ...«

»Dann beeilt euch wenigstens – und seht zu, daß ihr den verdammten Schlagbaum hochkriegt!«

»Immer freundlich und höflich, Hans!«

Jedes Wort war im Inneren des Lieferwagens deutlich zu hören. Lindsay hielt wieder den Pistolengriff umklammert. Falls das Wageninnere durchsucht wurde, mußten sie entdeckt werden. Würde er es über sich bringen, Christa eiskalt die Pistolenmündung an die Schläfe zu setzen und den Zeigefinger zu krümmen?

Ein metallisches Scheppern zeigte an, daß jemand die Hecktür des Kastenwagens geöffnet hatte. Die Innentemperatur sank weiter, als Kaltluft von draußen in den Laderaum floß. Christa umklammerte vorsichtig Lindsays rechte Hand, zog sie höher und setzte die Pistolenmündung an ihre Schläfe. Er verzichtete darauf, mit dem Zeigefinger Druckpunkt zu nehmen. Wie genau würden die SS-Wachen es mit der Durchsuchung des Lieferwagens nehmen?

Ein scharrendes Geräusch, dann holte jemand tief Luft. Einer der Soldaten war in den Wagen geklettert. Lindsay spürte, daß seine rechte Hand schweißnaß war. Christa lag wie erstarrt neben ihm. Welche Schreckensvisionen mochten ihr in diesem Augenblick durch den Kopf gehen? Lindsay hatte sich noch nie so hilflos gefühlt.

Genagelte Knobelbecher stapften näher heran. Draußen

wurden mehrere Stimmen laut. Lindsay fühlte, wie Christa vor Entsetzen erstarrte. Motorengeräusch; dann das Rattern eines Halbkettenfahrzeugs ganz in der Nähe. Danach ein bereits vertrautes Geräusch: Das Zuschlagen der Hecktüren des Lieferwagens. »Hau ab, Hans, damit du rechtzeitig zum Mittagessen kommst ...« Gang einlegen. Fuß von der Bremse. Das Fahrzeug rollte an.

»Hans! Wir rufen an, daß du kommst. Bei den anderen Kontrollstellen kannst du gleich durchfahren!«

19

Bormann bekam einen Wutanfall, als ihm die Flucht gemeldet wurde. Es war dreizehn Uhr dreißig. Weil es Sonntag war, hatte der Koch Lindsays Mittagessen einige Minuten früher als sonst zubereitet, um länger Ausgang zu haben. Das Tablett war um dreizehn Uhr fünfundzwanzig ins leere Zimmer des Engländers gebracht worden.

»Verdammt noch mal, Jäger!« rief Bormann wütend aus. »Wie ist so etwas möglich?«

Der SS-Standartenführer mit der Adlernase und dem energischen Kinn strahlte auch jetzt Selbstbewußtsein aus, und seine befehlsgewohnte Stimme hatte nichts von ihrer Sicherheit verloren, als er Bormann antwortete.

»Ich bin in der Bewachung des Berghofs behindert gewesen«, stellte er gelassen fest. »Meine Leute sind über ein weites Gebiet verteilt gewesen, um die Kontrollstellen zu verstärken, wie *Sie* vorgeschlagen haben ...«

Bormann, der Jäger kaum bis zur Schulter reichte, lenkte sofort ein. Er erkannte, auf welch dünnem Eis er sich hier bewegte. Falls der Führer eine Untersuchung anordnete, würden sich zwei Hauptverantwortliche herauskristallisieren: Standartenführer Jäger – und Reichsleiter Bormann.

»Wie kann er entkommen sein?« wollte er wissen.

»Darf ich etwas sagen, Reichsleiter?« fragte SS-Sturmbannführer Alfred Schmidt, Jägers Stellvertreter, ein großer, intellektuell wirkender Mann, der zwei Schritte hinter seinem Vorgesetzten stand. Bormann starrte den Sturmbannführer mit der randlosen Brille unfreundlich an. Er konnte randlose Brillen bei SS-Führern nicht ausstehen: Sie erinnerten ihn stets an seinen Erzfeind Himmler. Aber Schmidt besaß einen scharfen Verstand. Dadurch wurden Jäger und Schmidt zu einer gefährlichen Kombination. Schmidt war der Intellektuelle; Jäger der Mann der Tat. Bormann nickte.

»Es scheint leider nicht bei dieser einen schlechten Nachricht zu bleiben«, erklärte Schmidt. »Wie Sie wissen, ist Fräulein Lundt häufig mit dem Engländer zusammengewesen. Sie scheint ebenfalls verschwunden zu sein . . .«

»Zu zweit geflüchtet!«

»Meiner Ansicht nach«, fuhr Schmidt fort, »gibt es nur einen möglichen Fluchtweg: Die beiden müssen mit dem Wäschereiwagen geflüchtet sein, der jeden Morgen um zehn Uhr kommt. Das könnte auch zeitlich stimmen. Vielleicht ist dem Fahrer irgend etwas aufgefallen. Soll ich ihn anrufen?«

Schmidt brauchte nur wenige Minuten, um den Fahrer zu Hause ans Telefon zu bekommen. Er übergab den Hörer Bormann, der sich bemühte, den Mann nicht zu verschrecken.

»Was? Eine Uniform ist verschwunden? Die eines SS-Hauptsturmführers . . . Ihre Firma liegt in Bahnhofsnähe . . . Ihnen ist ein rasch zum Bahnhof gehendes Paar aufgefallen . . . ein SS-Führer und eine junge Frau . . . Der Schnellzug nach München . . . Danke!« Bormann sah zu Schmidt hinüber. »Schnell, holen Sie ein Kursbuch! Stellen Sie fest, ob gegen halb zwölf ein Zug nach München abgefahren ist . . .«

Dann wandte er sich an Jäger. »Holen Sie mir den Chef der Münchner SS ans Telefon. Aus dem Lieferwagen ist eine in die Reinigung geschickte Uniform eines SS-Führers verschwunden.« Bormann zog die Augenbrauen hoch, als Schmidt mit dem aufgeschlagenen Kursbuch zurückkam. »Na, Schmidt?«

»Falls die beiden den Schnellzug genommen haben, sind sie um elf Uhr dreißig in Salzburg abgefahren und um dreizehn Uhr dreißig in München angekommen.«

Bormann warf einen Blick auf die Wanduhr. Dreizehn Uhr achtunddreißig. »Hoffentlich hat der Zug Verspätung, wie's heutzutage üblich ist.«

Jäger bedeckte die Sprechmuschel des Telefonhörers mit der freien Hand. »Ich habe den Chef der Münchner SS am Apparat«, meldete er. »Standartenführer Mayr . . .«

»Hier Reichsleiter Bormann! Zwei Flüchtlinge vom Berghof . . . ein Engländer und eine junge Deutsche . . . mit folgender Personenbeschreibung . . . vermutlich mit dem Schnellzug Salzburg–München, der in diesen Minuten einfahren dürfte . . . Der Mann trägt wahrscheinlich die Uniform eines SS-Hauptsturmführers . . . lassen Sie den Hauptbahnhof abriegeln . . .«

»Wir haben Verspätung«, stellte Christa fest. »Daran ist der endlose Aufenthalt in Rosenheim schuld.«

Lindsay ließ sich ihren Taschenspiegel geben, um sein Aussehen zu überprüfen. Er trug die SS-Uniform, die Christa aus einem der Leinensäcke mit Schmutzwäsche hatte ragen sehen. Die Uniform hatte einen Fleck auf der Innenseite des linken Ärmels; ansonsten befand sie sich in tadellosem Zustand und paßte Lindsay besser, als er zu hoffen gewagt hatte. Er zog die Schirmmütze tiefer in die Stirn, so daß seine obere Gesichtshälfte verdeckt war, und sah sich in dem Gepäckwagen um, in dem sie aus Salzburg nach München gefahren waren. Dann warf er einen Blick auf seine Armbanduhr. Dreizehn Uhr vierzig – zehn Minuten Verspätung.

Der Zug fuhr langsamer und begann über Weichen zu rattern. Lindsay beobachtete Christa, die mit ihrem Köfferchen in der Hand an der Schiebetür stand. Sie waren sich darüber einig, daß sie den Wagen verlassen mußten, sobald der Zug hielt. Zuvor hatte Lindsay mit Hilfe seines Messers versucht, den äußeren Verschlußbügel hochzuheben und zurückzuklappen. Als er bereits hatte aufgeben wollen, hatte der Bügel plötzlich nachgegeben und war metallisch scheppernd zurückgefallen.

»Wir fahren in den Hauptbahnhof ein«, stellte Christa gelassen fest. »In ein paar Minuten sind wir da . . .«

»Laß mich an die Tür«, forderte Lindsay sie auf. »Du gehst vorsichtshalber nach hinten.«

»Aber ich kenne diesen Bahnhof – er ist riesig!« protestierte sie.

»Tu, was ich dir sage!«

Sie schien widersprechen zu wollen, gehorchte dann aber doch. Lindsay baute sich neben der Schiebetür auf – das Messer in der rechten, den Koffer in der linken Hand. In Salzburg war es ein Kinderspiel gewesen, sich in den Gepäckwagen zu schleichen. München konnte sich als gefährlicheres Pflaster erweisen.

SS-Sturmbannführer Hugo Bruckner stand auf dem Gepäckbahnsteig, als der Schnellzug aus Salzburg einlief. Bruckner, ein stämmiger Enddreißiger, nahm seine Dienstpflichten sehr ernst. Er hatte es vor allem auf Deserteure abgesehen, was auf seinen langen Einsatz an der Ostfront zurückzuführen sein mochte. Deserteure benützten oft Züge. Sie versteckten sich am liebsten im Gepäckwagen am Ende des Zuges.

Die D-Zug-Wagen rollten an Bruckner vorbei. Er konnte sich vorstellen, wie die Türen auf der Bahnsteigseite geöffnet wurden, während Soldaten und Zivilisten sich zum Aussteigen bereitmachten. Dann ging ein Ruck durch ihn, als er den geöffneten Verschlußbügel der Schiebetür des Gepäckwagens sah. Vielleicht gab's wieder Kanonenfutter für die Ostfront einzubringen, denn dorthin wurden geschnappte Deserteure unweigerlich verfrachtet.

Der Schnellzug hielt mit kreischenden Bremsen. SS-Sturmbannführer Bruckner stellte fest, daß die Schiebetür des Gepäckwagens einen Spalt weit offenstand, als solle sie jemand Gelegenheit geben, den Gepäckbahnsteig zu beobachten.

Bruckner konnte nicht erkennen, ob tatsächlich jemand hinter der Tür stand, aber er hatte keine Angst vor feigen Deserteuren: Er zog die Schiebetür halb auf und kletterte in den Gepäckwagen.

Das Wageninnere schien leer zu sein. Bruckner drehte den Kopf nach rechts und hatte Lindsay in kaum einem Meter Entfernung vor sich. Die SS-Uniform verhinderte, daß Bruckner mit gewohnter Schnelligkeit reagierte. Er hätte nie damit gerechnet, einen SS-Führer vor sich zu haben . . .

Lindsays rechte Hand zuckte nach oben und stieß Bruckner das Messer mit aller Kraft in die Brust. Die Klinge glitt vom Brustbein des Deutschen ab und verschwand bis zum Heft in seinem Oberkörper.

Christa beobachtete mit weit aufgerissenen Augen und einer Hand vor dem Mund, wie Bruckner rückwärts taumelte und zusammenbrach. Die schwarze Uniform um das aus seiner Brust ragende Messer war bereits mit Blut getränkt. Lindsay packte ihn an den Armen und schleifte den Toten in das Versteck hinter einigen Fracht- und Gepäckstücken, in dem sie die Fahrt nach München zugebracht hatten.

Christa hatte bereits die Tür des ziehharmonikaförmigen Durchgangs zum nächsten Wagen geöffnet und stieg auf der Bahnsteigseite aus. Der Engländer griff nach seinem Handkoffer und folgte ihr. Als er sie einholte, sah er, daß sie kreidebleich war.

»Mir ist ganz schlecht! Ich muß mich übergeben, glaub' ich.«

»Aber nicht jetzt! Reiß dich zusammen. Du hast behauptet, dich hier auszukennen. Sieh also zu, wie du uns schnellstens rausbringst!«

Seine energische Ermahnung wirkte prompt. Christa warf ihm einen aufgebrachten Blick zu, erholte sich aber sichtlich und ging schneller. »Siehst du die Gepäckkarren auf uns zukommen? Sie sind zu unserem Gepäckwagen unterwegs . . .«

Lindsay hatte den SS-Führer aus einer Reflexbewegung heraus erstochen, um ihnen einen ausreichenden Vorsprung zu sichern. Die von einem Elektrokarren gezogene Schlange von Gepäckkarren war etwas Unvorhergesehenes. Nun konnten sie nicht mehr damit rechnen, den Hauptbahnhof verlassen zu können, bevor der Tote entdeckt wurde.

Christa hastete mit großen Schritten den Bahnsteig entlang, so daß Lindsay Mühe hatte, ihr zu folgen. An der Sperre wurden sie aufgehalten, weil die Reisenden ihre Fahrkarten einzeln abgeben mußten. Er sah sich um. Die Gepäckkarren hatten den letzten Wagen schon fast erreicht. Im nächsten Augenblick gaben Christa und er ihre in Salzburg gekauften Fahrkarten ab.

Sie tauchten im Gedränge unter und mußten darauf achten, im Menschengewühl nicht getrennt zu werden. Christa hängte sich bei ihm ein und dirigierte ihn zu einem der Nebenausgänge. Die anderen Reisenden machten dem vermeintlichen SS-Führer Platz. So kamen sie schneller voran, aber Lindsay war die Aufmerksamkeit, die sie erregten, keineswegs recht.

»Wie weit ist's bis zum . . . zur Wohnung deines Verlobten?« erkundigte er sich halblaut.

»Nicht weit. Zehn Minuten mit der Straßenbahn.«

»Falls Alarm gegeben wird, suchen sie zwei Personen – einen SS-Führer und eine junge Frau. Wir müssen uns trennen . . .«

»Ja, du hast recht«, stimmte Christa zu. Sie erteilte ihm ihre Anweisungen, während sie weitergingen. »Wir steigen in den gleichen Wagen. Ich steige zuerst ein, damit du siehst, was ich tue. Hast du genügend Kleingeld? Am besten zahlst du mit einem Fünfzig-Pfennig-Stück.« Sie wartete Lindsays Nicken ab. »Paß auf, daß du einen Platz bekommst, von dem aus du mich sehen kannst. Du steigst hinter mir aus.«

Lindsay staunte wieder einmal über sie. Christa war unglaublich gelassen, wenn die Lage gefährlich wurde; sie dachte im voraus an sämtliche Einzelheiten. Daß sie nach der Ermordung des SS-Führers kurz die Nerven verloren hatte, war kein Wunder. Wer hätte bei dem Anblick eines

Mannes, der mit einem Messer in der Brust rückwärts taumelte, nicht auch das Bedürfnis gehabt, sich zu übergeben?

»Ich gehe jetzt voraus«, warnte Christa ihn. »Mein Gott, sieh nur! Die SS kommt! Bleib unter allen Umständen hinter mir . . .«

Die SS traf allerdings in Massen ein. Der Münchner SS-Kommandeur reagierte rasch und energisch auf Bormanns persönliche Anweisungen.

»Riegelt den Hauptbahnhof ab!« hatte er befohlen. »Sperrt den gesamten Bahnhofsbezirk! Überprüft sämtliche Ausweise – vor allem die von SS-Führern, die dort angetroffen werden. Wir fahnden nach einem Hauptsturmführer in Begleitung einer jungen Frau. Reichsleiter Bormann hat ihre Festnahme persönlich angeordnet . . .«

Die ersten Schwarzuniformierten kletterten vor dem Hauptausgang von einem Lastwagen, als Christa – der Lindsay in zehn Schritt Abstand folgte – das große Bahnhofsgebäude durch einen Seitenausgang verließ.

Sie hastete über die Fahrbahn zu einer abfahrbereiten Straßenbahn, in die eben die letzten Fahrgäste stiegen. Christa überzeugte sich mit einem raschen Blick davon, daß Lindsay unmittelbar hinter ihr war, bevor sie einstieg. Da alle Sitzplätze besetzt waren, mußte sie stehen. Sie atmete erleichtert auf, als die Schaffnerin Lindsay einen Fahrschein verkaufte, ohne sichtbar mißtrauisch zu werden.

Ein Klingelzeichen, dann fuhr die Straßenbahn an. Christa, die im zweiten Wagen hinten eingestiegen war, konnte durchs Heckfenster beobachten, daß ein SS-Mann sich an der Haltestelle vor dem nächsten Straßenbahnzug aufbaute, um ihn am Abfahren zu hindern. Weitere Lastwagen mit Schwarzuniformierten kamen der Straßenbahn laut hupend entgegen. Die wenigen Zivilfahrzeuge, die zwischen Karlsplatz und Hauptbahnhof unterwegs waren, hielten eilfertig am Randstein, um die SS-Fahrzeuge vorbeizulassen.

Als nächstes brausten drei schwere Beiwagenmaschinen in Richtung Hauptbahnhof vorbei. Christa fragte sich, ob es besser sei, an der nächsten Haltestelle auszusteigen, bevor jemand auf die Idee kam, die Motorräder hinter ihrer Straßenbahn herzuschicken.

Christa war noch nie in einer so schwerfällig vorankommenden Straßenbahn gefahren. Sie zwang sich dazu, ein unbeteiligtes Gesicht zu machen, als sie merkte, daß ein Unteroffizier in grauer Heeresuniform sie beobachtete. Er stand auf.

»Darf ich Ihnen meinen Platz anbieten, Fräulein? Sie sehen müde aus. Haben Sie eine anstrengende Reise hinter sich?«

»Oh, vielen Dank!« Sie lächelte flüchtig. »Aber ich steige an der nächsten Haltestelle aus . . .«

Diese Zufallsbekanntschaft war bedauerlich; sie konnte sogar gefährlich sein. Der junge Soldat, dem sie gut gefiel – das merkte man an seinem Blick –, würde sich an sie erinnern, falls er später vernommen wurde. Und er würde sich daran erinnern, an welcher Haltestelle sie ausgestiegen war.

Die Straßenbahn bremste und hielt. Christa nahm ihren Koffer auf und ging an dem Feldgrauen vorbei, ohne ihn anzusehen. Lindsay wartete, bis sie einen Fuß auf die erste Stufe gesetzt hatte, bevor er vorn ausstieg. Während er sich bemühte, Christa im Gedränge auf dem Gehsteig nicht aus den Augen zu verlieren, sah er sich rasch um. Der Straßenbahnzug war von zwei Beiwagenmaschinen zum Stehenbleiben gezwungen worden. Ein SS-Führer kletterte eben in den Anhänger – offenbar mit der Absicht, sämtliche Fahrgäste zu kontrollieren und zu befragen.

Die Launen des Führers waren stets unberechenbar. Er reagierte auf die Meldung, daß es den beiden Flüchtlingen gelungen sei, in München unterzutauchen, erstaunlich ruhig. Er nahm seine Brille ab – mit der er sich nie fotografieren ließ –, legte die Papiere weg, in denen er geblättert hatte, und hörte sich Bormanns atemlosen Bericht an.

»Mayr hat nicht schnell genug reagiert. Das beweist sein

telefonischer Bericht vom Hauptbahnhof aus. Die beiden sind im Gepäckwagen versteckt nach München gefahren. Sie haben Sturmbannführer Bruckner im Gepäckwagen ermordet und sind geflüchtet . . .«

»Gepäckwagen sind ein beliebtes Versteck von Deserteuren«, warf Hitler ein.

»Mayr hat außerdem berichtet, daß seine Leute eine Straßenbahn angehalten haben, die kurz vor der Entdeckung von Bruckners Leiche vom Hauptbahnhof abgefahren war. Nach Aussage der Fahrgäste sind unmittelbar davor zwei Personen ausgestiegen: ein SS-Führer und eine schwarzhaarige junge Frau, die Christa Lundt gewesen sein könnte.«

Hitler, der auf einer Couch saß, sah zu Jäger und Schmidt hinüber, während er mit seiner Brille spielte. Keitel und Jodl, die ebenfalls anwesend waren, um einen bei der Mittagslage ungeklärt gebliebenen Punkt zu besprechen, hatten bisher diskret geschwiegen.

»Was halten Sie davon, Keitel?« fragte Hitler plötzlich.

»Die beiden kommen bestimmt nicht weit!«

»Mayr läßt in ganz München nach ihnen fahnden«, warf Bormann eifrig ein. »Ich glaube auch, daß die beiden bald geschnappt sein werden.«

»An Ihrer Stelle wäre ich mir da nicht so sicher«, sagte Jäger freimütig. »Mayr hat eine gewaltige Aufgabe übernommen . . .«

»Richtig«, stellte Hitler fest und gebrauchte eine Redewendung, die für die Einstellung des Führers charakteristisch war und das Geheimnis seines Aufstiegs zur Macht enthielt, »aber wo ein Wille ist, ist auch ein Weg!«

Eine Stunde später saß SS-Standartenführer Mayr wieder in seinem Münchner Dienstzimmer, als ein zweiter Anruf vom Berghof kam.

»Hier Reichsleiter Bormann! Ich habe erfahren, daß Lindsay sich vor der Frauenkirche mit einem alliierten Agenten treffen will . . .«

Die Stimme klang merkwürdig dumpf und undeutlich. Mayr hatte das Gefühl, gar nicht mit Bormann zu sprechen. Andererseits war der Reichsleiter kein Mann, dessen Identität man leichtfertig anzweifeln durfte. Die Stimme sprach weiter.

»Dieser Agent erscheint jeden Montag um elf Uhr am vereinbarten Treffpunkt. Richten Sie sich darauf ein – und sprechen Sie mit niemand über diesen Anruf! Das ist ein Befehl des Führers!«

Mayr ließ den Hörer sinken. Morgen war Montag. Er würde an der Frauenkirche auf diesen alliierten Agenten warten.

20

»Gerade noch rechtzeitig«, meinte Christa aufatmend. »Wir sind da, Ian!«

Sie standen in einer engen Gasse zwischen alten, schmalbrüstigen Häusern, deren vorspringende Giebel nur wenig Himmel sehen ließen. Irgendwoher roch es durchdringend nach Kater. Das Kopfsteinpflaster unter ihren Schuhsohlen war glitschig. Die alten Gebäude wirkten abbruchreif. Christa hatte einen Hausschlüssel aus ihrer Handtasche geholt und ins Schloß einer massiven, mit Eisennägeln beschlagenen Haustür gesteckt. Jetzt drehte sie sich nach Lindsay um, bevor sie die Tür aufsperrte.

»Kurt ist hierhergekommen, als er Urlaub hatte – und als er auf der Flucht war. Seine Tante Helga wohnt hier. Wie ich dir erzählt habe, haßt sie die Nazis, weil sie ihr den Mann weggenommen haben. Deine Uniform würde sie erschrekken. Am besten wartest du auf dem dritten Treppenabsatz, während ich mit ihr rede.«

Im Treppenhaus war es so dunkel, daß Lindsay auf seinen Tastsinn angewiesen war. Er tastete sich am Treppengeländer entlang hinter seiner Begleiterin nach oben. Dann wartete er auf dem dritten Treppenabsatz, während Christa weiter die knarrende Holztreppe hinaufstieg. Die Luft im Treppenhaus war muffig und abgestanden; das ganze Haus wirkte unbewohnt. Ob die Tante die einzige Bewohnerin war? Über ihm fiel ein Lichtstrahl ins Treppenhaus, als auf Christas Klingeln hin eine Wohnungstür geöffnet wurde.

Nun folgte ein im Flüsterton geführtes Gespräch, das ganz zur Atmosphäre dieses Hauses paßte.

»Ian! Du kannst raufkommen!«

Christas halblaute Stimme. Lindsays Hand glitt leicht über das offenbar erst vor kurzem polierte Treppengeländer. Oben sah er eine Frau Anfang Fünfzig mit energischen Gesichtszügen neben Christa stehen. Sie ignorierte seine Uniform, während sie ihn mit gerunzelter Stirn forschend anstarrte. »Hat er irgendeinen Ausweis?« erkundigte sie sich.

»Hast du einen, Ian?« fragte Christa. »Tante Helga ist sehr vorsichtig . . .«

»Das muß man heutzutage auch sein!« warf die Wohnungsinhaberin grimmig ein. »Wenn man Gerüchten glauben will, gibt es eine Untergrundorganisation, die notgelandete alliierte Flieger in die Schweiz schafft. Die Gestapo setzt als Engländer oder Amerikaner getarnte eigene Agenten ein, um zu versuchen, diese Organisation zu unterwandern.«

»Ich habe meinen RAF-Dienstausweis«, erklärte der Wing Commander ihr.

»Und warum hat man Ihnen diesen Ausweis nicht abgenommen?« fragte die Grauhaarige, während sie das Foto sorgfältig mit seinem Gesicht verglich. »Christa sagt, daß Sie ein Kriegsgefangener sind.«

»Sie haben ihn mir abgenommen, aber . . .« Lindsay fing einen warnenden Blick Christas auf. Er sollte nicht mehr als unbedingt nötig erzählen. »Ein Gestapomann namens Gruber hat ihn zwei Tage lang behalten – um ihn für seine Akten zu fotografieren, nehme ich an.«

»Aber er hat ihn auf Befehl von oben zurückbekommen«,

warf Christa hastig ein. »Er ist ein hoher Offizier, und ich glaube, daß sie gehofft haben, er werde ihnen wertvolle Informationen liefern . . .«

»Da!« Helga wischte die Ausweishülle mit ihrer geblümten Schürze ab und hielt sie Lindsay zwischen zwei Stofflagen hin, um nicht wieder Fingerabdrücke auf dem Zellophan zu hinterlassen. »Sie können reinkommen. Aber ich muß darauf bestehen, daß Sie mir diese Uniform geben, damit ich sie verbrennen kann.«

»Dabei dürften üble Gerüche entstehen«, meinte Lindsay halb scherzhaft, aber Helga blieb ernst und unnahbar.

»Heutzutage verbrennen wir alles mögliche, um es warm zu haben. Wir leben mit üblen Gerüchen.« Sie schloß die Wohnungstür, sperrte ab und ging in die Küche voraus, wo sie nach dem Schüreisen griff, um die Glut im Küchenherd freizulegen. Lindsay hatte den Eindruck, als habe sie soeben nach einer Waffe gegriffen.

»Woher haben Sie diese SS-Uniform?«

»Tante Helga!« protestierte Christa. »Ich hab' sie ihm beschafft – das genügt doch wohl? Du kannst ihm vertrauen. Ich bin in England gewesen und weiß, daß er wirklich Engländer ist. Zeig ihm das Versteck.«

»Das Kurt sich ausgebaut hat, aber nicht mehr benutzen konnte?« fragte die Grauhaarige mit bitterem Unterton in der Stimme. »Gut, aber ich brauche diese Uniform, um sie Stück für Stück zu verbrennen . . .«

Helga schien geradezu zwanghaft immer wieder auf die SS-Uniform zurückkommen zu müssen. Lindsay vermutete, daß sie in Wirklichkeit jünger war, als sie wirkte. Er konnte sich vorstellen, daß sie viel durchgemacht hatte.

»Diesmal werden wir im Notfall rechtzeitig gewarnt«, fuhr Helga fort. »Ein guter Freund hat mir den Gefallen getan, eine solide Haustür einzubauen, die einen Kanonenschuß aushalten würde. Wer jetzt kommt, muß klingeln und warten, bis ich aufsperre. Als sie Kurt abgeholt haben, haben sie einfach die Tür eingeschlagen . . .«

Das Versteck war durch eine geschickt getarnte Deckenklappe zugänglich, deren Scharnier parallel zu einem der Deckenbalken im Flur verlief. Helga nahm eine Stehleiter aus der Küche mit, stellte sie vor den Garderobenspiegel und stieg mit einem Messer in der Hand auf die zweite Sprosse.

»Man setzt die Messerspitze neben diese in den Balken geschraubte Öse«, erklärte sie den beiden. »Dadurch bewegt sich die Eisenstange, mit der Kurt die Klappe gesichert hat. Eine kleine Bewegung nach oben ... so!«

Ein rechteckiger Ausschnitt der scheinbar massiven Decke zwischen zwei Querbalken klappte lautlos nach oben und gab eine dunkle Öffnung frei. Helga zog die Klappe wieder nach unten und stieg von der Stehleiter. Während sie die Leiter in die Küche zurücktrug, knurrte sie eine Einladung.

»Falls Sie Hunger haben, kann ich Ihnen einen Teller Suppe anbieten. Sie ist dünn und wäßrig, aber wenigstens heiß.«

»Sie hat dich akzeptiert!« flüsterte Christa Lindsay zu.

Etwa eine Stunde nach ihrer Ankunft in Helgas sauberer Wohnung kam die Polizei, um das Haus zu durchsuchen.

Die Klingel schrillte wie ein Alarmsignal. Das Schrillen hörte gar nicht mehr auf, als behalte jemand den Daumen auf dem Klingelknopf. Christa trank hastig ihren dünnen Kaffee aus und sprang vom Küchentisch auf.

»Besuch«, sagte Helga lakonisch.

Sie ging ins Wohnzimmer hinüber, öffnete ein Erkerfenster und beugte sich weit hinaus, um festzustellen, wer vor der Haustür stand. Dann winkte sie und rief etwas für Lindsay Unverständliches hinunter. Schließlich kam sie in die Küche zurück, wo Lindsay sich bereits die Stehleiter geschnappt hatte.

»Sieht so aus, als ob die gesamte Münchner Polizei dort unten versammelt wäre. Ihr bleibt auf dem Dachboden, bis ich dreimal mit dem Besenstiel an die Decke klopfe. Vergessen Sie Ihre Zigaretten nicht, Herr Lindsay.«

Er nahm das Messer, das Helga ihm hinhielt, und stieg die Leiter hinauf. Nachdem es ihm gelungen war, den Schließmechanismus gleich beim ersten Versuch zu öffnen, kletterte er auf den Dachboden und griff nach seinem Koffer, den Christa ihm zureichte. Helga deckte unterdessen den Tisch ab und ließ nur das von ihr selbst benützte Geschirr stehen.

Die Klingel schrillte erneut. Lindsay holte Christas Koffer nach oben, während die junge Frau den Inhalt des Aschenbechers in eine Zeitung leerte, die sie zusammenfaltete und in die Tasche ihrer Kostümjacke steckte.

»Meine Mütze!« rief Lindsay nach unten.

Christa setzte sie sich auf, kam die Leiter herauf und ergriff Lindsays ausgestreckte Hand, um sich auf den Dachboden ziehen zu lassen. Helga trug die Stehleiter in die Küche zurück und tauchte dann mit einem schwarzen Krückstock in der Hand im Flur auf. Sie hinkte zur Wohnungstür, blieb dort kurz stehen und nickte den beiden Gesichtern über sich aufmunternd zu.

»Rheuma«, stellte sie trocken fest. »Deshalb dauert's eine Ewigkeit, bis ich unten bin ...«

Das war die erste halbwegs humorvolle Äußerung, die Lindsay seit ihrer Ankunft von Helga gehört hatte. Er schloß die Bodenklappe und tastete nach dem Riegel. Sobald er ihn vorgeschoben hatte, schaltete Christa die kleine Taschenlampe ein, die sie aus der Küche mitgenommen hatte.

Im gelblichen Licht der Taschenlampe war eine winzige Dachkammer mit schrägen Wänden zu erkennen, deren Fußboden aus altersgrauen Bohlen auf den Deckenbalken des obersten Stocks bestand. Das kleine Giebelfenster und die beiden Dachgauben waren mit schweren Vorhängen zugehängt, die kein Tageslicht einließen. Auf dem Boden lagen zwei Schlafsäcke, und Christa machte es sich auf einem davon bequem.

»Setz dich auf den anderen«, forderte sie den Engländer auf. »Und beweg dich möglichst nicht, damit kein Bodenbrett knarrt ...«

Lindsay gehorchte schweigend. Er hatte sich kaum auf dem zweiten Schlafsack ausgestreckt, als sie unter sich Stimmen hörten – überraschend deutliche Stimmen. Die Polizei war da.

Im Wohnzimmer unter ihnen beschwerte Helga sich bei Wachtmeister Berg, einem rundlichen Endfünfziger mit imposantem Schnurrbart. Er hatte zwei seiner Leute mitgebracht, die jetzt auf seinen Befehl hin mit der Durchsuchung der Wohnung begannen.

»Heutzutage kann man nicht mal mehr in Ruhe eine Tasse Kaffee trinken, ohne daß einen die Polizei dabei stört!« keifte Helga, die sich schwer auf ihren Krückstock stützte. »Dagegen müßte 's ein Gesetz geben . . .«

»Wir sind im Namen des Gesetzes hier«, warf Berg freundlich ein.

»Dann müßte 's ein Gesetz gegen solche Gesetzeshüter geben!«

»Wir suchen einen Mann und eine Frau«, erklärte der Wachtmeister ihr in beruhigendem Tonfall. »Der Mann trägt eine SS-Uniform . . .«

»Würde ich einen SS-Mann in meine Wohnung lassen? Und womöglich noch zum Essen einladen? Bestimmt nicht!«

»Hören Sie, Frau Ohlschläger, ich tue nur meine Pflicht.«

»Dann sagen Sie ihren Leuten, daß sie in der Küche aufpassen sollen! Die beiden zerschmeißen mir noch das ganze Porzellan!«

Im nächsten Augenblick löste sich der Ast aus dem Holz der Deckenklappe und fiel auf den Flurboden. Lindsay, der das Ohr an die Klappe gelegt hatte, um besser zuhören zu können, war entsetzt. Das kleine Holzstück fiel ausgerechnet in einer kurzen Gesprächspause auf den Parkettboden. Er hörte Bergs Reaktion.

»Was war das?«

Der Engländer sah, wie Christas Hand sich verkrampfte, bevor sie die Taschenlampe ausschaltete. Er starrte durchs Astloch nach unten, ohne die Deckenklappe zu berühren. Wenn er sich tief genug hinabbeugte, konnte er den Flur und einen Teil des Wohnzimmers überblicken.

Berg hatte im Wohnzimmer am Fenster gestanden und Helga den Rücken zugekehrt, als das Aststück von der Decke gefallen war. Helga seufzte, trat einen Schritt zur Seite und stellte die Gummizwinge ihres Krückstocks auf den kleinen Holzzylinder. Der Wachtmeister hatte sich umgedreht und starrte sie mißtrauisch an. Sein Lächeln war wie weggewischt. Er war jetzt ganz Polizeibeamter.

»Natürlich der Ofen!« behauptete Helga geistesgegenwärtig. »Manchmal kriege ich ein bißchen Holz und kann richtig einheizen«, fuhr sie sarkastisch fort. »Oder ist das jetzt auch verboten?«

Lindsay, der die Szene durch das Astloch beobachtete, hielt den Atem an. Das Holzstück war größer als die Gummizwinge ihres Krückstocks. Berg brauchte nur nach unten zu sehen ... Als nächstes würde er dann nach *oben* blicken. Und da der Polizeibeamte keine Brille trug, sah er vermutlich ausgezeichnet.

Helga, die mit verkniffenem Gesicht vor Berg stand, ließ ihm keine Zeit zum Nachdenken, sondern sprach aggressiv weiter. »Sie haben noch gar nicht in dem großen Schrank dort drüben nachgesehen! Vielleicht ist Ihr SS-Mann darin versteckt. Der Schrank wäre jedenfalls groß genug ...«

Berg war so irritiert, daß er an den Schrank trat und beide Türen aufriß. Helga bückte sich rasch, hob das Aststück auf und schlurfte damit zum Ofen. Sie öffnete die Feuerklappe und warf das Holz mit der anderen Hand hinein. Berg knallte die Schranktüren zu.

»Frau Ohlschläger, diese Sache ist mir ebenso unangenehm wie Ihnen. Der Mann in SS-Uniform ist ein Engländer ...«

»Ja, ich weiß! Er hat eine Hakennase und eine Narbe auf der rechten Backe.«

»Sie kennen ihn also!«

»Reingefallen, Berg!« Helga kicherte hämisch und drohte ihm scherzhaft mit ihrem Krückstock. »Wird allmählich Zeit, daß Sie pensioniert werden!«

Sie starrte die beiden anderen Polizeibeamten an, die aus Küche und Schlafzimmer zurückkamen. Die Uniformierten schüttelten den Kopf, um ihrem Vorgesetzten zu melden, daß ihre Suche erfolglos gewesen sei. Helga fuhr die beiden an, wobei sie mit ihrem Stock auf die Wohnungstür zeigte.

»Dort geht's raus – oder haben Sie Angst, sich in meiner Luxuswohnung zu verlaufen?«

Berg machte ihnen ein Zeichen, sie sollten vorausgehen, schloß die Wohnungstür und wandte sich erneut an Helga. Er stand genau unter dem Astloch in der Deckenklappe. Er brauchte nur den Kopf zu heben, um ... Lindsay spürte sein Herz rascher schlagen. Wußte der Polizeibeamte von diesem Versteck auf dem Dachboden?

»Ich gehe auch gleich – aber damit Sie nicht wieder belästigt werden, lasse ich Ihnen eine Bescheinigung da, daß dieses Gebäude durchsucht worden ist.« Der Wachtmeister füllte den Vordruck auf der Kommode im Flur aus. Er schwenkte ihn, bis die Tinte trocken war. »Falls die SS hier aufkreuzt, brauchen Sie nur diese Bescheinigung vorzulegen. Sie erspart Ihnen eine weitere Haussuchung.«

»Danke«, sagte Helga eine Spur freundlicher als bisher. »Ich begleite Sie hinunter. Nein, keine Widerrede! Ich will mich selbst davon überzeugen, daß die Haustür abgesperrt und verriegelt ist. Sie würden's nicht für möglich halten, was für Leute dort in der Dunkelheit vorbeikommen!«

»Doch, doch, ich würd's für möglich halten!« bestätigte der Wachtmeister nachdrücklich.

Die Wohnungstür fiel ins Schloß, und im Flur herrschte von einer Sekunde zur anderen eine unnatürliche Stille. Auf dem Dachboden seufzte Christa erleichtert auf und streckte ihre verkrampften Beine.

»Ich hätte kreischen können, als das Holzstück aus dem Astloch gefallen ist!« sagte sie.

»Woher hast du das gewußt?«

Christa griff nach seiner Hand und zeigte mit ihr nach oben. Lindsay sah über sich einen verzerrten Lichtfleck an der Deckenschräge: Licht aus dem Flur. Er erzählte Christa, was sich ereignet hatte.

»Helga ist die geborene Verschwörerin«, stellte er fest. »Jetzt geht sie mit hinunter, um sich davon zu überzeugen, daß die Polizeibeamten tatsächlich das Haus verlassen. Solange sie unten ist, muß ich dir einiges erzählen, was du für den Fall wissen mußt, daß mir etwas zustößt, bevor wir morgen den vereinbarten Treffpunkt erreichen. Es geht darum, Punkt elf vor der Frauenkirche zu sein und ...«

Lindsay erklärte ihr genau, was zu tun war, um die Verbindung zu dem Agenten Paco herzustellen. Christa kuschelte sich in der Dunkelheit an ihn und hörte aufmerksam zu. Aber er sprach nicht nur über den geplanten Treff.

»Falls du ohne mich mit Paco in die Schweiz gelangst ...«

»Wir kommen gemeinsam durch!« unterbrach Christa ihn nachdrücklich.

»Das kannst du im Krieg nie sicher sagen. Hör mir jetzt gefälligst zu! Das Alliierte Oberkommando will wissen, wo Hitlers Hauptquartier liegt. Außerdem interessiert die Alliierten die Frage, wer den deutschen Kriegsapparat kontrolliert. Das ist natürlich der Führer selbst ...« Lindsay machte eine Pause, weil er nicht recht wußte, wie er weitersprechen sollte.

»Dir ist auch etwas aufgefallen, nicht wahr?« fragte sie leise. »Der Führer ...«

»Ja?« Lindsay wartete gespannt.

»Seitdem er damals von seinem Flug nach Smolensk zurückgekommen ist, hat er irgendwie verändert gewirkt. Ich bezweifle, daß anderen Leuten etwas an ihm aufgefallen ist, denn sie haben alle zuviel Angst vor ihm – auch Keitel und Jodl. Und seit seiner Rückkehr hat er ihnen schweigend zugehört – oder sie angebrüllt. Er bewegt sich nicht ganz richtig, finde ich. Dazu kommen weitere Kleinigkeiten, die nur einer Frau auffallen würden. Ich habe manchmal das unheimliche Gefühl gehabt, seinen Zwillingsbruder vor mir zu haben – aber er hatte gar keinen . . .«

»Du hast *hatte* gesagt, als sei er tot. Deine Empfindung ist offenbar sehr stark. Mir ist aufgefallen, daß du Keitel und Jodl, aber nicht Bormann erwähnt hast.«

»Auch Bormann benimmt sich seit der Rückkehr des Führers eigenartig. Wenn ich den Führer bei den Lagebesprechungen angesehen habe, um vielleicht dahinterzukommen, in welcher Beziehung er sich verändert hatte, habe ich gemerkt, daß Bormann mich lauernd beobachtet hat – als versuche er, sich über irgend etwas klarzuwerden.«

»Über irgend etwas an Hitler?«

»Nein! Über irgend etwas an *mir* – ob mir eine Veränderung an Hitler aufgefallen sei . . .«

»Richtig, eine *Veränderung!* Du hast den Nagel auf den Kopf getroffen, Christa. Irgend jemand hat einen Doppelgänger des Führers entdeckt – bestimmt Bormann. Bei meinem ersten Aufenthalt auf dem Berghof habe ich eine alptraumhafte Szene beobachtet . . .«

Er erzählte ihr von dem Mann, der von Spiegeln umgeben gebrüllt und gestikuliert hatte. Christas Hand umklammerte seinen Arm. Die junge Frau hörte atemlos zu.

»Wann ist das gewesen?« fragte sie schließlich. »Du weißt ja, daß dieser Flügel des Berghofs ständig abgesperrt gewesen ist . . .«

»Als ich diesen Mann bei seinem Auftritt vor den Spiegeln beobachtet habe, ist Hitler fünfzehnhundert Kilometer weit vom Berghof entfernt in Smolensk gewesen.«

»Es gibt ihn also *doppelt?* Wie ist das möglich, Ian?«

»Keine Ahnung«, gab der Engländer zu. »Ich weiß nur, daß es so ist. Deine Aussage bestätigt, daß der Hitler, der an Bord seines Flugzeugs gegangen ist, um nach Smolensk zu fliegen, nicht mit dem Mann identisch ist, der mit dieser Maschine zurückgekommen ist.«

»Ob dahinter eine Verschwörung steckt?« überlegte Christa laut.

»Merkwürdig, daß die Leute immer gleich an Verschwörungen denken – obwohl die Wahrheit oft ganz einfach ist. Wer hält das ganze Naziregime zusammen und hindert die Generale daran, durch einen Putsch die Macht zu ergreifen?«

»Natürlich der Führer ...«

»Deshalb muß es unter allen Umständen einen Führer geben. Bormann, Goebbels, Göring, Ribbentrop und alle anderen – ganz zu schweigen von Keitel und Jodl und dem SS- und Gestapoapparat – sind auf die Weiterexistenz des *Führers* angewiesen, wenn *sie selbst* weiterexistieren wollen!«

»Soll das heißen, daß ...«

»Laß mich ausreden! Würde einer dieser führenden Männer, der den Verdacht hat, hier könnte ein Personentausch vorliegen, auch nur andeutungsweise davon sprechen? Nein, er würde das Täuschungsmanöver mitmachen!«

»Aber was ist mit den Generalen, die gegen Hitler sind? Zum Beispiel Guderian ...«

»Wie oft bekommen Männer wie er heutzutage den Führer zu sehen, der sich in der Wolfsschanze verkriecht und nur gelegentlich auf dem Berghof ist?«

»Sehr selten«, bestätigte Christa nachdenklich. »Sie *erwarten* natürlich, den Führer zu sehen ...«

»Deshalb kämen sie niemals auf den Gedanken, ein Doppelgänger könnte an seine Stelle getreten sein – vor allem nicht, wenn sein Double überzeugend genug auftritt. Und soviel ich damals auf dem Berghof gesehen habe, hat dieser Unbekannte reichlich Zeit gehabt, seine Rolle bis zur Perfektion einzustudieren.«

»Du hast Eva Braun vergessen«, warf Christa ein. »Sie könnte er unmöglich täuschen!«

»Und was wäre sie ohne den Führer? Der Doppelgänger ist an Ort und Stelle gewesen, um ihr während der langen Abwesenheiten Hitlers Gesellschaft zu leisten«, stellte Lindsay fest. »Vielleicht hat sie sogar eine Affäre mit ihm gehabt.«

»Mein Gott, vielleicht hast du wirklich recht! Das wäre zugleich eine Erklärung dafür, weshalb Oberst Müller diesen Teil des Berghofs immer hat absperren lassen.«

»Und zugleich dafür, daß Müller kurz nach dem von Bormann arrangierten Ersatz Hitlers durch seinen Doppelgänger einen ›Unfall‹ haben mußte. Ich bin davon überzeugt, daß Müller ermordet worden ist; er war nicht der Typ, der Selbstmord verübt oder aus Leichtsinn über die Terrassenbrüstung auf dem Kehlstein stürzt. Du hast von einer lauten Explosion gesprochen, als das Flugzeug des Führers aus Smolensk zurück erwartet wurde?«

»Man hätte glauben können, irgendwo sei eine Bombe hochgegangen . . .«

»Sein Flugzeug muß abgestürzt sein«, sagte Lindsay. »Weißt du, wer ihn am Flugplatz hätte abholen sollen?«

»Bormann.«

»Hitlers brauner Schatten – und durch die Formel ›auf Befehl des Führers‹ mit ungeheurer Machtfülle ausgestattet. Nur ein Mann mit solcher Macht konnte in der Lage sein, dieses Täuschungsmanöver durchzuführen. Ist dir klar, was das für uns bedeutet, falls wir recht haben?« fragte Lindsay. »Bormann wird eine ganze Meute von Fahndern auf uns ansetzen, um uns erschießen zu lassen, sobald wir gesichtet werden. Wir wissen zuviel, als daß wir weiterleben dürften.«

21

Montag war der kritische Tag – der Tag des Treffs mit Paco. Christa und Lindsay hatten die Nacht in den Schlafsäcken auf dem Dachboden verbracht, damit Helga nichts von einer etwaigen Haussuchung durch die SS zu befürchten hatte.

»Ein grauer Tag«, stellte Christa fest. »Komm, und sieh ihn dir an!«

Sie hatte den Vorhang von dem winzigen Giebelfenster zurückgezogen. Lindsay trat neben sie und blickte hinaus. Über den Dächern der nächsten Häuserzeile ragten zwei große, mit Grünspan überzogene Kuppeln auf: Zwiebeltürme. Christa nickte zu ihnen hinüber.

»Das ist die Frauenkirche.«

»Glaubst du, daß um elf dort viele Leute unterwegs sind?«

»Vor allem Hausfrauen, die alle möglichen Geschäfte abgrasen, weil sie hoffen, irgend etwas zu ergattern, was gerade angeliefert worden ist.« Christa zog die Augenbrauen hoch. »Gehen wir heute miteinander? Diesmal trägst du Zivil . . .«

»Ja.«

Das war keine Ideallösung, denn wahrscheinlich wurde nach einem blonden Mann und einer schwarzhaarigen jungen Frau gefahndet, die gemeinsam auftraten. Aber Lindsay spürte, daß Christa seine Nähe brauchte. Außerdem hatte er keine Ahnung, wie Paco ihre Flucht bewerkstelligen wollte. Falls ein Auto bereitstand, durften sie keine Sekunde verlieren.

Um zehn Uhr dreißig hatten die beiden das karge Frühstück verzehrt, das Helga ihnen anbieten konnte. Lindsay probierte die abgetragenen Hosen, Jacken und Mäntel an, die sie für ihn bereitgelegt hatte. Eine der Hosen paßte gut, aber die Jacken waren ziemlich eng und hatten zu kurze Ärmel.

»Macht nichts!« entschied Helga. »In Deutschland tragen wir heutzutage alles, was wir erwischen können. Schwierigkeiten kriegen Sie höchstens wegen Ihres Gesichts.«

»Wegen meines Gesichts?«

»Zu jung – das Gesicht eines potentiellen Deserteurs.« Sie holte ihren Krückstock, mit dem sie Berg getäuscht hatte. »Nehmen Sie den und hinken Sie, dann hält man Sie für einen Invaliden, der nicht mehr kriegsverwendungsfähig ist. Ich vermute, daß es in England ähnlich aussieht – alle Straßen voller Krüppel . . .«

Lindsay nickte wortlos. Er betrachtete sich im Garderobenspiegel und staunte über seine Verwandlung in einen blonden Deutschen. Nachdem er die Pistole in seinen Hosenbund gesteckt hatte, ließ er die Jacke offen und knöpfte auch den Mantel nur mit einem Knopf zu, um die Waffe notfalls schnell ziehen zu können.

»Das waren Kurts Sachen, stimmt's?« fragte er ruhig.

»Richtig. Berg hat gewußt, daß er hier versteckt war, aber er hat ihn trotzdem nicht angezeigt – weil er den Krieg für verrückt hält. Würde ein gewöhnlicher Engländer einen gewöhnlichen Deutschen hassen, wenn sie sich irgendwo begegneten? Oder umgekehrt?« Helga richtete sich auf. »Sie sind ein Engländer – hassen Sie mich?«

»Um Himmels willen, nach allem, was Sie für Christa und mich getan haben, bin ich Ihnen . . .«

»Gehen Sie lieber, sonst kommen Sie zu Ihrer Verabredung zu spät«, unterbrach sie ihn streng.

Christa umarmte Helga, griff nach ihrem Handkoffer und lief mit feuchten Augen aus der Wohnung. Lindsay bückte sich nach seinem Gepäck und sah zu der Grauhaarigen hinüber, die ihm ungeduldig zunickte, er solle endlich gehen. Er hörte, wie sie hinter ihnen die Wohnungstür absperrte, während er sich die gräßliche Treppe hinuntertastete.

». . . sonst kommen Sie zu Ihrer Verabredung zu spät.«

Die Alte war eine gute Psychologin. Sie hatte sie fortgeschickt, als seien sie lediglich zu einer geschäftlichen Verabredung unterwegs; dabei mußte sie ahnen, wie nervös die beiden auf ihrem Weg zu diesem ungewissen Rendezvous waren.

Hoch auf dem Dachboden stellte Paco ihr Fernglas scharf ein und suchte langsam den Platz vor dem Hauptportal der Frauenkirche ab. Ein Straßenkehrer war dort mit einem schon stark abgenutzten Reisigbesen dabei, das Pflaster zu kehren. In seiner Nähe stand ein zweirädriger Kehrichtkarren. Der Straßenkehrer zog bei der Arbeit das linke Bein etwas nach.

Paco sah auf die Armbanduhr. Zehn Uhr fünfundfünfzig.

Falls der Engländer diesmal kam, mußte er innerhalb der nächsten fünf Minuten aufkreuzen. Bisher war auf dem Platz vor der Frauenkirche nichts Verdächtiges festzustellen – lediglich einige Hausfrauen, die müde ihre Einkaufsrunde machten. Manche von ihnen waren bestimmt schon seit sechs Uhr auf den Beinen, um nur ja nichts zu versäumen.

Nach einem letzten Rundblick verließ Paco ihren Beobachtungsposten und hastete die schmale Treppe ins Erdgeschoß hinunter. In ihrem Lodenmantel mit der tief ins Gesicht gezogenen Persianermütze wirkte Paco überraschend männlich: eine eher stämmige Gestalt, die eine gewisse Wohlhabenheit ausstrahlte.

Aus einem Geheimfach im Erdgeschoß holte Paco einen Geigenkasten mit ungewöhnlichem Inhalt – einer durchgeladenen Schmeißer-Maschinenpistole.

Christa führte Lindsay durch ein Labyrinth aus gepflasterten Gäßchen. Wenn er zwischendurch den Kopf hob, erkannte er vor ihnen die beiden Zwiebeltürme mit ihrer Patina. Ihr Anblick zeigte ihm, wie nahe sie ihrem Ziel bereits waren.

»Nur noch über die Straße und die enge Gasse hinunter«, sagte Christa.

»Dann gehe ich jetzt voran. Falls es Schwierigkeiten gibt – falls Paco nur einen von uns retten kann –, kommst du zuerst dran.«

»Nein, ich könnte dich nicht verlassen . . .«

»Mach mir jetzt keine Schwierigkeiten, sonst kannst du was erleben!«

Lindsay ging mit raschen Schritten voraus, aber er merkte noch, wie enttäuscht Christa über seine Reaktion war. Er trat aus der Gasse und sah nach rechts und links. Vor einem Laden hatte sich eine lange Käuferschlange gebildet. Andere Passanten beeilten sich, ans Ende dieser Schlange zu kommen. Keine Polizei. Keine Soldaten. Er überquerte die Straße und verschwand in der Gasse. Hinter ihm klapperten Christas Absätze heran. Lindsay blieb stehen, wartete auf die junge Frau und umarmte sie kurz, ohne dabei seinen Koffer abzusetzen.

»Entschuldige«, sagte er rasch, »aber einer von uns muß die Informationen nach London weiterleiten. Das ist entscheidend wichtig!«

»Ich verstehe, Ian.«

Sie lächelte tapfer. Er küßte sie flüchtig. Sie biß sich auf die Unterlippe, um nicht in Tränen auszubrechen.

»Ich behindere dich auf keinen Fall, das verspreche ich dir . . .«

»Behindern! Mein Gott, ohne dich wäre ich nie so weit gekommen! Aber jetzt müssen wir weiter.«

Sie traten auf den Platz hinaus. Das war ein visueller Schock. Nachdem sie wie Kaninchen durch ein Labyrinth aus Gängen gehastet waren, wirkte ein freier Platz geradezu beängstigend. Man fühlte sich wie auf dem Präsentierteller.

Der riesige Bau der Frauenkirche ragte am rechten Rand des Platzes vor ihnen auf. Ein durch den hinten angebauten Stehkessel eines Holzvergasers entstellter Opel fuhr langsam und mit stotterndem Motor an ihnen vorbei. In einiger Entfernung hielt ein uniformierter Chauffeur die hintere Tür eines grünen Mercedes auf, um einen Fahrgast mit Stiefeln, Lodenmantel und Pelzmütze einsteigen zu lassen.

In der Nähe der Frauenkirche stand ein großer Lieferwagen am Randstein geparkt, während sein Fahrer unter der geöffneten Motorhaube beschäftigt war. Je länger der Krieg andauerte, desto schlechter funktionierte alles. Die meisten Automechaniker waren an der Front. Ein Straßenkehrer, der ein lahmes Bein nachzog, kehrte den Gehsteig mit einem Reisigbesen. Lindsay postierte sich deutlich sichtbar vor der Frauenkirche, zündete sich eine bereits angerauchte Zigarette mit der linken Hand an, nahm einige Züge, ließ den Stummel zu Boden fallen und trat ihn mit dem linken Fuß aus.

Ein bleigraues Wolkenmeer schien schwer auf München zu lasten. Die Stimmung war bedrückend; sie zerrte an Lindsays

Nerven. Ein kalter Nieselregen ging nieder, der den Platz, die Frauenkirche und die umstehenden Gebäude in feuchte Schleier hüllte. Lindsay fragte sich, wie lange er noch stehenbleiben und sich dadurch verdächtig machen durfte.

Der grüne Mercedes war jetzt angefahren und kam rasch auf sie zu. Lindsay beobachtete ihn, obwohl es unwahrscheinlich war, daß . . .

»Ausweiskontrolle! Ihre Kennkarte!«

»Vorsicht, Ian!« rief Christa mit einem verzweifelten Unterton in der Stimme. *»Hinter dir!«*

Die Schweinehunde hatten ihm, in der Kirche versteckt, aufgelauert. Ein Zivilist und ein SS-Mann. Der große Mann in Zivil lächelte selbstbewußt, während er die Hand nach der verlangten Kennkarte ausstreckte. Sein Begleiter war ein kleiner dicker SS-Mann mit umgehängter und schußbereit gehaltener Maschinenpistole.

Lindsay warf sich herum, erfaßte blitzschnell die von den beiden Männern ausgehende Gefahr und wurde zugleich auf eine weitere Bedrohung aufmerksam. Der Lieferwagenfahrer arbeitete plötzlich nicht mehr unter seiner Motorhaube, und aus dem Laderaum des grauen Kastenwagens quollen mit Gewehren bewaffnete Männer in schwarzen Uniformen.

Wohin?

Reifen quietschten, als eine schwere Limousine scharf abgebremst wurde. Der grüne Mercedes hielt ganz in ihrer Nähe am Randstein. Die Gestalt auf dem Rücksitz hatte die hintere rechte Tür geöffnet.

Der Straßenkehrer, der plötzlich nicht mehr hinkte, hatte seinen Besen fallen lassen und wühlte in seinem Karren herum. Als er sich aufrichtete, hielt er in beiden Händen je eine deutsche Stielhandgranate. Die Handgranaten segelten durch die Luft und prallten vor den SS-Männern aus dem Lieferwagen aufs Pflaster. Sie detonierten mit dumpfem Knall. Die Schwarzuniformierten vollführten unnatürliche akrobatische Verrenkungen, stiegen wie Marionetten an unsichtbaren Drähten in die Höhe, warfen ihre Gewehre von sich, torkelten rückwärts. Der Straßenkehrer hatte eine dritte Handgranate geworfen. Sie detonierte nicht, sondern blieb liegen und stieß eine mächtige dunkle Rauchwolke aus, in der die SS-Männer und ihr Lieferwagen verschwanden. Eine Rauchbombe ...

Vom Rücksitz des Mercedes griff eine Hand nach Lindsays Arm, während eine Stimme ihn auf englisch anfuhr:

»Steigen Sie ein, Dummkopf! Oder wollen Sie uns alle umbringen?«

»Zuerst das Mädchen ...«

Lindsay drehte sich um und wollte Christa am Handgelenk in den Wagen ziehen oder sie Hals über Kopf hineinstoßen. Aber sie war zu weit von ihm entfernt, als daß er sie hätte erreichen können. Statt dessen bot sich ihm ein schrecklicher Anblick. Er schrie wie ein verwundetes Tier auf.

Der Engländer ließ seinen Koffer fallen. Die Gestalt auf dem Rücksitz, die ihm den scharfen Befehl erteilt hatte, hielt noch immer seinen linken Arm umklammert. Lindsay zog mit der rechten Hand die Pistole aus seinem Hosenbund. Er war außer sich vor Entsetzen.

Der SS-Mann – das kleine, dicke Schwein – mit der Maschinenpistole zielte auf Lindsay, um ihn niederzumähen. Aber Christa stand in der Schußlinie, hatte sich bewußt zwischen die beiden Männer gestellt ...

Der Schwarzuniformierte zog den Abzug durch und schoß das halbe Magazin leer. Christa hielt sich mit beiden Händen den Unterleib und sackte nach vorn zusammen. Ihr Blut färbte das Pflaster rot. Über ihrem zusammengesunkenen Körper erschien der dicke SS-Mann. Er hob erneut seine Maschinenpistole. Lindsay schoß ihm zweimal ins Gesicht. Er zielte gut, und seine Hand zitterte nicht im geringsten.

Er drückte zum drittenmal ab, aber die Hand, die seinen anderen Arm umklammert hielt, zog ihn mit einem Ruck näher, so daß der Schuß danebenging. Aber das machte keinen Unterschied mehr. Der SS-Mann war neben seinem Opfer zusammengebrochen.

»Wenn Sie nicht sofort einsteigen, erschieße ich Sie eigenhändig!« drohte die Stimme aus dem Mercedes. »Sehen Sie nicht, daß sie tot ist?«

Der Engländer stieg hastig ein, knallte die Tür zu und nahm erst jetzt wahr, was noch alles passiert war. Der Straßenkehrer hatte den Koffer aufgehoben, zwängte sich damit auf den Beifahrersitz und schloß die Tür. Der Wagen fuhr mit quietschenden Reifen an.

Lindsay drehte sich auf dem Rücksitz um und sah aus dem Heckfenster. Christas lebloser Körper lag in einer großen Blutlache auf dem Gehsteig. Er konnte nur hoffen, daß sie sofort tot gewesen war. Ihre schlanken Beine waren in unnatürlicher Haltung abgeknickt.

»Sie hat mir das Leben gerettet«, sagte er.

Niemand schien sich für diese Feststellung zu interessieren. Der starke Motor des Mercedes ließ sie mit wahnwitziger Geschwindigkeit durch München rasen. Die Gestalt mit der Pelzmütze neben Lindsay hatte eine schußbereite Maschinenpistole auf den Knien; zu ihren Füßen lag ein offener Geigenkasten, in dem vermutlich die Waffe versteckt gewesen war.

Lindsay war in diesem Augenblick gleichgültig, ob ihnen die Flucht glückte oder nicht. Er konnte nur daran denken, daß Christa sich für ihn geopfert hatte, um ihn zu retten. Noch vor wenigen Minuten hatte er sie scharf zurechtgewiesen, weil er gefürchtet hatte, sie könnte ihm Schwierigkeiten machen ...

Der Mercedes wurde langsamer. Er rollte jetzt durch eine ruhige Nebenstraße und bog nach links in eine Sackgasse ab. Eine Hand legte sich auf Lindsays Rechte. Der Wing Commander senkte den Kopf und stellte fest, daß er noch immer die Pistole umklammert hielt – die Waffe, die Christa ihm besorgt hatte.

»Die Pistole ist noch entsichert«, stellte eine tadelnde Stimme fest.

»Schon gut! Schon gut!«

Er legte den Sicherungsflügel um und starrte nach vorn. Sie hatten das Ende der Sackgasse schon fast erreicht. Nun erkannte Lindsay eine offenstehende Garage. Der Mercedes rollte hinein und hielt. Der Chauffeur sprang aus dem Wagen, um das zweiflüglige Tor zu schließen. Lindsay stieg unaufgefordert aus, als eine Deckenlampe aufflammte. In der Garage roch es durchdringend nach Benzin.

Die Gestalt in Lodenmantel und Pelzmütze kam um den Wagen herum und baute sich vor Lindsay auf. Sie war fast so groß wie er und starrte ihn forschend an.

»Wir hatten den Auftrag, Sie abzuholen. Wer ist die Frau gewesen?«

»Eine der Sekretärinnen Hitlers. Ohne ihre Hilfe wäre ich nie bis nach München gekommen.«

»C'est la guerre . . .«

Die Gestalt nahm die Persianermütze ab und schlug den Mantelkragen herab, so daß dichtes blondes Haar, gut geformte Gesichtszüge, leicht hervortretende Backenknochen und grüngraue Augen sichtbar wurden. Lindsay starrte eine junge Frau an. Sie war sechs- oder siebenundzwanzig Jahre alt und ausgesprochen attraktiv.

»Ich bin Paco«, stellte sie sich vor. »Jetzt brauchen wir Sie nur noch zu den alliierten Linien zurückzuschmuggeln. Ganz einfach, was? Nein!«

22

»Wir richten eine eigene Kommandostelle ein, um die beiden Flüchtlinge aufzuspüren! Ich leite die Suchaktion persönlich und garantiere Ihnen, daß . . .«

Bormann, der zu seiner Parteiuniform wie üblich Schaftstiefel trug und dessen breites Gesicht zornrot war, brach seine Tirade mitten im Satz ab, als der Führer abwehrend die Hand hob.

»Nein, nein, Bormann«, sagte Hitler leicht belustigt, »wir kämpfen doch nicht gegen Schukow und seine Divisionen. Zumindest nicht hier. Wir reden von zwei Menschen: einem Mann und einer Frau.«

Die Sache war völlig verfahren, und Bormann wußte, daß er selbst daran schuld war. Die Lagebesprechung war vom militärischen Thema abgekommen, als Bormann den Fall Lindsay angesprochen und die falschen Leute hinzugezogen hatte. In dem riesigen Wohnraum des Berghofs mit dem Panoramafenster waren jetzt acht Männer versammelt.

Keitel und Jodl saßen nebeneinander auf einem Sofa und gaben sich kaum Mühe, ihre Verärgerung zu verbergen. Die anderen vier waren SS-Standartenführer Jäger mit seinem Stellvertreter Schmidt, Gestapokommissar Gruber und Major Gustav Hartmann von der Abwehr.

»Ich verstehe, mein Führer«, stimmte Bormann hastig zu.

Er lehnte sich in den Klubsessel zurück und schlug seine stämmigen Beine übereinander. In diesem Augenblick klingelte das Telefon. Bormann stürzte sich förmlich darauf und drückte den Hörer ans Ohr.

»Bormann! ... Mayr? Haben Sie sie geschnappt?«

Danach entstand eine Pause, während der Reichsleiter sich Bericht erstatten ließ, und Hartmann, der seinen Gesichtsausdruck beobachtete, glaubte zu wissen, was passiert war. Er hätte sich liebend gern seine Pfeife angezündet, aber in Hitlers Gegenwart herrschte Rauchverbot. Trotzdem war Bormanns Mienenspiel ein Gedicht ...

»Das ist doch unmöglich, Mayr!« protestierte Bormann. »Ich habe Sie nie angerufen, um Ihnen von einem Treff Lindsays mit einem alliierten Agenten zu erzählen. Was geht bei Ihnen eigentlich vor? Warum haben Sie nicht zur Kontrolle zurückgerufen? Augenblick ...«

Er bedeckte die Sprechmuschel mit seiner dicken Hand und starrte die sitzenden Männer an. »Irgend jemand hier hat sich für mich ausgegeben und Mayr angerufen.« Sein Blick ruhte auf Keitel und Jodl.

Keitel, der das Kinn auf seinen Marschallstab stützte, sah an Bormann vorbei in die Ferne, als existiere der andere gar nicht. Jodl verschränkte die Arme und betrachtete den Reichsleiter spöttisch lächelnd. Die Stimmung war gespannt. Bormann sprach wieder ins Telefon.

»Hören Sie, Mayr? Sie behaupten also, jemand, der sich als Reichsleiter Bormann ausgegeben hat, habe Sie von diesem Treff informiert – und Lindsay sei tatsächlich aufgekreuzt? Dann müßten Sie ihn ja geschnappt haben ... Schon gut, reden Sie weiter ...«

Der Führer betrachtete gelangweilt seine Fingernägel. Hartmann bemühte sich um einen neutralen Gesichtsausdruck, damit niemand merkte, wie er diesen Auftritt genoß.

»Heute vormittag ...« Bormanns Stimme klang ungläubig. »Augenblick!« wiederholte er. Der Reichsleiter starrte die anderen an. »Vor der Frauenkirche hat's ein Massaker gegeben – mit einem halben Dutzend toter SS-Männer.«

»Her mit dem Hörer!« verlangte Hitler barsch.

Nach einem seiner unberechenbaren Stimmungswechsel war seine passive Art von ihm abgefallen. Er stand aufrecht am Telefon und hielt den Hörer ans Ohr gedrückt.

»Mayr, hier spricht der Führer. Das dauert mir zu lange. Berichten Sie kurz und knapp, was passiert ist ...«

Hitler hörte aufmerksam zu und beschränkte sich bei seinen Kommentaren auf ein kurzes »Ja« oder »Nein«. Damit wäre ein weiterer Mythos widerlegt, dachte Hartmann. Der Mythos von dem schlechten Zuhörer Hitler. Wenn irgend etwas seine Aufmerksamkeit erregte, konnte der Führer sehr wohl konzentriert zuhören.

»Tun Sie, was Sie können, Mayr«, sagte Hitler schließlich. »Veranlassen Sie die von Ihnen vorgeschlagenen Kontrollen. Der Engländer darf Deutschland nicht verlassen. Ich möchte, daß er nach Möglichkeit lebend gefaßt wird. Erstatten Sie Bormann regelmäßig Bericht. Tun Sie Ihr Bestes, Mayr!«

Er knallte den Hörer auf die Gabel und marschierte mit

auf dem Rücken zusammengelegten Händen erregt auf und ab. Erst nach einigen Minuten hatte er sich so weit beruhigt, daß er sich an die anderen wenden konnte.

»Es hat einen schrecklichen Unfall gegeben. Christa Lundt, meine liebste Sekretärin, ist erschossen worden.«

»Von Lindsay, diesem feigen Engländer ...«, begann Bormann sofort.

»Nein!« Hitler warf ihm einen verächtlichen Blick zu. »Ich wäre Ihnen sehr zu Dank verpflichtet, wenn Sie den Mund halten würden, bis ich fertig bin. Im übrigen dürfte Sie interessieren, daß Christa von einem SS-Mann erschossen worden ist.«

Hartmann sah zu Standartenführer Jäger hinüber und beobachtete, wie der SS-Führer bei dieser Mitteilung blaß wurde. Hitler verstand es, sie nacheinander aus dem Gleichgewicht zu bringen. Jetzt baute er sich vor Gruber auf, der eben aufstehen wollte.

»Sitzen bleiben!« knurrte Hitler. »Offenbar aufgrund einer eingegangenen Meldung ist Lindsay heute morgen eine Falle gestellt worden. Die Gestapo hat dabei durch Abwesenheit geglänzt. Sie weiß anscheinend nicht einmal, was in München vorgeht ...«

Er machte auf dem Absatz kehrt und starrte Hartmann an, der seinen Blick gelassen erwiderte. Hitlers Stimmung schlug so abrupt wie vorhin um, und er sprach den Major ruhig, geradezu freundschaftlich an.

»Hat die Abwehr irgend etwas mit dieser Sache zu tun gehabt? Hat sie von diesem beabsichtigten Treff mitten in München gewußt?

»Nicht das geringste, mein Führer. Sonst wären Sie als erster informiert worden ...«

Das stimmte nicht unbedingt – aber die Gelegenheit, einen Punkt auf Kosten von Gestapo und SS zu machen, war zu günstig, als daß Hartmann sie hätte versäumen dürfen. Der Führer nickte, um anzudeuten, daß er nichts anderes erwartet habe. Dann machte er eine wegwerfende Handbewegung.

»Sehen Sie zu, wie Sie damit zurechtkommen, Bormann. Ich überlasse die ganze traurige Geschichte Ihnen. Sorgen Sie dafür, daß Christas Eltern ein Beileidsschreiben erhalten – und daß ein Kranz zur Beerdigung geschickt wird. Ich ziehe mich jetzt zurück, um zu ruhen.«

Die eigentliche Auseinandersetzung entwickelte sich, nachdem Keitel und Jodl, Hitlers Beispiel folgend, den Raum verlassen hatten. Zwei Organisationen konkurrierten um das Vorrecht, die Jagd nach dem Engländer leiten zu dürfen. Gestapo und SS – Gruber und Jäger – lieferten sich einen erbitterten Kampf, während Hartmann schweigend zuhörte.

Zu Bormanns Tricks, die er Hitler abgeguckt hatte, gehörte es, einzelne Machtgruppen aufeinander anzusetzen. Der Reichsleiter legte die Grundbedingungen dafür fest, indem er Mayr erneut anrief.

»Mayr, Wing Commander Lindsay, der Engländer, ist ein Spion und zu erschießen, sobald er gefaßt ist. Haben Sie verstanden? Auf Befehl des Führers!«

Er knallte den Hörer auf die Gabel, und Hartmann erwartete fast, daß er strammstehen und die Hand zum Deutschen Gruß erheben würde. Der Abwehroffizier fühlte sich zum Eingreifen verpflichtet.

»Entschuldigen Sie, aber dieser Befehl war falsch, Reichsleiter. Der Führer hat Mayr ausdrücklich erklärt: ›Ich möchte, daß er nach Möglichkeit lebend gefaßt wird.‹ «

»Das ist vorher gewesen!« knurrte Bormann. »Als er später gemerkt hat, was passiert war, hat er alle weiteren Entscheidungen ausdrücklich mir überlassen. Das geht übrigens auch Sie an! Sie haben Lindsay verhört, Sie kennen den Mann. Von nun an tun Sie nichts anderes mehr, als diesen englischen Spion aufzuspüren. Sie folgen seiner Fährte – bis ans Ende der Welt, wenn's sein muß . . .«

»Dafür brauche ich Geld, viel Geld«, warf Hartmann rasch ein.

»Geld spielt keine Rolle«, antwortete Bormann. »Gruber, welche Maßnahmen schlagen Sie vor?«

»Wir müssen ganz München abriegeln. Alle Straßen und Bahnstrecken sind zu kontrollieren.«

»Das genügt nicht!« warf Jäger ein. Er entfaltete eine große Bayernkarte auf dem Couchtisch und tippte mit dem Zeigefinger darauf. »Wohin dürfte Lindsay unterwegs sein? Das ist die entscheidende Frage, und ich glaube, daß ich sie beantworten kann.«

»Wohin?« wollte Bormann wissen.

»In die Schweiz! Wir müssen das Gebiet zwischen München und der Schweizer Grenze dichtmachen. Sämtliche Züge werden von Kriminalbeamten in Zivil begleitet. An allen Straßen werden Sperren errichtet. Auch die Flugplätze müssen unauffällig überwacht werden – *unauffällig!* –, weil wir eine ganze Reihe von Fallen stellen.«

»Warum auch Flugplätze?« erkundigte sich Gruber.

Jäger lächelte herablassend. »Haben Sie vergessen, daß unser Mann ein *Flieger* ist? Und daß er mit einer Ju 52 nach Rastenburg geflogen worden ist? Vielleicht hat Lindsay unterwegs mitbekommen, wie diese Maschine geflogen wird . . .«

»Ich verstehe, was Sie meinen«, murmelte Gruber und sank in seinen Sessel zurück.

Hartmann, der jetzt schweigend seine Pfeife rauchte, fand die Energie und das Organisationstalent des SS-Standartenführers wider Willen bewundernswert. Der Major, der im Zivilleben ein erfolgreicher Strafverteidiger war, legte großen Wert auf *Beweise*. Deshalb stellte er jetzt eine Frage.

»Sie setzen alles auf die Vermutung, daß Lindsay in Richtung Schweiz unterwegs sein muß?«

»Na, ist das etwa nicht logisch?« lautete Jägers aggressive Gegenfrage. »Was haben Sie daran auszusetzen?«

»Nichts«, antwortete der Major rasch. »Ich höre mir lieber weiter Ihren durchdachten Plan an.«

»Sie arbeiten jedenfalls nur allein, Hartmann«, warf der Reichsleiter ein. »Wir verlassen uns darauf, daß Sie über Berlin mit Abwehragenten in der Schweiz Verbindung aufnehmen. Was Sie von denen erfahren, leiten Sie an Standartenführer Jäger weiter, verstanden?«

Der Abwehroffizier nickte. »Was ist eigentlich heute vormittag in München passiert, Reichsleiter? Sie haben von einem ›Massaker‹ gesprochen ...«

»Mayr hat alles verpfuscht. Er hätte den Engländer vor der Frauenkirche schnappen können, aber ...«

Hartmann hörte zu, während der andere ihm die Ereignisse schilderte, wie Mayr sie berichtet hatte. Standartenführer Jäger telefonierte bereits mit München und gab detaillierte Befehle. Der Major runzelte die Stirn, als Bormann seine Schilderung beendete, was den Reichsleiter ärgerte.

»Was haben Sie jetzt schon wieder, Hartmann?«

»Ich bin etwas beunruhigt. Diese Rettung des Engländers ist mit der Präzision eines militärischen Unternehmens abgelaufen. Der Straßenkehrer, der Handgranaten und eine Rauchbombe geworfen hat – ein meisterhafter Effekt!«

»Wie können Sie so davon reden?« fauchte Bormann. »Wo es auf unserer Seite Tote und Verwundete gegeben hat?«

»Außerdem«, fuhr der Abwehroffizier ungerührt fort, »besitzen wir keine Personenbeschreibung von dieser Dreimanngruppe, die uns Lindsay vor der Nase weggeschnappt hat, bevor er in die Falle gehen konnte. Ihr Anführer scheint ein Mann mit Lodenmantel und Persianermütze zu sein. Keine nähere Beschreibung. Dazu kommen der Straßenkehrer und der uniformierte Mercedes-Chauffeur – wieder ohne nähere Beschreibung. Wo, zum Teufel, haben die einen Mercedes aufgetrieben?«

»Der Wagen war natürlich gestohlen!« warf Gruber ein, der sich nicht genügend beachtet fühlte.

»Leicht möglich, Gruber«, stimmte Hartmann freundlich zu. »Wie wir alle wissen, hat die Gestapo Unsummen zur Verfügung und arbeitet mit Zehntausenden von Spitzeln. Welche Informationen haben Sie also über eine im Raum München operierende Untergrundgruppe?«

Gruber, der jetzt im Mittelpunkt der allgemeinen Aufmerksamkeit stand, machte ein unbehagliches Gesicht. Bormann starrte ihn an. Jäger hatte sein Telefongespräch beendet und beobachtete ihn ebenfalls.

»Es gibt so viele Gerüchte, denen wir nachgehen müssen. Wir haben schließlich Krieg und . . .«

»Gruber!« Bormanns Stimme triefte vor Sarkasmus. »Daß wir Krieg haben, hätte ich Ihnen auch sagen können. Wir haben alle mit den gleichen Schwierigkeiten zu kämpfen, aber wir tun trotzdem unsere Pflicht.«

»Ich meine eine ganz spezifische Gruppe, Gruber«, erklärte Hartmann ihm. »Sie könnte aus Saboteuren bestehen – dann hätten Sie vielleicht Sprengstoff entdeckt. Sie könnten Spione sein, was ein Fall für Ihren Abhördienst wäre. Oder sie könnten politisch aktiv sein – dann hätten Ihre Leute Propagandamaterial finden müssen. Na, wie steht's damit?«

Selbst Bormann mußte die raffinierte Art bewundern, wie der Major den Gestapokommissar in die Enge trieb. Gruber holte tief Luft und rieb sich die feuchten Hände an der Jacke ab, bevor er antwortete.

»Wir kennen keine derartige Gruppe«, stieß er hervor. »Die Mörder sind offensichtlich von außerhalb nach München gekommen, um Lindsay zu befreien, und haben . . .«

»Offensichtlich!« wiederholte Jäger fast schreiend. »Woher sollten sie wissen, wann Lindsay die Flucht gelingen würde? Er ist seit einigen Wochen in Deutschland – und hat die meiste Zeit in der Wolfsschanze verbracht! Diese Männer haben in München darauf gewartet, ihm zur Flucht verhelfen zu können – und die Gestapo hat keine Ahnung von ihrer Existenz gehabt! Das nenne ich sträfliche Unfähigkeit!«

»Diese Beleidigung melde ich dem Reichsführer!« fauchte Gruber.

»Und wenn schon!« Jäger machte eine wegwerfende Handbewegung. »Während Sie sich bei Himmler ausweinen, konzentriere ich mich auf die Fahndung nach dem Engländer – aber ich garantiere Ihnen auch, daß wir diese drei

Agenten schnappen, die bisher unbehelligt vor Ihrer Nase gearbeitet haben!«

Nur Hartmann fiel der zufriedene Gesichtsausdruck Bormanns auf. *Teile und herrsche!* war offenbar auch die Devise des Reichsleiters. Der Major dachte nicht daran, sich in die Auseinandersetzung zwischen Jäger und Gruber einzumischen, aber Bormann ergriff jetzt das Wort.

»Ich stimme mit Standartenführer Jäger darin überein, daß es vernünftig ist, die Schweizer Grenze zu sperren. Andererseits bin ich davon überzeugt, daß die Gestapo mit ihren großen Möglichkeiten viel zum Erfolg der Fahndung wird beitragen können. Ich danke Ihnen, meine Herren.«

Nach Bormann verließen auch Gruber und Jäger den Raum, so daß der Abwehroffizier allein zurückblieb. Hartmann beugte sich über die von Jäger auf dem Couchtisch ausgebreitete Landkarte. Als Einzelgänger hatte Hartmann die Angewohnheit, halblaute Selbstgespräche zu führen, wenn es darum ging, sich über irgend etwas klarzuwerden.

»Am allerwenigsten wäre zu erwarten, daß Lindsay und seine Befreier München in Richtung Salzburg verlassen, woher Lindsay gerade kommt ...«

Er fuhr mit seinem Pfeifenstiel die Strecke München–Salzburg nach und verfolgte sie weiter. Der nächste größere Zielort war Wien.

»Jetzt sind Sie in Sicherheit, Wing Commander Lindsay – die uns übermittelte Personenbeschreibung paßt auf Sie«, erklärte Paco ihm. Sie hatten auch das merkwürdige Kennwort gewechselt, das Browne ihm in London mitgegeben hatte.

»Und wenn sie nicht auf mich gepaßt hätte?« erkundigte Lindsay sich.

»Dann hätte ich Sie erwürgt. Das macht keinen Krach und spart Munition.«

Diese aufmunternde Antwort kam von dem Mann, der den uniformierten Chauffeur gespielt hatte. Paco, die an der Spitze der kleinen Gruppe zu stehen schien, wies ihn zurecht.

»Ich verbiete dir, so mit unserem Gast zu sprechen! Er ist ein sehr wichtiger Mann. Der Neffe eines englischen Herzogs . . .«

Eine halbe Stunde war vergangen, seitdem Lindsay in den Mercedes gezogen und zu der wilden Fahrt durch München entführt worden war, die in einer Garage geendet hatte. Eine Geheimtür in einem Schrank an der Garagenrückwand führte zu einer Treppe, auf der sie in einen Kellerraum mit zwei Stockbetten hinuntergestiegen waren.

Sobald die Geheimtür hinter ihnen ins Schloß gefallen war – sie bestand aus einer Stahlplatte, auf die innen schwere Holzbohlen geschraubt waren, damit kein hohles Geräusch entstand, falls die Garagenwände abgeklopft wurden –, stellte Paco ihm ihre Begleiter vor.

»Das hier«, sagte sie und nickte dem »Chauffeur« zu, der ein finsteres Gesicht machte, »ist Bora. Er spricht gut Englisch. Gib ihm die Hand, Bora . . .«

Er war Anfang Dreißig und so groß wie Lindsay; sein Blick war feindselig, und der Engländer fand ihn sofort unsympathisch. Zum Glück war Lindsay vorsichtig genug, seine Hand steifzumachen, denn Bora hatte einen Händedruck wie ein Ringer und packte kräftig zu.

»Benimm dich, Bora!« ermahnte Paco ihn ruhig. »Ich hab's genau gesehen . . .«

»Bora heißt ein starker trockener Adriawind«, stellte Lindsay fest.

»Jetzt wissen Sie, warum wir ihm diesen Decknamen gegeben haben.« Sie wandte sich an den zweiten Mann, der ungefähr vierzig war und ein sonnengebräuntes Gesicht mit listigen, freundlichen Augen hatte. »Das hier ist Milic. Er kann etwas Englisch, aber Sie dürfen von ihm keine Perfektion erwarten.«

»Milic sehr erfreut, den Engländer kennenzulernen . . . Von Nazis erschossene Frau war gute Freundin, ja?«

»Er meint, ob Sie sie geliebt haben«, warf Paco in ihrer direkten Art ein. »Haben Sie sie geliebt?«

»Nein«, antwortete Lindsay knapp.

»Aber ich glaube, daß sie Sie geliebt hat«, fuhr Paco fort. Sie hatte eine reizvoll sanfte Stimme, die in eigenartigem Gegensatz zu ihrer stolzen Haltung und ihrer energischen Art stand. Ihre ausdrucksvollen großen Augen beobachteten ihn aufmerksam.

»Das Ganze ist eine Tragödie gewesen«, erklärte der Engländer.

»Wie so oft, wenn eine liebt und einer geliebt wird – davon hat Ihr Schriftsteller Somerset Maugham einmal gesprochen, glaube ich.« Paco wechselte abrupt das Thema. »Am besten erzähle ich Ihnen jetzt ein bißchen über mich.«

Paco – das war ein Deckname – war siebenundzwanzig Jahre alt. Sie war die Tochter einer Engländerin und eines Serben, eines Professors für Anglistik an der Universität Belgrad. Nach ihrer Schulzeit in dem englischen Mädcheninternat Godolphin hatte sie in Wien Germanistik studiert und war als Universitätsassistentin nach Jugoslawien zurückgekommen. Sie sprach fließend Englisch, Deutsch und Serbokroatisch.

»Als Belgrad auf Befehl Hitlers bombardiert worden ist, habe ich beide Eltern verloren. Ich bin in einer einzigen Nacht zur Vollwaise geworden. Deshalb bin ich zu den Partisanen gegangen. Da ich fließend Deutsch spreche, kann ich in Deutschland operieren, ohne aufzufallen.

»Sie stehen wohl auch mit London in Verbindung?« erkundigte sich Lindsay.

»Sie brauchen nicht alles zu wissen«, wehrte Paco beinahe unfreundlich ab. »Aber wenn wir als Team zusammenarbeiten wollen, sollten sie etwas über die Leute wissen, von denen jetzt Ihr Überleben abhängt – und deren Leben in einem kritischen Augenblick in Ihrer Hand liegen kann. Ihnen ist hoffentlich klar, Wing Commander, daß Sie dieses gefährliche Spiel als Neuling betreiben . . .«

»Ich bin vom Berghof geflüchtet«, knurrte Lindsay.

»Allerdings.« Ihre grüngrauen Augen betrachteten ihn

prüfend. »Das erscheint mir als sehr gutes Omen.« Pacos Stimme klang wieder streng. »Bora ... Er hat schon viele feindliche Soldaten getötet und traut keinem Menschen. Seine Frau ist bei demselben Luftangriff wie meine Eltern umgekommen. Aber ich glaube, daß er seine natürliche Begabung als Kämpfer entdeckt hat. Kaum zu glauben, aber vor dem Krieg ist er Möbeltischler gewesen und hat in seiner Werkstatt die schönsten Möbel hergestellt.«

»Findest du das komisch, Paco?« Bora, der dabei war, die Maschinenpistole zu reinigen, beugte sich vor und starrte sie aggressiv an.

»Ich finde es eigenartig – du gebrauchst deine geschickten Hände, um komplizierte Sprengladungen zusammenzubauen. Früher hast du geschaffen, jetzt zerstörst du ...«

»Daran ist der Krieg schuld!«

Die junge Frau ließ sich nicht einschüchtern. Während sie sich eine Zigarette anzündete, bewunderte Lindsay ihre heitere Überlegenheit, die sie nie zu verlassen schien. Paco fuhr sich mit der freien Hand durch ihr blondes Haar und nickte zu dem zweiten Mann hinüber.

»Was Milic betrifft ...« Aus ihrem Tonfall sprach aufrichtige Zuneigung. »Er hat früher als Steinmetz in einem Steinbruch gearbeitet. Er weiß nicht, was aus seiner Frau und seinen beiden Kindern geworden ist. Die beiden waren auf Verwandtenbesuch in Zagreb, als der Krieg ausgebrochen ist. Milic ist sehr stark – und sehr selbstbeherrscht. Verstehen Sie, was ich damit sagen will?«

»Ich kann's mir denken«, antwortete Lindsay, ohne zu Bora hinüberzusehen.

»Wir müssen jetzt rasch handeln«, fuhr Paco fort, »um Sie aus Deutschland rauszubringen, bevor der Naziapparat auf Touren kommt. Jedenfalls nicht später als heute abend.«

»Das ist schnell!« stellte Lindsay fest.

»Hoffentlich schnell genug. Sie bleiben vorerst hier. Milic und ich müssen die Lage auskundschaften, bevor wir Sie in Sicherheit bringen.«

»Wohin, wenn ich fragen darf?«
»In die Schweiz.«

SS-Standartenführer Jäger stemmte die Arme in die Hüften, während er die Szenerie auf dem Münchner Hauptbahnhof betrachtete. Ein kalter Wind pfiff durch die große Bahnhofshalle, wirbelte Papierfetzen über die Gleise und ließ die Reisenden frösteln. Jäger war froh, daß er seinen langen Uniformmantel anhatte, und sein Stellvertreter Schmidt, der sich eben zu ihm gesellt hatte, schlug seine behandschuhten Hände gegeneinander, um sie zu wärmen.

»Sämtliche Straßensperren in Richtung Schweiz stehen«, meldete Schmidt seinem Vorgesetzten. »Wir haben wie üblich viel zuwenig Leute, aber auf der Straße kommt keiner durch.«

»Mit der Bahn auch nicht« bestätigte Jäger. »In jedem Zug in Richtung Schweiz wird gründlich kontrolliert. Unsere Leute haben die Personenbeschreibung des Engländers und den Auftrag, die Papiere sämtlicher Reisender zu überprüfen. Vielleicht gehen uns dabei weitere interessante Fische ins Netz . . .«

Er machte eine Pause, und Schmidt folgte seinem Blick. Eine große, schlanke Blondine Ende Zwanzig war soeben von einer SS-Streife angehalten worden. Sie trug einen teuren Ledermantel und eine elegante schwarze Pelzkappe. Ihr Blick begegnete dem des Standartenführers; dann sprach sie weiter mit den SS-Männern.

»Eine ausgesprochene Schönheit«, meinte Jäger anerkennend. »Vielleicht kann die Dame etwas Unterstützung brauchen.«

Er ließ Schmidt stehen, der ihm zynisch nachlächelte. Der Standartenführer war als Verehrer schöner Frauen bekannt. Als Jäger herankam, nahmen die beiden SS-Männer Haltung an und grüßten zackig.

»Na, was gibt's denn?« erkundigte Jäger sich freundlich.

»Diese Männer belästigen mich . . .« Paco sah Jäger tief in

die Augen. »Ich bin Baronin von Werther, eine Nichte General Speidels . . .«

»Weggetreten!« Jäger schickte seine Leute mit einer lässigen Handbewegung fort, ohne Paco aus den Augen zu lassen. »Sie fahnden nach einem englischen Spion«, erklärte er ihr, »deshalb sind sie manchmal ein bißchen übereifrig.«

»Halten Sie mich für eine Spionin, Herr Standartenführer?« fragte Paco.

»Natürlich nicht, Baronin.« Jäger schlug die Hacken zusammen und verbeugte sich knapp. Die Blondine war wirklich bezaubernd! Das mußte selbst ein Frauenkenner wie Jäger zugeben.

»Darf ich Sie vielleicht zum Mittagessen einladen, um mich auf diese Weise für die Unannehmlichkeiten von vorhin zu entschuldigen?« schlug er vor. »Ich habe ständig einen Tisch im Restaurant Walterspiel reserviert . . .«

Jäger wartete gespannt. Er wunderte sich über seine impulsive Reaktion – und staunte darüber, daß er fast mit angehaltenem Atem auf ihre Antwort wartete. Sie betrachtete ihn nachdenklich und ließ sich mit ihrer Antwort Zeit. Jäger war davon überzeugt, daß sie seine Einladung ablehnen würde.

»Ist das der wahre Grund für diese Einladung, Herr Standartenführer? Wollen Sie mir wirklich nur Ihr Bedauern ausdrücken?«

Sie verstand es, ihn auf die Folter zu spannen. Jäger wußte, daß seine Reaktion lächerlich war, aber er wünschte sich nichts mehr, als näher mit ihr bekannt zu werden – sie hatte ihn völlig aus dem Gleichgewicht gebracht.

»Es wäre mir eine Ehre«, gab er offen zu, »in Ihrer Begleitung im Walterspiel erscheinen zu können. Nur zum Mittagessen! Ich gebe Ihnen mein Ehrenwort als Offizier . . .«

»Und als Gentleman?« Paco lächelte, um ihrer Frage die Spitze zu nehmen. »Es wäre mir ein Vergnügen, Ihnen Gesellschaft zu leisten – zum Mittagessen.«

»Sturmbannführer Schmidt«, stellte Jäger der Blondine seinen Stellvertreter vor. »Alfred, das hier ist Baronin von Werther, eine Nichte General Speidels. Sie übernehmen hier den Befehl, während wir zum Mittagessen ins Walterspiel fahren. Gute Jagd!«

Paco nickte leicht, als Schmidt sich verbeugte. Sie erwiderte den Blick des hageren SS-Führers mit der randlosen Brille nur kurz. Irgend etwas an ihm beunruhigte sie.

Der Standartenführer war ein temperamentvoller, lebensfroher Vollblutmensch, der Gefühlswärme ausstrahlte – ein Mann, den man als Frau verstehen konnte, selbst wenn er manchmal über die Stränge schlagen mochte. »Alfred« war in dieser Beziehung ganz anders, das spürte sie.

»Wer war der SS-Führer, den Sie mir vorgestellt haben?« erkundigte sie sich, während Jäger sie zu seinem vor dem Bahnhof wartenden Dienstwagen begleitete.

»Schmidt, mein Stellvertreter«, antwortete Jäger ungeduldig. »Ein guter Mann – aber bestimmt nicht Ihr Typ. Vor dem Krieg ist er Polizeibeamter gewesen! Ich freue mich schon darauf, mit Ihnen im Walterspiel zu sitzen und Sie näher kennenzulernen . . .«

Die kleine Alarmglocke in Pacos Hinterkopf läutete weiter.

SS-Sturmbannführer Schmidt, dessen sechster Sinn Hitler imponiert hatte – und der noch dazu hochintelligent war –, war im Frieden Abteilungsleiter im Düsseldorfer Polizeipräsidium gewesen.

Nach Kriegsausbruch hätte er zur Gestapo versetzt werden sollen. Aber die Gestapo hatte bereits einen gewissen Ruf, der Schmidt zu anrüchig war. Um nicht zur Gestapo zu müssen, hatte er sich zur SS gemeldet. Aber sein kriminalistischer Instinkt hatte unter dieser Versetzung keineswegs gelitten.

Schmidt war beispielsweise aufgefallen, daß niemand den Ausweis der »Baronin« kontrolliert hatte. Er wußte bestimmt, daß sie der Streife nichts gezeigt hatte, bevor Jäger aufgekreuzt war. Schmidt hatte den hilfesuchenden Blick bemerkt, den die Blondine seinem Vorgesetzten zugeworfen hatte. Der Standartenführer, den er als Menschen achtete und verehrte, hatte eine Unbekannte zum Essen eingeladen.

Schmidt steckte in einem Dilemma. Um Jägers Gast überprüfen lassen zu können, mußte er ein abhörsicheres Telefon benützen. Das bedeutete, daß er in die SS-Kaserne fahren mußte – und andererseits hatte der Standartenführer ihm die Verantwortung für den Hauptbahnhof übertragen.

Vielleicht war ja die ganze Aufregung umsonst, aber der ehemalige Kriminalbeamte hatte ein ungutes Gefühl. Mit einer so schönen Begleiterin würde Jäger mindestens zwei Stunden zum Essen fortbleiben. Schmidt gab sich einen Ruck.

»Klaus!« rief er einem SS-Hauptsturmführer zu. »Du übernimmst vorläufig das Kommando – ich komme bald wieder . . .«

Er fuhr in die Kaserne, ließ den Wagen im Hof stehen und lief nach oben in sein Büro. Das Gespräch mit der Berliner Gestapozentrale kam schon nach wenigen Minuten zustande, aber Heinrich Müller, der Gestapochef, war nicht zu erreichen.

»Er ist zu Tisch«, erklärte eine gelangweilte Stimme dem Anrufer. »Kann ich was ausrichten? Wer sind Sie noch?«

»Sturmbannführer Schmidt aus München. Ich rufe in Vertretung von Standartenführer Jäger an. Mit wem spreche ich überhaupt?«

»SS-Scharführer Brandt. Ich mache hier nur Telefondienst . . . Nein, alle anderen sind weg – jetzt in der Mittagspause ist kein Mensch zu erreichen . . .«

»Dann müssen Sie diesen Auftrag selbst übernehmen. Haben Sie Zugang zum Personenregister? Gut! Ich brauche Auskunft darüber, ob es eine Baronin von Werther gibt, die eine Nichte General Speidels sein soll. Wie lange dauert das? Schwer zu sagen? Mann, beeilen Sie sich gefälligst!«

Er wies Brandt an, die Auskunft seiner Sekretärin durchzugeben, legte den Hörer auf und erteilte der Sekretärin die nötigen Anweisungen.

»Schreiben Sie mit, was dieser Schwachkopf Brandt berichtet. Stecken Sie den Zettel in einen Umschlag, und lassen Sie ihn mir per Kurier zum Hauptbahnhof bringen. Aber der Kurierfahrer soll ihn nur mir übergeben, verstanden?«

Schmidt fuhr zum Hauptbahnhof und hörte dort zu seiner Erleichterung, daß während seiner Abwesenheit nichts Besonderes vorgefallen war. Jetzt hing alles davon ab, wie schnell die Antwort aus Berlin kam. Falls wirklich etwas nicht stimmte, konnte er Jäger direkt im Restaurant Walterspiel anrufen.

23

Kurz nach vierzehn Uhr fuhr der Kurier vor dem Münchner Hauptbahnhof vor. Da Jäger noch immer nicht zurück war, nahm Schmidt an, er amüsiere sich recht gut mit der Baronin.

»Idiot!«

Schmidt fluchte, als er sah, wie der Motorradfahrer gewagt schleudernd bremste, so daß seine Maschine gegen den Randstein rutschte und ihren Fahrer beinahe abgeworfen hätte. Und das alles, weil ihn ein paar Mädchen von der Bushaltestelle aus beobachteten! Dumme Angeberei!

»Wenn ich Sie noch mal so fahren sehe, kriegen Sie eine Woche Bau, Oberschütze!«

»Entschuldigung, Herr Sturmbannführer . . .«

Der Kradfahrer hielt ihm den Umschlag hin. Er hatte behaupten wollen, er sei von der Bremse gerutscht, aber auf Schmidts Blick hin schwieg er doch lieber. Der SS-Führer nahm den Umschlag entgegen; im nächsten Augenblick zuckte er merklich zusammen und erteilte dem Kurier einen raschen Blick.

»Danke, das war alles! Zurück in die Kaserne!«

Jägers Dienstwagen war soeben vorgefahren, und der Standartenführer stieg aus. Er schien glänzender Laune zu sein, denn er sprach leutselig mit einer SS-Streife und machte eine Bemerkung, über die seine Männer lachten. Ein beliebter Vorgesetzter, dieser Jäger. Schmidt, der die Nachricht geheimhalten wollte, falls sie seine Befürchtungen nicht bestätigte, riß den Umschlag auf und zog den zusammengefalteten Meldevordruck heraus.

Er hatte viel riskiert. Kein Vorgesetzter, selbst ein so kameradschaftlicher wie Jäger, ließ sich gern von Untergebenen nachschnüffeln. Schmidt hörte weiteres Lachen, das diesmal von Jäger kam, während er rasch die Auskunft überflog, die seine Sekretärin mitgeschrieben hatte.

Milic kam als erster in ihr Kellerversteck zurück. Er trug einen grauen Kittel und eine alte Schirmmütze. Milic machte ein ernstes Gesicht, während er die Mütze abnahm, dem Engländer zunickte und sich die kurzgeschnittenen graumelierten Haare kratzte.

»Na?« fragte Bora.

»Die Schweiz ist die Falle«, antwortete Milic in seinem stockenden Englisch, damit Lindsay mitbekam, was gesagt wurde. »Wir fahren dorthin, wir sehen Gestapogefängnis . . .«

»Warum?« fragte Bora ungeduldig. »Was hast du gesehen?«

»Ich fahre mit dem Rad drei Straßen nach Süden ab . . . An jeder Straße eine Sperre. Viele Soldaten. Sie kontrollieren Ausweise, telefonieren viel . . .«

»Dann kommt eben nur ein Zug in Frage«, knurrte Bora. »Wir schaffen ihn mit dem Zug fort . . .«

»Nicht mit dem Zug.« Milic schüttelte den Kopf. »Auf dem Bahnhof beobachte ich Züge nach der Schweiz. Männer – nicht in Uniform – fahren mit. Sie kontrollieren Ausweise . . .«

Er sprach nicht weiter, als Paco hereinkam und die Geheimtür hinter sich schloß. Sie nahm ihre Pelzkappe ab und ließ sie auf eine Kiste fallen. Lindsay beobachtete sie, während sie sich mit beiden Händen durch ihr blondes Haar fuhr. Er konnte ihren Gesichtsausdruck nicht deuten.

»Wir stehen vor einem neuen Problem«, sagte Paco ruhig. »In die Schweiz können wir nicht mehr. Die Strecken dorthin sind abgeriegelt. «Sie machte eine Pause. »Ich habe mit SS-Standartenführer Jäger zu Mittag gegessen ...«

»Was hast du?«

Bora sprang von seiner Kiste auf und starrte Paco an, als sei sie übergeschnappt. Er blickte kurz zur Tür hinüber und konzentrierte sich dann wieder auf die Blondine.

»Du kannst beschattet worden sein! Am besten verschwinden wir sofort, wenn's nicht schon zu spät ist ...«

»Bora!« Sie legte dem Serben beide Hände auf die Schultern und sah ihm ruhig ins Gesicht. »Hältst du mich für eine Anfängerin? Natürlich bin ich nicht beschattet worden. Ich habe sämtliche Vorsichtsmaßnahmen ergriffen, obwohl sie unnötig waren. Setz dich jetzt hin, und *hör zu!«*

Sie wandte sich an Lindsay und hielt ihm einen großen Umschlag aus ihrer Handtasche hin. Er griff danach, zog die Papiere aus dem Umschlag und überflog sie. Alle trugen das deutsche Hoheitsabzeichen – den Adler mit dem Hakenkreuz in einem Eichenlaubkranz – und die Unterschrift *Egon Jäger, SS-Standartenführer.*

»Mein Gott, das sind Reisepapiere nach Wien! Weshalb ausgerechnet Wien?«

»So, jetzt hören *Sie* mal zu! Ich habe sie mir für mich und mein mitreisendes Personal von diesem Standartenführer Jäger ausstellen lassen ...«

»Wie haben Sie das geschafft?« fragte Lindsay.

»Jedenfalls nicht dadurch, daß ich mit ihm ins Bett gegangen bin, wie Sie offenbar denken. Würde's Sie stören, wenn ich das getan hätte?«

Lindsay wußte nicht recht, wie er darauf reagieren sollte, und merkte, daß die grüngrauen Augen ihn leicht amüsiert beobachteten. Er biß sich auf die Unterlippe und vermied es, Pacos Frage zu beantworten.

»Diese Papiere sind für eine Zugfahrt gedacht . . .«

»Verstehen Sie denn nicht?« Sie stieß ihn an, als ärgere sie sich über seine Begriffsstutzigkeit. »Sie sind erst vor kurzem aus Salzburg nach München gekommen. Die Strecke nach Wien führt von München aus über Salzburg. Auf dem Hauptbahnhof ist mir aufgefallen, daß der Schnellzug nach Wien nicht kontrolliert wird. Die Deutschen rechnen nicht damit, daß Sie München auf diesem Weg wieder verlassen . . .«

»Eine dieser Erlaubnisse ist für einen Chauffeur Franz Weber ausgestellt . . .«

»Der sind Sie! Probieren Sie Boras Chauffeursuniform an. Sie müßte auch Ihnen passen. Und Sie sprechen ausgezeichnet Deutsch.« Paco lächelte zuversichtlich. »Sie können doch Auto fahren? Sie fahren uns zum Hauptbahnhof.«

»Und Bora? Und Milic?«

»Die beiden fahren mit uns. Bora ist mein Gutsverwalter. Milic müssen wir in einer ruhigen Straße in Bahnhofsnähe absetzen. Er schlägt sich selbst durch . . .«

»Und wer sind Sie?«

»Natürlich die Baronin von Werther!«

»Aber was passiert, wenn jemand auf die Idee kommt, sich nach dieser fiktiven Baronin zu erkundigen?«

»Keine Angst, sie *existiert!* Ich habe in der Schule einige Monate neben ihr gesessen. Noch Fragen?«

»Was ist, wenn jemand sich auch noch für die Personenbeschreibung der Baronin interessiert?«

»Das wäre ausgesprochenes Pech. Hören Sie, Lindsay, wir benützen diese Papiere, um so schnell wie möglich zu verschwinden. Niemand weiß, wohin wir uns abgesetzt haben . . .«

»Wohin fahren wir von Wien aus?«

»Das erkläre ich Ihnen noch früh genug.«

»Das gefällt mir nicht! Ich soll wichtige Informationen so rasch wie möglich nach London zurückbringen und . . .«

»Das gefällt *Ihnen* nicht!« unterbrach Bora ihn aufgebracht. »Ist Ihnen klar, daß Sie für uns nur ein Klotz am Bein sind? Sie haben keinerlei Untergrunderfahrung, und wir sollen unseren Hals riskieren, um Ihnen zur Flucht zu verhelfen! Am liebsten ...«

»Halt die Klappe!« fuhr Paco ihn an. Sie zog Lindsay mit sich in die hinterste Ecke des Kellerraums und setzte sich dort mit ihm auf eine Kiste. Sie sprach leise auf den Engländer ein.

»Die Gruppierung, die ich vertrete, hat eine Vereinbarung mit Ihren Leuten getroffen: soundso viele Waffen, soundso viel Munition für jeden englischen Agenten, den wir aus Deutschland rausschmuggeln. Machen Sie bitte mit! Die Schweizer Route wäre Selbstmord. Wir müssen über Wien fahren.«

»Aber wann brechen wir auf – oder ist das auch geheim?«

»Lindsay ...« Paco legte ihm eine Hand auf den Arm. »Sie haben keinen Grund, verbittert zu sein. Wir fahren um sechzehn Uhr zehn aus München ab – mit dem Schnellzug, der um dreiundzwanzig Uhr in Wien ankommt.«

»Gott sei Dank! Ich bin froh, wenn ich hier rauskomme! Ich bin erst ein paar Stunden in diesem Kellerraum, aber ich habe das Gefühl, als rückten die Wände immer näher zusammen.«

»Halten Sie sich an Milic, falls wir uns in einer kritischen Situation trennen müssen. Er würde Sie nie im Stich lassen. Er hat Sie gern ...«

»Und Bora?«

»Wir denken besser nicht an das, was schiefgehen könnte.«

Auch Paco rechnete also mit der Gefahr, daß jemand ihre Personenbeschreibung überprüfte, bevor sie das Land verlassen hatten.

Auf dem Münchner Hauptbahnhof las Schmidt die aus Berlin eingegangene Nachricht, faltete das Blatt zusammen und steckte es in die Brusttasche seiner Uniform, als Jäger, der sich mit einer SS-Streife unterhalten hatte, herankam.

Baronin von Werther, eine Nichte General Speidels, ist Alleinerbin eines großen Stahlvermögens. Ihr Vater ist ein enger Freund von Reichsmarschall Göring. Brandt

Schmidt war über diese Mitteilung erleichtert, obwohl er das unbestimmte Gefühl hatte, irgend etwas übersehen zu haben. Er konzentrierte sich darauf, Jäger zu begrüßen, der wie ein Mann aussah, der ein höchst erfreuliches Mittagessen genossen hatte.

»Alles in Ordnung, Schmidt? Gut, gut! Sie müssen wirklich zusehen, daß Sie sich bald eine Beförderung verdienen. Die Vorteile, die man als höherer SS-Führer genießt, sind sehr beachtlich ...«

Jäger blinzelte seinem Stellvertreter vertraulich zu, bevor er sich in der Bahnhofshalle umsah. Schmidt horchte ihn behutsam aus.

»Ihre Begleiterin ist wohl sehr ... interessant gewesen, nehme ich an?«

»Interessant!« Jäger sprach etwas leiser. »Ich kann Ihnen verraten, mein Lieber, daß diese Frau etwas an sich hat, das einem unter die Haut geht.«

»Sie treffen sie wieder?«

»Aber natürlich! Spätestens in einer Woche. Solche Frauen spielen anfangs immer die Unnahbaren – das tun alle, um die es sich wirklich zu werben lohnt!«

»Sie lebt in München?«

»Tut mir leid, das weiß ich wirklich nicht ...« Jäger beobachtete, wie zwei SS-Männer eine alte Frau wichtigtuerisch bedrängten. »He, ihr da drüben! Seht ihr nicht, daß sie alt genug ist, um eure Großmutter zu sein? Habt Geduld mit ihr, bis sie ihre Kennkarte gefunden hat, sonst lernt ihr *mich* kennen!« Er wandte sich wieder an Schmidt. »Was haben Sie gerade gefragt?«

»Mich hat nur interessiert, wo die Baronin wohnt.«

»Dazu sind wir noch nicht gekommen.« Der Standartenführer kniff ein Auge zusammen, während er spitzbübisch grinste. »Wir hatten wichtigere Dinge zu bereden. Sie hat mir versprochen, mich innerhalb einer Woche im Dienst anzurufen. Ich habe ihr meine Nummer gegeben . . .«

Jäger stemmte die Arme in die Hüften und summte *Lili Marlen* vor sich hin. Diesmal hat's ihn schwer erwischt! konstatierte Schmidt. Er hatte seinen Vorgesetzten bisher nur selten in so euphorischer Stimmung erlebt.

»Haben Sie schon zu Mittag gegessen, Schmidt?« fragte Jäger plötzlich. »Nein? Das hab' ich mir gedacht. Sie können jetzt gehen. Ich bleibe noch eine oder eineinhalb Stunden hier und kontrolliere dann die Straßensperren.«

Auf der Rückfahrt in die Kaserne hätte Schmidt beinahe einen Verkehrsunfall verschuldet, weil er in Gedanken woanders war. Auch der Standartenführer träumte. Lisa, die Baronin, hatte ihm erzählt, sie besuche ihren Onkel in Wien, aber dieser Besuch werde nur zwei, drei Tage dauern.

»Ein Pflichtbesuch«, hatte sie festgestellt. »Ich komme zurück, sobald ich mich dort langweile – was sehr schnell der Fall sein dürfte.«

Jäger erinnerte sich an den Ausdruck ihrer Augen, die ihn über ein Weinglas hinweg angeblickt hatten. Er war gern bereit gewesen, ihre Reisedokumente zu unterzeichnen, um ihr lästige Kontrollen zu ersparen. Und die Szene, die er soeben miterlebt hatte – daß zwei Lümmel irgendeiner armen alten Frau zusetzten –, zeigte ihm, wie richtig es gewesen war, der Baronin mit seiner Unterschrift gefällig gewesen zu sein.

Schmidt dachte unterwegs an den Text der Mitteilung aus der Prinz-Albrecht-Straße, der Berliner Gestapozentrale. Sie bestätigte die Existenz einer Baronin von Werther. Sie bestätigte weiterhin, daß sie eine Nichte von General Speidel war. Etwas anderes bestätigte sie *nicht* – weil er danach zu fragen vergessen hatte!

Schmidt stürmte in sein Dienstzimmer und wies seine Sekretärin an, ihn sofort mit Brandt zu verbinden. Während er an seinem Schreibtisch wartete, fiel ihm auf, daß er nervös mit einem Bleistift spielte – und daß seine Sekretärin ihn dabei beobachtete. Er tat, als lese er einen Bericht. Zu seiner Überraschung kam das Ferngespräch sehr rasch zustande.

»Brandt? Hier ist noch mal Sturmbannführer Schmidt in München. Ich habe Ihre Mitteilung erhalten – dafür besten Dank! Aber ich habe eine Kleinigkeit vergessen, um die ich Sie noch bitten wollte: eine genaue Personenbeschreibung der Baronin von Werther ... Ja, ich weiß, daß das viel verlangt ist, aber die Sache ist wirklich dringend ... Ich bin hier erreichbar, bis Sie die Beschreibung durchgeben können. Und noch etwas, Brandt: Diese Sache ist mit äußerster Diskretion zu behandeln, verstanden?«

24

Auf dem Münchner Hauptbahnhof betrachtete SS-Standartenführer Mayr das nach Wien reisende Trio. Er hatte zufällig an der Bahnsteigsperre gestanden, als die drei herangekommen waren. Mayrs Auge ruhte wohlgefällig auf der eleganten blonden Frau, die von einem uniformierten Chauffeur, der teure Gepäckstücke schleppte, und einem leicht hinkenden Mann, der wie ein Förster oder Gutsverwalter aussah, begleitet wurde. Der Standartenführer wollte sie eben ansprechen, als Paco lächelnd ihre Handtasche aufschnappen ließ und mehrere amtliche Schriftstücke daraus hervorholte.

»Wie ich sehe, sind Sie ein SS-Führer«, sagte sie. »Zweifellos kennen Sie meinen Freund, Standartenführer Jäger ...«

Sie sprach das Wort *Freund* mit ganz besonderer Betonung aus. Als sie den Namen Jäger erwähnte, änderte sich Mayrs Haltung sofort. Der SS-Führer, ein liebenswürdiger Mann Anfang Vierzig, deutete eine Verbeugung an.

»Selbstverständlich, gnä' Frau! Aber wir haben den Auftrag, hier stichprobenartig zu kontrollieren – ich muß Sie also bitten, etwaige Unannehmlichkeiten zu entschuldigen...«

»Sehen Sie bitte auf die Uhr!« forderte Paco ihn streng auf. »Es wäre mir mehr als unangenehm, wenn ich Ihretwegen den Schnellzug nach Wien versäumen würde. Wie Sie sehen, sind meine Reisepapiere und die meiner beiden Angestellten von Standartenführer Jäger unterzeichnet. Beeilen Sie sich bitte...«

Mayr warf einen Blick auf die Bahnhofsuhr, sah Jägers Unterschrift auf den Papieren und gab der Blondine mit einer raschen Handbewegung den Zugang zum Bahnsteig frei.

»Gute Reise, gnä' Frau!« wünschte er ihr noch.

Lindsay sah den Deutschen nicht an, als er, mit Koffern beladen, an ihm vorbeiging, um Bora und Paco zu folgen, die den Zug entlanggingen, bis sie ein leeres Abteil fanden. Paco stieg als erste ein; sie machte es sich auf einem Fensterplatz bequem und überließ den beiden Männern das Gepäck.

»Das haben Sie wunderbar gemacht«, lobte Lindsay die Blondine, nachdem er den letzten Koffer im Gepäcknetz verstaut hatte. Der Schnellzug fuhr bereits an. Lindsays Bewunderung war ehrlich: Paco hatte den SS-Führer mit genau der richtigen Mischung aus arrogantem Selbstbewußtsein und weiblicher Überredungskunst um den Finger gewickelt.

»Damit wäre die erste Hürde genommen«, stellte Paco fest, nahm ihre Pelzkappe ab und fuhr sich mit beiden Händen durch die blonden Haare.

»Woher habt ihr bloß dieses teure Gepäck und Boras Lodenmantel?« erkundigte sich Lindsay.

»Das geht Sie nichts an!« knurrte Bora.

»Warum so mürrisch?« tadelte Paco ihn freundschaftlich. »Das war eine berechtigte Frage.« Sie sah zu Lindsay hinüber. »Wir haben in eine Villa am Starnberger See eingebrochen und alles gestohlen. Nichts imponiert der Offizierskaste mehr als der äußere Eindruck großen Reichtums, der wiederum Macht bedeutet.«

»Wie steht's mit Fahrkarten?« fragte Lindsay plötzlich. »In Deutschland werden sie unterwegs doch nochmals kontrolliert.«

Paco öffnete ihre Handtasche und nahm drei Fahrkarten für die erste Klasse heraus, die sie Lindsay gab. »Die Karten hat der Chauffeur in der Tasche – und Sie sprechen Deutsch. Ich muß sagen, daß Sie rasch lernen, auf Details zu achten, Lindsay. Die Fahrkarten habe ich heute mittag gekauft, als ich gesehen habe, daß die Züge in die Schweiz kontrolliert werden.«

»Aber das sind Rückfahrkarten . . .«

»Natürlich!« antwortete Paco gelassen. »Jäger sollte doch sehen, daß ich tatsächlich wieder zurückkommen würde. Das ist übrigens etwas, das ich lieber vermieden hätte – daß ich diesem SS-Führer gegenüber Jägers Namen erwähnen mußte. Dadurch können sie unter Umständen feststellen, mit welchem Zug wir gefahren sind.«

»Spielt das denn eine Rolle?« fragte Bora mit einer wegwerfenden Handbewegung. »In ein paar Stunden sind wir in Wien!«

Lindsay starrte in den Gang hinaus. Ein Reinigungsmann, der einen grauen Kittel und eine Eisenbahnermütze trug, kam mit Kehrschaufel und Besen an ihrem Abteil vorbei. Lindsay erkannte Milic, der ihm zublinzelte und gemächlich in Fahrtrichtung weiterging.

»Daß ich von Jäger gesprochen habe, kann durchaus noch eine Rolle spielen«, erklärte die Blondine Bora. »Lindsay hat den entscheidenden Punkt bereits angeschnitten: Was würde passieren, wenn jemand sich für die Personenbeschreibung der Baronin von Werther interessiert?«

Der Zug wurde schneller; die Räder klickten rhythmisch über die Schienenstöße. Lindsay schwieg. Noch sechseinhalb Stunden bis Wien . . .

Schmidt hatte in seinem Büro den Kopf auf die Arme gelegt und war an seinem Schreibtisch eingeschlafen. Vor ihm stand ein Tablett mit Geschirr und den Resten eines Abendessens. In dem großen Dienstgebäude war es totenstill. Schmidt schrak auf, als sein Telefon klingelte. Er warf einen Blick auf seine Armbanduhr. Großer Gott, schon zweiundzwanzig Uhr fünfundvierzig!

»Schmidt!« meldete er sich. »Was ...«

Er kam nicht weiter. Brandt, dessen Stimme erstaunlich wach klang, begann sofort zu sprechen. Schmidt glaubte, einen gewissen Stolz aus seinem Tonfall herauszuhören.

»Ich habe die Personenbeschreibung der Baronin von Werther. Das ist kein ganz einfaches Stück Arbeit gewesen. Ich habe die Anfrage mit einer Personenverwechslung begründet, ohne Ihren Namen zu erwähnen ...«

Schmidt mußte sich eingestehen, daß er den Gestapomann offenbar unterschätzt hatte. Der andere war unerwartet diskret vorgegangen. Das war um so besser, weil Jäger dadurch aus dem Spiel blieb. Schmidt zog seinen Notizblock zu sich heran und griff nach einem Bleistift.

»Danke, das haben Sie gut gemacht. Dabei wollen wir's auch belassen, Brandt. Und jetzt ...«

»Größe einsfünfundfünfzig, brünett, ziemlich mollig. Alter neunundzwanzig Jahre. Stark kurzsichtig, trägt eine Brille, ohne die sie fast blind ist.« Der andere machte eine Pause. »Na, hilft Ihnen das weiter?«

Schmidt achtete darauf, sich seine Besorgnis nicht anmerken zu lassen. »Ja, damit ist uns viel geholfen. Nochmals besten Dank – und tut mir leid, daß Sie meinetwegen Überstunden machen mußten.«

»Für mich ist das eine gute Ausrede, erst sehr spät nach Hause zu kommen – ich hab' noch einen kleinen Umweg vor«, erklärte Brandt ihm lachend.

Schmidt fühlte sich ganz schwach, als er den Hörer auf die Gabel sinken ließ. Ein anderer Untergebener hätte diese Informationen vielleicht dazu benützt, die Stellung seines Vorgesetzten zu unterminieren, um seine eigenen Beförderungschancen zu verbessern. Auf diese Idee wäre Schmidt niemals gekommen. Er hob ruckartig den Kopf, als die Tür seines Dienstzimmers geöffnet wurde. Jäger stand auf der Schwelle – und hinter ihm wurde Mayr sichtbar.

»Es handelt sich um die Baronin von Werther«, sagte Schmidt knapp. »Ich hätte Sie gern unter vier Augen gesprochen.«

Jäger drehte sich mit einer gemurmelten Entschuldigung nach Mayr um, kam herein und schloß die Tür hinter sich. Er war bester Laune, als er jetzt seine Handschuhe abstreifte und sie mit seiner Schirmmütze auf den Schreibtisch warf. Jäger zog sich einen Holzstuhl heran, drehte ihn mit der Lehne nach vorn, nahm rittlings darauf Platz und stützte die Ellbogen auf die Stuhllehne.

»Warum so sorgenvoll, Schmidt? Davon kriegen Sie nur Magengeschwüre. Die meisten Probleme lösen sich irgendwann von allein.«

»Ich habe hier eine Personenbeschreibung der Baronin von Werther.«

Jäger las die wenigen Zeilen auf dem Blatt, das Schmidt von seinem Notizblock gerissen hatte. Die meisten anderen Männer hätten Zeit damit vergeudet, nach der Quelle dieser Informationen zu fragen und sich zu erkundigen, weshalb Schmidt es für richtig gehalten habe, diese Auskunft einzuholen. Jäger gab ihm einfach das Blatt zurück.

»Ich bin reingelegt worden, Schmidt. Und wie! Diese Blondine ist eine großartige Schauspielerin. Ich habe ihr Reisepapiere für sie selbst und ihr sogenanntes Personal ausgestellt.«

»Sind die Durchschläge bei den Akten?« fragte Schmidt sofort. »Wohin wollte sie reisen?«

»Natürlich ohne Durchschläge, Kamerad. Sie wollte mit dem Zug nach Wien.«

Jäger drehte sich um, als die Tür geöffnet wurde. Mayr kam herein und schloß sie hinter sich. Der große, hagere SS-Führer wirkte etwas verwirrt.

»Entschuldigung, aber mir ist eben etwas eingefallen.

Habe ich vorhin den Namen der Baronin von Werther gehört?«

»Richtig«, bestätigte Jäger sofort. Er nickte Mayr aufmunternd zu.

»Ich habe sie heute abend kontrolliert, als sie mit zwei Begleitern in den Schnellzug nach Wien gestiegen ist. Sie hat mir die von Ihnen unterschriebenen Papiere gezeigt. Wirklich eine tolle Frau, diese Blondine ...«

»Wer sind ihre Begleiter gewesen?« erkundigte Jäger sich eher beiläufig.

»Der eine war ein uniformierter Chauffeur. Ich kann ihn nicht beschreiben: Er hatte seine Schirmmütze tief ins Gesicht gezogen und war mit Gepäck beladen. Der andere hat wie ein Förster oder Gutsverwalter ausgesehen. Er hat gehinkt – wegen einer Kriegsverletzung, nehme ich an. Ist das wichtig?«

»Nein, ich frage nur aus Neugier«, antwortete Jäger sofort. »Sie haben keinen dritten Mann gesehen?«

»Nein, es waren nur zwei ...«

»Mit welchem Zug ist sie gefahren? Um welche Zeit?« warf Schmidt ein.

»Mit dem Wiener Schnellzug um sechzehn Uhr. Gibt's etwa Schwierigkeiten?«

»Nicht auf der Grundlage Ihrer Informationen«, versicherte Jäger ihm.

»Dann fahre ich jetzt nach Hause. Vielleicht sehen wir uns morgen im Kasino.«

Als Mayr die Tür hinter sich schloß, war Schmidt bereits aufgestanden und hatte ein Kursbuch aus einem Regal geholt. Er blätterte rasch darin, fuhr mit dem Zeigefinger eine Spalte hinunter und sah dann auf seine Armbanduhr. Zweiundzwanzig Uhr einundfünfzig.

»Der Zug kommt erst in einer Viertelstunde an«, stellte Schmidt hörbar erleichtert fest. »Wen kennen Sie in Wien?«

»Anton Kahr, Obersturmbannführer Kahr. Wir sind alte Kameraden von der Ostfront her ...«

Schmidt schlug in einem nur für den Dienstgebrauch bestimmten Verzeichnis nach, fand Kahrs Telefonnummer, hob den Hörer ab und meldete ein Blitzgespräch an. Er blieb am Apparat, während die Vermittlung Wien rief. Jäger dachte unterdessen laut nach.

»Mayr muß dichthalten, wenn ich ihn morgen einweihe – immerhin hat er sie passieren lassen. Das Merkwürdige ist nur, daß der dritte Mann fehlt – sie sind zu dritt gewesen, als sie Lindsay vor der Frauenkirche abgeholt haben . . .«

»Kahr ist am Apparat!« Schmidt reichte seinem Vorgesetzten den Hörer und sah auf die Uhr, während Jäger knapp und präzise sprach. Es war erst zweiundzwanzig Uhr fünfundfünfzig, als der Standartenführer den Hörer auflegte.

»Zehn Minuten bis zur Ankunft des Schnellzugs«, stellte Schmidt fest.

»Und wenn er einfährt, warten Kahr und seine Leute auf dem Bahnsteig versteckt. Die Baronin kann sich auf eine kleine Überraschung gefaßt machen . . .«

25

Sie stiegen auf einem Bahnsteig des Wiener Westbahnhofs aus und mischten sich unter die übrigen Reisenden. Paco zeigte Lindsay die Gepäckaufbewahrung und blieb in der Nähe stehen, um beobachten zu können, wie er das Gepäck aufgab. Bora hatte sich wieder einmal als begriffsstutzig erwiesen, als der Schnellzug in den Bahnhof einfuhr.

»Lindsay«, hatte Paco gesagt, »Sie geben unser Gepäck in der Gepäckaufbewahrung ab. Warten Sie, bis der Beamte Ihnen den Aufbewahrungsschein gegeben hat. Wir holen die Koffer allerdings nicht wieder ab . . .«

»Warum lassen wir sie dann nicht einfach hier im Abteil?« erkundigte sich Bora irritiert.

»Weil sie dann rasch vom Schaffner oder dem Reinigungspersonal gefunden würden. In der Gepäckaufbewahrung werden sie vielleicht erst nach Tagen entdeckt.« Die Blondine sah wieder zu Lindsay hinüber. »Von hier aus fahren wir nach Graz weiter und benützen den Grenzübergang Spielfeld nach Jugoslawien. Bei den Partisanen halten sich einige alliierte Agenten auf . . .«

Lindsay mußte sich beherrschen, um nicht kehrtzumachen und wegzulaufen, als der Bahnbeamte ihm die Koffer abnahm, aber er zwang sich dazu, geduldig zu warten. Der Beamte schien eine Ewigkeit zu brauchen, bis er die Koffer beklebt und den Aufbewahrungsschein ausgefüllt hatte.

Der durch kegelförmige Lampen nur schwach erhellte Bahnsteig war nahezu menschenleer, als Lindsay aus der Gepäckaufbewahrung zurückkam. Lindsay kam sich wie auf dem Präsentierteller vor. Paco rauchte eine Zigarette, als er sich zu ihr gesellte.

»Wo sind die anderen?« fragte Lindsay.

»Sie sind schon vorausgefahren. Falls jemand sich bei den Taxifahrern erkundigt, haben sie einmal zwei Männer und einmal einen Mann und eine Frau befördert. Danach werden sie nicht fahnden . . .«

»Sie sind aus irgendeinem Grund nervös«, stellte der Engländer fest.

Paco zuckte mit den Schultern. Sie verließen das Bahnhofsgebäude und traten auf einen weiten Platz hinaus. Der Verkehr war um diese Zeit schwach; er bestand vor allem aus deutschen Militärfahrzeugen. Die Blondine führte Lindsay ein gutes Stück vom Bahnhof weg, bevor sie ein vorbeifahrendes Taxi anhielt.

»Wir haben gerade noch Glück gehabt, glaub' ich«, vertraute sie Lindsay an. »Der Zug ist ein paar Minuten vor der planmäßigen Ankunftszeit eingefahren . . .«

Der Kriegsrat, wie Bormann ihn nannte, fand um ein Uhr fünfzehn auf dem Berghof statt. Er war in höchster Eile einberufen worden: Jäger, Schmidt und Mayr waren mit dem

Flugzeug aus München nach Salzburg gekommen. Auch Hartmann nahm an dieser Besprechung teil.

Auf dem Flugplatz hatte eine Limousine bereitgestanden, um die drei SS-Führer so schnell wie möglich auf den Obersalzberg zu bringen. Der Führer hatte den Vorsitz der Besprechung selbst übernommen. Zu Jägers Erleichterung – und Verblüffung – nahm Hitler die Hiobsbotschaft erstaunlich gelassen auf.

»Sie haben den Engländer also entwischen lassen?« fragte er ruhig. »Ich habe schon immer gesagt, daß die Engländer zäh und gefährlich sind. Nur schade, daß sie nicht endlich Vernunft annehmen und sich mit uns verbünden wollen ...«

»Dieses Debakel ist einzig und allein meine Schuld«, hatte Jäger anfangs zugegeben, und Bormann hatte sich sofort auf dieses Eingeständnis gestürzt.

»Dann müssen Sie auch dafür geradestehen!«

»Bormann! Bitte!« Der Führer hob abwehrend die Hand. Um diese Zeit war Hitler, der nie vor drei Uhr zu Bett ging, von allen Anwesenden am frischesten. »Eine gegenseitige Schuldzuweisung bringt uns nicht weiter. Wir müssen weiterdenken und uns überlegen, wie wir Lindsay aufspüren und hierher zurückbringen können.«

Debakel war das richtige Wort. Da der Schnellzug München–Wien einige Minuten zu früh eingefahren war, während Kahr und seine SS-Männer sich um wenige Minuten verspätet hatten, war der Bahnsteig bei ihrer Ankunft menschenleer gewesen. Nirgends eine Spur von den Flüchtlingen. Kahrs Leute hatten den ganzen Westbahnhof nach ihnen abgesucht – auch die Gepäckaufbewahrung.

»Eine Tatsache ist interessant«, meinte Hartmann, aber der Reichsleiter ging wie ein Bulle mit gesenkten Hörnern auf ihn los.

»Das geht die Abwehr nichts mehr an ...«

»Bormann, bitte!« wiederholte der Führer, der vorbildliche Geduld bewies. »Mich interessiert, was Major Hartmann zu sagen hat.«

»Wie wir von Standartenführer Mayr wissen, hat das Gepäck dieser Dreiergruppe bei der Abreise aus München aus zwei teuren Koffern bestanden«, begann Hartmann. »Diese Koffer sind in der Gepäckaufbewahrung auf dem Wiener Westbahnhof entdeckt worden. Die Personenbeschreibung des Chauffeurs, der sie aufgegeben hat, stimmt mit der des Chauffeurs überein, den Standartenführer Mayr auf dem Münchner Hauptbahnhof gesehen hat. Die Koffer enthalten elegante Damengarderobe . . .«

»Sie glauben wohl nicht, daß das Gepäck wieder abgeholt wird?« fragte der Führer.

»Ganz recht«, bestätigte Hartmann. »Die drei haben sie preisgegeben. Daraus läßt sich einiges schließen – und ich bin davon überzeugt, daß die Gruppe von der jungen Frau geführt wird, die so überzeugend die Baronin von Werther dargestellt hat . . .«

»Von einer Frau! Blödsinn!«

Bormann winkte verächtlich ab. Er ärgerte sich zugleich darüber, daß Hartmann im Mittelpunkt der allgemeinen Aufmerksamkeit stand – daß Hitler ihm so gespannt zuhörte. Er wurde erneut zurechtgewiesen.

»Bormann, unterbrechen Sie ihn nicht dauernd! Im Westen haben die Engländer in einigen Fällen Agentinnen eingesetzt, um Verbindung zum französischen Untergrund aufzunehmen. Diese Frauen haben Mut und Tatkraft bewiesen. Bitte weiter, Hartmann . . .«

»Die große Frage lautet nun: Was haben sie als nächstes vor, wohin sind sie unterwegs?«

»Wien ist ein Labyrinth«, stellte Hitler fest. »Das weiß ich aus eigener Erfahrung. Falls sie die Stadt kennen, können sie dort spurlos untertauchen. Dann sind sie jahrelang verschwunden.«

»*Falls* das ihre Absicht ist«, fuhr Hartmann fort, »was ich bezweifle.« In seinem Eifer vergaß er völlig, wo er sich befand, zog seine Pfeiefe aus der Tasche und benützte ihren Stiel, um einzelne Punkte zu unterstreichen. »Nehmen wir einmal an, die Blondine sei die Anführerin der Gruppe – kaltblütig genug ist sie jedenfalls. Sie hat sich bisher stets an einen festgelegten Plan gehalten, anstatt blindlings auf Zufälle zu hoffen. Deshalb vermute ich, daß sie schon einen bestimmten Plan hat, wie sie ihr nächstes Ziel erreichen wollen. Wir brauchen nur herauszubekommen, wo es liegt – und vor ihnen da zu sein.«

Er lehnte sich zurück und hätte sich beinahe die Pfeife angezündet. Dann steckte er sie hastig ein.

»Bei Ihnen klingt das alles ganz einfach!« meinte Bormann spöttisch.

»Wir müssen eine Entscheidung treffen!« Hitler sprang auf und lief in einem seiner typischen Energieausbrüche auf dem Teppich auf und ab, wobei er die Hände auf dem Rükken zusammenlegte. »Gruber ist bereits nach Wien unterwegs, wo er sich mit einem aus Berlin mit dem Flugzeug kommenden Kollegen trifft. Jäger und Schmidt – Sie fliegen ebenfalls hin und bilden eine zweite Gruppe. Auch Major Hartmann begibt sich nach Wien . . .«

»So viele Leute, um einen einzigen Engländer zu fassen?«

Bormann war ehrlich entsetzt. Der Reichsleiter, der sonst an allen Entscheidungen beteiligt war, fühlte sich wie vor den Kopf geschlagen. Aber Hitler schien seinen Einwand gar nicht gehört zu haben, denn er sprach rasch und energisch weiter.

»Auf diese Weise setzen wir drei selbständige Fahndungskommandos auf sie an: Gestapo, SS und Abwehr. Falls es keiner von ihnen gelingt, diese subversive Gruppe aufzuspüren, können wir gleich den Laden dichtmachen! Bormann, Sie sorgen dafür, daß sie alle benötigten Geldmittel, Unterstützung und Waffen erhalten. Bleiben Sie notfalls die ganze Nacht auf!«

Er blieb stehen, verschränkte die Arme und starrte die Männer, die ihm schweigend zugehört hatten, durchdringend an. Keiner von ihnen war so dumm, den Führer in diesem Augenblick zu unterbrechen.

»Ich erwarte, daß Sie alle noch vor Tagesanbruch in Wien sind – dann haben Sie den ganzen Tag Zeit, die Stadt abzusuchen. Und denken Sie daran, meine Herrn, daß die Gestapo bereits dort ist – daß sie einen Vorsprung hat ...«

Hitler blieb mit verschränkten Armen und strengem Gesichtsausdruck stehen, bis die Männer eilig den Raum verlassen hatten. Sobald er mit Bormann allein war, schlug seine Stimmung jedoch um. Er ließ sich in einen Sessel fallen, breitete die Arme aus und lachte schallend.

»Bormann, haben Sie ihre Gesichter gesehen? Das Ganze ist ein Wettlauf, bei dem es darum geht, den Engländer als erster zu erwischen. Nichts bringt Männer besser auf Trab als ein bißchen Konkurrenz. Und wissen Sie, wem ich bei dieser Jagd die größten Chancen einräume?«

»Gruber.«

»Natürlich nicht!« Bei dieser Vorstellung schüttelte Hitler sich erneut vor Lachen. »Hartmann«, stieß er hervor, als sein Anfall einigermaßen abgeklungen war. »Dieser gerissene Abwehrmann weiß mehr als die anderen zusammen – er hat ihnen sogar einen Tip gegeben, aber sie sind zu begriffsstutzig gewesen, um ihn zu kapieren ...« Seine ganze Art änderte sich erneut. Sein Gesichtsausdruck wurde starr, er setzte sich auf, und seine Stimme klang barsch. »Was haben Sie noch hier zu suchen? Die anderen warten unten auf Sie, Bormann! Sie dürfen sie nicht länger aufhalten ...«

»Mein Führer, Sie haben gesagt, Hartmann habe ihnen einen Tip gegeben?«

»Die Koffer, die sie preisgegeben haben! Die Koffer mit eleganter Damengarderobe. Beeilen Sie sich jetzt!«

Er horchte nach draußen, bis Bormanns Schritte verhallt waren, und lehnte sich dann mit breitem Lächeln in seinen Klubsessel zurück. Er sprach nur halblaut, um ihr gutes Gehör auf die Probe zu stellen.

»Eva, du kannst jetzt reinkommen, du kleiner Kobold. Sie sind alle fort. Du hast wieder gelauscht, nicht wahr?«

Es war drei Uhr, als die Ju 52 mit Jäger, Schmidt und Hartmann in Wien landete. Auf dem Flughafen stand ein Wagen bereit, um sie in die Stadt zu bringen. Bormann war eine merkwürdige Gestalt, aber selbst seine Feinde – zu denen außer Hitler fast alle zählten – mußten zugeben, daß er ein hervorragender Organisator war.

Schmidt saß vorn neben dem Fahrer, während Jäger und der Abwehroffizier auf dem Rücksitz Platz genommen hatten. Auf der Fahrt in die Stadt schwieg Hartmann tief in Gedanken versunken. Sein Schweigen irritierte den eher extrovertierten SS-Standartenführer.

»Wie wollen Sie diese unmögliche Aufgabe lösen?« erkundigte er sich.

»Wohin fahren Sie zuerst?« lautete Hartmanns Gegenfrage.

»Ins SS-Hauptquartier, um mich mit Kahr zu beraten. Wenn Sie wollen, nehme ich Sie zu dieser Besprechung mit.«

»Würden Sie mich für sehr unhöflich halten, wenn ich Sie bitte, mich am Westbahnhof abzusetzen? Das beschlagnahmte Gepäck liegt wohl noch dort?«

»Ich nehme es an. Was haben Sie davon, wenn Sie sich das Gepäck ansehen?«

»Das weiß ich erst, wenn ich's gesehen habe, nicht wahr?« erwiderte Hartmann.

»Sie sind ein schweigsamer Bursche!« stellte Jäger freundlich fest.

»Und ein verdammt gerissener dazu!« sagte Schmidt vom Beifahrersitz aus.

Schmidt fühlte eine gewisse Geistesverwandtschaft mit dem ehemaligen Strafverteidiger. Hartmanns Methoden hatten Ähnlichkeit mit denen, die Schmidt bei der Düsseldorfer Polizei benützt hatte. Das alles schien bereits jahrhundertelang zurückzuliegen.

Hartmann ließ sich vor dem Westbahnhof absetzen. Es war genau drei Uhr dreißig. Bei der Gepäckaufbewahrung zog er eine von Bormann ausgestellte Vollmacht aus seiner Brieftasche. Sie gab ihm das Recht, jedermann ohne Rücksicht auf Dienstgrad und -stellung zu vernehmen. *Auf Befehl des Führers . . .*

»Ich wollte eben zumachen«, erklärte ihm der Bahnbeamte mürrisch. »Mein Kollege ist ab fünf Uhr da . . .«

»Hier, lesen Sie!« forderte Hartmann ihn kurz und knapp auf. »Sind Sie der Mann, der die von der SS beschlagnahmten Koffer in Verwahrung genommen hat?«

Ja, er war der Mann. Ja, er konnte den Reisenden beschreiben, der sie aufgegeben hatte. Hartmann rauchte seine Pfeife und hörte schweigend zu, während der Bahnbeamte den Chauffeur beschrieb. Die Beschreibung war ziemlich allgemein gehalten, aber er war davon überzeugt, daß Lindsay in dieser Uniform gesteckt hatte. Er verlangte die Koffer zu sehen.

Hartmann verbrachte einige Zeit damit, die beiden Gepäckstücke zu durchsuchen, wobei er darauf achtete, alles an seinen vorigen Platz zurückzulegen. Die ordentlich gepackten Koffer enthielten eine komplette Damengarderobe. Die Kleider waren elegant, sehr teuer. Hartmann stockte, als seine gelenkigen Finger einen Lodenmantel und eine Persianermütze erspürten.

Lodenmantel und Pelzmütze . . . In dem Bericht über die Entführung Lindsays vor der Frauenkirche war von einem so gekleideten Mann die Rede gewesen: von einem »Mann«, der Lindsay in den Mercedes gezogen hatte. Aber das war kein Mann, sondern eine Frau gewesen . . .

»Na, sind Sie schon fündig geworden, Major?«

Hartmann drehte sich um und sah Schmidt hinter sich stehen. Der SS-Führer nickte ihm freundlich lächelnd zu.

»Jäger schickt mich, um feststellen zu lassen, was Sie vorhaben. Ich bin natürlich gern gekommen, denn ich bin ebenso neugierig . . .«

»Die Baronin von Werther – oder vielmehr die Blondine, die ihre Rolle gespielt hat – ist an dem Massaker vor der Frauenkirche beteiligt gewesen. Sie hat diesen Mantel und die Pelzmütze getragen – natürlich tief ins Gesicht gezogen. Deshalb hat niemand sie als Frau erkannt. Jetzt hat sie ihre ganze Garderobe preisgegeben. Was suggeriert das Ihrer Ansicht nach, Schmidt?«

»Daß sie die Sachen nicht mehr braucht.«

»Ziehen Sie die logische Schlußfolgerung aus diesem Gedanken«, forderte Hartmann ihn auf.

»Tut mir leid, ich bin da irgendwie blockiert . . .«

»Wir werden den Engländer nicht finden, indem wir uns auf Lindsay konzentrieren, sondern müssen versuchen, der Baronin – wie ich sie weiterhin nennen werde – einen Schritt zuvorzukommen. Eine würdige Gegnerin, Schmidt! Sie wechselt die Ebene, sie bewegt sich in anderen Kreisen. Bisher ist sie als Aristokratin gereist. Vielleicht wechselt sie jetzt ins andere Extrem über und reist als Bauernmagd oder Arbeiterin verkleidet weiter.« Hartmanns dunkle Augen blitzten, und er erinnerte Schmidt an einen Spürhund, der eine Fährte aufgenommen hat. »Aber diese Verwandlung könnte ein Hinweis auf ihr Reiseziel sein – vielleicht *muß* sie sich einer veränderten Umgebung anpassen. Sie haben doch nichts dagegen, wenn ich einen Vorschlag mache?«

»Nein, nein, natürlich nicht!«

»Lassen Sie alle aus der Stadt führenden Buslinien und die Donauschiffe nach einer Gruppe von Bauern kontrollieren – eine Frau und drei Männer. Und hier gibt's noch einen anderen Bahnhof, nicht wahr?«

»Ja, den Südbahnhof. Von dort aus fahren Züge in die Steiermark und weiter nach Jugoslawien.«

»Lassen Sie ihn ebenfalls überwachen.«

Schmidt warf einen Blick auf die große Bahnhofsuhr an einem Querträger. Sie zeigte drei Uhr fünfundvierzig an.

In der Umgebung des Südbahnhofs wirkten alle Gebäude heruntergekommen, baufällig oder zumindest instandsetzungsbedürftig, sofern sie bewohnt waren – und soweit sie in dem stinkenden Nebel, der auf dem ganzen Viertel lastete, zu erkennen waren. Halb zerfallene Fassaden ragten wie riesige faule Zähne aus dem schmutzigen Nebel. Die Szenerie erinnerte Lindsay an ein vor langer Zeit von abgekämpften Truppen geräumtes Niemandsland.

Paco und Lindsay waren in einem klapprigen Taxi mit Holzvergaser hergekommen, das schwer an seinem unförmigen Kessel zu schleppen hatte. Sie ließ den Fahrer in einer düsteren Gasse halten, zahlte und wartete, bis das Taxi im Nebel verschwunden war.

»Wir gehen zu Fuß weiter«, erklärte sie Lindsay. »Falls der Fahrer ermittelt und verhört wird, kann er sie nicht auf unsere Spur führen.«

»Wohin wollen wir überhaupt?« Lindsay fragte sich, wie Paco sich hier zurechtfand. »So hab' ich mir das Wien von Johann Strauß eigentlich nicht vorgestellt . . .«

»Wir sind hier in einem der ärmeren Stadtbezirke«, erklärte sie ihm, während sie rasch ausschritt. »Wahrscheinlich hat Hitler ihn in seiner Jugend recht gut gekannt. Kein Wunder, daß er sich vorgenommen hat, es zu etwas zu bringen!«

Sie hasteten eine Straße zwischen Lagergebäuden entlang, als zwei junge Männer aus dem Nebel auftauchten. Die beiden waren schäbig angezogen, trugen keine Mützen und wirkten bedrohlich. Einer von ihnen hielt ein armlanges Stück Wasserrohr in der Hand. Der Mann mit dem Eisenrohr holte aus, um es Lindsay über den Kopf zu schlagen.

Der Engländer hielt Paco mit einer raschen Handbewegung zurück. Er riß den rechten Fuß hoch und traf den Angreifer mit aller Kraft in den Unterleib. Der junge Mann schrie auf, ließ das Eisenrohr fallen und krümmte sich laut stöhnend zusammen. Sein Komplize war bereits im Nebel untergetaucht. Lindsay hob nochmals den Fuß, setzte ihn auf die Schulter des Zusammengekrümmten und stieß den Angreifer zurück. Der junge Mann blieb stöhnend liegen.

»Los, wir müssen weiter!« forderte Lindsay Paco auf. »Und steck das Ding weg!«

Das *Ding* war ein feststehendes Messer, das Paco plötzlich

in der Hand hielt, ohne daß er hätte sagen können, woher sie es hatte. Sie hasteten durch die Nacht davon, während er weitersprach.

»Hättest du einen von ihnen verletzt oder gar erstochen, hätten wir womöglich die Polizei auf dem Hals gehabt. Das hätte uns gerade noch gefehlt!«

»Ja, ich weiß. So ist's natürlich besser.«

»Und steck endlich das Messer weg!«

»Ich hätte nicht gedacht, daß du . . .«

Paco brachte den Satz nicht zu Ende. Sie ist so erledigt wie ich, dachte Lindsay. Er wußte recht gut, was sie hatte sagen wollen: »Ich hätte nicht gedacht, daß du mit beiden Ganoven auf einmal fertig werden würdest.«

»Du lernst schnell, Lindsay.« Sie hängte sich bei ihm ein und wirkte fast wieder so unbefangen wie zuvor. »Deine Überlebenschancen sind gar nicht schlecht, glaub' ich.« Dann wurde sie wieder ernst. »Gib dir bitte keine Mühe, den Namen unserer Unterkunft rauszukriegen.«

Sie blieben stehen. Im trüben Schein einer Straßenlaterne konnte Lindsay das Wort *Gasthof* ausmachen, aber der einst darauf folgende Name war längst abgebröckelt.

Das Haus war eine Bruchbude. Der Putz fiel an mehreren Stellen der Fassade ab, und hinter halbblinden Fensterscheiben waren zerfetzte Vorhänge zu erkennen. Irgendwo in der Nähe hörte Lindsay das gedämpfte Puffen von Lokomotiven, die Güterwagen rangierten. Waren sie bereits ganz in der Nähe des Südbahnhofs? Dann betraten sie einen düsteren Hausflur, und er schloß die verwitterte Haustür hinter ihnen. Dabei fiel ihm ein interessanter Gegensatz auf: Die Angeln waren gut geölt, so daß die schwere Tür sich lautlos drehte.

Paco trat an die Holztheke am Ende des Flurs, hinter der ein verhutzeltes altes Männchen in schwarzer Hose, schmuddelig weißem Hemd und abgetragener grüner Weste wartete. Im Hausflur roch es ekelerregend nach Moder und Toiletten.

»Sie kennen mich«, begann Paco mit fester, selbstbewußter Stimme. »Ich erwarte zwei Männer . . .«

»Wo habt ihr so lange gesteckt?«

Bora erschien plötzlich auf halber Höhe der baufälligen Treppe. Hinter ihm stand Milic, der lächelte. Bora kam katzengleich die letzten Stufen herab. Er wandte sich an Paco.

»In letzter Zeit hat's in dieser Gegend mehrere Überfälle gegeben . . .«

»Hören Sie auf, hier herumzujammern!« wies der alte Knabe hinter der Empfangstheke ihn zurecht. Aus seiner ganzen Art ging hervor, daß er Bora so wenig leiden konnte wie der Engländer.

»Die Polizei ist bereits hier gewesen«, sagte er zu Paco. »Sie hat das Gästebuch kontrolliert. Sie fahnden nach einem Mörder.«

»Nach einem Mörder?« fragte Paco halblaut.

»Zwei junge Männer in Zivil – wahrscheinlich Deserteure. Sie haben zwei Soldaten überfallen und ausgeraubt. Einer der beiden, den sie mit einem Eisenrohr niedergeschlagen haben, ist dabei gestorben; der andere liegt im Krankenhaus. Der Überlebende hat die beiden ziemlich genau beschrieben. Das hat in unserem Bezirk einiges in Bewegung gebracht.«

»Wo sind die Koffer, die ich hiergelassen hatte?« erkundigte sich Paco, ohne auf das Gerede des Alten einzugehen.

»In Zimmer siebzehn. Einen davon haben Ihre Freunde schon abgeholt. Ich habe ihnen Zimmer zwanzig gegeben. Sie nehmen das Doppelzimmer gemeinsam?«

»Gemeinsam«, bestätigte Paco knapp.

»Aber nur gegen Vorauszahlung . . .«

»Ja, ich weiß! Dafür warnen Sie uns aber auch, falls die Polizei zurückkommt, damit wir durch den Hinterausgang verschwinden können. Und der Eingang steht noch immer offen . . .«

»Nicht mehr lange!« Der alte Mann kam hinter seiner Theke hervor, humpelte zur Tür, schob zwei Riegel vor und sperrte sie mit einem großen Schlüssel ab. »So, das hätten wir!« meinte er befriedigt, als er an seinen Platz zurückkehrte.

Paco blätterte ihm ein ganzes Bündel Geldscheine hin. Sie griff nach dem Zimmerschlüssel und machte Lindsay ein Zeichen, ihr zu folgen. Bora und Milic gingen die Treppe hinauf voraus. Die Blondine wartete, bis sie am Ende des langen Korridors allein waren, bevor sie flüsternd das Wort ergriff.

»Bora, wir fahren um fünf vom Südbahnhof aus nach Graz weiter – versucht also, bis dahin ein bißchen zu schlafen. Wie seid ihr hergekommen? Hat's Schwierigkeiten gegeben?«

»Nein, nur unser Taxi ist mit einem Motorschaden stehengeblieben. Wir sind fast drei Kilometer weit gelaufen. Dieser ermordete Soldat macht mir Kummer. Unter Umständen wimmelt's hier morgen früh von Gestapomännern . . .«

»Deshalb fahren wir gleich mit dem ersten Zug. Schlaf gut, Bora. Gute Nacht, Milic.«

Lindsay folgte Paco den schmalen Korridor mit seinem knarrenden Bretterboden entlang zu Zimmer siebzehn. Das Doppelzimmer war größer, als er erwartet hatte. Der Engländer trat ans Fenster und stellte fest, daß es auf eine enge Gasse hinausführte. Die Aussicht wurde durch die zugemauerten Fensterhöhlen des gegenüberliegenden Hauses begrenzt. Nachdem Lindsay sorgfältig die Vorhänge zugezogen hatte, machte Paco Licht. Die Beleuchtung bestand aus einer nackten Fünfundzwanzig-Watt-Birne an der Zimmerdecke.

Paco setzte sich auf eine Kante des großen Doppelbetts und sah zu Lindsay auf. »Danke, daß du nichts von den beiden Banditen gesagt hast, die auch uns überfallen haben. Der Alte wäre besorgt gewesen. Und Bora hätte einen Anfall bekommen . . .«

»Du hast dem Alten genug Geld gegeben. Das hat mich eigentlich gewundert. Ist er vertrauenswürdig?«

»Sicherheit ist eben teuer. Geld ist unsere beste Lebensversicherung. Eigentlich komisch, aber dafür hätten wir auch im Sacher übernachten können.«

Lindsay warf den Koffer aufs Bett und setzte sich daneben, so daß er ihn zwischen Paco und sich hatte.

»Von nun an sind wir Landarbeiter«, erklärte sie ihm.

»Wir ziehen uns um, bevor wir uns hinlegen – damit wir notfalls sofort verschwinden können. Aus dem Fenster am Ende des Korridors kann man in den Hof hinunterklettern . . .«

Lindsay, der vor Müdigkeit kaum noch die Augen offenhalten konnte, zog die Kleidungsstücke an, die Paco für ihn beschafft hatte: ein braunkariertes Flanellhemd mit abgewetztem Kragen und eine oftmals geflickte grüne Cordsamthose. Dazu gehörten eine dicke Jacke, an der ein Knopf fehlte, und Arbeitsstiefel, die Lindsay vorläufig neben der Jacke auf dem Stuhl neben der Tür ließ.

Paco war schneller. Bis der Engländer sich umgezogen hatte, lag sie bereits unter der Federdecke und schlief. Lindsay kletterte müde von der anderen Seite ins Bett, achtete darauf, sie nicht zu stören, und streckte sich aus. Er schloß die Augen und war Sekunden später bereits eingeschlafen.

Es war vier Uhr. Bis auf einen konnten die im Wiener SS-Hauptquartier an einem runden Konferenztisch sitzenden Männer kaum noch die Augen offenhalten. Allein Gustav Hartmann wirkte unermüdlich und schien beliebig lange ohne Schlaf auskommen zu können.

Gruber führte das große Wort. Neben ihm saß sein neuer Kollege Willy Maisel, ein sportlich-schlanker Dreißiger mit dunklem Haar, der als sehr gerissen galt.

»Dieser Engländer und die Banditen haben jetzt einen deutschen Soldaten in der Nähe des Südbahnhofs ermordet!« Grubers Stimme klang vor Erregung heiser. »Das ist ihr zweiter Mord, den sie . . .«

»Um Himmels willen«, unterbrach ihn SS-Standartenführer Jäger, »wozu so theatralisch? Vor allem nicht um diese Tageszeit!«

Schmidt, der neben ihm saß, sah zur Zimmerdecke auf und ließ seinen Bleistift auf die Tischplatte fallen. In der allgemeinen Stille klang das Geräusch wie ein Pistolenschuß.

»Das Beweismaterial deutet in eine andere Richtung«, warf Willy Maisel ein. »Wir haben genaue Personenbeschreibungen von zwei jungen Männern, die Deserteure sein könnten. Diese beiden dürften nichts mit Wing Commander Lindsay und seinen Freunden zu tun haben.«

»Besten Dank für Ihre Unterstützung!« meinte Gruber sarkastisch. »Ich habe zumindest etwas Positives unternommen, was außer mir vermutlich niemand von sich behaupten kann.«

»Oh, was haben Sie denn veranlaßt?« erkundigte sich Hartmann jovial.

»Die gesamte Wiener Gestapo ist im Augenblick unterwegs, um die hiesigen Spitzenhotels zu überprüfen. Diese angebliche Baronin lebt gern auf großem Fuß . . .«

»Ausgezeichnet!« stimmte Hartmann zu, ohne eine Miene zu verziehen. »Ich bin davon überzeugt, daß es sich lohnt, Ihre Leute auf diese Weise zu blockieren.«

»Meine Herrn, die Besprechung ist beendet!« Jäger stand auf und beförderte seinen Stuhl mit einem Tritt an die Wand zurück. »Ich möchte erst mal ein paar Stunden schlafen. Wir sehen uns um halb acht Uhr wieder.«

Schmidt gesellte sich zu Hartmann, nachdem er einen Blick zu Gruber und Maisel hinübergeworfen hatte, die am Tisch sitzen blieben und die Köpfe zusammensteckten. Der SS-Führer wartete, bis sie sich auf dem Korridor befanden, bevor er seine Frage stellte.

»Glauben Sie, daß Gruber auf der richtigen Spur ist, wenn er immer wieder vom Südbahnhof anfängt?«

»Maisel ist der Clevere von den beiden«, antwortete Hartmann. »Er ist der Denker, Gruber ist der Typ des brutalen Schlägers. Ein ideales Team. Die beiden müßten es eigentlich weit bringen!«

»Was bedeutet, daß Sie meiner Frage ausweichen«, stellte Schmidt fest, ohne gekränkt zu sein.

»Der Bezirk um den Südbahnhof ist ein richtiges Arbeiterviertel – einer der ärmeren Stadtbezirke. Gute Nacht!«

Schmidt sah dem Abwehrmann nach, der eine schlecht beleuchtete Treppe hinunterlief. Er vermutete, daß Hartmann ihm einen Tip gegeben hatte – aber er war zu müde, um ihn zu analysieren.

»Aufwachen, Lindsay, du Faulpelz! Du hast stundenlang geschlafen!«

Lindsay kam es vor, als sei er erst vor wenigen Sekunden eingeschlafen. Würde dieses ewige Weiterhasten denn nie aufhören? Er wünschte sich, sie wären schon in der Schweiz.

»Wie spät ist's denn?« fragte er, während er sich aufsetzte und nach seinen Stiefeln angelte.

»Halb fünf. Der Zug fährt in einer halben Stunde. Setz dich hin und iß. Ich hab' das Frühstück raufgeholt.«

Das sogenannte Frühstück bestand aus einer Scheibe Schwarzbrot, das nach Pappe schmeckte. Dazu gab es eine undefinierbare Flüssigkeit in einer schweren Tasse mit abgesprungenem Rand.

Paco trug ein ausgebleichtes blaues Kopftuch, das ihr blondes Haar verbarg. Eine braune Steppjacke und ein weiter grauer Rock vervollständigten ihre Aufmachung. Lindsay stellte fest, daß sie darin älter und rundlicher wirkte.

Er spülte das letzte Stück Brot mit dem restlichen Kaffee-Ersatz hinunter. An der Tür stand ein zerbeulter alter Pappkoffer. Lindsay deutete darauf.

»Nehmen wir den?«

»Ja, du trägst ihn. Wir ziehen uns nochmals um, wenn wir in unserem Versteck in Graz sind. Was auf dem Bahnhof geredet werden muß, überläßt du bitte mir. Die Fahrkarten hab' ich bereits. Fertig?«

»Nein! Aber wir können trotzdem gehen . . .«

Lindsay griff nach seiner Schiebermütze, setzte sie auf und zog sie tief in die Stirn. Die Kleidungsstücke fühlten sich ungewohnt an, obwohl er bereits in ihnen geschlafen hatte. Der Stoff war steif und kratzig. Als Lindsay nach dem Koffer griff, sah er sich in der gesprungenen Spiegeltür des Kleiderschranks.

»Ich bin unrasiert . . .«

»Du sollst Stoppeln haben, Dummkopf! Schließlich bist du ein einfacher Landarbeiter. Manchen Leuten muß man eben alles erklären . . .«

»Ach, hör doch endlich mit deiner Meckerei auf!«

»Das klingt schon besser«, meinte Paco zufrieden. »Ich will, daß du hellwach bist, verstanden?«

Bora und Milic warteten im Hof auf sie. Lindsay stellte fest, daß Bora ebenfalls einen alten Koffer trug. Die beiden Männer waren ähnlich wie er gekleidet. Paco nickte ihnen im Vorbeigehen kurz zu, und Lindsay folgte ihr auf die Straße hinaus.

In der trüben Stimmung vor Tagesanbruch schien der gesamte Bezirk in schmutzig grauen Rauch gehüllt zu sein, der mit den letzten Resten des nächtlichen Nebels durchsetzt war. Sie kamen an baufälligen Mietskasernen vorbei und sahen schon nach wenigen Minuten den Südbahnhof vor sich aufragen. Lindsay fand, er erinnere eher an ein Zuchthaus als an einen Bahnhof.

Gebeugte Gestalteten hasteten mürrisch schweigend auf das Gebäude zu. Er folgte Paco in die Bahnhofshalle, wo weitere Gestalten, die sich in der Kälte zusammenzudrängen schienen, an Fahrkartenschaltern Schlange standen. Sie passierten die Bahnsteigsperre und gingen einen bereitstehenden Zug entlang, an dessen Waggons Tafeln mit der Aufschrift *Wien–Graz* hingen, In diesem Augenblick sah Lindsay Gruber, den Gestapokommissar aus der Wolfsschanze.

»Tu jetzt, was ich dir sage! Keinen Widerspruch!«

Lindsays Hand umklammerte Pacos Arm wie ein Schraubstock. Sie mußte wider Willen stehenbleiben, und er wußte, daß sie vor Wut kochte. Aber das störte ihn jetzt nicht. *Gruber!* Der Engländer sah sich auf dem überdachten Bahnsteig um.

»Was soll das, verdammt noch mal?« flüsterte Paco ihm aufgebracht zu.

»Das erkläre ich dir später!«

Lindsay hielt noch immer ihren Arm umklammert, um sie am Weitergehen zu hindern. Zwei junge Männer, die ihnen auf dem Bahnsteig entgegenkamen, blieben wie angenagelt stehen. Er erkannte die beiden Straßenräuber, die ihn mit dem Eisenrohr bedroht hatten. Lindsay, der Grubers Nähe fast körperlich spürte, starrte sie durchdringend an.

Der junge Mann, der zuerst weggelaufen war, stieß seinen Komplizen an, der Lindsay daraufhin ebenfalls anstarrte. Die beiden wandten sich ab. Sie begannen zu laufen und rannten in ihrer Eile eine alte Frau um. Das erregte Aufsehen.

»Halt!« rief Gruber mit lauter Stimme. »Stehenbleiben, oder ich schieße!«

Der Gestapokommissar lief mit schußbereiter Dienstwaffe an Lindsay vorbei. Hinter ihm tauchten noch zwei bewaffnete Zivilisten auf. Die drei Männer blieben stehen und zielten. Lindsay zählte sechs oder sieben Schüsse. Einer der Straßenräuber warf beide Hände wie ein Hundertmeterläufer hoch, der das Zielband zerreißt, und brach mit einem Aufschrei zusammen. Der andere schrie ebenfalls auf, kam humpelnd zum Stehen, griff sich ans linke Bein und sank auf die Knie.

»Los, beeil dich! Wir müssen weg!«

Lindsay ließ Paco vor sich einsteigen, stellte mit einem kurzen Blick fest, daß Bora und Milic ebenfalls einstiegen, und schob Paco durch den Seitengang vor sich her. Sie öffnete die Tür eines leeren Abteils und sank auf den Eckplatz neben der Schiebetür. Als Lindsay die Tür schloß, kamen Bora und Milic auf der Suche nach einem weiteren freien Abteil im Gang vorbei.

»Das ist Gruber von der Gestapo gewesen«, sagte Lindsay ruhig, während er den Koffer ins Gepäcknetz hob. »Er hat mich verhört, bevor mir die Flucht vom Berghof geglückt ist . . .« Der Engländer hielt es für überflüssig, Paco von der Existenz der Wolfsschanze zu erzählen oder ihr gar zu verraten, wo das geheime Führerhauptquartier lag. »Die beiden

Ganoven hatten Angst, ich würde sie festnehmen lassen. Sie haben mich gesehen, sie hatten Gruber vor sich – einen auf den ersten Blick erkennbaren Gestapomann. Daraufhin haben sie den Kopf verloren und sind geflüchtet. Das hat die Gestapo von uns abgelenkt. Noch Fragen?«

Paco lehnte den Kopf an und betrachtete Lindsay mit leicht zusammengekniffenen Augen. Sie war noch immer etwas außer Atem. Dann lächelte sie.

»Du lernst wirklich schnell, was?«

Die Nachricht, daß die Gestapo einen der beiden Soldatenmörder erschossen und den anderen festgenommen hatte, machte in Wien wie ein Lauffeuer die Runde. Gruber sorgte dafür, daß dieser Triumph entsprechend bekanntgemacht wurde. Damit war die Gestapo ihren Konkurrenten von SS und Abwehr einen Schritt voraus. Er bedachte jedoch nicht, daß diese Meldung Hartmann dazu veranlassen würde, das Gestapo-Hauptquartier aufzusuchen, wo der überlebende Deserteur verhört werden sollte.

Hartmann hatte keine Mühe, den Wachhabenden dazu zu bewegen, ihn mit dem Häftling sprechen zu lassen. Er zeigte ihm lediglich seine von Bormann ausgestellte Vollmacht. Zu diesem Zeitpunkt war Gruber damit beschäftigt, von einem der Dienstzimmer aus eine telefonische Verbindung mit dem Berghof herstellen zu lassen.

»Ich bin Major Hartmann«, erklärte der Abwehroffizier dem Deserteur, der mit dick verbundenem Bein auf dem Klappbett in seiner Zelle lag. »Ist Ihnen klar, in welcher schlimmen Lage Sie sich befinden? Sie werden aufgrund der Aussage des Soldaten, der Ihren brutalen Überfall überlebt hat, vors Kriegsgericht gestellt und abgeurteilt werden.«

»Gerd hat ihn erschlagen, nicht ich!« protestierte der junge Mann. »Er hat . . .«

»Wenn ich Ihnen helfen soll«, unterbrach Hartmann ihn, »müssen Sie mir erzählen, was auf dem Südbahnhof passiert ist. Ich verstehe nicht, weshalb Sie plötzlich die Flucht ergriffen haben. Niemand hatte Sie in Verdacht – warum sind Sie also weggelaufen?«

»Der Mann und die Frau hatten uns wiedererkannt . . .«

Der Häftling schwieg erschrocken, als habe er bereits zuviel gesagt. Hartmann beugte sich vor und hob warnend den Zeigefinger.

»Hören Sie, ich habe nicht viel Zeit. Ich komme von der Abwehr. Wenn Sie wollen, daß ich mich für Sie einsetze, müssen Sie auspacken. Sobald ich diese Zelle verlasse, sind Sie allein – mit der Gestapo. Welcher Mann, welche Frau?«

»Wir hatten sie nachts in der Nähe des Südbahnhofs angehalten. Das Komische war nur, daß sie so anders angezogen waren, daß ich sie auf dem Bahnsteig gar nicht erkannt hätte, wenn der Mann mich nicht so angestarrt hätte . . .«

Innerhalb von zehn Minuten hatte der Abwehroffizier die ganze Geschichte aus ihm herausbekommen. Der Häftling hatte noch gesehen, daß das Paar in den Zug nach Graz gestiegen war. Hartmann stand auf, rief die Wache, ließ sich die Zelle aufsperren und verließ das Gestapo-Hauptquartier. Er entschloß sich widerstrebend, Bormann einen Zwischenbericht zu erstatten, bevor er nach Graz abfuhr.

26

Das Büro Ha, die für Lucy zuständige Abteilung des Schweizer Nachrichtendienstes, war in der Villa Stutz achteinhalb Kilometer von der Wohnung des Ehepaars Roessler untergebracht. Dieser zweistöckige Altbau mit reicher Stuckfassade stand in ideal abgeschirmter Lage auf einer in den Vierwaldstätter See hinausragenden Landzunge. Von außen hätte das Gebäude die Villa eines reichen Schweizers sein können. In ihrem Park waren niemals Uniformierte zu sehen; das große zweiflüglige Tor aus Schmiedeeisen wurde von Männern in Zivil bewacht.

In die Villa Stutz ließ Roger Masson Roessler um Mitternacht kommen, um ihn in seinem Büro zu befragen. Der späte Zeitpunkt war absichtlich gewählt. Auf diese Weise konnte Roessler das Büro Ha aufsuchen, ohne beobachtet zu werden. Wie Masson recht gut wußte, wimmelte es damals in der Schweiz von deutschen Agenten, die heimlich über die Landesgrenzen gekommen waren.

Masson saß aufrecht in seinem Armsessel hinter dem Schreibtisch, als Roessler hereingeführt wurde. Allein das machte Roessler nervös: Dieser Empfang unterschied sich auffällig von der bis dahin immer so herzlichen Begrüßung durch Masson. Der Schweizer fuhr Roessler an, sobald der vor seinem Schreibtisch Platz genommen hatte.

»Herr Roessler, ich muß Sie offenbar an unsere Vereinbarung erinnern. Wir haben Ihnen die Erlaubnis zum Betrieb Ihrer Station nur unter der Auflage erteilt, daß wir eine Durchschrift jeder von Specht übermittelten Nachricht erhalten . . .«

»Es hat nichts mehr zu senden gegeben«, wandte Roessler schüchtern ein.

»Soll ich Ihnen wirklich abnehmen, daß Specht seit einigen Wochen nicht mehr allnächtlich sendet? Heißt das, daß Ihre Nachrichtenquelle versiegt ist? Glauben Sie, daß Specht von der Gestapo gefaßt worden ist? Nein, nein, das ist alles höchst unbefriedigend! Hat ein gewisser Allen Dulles, ein Amerikaner, versucht, Verbindung mit Ihnen aufzunehmen?«

»Ich kenne überhaupt keinen Amerikaner!« versicherte Roessler nachdrücklich.

Masson lehnte sich zurück. Das hatte überzeugend geklungen. Aber der amerikanische Geheimdienstmann, der vor einiger Zeit aus Vichy-Frankreich in die Schweiz gekommen war, wurde von Tag zu Tag lästiger. Er reiste offen umher und machte gar keinen Versuch, seine Existenz geheimzuhalten. Die Deutschen wußten bereits, wozu er in der Schweiz war. Masson beobachtete seinen Besucher, der unruhig in seinem Sessel hin und her rutschte.

»Diese plötzliche Funkstille Spechts gibt mir wirklich Rätsel auf«, stellte Masson fest, nachdem er sich gewichtig geräuspert hatte.

»Glauben Sie, daß mich das nicht auch wundert? Die diesjährige deutsche Sommeroffensive dürfte in nächster Zeit beginnen, so daß Moskau dringend Informationen über die deutschen Absichten braucht. Hitler könnte mit zusammengefaßten Kräften einen entscheidenden Schlag gegen die Rote Armee führen.«

»Ja, ich weiß. Wir müssen eben weiter abwarten. Sie können jetzt gehen . . .«

Masson blieb noch eine ganze Stunde allein an seinem Schreibtisch sitzen. Falls Hitler an der Ostfront siegte, konnte sein nächstes Ziel die Besetzung der Schweiz sein. Masson dachte an die beunruhigende Erwähnung der Schweiz in einem Funkspruch, den seine Codeknacker nicht vollständig hatten entschlüsseln können. Lucys Tätigkeit – falls sie jemals bekanntwurde – würde von den Nazis als schwere Provokation aufgefaßt werden. Masson wußte noch immer nicht, ob er Roessler wie bisher weiterarbeiten lassen sollte.

Ende April 1943 nahm Specht seine Sendungen wieder auf. Masson konnte nicht wissen, daß dieses Ereignis mit der Rückkehr Hitlers und seines Stabes in die Wolfsschanze zusammenfiel. Zu den Mitreisenden in dem Führerzug *Amerika* gehörten Reichsleiter Martin Bormann, der steife Generalfeldmarschall Wilhelm Keitel und der liebenswürdige, aber unberechenbare Generaloberst Alfred Jodl.

Der Sonderzug *Amerika* dampfte in rascher Fahrt in Richtung Wolfsschanze, als Bormann den Speisewagen betrat. Hitler saß an einem Tisch mit Keitel und Jodl und nahm sein aus einem Teller Selleriesuppe bestehendes Mittagsessen ein.

»Mein Führer«, begann Bormann, indem er am Tisch Platz nahm, »ich habe soeben eine Meldung wegen des geflüchteten Engländers Lindsay erhalten.«

»Ist er geschnappt worden? Doch hoffentlich lebend?«

»Nein, noch nicht. Aber Hartmann hat gemeldet, daß die Gesuchten nach Jugoslawien unterwegs sind. Er bleibt ihnen auf den Fersen ...«

»Ah, Hartmann!« Hitler machte sich auf Bormanns Kosten lustig. »Ich erinnere mich, daß Sie die Fahndung auf dem Berghof lediglich SS und Gestapo übertragen wollten. Habe nicht ich darauf bestanden, auch Hartmann einzuschalten?«

»Das war allein Ihre Entscheidung, mein Führer, mit der Sie wieder einmal unfehlbares Urteilsvermögen bewiesen haben«, bestätigte Bormann kriecherisch.

Jodl verschluckte sich beinahe an seinem wunderbar saftigen Schweinebraten, als er hörte, wie der Reichsleiter sich vor Hitler erniedrigte. Jodl gehörte zu den wenigen Männern, die nicht vor Hitler kuschten. Vor dem Krieg hatte es einmal sogar eine berühmt gewordene Auseinandersetzung zwischen den beiden gegeben, bei der sie sich angebrüllt hatten, nachdem Jodl dem Führer offen widersprochen hatte.

»Ich verstehe überhaupt nicht, wie man Fleisch essen kann«, begann Hitler. »Vegetarische Ernährung ist ...« Er verzichtete auf einen langen Monolog über die Vorzüge dieser Ernährungsweise und fragte statt dessen Bormann weiter aus. »Lindsay und seine Komplizen sind also nicht in die Schweiz unterwegs, wie Sie so sicher angenommen haben. Das auf dem Wiener Westbahnhof preisgegebene teure Reisegepäck hätte Sie warnen müssen, Bormann. Sie sind in eine andere Rolle geschlüpft. Wohin wollen sie nach Hartmanns Vermutung?«

»Ein englischer Agent ist mit dem Fallschirm abgesprungen, um Verbindung mit jugoslawischen Partisanen aufzunehmen ...«

»Speziell mit welcher Gruppe?« erkundigte Jodl sich.

»Davon hat Hartmann nichts erwähnt«, antwortete Bormann. »Er hat nur gemeldet, er verfolgte Lindsay weiter.«

Keitel schwieg wie bisher und schien sich ganz auf sein Essen und den Blick aus dem Zugfenster zu konzentrieren. Draußen herrschte einer der ersten wirklich warmen Frühlingstage.

»Jugoslawien?« wiederholte Hitler nachdenklich. »Ob sie alle wissen, was sie dort unten erwartet? Dort geraten sie in den Vorhof der Hölle!«

Am nächsten Morgen um zwei Uhr dreißig stand der Führerzug *Amerika* längst auf dem direkt in die Wolfsschanze führenden Anschlußgleis. Hitler und sein Stab hatten ihre vertrauten Unterkünfte im Sperrkreis I bezogen – allerdings mit einer Ausnahme.

Eine schemenhafte Gestalt huschte durch den nachtdunklen Kiefernwald, bis sie den Holzstapel erreichte. Geschickte Hände legten das versteckte Funkgerät frei. Der verschlüsselte Funkspruch, den sie anschließend morsten, bestand aus zwei Teilen. Der erste gab die von Hitler auf der mitternächtlichen Lagebesprechung verfügte Umstellung des deutschen Ostheeres an.

Der zweite, andere verschlüsselte Teil zitierte Hartmanns Meldung über den gegenwärtigen Aufenthaltsort Wing Commander Lindsays und sein vermutliches Reiseziel. Nachdem das alles übermittelt war, versteckten die Hände das Funkgerät wieder und schalteten die kleine abgeblendete Taschenlampe aus. Specht hatte wieder Verbindung mit Lucy aufgenommen.

Die Fahrt in den Kreml führt in eine Stadt innerhalb der großen Stadt – nach Art der handbemalten russischen Holzpuppen, die sich öffnen lassen und eine kleinere Kopie des Originals enthalten. Man fährt über einen riesigen Innenhof, der von mittelalterlichen Gebäuden und alten Kirchen umgeben ist, und das große Einfahrtstor schließt sich und schneidet dadurch die Verbindung zur Außenwelt ab. Man hat das Gefühl, eine Zeitreise ins Mittelalter zu machen.

Um fünf Uhr morgens am 1. Mai 1943 war Lawrentij Berija in miserabler Stimmung, während er hinten in der schwarzen Limousine saß – die einzige Farbe, in der sowjetische Luxuswagen geliefert wurden. Ohne auf seine Umgebung zu achten, versuchte er zu erraten, weshalb Stalin ihn zu dieser nachtschlafenden Zeit zu sich bestellt hatte. Berija litt allmählich an einem Schlafdefizit.

Der Marschall erwartete den NKWD-Chef frisch rasiert und in schlichter Uniform in seinem Arbeitszimmer im modernen Block. Er blieb stehen, machte Berija jedoch ein Zeichen, Platz zu nehmen. Das glich die geringe Körpergröße des Georgiers aus und bedeutete einen psychologischen Nachteil für den Besucher.

»Dieser Engländer, dieser Wing Commander Lindsay!« begann Stalin aufgebracht. Er marschierte zwischen Tür und Schreibtisch auf und ab, und Berija erstarrte förmlich. Er hatte den Diktator selten so wütend gesehen. »Er entkommt nach Jugoslawien ...«

Stalin sprach das Wort *entkommt* ätzend sarkastisch aus. »Glauben Sie wirklich, Berija, daß jemand ohne Wissen und Billigung Hitlers aus Berchtesgaden flüchten könnte?«

»Sie haben offenbar eine Verschwörung entdeckt?« meinte Berija vorsichtig und wartete dann. Er war es gewöhnt, daß Stalin ihn als Resonanzboden für seine eigenen Gedanken benützte – vor allem in schwierigen Situationen. Es roch förmlich nach Spannung und der Geruchsmischung, die westliche Rußlandkenner mit Stalins Reich in Verbindung brachten – Schweiß, billige Kernseife und chlorhaltige Desinfektionsmittel.

»Ich habe heute einen weiteren Funkspruch mit der Nachricht erhalten, daß dieser Engländer sich nicht nur nach Jugoslawien absetzt, sondern sich dort auch – passen Sie gut auf, Genosse! – mit Spionen treffen will, die unsere sogenannten Verbündeten dort mit Fallschirmen abgesetzt haben. Sie merken natürlich, worauf das hinausläuft?«

»Wollen Sie mir nicht einen Tip geben?« schlug Berija vor.

»Das Ganze ist ein Kapitalistentrick!« Stalin lief plötzlich rot an. »Lindsay hat Hitler doch im Auftrag Churchills zu Friedensverhandlungen aufgesucht! Er hat eine Vereinbarung mit Hitler getroffen, die er jetzt mit nach London zurücknimmt. Hitler gibt sich alle Mühe, diese Tatsache vor mir geheimzuhalten, indem er Lindsay auf Umwegen zurückkehren läßt. Er hält seine wahren Absichten sogar vor seinen engsten Vertrauten geheim. Können Sie sich die Intrigen und das Mißtrauen im Hauptquartier der Faschisten vorstellen, wo jeder gegen jeden kämpft?«

Berija konnte sie sich nur allzu gut vorstellen. Stalin hatte genau die im Kreml herrschende Atmosphäre beschrieben.

»Vielleicht ist das Problem doch nicht unlösbar?« meinte er.

»Ich habe bereits Schritte unternommen, um das durch unseren Wing Commander verkörperte Problem endgültig lösen zu lassen«, versicherte Stalin.

Der 2. Mai in London war ein regnerischer Tag. Der gleichmäßige Nieselregen konnte einen binnen fünf Minuten völlig durchnässen. Tim Whelby trug einen unauffälligen Regenmantel und gab vor, eine Zeitung zu lesen, während er vor dem Bahnhof Charing Cross wartete. Der Regen war kalt, und Whelby hatte eine Gänsehaut, während er auf seine Armbanduhr sah. Zweiundzwanzig Uhr. Noch drei Minuten, und er würde heimfahren.

»Von Kosak ist ein dringender Funkspruch eingegangen ...«

Diese Worte wurden nur geflüstert. Sawitski war wie aus dem Nichts aufgetaucht. Er stand neben Whelby, den er mit Wasser bespritzte, als er seinen Schirm ausschüttelte. Dann drehte er sich um und entschuldigte sich in normaler Lautstärke.

»Schon gut, ich bin ohnehin schon tropfnaß«, antwortete der Engländer in sarkastischem Ton. Er senkte seine Stimme. »Los, reden Sie weiter, hier kommen immer wieder Polizisten vorbei!«

»Unser Wing Commander ist nach Jugoslawien unterwegs. Soviel wir wissen, wird er versuchen, dort mit einem alliierten Agenten Verbindung aufzunehmen ...«

»Er ist allein unterwegs?« Whelby wußte, daß der RAF-Offizier fließend Deutsch sprach, aber von Serbokroatisch war nie die Rede gewesen. Das Ganze erschien ihm höchst unwahrscheinlich. »Wissen Sie das bestimmt?« fragte er.

»Ich habe keinen Grund, am Wahrheitsgehalt dieser Informationen zu zweifeln«, erklärte der Russe etwas irritiert. »Er ist übrigens nicht allein, sondern mit einer Gruppe alliierter Agenten zusammen. Sie haben ihm zur Flucht aus Deutschland verholfen.«

»Und was soll ich dagegen tun?« fragte Whelby scharf. »Mein Gebiet ist die Iberische Halbinsel. Er sollte über die Schweiz nach Spanien oder Portugal kommen. Dort hätte ich etwas unternehmen können.«

»Er darf Colonel Browne nicht lebend erreichen. Notfalls müssen Sie persönlich eingreifen. Das ist ein Befehl von ganz oben. Ich muß jetzt weiter ...«

»Ja, gehen Sie nur!« antwortete Whelby mit kaum verhohlener Erbitterung. Um Himmels willen, hielten diese Leute ihn für einen ausgebildeten Killer?

Wing Commander Lindsay, der sich noch auf der Fahrt durch die Steiermark befand, hatte keine Ahnung, wie viele ihm feindlich gesinnte Gruppen auf ihn Jagd machten. Auf deutscher Seite bestanden die Verfolgen aus SS-Standartenführer Jäger und SS-Sturmbannführer Schmidt, aus der Gestapo mit Gruber und seinem intelligenteren Kollegen Maisel an der Spitze und aus Major Hartmann von der Abwehr.

Stalin wurde ständig über den vermutlichen Aufenthalt des Engländers auf dem laufenden gehalten. Er tat alles in seiner Macht Stehende, um dafür zu sorgen, daß der Wing Commander möglichst umgehend liquidiert wurde.

Zuletzt gab es noch den vermeintlich sicheren Hafen London, den Lindsay mit verzweifelter Anstrengung zu erreichen versuchte. Aber dort wartete Tim Whelby mit dem Auftrag, dafür zu sorgen, daß der Wing Commander nicht mehr lange genug lebte, um Bericht über seinen Besuch bei Hitler zu erstatten.

In diesem Stadium lebten alle Hauptdarsteller des Großen Spiels in ständiger Sorge. Stalin brach der Schweiß bei dem Gedanken aus, die Westalliierten könnten einen Separatfrieden mit Deutschland schließen. Roger Masson hatte Alpträume, weil er befürchtete, Hitler würde die Schweiz überfallen, falls er von Lucys Aktivitäten erfahre. Roessler machte sich Sorgen, weil seine Schweizer Beschützer ihm nicht mehr zu vertrauen schienen.

Auch Tim Whelby in London war es nach seiner letzten Begegnung mit Josef Sawitski nicht wohl in der Haut.

»Bei meiner letzten Madridreise«, erklärte er Colonel Browne am Tag nach der Begegnung vor dem Bahnhof Charing Cross eher beiläufig, »habe ich gerüchteweise gehört, wir seien bereit, mit Hitler über einen Separatfrieden zu sprechen, wenn die Bedingungen unseren Vorstellungen entsprächen ...«

»Tatsächlich?« Browne schien kaum zuzuhören, während er in Akten auf seinem Schreibtisch blätterte. »Wer hat Ihnen das erzählt?«

»Nur ein Informant, dessen Namen ich lieber nicht nennen möchte. Ich habe ihm erklärt, das sei natürlich ausgemachter Blödsinn. Wie entstehen solche Gerüchte eigentlich?«

»Wie andere Gerüchte auch, nehme ich an.«

»Dieser Informant hat mir weiterhin erzählt ...« Whelby erfand die Geschichte, während er weitersprach. »Er hat behauptet, Lindsay sei zu Friedensverhandlungen zu Hitler entsandt worden und verhandle jetzt mit ihm.«

»Was Sie nicht sagen!« Colonel Brownes Tonfall klang ungläubig, während er nach einer neuen Akte griff, ohne auch nur den Kopf zu heben.

Whelby wechselte das Thema. Er wußte, daß es gefährlich

gewesen wäre, weiter über Lindsay zu sprechen. Das Dumme war, daß Browne ihm noch immer nicht so weit traute, daß er mit ihm über Lindsays wahren Auftrag gesprochen hätte.

Als Paco und Lindsay mit Bora und Milic in Graz ankamen, war es bereits dunkel. Sie mischten sich unter die durch die Sperren hastenden übrigen Reisenden und verließen den Bahnhof, ohne aufgehalten zu werden.

»Nirgends Polizei oder Gestapo«, stellte Lindsay befriedigt fest.

»Graz liegt ein bißchen abseits, da macht sich der Krieg weniger bemerkbar«, antwortete Paco, als sie zu Fuß weitergingen. »Dafür gibt's hier auch keine Taxis – und der nächste Bus fährt erst in einer Stunde. Aber du kannst doch drei Kilometer laufen? Schließlich hast du den ganzen Tag gesessen!«

»Die ganze Atmosphäre ist hier anders«, meinte der Engländer. Er sah sich um und stellte fest, daß Bora und Milic ihnen in einigem Abstand folgten. »Man könnte glauben, sich in einem Land wie der Schweiz zu befinden, in dem noch Frieden herrscht.«

»Du darfst nicht gleich ins Schwärmen geraten!« warnte Paco. »Wir tauchen hier zwei bis drei Wochen unter – für den Fall, daß an der Grenze nach uns gefahndet wird. Dann passieren wir die Grenze am Übergang Spielfeld, was möglicherweise kein Sonntagsausflug wird ...«

»Alle vier gemeinsam?«

»Du und ich bleiben zusammen. Wir verkleiden uns als Serben. Bora und Milic halten sich für ein Ablenkungsmanöver bereit, um uns über die Grenze zu helfen.«

»Ich könnte mitmachen und ...«, begann Lindsay.

»Du tust gefälligst, was ich dir sage! Hier bin allein ich zuständig, kapiert? Du bist lediglich ein Paket, das wir bei einer alliierten Militärmission abzuliefern haben.«

»Vielleicht sollte ich mich dafür entschuldigen, daß ich überhaupt existiere ...«

»Du brauchst jetzt nicht den Beleidigten zu spielen! Darauf kann ich verzichten!«

Während dieser kurzen Auseinandersetzung beobachtete Paco den Engländer, der angestrengt geradeaus blickte, aus dem Augenwinkel heraus.

»Du hast uns auf dem Südbahnhof gerettet, als du Gruber abgelenkt und mich in den Zug geschoben hast. Wir sind ein gutes Team, Lindsay.« Sie berührte seinen Arm. »Wir sind alle erschöpft – da muß man vorsichtiger als sonst sein. Wir sind eben an zwei Polizeibeamten in Uniform vorbeigekommen . . .«

»Was? Die hab' ich nicht mal gesehen!«

»Weil wir uns wie ein gewöhnliches Ehepaar gezankt haben. Einer der beiden hat gegrinst und etwas zu seinem Kollegen gesagt.«

»Du hinterhältige kleine Hexe!«

»Deine Anerkennung freut mich . . .« Sie nahm die Hand von Lindsays Arm und schritt rascher aus. Der Engländer starrte sie an, als ihm klar wurde, daß sie den Streit bewußt provoziert hatte, um sie an den Polizeibeamten vorbeizubringen. Er staunte jedesmal wieder über Pacos Geistesgegenwart und ihrem Einfallsreichtum. Nur dadurch hatte diese kleine Gruppe so lange überleben können.

»Wie lange bist du eigentlich schon bei den Partisanen?« fragte Lindsay nach einer Pause. »Ich weiß so wenig über dich . . . Ich nehme an, daß du dich ihnen nach dem Luftangriff auf Belgrad angeschlossen hast?«

»Ich bin anfangs bei den verdammten Tschetniks gewesen – sie unterstützen die Monarchie, gegen die ich nichts einzuwenden hatte. Aber dann hat sich rausgestellt, daß sie in Wirklichkeit mit den Deutschen zusammenarbeiteten. Daraufhin bin ich zu den Partisanen gegangen, weil *sie* gegen die Deutschen kämpfen. So einfach war das.«

Sie verbrachten die quälend lange Wartezeit in einem alten Haus an der durch Graz fließenden Mur. Dieses Etappenquartier wurde von einem über siebzigjährigen Ehepaar geführt, mit dem Lindsay auf Pacos Anweisung kein Wort sprach. Er schlief dort jede Nacht schlecht – und fragte sich später, ob diese Schlafstörungen auf eine Vorahnung zurückzuführen gewesen waren. Ihr Grenzübertritt bei Spielfeld sollte blutig erkämpft werden müssen.

Teil III

Der Kessel

Sommer 1943

27

In den seither vergangenen vier Jahrzehnten hat Spielfeld sich nicht wesentlich verändert. Dort sieht es noch immer wie 1943 aus – als Paco und ihre Begleiter mit einem aus sechs Personenwagen bestehenden Zug ankamen, der von einer uralten Dampflok gezogen wurde. Der Bahnhof erinnert eher an einen Kleinstadtbahnhof als an eine Grenzstation.

Als Lindsay hinter Paco ausstieg, sah er auf einem anderen Gleis noch einen Zug stehen. Auf den an den Waggons hängenden Tafeln war der Zielbahnhof angegeben: *Wien Südbhf.* Sie überschritten die Gleise an dem dafür vorgesehenen Übergang und betraten das kleine Bahnhofsgebäude. Die Sperre war nicht besetzt.

Paco ging zielbewußt weiter, ohne sich auffällig zu beeilen. Vor dem Bahnhofsgebäude führten betonierte Stufen auf die Straße hinunter. Lindsay und Paco gingen die leicht abfallende Straße nach Spielfeld hinunter, das aus einer Handvoll Häuser und einer Polizeistation bestand. Alles wirkte unerwartet friedlich. Lindsay nahm seinen Koffer von der rechten in die linke Hand und hielt mit Paco Schritt.

»Hier sind weder Soldaten noch Stellungen zu sehen«, stellte er fest.

»Warte, bis wir zum Grenzübergang kommen. Bis dahin ist's nicht mehr weit.«

»Was ist aus Bora und Milic geworden?«

»Fragen, Fragen, immer nur Fragen! Du bist unverbesserlich. Die beiden sind einen anderen Weg gegangen, um ihr Ablenkungsmanöver beginnen zu können, falls wir an der Grenze Schwierigkeiten bekommen . . .«

Lindsay äußerte sich nicht dazu. Er erinnerte sich daran, wie er am Vortag in die Küche des alten Hauses in Graz gekommen war. Milic hatte einen Rucksack mit Stielhandgranaten und Nebelkerzen vollgepackt. Der Inhalt seines Reisegepäcks stammte vermutlich aus einem Waffenversteck im Haus. Lindsay hatte ihn nicht danach gefragt.

»Nicht stehenbleiben!« warnte Paco ihn. »Geh einfach weiter, ohne auf den Polizeiwagen zu achten.«

Die Polizeistation, ein einstöckiges Gebäude, stand am Rand eines menschenleeren Platzes. Am jenseitigen Platzrand ragte eine riesige Kastanie mit noch kahlen Zweigen, auf denen Spatzen saßen, in den Himmel auf. Hinter ihr stand ein alter Gasthof mit renovierungsbedürftiger Fassade: der Gasthof Schrenk.

Eine unglaublich friedliche Szenerie. Die übrigen Reisenden schienen sich in andere Richtungen davongemacht zu haben, so daß Lindsay sich vor der Polizeistation um so auffälliger vorkam. Kaffeebraune Hennen pickten zwischen den Pflastersteinen und schüttelten ihre roten Kehllappen. Die Spatzen zwitscherten aufgeregt durcheinander. Das einzige andere Geräusch war das Klicken von Billardbällen aus einem offenen Fenster des Gasthofs. Es war elf Uhr. Der Himmel war ein wild bewegtes graues Wolkenmeer, und in der Luft schien Regen zu liegen.

Auf den Vordersitzen des unter der großen Kastanie geparkten Streifenwagens saßen zwei uniformierte Polizisten. Als sie an dem Fahrzeug mit der weißen Aufschrift *Polizei* vorbeigingen, spürte Lindsay, daß sie von zwei Augenpaaren beobachtet wurden. Die beiden Männer blieben bewegungslos sitzen, aber er wußte, daß sie die Vorbeigehenden beobachteten. Er wartete nur noch darauf, ein metallisches Klikken zu hören, wenn die Autotür geöffnet wurde. Hinter ihnen war ein Flattern zu hören, das Lindsay zusammenzucken ließ. Aber das waren nur die auffliegenden Vögel.

Paco sprach erst wieder, als sie eine Seitenstraße hinuntergingen. »Mit Leuten wie uns geben sie sich gar nicht ab«, stellte Paco in unverfälschtem Cockney-Dialekt fest. »Erst recht nicht in dieser Aufmachung!«

Sie hatten sich in ihrem Grazer Versteck erneut umgezogen. Paco trug jetzt Rock und Jacke einer serbischen Bäuerin sowie ein buntes Kopftuch, das wieder ihr blondes Haar verdeckte. Lindsay war ebenfalls bäuerlich gekleidet und hatte sich auf Pacos Vorschlag drei Tage lang nicht mehr rasiert, so daß er einen Stoppelbart hatte. Auf ihrem Weg die menschenleere Straße hinunter kamen sie an einem hohen grünen Hügel vorbei, und das einzige Geräusch war jetzt das Pfeifen einer Rangierlokomotive und das dumpfe Rasseln zusammenprallender Güterwagen.

»Falls wir angehalten werden, müssen Bora und Milic unter Umständen die Wachen erledigen«, stellte Paco gelassen fest. »Sollte geschossen werden, siehst du am besten zu, daß du möglichst viel Abstand zu den Posten hältst. So, da sind wir ...«

Nach der letzten Straßenbiegung hatten Lindsay und Paco den Grenzübergang vor sich – und wurden plötzlich wieder mit dem Krieg konfrontiert. Deutsche Soldaten bewachten den Grenzübergang: Männer in feldgrauen Uniformen, die auf und ab stapften, weil sie in der kühlen Morgenluft fröstelten. Auf dem kurzen Wegstück vom Bahnhof hierher war die Temperatur nach Lindsays Schätzung um mindestens fünf Grad gesunken.

Die Bahnlinie war wieder sichtbar – die nach Süden auf den Balkan, aufs Schlachtfeld führende Strecke. Auf einem Nebengleis stand ein Güterwagen, der von Soldaten mit Kisten von einem Heereslastwagen beladen wurde. Die Holzkisten hatten Tragegriffe aus Seilschlaufen und waren mit Schablonen beschriftet. Munitionslisten. Der Güterwagen war schon zu drei Vierteln beladen. Wachposten mit schußbereiten Maschinenpistolen patrouillierten auf beiden Seiten des Nebengleises.

»Ungünstiger hätten wir kaum ankommen können«, meinte Lindsay.

»Günstiger hätten wir's kaum treffen können!« verbesserte Paco ihn. »Ihre Aufmerksamkeit konzentriert sich ganz auf den Güterwagen.«

Lindsay sah zu den baumbestandenen Hügeln rechts und links der Senke auf, in der sich der Grenzübergang befand.

Er versuchte zu bestimmen, wo er an Boras und Milics Stelle zum Eingreifen bereitgelegen hätte. Von den beiden Männern war nichts zu sehen oder zu hören. Paco holte zwei abgegriffene Ausweise und eine mit mehreren Stempeln versehene Bescheinigung aus der Innentasche ihrer Jacke. Dann schlossen sie sich der Gruppe von sechs oder sieben Bauern an, die auf die Abfertigung nach Jugoslawien warteten.

Die beiden alten Frauen vor ihnen schwatzten in einer Lindsay völlig unbekannten Sprache. Paco, der seine Ratlosigkeit auffiel, flüsterte ihm etwas zu.

»Das ist Serbokroatisch, Ian. Das wirst du in nächster Zeit noch oft hören . . .«

Lindsay staunte über ihre zuversichtliche Gewißheit, daß sie das gelobte Land Jugoslawien tatsächlich erreichen würden. Die Kontrollstelle am Grenzübergang war lediglich ein Holzhäuschen, in dem ein junger Hauptmann in feldgrauer Uniform alle Ausweise genau kontrollierte.

»Sei vorsichtig mit ihm«, warnte der Engländer Paco, »die jungen sind am schlimmsten!«

»Nicht für mich!«

Paco war wirklich unglaublich. Lindsays Nerven waren zum Zerreißen gespannt. Dann sah er, weshalb ein so junger Offizier diese verhältnismäßig belanglosen Kontrollen durchführte. Der linke Ärmel seiner Uniformjacke war nach innen umgeschlagen und festgesteckt: Er hatte nur einen Arm. Lindsay beobachtete seine zusammengekniffenen Lippen, den bitteren Gesichtsausdruck. Möglicherweise schätzte Paco diesen Mann falsch ein.

Die Wartenden schlurften einige Schritte weiter. Jenseits des Holzhäuschens war ein riesiger Holzstapel aufgetürmt. Einige dünnere Stämme waren zersägt worden und prasselten in einem Feuer hinter der Hütte, an dem sich anscheinend die Wachen gewärmt hatten. Der Hauptmann nickte einem Mann zu, er könne weitergehen. Um in Sicherheit zu sein, brauchten sie lediglich die Erlaubnis, weiter der Landstraße folgen zu dürfen – nach Jugoslawien hinein.

Nun mußten nur noch die beiden alten Frauen vor ihnen kontrolliert werden, bevor sie an die Reihe kamen. Lindsay hatte sich sein Leben lang noch nie so verwundbar gefühlt – weder in der Wolfsschanze noch auf dem Berghof, noch in der Bruchbude in Wien.

»Ich finde, meine Tante hat überraschend gut ausgesehen – wenn man bedenkt, wie krank sie gewesen ist. Findest du nicht auch?« fragte Paco ihn mit ruhiger Stimme auf deutsch.

Lindsay war im ersten Augenblick sprachlos. Er hatte die nähere Umgebung des Grenzübergangs betrachtet. Aber er erfaßte rasch, daß Paco nur Konversation machte, damit der Offizier, der die Ausweise prüfte, sie reden hörte.

»Daß wir sie besucht haben, war reine Zeitverschwendung, glaub' ich«, antwortete Lindsay prompt.

Die beiden alten Frauen bekamen ihre Ausweise zurück, und der Deutsche warf Paco einen prüfenden Blick zu, bevor er ihre Papiere entgegennahm. Sie lächelte ihn an, aber er reagierte nicht darauf, womit Lindsay gerechnet hatte. »Ihre Papiere sind nicht in Ordnung«, sagte er gleich nach dem ersten Blick.

Die Kuppe des grünen Hügels in unmittelbarer Nähe des Grenzübergangs war mit drei Männern besetzt. Zwei von ihnen lebten, der dritte war tot. Der deutsche MG-Schütze, der hinter seinem MG 42 in Stellung gelegen hatte, um den Grenzübergang aus dieser Schlüsselstellung zu überwachen, hatte Milic nicht durch die Bäume anschleichen gehört. Er hatte kaum noch Zeit gehabt, einen erstickten Schrei auszustoßen, als Milic ihm sein Messer in den Rücken gestoßen hatte.

Jetzt lag Bora hinter dem schußbereiten Maschinengewehr in Stellung. Neben ihm im kalten Gras lag Milic mit einem Fernglas, durch das er Lindsay und Paco beobachtete, die eben kontrolliert wurden. Neben sich hatte Milic die Stielhandgranaten aus seinem Rucksack aufgereiht. Dahinter lag eine parallele Reihe Nebelkerzen.

»Dort unten gibt's Schwierigkeiten, glaub' ich«, stellte Milic fest.

»Was soll nicht in Ordnung sein?« knurrte Bora. »Vielleicht kommen sie problemlos durch. Paco findet immer . . .«

»Sie hat eben das Zeichen gegeben«, unterbrach sein Kamerad ihn gelassen.

Durch sein Fernglas erkannte er deutlich, daß Paco ihr Kopftuch mit einer Hand berührte. Das war das vereinbarte Warnsignal. *Wir sind in Gefahr* . . .

»Auf beiden Ausweisen fehlt der neuerdings erforderliche Kontrollstempel«, erklärte der einarmige Hauptmann.

»Aber, Herr Offizier, die Ausweise sind doch erst gestern in Graz abgestempelt und . . .«

»Sie sind erst gestern in Graz gefälscht worden, meinen Sie!«

Paco hob die rechte Hand, als wolle sie ihr Kopftuch zurechtrücken. Sie sprach weiter, um die Aufmerksamkeit des deutschen Hauptmanns zu fesseln, während sie weitere Papiere aus ihrer Jacke zog. Dabei wirkte sie plötzlich selbstbewußt und sogar etwas arrogant.

»Wir sind mit einem Sonderauftrag unterwegs. Sind Sie etwa nicht darüber informiert worden? Sie hätten uns ohne Kontrolle passieren lassen sollen. Wie Sie sehen, sind diese Papiere von SS-Standartenführer Jäger unterzeichnet . . .«

Lindsay sah sich erneut um und suchte die umliegenden Hügel mit den Augen ab, während der Hauptmann sich in die Reisepapiere vertiefte, die Paco ihm hinhielt.

Auf der Kuppe des dem Grenzübergang nächsten Hügels tauchte eine gedrungene breitschultrige Gestalt auf. Der Mann hielt etwas in der rechten Hand, das er in weitem Bogen warf. Der Gegenstand prallte in der Nähe einer Gruppe von Soldaten auf und detonierte.

Der dumpfe Explosionsknall warf die Uniformierten wie Kegel um. Eine zweite Handgranate schlug auf. Lindsay ballte die rechte Hand zur Faust und traf den Hauptmann mit einem Kinnhaken. Der andere kippte rückwärts hinter seinen Schalter. Lindsay zog Paco am Arm hinter sich her und begann zu rennen.

»Zum Holzstapel!« rief er ihr atemlos zu. Der zuvor so friedliche Grenzübergang glich jetzt einem Ameisenhaufen, in dem grauuniformierte Männer ziellos durcheinanderliefen. »In Deckung! Der Wagen mit Munition . . .!«

Lindsay drückte Paco zu Boden, als hinter ihnen eine Maschinenpistole loshämmerte, deren Kugeln große Splitter aus dem Holzstapel rissen. Der Engländer sah, wie die nächste Handgranate in weitem Bogen durch die Luft segelte und unter den Güterwagen mit Munition rollte . . .

Die Welt schien mit einem ohrenbetäubenden Knall zu zerspringen. Der Boden unter ihnen zitterte wie bei einem Erdbeben. Lindsay lag auf Paco und schützte sie mit seinem Körper vor den herabregnenden Trümmern.

Lindsay riskierte einen Blick um den Holzstapel. Der Munitionswaggon war verschwunden. Ein ganzer Gleisabschnitt war verschwunden. Die Deutschen, die in der Nähe des Güterwagens Wache gehalten oder ihn beladen hatten, waren ebenfalls verschwunden. Mit Gewehren bewaffnete Soldaten stiegen in weit auseinandergezogener Kette zu der Hügelkuppe auf, von der aus Milic die Handgranaten geworfen hatte. Jetzt blieb er außer Sicht und warf Nebelkerzen.

Die Rauchkörper landeten unmittelbar vor der heranrükkenden Schützenkette und entzogen die Kuppe den Blicken der Angreifer. Bora, der ausgestreckt hinter dem deutschen MG lag, kniff ein Auge zusammen, während er probeweise zielte. Der erste Deutsche tauchte aus dem künstlichen Nebel auf. Bora wartete noch. Weitere Soldaten kamen aus den Nebelschwaden zum Vorschein.

Lindsay verschaffte sich einen Überblick über die Zustände am Grenzübergang. Dort herrschte noch immer Verwirrung. Irgendwo in der Ferne wurden Befehle gebrüllt. Das Holzhäuschen der Grenzkontrolle war durch die Druckwelle der detonierenden Munition weggeblasen worden.

»Los, wir müssen weiter!« forderte er Paco auf. »Keiner achtet auf die Straße nach Jugoslawien. Aber was ist mit Bora und Milic?«

»Die beiden kommen selbst zurecht. Sie stoßen später zu uns . . .«

»Gut, dann rennst du hinter mir her – mit Abstand und im Zickzack, damit wir schwerer zu treffen sind.«

Nach einem letzten Rundblick sprang er auf und rannte in geduckter Haltung los. Paco folgte ihm auf der anderen Straßenseite. Lindsay schlug immer wieder Haken. Der Soldat am äußersten rechten Flügel der hügelaufwärts vorrückenden Schützenkette wurde auf sie aufmerksam.

Er blieb stehen, drehte sich der Straße zu und riß sein Gewehr hoch. Dann zielte er auf den flüchtenden Mann, indem er zu erraten versuchte, wohin Lindsay seinen nächsten Haken schlagen würde. Er hielt etwas vor und nahm bereits Druckpunkt. Er war ein guter Schütze – deshalb war er auch Flügelmann der Schützenkette.

Bora schwenkte sein MG nach links. Er jagte einen Feuerstoß hinaus, sobald er den auf Lindsay zielenden Soldaten im Visier hatte. Dann behielt er den Finger am Abzug, während er die hügelaufwärts vordringende Schützenkette niedermähte. Das schmerzhaft laute Hämmern des Maschinengewehrs verstummte schließlich.

Die Feldgrauen lagen, wo sie gefallen waren – sämtliche Männer, die noch vor wenigen Augenblicken zur Hügelkuppe aufgestiegen waren. Der Grenzübergang bot ein Bild lebloser Verwüstung. Aus dem großen Krater an der Stelle, wo der Güterwagen mit Munition gestanden hatte, stieg träge schwarzer Rauch auf. Der LKW, der die Munition gebracht hatte, war ebenfalls verschwunden. Am Grenzübergang Spielfeld herrschte die Stille des Todes.

»Dieser Vorfall trägt deutlich die Handschrift der Gruppe, nach der wir fahnden«, stellte Hartmann fest, während er seine Pfeife ausklopfte.

Die Ju 52, mit der die beiden Männer von Wien nach Graz unterwegs waren, befand sich im Landeanflug. Neben dem Abwehroffizier saß Willy Maisel. Hartmann hatte in Graz und Umgebung wochenlang vergeblich nach den Flüchtlingen gefahndet und war schließlich nach Wien zurückgekehrt. Nun hatten die Ereignisse seine ursprüngliche Einschätzung bestätigt. Bevor der Major an Bord der Ju 52 gegangen war, hatte er mit Bormann telefoniert. Er hatte gehört, wie Bormann seine Meldung wiederholt hatte, und im Hintergrund die Stimmen Jodls und Keitels erkannt. Der Reichsleiter stand offenbar mit sämtlichen Geheimhaltungsvorschriften auf dem Kriegsfuß.

»Handschrift?« wiederholte Maisel verständnislos.

»Ihr *Modus operandi* ist eine Wiederholung des Überfalls vor der Münchner Frauenkirche. In der Meldung aus Graz über den Anschlag auf den Grenzübergang Spielfeld ist von Handgranaten und Nebelkerzen die Rede gewesen. Das ist die gleiche Methode wie in München.«

»Aha!« sagte der Gestapomann. »Sie glauben also . . .«

»Ich glaube nicht nur, mein lieber Maisel, sondern ich weiß, daß sie's gewesen sind! Lindsay und seine Begleiter haben heute morgen den Grenzübergang Spielfeld in Richtung Jugoslawien passiert. Ich habe versucht, Bormann klarzumachen, daß nicht nur die Schweiz als Ziel in Frage kommt, aber . . .«

»Jetzt müssen wir also selbst nach Jugoslawien – in den Kessel, wie die Wehrmacht sagt«, stellte Maisel ohne große Begeisterung fest.

»Eine treffende Beschreibung, weil man sich dort verbrühen kann, bevor man mitkriegt, was passiert ist«, bestätigte Hartmann unbekümmert. »In erster Linie muß *ich* nach Jugoslawien. Sie können tun, was Sie für richtig halten, Maisel.«

»Ich habe meine Pflicht zu tun«, antwortete der Gestapomann ausdruckslos.

Die Räder der Ju 52 rumpelten über die Landebahn, als

die Maschine auf dem Flughafen Graz aufsetzte und zum Abfertigungsgebäude rollte. Hartmann amüsierte sich insgeheim über Maisels Zögern. In Wien war der Gestapomann im letzten Augenblick ins Flugzeug gestiegen – um seine Ermittlungen in Grubers Auftrag zu überwachen, wie der Abwehroffizier recht gut wußte.

Hartmann zog es stets vor, allein zu arbeiten. Er hatte bereits alle Vorbereitungen getroffen, um Maisel bei erster Gelegenheit abschütteln zu können. Als sie aus der Ju 52 stiegen, marschierte der Gestapomann sofort in Richtung Abfertigungsgebäude, aber Hartmann stellte seinen Koffer ab und reckte sich.

»Ich bin von der Sitzerei ganz steif. Ich muß mir erst ein bißchen Bewegung machen . . .«

»Ich brauche einen Kaffee – ich bin richtig ausgedörrt«, erklärte Maisel und ging weiter.

Hartmann wartete, bis der andere verschwunden war, griff dann nach seinem Koffer und hastete zu einem auf dem Vorfeld abgestellten Fieseler-Storch hinüber. Der Flugzeugführer, der eine Zigarette rauchte, trat sie rasch aus, als Hartmann auf ihn zukam.

»Major Hartmann«, stellte der Abwehroffizier sich vor. »Ich habe aus Wien angerufen und ein Kurierflugzeug bestellt, das mich nach Spielfeld bringen soll . . .«

»Jawohl, Herr Major«, antwortete der Oberfeldwebel. »Darf ich Ihren Koffer nehmen?«

»Aufgetankt? Startklar?«

»Zu Befehl! Wir können sofort starten . . .«

Einige Minuten später starrte Willy Maisel mit einer Kaffeetasse in der Hand aus einem Fenster des Flughafenrestaurants und beobachtete, wie die kleine Maschine abhob, Höhe gewann und nach Südosten davonflog. Nachdem er seinen Kaffee, der erstaunlicherweise wirklich nach Kaffee schmeckte, ausgetrunken hatte, lief er zur Luftaufsicht.

»Das Flugzeug, das eben gestartet ist! Wer fliegt damit? Wo fliegt es hin?«

»Alle Flugbewegungen unterliegen strikter Geheimhaltung«, wehrte der Wachhabende ab. »Wer sind Sie überhaupt? Mit welchem Recht ...«

»Gestapo!« Maisel hielt ihm seinen Dienstausweis hin. »Los, beantworten Sie meine Fragen! Oder muß ich deutlicher werden?«

»Der Fluggast ist Major Gustav Hartmann von der Abwehr. Er fliegt zu einem Landeplatz bei Spielfeld ...«

»Schweinehund!«

»Entschuldigen Sie, aber ich habe alle Ihre Fragen beantwortet ...«

»Nicht Sie. Ich glaub's zumindest nicht«, antwortete Maisel trocken.

Der kleine Flugplatz lag überraschend vor ihnen. Schon kurz hinter Graz war der Fieseler-Storch in tiefhängende Wolken geraten, die ihn von allen Seiten wie schwere graue Nebelbänke eingehüllt hatten. Hartmann – der nicht gern flog – hatte sich unterwegs mehrmals ins Gedächtnis zurückgerufen, daß es zwischen Graz und der Grenze *keine* hohen Berge gab. Die Maschine ging steil tiefer.

Die Graslandebahn lag vor ihrem Fahrwerk. Sie waren gelandet, bevor Hartmann Zeit gefunden hatte, sich auf die Tatsache einzustellen, daß sie jetzt landen würden. Ein Mercedes mit zwei Männern auf den Vordersitzen stand für ihn bereit.

»Gut gemacht, Noske«, meinte Hartmann anerkennend, als er aus dem Fieseler-Storch kletterte und sich von dem Piloten seinen Koffer geben ließ. »Wie ich sehe, steht der bestellte Wagen bereit. Sogar mit Fahrer! Aber wer ist der zweite Mann?«

»Ich habe keine Ahnung, wer die beiden sind«, antwortete Noske wahrheitsgemäß.

»Sie kennen sie nicht?« fragte Hartmann grimmig. »Aha!« Er ließ sich viel Zeit, als er jetzt seine Pfeife anzündete.

Der Abwehroffizier ging langsam über den Platz auf den

offenen Mercedes zu und blieb unterwegs stehen, um seine Pfeife erneut anzuzünden. Über das von Fahrspuren durchzogene harte Rollfeld wehte ein kalter Wind. Aber Hartmann dachte nicht daran, sich zu beeilen. Die beiden sollten nur warten! SS-Standartenführer Jäger, der Schmidt neben sich hatte, begrüßte ihn freundlich.

»Steigen Sie nur ein! Ich fahre Sie nach Spielfeld. Dort wollen Sie doch hin?«

»Natürlich.« Hartmann nahm so selbstverständlich auf dem Rücksitz Platz, als habe er damit gerechnet, von den beiden SS-Führern abgeholt zu werden. Er sprach weiter, während Jäger den Wagen über den Platz in Richtung Straße lenkte. »Seit wann ist die SS dazu übergegangen, meine Telefongespräche abzuhören? Ich habe eigens aus Ihrer Dienststelle telefoniert, um Gruber aus dem Weg zu gehen ...«

»Das ist eigentlich sogar ein Kompliment«, stellte Jäger fest. »Ihr Ruf, das Unlösbare lösen zu können, ist im ganzen Reich verbreitet.«

»Wissen Sie, was ich glaube?« antwortete der Abwehroffizier. »Wenn wir soviel Zeit und Energie darauf verwenden, uns gegenseitig zu bespitzeln, werden die Anglo-Amerikaner und der Russe diesen Krieg gewinnen, bevor wir recht wissen, was passiert ist.«

»Sie haben den Verdacht, daß Lindsay den Grenzübergang Spielfeld passiert hat?«

»Irgend jemand hat ihn benützt«, bestätigte Hartmann ausdruckslos.

»Wir kommen eben von dort ...« Jägers Stimme klang jetzt trübselig. »Ein schrecklicher Anblick, das können Sie mir glauben!«

»Was haben Sie anderes erwartet? Wenn jemand eine Lunte ans Pulverfaß legt ...«

»Es ist keine Lunte, sondern eine Handgranate gewesen!« knurrte Jäger und erwiderte Hartmanns Blick im Rückspiegel. »Bei der Detonation sind auch Männer der Waffen-SS umgekommen ...«

»Noch viel mehr Menschen sind umgekommen, als Görings Bombenteppiche auf Belgrad niedergegangen sind.«

Jäger war so wütend, daß er auf die Bremse trat und sich nach dem Abwehroffizier umdrehte. »Auf wessen Seite stehen Sie eigentlich? Etwa auf Titos?«

»Ich bin vor dem Krieg Rechtsanwalt gewesen«, antwortete Hartmann gelassen. »Als Anwalt vertritt man manchmal den Kläger, manchmal den Beklagten. Auf diese Weise bekommt man einen Blick für den Standpunkt anderer Leute. Kommen wir heute noch bis nach Spielfeld?«

Jäger nahm den Fuß von der Bremse, gab Gas und fuhr in rasantem Tempo die kurvenreiche Landstraße hinunter. Offenbar kochte er vor Wut. Er vermied es, erneut Hartmanns Blick im Rückspiegel zu begegnen. Der Abwehroffizier rauchte zufrieden seine Pfeife.

Schmidt drehte sich unterwegs kurz um und starrte ihren Fahrgast mit einem schwachen Lächeln auf den Lippen an. Hartmann konnte sich vorstellen, was der andere dachte. *Ein gerissener Kerl ...*

Hartmann war sich darüber im klaren, daß er sich vor Schmidt würde in acht nehmen müssen. Der ehemalige Kriminalbeamte verstand sich darauf, Motive zu analysieren. Hartmann hatte den polternden Jäger bewußt provoziert, um den SS-Standartenführer auf Distanz zu halten – und Schmidt hatte diese Taktik durchschaut.

Jäger schwieg verbissen, bis sie am Bahnhof vorbei die Seitenstraße hinuntergefahren waren und in der Senke hielten, in der zuvor der Grenzübergang Spielfeld gewesen war.

Die Katastrophe hatte sich gegen acht Uhr dreißig ereignet. Jetzt war es kurz nach fünfzehn Uhr. Ein von einer Dampflok gezogener riesiger Eisenbahnkran, dessen Ausleger auf einem Rungenwagen ruhte, setzte sich langsam in Richtung Graz in Bewegung. Eisenbahnpioniere standen nach getaner Arbeit mit Bierflaschen in der Hand an der Strecke.

Die Pioniere hatten den Krater aufgeschüttet und ein

neues Gleis gelegt, um die Verbindung zwischen Graz und Zagreb wiederherzustellen. Hartmann stieg aus und brachte Jäger mit seiner nächsten Bemerkung erneut aus dem Gleichgewicht.

»Mit dieser Organisation könnten wir den Krieg noch immer gewinnen.«

»Der Verkehr auf dieser Strecke muß aufrechterhalten werden«, antwortete Jäger barsch. »Auf ihr wird der Nachschub für zwanzig gegen die Partisanen eingesetzte Divisionen transportiert. Zwanzig Divisionen! Können Sie sich vorstellen, was mit denen an der Ostfront auszurichten wäre?«

»Vielleicht hätte der Führer Jugoslawien umgehen sollen, anstatt hier durchzumarschieren«, meinte Hartmann.

»Hätte er einen Angriff der Alliierten an unserer Flanke riskieren sollen?«

»In Spanien ist bisher auch noch niemand gelandet. Neutrale sind ihr Gewicht in Gold wert – sie binden keine anderswo benötigten Truppen.« Der Abwehroffizier machte eine kurze Pause. »Hat's Überlebende gegeben?«

Am Rand der Senke stand ein Sanitätszelt, und Hartmann hatte einen Sanitäter hineingehen sehen.

»Ein Hauptmann Brunner ist der einzige Überlebende. Eigenartigerweise scheint er sich in einer Holzbude aufgehalten zu haben, als die Munition hochgegangen ist. Das Häuschen ist weggeblasen worden, aber Brunner hat offenbar nur einen Schock erlitten. Das habe ich am Telefon erfahren.«

»Vielleicht kann ich ihn kurz sprechen ...«

Hartmann ging auf das Sanitätszelt zu. Jäger marschierte neben ihm her, und Schmidt folgte den beiden. Der Abwehroffizier blieb ruckartig stehen und nahm seine Pfeife aus dem Mund. Sein Tonfall war ziemlich scharf.

»Ich möchte ihn *allein* sprechen, meine Herrn. Oder halten Sie's für angebracht, einen Mann, der unter Schockeinwirkung steht, mit einem SS-Standartenführer, einem SS-Sturmbannführer und einem Major zu konfrontieren? Das würde ihn einschüchtern – er würde vielleicht sogar fürchten, er solle verhaftet werden. Bormann wird natürlich versuchen, irgend jemand für dieses Debakel verantwortlich zu machen. Wer ist dafür am besten geeignet? Der einzige Überlebende.«

»Gut, wie Sie meinen«, stimmte Jäger widerstrebend zu. »Wir befragen ihn dann später.« Sein Sinn für Humor machte sich bemerkbar. »Wenn Sie uns Brunners Aussage genau wiedergeben. Jedes Wort!«

»Selbstverständlich!«

Aus Hartmanns Tonfall sprach Verwunderung, daß Jäger überhaupt etwas anderes für möglich hielt. Auf dem Weg zu dem Sanitätszelt überzeugte er sich davon, daß er eine Schachtel Zigaretten eingesteckt hatte. Damit hatte er schon bei früheren Vernehmungen überraschende Erfolge erzielt. Der Sanitäter kam eben wieder aus dem Zelt.

»Darf Ihr Patient rauchen, wenn er Lust dazu hat? Kann ich ihm ein paar Fragen stellen?«

Der Sanitäter, ein blasser Fünfziger mit hängenden Schultern, starrte ihn an. Er schien dieses neuartige Erlebnis erst verarbeiten zu müssen.

»Normalerweise fragt niemand, sondern jeder rennt einfach so rein. Ja, er darf rauchen – er wünscht sich nichts sehnlicher als eine Zigarette. Der Schock klingt rasch ab. Vielleicht tut's ihm gut, wenn er sich aussprechen kann . . .«

Brunner lag im Zelt auf einem Feldbett und hatte zwei Kissen unter dem Rücken, so daß er beinahe saß. Er beobachtete den Neuankömmling mißtrauisch, während Hartmann sich eine Kiste mit Sanitätsmaterial heranzog. Eine Vernehmung durch einen Sitzenden regt den Befragten weniger auf.

Der Verwundete hatte die Hand verbunden, deshalb steckte Hartmann ihm die Zigarette zwischen die Lippen und gab ihm Feuer. Brunner beobachtete ihn weiterhin mißtrauisch. Er bedankte sich mit einem Nicken für die Zigarette.

»Ich komme von der Abwehr . . .«

Der Stimmungsumschwung war beinahe zum Lachen. Der einarmige Hauptmann sank mit einem Seufzer der Erleichterung in die Kissen zurück.

»Ich hatte die Gestapo erwartet!«

»Heute ist eben Ihr Glückstag – wenn Sie das ignorieren.« Hartmann zeigte auf den Verband. »Sie haben überlebt.« Er betrachtete den leeren linken Uniformärmel des Hauptmanns. »Sie haben an der Ostfront gekämpft? Das hab' ich mir gedacht. Und nun sind Sie der Meinung gewesen, genug für Führer und Reich getan und sich ein geruhsames Leben verdient zu haben, bis dieser verdammte Krieg zu Ende geht.«

Seine Erfahrung als Rechtsanwalt, aber noch mehr seine natürliche Einfühlungsgabe ließ Hartmann instinktiv den richtigen Ton treffen. Er sah Brunners Augen aufleuchten und spürte, daß der andere ihm vertraute.

»Ja, Sie haben recht!« bestätigte Brunner leidenschaftlich. »Aber dann fliegt heute morgen alles um mich herum in die Luft. Wissen Sie, daß ich der einzige Überlebende bin? Meine Kameraden sind alle gefallen. Wenn das in Rußland passiert wäre ... Aber in diesem gottverlassenen Nest, das kein Mensch kennt – und daran ist diese Hexe schuld gewesen ...«

»Erzählen Sie«, forderte Hartmann ihn auf.

Nun sprudelte alles aus dem Verwundeten heraus: die Ereignisse am Grenzübergang bis zu dem Augenblick, in dem der Güterwagen mit Munition in die Luft geflogen war. Hartmann hörte zu, ohne Brunner zu unterbrechen, und bot ihm zwischendurch eine weitere Zigarette an. Die Personenbeschreibung des Paars, das Brunner unmittelbar vor der Katastrophe kontrolliert hatte, machte Hartmann unsicher.

»Welche Haarfarbe hatte die Frau?« erkundigte er sich.

»Keine Ahnung. Sie hat ein großes Kopftuch nach Art der serbischen Bäuerinnen getragen.«

»Und sie hat fließend Deutsch gesprochen?«

»So gut wie Sie und ich ...«

Brunners Personenbeschreibung ihres Begleiters war auch nicht ergiebiger. Es konnte sich um Lindsay gehandelt haben – oder auch nicht. Der Hauptmann hatte auch keinen der

Partisanen gesehen, die den Grenzübergang überfallen hatten.

»Bisher sind sie noch nie so weit nach Norden vorgestoßen«, überlegte er laut. »Das kann ich mir eigentlich nicht erklären – es sei denn, sie hätten es auf den Munitionstransport abgesehen gehabt.«

»Ist denn allgemein bekannt gewesen, daß der Wagen heute beladen werden sollte?«

»Großer Gott, nein! Solche Transporte unterliegen strengster Geheimhaltung. Wir erfahren erst davon, wenn der Güterwaggon abgehängt wird und der erste Lastwagen mit Munition anrollt.«

»Die Partisanen können also nicht schon vorher gewußt haben, daß dieser Güterwagen heute dastehen würde?«

»Nein, eigentlich nicht, wenn ich's mir recht überlege.«

»Wohin werden Sie jetzt gebracht?« fragte Hartmann, während er aufstand.

»Ich habe Sonderurlaub bewilligt bekommen. Mein Urlaub ist ohnehin schon längst überfällig. Mein Oberst in Graz hat sich sehr für mich eingesetzt ... Ich bin in Flensburg zu Hause. Kennen Sie das zufällig?«

»An der dänischen Grenze.« Hartmann lächelte schwach. »An der ehemaligen dänischen Grenze, müßte man seit 1940 wohl sagen. Stellen Sie zu Hause einen Antrag auf Entlassung aus dem Militärdienst, Brunner. Sie haben genug fürs Vaterland getan. Für die Zukunft alles Gute!«

Vor dem Zelt kam ihm der Sanitäter entgegen, der mit gerunzelter Stirn einen Zettel in seiner Hand anstarrte.

»Na, was gibt's denn?« erkundigte der Major sich jovial.

»Hauptmann Brunner soll vorläufig hierbleiben. Ich wollte ihn eben nach Graz bringen lassen ...«

»Weshalb die Verzögerung?«

»Ein Gestapokommissar Gruber ist aus Wien hierher unterwegs, um Brunner zu vernehmen. Er soll in ungefähr drei Stunden eintreffen.«

Hartmann reagierte augenblicklich. »Sie fahren sofort mit

Brunner zum hiesigen Flugplatz und melden sich bei Oberfeldwebel Noske, der Sie in meinem Auftrag nach Graz zurückfliegen soll! Dort sorgen Sie dafür, daß Brunner mit der nächsten nach Mittel- oder Norddeutschland fliegenden Maschine mitkommt, verstanden?«

»Jawohl, Herr Major! Aber was ist mit Gruber?«

»Betrachten Sie meine Anweisungen als Führerbefehl.« Der Abwehroffizier wies seine von Bormann unterzeichnete Generalvollmacht vor. »Da, lesen Sie!« Er wartete, bis der andere den kurzen Text gelesen hatte. »Das hier haben Sie nie bekommen . . .« Hartmann griff nach dem Funkspruch, der Grubers Eintreffen ankündigte, knüllte das Papier zusammen und steckte es ein. »Ich darf Ihnen nicht sagen, weshalb Brunner möglichst rasch fortgebracht werden muß. Aber meine Anordnungen gehen auf einen Befehl des Führers zurück. Verstanden?«

»Jawohl, Herr Major! Selbstverständlich, Herr Major!«

Der Sanitäter gab ihm beinahe ehrfürchtig das von Bormann unterzeichnete Schriftstück zurück. Hartmann machte sich auf den Weg zum Bahnhof. Er verließ den Grenzübergang, ohne von Jäger und Schmidt bemerkt zu werden, die in ihrem offenen Wagen saßen und den Eintopf löffelten, zu dem sie sich von den Pionieren hatten einladen lassen.

»Der nächste Zug nach Zagreb geht in sieben Minuten«, erklärte der Bahnhofsvorsteher in Spielfeld. »Nachdem jetzt das Gleis repariert ist, wird der normale Betrieb wiederaufgenommen.«

Auf dem verschlafenen kleinen Bahnhof herrschte unterdessen Frontatmosphäre. Waffen-SS-Männer mit Maschinenpistolen standen mit Lokführer und Heizer im Führerstand. Auf dem Tender hatte ein MG-Schütze seine Waffe in Stellung gebracht. Im Gepäckwagen am Ende des Zugs war eine Gruppe Soldaten versteckt – ein behelmter Kopf wurde einen Augenblick sichtbar, bevor die Schiebetür von innen geschlossen wurde.

Hartmann entschied sich für ein freies Abteil dritter Klasse mit unbequemen Holzbänken, um weniger aufzufallen. Wenige Minuten später fuhr der Zug pünktlich ab. Hartmann hütete sich davor, sich am Fenster zu zeigen, während sie langsam über das frisch verlegte Gleis nach Süden dampften.

Der Mercedes war nicht zu sehen. Jäger kochte sicher vor Wut, weil er hereingelegt worden war, und war wohl auf der Suche nach ihm. Das Sanitätszelt stand offen und schien leer zu sein: Brunner war offenbar bereits nach Graz unterwegs.

Endlich allein! Hartmann zündete sich seine Pfeife an und lehnte sich auf dem Holzsitz zurück. Später würde er irgend etwas Eßbares auftreiben müssen – aber er konnte es notfalls lange ohne Essen aushalten. In der Bahnhofswirtschaft hatte er noch rasch zwei Gläser Mineralwasser getrunken. Hartmann sprach laut aus, was er gerade dachte: »Na, ich hab' jedenfalls mein Bestes getan!«

»Zweifellos, Herr Major . . .«

Hartmann drehte langsam den Kopf zur Seite und sah zu dem Mann auf, der ihn befriedigt lächelnd anstarrte. Willy Maisel, der Gestapobeamte, den er auf dem Grazer Flughafen abgeschüttelt hatte, wirkte so zufrieden, wie Hartmann sich noch vor einem Augenblick gefühlt hatte.

28

»In Maribor erwischen wir einen Zug nach Zagreb«, flüsterte Paco Lindsay zu.

»Und wo liegt Maribor?« erkundigte er sich.

»Das ist die nächste Schnellzugstation in Richtung Zagreb. Da das Gleis bei Spielfeld zerstört ist, verkehren heute natürlich keine Züge auf der Strecke Graz–Zagreb . . .«

Sie saßen hinten auf einem von zwei Pferden gezogenen Fuhrwerk. Vor ihnen türmte sich frisch geschlagenes Holz auf, und hinter dem Bauern, der die Zügel hielt, saßen Bora und Milic. Die beiden hatten Paco und Lindsay nach ihrem Durchbruch auf der nach Süden führenden Landstraße eingeholt.

Das Fuhrwerk war von einem Feldweg auf die Straße abgebogen, als die vier am frühen Nachmittag in der Sonnenhitze unterwegs gewesen waren. Paco hatte den Bauern dazu überredet, sie nach Maribor mitzunehmen. Das hatte sie sehr geschickt angefangen.

»Wir wollten mit dem Zug nach Zagreb, aber die Lokomotive ist in Spielfeld mit einem Schaden liegengeblieben. Die Reparatur hätte stundenlang gedauert, und wir haben eine Verabredung, die wir unbedingt einhalten müssen.«

Eine Verabredung. Sie hatte diese Worte auf ganz bestimmte Art ausgesprochen, und der schnurrbärtige alte Bauer mit dem graumelierten Haar hatte sie sekundenlang prüfend betrachtet. Dann hatte er ihnen wortlos ein Zeichen gegeben, auf den Wagen zu klettern.

»Was hast du ihm erzählt?« hatte Lindsay halblaut gefragt, als sie hinten auf dem Wagen saßen.

»Er glaubt jetzt, daß wir uns einer Partisanengruppe anschließen wollen. Er ist ein Patriot wie die meisten Bauern, deren Ernten von der deutschen Besatzungsmacht beschlagnahmt werden. Er will nur keine Einzelheiten wissen . . .«

Während das Fuhrwerk quietschend und knarrend über die schlechte Straße schaukelte, wurden sie immer wieder gegeneinandergeworfen. Er spürte ihre Körperwärme, ihren festen jungen Körper unter ihrer dünnen Jacke.

Paco warf ihm gelegentlich verstohlene Blicke zu, während Lindsay angestrengt geradeaus sah. Bora, der in seiner altmodischen Reisetasche eine Maschinenpistole versteckt hatte, beobachtete aufmerksam die Straße. Der Bauer sprach kein Wort mit seinen Fahrgästen, sondern hockte zusammengesunken und halb schlafend auf dem Kutschbock. Lindsay zuckte zusammen, als Paco ihn anstieß.

»Wir kommen jetzt nach Maribor«, erklärte sie ihm leise. »Hier läßt du *mich* reden, verstanden? Kein englisches Wort, solange uns jemand hören kann! Von jetzt an bist du ein Taubstummer.« Ihre Stimme klang sogar etwas humorvoll. »Gib dir ein bißchen Mühe, den Dummen zu spielen ...«

Der Bauer setzte sie in der Nähe des kleinen Bahnhofs ab, wo sie sich wieder trennten. Lindsay begleitete Paco, während Bora und Milic sich selbständig machten. Der erste Schock kam, als Paco sich nach dem nächsten Zug nach Zagreb erkundigte.

Sie sprach mit einem runzligen alten Eisenbahner, den Lindsay auf mindestens siebzig schätzte. Der Engländer verstand nicht, was er ihr antwortete, aber ihm fiel auf, daß Paco ihre Frage zweimal zu wiederholen schien.

Paco bedankte sich für die Auskunft, hängte sich bei Lindsay ein und führte ihn ans Ende des Bahnsteigs, auf dem Bauern mit großen Bündeln warteten.

»Warum sieht man hier so viele alte Leute?« erkundigte er sich. »Das ist mir in Maribor sofort aufgefallen – nirgends junge Menschen. In Deutschland ist das noch verständlich ...«

»Hier hat's den gleichen Grund«, unterbrach sie ihn mit gepreßter Stimme. »Die Jüngeren sind in den Bergen – bei den Partisanen oder den Tschetniks. Verdammt noch mal, Lindsay, wir müssen überlegen, was wir tun sollen.«

»Was ist los?«

»Es klingt unglaublich, aber ich habe den alten Knaben mehrmals danach gefragt! Der nächste Zug nach Zagreb soll aus Spielfeld kommen!«

»Das beweist nur, daß man den Gegner nie unterschätzen darf. Ich schlage vor, daß wir diesen Zug vorbeifahren lassen und erst mit dem nächsten fahren.«

»Der irgendwann morgen kommt. Vielleicht! Und Maribor ist natürlich von den Deutschen besetzt. Die Stadt ist klein, ich kenne hier keinen Menschen – und wir sind bei den Kroaten. Wenn wir hier warten, riskieren wir, bei einer Routinekontrolle geschnappt zu werden. Warum sollen wir nicht mit diesem Zug fahren?«

»Paco, wir wissen nicht, wer vielleicht schon in diesem Zug ist. Wen haben sie hinter uns hergeschickt? Ich garantiere dir, daß irgend jemand den Auftrag hat, mich hier aufzuspüren! Standartenführer Jäger? Kommissar Gruber? Major Hartmann? Such dir einen aus...«

»Hoffentlich nicht Jäger! Er würde mich auch in dieser Aufmachung wiedererkennen. Und er ist ein Berufssoldat, ein Ehrenmann, der nur seine Pflicht tut – das ist zumindest mein Eindruck gewesen. Aber ich möchte wetten, daß in dem Zug niemand sitzt, der uns gefährlich werden könnte. Dazu sind wir zu schnell gewesen!«

In London traf Tim Whelby sich abends in einem überfüllten Pub in der Tottenham Court Road mit Sawitski. Als er das Pub um einundzwanzig Uhr betrat, sah er den Russen zu seiner Überraschung schon mit einem Glas Mild and Bitter in einer der kleinen Nischen sitzen. Dies war das erste Mal, daß sein Kontaktmann früher als er zu einem Treff erschienen war.

Whelby bestellte sich einen doppelten Scotch an der Bar und schlängelte sich zwischen den Tischen hindurch. Er blieb vor Sawitski stehen und deutete auf den Stuhl, auf den der Russe seinen Hut gelegt hatte, um ihn für Whelby freizuhalten.

»Entschuldigung, ist hier noch frei? Plätze sind heute Mangelware.«

»Bitte sehr!«

Whelby trank sein Glas halb aus und sah, daß Sawitski ihn mißbilligend beobachtete. Der Teufel sollte diesen pedantischen Laufburschen holen! Er trank noch einen Schluck, bevor er sein Glas abstellte.

»Lindsay ist über die Grenze nach Jugoslawien gelangt.«

»Die Deutschen sind nicht gerade erfolgreich, was?« meinte Whelby. »Wann ist das passiert?«

»Heute morgen.«

Whelby griff nach seinem Glas und hielt sich gewissermaßen daran fest. In Sawitskis Gegenwart durfte er auf keinen Fall nervös oder aufgeregt wirken. Whelby war davon überzeugt, daß der andere regelmäßig Berichte über seine Fähigkeiten und Leistungen als sowjetischer Agent nach Moskau schickte.

Aber wie hatte die russische Botschaft an den Kensington Palace Gardens so schnell davon erfahren können? Offenbar verfügte sie über wirklich außergewöhnliche Nachrichtenverbindungen. Whelby hatte allmählich den Verdacht, daß diese Meldungen direkt aus Deutschland kamen.

»Wohin dürfte er Ihrer Meinung nach unterwegs sein?« fragte der Engländer.

»Natürlich zu einer der mit den jugoslawischen Partisanen zusammenarbeitenden alliierten Militärmissionen. Ab jetzt kann er jederzeit mit einem Flugzeug abgeholt werden – möglicherweise viel schneller, als wir erwartet haben. Sie müssen verhindern, daß er jemals in London Bericht erstattet . . .«

»Vielen Dank!« sagte Whelby lakonisch.

»Wie bitte? Was soll das heißen?«

»Sie haben mir bereits mitgeteilt, daß er auf keinen Fall zurückkommen darf. Ich wüßte nur gern den Grund dafür . . .«

»Sie haben Ihre Anweisungen! Der Grund dafür braucht Sie nicht zu kümmern. Ihre Leute haben bestimmt schon eine Nachricht von Lindsay erhalten; er muß sich gemeldet haben.«

»Falls eine Meldung eingegangen ist, war sie nicht an mich gerichtet.«

»Sie müssen Erkundigungen einziehen – diskrete Erkundigungen, verstanden?«

»Ja, natürlich!« stimmte Whelby ironisch zu. »Aber wie Sie wohl noch wissen, bin ich für Spanien und Portugal zuständig. Diese beiden Länder sind ziemlich weit von Jugoslawien entfernt.«

»Sie stellen die Sache absichtlich schwierig dar, damit wir

Sie für um so cleverer halten, wenn Sie das Problem gelöst haben.«

»Ganz recht«, bestätigte Whelby. »Sie haben den Nagel auf den Kopf getroffen!«

Es war längst dunkel, als die abgeblendeten Laternen der Lokomotive, die den aus Spielfeld kommenden Zug schleppte, sich dem Bahnsteig in Maribor näherten. Hartmann, der angeblich das Bedürfnis nach frischer Luft hatte, hatte Maisel im Abteil gelassen, war in den Seitengang getreten und blickte aus einem geöffneten Fenster.

Hartmanns Pfeife – sein Erkennungszeichen – steckte in seiner Jackentasche. Auf dem Kopf hatte er wie ein einheimischer Arbeiter eine alte, etwas außer Form geratene Stoffmütze mit Schirm, die zu seinem abgetragenen Anzug paßte. Selbst alte Freunde hätten Mühe gehabt, Major Gustav Hartmann von der Abwehr in dieser Aufmachung wiederzuerkennen.

Er hatte gute Augen, die sich rasch an die Dunkelheit gewöhnten, durch die der Zug langsam über die Bahnhofsweichen rumpelte. Auf dem Bahnsteig drängten sich Reisende, die auf den mit großer Verspätung einfahrenden Zug warteten. Hartmann erinnerte sich mit fotografischer Genauigkeit an die Personenbeschreibung der Frau und des Mannes, deren Papiere Hauptmann Brunner als vermutlich gefälscht erkannt hatte, bevor »alles in die Luft geflogen« war.

Am Ende des Bahnsteigs, in der Nähe der Stelle, an der die Dampflok zum Stehen kommen würde, standen Paco und Lindsay und sahen dem einfahrenden Zug müde entgegen. Zuvor hatten sie es riskiert, in einem kleinen Restaurant in Bahnhofsnähe zu essen. Die Rechnung war gesalzen gewesen, weil der Wirt ihnen auf dem Schwarzmarkt eingekauftes Fleisch vorgesetzt hatte.

»Ich schlafe bis Zagreb durch«, stellte Paco fest. »Ich darf mich doch bei dir anlehnen?«

»Nein, wir wechseln uns ab!« knurrte Lindsay. »Einer von

uns muß immer wach sein, damit wir vor Überraschungen sicher sind.«

»Ja, ich weiß, ich weiß! Mit diesem Zug fährt eine ganze Panzerdivision mit, die nur den Auftrag hat, uns aufzuspüren.« Die Blondine machte nach diesem für sie so ungewöhnlichen Ausbruch eine Pause. »Entschuldige, aber ich bin hundemüde. Und dazu die Verantwortung . . . Du hast natürlich recht. Wir müssen uns irgendwie ablösen. Mein Gott, Lindsay – du hast recht!«

Sie sahen den Führerstand der Dampflokomotive an sich vorbeigleiten – mit den Wachen hinter Lokführer und Heizer. Und dann den Tender mit dem darauf in Stellung gebrachten Maschinengewehr. Was ihnen nicht auffiel, war der Kopf eines Mannes, der sie aus einem der hinteren Wagen beobachtete: eines Mannes mit abgetragener Schiebermütze, der sie anstarrte.

Colonel Browne arbeitete noch in seinem Dienstzimmer in der Ryder Street, als Whelby unter dem Vorwand zurückkam, einige vergessene Unterlagen holen zu müssen. Browne legte seinen Federhalter weg und reckte seine schmerzenden Glieder.

»Nehmen Sie Platz, Whelby. Trinken Sie einen mit?«

»Nein, danke, ich komme eben aus einem Pub in der Tottenham Court Road. Dort hab' ich mich mit einem Flying Officer Lindsay unterhalten – vielleicht mit dem Wing Commander verwandt, den wir nach Berchtesgaden in Marsch gesetzt haben, was?«

»Kaum. Unser Lindsay ist ein Einzelkind.«

»Hat man was von ihm gehört?«

Der Colonel zögerte, und Whelby fiel diese kurze Pause auf. »Kein Wort«, antwortete Browne knapp. »Aber er wird sich schon melden . . .«

Whelby wußte nicht weiter. Geheimunternehmen auf dem Balkan, vor allem in Griechenland und Jugoslawien, wurden vom Oberkommando Mittelost mit Sitz in Kairo geleitet.

Whelby sah keine Möglichkeit, das Gespräch auf Kairo zu bringen, weil er offiziell nicht wissen durfte, wo Lindsay sich im Augenblick aufhielt. Er würde einfach abwarten müssen, ob die Ereignisse sich wieder einmal zu seinen Gunsten entwickeln würden.

»Haben Sie was auf dem Herzen?« fragte Browne.

»Ja, ich denke ans Schlafengehen. Gute Nacht, Sir.«

In der Wolfsschanze hatte Bormann über Lindsays vermutliche Flucht nach Jugoslawien gesprochen. Diese Meldung hatte ihn aus zwei Quellen erreicht. Nachdem Maisel auf dem Grazer Flughafen von Hartmann versetzt worden war, hatte der Gestapobeamte sofort mit Gruber in Wien telefoniert.

»Hartmann, dieser gerissene Kerl, ist mir entwischt. Er fliegt mit einem Fieseler-Storch, der hier für ihn bereitgestanden hat, nach Spielfeld, um wegen eines Vorfalls an der Grenze zu ermitteln. Seiner Meinung nach hat Lindsay heute die jugoslawische Grenze überschritten . . .«

»Was für ein Vorfall?« fragte Gruber scharf. »Worauf stützt er seine verrückte Theorie?«

Gruber kannte Martin Bormann und wußte, wie vorsichtig der Reichsleiter in solchen Dingen war. Er brauchte stichhaltige *Beweise* für diese Annahme, die vielleicht doch wieder nur ein Gerücht war. Schließlich war der verschwundene Engländer schon oft genug angeblich gesehen worden.

Und Bormann verlangte stets handfeste Beweise, weil er sie für Hitler brauchte. Er hatte schon zu oft miterlebt, wie der Führer Generale zusammengestaucht hatte, die mit schlechten Nachrichten gekommen waren und einen Rückzieher machten, sobald er sie eingehender befragte.

»Dort hat's einen Partisanenangriff gegeben«, antwortete Maisel. Er schilderte dem Kommissar kurz, was an der Grenze geschehen war. »Hartmann hat eine Verbindung zu dem Überfall vor der Frauenkirche hergestellt . . . Handgranaten und Nebelkerzen . . . die gleiche Methode . . .«

Gruber fand diese Meldung plausibel genug, um zu dem Schluß zu gelangen, daß es gefährlich wäre, sie *nicht* an Bormann weiterzugeben. Immerhin konnte er jetzt betonen, daß er lediglich etwas wiederholte, das ihm Willy Maisel berichtet hatte. Falls diese Sache unangenehme Folgen hatte, würde Maisel den Kopf hinhalten müssen.

Der Gestapokommissar rief sofort Bormann an, der schweigend zuhörte. Gruber erriet, daß der Reichsleiter abzuschätzen versuchte, welche Auswirkungen diese neue Entwicklung auf *seine* Position haben könnte.

»Ich leite Ihre Mitteilung an den Führer weiter«, entschied Bormann, ohne Gruber zu verraten, daß Hartmann ihn bereits direkt informiert hatte. »Der Vorfall bei Spielfeld ist natürlich noch kein ausreichender Beweis.«

»Die Meldung stammt von Maisel«, betonte Gruber. »Sie basiert im wesentlichen auf einem Gespräch, das er mit Major Gustav Hartmann geführt hat.«

»Ah, die Abwehr! Wer vertraut denn diesen Verrätern noch?«

Der Führer schien sich sein Vertrauen bewahrt zu haben. Als Bormann ihm Bericht erstattete, verlangte Hitler eine große Südeuropakarte, die er eigenhändig auf dem Kartentisch in der Lagebaracke ausbreitete. Dann fuhr er mit dem Zeigefinger die Strecke München–Wien über Salzburg nach.

»Das klingt logisch«, stellte er fest. »Bormann, Sie haben dafür gesorgt, daß sämtliche Strecken in die Schweiz gesperrt worden sind, stimmt's?«

»Das war die wahrscheinlichste Fluchtroute.«

»Und die Gruppe, die offenbar den Auftrag hat, Lindsay wieder nach Hause zu bringen, besteht aus Profis . . .«

»Dafür gibt's keinen Beweis«, widersprach Bormann.

»Haben Sie vergessen, was vor der Frauenkirche geschehen ist?« fuhr Hitler ihn an. »So was können nur Profis! Sie haben Lindsay entführt, obwohl unsere Leute auf der Lauer gelegen haben, um sie zu schnappen! Und wie ist's weitergegangen? Hartmann hat das von ihnen auf dem Wiener Westbahnhof preisgegebene Gepäck durchsucht, das offenbar mit dem identisch war, das Mayr auf dem Münchner Hauptbahnhof bei dem Chauffeur der sogenannten Baronin von Werther gesehen hatte. Das stimmt doch, Jodl?«

Die beiden weiteren Anwesenden, Generaloberst Jodl und Generalfeldmarschall Keitel, hatten bisher schweigend zugehört. Jodl nickte jetzt.

»So scheint's gewesen zu sein, mein Führer«, antwortete er.

»Als nächstes«, fuhr Hitler erregt fort, »kommt der Vorfall, der sich am nächsten Morgen auf dem Wiener Südbahnhof ereignet. Einer der beiden Deserteure und Soldatenmörder gibt bei seiner Vernehmung an, er habe einen Mann und eine Frau in den Zug nach Graz steigen sehen. Und wohin führt die Bahnlinie, auf der man Graz in Richtung Süden verläßt? Nach Spielfeld, wo es dann zu einem schwerwiegenderen Zwischenfall gekommen ist. Einverstanden, Keitel?«

»Das ist nur logisch, mein Führer.«

»Nun berichtet Hartmann, daß er in dem mit Handgranaten und Rauchbomben durchgeführten Überfall auf den Grenzposten dieselbe Handschrift wie bei dem Unternehmen vor der Frauenkirche erkennt . . .«

Hitler stützte sich mit beiden Händen auf die Landkarte, hielt die Arme steif durchgedrückt und starrte die drei Männer, die ihm schweigend zuhörten, mit zynischem Gesichtsausdruck an.

»An der Ostfront stehen mir fünf Millionen Bolschewiken gegenüber. Ich muß täglich neue Befehle zur Vernichtung dieser barbarischen Horden erteilen. Und jetzt muß ich auch noch Detektiv spielen, um darauf aufmerksam zu machen, wie Lindsay zu entkommen versucht! Die Besprechung ist beendet, meine Herrn.«

Auf ähnlich verschlungenen Pfaden erreichte die Meldung über Lindsays voraussichtliche Fluchtroute London. Wenige Stunden, nachdem Hitler die Besprechung mit Bormann, Keitel und Jodl brüsk beendet hatte, ging bei Rudolf Roessler in Luzern ein verschlüsselter Funkspruch von Specht ein. Roessler übermittelte die Nachricht, die er nicht entschlüsseln konnte, sofort nach Moskau, wo Stalin wieder einmal Berija zu sich kommen ließ. Er hielt seinem Geheimpolizeichef wortlos den Lindsay betreffenden Funkspruch hin. Stalin hatte es sich angewöhnt, dem blassen Mann mit dem Kneifer alle von Lucy eingehenden Meldungen zu zeigen. Falls irgend etwas schiefging, konnte er Berija die Schuld dafür in die Schuhe schieben. In diesem Fall wurde Lucy zu einem von Berija zu verantwortenden Unternehmen.

»Glauben Sie, daß Lindsay versucht, mit einer der alliierten Spionageorganisationen Verbindung aufzunehmen?« schlug Berija vor.

»Das dürfte die einzig mögliche Schlußfolgerung sein«, bestätigte Stalin sarkastisch. »Bei günstiger Gelegenheit werden sie ein Flugzeug entsenden, das ihn abholt und über Algerien nach London bringt. Was ist die einzig mögliche Lösung, wenn wir uns nicht darauf verlassen können, daß Tito ihn liquidieren läßt?«

»Ihr Agent in London muß dafür sorgen, daß Lindsay nie dort ankommt.«

»Richtig!« Stalin nahm den Funkspruch wieder an sich. »Auf dem Weg nach draußen können Sie mir meinen persönlichen Verschlüßler reinschicken.«

Stalin setzte sich an seinen von der einzigen Lampe im Raum beleuchteten Schreibtisch und formulierte sorgfältig einen Funkspruch. Als der Schlüsseloffizier eintrat, hob Stalin nicht einmal den Kopf, sondern kritzelte über den Schreibtisch gebeugt weiter. Der strammstehende Offizier sah lediglich eine Hand, die ihm ein Blatt Papier hinhielt.

»Übermitteln Sie das sofort an Sawitski in der Londoner Botschaft!«

Diese komplizierte Folge von Ereignissen führte dazu, daß Sawitski Tim Whelby dadurch verblüffte, daß er als erster in das Pub in der Tottenham Court Road kam.

Sawitski hatte es zum erstenmal erlebt, daß ein Funkspruch von Kosak mit dem Wort *Dringend!* begann. Ein glücklicher Zufall wollte es, daß der Sowjetrusse an diesem Abend ohnehin zu einem Routinetreff mit Whelby verabredet war. Hastig vereinbarte Treffs aus kritischen Situationen heraus waren äußerst gefährlich.

Und nun war der Ball, was Sawitski betraf, zum Glück an Tim Whelby abgegeben. In Washington, London, der Wolfsschanze, Wien und Moskau reagierten alle Menschen gleich: Wer eine abgezogene Handgranate in die Hand gedrückt bekam, gab dieses todbringende Geschenk so rasch wie möglich weiter.

Als der Zug auf dem Bahnhof Maribor hielt, kam Hartmann in das Abteil zurück, in dem Willy Maisel eben seinen Koffer aus dem Gepäcknetz hob. Der Gestapomann knöpfte seinen Trenchcoat bis zum Hals zu, als müsse er sich gegen Nachtkälte schützen.

»Sie steigen schon aus?« erkundigte Hartmann sich ohne sonderliches Interesse.

»Ich muß Gruber über die Entwicklung auf dem laufenden halten, obwohl's eigentlich nichts zu berichten gibt. Ich kann ihn vom hiesigen Stabsgebäude aus anrufen. Er sitzt bestimmt schon auf heißen Kohlen, weil er seinerseits Bormann Bericht erstatten soll . . .«

»Ich fahre bis Zagreb mit, glaub' ich«, stellte Hartmann wie beiläufig fest, während er Platz nahm und sich seine Pfeife anzündete.

»Tun Sie, was Sie nicht lassen können. Aber damit vergeuden Sie nur Ihre Zeit.«

Hartmann wartete, bis Maisel ausgestiegen war, bahnte sich dann einen Weg durch die Einsteigenden und sah wieder aus dem Gangfester. Er konnte gerade noch beobachten, wie Paco und Lindsay in den ersten Wagen nach der Lokomotive stiegen.

Der Zug dampfte durch die Nacht nach Süden, als Maisel den Korpsstab erreichte, seinen Dienstausweis vorlegte und Gruber in Wien anzurufen versuchte.

Die Vermittlung teilte ihm mit, aus Sicherheitsgründen müßten alle Gespräche über Graz laufen. Maisel nannte seinen Namen und wartete. Er merkte plötzlich, wie hungrig er war, und stellte sich ein gehaltvolles Abendessen vor. Dann riß ihn eine barsche Stimme aus seinen Träumen.

»Maisel?« fragte die Telefonstimme. »Ist dort Willy Maisel am Apparat?«

»Ja, ich habe eine Verbindung nach Wien zur . . .«

»Maisel, hier ist Standartenführer Jäger. Was tun Sie in Maribor?«

»Ich bin mit dem Zug aus Spielfeld hergekommen. Major Hartmann von der Abwehr ist im selben Abteil gefahren . . .«

»Holen Sie ihn bitte an den Apparat!«

»Ich bin nicht mehr mit ihm zusammen. Er ist mit dem Zug weitergefahren.«

»Hat er diese Entscheidung irgendwie begründet? Wohin ist er jetzt unterwegs? Haben Sie irgendeine Spur des Engländers Lindsay entdeckt?«

Jägers Fragen trafen den Gestapomann wie Keulenhiebe. Maisel verfluchte sein Pech, das ihn ausgerechnet an den SS-Führer hatte geraten lassen. Aber was konnte es schaden, offen zuzugeben, daß er keine Informationen besaß?

»Hartmann will nach Zagreb weiter. Ich kann mir keinen vernünftigen Grund dafür vorstellen. Von Lindsay ist weit und breit nichts zu sehen gewesen . . .«

»Augenblick! Bleiben Sie am Apparat!«

Jäger hielt die Sprechmuschel mit einer Hand zu und wandte sich an Schmidt, der neben ihm stand. Er gab rasch wieder, was Maisel bisher gesagt hatte. »Sehen Sie zu, was Sie aus ihm rauskriegen können«, forderte er Schmidt auf.

»Maisel, hier ist Schmidt. Ich möchte Sie bitten, mir den Ablauf der Ereignisse ganz genau zu schildern. Was hat Hartmann also getan?«

»Nichts!« Maisel reagierte verständnislos und nicht wenig irritiert. »Als der Zug in Maribor eingefahren ist, hat er im Gang gestanden und aus dem Fenster gesehen. Er wollte ein bißchen frische Luft schnappen ...«

»Auf welcher Seite hat er aus dem Fenster gesehen? Auf der Bahnsteigseite?«

»Richtig!«

Maisel begann sich zu fragen, ob er irgend etwas übersehen habe, aber er kam beim besten Willen nicht darauf. Warum, zum Teufel, gaben diese SS-Leute nicht endlich die Leitung frei und ließen ihn mit Wien telefonieren?

»Denken Sie jetzt bitte genau nach«, fuhr Schmidt eindringlich fort. »Hatte er erkennen lassen, daß er mit dem Zug weiterfahren würde, bevor er in den Gang hinausgetreten ist und aus dem Fenster gesehen hat?«

»Nein, keineswegs. Davon hat er erst nach seiner Rückkehr gesprochen. Ich bin überrascht gewesen, als er ...«

»Danke, Maisel. Ich verbinde Sie wieder mit der Vermittlung, damit Sie Ihr Ferngespräch führen können, nachdem Sie jetzt identifiziert sind. Seit dem Überfall auf den Grenzübergang Spielfeld werden alle Gespräche überwacht.«

»Wie viele Tote hat's dort gegeben?«

»Ich verbinde Sie jetzt ...«

Schmidt legte den Hörer auf und sah zu Jäger hinüber. Der SS-Standartenführer hatte eben aus seiner Taschenflasche einen Schluck Cognac genommen und bot sie Schmidt an, der dankend den Kopf schüttelte. Jäger setzte den Schraubverschluß auf, bevor er sprach.

»Sie haben ihn hoffentlich abgelenkt? Was haben Sie rausgekriegt?«

»Er ärgert sich vermutlich über die schroffe Art, mit der ich das Gespräch beendet habe – und das dürfte ihn daran hindern, sich zu fragen, worauf ich hinausgewollt habe. Erfreulicherweise hat er einen ziemlich erschöpften Eindruck gemacht.«

»Das hört man gern!« stimmte Jäger befriedigt zu. »Aber was war mit Hartmann?«

»Eine hochinteressante Sache! Als der Zug in den Bahnhof Maribor eingefahren ist, hat Hartmann auf dem Gang gestanden und aus dem Fenster gesehen. Erst danach hat er Maisel erklärt, er habe vor, nach Zagreb weiterzufahren. Ich glaube, daß er jemand auf dem Bahnsteig erkannt hat – irgend jemand, der auf diesen Zug gewartet hat ...«

»Und ich glaube, daß Sie damit recht haben. Dieser gerissene Kerl ist schon immer ein Einzelgänger gewesen. Von Maribor nach Zagreb fährt der Zug mindestens sechs Stunden. Was halten Sie davon, wenn wir unserem Freund Hartmann zuvorkommen?«

»Sie wollen direkt nach Zagreb fliegen und ihn bei der Ankunft des Zuges erwarten?« fragte Schmidt.

»Sie sind der reinste Gedankenleser, mein Lieber«, bestätigte Jäger jovial. »Worauf warten Sie also noch? Besorgen Sie uns ein Flugzeug, damit wir sofort fliegen können.«

29

Heljec, der Kommandeur einer nördlich von Zagreb operierenden Partisanengruppe, hatte sich dafür entschieden, den Zug in der Schlucht bei Zidani Most zu überfallen.

Der Dreißigjährige mit den wachsamen dunklen Augen hatte im Frieden als Ingenieur Dämme und Schleusen gebaut. Jetzt war sein Leben der Zerstörung gewidmet. Er stand mit seinem Stellvertreter Vlatko Jovanovic am Rand der Schlucht und blickte aufs Bahngleis hinunter. In der rechten Hand hielt Heljec eine erbeutete deutsche Schmeißer-Maschinenpistole.

»Wieviel Uhr haben wir, Vlatko?« erkundigte er sich.

»Gleich drei Uhr. Der Zug muß jeden Augenblick kommen. Die Männer liegen in Stellung. Jeder weiß, was er zu tun hat ...«

»Sie müssen die Wachen im Führerstand ausschalten. Sie

müssen den MG-Schützen auf dem Tender erledigen. Und sie müssen die im Gepäckwagen versteckten Soldaten niederkämpfen. Gefangene werden dabei nicht gemacht. Damit dürfen wir uns nicht belasten.«

»Alles ist vorbereitet«, versicherte Vlatko. »Du brauchst dir keine Sorgen zu machen.«

»An dem Tag, an dem ich aufhöre, mir Sorgen zu machen, ist unsere Truppe so gut wie erledigt . . .«

Heljec sprach mit heiserer Stimme – er rauchte achtzig Zigaretten am Tag. Ein größerer Kontrast in Aussehen und Temperament der beiden Männer wäre kaum denkbar gewesen. Der drahtige Heljec war als Partisanenführer eine Naturbegabung. Die Männer fürchteten seinen Zorn und respektierten seine Führungsqualitäten. In Gebieten, die für deutsche Truppen nahezu unpassierbar waren, konnte Heljec mit seinen Partisanen pro Tag dreißig bis vierzig Kilometer zurücklegen.

Vlatko Jovanovic war klein und rundlich. Der Fünfziger fand Krieg und Zerstörung schrecklich; aber er war zu dem Schluß gekommen, daß jetzt nichts übrigblieb, als zu kämpfen. Dieser ruhige, bedächtige Mann, der fünfundzwanzig Jahre lang der beste Schuhmacher Belgrads gewesen war, stellte die ideale Ergänzung für den temperamentvollen Draufgänger Heljec dar.

»Du hast in Maribor gute Arbeit geleistet«, sagte Heljec plötzlich.

Während er sprach, starrte er wieder das Bahngleis an, das auf dem Boden der Schlucht in einer Kurve mit starker Steigung verlegt war, so daß der Zug an dieser Stelle langsam fahren würde.

»Eine Routinesache – nur eine Frage ständiger Wachsamkeit.«

»Der Rückweg ist schwierig gewesen.«

Heljec stellte diese Tatsache nüchtern fest. Er erwartete ans Wunderbare grenzende Ausdauerleistungen von seinen Männern, aber er versäumte nie, ihnen später dafür zu danken. Jovanovic nickte und zog an einer Spitze seines prächtigen Schnauzbarts, der sein Markenzeichen war.

»Auch das war eine Frage der Wachsamkeit«, antwortete er.

Der geplante Überfall auf den Zug nach Zagreb war ein Versuch, den Tito persönlich genehmigt hatte. Heljec und seine Leute befanden sich hier tief im Gebiet der verhaßten Tschetniks. Durch den Überfall sollten die Deutschen veranlaßt werden, ihre Truppen in diesem Teil Jugoslawiens, der im Augenblick hauptsächlich von Tschetniks gehalten wurde, erheblich zu verstärken.

Ein geglückter Partisanenüberfall nördlich von Zagreb würde das deutsche Oberkommando in Kroatien aufrütteln und vielleicht bis nach Berlin Wellen schlagen. Heljec war sich durchaus darüber im klaren, was hier auf dem Spiel stand, und konnte es kaum noch erwarten, dem Feind diesen Tiefschlag zu versetzen. Das würde sich *lohnen!*

»Wir haben doch hoffentlich genügend Leute?« fragte Heljec, ohne ernstlich daran zu zweifeln.

»Vierzig Mann«, bestätigte Vlatko. »Alle in gut vorbereiteten Stellungen. Und wir sind dem Gegner zahlenmäßig überlegen. Darin besteht das Geheimnis erfolgreicher Kriegführung, wie Napoleon einmal gesagt hat. Fasse deine Kräfte an einem Punkt zusammen, wo du dem Feind überlegen sein kannst, und greife dort schwungvoll an.«

»Du hast natürlich recht«, bestätigte Heljec. »Ich fürchte nur überraschend auftauchende Schwierigkeiten.«

»Wie soll's Überraschungen geben, nachdem ich in Maribor alles ausgekundschaftet habe?«

Vlatko war sich darüber im klaren, daß sein Auftrag in Maribor riskant gewesen war – auch wenn er nicht darüber sprach. Zum Glück hatte auf dem Bahnsteig ziemliches Gedränge geherrscht, so daß er sich unter die Reisenden hatte mischen können, als der Zug aus Spielfeld eingefahren war. Vlatko hatte die Wagen gezählt – mit dem Gepäckwagen waren es acht.

Die Deutschen, die recht gut wußten, daß es überall von Spitzeln wimmelte, hatten es mit strikter Geheimhaltung versucht. Keiner der im Packwagen versteckten Waffen-SS-Männer hatte aussteigen dürfen, um sich auf dem Bahnsteig die Beine zu vertreten. Vlatko war aufgefallen, daß nichts ein- oder ausgeladen wurde; er hatte den Wagen beobachtet und war für seine Geduld belohnt worden, als die Schiebetür einen Spalt weit geöffnet worden war. Hinter ihr waren Stahlhelme und Uniformen zu erkennen gewesen, bevor die Tür hastig wieder geschlossen wurde.

»Wann fährt der Zug nach Zagreb weiter?« hatte er einen Eisenbahner gefragt.

»Frühestens in einer halben Stunde. Vielleicht auch erst später. Die Lok muß erst Wasser aufnehmen.«

»Dann kann ich also noch ein Bier trinken gehen?«

»Trink eins für mich mit!«

Vlatko hatte den Bahnhof verlassen, war auf sein Fahrrad gestiegen, das er auf einem Ruinengrundstück versteckt hatte, und war zu einem einsamen Bauernhof hinausgefahren. Dort hatte er kurz Pause gemacht und Heljec mit einem auf dem Dachboden verborgenen Funkgerät eine Nachricht übermittelt.

Danach hatte er sein Fahrrad mit einem alten Motorrad vertauscht und war auf wenig befahrenen Nebenstraßen durch die Nacht gerast. Vlatko hatte seine Kameraden, die oberhalb der Schlucht auf den Zug lauerten, lange vor Ankunft des Zugs erreicht.

Schon in diesem Stadium des Krieges verfügten die Partisanen über erstaunlich gute Nachrichtenverbindungen. Die Deutschen waren im April 1941 in Jugoslawien eingefallen. Zwei Jahre später besaßen die Partisanen ein Netz aus Kurieren, die mit Fahr- und Motorrädern unterwegs waren. Weiterhin standen ihnen zahlreiche Funkgeräte zur Verfügung, die jedoch nur für sehr dringende Meldungen benützt wurden, so daß es den deutschen Horchfunkstellen nocht nicht gelungen war, auch nur einen einzigen Partisanensender auszuheben. Eine Routinesache, wie Vlatko so richtig bemerkt hatte . . .

»Ich habe dir eine bedauerliche Nachricht vorenthalten«, sagte Vlatko zögernd.

»Worum geht's?« knurrte Heljec. »Du weißt, daß ich sofort informiert werden will, wenn's Probleme gibt.«

»Gegen dieses Problem ist nicht viel zu machen . . .«

»Los, 'raus mit der Sprache!«

»Auf dem Bahnsteig in Maribor hab' ich Paco in den Zug steigen sehen. Ich glaube, sie hat einen Mann bei sich gehabt.«

»Glaubst du, daß ihr Begleiter der Engländer gewesen ist, den wir gegen Waffen eintauschen wollen?«

»Leicht möglich. Ich konnte's nicht riskieren, sie zu warnen . . .«

»Natürlich nicht! Das ist ihr eigenes Risiko . . .« Jetzt zögerte Heljec, was selten genug vorkam. »Wo ist sie eingestiegen?« fragte er schließlich.

»In den gefährlichsten Wagen – gleich hinter der Lok und dem Tender mit dem deutschen MG-Schützen.«

Heljec überlegte schweigend. Paco war der beste Kurier, den er je gekannt hatte. Sie dachte sich nichts dabei, in Gebiete zu gehen, vor denen die meisten Männer zurückgeschreckt wären. Sie war sogar in Deutschland gewesen.

»Sie hat eigentlich immer Glück«, meinte er schließlich.

»Du beschwichtigst dein Gewissen mit Illusionen . . .«

»Verdammt noch mal, das ganze Unternehmen ist doch schon vorbereitet!« rief Heljec wütend. Weshalb hatte Vlatko ihm das jetzt mitteilen müssen? Heljec wußte, daß es besser gewesen wäre, wenn er davon erst nach dem Überfall erfahren hätte. Jedenfalls für mich besser, dachte er. Heljec bemühte sich stets, sich gegenüber ehrlich zu sein.

»Lauf los, und sag der Gruppe, die Lok und Tender angreift, daß sie nur im Notfall Handgranaten werfen und sich auf ihre Maschinenpistolen verlassen soll!«

»Zu spät! Da kommt der Zug . . .«

Paco saß auf dem Fensterplatz in Fahrtrichtung. Ihre Augen waren geschlossen, und ihr Kopf ruhte auf Lindsays Schulter, während der Zug eine Steigung hinaufkeuchte. Der Engländer fand ihre Nähe beruhigend.

Dieses Gefühl war sein einziger Trost. Das Abteil war mit Bauern überfüllt, die sich schnarchend auf den Holzbänken zusammendrängten. Lindsay konnte kaum die Beine bewegen, so beengt war der Raum zwischen den Bänken. Er mochte sich nicht vorstellen, was passieren würde, falls sie den Wagen in aller Eile verlassen mußten; wahrscheinlich war es dann besser, aus dem Fenster zu klettern.

Er sah auf die Uhr und schob behutsam seinen Jackenärmel zurück, damit Paco nicht aufwachte. Drei Uhr zehn. Lindsay hätte sie vor zehn Minuten wecken sollen. Sie hatten sich darauf geeinigt, daß sie sich in regelmäßigen Abständen ablösen würden. Er beschloß, sie weiterschlafen zu lassen.

»Du betrügst, du netter Schuft«, flüsterte Paco ihm ins Ohr. »Ich hab' die Uhrzeit gesehen!«

»Du kannst weiterschlafen – ich bin wirklich ganz frisch.«

»Lügner, netter Lügner . . .« Sie unterdrückte ein Gähnen. »Wo sind wir? Warum fahren wir so langsam?«

»Soviel ich gesehen habe, fahren wir durch eine Schlucht.«

»Dann ist Zidani Most die nächste Station vor Zagreb. Lindsay, du gibst ein gutes Kopfkissen ab . . .«

Sie kuschelte sich enger an ihn und beobachtete Lindsay mit halb geschlossenen Augen. »Vielleicht nehme ich dein Angebot an und schlafe noch ein bißchen. Weißt du, was du bist? Ein korrumpierender Einfluß. Aber vielleicht gefällt's mir, korrumpiert zu werden . . .« Paco sprach so leise, daß niemand außer Lindsay verstehen konnte, was sie sagte. Sie schloß die Augen – und öffnete sie sofort wieder, als sie spürte, daß der Engländer erstarrte. »Was ist los?« flüsterte sie.

»Verrückt. Ich hab' mir eingebildet, draußen jemand neben der Strecke stehen zu sehen.«

Die erste Angriffsphase begann damit, daß einer von Heljecs Leuten aufs Trittbrett des langsam fahrenden Personenwaggons vor dem Packwagen sprang. Der Partisan kletterte nach hinten, hakte eine Handgranate von seinem Gürtel los, entsicherte sie und legte sie auf die Kupplung. Dann sprang er ab.

In dem beengten Raum zwischen den beiden Wagen detonierte die Handgranate mit dumpfem Knall. Die Kupplung riß. Der Packwagen kam kurz zum Stehen und rollte rückwärts die Gefällstrecke hinunter. In der Nähe des Zugendes blinkte ein weiterer Mann zweimal mit einer Taschenlampe, um die Gruppe gegenüber von Lokomotive und Tender zu verständigen.

Der SS-Führer im Packwagen reagierte auf die einzig mögliche Weise: Er öffnete die Schiebetür, um nachzusehen, was passiert war. Im nächsten Augenblick flogen mehrere Handgranaten ins Wageninnere, während einige andere ihr Ziel verfehlten. Detonationen erschütterten den jetzt schnell und schneller bergab rollenden Packwagen.

Seine Hinterräder prallten gegen einen unterdessen übers Gleis gezogenen Baumstamm, übersprangen ihn fast und wurden zur Seite gedrückt. Der Waggon entgleiste, kippte um und begann zu brennen. Aus den Flammen tauchten keine Überlebenden auf.

Entlang der Strecke löste das Blinkzeichen die zweite Phase des Angriffs aus. Der hinter dem MG liegende deutsche Soldat erkannte vage Gestalten, die sich in der Dunkelheit bewegten. Er betätigte den Abzug, ohne zu merken, daß dicht neben ihm eine Handgranate auf dem Tender gelandet war.

Das MG begann zu hämmern. Die Handgranate detonierte ohrenbetäubend laut. Der Deutsche und seine Waffe wurden vom Tender geschleudert und blieben neben der Strecke liegen. Von beiden Seiten kletterten mit Messern bewaffnete Gestalten zum Führerstand hinauf. Die durch die Handgranatendetonation wie gelähmten Wachen hatten keine Gelegenheit mehr, von ihren Schußwaffen Gebrauch zu machen. Dieser Angriff hatte keine hundert Sekunden gedauert.

»Wir müssen raus . . .«

Lindsay stemmte sich hoch, während Paco das Fenster herabließ. Sie kletterte hinaus, hielt sich noch einige Sekunden am Fensterrahmen fest und sprang dann ab. Lindsay beobachtete, daß sie beim Sprung aus dem nur Schrittempo fahrenden Zug unverletzt geblieben war. Er überlegte, ob er ihre Koffer hinauswerfen sollte, verzichtete dann darauf und folgte Paco so rasch wie möglich.

Verwirrung. Chaos. Schreiende und brüllende Männer, die in panischer Angst aus dem Zug flüchteten, der jetzt zum Stehen kam. Gegen die Wagenwände knallende auffliegende Türen. Kreischende Frauen. Die Schreckensszenen hatten jedoch erst begonnen.

»Weg vom Zug!« schrie Lindsay.

»Ein Partisanenüberfall . . .« rief Paco.

»Schnell bergauf!«

Er zerrte Paco am Arm den mit Felsblöcken übersäten Steilhang hinauf, der die eine Wand der Schlucht bildete. In einem der mittleren Wagen flammte ein Suchscheinwerfer auf. Der Lichtschein half ihnen, riesige Felsblöcke zu umgehen und höher und höher zu klettern. Dann erfaßte der Lichtkegel eine Gruppe von Partisanen. Maschinenpistolen begannen zu rattern – *aus dem Zug heraus.*

»Die Deutschen haben sich als Reisende getarnt!« keuchte Paco.

Die vom Scheinwerferlicht geblendeten Partisanen wurden im Geschoßhagel der deutschen Maschinenpistolen niedergemäht. Aus dem Augenwinkel heraus sah Lindsay die Männer zusammenbrechen oder in grotesker Haltung nach vorn fallen.

»Weiterklettern!« befahl er Paco und zerrte sie hinter sich her, als sie bei diesem Anblick zögerte.

Die Partisanen übten grausige Vergeltung. Handgranaten detonierten in der Nähe des Suchscheinwerfers – viele jedoch im unteren Teil des Steilhangs zwischen Reisenden, die sich zu retten versuchten. In das Krachen der Handgranaten und das Hämmern von Maschinenwaffen mischten sich die Schmerzensschreie der Verletzten.

Ohne auf ihre Landsleute Rücksicht zu nehmen, konzentrierten die Partisanen sich weiterhin auf ihren Kampf gegen die Deutschen. Eine größere Gruppe verschreckter Reisender entschied sich für den falschen Weg: Sie folgte der Lichtbahn des Scheinwerfers, um möglichst schnell vom Zug wegzukommen. Lindsay sah weitere Handgranaten durch die Luft fliegen und zwischen ihnen detonieren.

»Schießt den verdammten Scheinwerfer aus, ihr Idioten!« knurrte er die unsichtbaren Angreifer über ihnen an.

»Dann sehen sie ... die Deutschen nicht mehr!« keuchte Paco.

Im nächsten Augenblick herrschte Stille, als habe irgendein unsichtbarer Kommandeur eine Feuerpause angeordnet. Wenige Sekunden später fielen rasch nacheinander drei Gewehrschüsse. Lindsay hörte Glas klirren. Das Licht erlosch.

»Gott sei Dank!« Lindsay war noch immer entsetzt. »Nennt ihr das Krieg? Sind das vielleicht die Tschetniks?«

Sie hatten unterdessen zwei Drittel des Steilhangs bis zum Rand der Schlucht bewältigt und mußten eine Pause machen, weil ihre zitternden Beine ihnen den Dienst versagten. Hinter einigen Felsblöcken waren sie halbwegs geschützt.

»Nein«, antwortete Paco, »das sind Partisanen. Die Tschetniks arbeiten mit den Deutschen zusammen.«

»Hast du die armen Teufel hinter uns gesehen? Ahnungslose Männer und Frauen, die ...«

»Tut mir leid, so müssen wir eben kämpfen.«

»Und viele Jahre nach dem Krieg werden wir von tapferen Partisanen hören, die in die Berge gegangen sind – aber Massaker dieser Art werden tunlichst verschwiegen werden. Wenn das der Balkan ist, kannst du ihn behalten!«

»Dummkopf!«

Zu Lindsays Überraschung traf Pacos Hand ihn bei diesem Wort ins Gesicht. Er revanchierte sich sofort mit einer Ohrfeige.

»Wenn das die einzige Sprache ist, die ihr Weiber auf dem Balkan versteht ... Los, wir müssen weiter!«

Ihre Reaktion verblüffte ihn. Er hatte einen Wutausbruch erwartet; statt dessen folgte Paco ihm schweigend auf dem mühsamen Weg nach oben. In der nachtdunklen Schlucht unter ihnen fielen vereinzelte Schüsse. Lindsay stellte sich vor, daß die Partisanen verwundete Deutsche erledigten. Ganz in ihrer Nähe ratterte plötzlich eine Maschinenpistole los. Die Antwort der Partisanen bestand aus einer Handgranate, die nur wenige Meter von Lindsay entfernt aufprallte. Sie detonierte wie eine Bombe. Lindsay wurde es schwarz vor den Augen.

»Er hat eine Gehirnerschütterung.«

Die unbekannte Stimme sprach Englisch mit der zögernden Präzision eines Mannes, der die Sprache gut beherrscht, aber nur selten dazu kommt, sie auch anzuwenden. Die Umrisse des Mannes waren verschwommen, aber sie wurden allmählich deutlicher. Ein über Lindsay gebeugter Mann. Plötzlich wurde alles wieder ganz klar. Lindsay lag auf dem Boden und hatte einen durch eine zusammengelegte Wolldecke gepolsterten Felsblock im Rücken. Er erkannte Paco, die neben ihm kniete und ihn besorgt anstarrte.

»Lindsay«, fragte sie, »verstehst du mich? Gut. Das hier ist Doktor Macek – ein richtiger Arzt ...«

»Damit will sie sagen«, warf Macek amüsiert ein, »daß ich in dem Ruf stehe, meinen in Friedenszeiten ausgeübten Beruf zu beherrschen. Sie brauchen vor allem Ruhe ...«

Er war ein schwarzhaariger Mann Anfang Vierzig mit kurzgeschnittenem Schnurrbart und dunklen, fast hypnotisch wirkenden Augen. Wie die übrigen Männer, die Lindsay im Lichtschein der auf dem Boden stehenden Karbidlampe sah, trug Macek eine Mischung aus Räuberzivil und Uniformstükken. Trotzdem wirkte der Arzt inmitten seiner Landsleute als einziger adrett und sauber gekleidet.

»Noch ein Deutscher? Den erschießen wir gleich ...«

Die Serbokroatisch sprechende Stimme, die Lindsay nicht verstand, klang energisch und dominant. Hinter Macek erschien eine riesenhafte Gestalt im Lampenlicht: ein schwarzhaariger Riese mit einer Pistole in der Hand.

Lindsay sah entsetzt zwei Partisanen, die eine vertraute Gestalt heranschleppten. Der Gefangene hielt sich aufrecht, obwohl man ihm die Hände auf dem Rücken gefesselt hatte und er völlig erschöpft wirkte. Major Gustav Hartmann. Er hatte Blut auf der Stirn. Die Geste des Riesen mit der Pistole sagte alles.

»Um Himmels willen, er darf ihn nicht erschießen! Das ist Major Hartmann von der Abwehr«, erklärte Lindsay Paco. Er hatte eine Idee, obwohl er fürchtete, vielleicht schon im nächsten Augenblick wieder das Bewußtsein zu verlieren. »Ich kann ihn dazu bewegen, wertvolle Informationen zu liefern . . .«

»Heljec! Laß ihn in Ruhe!« Paco sprang auf und starrte den Partisanenführer an, der sich halb nach ihr umdrehte. »Das ist mein Ernst!« fuhr sie fort. »Er ist ein Abwehroffizier . . .«

»Er ist ein Deutscher!«

»Heljec . . .« Ein kleiner, rundlicher Mann trat in den Lichtkreis der Karbidlampe: Vlatko Jovanovic. »Paco hat sich das Recht verdient, für diesen Gefangenen zu sprechen.«

»*Ich* führe diese Gruppe!« Heljec hob erneut die Pistole. »Du hast keine Rechte. Paco hat keine Rechte. *Ich* allein habe das Recht, über . . .«

Aber Paco hatte sich wütend vor ihm aufgebaut und trat dem Riesen beinahe auf die Füße, während sie ihm ins Gesicht starrte.

»Kopfjäger! Dich interessiert nur die Zahl der umgebrachten Deutschen – weil du dich damit bei Tito in gutes Licht setzen willst. Wie kannst du's wagen, mir alle Rechte abzusprechen? Wer ist mit einer Gruppe nach Deutschland vorgestoßen, um den Engländer zu retten?«

Sie drehte sich nach den anderen Partisanen um, die neugierig nähergekommen waren und einen Kreis um die beiden bildeten.

»Ihr habt einen sehr tapferen Führer – solange er in der Heimat kämpft«, fuhr Paco fort. »Aber glaubt ihr, er würde auch nur einen seiner Riesenfüße auf deutschen Boden setzen?«

»Ich spreche kein Deutsch . . .«, begann Heljec.

»Ich auch nicht, aber ich bin auch in Deutschland gewesen.«

Milic, der mit Bora im Zug gewesen war, sprach ruhig, aber seine Schnurrbartspitzen zitterten. Seine Maschinenpistole war schußbereit auf Heljec gerichtet.

»Ich verlange, daß du anständig mit Paco sprichst«, fuhr Milic fort. »Die Abwehr ist nicht wie die Gestapo – wie die Partisanen nicht wie die Tschetniks sind. Du willst dich wie ein Tschetnik aufführen, Heljec? Das lasse ich nicht zu.«

»Willst du mich als Führer dieser Gruppe ablösen, Milic?«

»Nur wenn du darauf bestehst, Gefangene zu ermorden, deren Aussagen Tito von größtem Nutzen sein könnten . . .«

Während dieser gereizten Auseinandersetzung stand Hartmann mit ausdruckslosem Gesicht da. Er starrte Lindsay jedoch an, als versuche er, ihm eine Botschaft ohne Worte zu übermitteln.

Nachdem Milic gesprochen hatte, herrschte langes Schweigen. Der Wind trug das Stöhnen von Verletzten und stechenden Korditgestank aus der Schlucht herauf. Heljec gab sich einen Ruck und steckte seine Pistole in den Hosenbund.

»Wir müssen fort, bevor die Deutschen motorisierte Truppen schicken«, entschied er. »Der Gefangene ist marschfähig, deshalb nehmen wir ihn mit. Über sein Schicksal soll Tito entscheiden. Für den Engländer müßt ihr eine Tragbahre bauen.« Seine Stimme klang plötzlich schärfer. »Was habt ihr alle? Was gibt's hier zu gaffen? Wir müssen fort, hab' ich gesagt . . .«

Paco machte wortlos kehrt, kam zurück und kniete erneut

neben Lindsay nieder. Sie legte ihm beruhigend eine Hand auf die Schulter.

»Der Arzt sagt, daß du eine Gehirnerschütterung hast. Unsere Leute werden dich tragen. Nein, keinen Widerspruch! Du bist ein Wertobjekt – ein Engländer im Tausch gegen viele Waffen. So lautet die Vereinbarung ...«

Lindsay öffnete den Mund, um etwas zu sagen, und versank in abgrundtiefer schwarzer Bewußtlosigkeit.

»Er leidet an Drüsenfieber. Siehst du, wie stark sein Hals auf beiden Seiten geschwollen ist? Und die Temperatur ...«

Lindsay wunderte sich darüber, daß die Stimme ein präzises Englisch sprach, obwohl die Worte offenbar nicht ihm galten. Er öffnete die Augen und nahm seine Umgebung zunächst nur verschwommen wahr. Zwei Gestalten beugten sich über ihn. Ein Mann und eine Frau. Lindsay erkannte sie wieder. Er blinzelte angestrengt. Verdammt noch mal! Er befand sich noch immer in gleicher Lage: Er saß im Freien auf dem Erdboden und lehnte an einem mit einer Decke gepolsterten Felsblock.

»Wie fühlst du dich?« fragte Paco.

»Schlecht – verdammt schlecht. Aber mir geht's wahrscheinlich bald noch viel schlechter ...«

»Ah, dieser Humor!« kommentierte Dr. Macek. »Dieses britische Understatement! Das ist doch der richtige Ausdruck?«

»Ja«, bestätigte Lindsay. »Wo sind wir, zum Teufel? Wie weit von dieser gräßlichen Schlucht entfernt?«

»Viele Kilometer weit«, antwortete Paco. »Das ist vor vier Wochen gewesen. Du hast ...«

»Vier Wochen!« Lindsay war plötzlich desorientiert und sehr beunruhigt. War er dabei, den Verstand zu verlieren? Wo war die Zeit geblieben? Seine Erinnerung hörte mit dem Überfall auf den Zug und die Auseinandersetzung zwischen Paco und Heljec auf. *Heljec!* Immerhin konnte er sich an den Namen des Partisanenführers erinnern. Das gab ihm wieder

etwas Sicherheit. Paco nahm seine Rechte in ihre Hände und sprach beruhigend auf ihn ein.

»Du hast eine schwere Gehirnerschütterung gehabt. Ein Handgranatensplitter hat dich an der Stirn getroffen. Unsere Männer haben sich abgewechselt und dich auf einer provisorischen Tragbahre geschleppt. Du hast zwischendurch immer wieder darauf bestanden, selbst zu gehen . . .«

»Und jetzt hat mein Patient, der seine Gehirnerschütterung weitgehend überwunden hat, sich eine Drüsenentzündung zugezogen«, warf Dr. Macek jovial ein. »Deshalb haben Sie jetzt stark geschwollene Drüsen und brauchen viel Ruhe . . .«

»Kommt nicht in Frage!« Lindsay kam mühsam auf die Beine, blieb schwankend stehen und sah sich um. Paco drückte ihm einen geschnitzten Stock in die Hand. Zu seinem Erstaunen merkte er, daß der Griff ihm vertraut in der Hand lag.

»Den Stock hat dir Milic geschnitzt«, erklärte Paco. »Du hast weite Strecken auf drei Beinen zurückgelegt. Aber jetzt mußt du auf Doktor Macek hören . . .« Ihre Stimme klang ironisch, als sie hinzufügte: »Er hat in London studiert, ist also vertrauenswürdig.«

Sie lagerten auf einer kleinen Hochfläche unter einer Burgruine, deren Trümmer kaum noch von dem Felsengewirr, aus dem sie einst aufgeragt hatte, zu unterscheiden waren. Das Wetter war warm und klar, so daß der gezackte Kamm einer entfernten Bergkette sich deutlich von dem wolkenlosen Himmel abhob.

Irgend etwas beunruhigte Lindsay – ein Unbehagen, das ihm im Unterbewußtsein zusetzte. Er humpelte über die mit Felsblöcken übersäte Kuppe auf die Burg zu, in der er Heljecs Hauptquartier vermutete.

»Warte auf uns!« rief Paco ihm nach.

Da hörte Lindsay das Geräusch wieder und blieb ruckartig unter dem Laubdach eines Baums stehen. Das helle Surren eines einmotorigen Leichtflugzeugs. Er hatte dieses Geräusch gehört, als er wieder zu Bewußtsein gekommen war – aber dann hatte er sich durch Maceks Bemerkungen und seine eigene Orientierungslosigkeit ablenken lassen. Lindsay hob warnend die Hand, als die beiden anderen zu ihm aufschlossen.

»Bleibt in Deckung, solange das Flugzeug zu hören ist!«

»Das ist nur ein deutscher Storch«, erklärte Paco. »Ich habe gelernt, mit diesem Geräusch zu leben . . .«

»Aber hast du auch gelernt, damit zu sterben?«

Der wütende Nachdruck, mit dem Lindsay diese Frage stellte, verblüffte Paco und Macek so sehr, daß sie zunächst schwiegen. Das war dem Engländer nur recht, denn nun konnte er mit dem geübten Ohr eines Piloten horchen.

Lindsay stand mit schräg gehaltenem Kopf da. Die Maschine flog sehr langsam. Fast mit geringstmöglicher Geschwindigkeit. Sehr viel langsamer konnte der Pilot nicht fliegen, ohne seine Maschine zu überziehen. Und er umkreiste den Hügel mit der Burgruine.

Der Engländer stützte sich mit beiden Händen auf den Stock, um besser das Gleichgewicht halten zu können, während er nach oben starrte und eine Lücke im Blätterdach suchte. Dann sah er das Flugzeug! Der Pilot flog in starker Schräglage eine Linkskurve und war dabei so niedrig, daß Lindsay das Gefühl hatte, ihm in die Augen sehen zu können.

»Warum bist du so aufgeregt?« wollte Paco wissen. »Die deutschen Flieger sind ständig über Jugoslawien unterwegs.«

»Ist eine Maschine dieses Typs über uns weggeflogen, als ich vorhin zu Bewußtsein gekommen bin?«

»Ja, ich erinnere mich an ein Flugzeug . . .«

»Und wie oft sind heute deutsche Aufklärer in der Nähe gewesen? Denk gefälligst nach, verdammt noch mal!«

»Hör zu, ich . . .«, begann Paco aufgebracht.

»Sechsmal, glaube ich«, warf Macek ein. »Das ist der fünfte oder sechste Überflug.«

»Und das schon um elf Uhr vormittags!« Lindsay sah auf seine Armbanduhr.

»Ich hab' sie dir immer aufgezogen«, fauchte Paco.

»Sechsmal! Dieses Flugzeug ist so niedrig geflogen, weil der Pilot wußte, wonach er zu suchen hatte.«

»Ich hab' dir doch gesagt, daß . . .«, begann Paco erneut.

»Wir müssen Heljec warnen, daß ein schwerer Bombenangriff oder sogar ein Luftlandeunternehmen bevorsteht. Er soll dieses Gebiet sofort räumen lassen.« Lindsays Ton duldete keinen Widerspruch. »Wie viele Männer sind im Augenblick hier?«

»Dreißig – die ganze Einheit«, antwortete Paco. »Hör zu, Lindsay, es hat keinen Zweck, eine Panik auszulösen, nur weil du . . .«

»Nein, *du* hörst jetzt zu! Heljec ist vielleicht Fachmann, wenn's darum geht, Züge zu überfallen, Deutsche zu erschießen – notfalls auch Gefangene – und seine eigenen Landsleute zum höheren Ruhm des Kommunismus aufzuopfern. Davon versteht er bestimmt eine ganze Menge, aber wenn's um Flugzeuge geht, hat er keine Ahnung! Ich kenne die Alarmsignale. Ich hab' sie nach meiner Notlandung zu unterscheiden gelernt, als ich nach Dünkirchen zurückmarschiert bin. Wo ist Heljec?«

»Oben in der Burg.«

Das Motorengeräusch des deutschen Aufklärers entfernte sich immer mehr und klang nur noch wie das Summen einer Biene an einem Sommertag. Lindsay griff nach Pacos Hand, umklammerte seinen Stock und hastete mit ihr zum Burgtor hinauf. Trotz seiner körperlichen Schwäche bewirkte die Gewißheit der ihnen allen drohenden tödlichen Gefahr, daß sein Adrenalinausstoß steil anstieg.

Lindsay blieb am ehemaligen Burgtor stehen, um die Szene in dem noch erkennbaren großen Innenraum in sich aufzunehmen. Heljec beugte sich mit Jovanovic über eine auf einem Felsblock ausgebreitete Landkarte. Hinter den beiden hockte Hartmann zusammengesunken an einigen Mauerresten. Er hatte einen frischen blauen Fleck am Kinn. Hartmann grinste schwach, als er den Engländer sah.

Lindsay sprach den Abwehroffizier auf deutsch an, ohne auf Heljec zu achten, der sich ruckartig aufrichtete und ihn anstarrte.

»Woher haben Sie den blauen Fleck, Hartmann?«

»Ich habe versucht, diesen groben Klotz zu warnen. Vorhin ist ein Aufklärer um die Burg gekreist, und es wird nicht mehr lange dauern, bis ...«

»Ja, ich weiß. Lassen Sie mich nur machen!« Er wandte sich an Paco und ignorierte weiterhin Heljec, der bereits ungeduldig wurde. Lindsay zeigte mit seinem Stock auf den Serben. »Paco, sag diesem Kerl, was ihm und seinen Leuten bevorsteht, wenn er nicht augenblicklich Alarm gibt und diese Stellung räumen läßt. Sag ihm, daß ich als Pilot mehr vom Krieg aus der Luft verstehe als er. Mach ihm klar, daß seine Leute und er *ausradiert* werden sollen!«

Paco sprach rasch auf Heljec ein. Sie stampfte einmal sogar mit dem Fuß auf. In seiner Frustration über diese Zeitvergeudung ging Lindsay, auf seinen Stock gestützt, hinter ihr auf und ab. Dann beteiligte sich auch Jovanovic an der erregten Diskussion. Paco drehte sich nach Lindsay um.

»Zähl nochmals deine Gründe auf. Aber mit Nachdruck! Heljec will dich dabei beobachten.«

Er trat einen Schritt auf den Riesen zu und hob seinen Stock wie eine Waffe.

»Sag ihm, daß ich ihm mit diesem Stock Vernunft einprügeln werde, wenn er nicht bald Alarm gibt!« brüllte er, so laut er konnte.

Heljec setzte sich in Bewegung und verschwand nach draußen. Er rief einen Befehl.

»Deine Drohung, ihn zu verprügeln, hat ihn überzeugt«, erklärte Paco. »Wir räumen sofort die Stellung.«

Als sie aus der Burgruine traten, beobachtete Lindsay verblüfft, wie plötzlich überall Partisanen auftauchten. Die Männer schienen förmlich aus dem Boden zu wachsen. Er folgte Paco zum Rand des Plateaus, wo einige Steilrinnen in die Tiefe führten. Sie blieb stehen, um ihm zu helfen, aber er machte ihr ungeduldig ein Zeichen, sie solle vorausgehen.

»Du brauchst mir nur den Weg zu zeigen. Ich komme schon irgendwie runter. Großer Gott, da ist ja Bora! Unkraut vergeht eben nicht.«

Der Hang fiel steil ab, und Lindsay stolperte halb laufend, halb stürzend über die Felsen hinunter, die eine Art natürlicher Treppe bildeten. Irgendwie gelang es ihm, das Gleichgewicht zu bewahren. Paco drehte sich mehrmals nach ihm um, aber er trieb sie mit ungeduldigen Handbewegungen an, weil er ahnte, daß ihnen nicht mehr viel Zeit zur Flucht blieb.

Während des mühsamen Abstiegs dachte Lindsay an Hartmann und sah sich um. Der Deutsche folgte ihm in wenigen Metern Abstand; er wurde von Milic bewacht, der mit schußbereiter Maschinenpistole dicht hinter ihm blieb. In diesem Augenblick erfaßte Lindsays geschultes Gehör das ferne Brummen einer anfliegenden Bomberstaffel.

Lindsay war dem Boden der tiefen Schlucht, in die sie hinabstiegen, jetzt schon nahe genug, um die dunklen Schatten von Höhleneingängen am Fuß der gegenüberliegenden Wand sehen zu können. Dort würden sie Zuflucht und Schutz finden, wenn der Luftangriff begann – falls sie die Höhlen rechtzeitig erreichten.

Paco blieb kurz stehen, als Jovanovic ihr etwas zurief.

»Sag dem Deutschen, daß ich ihn sofort erschieße, falls er versucht, den Flugzeugen Zeichen zu geben!«

»Mensch, er hat doch versucht, Heljec vor diesem Angriff zu warnen!« antwortete die Blondine mit beißendem Spott in der Stimme. »Schuster, bleib bei deinem Leisten, wenn dir nichts anderes einfällt! Und halt die Klappe! Wir haben's eilig ...«

Sie übersetzte Lindsay, was gesprochen worden war, und hastete dann weiter. *Wir haben's eilig*. Sie hat recht! dachte Lindsay. Sie hatten den Boden der Schlucht schon fast erreicht, aber das Motorengeräusch der anfliegenden Flugzeuge war jetzt zu einem unheilverkündenden Dröhnen geworden. Die Schlucht war ein Flußbett. Grünes Wasser schäumte und rauschte über Felsblöcke, aber der Wasserspiegel war im Vergleich zum Winter sichtbar niedriger. Paco wartete, nahm Lindsay am Arm und half ihm, die Felsen als Trittsteine zu benützen. Er nahm undeutlich wahr, daß rechts und links Partisanen von Fels zu Fels sprangen und in den Höhlen verschwanden. Aber er konzentrierte sich darauf, nicht von dem bemoosten Gestein abzurutschen. Dann waren sie am anderen Ufer.

Paco zog Lindsay hinter sich her den Gegenhang hinauf, der mit einer losen Geröllschicht bedeckt war, auf der er ohne ihre Unterstützung ausgerutscht wäre. Dann öffnete sich ein fast drei Meter hoher Höhleneingang vor ihnen. Im Halbdunkel der Höhle war es feucht und merklich kühler.

Die Blondine keuchte vor Anstrengung. Sie wandte sich ab, als sie sah, daß Lindsay ihren Busen betrachtete. Hinter ihnen kam Hartmann herein, dem Milic nicht von den Fersen wich.

»Hoffentlich läßt er mich jetzt ein bißchen in Ruhe«, sagte Hartmann trocken und setzte sich auf einen der Felsblöcke in der großen Höhle.

Ihr gesunder Menschenverstand sagte ihnen, daß es am besten wäre, sich möglichst weit ins Höhleninnere zurückzuziehen. Ihre Neugier – die gleiche Neugier, aus der heraus die Londoner 1940 auf die Straße gelaufen waren, um zu den deutschen Bombern aufzusehen – führte sie an den Höhleneingang. Dort wurde Lindsay Augenzeuge eines schrecklichen Ereignisses.

Ein Partisan, der in der Schlucht hinter einem riesigen Felsblock kauerte, zielte mit seinem Gewehr ins Blau des Himmels über ihnen. Heljec tauchte hinter ihm auf, hob seine Pistole und erschoß den Mann. Der Serbe sprang auf Trittsteinen über den Fluß und verschwand in einer anderen Höhle.

»Der Schweinehund hat ihn ermordet!« schrie Lindsay.

»Heljec hatte strikte Befehle gegeben«, erklärte Paco ruhig. »Auf die Flugzeuge darf nicht geschossen werden, weil wir uns sonst verraten.«

Sie hatte kaum ausgesprochen, als Lindsay ein Geräusch hörte, das ihn an Frankreich im Jahre 1940 erinnerte: das schrille Sirenengeheul eines deutschen Stukas. Er blickte nach oben. Eine zweite Maschine wurde hinter der ersten über dem Berg sichtbar, auf dem die Burgruine, die Heljecs Hauptquartier gewesen war, über Felsen aufragte.

Das Sturzkampfflugzeug, ein kleiner silberner Pfeil in großer Höhe, stieß fast senkrecht auf sein Ziel herab. Die erste Bombenreihe lag mitten auf dem Plateau. Die Bomben detonierten mit ohrenbetäubendem Krachen, das von den Wänden der engen Schlucht zurückgeworfen wurde. Gesteinssplitter spritzten nach allen Seiten. Eine Mauer der Burgruine geriet ins Wanken, kippte in die Steilrinnen und löste sich in Tausende von Trümmern auf. Wo sie gestanden hatte, quoll eine Staubwolke empor.

»Großer Gott!« sagte Lindsay. »Die Stukas zielen verdammt gut. Wenn wir noch dort oben gewesen wären . . .«

Die deutschen Stukas, die sich nacheinander aufs Ziel stürzten, ließen keinen Stein der Burgruine auf dem anderen. Dann änderte ihr Staffelchef seine Angriffstaktik.

»Sie haben die Höhlen gesichtet!« rief Lindsay laut. »Zurück vom Eingang . . .«

Eine gebückt laufende Gestalt rettete sich, vor Anstrengung keuchend, in ihre Höhle. Dr. Macek. Auf Pacos Drängen kam er zu ihnen in den hinteren Teil der Höhle, wo sie Felsblöcke als natürliche Deckung vorgefunden hatten. Draußen regnete es Bomben, von denen eine in der Nähe ihres Höhleneingangs detonierte. Steinsplitter füllten die Höhle und prallten surrend von ihren Wänden und den Felsblöcken ab.

Lindsay, der zwischen Paco und Macek kauerte, spürte die einsetzende Reaktion auf seine Überanstrengung. Seine

Hände und Beine zitterten unkontrollierbar. Der Arzt legte ihm besorgt eine Hand auf die Stirn und wechselte einen Blick mit Paco.

»Schon gut«, knurrte Lindsay, der seinen Gesichtsausdruck gesehen hatte und Ärzten grundsätzlich mißtraute, »was ist los mit mir?«

»Sie haben sich bei der Flucht den Berg hinunter völlig verausgabt. Ich habe gesagt, daß Sie eine Drüsenentzündung haben. Ich habe gesagt, daß Sie Ruhe brauchen, viel Ruhe . . .«

»Hätte ich mich runtertragen lassen sollen?« erkundigte der Engländer sich sarkastisch. »Glauben Sie, daß wir's dann auch geschafft hätten . . .?«

Lindsay schaute zu Hartmann hinüber. In diesem Augenblick detonierten draußen in der Schlucht wieder Bomben und füllten die Höhle unter ohrenbetäubendem Krachen mit Steinstaub. Aber das nahm Lindsay bereits nicht mehr wahr: Er war wieder bewußtlos geworden.

30

Kursk. Juli 1943. Eine russische Stadt südlich von Moskau, die bis zu diesem Zeitpunkt im Ausland praktisch unbekannt gewesen war. Aber bei Kursk sollte sich im Sommer 1943 der Ausgang des Zweiten Weltkriegs entscheiden.

Dort ragte ein riesiger sowjetischer Keil tief in die deutschen Linien hinein. Die Rote Armee hatte ihre Elitedivisionen in den Frontbogen geworfen, wo sie jetzt zum Angriff bereitstanden. Dort standen die kampfstarken Panzer T 34, die neuesten sowjetischen Sturmgeschütze und die bewährtesten Infanterie- und Panzereinheiten. Nicht weniger als eine Million sowjetischer Soldaten warteten auf den Angriffsbefehl. Aber Stalin zögerte noch.

In der Wolfsschanze gab es kein Zögern. Der Entschluß des Führers stand fest, und Generalfeldmarschall von Kluge, Hitlers fähigster General, stand voll und ganz hinter seinem Plan: Die Deutschen würden als erste angreifen, den großen Frontbogen abschneiden und dadurch binnen weniger Tage eine Million Russen einkesseln.

»Wir beginnen die Offensive am fünften Juli«, erklärte Hitler. »Sobald der Russe erledigt ist, verlegen wir hundertzwanzig Divisionen nach Frankreich und Belgien. Jeder Landeversuch der Anglo-Amerikaner wird dann zu einer Katastrophe für sie. Meine Herrn, das Unternehmen ›Zitadelle‹ läuft wie vorgesehen an. Das ist mein fester Entschluß.«

Er sah über den Kartentisch hinweg zu Bormann, Keitel und Jodl hinüber, die pflichtschuldig nickten. Die Zitadelle war Kursk. Sobald sie genommen war, lag der Weg nach Moskau offen vor den Deutschen.

Hitler erklärte die Besprechung für beendet und forderte Bormann auf, ihn in seine Unterkunft zu begleiten.

»Na, stimmen Sie jetzt mit mir darin überein, daß mich jeder als das akzeptiert, was ich zu sein scheine, Bormann? Das Unternehmen ›Zitadelle‹ ist die größte deutsche Offensive dieses Kriegs.«

»Mein Führer«, begann Bormann vorsichtig, »mir macht nur ein Punkt Sorgen: Uns liegt noch immer keine verläßliche Nachricht über den Tod oder die Gefangennahme von Wing Commander Lindsay vor.«

»Lindsay? Um den kümmert sich doch niemand mehr! Was soll er mir anhaben können?«

Bormann fiel auf, daß er *mir*, nicht *uns* sagte. Seitdem der ehemalige Schauspieler in die Rolle Hitlers geschlüpft war, fand Bormann sich in seiner früheren Rolle als getreuer Diener des Führers wieder. Und er war sich darüber im klaren, daß er nicht das geringste dagegen unternehmen konnte, ohne sich selbst zu stürzen.

»Ich habe mich eingehend mit Lindsay beschäftigt«, fuhr Bormann unbeirrt fort. »Er ist früher selbst Schauspieler gewesen und dürfte einen Blick für Bühnenkollegen haben. Außerdem hat er ständig mit diesem Flittchen Christa Lundt zusammengesteckt. Mir ist aufgefallen, daß sie Sie vor ihrer Flucht mit Lindsay ständig beobachtet hat. Ich fürchte, daß ihr Unstimmmigkeiten aufgefallen sind.

»Was schlagen Sie also vor?« fragte Hitler ungeduldig.

»Daß SS-Standartenführer Jäger nochmals auf den Balkan entsandt wird, wo er hoffentlich Lindsay aufspüren kann.«

»Jäger übernimmt für das Unternehmen ›Zitadelle‹ wieder seine Einheit«, wehrte der Führer ungehalten ab. »Dafür brauchen wir alle erfahrenen Kommandeure. Ich kann nur hoffen, daß der sowjetische Spion, den es nach Hartmanns Überzeugung hier geben sollte, den Russen keine Einzelheiten unserer geplanten Offensive verrät. Alles hängt davon ab, daß die Überraschung gelingt . . .«

Es war dreiundzwanzig Uhr fünfzehn, als kundige Hände das im Wald versteckte Funkgerät freilegten. Der im Lichtschein einer abgeblendeten Taschenlampe gemorste Funkspruch war außergewöhnlich lang. Der Funker versteckte das Gerät wieder und kam gerade noch rechtzeitig zur Lagebesprechung in die Wolfsschanze zurück.

»Anna, ich bin ganz erledigt!« rief Rudolf Roessler aus, während er die Klappe in der Schrankrückwand schloß, hinter der sein Funkgerät eingebaut war. »Ich spüre, daß sich etwas sehr Wichtiges anbahnt.«

»Wie willst du das wissen?« fragte Anna.

»Ich habe vorhin den bisher längsten normal verschlüsselten Funkspruch von Specht aufgenommen und sofort nach Moskau übermittelt. Ich vermute, daß er die deutsche Angriffsgliederung für eine Großoffensive enthält . . .«

»Du hast jedenfalls alles getan, was in deinen Kräften steht«, warf Anna energisch ein. »Jetzt können wir nur noch abwarten.«

Roessler drehte sich auf seinem Hocker um und starrte sie

an. Müdigkeit hatte tiefe Furchen in sein Gesicht gegraben. »Die bisherigen Ereignisse zeigen, daß Stalin die von mir gelieferten Informationen nicht entsprechend nutzt. Wann wird er sich endlich dazu durchringen, mir zu trauen?«

»Kursk! Das könnte eine gigantische Falle sein, um uns ins Verderben zu locken . . .

In dem kleinen Arbeitszimmer im Kreml waren die frühen Morgenstunden angebrochen, und die Atmosphäre war gespannt, während Stalin sprach. Zwei Männer standen nebeneinander und hörten ihm zu: der selbstbewußte General Schukow und der ruhigere, intellektuellere Marschall Wassilewski, der Chef des Generalstabs.

Stalin hielt den langen Funkspruch Lucys mit den von Specht übermittelten Informationen in der Hand. Die detaillierten Angaben über die Kampfgliederung der deutschen Heeresgruppe Süd übertrafen alles, was Stalin bisher aus dieser Quelle erfahren hatte. Der Gegner hatte ungeheure, geradezu erschreckende Mengen an Menschen und Material zusammengezogen – falls diese Angaben stimmten. Stalin las den Funkspruch erneut langsam durch und wiederholte dabei einzelne besonders wichtige Punkte laut.

»Panzer der Typen ›Tiger‹ und ›Panther‹ . . . Sturmgeschütze . . . überschwere Panzer ›Ferdinand‹ . . . Generaloberst Model soll von Norden aus angreifen . . . General Hoth aus Süden . . . Die besten deutschen Generale . . . Dutzende von Elitedivisionen. Insgesamt eine gewaltige Streitmacht. Wenn das alles wahr wäre, könnten wir entsprechend reagieren und Hitlers Aufgebot zerschlagen.«

»Darf ich fragen«, begann Wassilewski vorsichtig, »wie gut dieser Lucy-Specht-Spionagering bisher gearbeitet hat?«

»Die gelieferten Informationen haben sich stets als zutreffend erwiesen.«

»Folglich könnten sie auch diesmal zutreffen. Irgendwann müssen wir alles auf die Karte setzen, daß Lucy recht hat . . .«

»Schukow?«

Stalin, der in seinem nur von der Schreibtischlampe erhellten Arbeitszimmer ebenfalls stand, sah zu dem General hinüber. Wassilewski seufzte innerlich. Stalin versuchte es wieder mit seinem alten Trick: Er verleitete andere zu Äußerungen, die er gegen sie verwenden konnte, falls es zu einer Katastrophe kam.

Das Hauptproblem lag darin, daß Stalin, dieser verschlagene und listenreiche Georgier, überall Verrat witterte – und Lucy konnte tatsächlich ein Werkzeug Hitlers sein, um die Rote Armee in eine Falle zu locken, aus der sie sich nie mehr würde freikämpfen können.

Schukow zögerte keinen Augenblick lang. Als einziger General, der imstande war, Stalin offen zu widersprechen, antwortete er knapp und entschieden.

»Specht hat uns mitgeteilt, daß der Tag X der fünfte Juli ist – also in drei Tagen. Weiterhin haben wir von ihm erfahren, daß der Angriff um fünfzehn Uhr beginnen soll – ein höchst ungewöhnlicher Zeitpunkt für eine deutsche Offensive, der die Meldung um so wahrer klingen läßt. Ich möchte sofort in mein Hauptquartier zurückkehren und alle Vorbereitungen aufgrund der Annahme treffen, daß Sprecht die Wahrheit sagt.«

»Sie würden die volle Verantwortung für diese Entscheidung tragen?«

»Jawohl, Genosse Marschall!«

»Wir müssen dieses Problem ausführlich besprechen, Genossen«, antwortete Stalin. »Machen Sie sich also auf eine lange Nacht gefaßt.«

Am 5. Juli um vierzehn Uhr dreißig begann SS-Standartenführer Jägers alte Beinwunde sich unangenehm bemerkbar zu machen. Er stand im Turm seines Panzers vom Typ Panther, von dem aus er eine Panzerabteilung von Generaloberst Models 4. Armee führen würde, die, nach Süden vorstoßend, den russischen Angriffskeil abschneiden sollte. Zugleich würde Generaloberst Hoths 9. Armee ihr aus Süden entgegenkommen, so daß ein Kessel entstand, in dem über eine Million Russen gefangen waren.

Der Nachmittag war heiß und schwül, als Jäger seine zum Angriff aufgefahrene Panzerabteilung musterte. Seine Beinwunde schmerzte vor Beginn jeder großen Offensive. Im übernächsten Panther sah er Schmidt stehen, der sich den Schweiß von der Stirn wischte.

»In einer halben Stunde wird's richtig heiß!« rief er ihm jovial zu. »Spar dir deinen Schweiß für später!«

In den benachbarten Panzern wurde gelacht. Jäger gehörte zu den Kommandeuren, die es verstanden, die fast unerträgliche Spannung vor dem Angriff durch einen Scherz zu lokkern.

»Danke, gleichfalls!« antwortete Schmidt ebenso laut. »Allerdings schwitzt nicht jeder gleich – gewisse Leute schwitzen wahrscheinlich Bier!«

Auch das wurde mit Gelächter quittiert. Jäger hatte nie etwas gegen einen scherzhaften Wortwechsel mit seinen Leuten – ohne Rücksicht auf seinen oder ihren Dienstgrad – einzuwenden. Um fünfzehn Uhr erteilte er seinem Fahrer den Marschbefehl durch sein Kehlkopfmikrophon.

»Vorwärts! Ohne Halt weiter, bis wir General Hoths Panzer sehen!«

Die Stahlkolosse fuhren an und rasselten nach Süden. Gleichzeitig eröffnete schwere Artillerie das Feuer. Die endlosen Weiten der russischen Steppe lagen vor den Angreifern, als Jägers Panther die Spitze der gepanzerten Armada übernahm. Ohne auf die Artillerieeinschläge um sie herum zu achten, ließ Jäger seinen Befehlspanzer geradeaus weiterfahren. Nach Süden, immer weiter nach Süden.

An diesem schwülen Julitag unterstanden Generalfeldmarschall von Kluge insgesamt über eine halbe Million Mann. Dazu gehörten siebzehn Panzerdivisionen sowie zahlreiche Sturmgeschütze, die alle von motorisierter Infanterie begleitet wurden. Das war die größte Streitmacht, die jemals für ein einzelnes Unternehmen eingesetzt worden war: *Zitadelle!*

Der Angriffsbeginn um fünfzehn Uhr hätte für den Gegner, der bisher an Angriffe im Morgengrauen gewöhnt war, eine Überraschung sein müssen. Auf deutscher Seite rechnete man damit, daß Schukow eingekesselt sein würde, bevor er recht erfaßte, was geschehen war.

Zusätzlich zu den beiden Flankenangriffen würde die aus sechs Panzer- und zwei Infanteriedivisionen bestehende 2. Armee einen Frontalangriff gegen die Spitze des russischen Frontkeils führen, um sowjetische Truppen zu binden und aus dem Hauptkampfgebiet fernzuhalten.

Früher als erwartet befand Standartenführer Jäger sich zwei sowjetischen Panzern des Typs T 34 gegenüber, die mit rund hundert Meter Abstand voneinander auf ihn zurollten. Andere Kommandeure hätten ihr Tempo verringert und gewartet, bis Verstärkung kam. Aber Jäger reagierte anders als der Durchschnitt.

»Schneller!« wies er seinen Fahrer an. »Genau zwischen den beiden durch!«

Wie erwartet schwenkten die beiden langen 85-mm-Kanonen der sowjetischen Panzer, um den heranrollenden Panther im Visier zu behalten. Aber die Schwenkung geschah langsam, weil die Kommandanten nicht damit gerechnet hatten, daß der deutsche Panzer mit erhöhter Geschwindigkeit auf sie zurollen würde. Falls der Panther so weiterfuhr, würde er in kaum fünfzig Meter Abstand zwischen den beiden T 34 hindurchrasseln!

Die russischen Kanonen wurden rascher geschwenkt, um Jägers Befehlspanzer auf Kernschußweite bekämpfen zu können. Aber der Standartenführer beobachtete sie genau. Bevor die beiden Kanonenmündungen auf ihn gerichtet waren, sprach er erneut ins Kehlkopfmikrophon.

»Geradeaus weiter – aber mit Vollgas! Tempo, mein Junge, sonst holt uns der Teufel!«

Der Panther rasselte plötzlich mit Vollgas weiter. Die Kanonen der beiden T 34 wurden etwas zu langsam geschwenkt. Jäger befand sich mitten zwischen den beiden Feindpanzern, bevor die sowjetischen Kommandanten erkannten, daß dieser Verrückte im Begriff war, zwischen ihnen durchzubrechen. Sie ließen ihre Richtschützen die Kanonen auf neunzig Grad schwenken. Die Rohre drehten sich weiter. Jägers Panther rasselte weiter. Die russischen Kommandanten gaben gleichzeitig den Feuerbefehl.

»Feuer . . .!«

Eine Sekunde zuvor war Jäger zwischen ihnen hindurchgefahren. Die Kanonen der beiden T 34 waren aufeinander gerichtet. Die Granaten schlugen auf und detonierten. Als Jäger sich umsah, brannten die beiden sowjetischen Panzer nach Volltreffern. Bisher hatte er noch keinen Schuß abgegeben.

»In gleicher Richtung weiter . . .«

Zuvor hatte der Standartenführer beobachtet, daß die beiden russischen Panzer hintereinander hergefahren waren, bevor sie sich getrennt hatten, um kein gemeinsames Ziel zu bieten. Jäger sah ihre deutlich erkennbaren Fahrspuren und wies seinen Fahrer an, ihnen zu folgen.

Minenfelder! Der schrecklichste aller Schrecken für Panzerkommandanten. Aber Jäger wußte, daß ihm nichts passieren konnte, solange er in der Spur der jetzt abgeschossenen T 34 blieb. Wie richtig diese Entscheidung war, zeigte sich wenige Augenblicke später, als er mehrere laute Detonationen hörte.

Rechts und links hinter Jäger blieben drei Panther beschädigt oder zerstört liegen. Einem war die rechte Kette abgerissen worden, so daß er unbeweglich schräg zu seiner bisherigen Fahrtrichtung stand. Die beiden anderen brannten schwarz qualmend. Jäger befahl den übrigen Panzern seiner Abteilung über Funk: »Hinter mir bleiben! In meiner Spur fahren! Vor uns ein Minenfeld!«

Der Standartenführer hatte plötzlich ein ungutes Gefühl.

Sein Instinkt sagte ihm, daß dieser Vorfall, den er überlebt hatte, in mehr als einer Beziehung ungewöhnlich und sogar verdächtig war. *Minenfelder* . . .

Die Russen hatten *in einer einzigen Nacht* nicht weniger als vierzigtausend Panzerminen verlegt, von denen jede einen Panther oder Tiger außer Gefecht setzen konnte.

Sie hatten alle Abschnitte-vermint, in denen die deutschen Panzerdivisionen angreifen würden. In den frühen Morgenstunden des 2. Juli 1943 hatte Stalin sich im Kreml endlich dazu entschlossen, Spechts Meldungen zu trauen. Mit seiner Genehmigung hatten die sowjetischen Generale ihre Truppen im Kursk-Bogen völlig umgegliedert, um ihn in die größte Falle der Militärgeschichte zu verwandeln.

Trotzdem kämpften die Deutschen erbittert. Mit Kanonen bewaffnete tieffliegende Stukas streiften übers Schlachtfeld und schossen zahlreiche T 34 ab. Auf den weiten Ebenen kam es zu großen Panzerschlachten, aber Hitler hatte das entscheidende Überraschungsmoment eingebüßt.

Man braucht kein großer Feldherr zu sein, um eine Schlacht zu gewinnen, wenn man im voraus genau über den feindlichen Angriffsplan informiert ist. Die beiden Männer, die diese Entscheidungsschlacht bei Kursk in Wirklichkeit gewannen, waren weit vom Schlachtfeld entfernt. Specht hielt sich in der Wolfsschanze in Ostpreußen auf. Rudolf Roessler war in Luzern.

Trotzdem errangen die Russen keinen leichten Sieg. Die erbitterten Kämpfe dauerten vom 5. bis zum 22. Juli, und die Verluste beider Seiten waren erschreckend hoch. Deutsches Sanitätspersonal bezeichnete die eigenen Feldlazarette, in denen Tag und Nacht operiert wurde, als Schlachthäuser.

Ohrenbetäubender Lärm erfüllte diese langen Tage und Nächte, während die Artillerie trommelte, die Panzer schossen und die Flugzeuge Bomben warfen. Die Erde wurde in eine Wüste verwandelt – eine mit Wracks von Flugzeugen und Panzern und mit Leichen übersäte Wüste.

SS-Standartenführer Jäger überlebte das Inferno – und rettete Schmidt. Sein ursprünglicher Befehlspanzer war abgeschossen worden, und Jäger stand im Turm eines anderen Panthers, als er beobachtete, wie Schmidt von der Kugel eines Heckenschützen getroffen wurde. Der Sturmbannführer sank nach außen über den Turm, konnte sich nicht halten und rutschte sich überschlagend zu Boden.

»Halt!« befahl Jäger.

Während er aus dem Turm kletterte und auf die von Panzerketten aufgewühlte Erde sprang, geriet Schmidts weitergerollter Panther auf eine Mine. Die linke Kette wurde abgesprengt und klatschte vor dem sich drehenden Fahrzeug auf den Boden. Der auf der Seite liegende Schmidt sah auf, als Jäger sich über ihn beugte.

»Lassen Sie mich liegen, Chef! Die Sanitäter können mich abholen . . .«

»Halt die Klappe, und laß mich machen!«

Jäger nahm Schmidt über die Schulter, richtete sich schwankend auf und schleppte ihn zu seinem eigenen Panther zurück. Als er den Panzer erreichte, spürte er einen Schlag gegen den rechten Oberschenkel. Er ignorierte ihn und stemmte Schmidt hoch, während sein Richtschütze sich weit aus dem Turm beugte, um den Verwundeten heraufzuziehen.

»Standartenführer! Ihr Bein!« rief der Richtschütze laut, um den Kampflärm zu übertönen.

»Sehen Sie zu, daß Sie Schmidt reinkriegen! Ich brauche keine Hilfe. Los, los, Beeilung!«

Seine Hose war am Oberschenkel blutgetränkt, und die Schmerzen wurden stärker. Der nächste Schuß prallte von Jägers Panzer ab und surrte als Querschläger davon. Schon wieder der verfluchte Heckenschütze! Jäger biß die Zähne zusammen, zog sich rasch hoch, kletterte in den Turm und schloß den Lukendeckel.

»Irgendwo in der Wolfsschanze gibt's einen Spion – und ich spüre den Schweinehund auf, sobald ich hier rauskomme!«

Jäger teilte sich mit Schmidt im Lazarett ein Zweibettzimmer. Der SS-Standartenführer hatte seine Beziehungen spielen lassen, damit sie beide in ein Münchner Lazarett verlegt worden waren. Für diese Ortswahl hatte Jäger gute Gründe.

»Seit wann weißt du das so sicher?« fragte Schmidt.

»Seit Kursk!«

»Gut, wir haben eine Schlacht verloren – aber das heißt noch lange nicht, daß auch der Krieg verloren ist.«

»Ich fürchte, daß es genau das und nichts anderes heißt, alter Freund«, antwortete Jäger ernst. »Bei Kursk hätte sich die Waage der Geschichte zu unseren Gunsten neigen können. Wir hätten siegen *müssen,* aber die Bolschewisten haben unsere Angriffsgliederung im voraus gekannt. Ich weiß, daß Generalfeldmarschall von Kluge ebenfalls dieser Überzeugung ist. Der Führer hat recht: In der Wolfsschanze gibt's ganz weit oben einen sowjetischen Spion.«

»Im Augenblick kannst du jedenfalls nichts dagegen unternehmen«, sagte Schmidt.

Die Genesung der beiden Verwundeten in dem kleinen Zweibettzimmer machte gute Fortschritte. Jäger war wegen eines Steckschusses im rechten Oberschenkel operiert worden. Die Kugel hatte nur wenige Zentimeter unterhalb der Schußwunde gesteckt, die er 1940 im Endstadium des Westfeldzugs in Frankreich davongetragen hatte.

Der Stabsarzt hatte vorgeschlagen, Jäger solle nach seiner Entlassung aus dem Lazarett einen längeren Genesungsurlaub antreten. Jägers Reaktion hatte den Arzt beinahe selbst in eines seiner Betten gebracht. Der Standartenführer hatte nach dem am Nachttisch lehnenden Krückstock gegriffen, die Bettdecke zurückgeschlagen und das linke Bein auf den Linoleumboden gestellt.

»Sie sind vielleicht ein guter Arzt, aber ein verdammt schlechter Psychologe!« hatte er gebrüllt. »Ich habe eine bestimmte Aufgabe zu erfüllen – und ich werde sie erfüllen, darauf können Sie Gift nehmen!«

Er schwenkte drohend seinen Krückstock. Dann ließ er

das dick verbundene rechte Bein vom Bett rutschen, stand auf und humpelte, auf seinen Stock gestützt, vorwärts. Der Arzt wich zurück, bis er die Wand hinter sich spürte.

»Herr Standartenführer, Sie gehören ins Bett . . .«

»Ich gehöre überhaupt nicht hierher! Ich müßte auf der Suche nach dem Mann sein, dem ich diesen Lazarettaufenthalt verdanke und der daran schuld ist, daß Tausende und Zehntausende deutscher Soldaten bei Kursk gefallen sind. Ich habe nur einen einzigen Wunsch: Ich möchte dieses Lazarett so rasch wie möglich verlassen können!«

»Das können Sie nur, wenn Sie im Bett bleiben und sich an meine Anordnungen halten.«

Der Stabsarzt war blaß geworden, während Jäger in drohender Haltung vor ihm stand. Der SS-Führer hielt sich mit der linken Hand am Fußende von Schmidts Bett fest, während er mit der rechten seinen Krückstock hob, um seine Worte zu unterstreichen.

»Einverstanden – aber nur unter einer Bedingung. Jeden Tag etwas längere Gehübungen, damit ich möglichst bald entlassen werden kann.«

»Das gilt übrigens auch für mich«, warf Schmidt ein. »Ich möchte am gleichen Tag wie Standartenführer Jäger entlassen werden.«

»Das dürfte möglich sein«, sagte der Arzt zögernd. »Ihr Schulterdurchschuß verheilt gut. Sie haben Glück gehabt, daß die Kugel keine Handbreit tiefer gesessen hat, sonst wären Sie . . .«

Er sprach nicht weiter, als eine Krankenschwester hereinkam und Jäger verwundert anstarrte, der ihr freundlich zunickte.

»Wir sind bei einer wichtigen Besprechung«, erklärte er ihr nonchalant. »Die Bettflaschen haben Zeit bis später . . .«

»Sie haben Besuch, Herr Standartenführer. Ein Herr Maisel ist da. Er sagt, er werde von Ihnen erwartet.«

»Und damit sagt er die Wahrheit, deshalb schicken Sie ihn bitte sofort herein.«

»Fehlt Ihnen etwas, Herr Stabsarzt?« erkundigte die Krankenschwester sich besorgt.

»Er fühlt sich heute morgen nicht ganz wohl«, antwortete Jäger in seiner jovialsten Art. »Er sieht auch ganz blaß aus. Ich verordne ihm Ruhe, vielleicht sogar etwas Bettruhe.«

»Es stimmt doch, daß Sie mich sprechen wollten, Herr Standartenführer?« erkundigte sich Willy Maisel.

Der hagere, schwarzhaarige Gestapobeamte trug einen gut sitzenden dunkelblauen Anzug, und sein scharfer Blick ruhte abwechselnd auf Jäger und Schmidt. Maisel hatte sich nicht nach ihrem Gesundheitszustand erkundigt.

»Wo steckt der Engländer, dieser Wing Commander Lindsay, im Augenblick?« knurrte Jäger.

Maisel saß auf einem Stuhl zwischen den beiden Krankenbetten und trank die braune Brühe, die im Lazarett als »Kaffee« bezeichnet wurde. Jäger hatte ihm die Ursache für seine anfangs so distanzierte Art entlockt. *Gruber.*

Der noch immer nach Wien abkommandierte Gestapokommissar litt unter den ständigen Anrufen Martin Bormanns aus der Wolfsschanze. Der Reichsleiter setzte ihm Tag und Nacht mit Telefongesprächen zu, ohne sich im geringsten um die gewöhnlichen Dienststunden zu kümmern. Am liebsten rief er Gruber um drei Uhr morgens an, und der Kommissar fühlte sich bereits wie ein Gestapohäftling, der durch Schlafentzug aussagebereit gemacht werden soll.

»Er ist fix und fertig«, erklärte Maisel den beiden. »Als er gehört hat, daß Sie mich sprechen wollten, hat er erbittert geflucht. Er hat anscheinend befürchtet, ich könnte irgendwelche Informationen an Sie weitergeben . . .«

»Warum?«

Jäger beobachtete den anderen interessiert. Hier spielte sich irgend etwas Merkwürdiges ab. Maisel, ein schlauer Fuchs, schien für die Gelegenheit dankbar zu sein, sich mit Schmidt und ihm aussprechen zu können.

»Weil Bormann seine schlechte Laune an ihm ausläßt und ihn meiner Vermutung nach als potentiellen Sündenbock aufbaut.«

»Als Sündenbock wofür?«

»Dafür, daß es bisher noch niemandem gelungen ist, diesen Lindsay aufzuspüren. Bormann scheint eine Heidenangst davor zu haben, daß Lindsay die Rückkehr nach London gelingen könnte. Jodl und Keitel offenbar ebenso. Auch sie haben Gruber wegen dieser Befürchtung angerufen, was ich merkwürdig finde.«

»Können Sie sich einen Grund dafür vorstellen?« fragte Jäger.

»Soviel ich weiß, will der Führer Lindsay wiedersehen. Das hängt mit Kursk zusammen, nehme ich an. Gerüchteweise verlautet immer wieder, Hitler bemühe sich verzweifelt um ein Übereinkommen mit Churchill.«

»Je mehr Leute sich auf Lindsays Spur setzen, desto größer sind doch wohl die Aussichten, ihn doch noch aufzuspüren?« erkundigte Schmidt sich.

Jäger mußte ein Grinsen unterdrücken. Schmidt hatte mit seiner scheinbar harmlosen Frage eine Falle gestellt, in die Maisel prompt tappte. Damit erhielten Jäger und Schmidt die Möglichkeit, sich ebenfalls an der Suche nach dem flüchtigen Engländer zu beteiligen.

»Ja, so könnte man's ausdrücken«, stimmte Maisel zu.

»Wann und wo ist Lindsay zum letztenmal gesehen worden?« wollte Jäger wissen.

»Eigentlich nirgends – nicht mehr seit dem Abend, an dem ich Sie aus Maribor angerufen habe. Aber unser Nachrichtendienst auf dem Balkan meldet immer wieder die gleichen Gerüchte. Eine blonde Frau und Lindsay sind mit einer Partisanengruppe unterwegs – wahrscheinlich mit der Gruppe, die damals den Zug nach Zagreb überfallen hat. Seltsamerweise hören wir auch, daß Major Hartmann von der Abwehr lebt und bei dieser Gruppe ist. Wir wissen natürlich, daß er aus dem bewußten Zug verschwunden ist . . .«

»Hartmann!« Jäger setzte sich im Bett auf. »Dieser clevere Bursche kommt überall durch! Welche Personenbeschreibung liegt von der Blondine vor?«

»Wir wissen nur, daß sie Ende Zwanzig und sehr attraktiv ist. Sie soll sich ›Paco‹ nennen. Und sie scheint großen Einfluß auf den Führer dieser Partisanengruppe zu haben. Wie wir erfahren haben, soll eine vollständige Alliierte Militärmission mit einem Flugzeug aus Nordafrika nach Jugoslawien gebracht worden sein. Angeblich ist sie nachts mit Fallschirmen abgesetzt worden . . .«

Nachdem Maisel gegangen war, blieb Jäger eine Zeitlang mit halb geschlossenen Augen, in die Kissen gelehnt, sitzen. Schmidt, der die Stimmungen seines Vorgesetzten gut genug kannte, hütete sich davor, ihn anzusprechen. Dann schien Jäger zu einem Entschluß gelangt zu sein. Er schlug die Bettdecke zurück, griff nach seinem Krückstock, stand vorsichtig auf und begann seine täglichen Gehübungen.

»Bei Dünkirchen haben die Engländer gut gekämpft, Alfred. Erinnerst du dich noch an den Wall, den wir nicht durchbrechen konnten? Der Führer hat recht – wir sollten mit ihnen verbündet sein. Er hätte niemals zulassen dürfen, daß Göring London bombardiert. Wenn der Russe siegt, wird er die Westmächte über Generationen hinweg bedrohen . . .«

»Das Ganze ist eine Tragödie«, bestätigte Schmidt, »aber was können wir dagegen unternehmen?«

»Lindsay ist die Schlüsselfigur«, antwortete Jäger. »Wir beide müssen ihn aufspüren. Das wird ein Rennen gegen die Uhr. Wenn wir nicht schnell genug sind, läßt die Alliierte Militärmission ihn mit einem Flugzeug abholen. Das können wir vielleicht verhindern, sobald bekannt ist, in welchem Gebiet sich die Militärmission aufhält. Das ist unsere wichtigste Aufgabe . . .«

Er überlegte laut, während er im Zimmer auf und ab ging und dabei versuchte, möglichst ohne seinen Stock auszukommen.

»Wie sollen wir verhindern, daß die Militärmission Lindsay außer Landes bringt?« erkundigte sich Schmidt.

»Ich rufe Bormann an und hole die Zustimmung des Führers ein«, sagte Jäger sofort. »Das dortige Fliegerkorps soll Anweisung erhalten, seine Einsätze auf das Gebiet zu konzentrieren, in dem die Alliierte Militärmission operiert. Wir greifen sie ständig an, damit sie auf der Flucht bleiben muß und keine Verbindung mit Lindsay aufnehmen kann, bevor wir dort unten eintreffen.«

»Ich verstehe noch immer nicht, weshalb Lindsay die Schlüsselfigur sein soll . . .«

»Ich halte ihn für hochintelligent«, antwortete der Standartenführer. »Denk bloß daran, wie er gemeinsam mit Christa Lundt vom Berghof geflüchtet ist. Er hat uns wirklich aufs Kreuz gelegt! Ich glaube, daß er während seines zweiwöchigen Aufenthalts in der Wolfsschanze einiges beobachtet hat. Vielleicht hat er mit Hilfe von Lundt sogar rausgekriegt, wer der sowjetische Spion im Führerhauptquartier ist. Und den würde ich liebend gern selbst abknallen!«

»Ein riskanter Versuch«, meinte Schmidt nachdenklich.

»Risiken hab' ich noch nie gescheut!«

31

Brigadier Fitzroy Maclean gehörte vermutlich zu den tapfersten und schillerndsten Akteuren des Zweiten Weltkriegs – ein Mann, den SS-Standartenführer Jäger sicherlich respektiert hätte. Maclean traf auf dem Balkan ein, während der Deutsche sich noch im Münchner Lazarett von seiner Verwundung erholte.

Der Engländer sprang mit den übrigen Angehörigen seines Teams nachts mit dem Fallschirm ab und landete in Bosnien in einem von den Partisanen durch Feuer markierten Landegelände. Er hatte den Auftrag, mit Tito Verbindung aufzunehmen – was er auch tat –, aber bald nach seiner Ankunft wurde er von den Deutschen unbarmherzig gejagt.

Er wurde von Tieffliegern mit Bordwaffen angegriffen. Er wurde bombardiert. Die Partisanengruppe, der er sich angeschlossen hatte, befand sich ständig auf der Flucht und entging mehrmals nur mit knapper Not Umfassungsangriffen starker deutscher Kräfte. Diesen Auftakt hatte er SS-Standartenführer Jäger zu verdanken.

Eine Stunde, nachdem Maisel sich verabschiedet hatte, telefonierte Jäger mit Martin Bormann in der Wolfsschanze.

»In zwei Wochen werde ich entlassen. Dann mache ich mich auf die Suche nach Wing Commander Lindsay.«

»Eine ausgezeichnete Idee, Jäger«, stimmte Bormann salbungsvoll zu. »Bei dem Versuch, diesen Engländer tot oder lebendig zu ergreifen, können Sie auf meine uneingeschränkte Unterstützung rechnen. Ich schicke Ihnen eine Generalvollmacht, damit Sie . . .«

Dann wurde der Reichsleiter unterbrochen. Jäger hörte mehrere Stimmen, die rasch durcheinanderredeten; danach kam Hitler selbst an den Apparat.

»Standartenführer Jäger! Sobald Ihr Gesundheitszustand es zuläßt, möchte ich Sie bitten, hierherzufliegen, damit ich Sie wegen Ihrer vorbildlichen Haltung in der Schlacht um Kursk auszeichnen kann. Hätten meine Generale nur die Hälfte Ihres Muts und Ihrer Entschlußkraft bewiesen, hätten wir einen ungeheuren Sieg errungen. Was Lindsay betrifft, muß er lebend und unversehrt zurückgebracht werden. Der Ausgang des ganzen Krieges hängt möglicherweise davon ab, wie gut Sie diese Aufgabe lösen, die ich Ihnen persönlich übertrage.«

»Ich werde mein Bestes tun, mein Führer«, antwortete Jäger trocken.

Danach kam wieder Bormann an den Apparat. Er hörte sich Jägers Wünsche an und versprach ihm, den Luftwaffendienststellen auf dem Balkan die entsprechenden Weisungen zu geben. Tüchtig ist er ja, der Schweinehund, das muß man ihm lassen! dachte Jäger, als er den Hörer auflegte und sich umdrehte. Schmidt, der auf seiner Bettkante saß, beobachtete Jägers zynisches Lächeln.

»Wir haben nichts mehr zu befürchten – Bormann hat versprochen, uns rückhaltlos zu unterstützen.«

»Sollen wir uns dann nicht lieber gleich den Westmächten ergeben?«

»Daran hab' ich auch schon gedacht ... In der Wolfsschanze gehen übrigens sehr merkwürdige Dinge vor. Bevor der Führer selbst an den Apparat gekommen ist, habe ich eine Auseinandersetzung gehört und die Stimmen Keitels, Jodls und Bormanns erkannt. Weshalb sollten sie alle so an Lindsay interessiert sein?«

»Du denkst an den sowjetischen Spion?«

»Richtig!« Jäger spielte den Jovialen, während er an seinem Stock im Zimmer auf und ab humpelte. »Übrigens noch was, das dich interessieren wird, mein Lieber! Hitler will, daß wir Lindsay *lebend und unversehrt* zurückbringen ...«

»Vom Balkan? Großer Gott!«

»Befehl ist Befehl, Alfred. Wing Commander Lindsay dürfte im Augenblick Gast der Partisanen sein, falls er nicht schon tot ist. Ich verlasse mich dabei auf die Gerüchte, die Maisel als wahrscheinlich zutreffend bezeichnet hat. Vielleicht sollte ich mich lieber auf meinen Geisteszustand untersuchen lassen. Andererseits muntert mich etwas anderes auf ...«

»Was denn?« fragte Schmidt.

»Das Gerücht von einer Blondine, die große Ähnlichkeit mit der Exbaronin von Werther hat und die mir damals Hoffnungen gemacht hat, sie könnte mit mir ins Bett gehen.« Jäger grinste. »Das einzige Bett, in das die Blondine mich gebracht hat, ist dieses Krankenbett.«

»Ich frage mich, wo Gustav Hartmann sein mag«, meinte der Sturmbannführer nachdenklich.

»Eine gute Frage! Wer ihn findet, hat auch Wing Commander Lindsay. Hartmann hat mehr Leben als eine Katze . . .«

Seit über einem Vierteljahr waren sie durch deutsche Luftangriffe zu ständigen Ortswechseln gezwungen worden. Der Engländer und der Deutsche saßen nebeneinander auf einem Felsband, das unterhalb der Kuppe eines kegelförmigen Hügels eine natürliche Sitzgelegenheit bildete. Die Mittagssonne brannte aus wolkenlos blauem Himmel auf sie herab. Einige Meter von ihnen entfernt bildete ein nicht allzu tiefer Felsspalt einen Splittergraben für den Fall, daß wieder einmal Flugzeuge mit den Balkenkreuzen auf den Rümpfen wie aus dem Nichts auftauchten. Der Deutsche hatte die Angriffe seiner Landsleute unterdessen ebenso satt wie der Engländer.

»Was machen die denn da?« fragte Hartmann.

Unter ihnen waren die Partisanen, denen Heljec Befehle zubrüllte, damit beschäftigt, mit langen Brechstangen Felsbrocken an den Rand einer Steilwand zu stemmen, an deren Fuß sich eine Straße durchs Bergland schlängelte.

»Ein weiterer Hinterhalt . . . für eine weitere deutsche Kolonne . . . für einen weiteren blutigen Angriff, nehme ich an.«

»Rechnen Sie damit, hier lebend rauszukommen?« fragte Hartmann, während er einen abgenützten Lederbeutel aus der Tasche zog, seine Pfeife stopfte und den Tabak mit einem nikotinbraunen Zeigefinger andrückte.

»Und Sie? Wie schaffen Sie's überhaupt, ständig Tabak zu haben?«

»Ich kaufe ihn Partisanen ab, die ihn ihrerseits deutschen Soldaten abnehmen, die sie getötet haben.«

Hartmann beobachtete Lindsays Gesichtsausdruck. Er zündete seine Pfeife an und paffte eine halbe Minute lang. Dann sprach er bewußt nonchalant weiter.

»Wir sind hier auf dem Balkan, mein Freund. Ich bezweifle, daß Sie sich schon richtig darauf eingestellt haben. Die Kroaten haben seit Jahrhunderten Serben umgebracht – und umgekehrt. Die Bulgaren hassen die Griechen – und umgekehrt. Hitler hätte uns niemals hierherschicken sollen. Hier mordet man oder wird selbst ermordet. Was Ihre erste Frage betrifft: Ich hoffe, hier lebend rauszukommen. Meine Pfeife hilft mir, klar zu denken. Was ist Ihnen Merkwürdiges an Hitler aufgefallen, als Sie ihn in der Wolfsschanze beobachtet haben?«

»Ich bin vor dem Krieg bei ihm in der Reichskanzlei gewesen. Er hat sich für mich interessiert, weil ich einflußreiche Verwandte im englischen Hochadel habe. Ich habe früher viel Theater gespielt. Deshalb fallen mir die Manierismen anderer auf – kleine Angewohnheiten, die im allgemeinen übersehen werden.«

»Ja, ich verstehe. Bitte weiter!«

»Als ich Hitler in der Wolfsschanze begegnet bin, hat er wie der Mann ausgesehen, den ich kannte, aber ich habe gespürt, daß er's nicht war. Auch Christa hatte den Eindruck, während seines Ostfrontbesuchs müsse etwas Merkwürdiges vorgefallen sein. Und Bormann hat sie nach Hitlers Rückkehr auffällig im Auge behalten . . .«

»Was wollen Sie damit wirklich sagen?« fragte Hartmann behutsam drängend.

»Daß irgendeine Veränderung in ihm vorgegangen war . . .«

»Sie behaupten also, der mit Verspätung aus Smolensk zurückgekehrte Hitler sei nicht derselbe Mann gewesen, der an die Ostfront abgeflogen ist?«

Damit war die Katze aus dem Sack. Lindsay machte eine hilflose Handbewegung. »Ich vermute, daß der Führer durch einen Doppelgänger ersetzt worden ist . . .«

Hartmann nahm den Engländer ins Verhör und suchte nach einer Schwachstelle in Lindsays Theorie. Dem Wing Commander war das nur recht, denn auf diese Weise gewann er endlich selber Klarheit. Er schilderte dem Abwehroffizier die alptraumhafte Szene, die er kurz nach seinem Eintreffen auf dem Berghof erlebt hatte.

»Zur gleichen Zeit hat der echte Führer die Ostfront besucht«, stellte Hartmann fest.

»Richtig, das habe ich mir auch bestätigen lassen.«

»Aber was ist mit Eva Braun? Die hätte er unmöglich täuschen können . . .«

»Das ist wahrscheinlich nicht nötig gewesen«, erklärte Lindsay dem Deutschen. »Später habe ich beobachtet, wie dieser Mann ihr einen Arm um die Taille gelegt hat, während die beiden in Fräulein Brauns Schlafzimmer auf dem Berghof verschwunden sind.«

»Sie hat eine Affäre mit dem Doppelgänger gehabt? Hmmm, das würde zu ihr passen. Sie ist attraktiv, aber auch oberflächlich und flatterhaft.«

»Und ihre Position hängt doch wohl ausschließlich von der Existenz des Führers ab? Wenn er morgen abträte . . .«

»Dann wäre auch Eva Braun erledigt. Sie ist nicht beliebt – vor allem bei den Frauen der meisten Nazibonzen nicht.« Hartmann machte eine Pause. »Aber wie erklären Sie sich die Tatsache, daß der jetzt in der Wolfsschanze agierende Doppelgänger imstande ist, weiterhin Weisungen für die Kriegführung zu geben?«

»Bei meinem zweiten Besuch auf dem Berghof hatte ich das Zimmer, in dem ich zuvor den Mann vor den Spiegeln beobachtet hatte«, berichtete Lindsay. »Irgend jemand hatte sämtliche Spuren beseitigt, aber es nicht für nötig gehalten, eine ganze Schublade voller Bücher auszuräumen. Ich habe darin eine Sammlung militärischer Klassiker von Clausewitz über Moltke bis zu vielen anderen entdeckt.«

»Lauter Bücher, die schon Hitler studiert hat«, bestätigte Hartmann. »Dieser neue Führer muß seine Rolle gründlich eingeübt haben – vielleicht über viele Jahre hinweg. Dazu hat natürlich auch die Lektüre der von Hitler bevorzugten militärischen Standardwerke gehört. Aber ihm fehlt der Instinkt seines Vorgängers, sonst wären Stalins plötzliche Erfolge nicht denkbar.«

»Sie glauben also, daß ich recht habe?«

»Ja – aber auch aus einem anderen Grund. Hitler verzichtet in letzter Zeit auf öffentliche Reden, obwohl er gerade seiner Rednergabe seine Erfolge verdankt. Eine merkwürdige Selbstbeschränkung – bis einem klar wird, daß ein Pseudo-Führer sich niemals ans Rednerpult wagen würde, weil ihn das zu leicht verraten könnte. Das gibt meiner Meinung nach den Ausschlag. Und da kommt Paco . . .«

»Wollt ihr sehen, wie entschlossen wir sind, gegen die Deutschen zu kämpfen?« fragte Paco. »Dann kommt beide mit . . .«

Sie führte die Männer schräg hügelabwärts zu der Stelle, wo die Partisanen oberhalb der Steilwand Felsblöcke aufgehäuft hatten.

»Diese Sache ist nicht meine Idee«, erklärte Paco. »Heljec hat auf dieser . . . dieser Demonstration bestanden.«

»Demonstration?« erkundigte sich Lindsay.

»Er will euch den Kampfeswillen der Partisanen demonstrieren. Ich habe ihm widersprochen, aber er beharrt darauf. Ihr sollt euch mit eigenen Augen überzeugen . . .«

Heljec stand mit einigen seiner Männer hinter den Felsblöcken; sein Gürtel war nach Partisanenart mit Handgranaten behängt, was Lindsay für verdammt gefährlich hielt. Alle waren da: der freundliche, rundgesichtige Milic, der Lindsay entgegenlächelte; der finstere Bora, der zu Boden sah, als die drei herankamen; Dr. Macek, der ein eher betretenes Gesicht machte; und Heljecs Stellvertreter, Vlatko Jovanovic, der hinter Heljecs Rücken eine resignierte Handbewegung machte. Was ging hier vor?

Heljec selbst war offenbar bester Laune. Er winkte sie zu sich heran und stellte sie so zwischen zwei mächtige Felsblöcke, daß sie in die Tiefe blicken konnten. Der Partisanenführer legte Lindsay sogar einen Arm um die Schultern, bevor er etwas zu Paco sagte.

»Er will, daß ihr die Straße beobachtet«, übersetzte Paco. »Sie kommen jetzt«, fügte sie hinzu.

Tief unter ihnen wurden winzige Gestalten sichtbar, die in gleichmäßigem Tempo die kurvenreiche Straße heraufmarschierten. Als die Marschkolonne näherkam, drückte Heljec Lindsay ein Fernglas in die Hand und sagte wieder etwas, das der Engländer nicht verstand. Auch Hartmann bekam ein Fernglas.

»Er will, daß ihr euch die Kolonne genau anseht«, sagte Paco mit gepreßter Stimme.

Lindsay, der sich nicht vorstellen konnte, welchen Zweck Heljec damit verfolgte, stellte sein Glas scharf ein. Zu seinem Erstaunen zeigte es ihm, daß die ganze Marschkolonne aus Frauen bestand – aus mit allen möglichen Waffen behängten Frauen zwischen zwanzig und vierzig.

An ihren Gürteln baumelten die unvermeidbaren Handgranaten, die Lindsay an den Muschelschmuck von Südseeinsulanern erinnerten. Fast alle waren mit Pistolen und Messern bewaffnet. Die meisten der Frauen trugen auch noch Gewehre; einige wenige hatten Maschinenpistolen.

Auf den Partisanenmützen der Frauen erkannte Lindsay einen roten Fleck, der vermutlich der fünfzackige Stern der Kommunisten war. Die lautlos unter ihnen vorbeiziehende lange Marschkolonne hatte etwas Unheimliches an sich. Keine einzige Frau hob den Kopf, um zu den Felsen aufzublicken, obwohl Lindsay glaubte, die Marschierenden müßten wissen, daß ihre Landsleute sie von dort oben aus beobachteten.

»Wer sind diese Frauen?« fragte der Engländer und ließ sein Fernglas sinken.

»Die Amazonenbrigade«, antwortete Paco tonlos.

Heljec begann aufgeregt zu sprechen, und Paco, deren Augen blitzten, widersprach ihm mit eisiger Miene und Stimme. Heljecs Gesichtsausdruck verfinsterte sich, als Paco den Kopf schüttelte. Er hob seine Pistole und zielte damit auf Lindsay. Damit auch Hartmann das Gesagte verstand, sprach Paco Deutsch, wobei sie dem Partisanenführer demonstrativ den Rücken zukehrte.

»Heljec will, daß ich euch beiden folgendes erzähle: Die Frauen der Amazonenbrigade sind die Überlebenden einer Kleinstadt, die von einer deutschen Kompanie angegriffen wurde. Alle ihre Männer sind im Kampf gefallen oder nachträglich an die Wand gestellt worden. Die Frauen haben sich zur sogenannten Amazonenbrigade zusammengeschlossen, sind bei den Partisanen ausgebildet worden und haben sich auf die Suche nach der Kompanie gemacht, von der ihre kleine Stadt angegriffen worden war.« Paco machte eine Pause. »Ihr wißt hoffentlich, daß ich euch diese Geschichte nur auf Drängen Heljecs erzähle?«

»Sprich weiter, damit du's hinter dir hast«, sagte Lindsay.

»Sie haben geglaubt, es sei ihnen gelungen, die gesuchten Deutschen in einen Hinterhalt zu locken. Die deutschen Soldaten waren umzingelt, hatten seit Tagen nichts mehr gegessen und waren halb verdurstet. Sie mußten sich ergeben . . .«

»Bitte weiter«, forderte Lindsay sie ruhig auf.

»Nachdem die Deutschen sich ergeben hatten, haben diese Frauen dort unten einen Mann nach dem anderen mit ihren Messern kastriert. Was ich euch darüber hinaus erzähle, hat mir Heljec allerdings nicht mehr aufgetragen. Die Frauen hatten die falschen Deutschen gefunden. Die Männer waren unschuldig. Heljec führt euch diese Frauen jetzt vor, um zu beweisen, daß sein ganzes Volk – Männer wie Frauen – gegen den Feind kämpft. Manchmal wünsche ich mir wirklich, ich hätte mich diesen Leuten niemals angeschlossen!«

Hartmann machte ein finsteres Gesicht. Heljec hob seine Pistole und setzte ihm die Mündung auf die Stirn. Er sagte etwas zu Paco.

»Sie sollen sich diese Frauen nochmals durch Ihr Fernglas ansehen«, übersetzte sie. »Wenn Sie's nicht tun, will er abdrücken . . .«

»Soll er's doch tun, dieser Mörder!«

Hartmann warf dem Partisanenführer sein Fernglas vor die Füße und richtete sich auf. Lindsay beobachtete, wie Heljec Druckpunkt nahm. Paco redete schreiend auf ihn ein. Der

Engländer hatte sie noch nie so verächtlich sprechen hören. Heljec drückte ab.

Das einzige Geräusch war ein Klicken.

Die Pistole war nicht durchgeladen gewesen. Hartmann blieb stocksteif stehen. Er war sehr blaß geworden. Heljec ließ die Waffe sinken und sagte wieder etwas.

»Er sagt, daß Sie ein sehr tapferer Mann sind«, übersetzte Paco.

»Sagen Sie ihm, daß ich dieses Kompliment nicht erwidern kann«, antwortete der Deutsche.

Hartmann steckte beide Hände in die Hosentaschen und ging davon. Paco und Lindsay folgten ihm bergauf bis zu dem Felsband, auf dem die beiden Männer zuvor gesessen hatten. Hartmann nahm wieder Platz und sah zu dem Engländer auf.

»Wissen Sie, warum ich meine Hände verborgen habe? Sie zittern unkontrollierbar. Ich hätte mir vorhin beinahe in die Hosen gemacht ...«

»Wir müssen uns so bald wie möglich von diesem Schwein und seiner Bande trennen!« sagte Lindsay aufgebracht.

Der Auftritt mit Heljec schien den Engländer und den Deutschen zusammengeschweißt zu haben. Und Paco machte nicht den Versuch, ihnen zu widersprechen. *Flucht ...*

32

Sergeant Len Reader wurde in der Abenddämmerung ins Partisanenlager gebracht. Oder richtiger gesagt: Sergeant Reader brachte die von Milic angeführten drei Partisanen ein, die ihm begegnet waren.

Reader, der eine englische Khakiuniform trug, marschierte vor der kleinen Gruppe her, als führe er das Kommando. Er war siebenundzwanzig Jahre alt, knapp einssiebzig groß und glatt rasiert. Aus seinem braungebrannten Gesicht leuchteten wache graue Augen, und er trat sehr selbstbewußt auf.

»Wer führt *diesen* verdammten Haufen?« fragte er laut.

»Mein Gott, ein richtiger Engländer!«

Lindsay stand auf, hielt das Kochgeschirr mit dem Reisgericht, das er ohne große Begeisterung gegessen hatte, in der linken Hand fest und starrte den Neuankömmling verblüfft an. Reader ließ sich keinerlei Überraschung anmerken. Er sprach seinen Landsmann an, als halte er es für die natürlichste Sache der Welt, ihm hier zu begegnen.

»In London geboren und aufgewachsen. Sergeant Len Reader vom Königlichen Fernmeldekorps. Klempner von Beruf – deshalb heißt's natürlich: ›Sie kommen zu den Funkern, Reader.‹ Entschuldigen Sie meine Offenherzigkeit, aber das ist eben meine Art. Sind Sie zufällig Wing Commander Lindsay?

»Allerdings!«

»Sir!« Reader grüßte zackig. »Versteht einer dieser neugierigen Kerle vielleicht Englisch?«

»Nur eine Blondine namens Paco, die im Augenblick nicht da ist . . .«

»Das heißt also, daß nur Sie mich verstehen, wenn ich ganz offen rede?«

Der Sergeant hatte eine Sten-Maschinenpistole umhängen, und Lindsay konnte sich allmählich vorstellen, wie er es geschafft hatte, diese Waffe zu behalten. An seinem Koppel hingen Magazintaschen, die alle voll zu sein schienen. Ein khakifarbenes Sturmgepäck vervollständigte seine Ausrüstung.

»Richtig, Sergeant. Dies wäre der rechte Augenblick für ein offenes Gespräch . . .«

»Ich sollte zu Brigadier Fitzroy Maclean stoßen, der mit seinen Leuten von der ersten Maschine abgesetzt worden ist. Mein Team ist mit der zweiten Maschine geflogen. Ich bin als letzter Mann gesprungen, abgetrieben worden und mutterseelenallein gelandet. Das Komische daran war bloß, daß der Behälter mit meinem Funkgerät mich beinahe erschlagen hätte. Es ist direkt neben mir gelandet.«

»Dieser Brigadier Maclean ... Können Sie mir sagen, welchen Auftrag er hierzulande hat?«

»*Ihnen* darf ich's bestimmt sagen, nachdem wir schließlich auch den Auftrag hatten, Sie mit dem Flugzeug abzuholen und nach ...« Reader sprach jetzt sehr leise. »Wir sollten Sie nach Tunesien bringen, wo wir hergekommen sind. Maclean hat den Auftrag, mit dem hiesigen Partisanenboß, dessen Namen ich vor diesen vielen langen Ohren lieber nicht nennen will, Verbindung aufzunehmen. Nach der Landung bin ich ein paar Tage lang auf eigene Faust durch die Gegend gezogen und den Jerries und einigen Einheimischen, die auf der anderen Seite zu kämpfen scheinen, aus dem Weg gegangen. Schauderhaftes Durcheinander, wenn Sie mich fragen ...«

»Tschetniks«, bestätigte Lindsay. »Einheimische, die sich die falschen Verbündeten gesucht haben.«

»Wir sind vor ihnen gewarnt worden. Irgendein Nachrichtenmensch hat uns einen großen Vortrag gehalten – eine Einweisung in die hiesige Lage, wie er's genannt hat. Slowenen, Kroaten, Serben und alle möglichen anderen Völkerschaften haben sie hier. Ein regelrechtes Völkergulasch. Aber die Kerle, die mich aufgegabelt haben, haben mein Funkgerät nicht erwischt«, fügte Reader zufrieden hinzu.

»Was ist damit passiert? Vielleicht ...«

»Ich hab's vergraben! Kurz bevor sie mir über den Weg gelaufen sind. Ich könnte Sie jetzt hinführen – es liegt keine halbe Meile von hier entfernt. Aber davon sagen wir lieber nichts, was?«

»Richtig, Sergeant, das behalten wir für uns. Vielleicht setze ich später einen Funkspruch auf, den Sie in meinem Auftrag übermitteln sollen. Wie ist's Ihnen übrigens gelungen, Ihre Sten zu behalten? Ich hätte gedacht, daß Milic sie auf der Stelle beschlagnahmen würde.«

»Falls Sie damit den Dicken meinen, hat er's zumindest

probiert. Ich hab' kein Wort von seinem Gequatsche verstanden, aber dafür gesorgt, daß er *mich* versteht.«

»Und wie haben Sie das angestellt, Sergeant?«

»Ich hab' die Sten schußbereit gehalten und ihn gewarnt, daß er ein halbes Magazin zwischen die Rippen kriegt, wenn er seine dreckigen Pfoten nicht sofort von der Waffe nimmt!«

»Und obwohl Milic kein Englisch versteht, hat er kapiert, was Sie gesagt haben?«

»Allerdings hat er das!« Sergeant Readers Blick glitt über die neugierigen Gesichter der Partisanen. »Ein kümmerlicher Haufen, was? Nicht viel Disziplin. Ich würd' sie auf Vordermann bringen, das können Sie mir glauben!«

»Das glaube ich Ihnen, Sergeant.« Lindsay winkte Reader zu sich heran und sprach halblaut weiter. »Ich möchte, daß Sie sich etwas für den Fall merken, daß mir irgend etwas zustößt. In der Innentasche meiner Jacke steckt ein kleines, schwarzes, in Leder gebundenes Notizbuch, das ich auf dem Berghof geklaut habe. Ich habe es als Tagebuch benützt, um alles niederzuschreiben, was ich seit meiner Landung in Deutschland beobachtet habe. Dazu gehört auch die Identität eines Mannes in Hitlers Hauptquartier, der meiner Überzeugung nach ein sowjetischer Spion ist. Dieses Tagebuch muß zu Colonel Browne vom SIS in der Londoner Ryder Street gelangen ...«

»Solange ich in der Nähe bin, passiert Ihnen nichts«, versicherte Reader ihm unbekümmert, »folglich können Sie's ihm selbst übergeben.«

»Aber falls mir doch etwas zustoßen sollte«, sagte Lindsay nachdrücklich, »nehmen Sie mein Tagebuch an sich und sorgen dafür, daß es nach London gelangt.«

»Wing Commander«, schlug Reader vor, »wollen wir nicht einen kleinen Spaziergang machen und uns unter vier Augen unterhalten?«

33

Lindsay und Reader setzten sich auf einen einzelnen Felsblock, und der Sergeant sah sich nach allen Seiten um, bevor er die Frage stellte, die seinen Begleiter maßlos verblüffte.

»Haben Sie irgendeinen Ausweis bei sich, der Ihre Identität beweist, Kumpel? Und meine Sten ist nicht nur so zum Spaß auf Sie gerichtet.«

»Verdammt noch mal, was . . .«

»Sparen Sie sich Ihre Empörung, Wing Commander«, unterbrach Reader ihn eisig. »Ich arbeite schon lange genug im Untergrund, um nicht einmal meiner eigenen Großmutter zu trauen – es sei denn, sie hätte einwandfreie Papiere. Wie sieht's damit bei Ihnen aus?«

»Bitte sehr!« sagte Lindsay knapp und zog sein RAF-Soldbuch aus der Tasche. »Ich berufe mich normalerweise nicht auf meinen Dienstgrad, aber . . .«

»Dann lassen Sie's jetzt am besten auch bleiben«, schlug der Sergeant vor. »Es gibt keinen höheren Dienstgrad als den, den einem eine schußbereite Waffe verleiht. Das hab' ich schon in Griechenland gelernt, wo's nicht viel besser zugeht als hier. Kommunisten und Royalisten, die sich lieber gegenseitig abmurksen, als gemeinsam gegen die Jerries zu kämpfen. Der ganze Balkan ist ein Irrenhaus . . .«

Während Reader vor sich hinsprach, blätterte er Lindsays Soldbuch sorgfältig durch und prüfte sogar Dicke und Struktur des Papiers zwischen Daumen und Zeigefinger.

»Sie fürchten wohl, es könnte gefälscht sein?« erkundigte Lindsay sich sarkastisch.

Readers Antwort verblüffte ihn, so daß er den äußerlich so phlegmatischen Sergeanten erneut betrachtete, als sehe er ihn zum erstenmal.

»Richtig, das fürchte ich. Die Gestapo hat eine eigene Druckerei für gefälschte Papiere, deren Produkte nicht schlecht sind. Zum Beispiel schleust sie damit ihre Leute in die Untergrundroute für abgeschossene englische Flieger ein, die von Brüssel nach Spanien verläuft. Wissen Sie was, alter Junge? Sie haben den Test bestanden. Das ist Ihr Glück. Hätten Sie mich nicht von Ihrer Identität überzeugen können, hätte ich Sie erschießen müssen.«

Lindsay steckte sein Soldbuch ein. Er mußte sich erst daran gewöhnen, daß Readers Akzent sich mit den letzten vier Sätzen völlig verändert hatte. Der Cockney Reader sprach plötzlich wie ein gebildeter Mann.

»Und im übrigen«, fuhr Reader kühl lächelnd fort, »ist Ihr Dienstgrad gar nicht soviel höher als meiner. Ich bin Major im Heeresnachrichtendienst . . .«

»Ich hab' gleich gewußt, daß irgend etwas an Ihnen faul ist«, antwortete Lindsay gelassen. »Sie müssen entschuldigen, aber Ihre Vorstellung ist ein bißchen zu laienhaft gewesen. Das kann ich beurteilen, weil ich früher selbst Schauspieler gewesen bin.«

»Mir ist sie ziemlich gut vorgekommen . . .« Reader wirkte sichtlich enttäuscht. »Was hab' ich falsch gemacht?«

»Nur die üblichen Kleinigkeiten, die man Ihnen auf der Schauspielschule abgewöhnt hätte. Übertreibungen in Gesten, Ausdruck, Mimik und so weiter. Profis gehen damit sparsamer um: Sie erzielen möglichst viel Wirkung mit möglichst wenig Aufwand. Die Kunst des Nichtstuns kann sehr effektvoll sein.«

»Mein Auftritt sollte in erster Linie die Partisanen täuschen – und das ist mir doch wohl gelungen. Ein gräßlicher Haufen! Blutrünstige Schlächter, zumindest einige von Ihnen. Ich weiß gar nicht, was sie ohne diesen Krieg täten . . .«

Sie waren aufgestanden und schlenderten in der Abenddämmerung nebeneinander über den Hügel. Aus der Ferne beobachteten die Partisanen sie unsicher.

»Warum geben Sie sich als Sergeant aus, Major?«

»Sogar in London ist allmählich bekannt, was hier gespielt wird. Jeder mißtraut jedem. Fremde – Neuankömmlinge – sind automatisch verdächtig. Das Ganze läuft wie in unseren englischen Dörfern ab. Wer zwanzig Jahre am gleichen Ort lebt, kann vielleicht damit rechnen, daß die Einheimischen seinen Gruß erwidern. Vielleicht! Können Sie sich Titos Reaktion auf die Meldung vorstellen, daß ein Offizier des englischen Heeresnachrichtendienstes eingetroffen ist? Soviel wir mitbekommen haben, ist er der größte Neurotiker von allen . . .«

Lindsay gefiel der Ausdruck *mitbekommen*. Während sie nebeneinander hergingen, konnte Reader seine Hände nicht stillhalten. Seine Finger glitten über den Lauf seiner Maschinenpistole, als jucke es ihn, sie zu benützen. Wahrscheinlich fehlte ihm sein eng zusammengerollter Stockschirm. Es sei denn . . . Lindsay horchte ihn weiter wie beiläufig aus.

»Wollen Sie mir nicht erzählen, welchen Auftrag Sie hier haben? Und weshalb haben Sie sich zum Sergeanten degradieren lassen?«

»Die Idee mit dem Sergeanten ist uns gut vorgekommen. Auf diese Weise genieße ich gewisse Autorität bei den Einheimischen – aber ein Offizier, nein! Eine kommunistische Partisanengruppe würde einen in ihrer Mitte gelandeten Offizier ganz besonders mißtrauisch beobachten. Das haben Sie doch bestimmt am eigenen Leib erfahren . . .«

»Nein, eigentlich nicht. Wollten Sie mir nicht erzählen, was Sie in dieses Paradies auf Erden geführt hat?«

»Wollte ich das?« meinte Reader leicht spöttisch. »Sie haben mich bestimmt danach gefragt. Aber Sie dürfen es natürlich erfahren. Was ich Ihnen vorhin – noch als Cockney – erzählt habe, war die reine Wahrheit: Ich bin sozusagen Ihr Kindermädchen. ›Sorgen Sie dafür, daß Wing Commander Lindsay heil vom Balkan zurückkommt, Reader‹, haben sie gesagt.«

»Und wer sind *sie?*«

»Wieder eine gute Frage! Colonel Browne, der Mann mit den Havannazigarren. Er läßt Sie übrigens schön grüßen. Anscheinend glaubt er, daß Sie das hier draußen aufmunternd finden.«

»Sie sind also gar kein Funker?« fuhr Lindsay grimmig fort. »Wir haben keine Verbindung zur Außenwelt?«

»Entschuldigung!« Der Spott hatte sich in leise Empörung verwandelt. »Bevor ich zum Nachrichtendienst gegangen bin, habe ich eine Funkerausbildung absolviert. Sogar als Lehrgangsbester!«

»Sie haben also irgendwo ein Funkgerät vergraben?«

»Worauf Sie sich verlassen können!« Reader machte eine Pause, bevor er spöttisch grinsend weitersprach. »Ist Ihnen übrigens klar, Kumpel, daß Ihr Leben von diesem Kasten mit Drähten und Röhren abhängt? Wir müssen Sie hier rausholen. Dazu brauchen wir nur einen verschlüsselten Funkspruch zu senden. Und eine freie Fläche, auf der die aus Afrika kommende Dakota landen kann. Und die Dakota selbst. Ein Kinderspiel, finden Sie nicht auch?«

»Wissen Sie, was mir eben einfällt, Major?« überlegte Lindsay laut. »Sie haben eine große Sache aus der Überprüfung meiner Papiere gemacht. Aber Ihre habe ich noch gar nicht zu sehen bekommen . . .«

»Ich hab' schon geglaubt, Sie würden nie mehr danach fragen!«

Lindsay blätterte in dem Heeressoldbuch, das Reader ihm hingehalten hatte. Er prüfte den steifen braunen Umschlag zwischen Daumen und Zeigefinger, las die Eintragungen und hob zwischendurch mehrmals den Kopf.

»Paco, die Blondine, die dort auftaucht«, erklärte er Reader halblaut, »spricht besseres Englisch als Sie oder ich. Sie ist sogar eine halbe Engländerin. Das wollte ich Ihnen nur sagen, bevor Sie sie kennenlernen – aus Sicherheitsgründen. Sie ist schließlich eine Partisanin . . .«

Während Lindsay das braune Heftchen zurückgab, erinnerte er sich an etwas, das Reader zuvor gesagt hatte. *Die Gestapo hat eine eigene Druckerei für gefälschte Papiere . . .*

»Wing Commander«, sagte Reader plötzlich, »ich habe das Gefühl, daß Sie in die Blondine verliebt sind. Stimmt das?«

»Wie kommen Sie auf solchen Unsinn?« knurrte Lindsay.

»Tatsache Nummer eins: wie Sie ihren Namen ausgesprochen haben. Tatsache Nummer zwei: Seitdem sie aufgetaucht ist, haben Sie sie kaum mehr aus den Augen gelassen. Tatsache Nummer drei: Ihr Gesichtsausdruck, seitdem ich von ihr spreche – *Kümmern Sie sich um Ihren eigenen Kram!* steht Ihnen ins Gesicht geschrieben ...«

»Warum tun Sie's nicht einfach, *Sergeant?*« fragte Lindsay scharf.

»Vielleicht wäre jetzt ein günstiger Augenblick, um sich von diesem Pöbel abzusetzen«, schlug Reader vor, ohne sich durch Lindsays heftige Reaktion aus der Ruhe bringen zu lassen. »Ihre Freunde sind alle so schön dort hinten versammelt. Wir könnten uns Schritt für Schritt absetzen und unauffällig verschwinden, um als erstes mein Funkgerät auszugraben ...«

»Darf ich mir Ihre Sten mal ansehen?«

Diese Frage kam so unerwartet, daß Reader Lindsay die Maschinenpistole beinahe automatisch übergab. Der Wing Commander trat einige Schritte zurück und hielt die Sten schußbereit, während er mit dem Daumen eine einfache Bewegung machte.

»Vorsichtig!« Readers Stimme klang ehrlich besorgt. »Sie haben die Waffe entsichert – und das Magazin ist voll!«

»Ja, ich weiß. Außerdem ziele ich absichtlich auf Sie. Colonel Browne ist Kettenraucher – aber er raucht nur Zigaretten. Er hat in seinem Leben noch keine Zigarre geraucht!«

»Ich hab' die ganze Zeit gehofft, daß Sie darauf zu sprechen kommen würden ...«

»Wirklich, Sergeant? Darf ich fragen, warum?«

»Die Sache läuft so, wie ich's vorhin gesagt hab', Kumpel.« Reader spielte wieder den Cockney. Aus dem Augenwinkel heraus sah Lindsay, daß Paco näherkam. Reader reagierte wirklich blitzschnell, das mußte man ihm lassen. Der andere sprach rasch weiter. »Wir sind aufgefordert worden, hier besonders vorsichtig zu sein. Niemand ist, was er zu sein behauptet, bevor er nicht dreimal überprüft worden ist – und selbst dann muß man noch vorsichtig sein. Die Sache mit den Zigarren hat der Colonel sich höchstpersönlich als Fangfrage ausgedacht. Sie hätten schließlich von der anderen Seite kommen können, nachdem die Allierte Militärmission eines der Hauptziele der Jerries ist. Deshalb mußte ich sichergehen, daß Sie wirklich Wing Commander Lindsay sind. Nichts für ungut . . .«

Er sprach nicht weiter, als Paco herankam, sondern grüßte übertrieben zackig und starrte sie mit unverhohlenem Interesse an, während sie seinen Blick gelassen erwiderte.

»Und wen haben wir hier, Wing Commander? Als es geheißen hat, dich schicken wir auf den Balkan, mein Junge, hab' ich nicht damit gerechnet, hier der Königin von Saba zu begegnen. Das ist sie doch, oder?«

»Das ist Sergeant Len Reader«, stellte Lindsay ihn Paco vor, »der stets sagt, was er denkt, und kaum jemals damit aufhört. Reader, das hier ist Paco.«

»Das Vergnügen ist ganz auf meiner Seite!«

Sie gaben sich die Hand. Paco betrachtete Reader, der unter ihrem forschenden Blick seltsam unruhig wurde.

»Kann ich jetzt meine Hand zurückhaben?« schlug Paco vor. »Ich habe leider nur zwei . . .«

»Oh, entschuldigen Sie vielmals! War nicht bös gemeint – aber hier draußen haut's einen Mann um, wenn jemand wie Sie aufkreuzt. Und wenn Sie dazu noch Englisch sprechen . . . Seit meiner Ankunft hab' ich nichts anderes als dieses Kauderwelsch gehört, das die Einheimischen . . .«

»*Wann* sind Sie angekommen, Sergeant Reader?« unterbrach ihn Paco.

»Alles in Ordnung«, beruhigte Lindsay sie. »Ich habe seine Identität überprüft.«

»Ich möchte trotzdem wissen, *wann* er angekommen ist – *wo* und *wie?*«

Bei dieser Gelegenheit wurde Lindsay zum erstenmal klar, daß Paco zugleich als Nachrichtenoffizier der Partisanengruppe fungierte. Nur war sie diesmal an einen Mann geraten, der sämtliche Vernehmungstechniken vermutlich noch besser als sie kannte.

»Wann? Vor ein paar Tagen. Wo? Das müssen Sie Mickey fragen – ich hab' keinen blassen Schimmer. Wie? Nachts am Fallschirm baumelnd. Noch Fragen, schöne Frau? Blutgruppe? Ich kann Ihnen mein Muttermal zeigen, wenn Sie's nicht geniert.«

»Mickey?«

»Ich glaube, daß er Milic meint, der ihn aufgegabelt hat«, erklärte Lindsay.

Paco ignorierte ihn, während sie weiter Reader betrachtete, der ihren Blick mit dumm-dreistem Grinsen erwiderte. Lindsay spürte aufkeimende Feindseligkeit zwischen den beiden.

»Von Milic weiß ich«, fuhr Paco ruhig fort, »daß er Sie mutterseelenallein aufgegriffen hat. Ihr Fallschirm ist nirgends zu sehen gewesen.«

»Ich hab' ihn natürlich unter Steinen versteckt! Oder glauben Sie, daß ich ihn liegenlasse, damit die Jerries ihn finden? Damit 'ne ganze Panzerdivision hinter mir her ist? Nein, nach der Landung in feindlichem Gebiet wird als erstes der Fallschirm eingebuddelt!«

»Ja, ich weiß . . .«

»Warum fragen Sie dann überhaupt danach, verdammt noch mal?« erkundigte Reader sich aufgebracht. »Wir kommen hierher, um euch zu helfen, und Sie versuchen, mich auszuquetschen. Warum haben Sie dieses getan? Warum haben Sie jenes nicht getan? Das wird meinem Boß gefallen!«

»Und wer ist Ihr Boß?« fragte Paco scharf.

»Brigadier Fitzroy Maclean . . .« Reader beugte sich vor und starrte Paco durchdringend an. »Soll ich Ihnen mal was verraten? Er ist schon Soldat gewesen, als Sie noch in den Windeln gelegen haben. Wir führen immerhin seit 1939 Krieg gegen Hitler. Ich habt euch mit reichlich Verspätung angeschlossen, stimmt's?«

»Danke, das reicht, Sergeant«, warf Lindsay ein.

»Halten Sie mir Ihre Freundin vom Leib, sonst werde ich ungemütlich. Das würde ihr nicht gefallen, schätze ich.«

Reader ließ sich seine Maschinenpistole von Lindsay geben und marschierte in gleichmäßigem Tempo davon. Paco wartete, bis er außer Hörweite war, bevor sie sprach.

»Lindsay, ich traue diesem Mann nicht . . .«

»Nur weil er dir nicht sonderlich sympathisch ist? Reader hat keine Mühe gescheut, um . . .«

»Das war das typische Verhalten eines unter Druck geratenen Verdächtigen«, erklärte Paco. »Sobald die Fragen unangenehm werden, sucht man Streit, um von einem heiklen Punkt abzulenken.«

»Er hat sich nur noch nicht an die hier herrschende Atmosphäre gewöhnt. Schließlich ist er erst vor ein paar Tagen vom Himmel gefallen.«

»Weißt du das bestimmt? Milic hatte den Eindruck, er sei schon länger unterwegs. Niemand hat ihn am Fallschirm herunterkommen sehen. Und warum hat er mich als deine Freundin bezeichnet?«

Pacos wie beiläufig angehängte Frage traf Lindsay völlig unvorbereitet. Paco stand dicht vor ihm. Er war sich ihrer körperlichen Nähe geradezu schmerzhaft bewußt. Seine bisher mühsam unterdrückten Gefühle drohten ihn zu überwältigen. Der Teufel sollte Reader und seine unbekümmerte Bemerkung holen!

Lindsay stand unbeweglich da, ohne Paco anzusehen. Sie wartete schweigend. Er wußte, daß sie ihn so aufmerksam beobachtete wie zuvor Reader. Lindsay griff mit zwei Fingern in die Brusttasche seines Hemdes, zog eine seiner letzten Zigaretten heraus und zündete sie zwischen schützend vorgehaltenen Händen an.

»Hast du eine für mich?« fragte Paco leise.

»Klar, nimm gleich die hier . . .«

Er hätte sie ihr gern zwischen die Lippen gesteckt, aber er schreckte selbst vor dieser kleinen Intimität zurück. Statt dessen hielt er ihr die Zigarette hin und sah befriedigt, daß seine Hand nicht im geringsten zitterte. Paco nahm zwei kurze, hastige Züge und gab sich dann einen Ruck.

»Ich hab' dich gern, Lindsay.« Sie machte eine Pause. »Ich hab' dich sogar sehr gern. Aber das ist leider schon alles.«

»Dieses Gefühl beruht auf Gegenseitigkeit . . .«

Lindsay wußte nicht, wie es ihm gelang, ihr zu antworten. Er fürchtete, seine Stimme könnte gepreßt, unnatürlich geklungen haben. Paco war eine scharfe Beobachterin. Lindsay hatte sich bisher alle Mühe gegeben, seine wahren Gefühle zu verbergen, aber wenn sie so weitermachte, würde er sich zuletzt doch noch verraten.

»Du vermeidest es noch immer sorgfältig, mich anzusehen . . .«

»Ich beobachte Reader auf dem Weg ins Lager. Du hast selbst gesagt, daß du ihm nicht traust.«

»Jetzt wechselst du das Thema. Was kommt als nächstes – ein vom Zaun gebrochener Streit?«

Der Engländer starrte sie aufgebracht an. »Was willst du eigentlich von mir hören?«

»Komm, wir machen einen kleinen Spaziergang. Ich muß mit dir reden.«

Paco hängte sich bei Lindsay ein und drückte seinen Arm an sich. Sie begann zu sprechen, als sie im Gleichschritt über den Hügel gingen.

»Du weißt nicht viel über mich. Ich habe übrigens keinen anderen Freund, wie du vielleicht vermutest. Der Krieg scheint meine Gefühle abgetötet zu haben. Ich habe so viel Entsetzliches gesehen, daß ich schon ganz abgestumpft bin. Das macht mir Sorgen, Lindsay, viel mehr Sorgen, als du dir vorstellen kannst. Ich weiß, was du empfindest. Ich wollte, ich könnte deine Gefühle erwidern – aber ich kann's nicht. Und von einem hastigen nächtlichen Abenteuer hätten wir beide nichts. Ich hab' geglaubt, es wäre besser, offen darüber zu sprechen. Aber das ist ein Irrtum gewesen. Das sehe ich jetzt ein. Der Krieg ist eben nicht die amüsanteste menschliche Beschäftigung.«

Sie ließ seinen Arm los, bückte sich, um ihre Zigarette auszudrücken, und steckte den Stummel ein. Ihre Stimme klang plötzlich nüchtern.

»Die wichtigste Überlebensregel für Partisanen: Hinterlasse keine Spuren, die der Gegner finden könnte.«

Paco ließ Lindsay stehen und ging langsam davon. Die letzten Strahlen der Abendsonne ließen ihr blondes Haar aufleuchten. Dem Engländer war sie nie begehrenswerter erschienen.

Lindsay blieb am Rande des Abgrunds stehen. Die Felswand fiel hier fast dreihundert Meter tief ab. Die Blöcke an ihrem Fuß wirkten nicht größer als Kieselsteine.

Er mußte sich auf das wirklich Wichtige konzentrieren. In seinem Gedächtnis und seinem Tagebuch trug er wertvollste Informationen mit sich herum, die unter allen Umständen nach London gelangen mußten. Sie konnten sogar den weiteren Verlauf dieses Krieges beeinflussen. Deshalb kam es vor allem darauf an, wieder alliiertes Gebiet zu erreichen.

Aber das war nur ein schwacher Trost. Lindsay fühlte sich gedemütigt. Paco wußte alles! Er merkte jetzt, daß er bisher nur deshalb durchgehalten hatte, weil er sich eingebildet hatte, sie ahne nichts von seinen Gefühlen für sie. Jetzt hatte er mit diesen Gefühlen Schiffbruch erlitten. Wie oft hatte er sich in allen Einzelheiten vorgestellt, Paco zu lieben – und wie leidenschaftlich hatte sie in seiner Phantasie reagiert!

»Wir könnten jetzt abhauen, Wing Commander. Ich hab' eine von oben nicht einsehbare Rinne entdeckt, die ins Tal hinunterführt . . .«

Das war Sergeant Len Reader. Natürlich.

34

»Dieser verdammte Oberstleutnant, der die Kolonne führt, gehört erschossen!« erklärte Jäger wütend. »Jugoslawien ist nicht Frankreich, ist nicht mal Rußland. So führt er uns geradewegs in einen Hinterhalt!«

»Immerhin hast du ihn dazu gebracht, die Granatwerfertrupps ganz hinten fahren zu lassen«, stellte Schmidt fest.

»Aber nur mit Hilfe meiner Generalvollmacht«, knurrte der SS-Standartenführer. »Sieh dir bloß das Gelände an – und wie er die Kolonne dicht aufgeschlossen fahren läßt. Dabei müßte sie deutlich getrennte Abteilungen bilden . . .«

Sie befanden sich weit südlich von Zagreb, und die Abenddämmerung sank auf allen Seiten wie eine bedrohliche Wolke herab. Die Fahrzeugkolonne – Panzerspähwagen, Geschütze auf Selbstfahrlafetten und LKWs mit aufgesessener Infanterie – bewegte sich auf einem Straßenstück zwischen steil aufragenden Felswänden. Jäger runzelte die Stirn, während er sein Fernglas an die Augen setzte, um die Felsblöcke am Rand der rechten Felswand zu betrachten.

Die beiden SS-Führer gehörten zur Besatzung eines Halbkettenfahrzeugs, das die Nachhut der bunt zusammengewürfelten Kolonne bildete. Unmittelbar vor ihnen keuchten zwei LKWs mit den Granatwerfertrupps bergauf. Jäger bemühte sich, sein Fernglas stillzuhalten, während er die zinnenförmigen Felsblöcke über ihnen studierte.

»Diese verdammten Felsen sehen irgendwie komisch aus«, erklärte er Schmidt. »Hier, sieh sie dir selbst an, Alfred.«

»Worauf soll ich achten?« fragte der Sturmbannführer.

»Auf irgendeine Bewegung dort oben. Diese fein säuberlich aufgereihten Felsblöcke sind geologisch nicht zu erklären. Es sind viel zu viele – und sie stehen zu gleichmäßig aufgereiht. Alle genau an der Kante! Schrenk, diese Niete, hätte die Höhen beiderseits der Straße sichern lassen müssen, anstatt einfach draufloszufahren. Der Karte nach ist die Schlucht über vier Kilometer lang. Das gefällt mir nicht . . .«

Die beiden hatten sich der Kolonne angeschlossen, weil dies die einzige Möglichkeit war, tief ins Landesinnere vorzudringen. Jäger hoffte auf in Gefangenschaft geratende Partisanen: Männer, die er verhören konnte, um auf die Spur Lindsays und der »Baronin«, wie er sie im stillen nannte, zu kommen.

Schrenks Kolonne war zu einer Strafexpedition aufgebrochen. Sie befand sich auf der Suche nach der schwer zu fassenden Amazonenbrigade. Von einem Spitzel wußte Schrenk, daß die Brigade erst vor wenigen Stunden auf dieser Bergstraße unterwegs gewesen war. Jäger hatte sich bei ihm unbeliebt gemacht, indem er skeptisch, geradezu verächtlich reagiert hatte.

»Was für ein Mensch ist dieser Informant?« hatte der Standartenführer sich erkundigt.

»Ein Serbe«, hatte Schrenk geantwortet. »Ziemlich geldgierig. Bisher sind seine Meldungen immer richtig gewesen.«

»Und deshalb ist er bis in alle Ewigkeit vertrauenswürdig?«

Der Oberstleutnant war aufgebracht davongestapft, und die beiden Offiziere waren sich nicht mehr begegnet, seitdem die Kolonne sich vor einigen Stunden in Marsch gesetzt hatte. Unterwegs hatte Schrenk einmal einen Kradmelder nach hinten geschickt, um Jäger ein Fundstück zeigen zu lassen, das zu beweisen schien, daß sie sich auf der richtigen Fährte befanden: eine Partisanenmütze mit rotem Stern und einigen langen Frauenhaaren am Schweißband.

»Ein glücklicher Zufall«, hatte Jäger lediglich gesagt.

»Ich finde trotzdem, daß der Zeitpunkt zum Abhauen günstig wäre, Wing Commander«, wiederholte Reader. »Jetzt wird's rasch dunkel. Die Rinne, die ich entdeckt habe, wird nicht mal bewacht.«

Lindsay sah sich auf der Kuppe um. Auf den ersten Blick schien Reader recht zu haben. Die Abenddämmerung sank schnell herab. Und die Partisanen waren anderweitig beschäftigt: Sie nahmen unter Heljecs Anleitung ihre Plätze hinter den Felsen ein. Sie rammten lange Holzstangen, die den Engländer an abgesägte Telegrafenmasten erinnerten, unter die Felsblöcke, um sie aushebeln und in die Tiefe stürzen zu können.

»Was tun wir also?« fragte Reader ungeduldig. »Hauen wir ab – oder können Sie sich nicht von der Blondine losreißen?«

»Ich hab' nur keine Lust, Selbstmord zu verüben. Sie kennen diesen Pöbel, wie Sie ihn nennen, nicht richtig, Sergeant. Diese Leute verstehen es, in der kleinsten Deckung zu verschwinden und praktisch mit der Erde zu verschmelzen. Sie sind überall, aber man sieht sie nicht – bis es zu spät ist.«

»Ich glaube eher, daß diese Paco dahintersteckt . . .«

»Glauben Sie meinetwegen, was Sie wollen«, antwortete Lindsay ruhig, ohne sich provozieren zu lassen. »Heljec kennt Ihre angeblich versteckte Rinne natürlich längst. Aber das erfahren Sie erst, wenn Ihnen ein Messer zwischen den Schulterblättern steckt.«

»Gut, wie Sie wollen – mit der Fluchtgelegenheit ist's ohnehin vorbei. Wir bekommen Gesellschaft.«

In der von Minute zu Minute dichter werdenden Abenddämmerung sah Lindsay Paco herankommen. Ihr Begleiter war Milic, der eine deutsche Maschinenpistole schußbereit hielt.

»Heljec besteht darauf, daß ihr beide mitkommt und zuseht.« Ihr Tonfall ließ erkennen, daß sie mit diesem Befehl nicht ganz einverstanden war. »Und könnte Sergeant Reader seine Maschinenpistole bitte vorläufig Milic übergeben? Heljec hat ihm befohlen, die Waffe notfalls zwangsweise einzuziehen. Tun Sie um Gottes willen, was er verlangt – auch um meinetwillen!«

»Geben Sie ihm die Sten«, verlangte Lindsay und stand auf.

»Das einzige, was er kriegen kann, ist ein halbes Magazin in den Bauch!«

»Machen Sie keinen Unsinn, Reader! Wir sind umzingelt.

Ich hab' Sie doch davor gewarnt, daß diese Männer aus dem Boden wachsen können ...«

»Großer Gott!«

Wenige Meter hinter ihnen bildeten fünf oder sechs Partisanen einen Halbkreis. Sie waren mit allen möglichen Schußwaffen ausgerüstet, die jetzt auf Reader zielten. Diese Waffen waren ein überzeugendes Argument. Reader übergab seine Maschinenpistole fluchend Milic.

»Kommt jetzt ganz leise mit. Heljec möchte euch beiden vorführen, wie Partisanen kämpfen ...«

Paco ging voraus, und Lindsay blieb neben ihr. Die Masse der Partisanen kauerte hinter den herangewälzten Felsblökken. Erst als sie dichter herankamen, sah Lindsay auch Hartmann: Er stand unbeweglich hinter einem Felsen und drehte nur den Kopf zur Seite, um zu Lindsay herüberzublicken. Seine Hände waren auf dem Rücken gefesselt. Auch diesmal schien sein Blick irgendeine stumme Botschaft für den Engländer zu enthalten.

»Ist das wirklich nötig?« fauchte Lindsay.

»Leise!« mahnte Paco. »Heljec hat befohlen, ihn hierherzubringen. Unten in der Schlucht nähert sich eine deutsche Fahrzeugkolonne. Deshalb ist die Amazonenbrigade heute so demonstrativ hindurchmarschiert. Das Ganze ist eine Falle – und die Deutschen sind dabei, hineinzutappen.«

Aus der Schlucht drang das Brummen zahlreicher Fahrzeugmotoren herauf. Lindsay, der vorsichtig in die Tiefe blickte, sah die ersten Fahrzeuge einer aus dieser Höhe nur spielzeuggroßen Kolonne durch die Schlucht kriechen. In der Abenddämmerung war gerade noch zu erkennen, daß es sich um eine kampfstarke Kolonne handelte, deren Maschinenwaffen jedoch wertlos waren, weil sie Heljecs Partisanen nicht erreichen konnten.

Der deutsche Kommandeur hatte sich offenbar dazu entschlossen, ein Risiko einzugehen, weil hierzulande bekannt war, daß die Deutschen niemals nachts marschierten. Er hoffte anscheinend, im Schutz der Dunkelheit durchschlüpfen und das freie Gelände im Süden der Schlucht erreichen zu können. Das war militärischer Wahnsinn. Das mußte mit einem Massaker enden. Hartmann, den Heljec dazu zwingen wollte, die Vernichtung seiner Landsleute mitzuerleben, stand jetzt zwischen Paco und Lindsay. Der Abwehroffizier beugte sich vor, um in die Schlucht blicken zu können. Als er noch einen halben Schritt vortrat, riß Paco ihn am Ärmel zurück.

»Mann, wollen Sie unbedingt erschossen werden?« fauchte sie ihn leise an.

»Was ist passiert?« fragte Lindsay halblaut.

»Dein Deutscher hat Mut, das muß man ihm lassen. Er wollte einen Felsbrocken lostreten. Dadurch hätte er eine Steinlawine ausgelöst und die Deutschen dort unten gewarnt. Sie sind natürlich so gut wie tot ...«

Ihre Stimme klang weder erregt noch triumphierend – nur müde, unendlich müde bei dem Gedanken an das bevorstehende Blutvergießen.

Heljec lief lautlos wie eine Katze von einer Gruppe an den Holzstangen zur anderen. Im Vorbeilaufen berührte er rasch den Arm jedes Gruppenführers. Er gab ihnen das Zeichen, mit dem Angriff zu beginnen.

Nur ein LKW mit Infanterie, die beiden LKWs mit den Granatwerfertrupps und das die Nachhut bildende Halbkettenfahrzeug befanden sich noch außerhalb der Schlucht. Eine Minute später wären auch sie in das enge Straßenstück zwischen den Felswänden eingefahren.

Jäger hatte sich sein Fernglas von Schmidt zurückgeben lassen und starrte wie ein Besessener nach oben, bis seine Augen schmerzten. Bruchteile einer Sekunde lang glaubte Jäger, seine überanstrengten Augen spielten ihm einen Streich.

Ein riesiger Felsblock wackelte. Er wippte deutlich vor und zurück. Dann entstand plötzlich eine Lücke vor dem noch immer etwas helleren Abendhimmel. Der riesige Felsblock war in die Tiefe gestürzt ...

Der Block prallte gegen einen Felsvorsprung, wurde mit einem einzigen Schlag gegen die zweite Wand der Schlucht geworfen, sprang von dort zurück und stürzte in steilem Bogen auf die Straße. Dort landete er auf einem Panzerspähwagen, den er plattdrückte. Das Fahrzeugwrack und die Überreste des Felsblocks sperrten die Straße für den Rest der Kolonne. Weitere Felsblöcke stürzten pfeifend von der Kante der Steilwand und schmetterten in die dicht aufgefahrenen Lastwagen. Schmerzensschreie zerrissen die Nacht.

»Halt! Nicht weiterfahren! Halten!«

Jäger reagierte instinktiv. Er sprang aus dem Halbkettenfahrzeug, rannte nach vorn zu dem nur noch im ersten Gang fahrenden LKW mit Infanterie und sprang aufs Trittbrett. Der verblüffte Fahrer machte eine Vollbremsung, bei der Jäger beinahe unter die Räder gekommen wäre.

Aber noch ein Mann behielt die Nerven: der Kradmelder, der Jäger zuvor den »Beweis« für den Vorbeimarsch der Amazonenbrigade gebracht hatte. Um Jäger so schnell wie möglich zu erreichen, fuhr er mit aufgeblendetem Scheinwerfer – wofür er unter normalen Umständen vors Kriegsgericht gekommen wäre. Schmidt, der nach vorn zu Jäger unterwegs war, beobachtete seine wilde Zickzackfahrt zwischen den die Straße sperrenden Felsblöcken und fragte sich, welche Hiobsbotschaft er bringen mochte.

»Herr Standartenführer . . .« Der Kradmelder hatte seine Maschine zum Stehen gebracht und rang keuchend nach Atem. »Sie müssen den Befehl übernehmen . . . Oberstleutnant Schrenk ist gefallen . . .«

Der SS-Führer reagierte sofort. »Alles hört auf mein Kommando!« rief er mit Kasernenhofstimme. Dann wandte er sich an den Kradmelder. »Fahren Sie nach vorn, und geben Sie meinen Befehl an sämtliche Offiziere durch. Die Fahrzeuge sind zu räumen – ohne Ausnahme. Nur Handfeuerwaffen mitnehmen! Haben Sie verstanden?«

»Jawohl, Herr Standartenführer!«

»Die Überlebenden sammeln sich östlich der Straße am Hang – *östlich!* Haben Sie das?«

»Jawohl!«

»Ich lasse jeden Mann standrechtlich erschießen, der meinem nächsten Befehl zuwiderhandelt. Unter keinen Umständen – unter gar keinen! – darf das Feuer auf den Gegner eröffnet werden! Wiederholen Sie, was ich befohlen habe . . .«

In der Ferne stürzten noch immer Felsblöcke in die Schlucht. Metallisches Dröhnen. Schwaches Streufeuer. Jäger stand unbeweglich da, während der Kradmelder seinen Auftrag fast wörtlich wiederholte.

»Fahren Sie los, Mann!« forderte Jäger ihn auf.

»Ich verstehe nicht, was du . .«, begann Schmidt, während der Kradmelder mit aufgeblendetem Scheinwerfer wegfuhr.

»So geht's den Partisanen hoffentlich auch«, antwortete Jäger grimmig. »Komm, wir organisieren unsere eigene unangenehme Überraschung für die Schweine dort oben.«

Er ließ die Granatwerfertrupps mit voller Ausrüstung absitzen. Sie sollten weit auseindergezogen östlich der Straße am Gegenhang in Stellung gehen. Jäger, der noch immer etwas hinkte, folgte den Werfertrupps mit erstaunlicher Gewandtheit über das felsige Gelände.

»Ihr schießt erst auf meinen Befehl . . . zielt hinter die Felsen dort oben . . . laßt euch ruhig Zeit . . .«

Typisch Jäger! dachte Schmidt. Tatkräftig, beherrscht, selbst in kritischen Lagen nicht aus der Ruhe zu bringen.

Zu diesem Zeitpunkt war um sie herum die Hölle los. Weitere Felsblöcke rumpelten zu Tal, wo es immer wieder metallisch dröhnte, wenn Fahrzeuge getroffen wurden. Und nun wurden auch Handgranaten geworfen, die wie explodierender Hagel vom Himmel fielen. Ihre Splitter surrten pfeifend durch die Nacht.

Aber unter Jägers Befehl nahmen die Männer, die sonst vielleicht panikartig zu flüchten versucht hätten, die ihnen zugewiesenen Stellungen ein. Jäger wartete, bis alle Granatwerfer feuerbereit waren, bevor er den nächsten Befehl gab:

»Einen Probeschuß mit Werfer eins!«

Paco hatte sich von Milic ein Nachtglas geben lassen, durch das sie die vagen Umrisse der deutschen Kolonne beobachtete. Die Partisanen arbeiteten schwitzend, um weitere Felsblöcke auszuhebeln und in die Schlucht zu stürzen. Hartmann, dessen Hände noch immer auf dem Rücken gefesselt waren, stand neben der Blondine. Seine Bewacher hatten ihn stehenlassen und waren anderswo damit beschäftigt, Handgranaten in den dunklen Abgrund zu werfen.

Auf der anderen Seite wurde Paco von Lindsay flankiert, der sich jetzt umdrehte und feststellte, daß Reader mit seltsam ausdrucksloser Miene dicht hinter ihm stand. Während Paco weiter durch ihr Nachtglas starrte, wurde die Dunkelheit sekundenlang durch eine deutsche Leuchtkugel erhellt. In diesen wenigen Sekunden machte sie eine überraschende Entdeckung.

»Mein Gott, dort hinten am Ausgang der Schlucht steht Jäger, Standartenführer Jäger!«

»Das bildest du dir nur ein«, widersprach Lindsay.

»Ich schlage vor, daß wir ziemlich weit zurückgehen . . .«

Hartmann hatte sich mit seinem Vorschlag an Lindsay gewandt. Der Deutsche nickte dabei zu dem Hügel hinauf, dessen Kuppe weit hinter ihnen lag.

»Hartmann will, daß wir von hier verschwinden«, erklärte Lindsay Paco. »Ich glaube, daß er einen verdammt guten Grund dafür hat . . .«

»Ich hab' selbst gehört, was er gesagt hat.«

»Dann tu doch endlich was!«

»Mir reicht's ohnehin für diese Nacht«, stellte sie fest.

Paco faßte Hartmann am linken Oberarm und half ihm so, das Gleichgewicht zu bewahren, während sie bergauf davontrabten. Lindsay folgte den beiden, und Reader bildete die Nachhut. Niemand versuchte, die vier aufzuhalten. Die Partisanen waren völlig mit ihrem Angriff beschäftigt. Heljec, dessen Euphorie unüberhörbar war, feuerte seine Männer mit heiserer Stimme an.

Eine zweite Leuchtkugel war eben erst erloschen, als die

erste deutsche Werfergranate einschlug. Sie traf einen der großen Felsblöcke.

»Jetzt wird's gleich schlimmer«, meinte Hartmann. »Vor allem, wenn Jäger dort unten ist . . .«

Jägers Granatwerfertrupps brauchten nur wenige Sekunden, um die Rohre ihrer Werfer auf geringfügig größere Erhöhung einzustellen.

Unten in der Schlucht hörte der Standartenführer das dumpfe Krachen detonierender Werfergranaten, ohne sie jedoch einschlagen zu sehen. Er schätzte, daß sie etwa hundert Meter hinter dem Rand detonierten. Seine Schätzung war richtig. Die verwirrten Partisanen liefen *in* das Trommelfeuer, vor dem sie sich in Sicherheit zu bringen versuchten.

Auf der Kuppe drehte Paco sich um und sah erschrocken, wie Heljecs Männer die Arme hochrissen und in vollem Lauf zusammenbrachen. Das Gelände war ideal für den Einsatz von Granatwerfern geeignet: Der felsige Untergrund verstärkte die Splitterwirkung durch Steinsplitter, von denen die Partisanen niedergemäht wurden.

Hartmann rief eine Warnung: »Wir sind nicht schnell genug – er läßt das Feuer bestimmt bald vorverlegen!«

»Halt, dieser Unsinn muß aufhören!« verlangte Paco. »Augenblick . . .«

Sie zog ihr Messer aus dem Gürtel und zerschnitt den Kälberstrick, mit dem Hartmanns Hände gefesselt waren. Irgend etwas Schweres prallte von hinten gegen Lindsay: der rundliche Milic, dessen ganzer Hinterkopf fehlte. Seine Hände umklammerten noch immer die englische Maschinenpistole. Reader beugte sich über den Toten, riß ihm die Sten aus den Händen und griff nach den Reservemagazinen, die aus Milics Jackentasche ragten.

»Schnell, wir müssen weiter!« rief Hartmann ihnen über die Schulter zu.

Sie begannen zu rennen. Hartmann schien Paco in der

Führung ihrer kleinen Gruppe abgelöst zu haben. Trotz der Gefahr, in der sie schwebten, wurde Lindsay das Absurde ihrer Situation bewußt. Ein Abwehroffizier führte sie aus der Gefahr, die ihnen durch den Angriff eines anderen deutschen Offiziers aus der Schlucht unter ihnen drohte.

In diesem Augenblick gab Jäger seinen in zwei Abteilungen zusammengefaßten Werfergruppen einen neuen Befehl. Er setzte sie zu überschlagendem Feuer ein, so daß ihre Granaten jeweils hundert Meter weiter als die der vorigen Salve detonierten. Jäger war lediglich auf Vermutungen angewiesen, weil er nicht beobachten konnte, was sich über ihnen auf dem Hügel abspielte. Der einzige Hinweis darauf, daß das Granatwerferfeuer zu wirken schien, war die Tatsache, daß keine weiteren Felsblöcke mehr in die Schlucht gestürzt wurden.

Noch siegesbewußter wäre Jäger gewesen, wenn er die Szene auf dem ansteigenden Gelände oberhalb der Steilwand hätte sehen können. Vor fünf Minuten hatte Heljec noch die Oberhand gehabt, und die Vernichtung der deutschen Fahrzeugkolonne war scheinbar unvermeidlich gewesen. Nun herrschten dort oben Chaos und Verwirrung, während die zum Teil bereits verwundeten Partisanen in die nächste Feuerwalze gerieten.

»Wenn die Scheißkerle nicht so dämlich wären, würden sie zur Schlucht zurücklaufen!« meinte Reader keuchend.

»Wir müssen auf der anderen Seite möglichst weit runter!« rief Hartmann den anderen zu. »Mit den Granatwerfern treffen sie bis ins nächste Tal ...«

Paco, die neben dem Deutschen herlief, achtete darauf, nicht zu stolpern. Wer hier stürzte, hatte vielleicht keine Zeit mehr, sich aufzurappeln. Sie hörte das schreckliche Surren und Prasseln von Granatsplittern dicht hinter ihnen ... ein großer Splitter konnte einen Mann enthaupten – oder eine Frau. Das Granatwerferfeuer lag grausig nah hinter ihnen; es schien förmlich nach ihnen zu greifen. Sie waren zu langsam, viel zu langsam ...

Hartmann bekam Paco am Ärmel zu fassen, um sie mühsam zu bremsen. Sie hatten den jenseitigen Steilhang erreicht, der zu einem weiteren schluchtartigen Tal hin abfiel. Er sah eine schmale, mit Geröll gefüllte Rinne, die wie der Anfang eines Bachbetts in die Tiefe führte. Sie rutschten auf dem losen Gestein bergab.

Sie erreichten eine Stelle, wo ein weit ausladender Felsen ein natürliches Dach bildete. Hartmann, der nach Atem rang, ließ Paco los und drehte sich um. Lindsay war dicht hinter ihnen. Ihm auf den Fersen folgte Reader, der seine Maschinenpistole schwenkte, während er über das Geröll stolperte.

»Hier können wir kurz Pause machen...«, schlug Hartmann vor. »Unter dem Überhang sind wir vor Granaten sicher. Komm, setz dich auf diesen Felsen.«

Paco zitterte am ganzen Leib. Der Deutsche sank auf einen Felsblock, zog sein Taschentuch und wischte sich damit den Schweiß von der Stirn. Lindsay hatte sich ebenfalls gesetzt, während Reader sich schwer atmend an die Felswand hinter ihnen lehnte.

»Wir haben nur eine Minute Zeit, dann müssen wir so schnell wie möglich weiter«, erklärte Hartmann. Er wandte sich an Paco. »Gibt es einen Weg aus der Schlucht in dieses Tal unter uns?«

Die Blondine nickte. »Auf beiden Seiten des Höhenzugs führen Straßen entlang«, bestätigte sie. »Die Kolonne ist an einer Straßengabelung vorbeigefahren...«

»Jäger könnte also umkehren, die andere Straße nehmen und durch dieses Tal heraufkommen, das wir auf der Flucht überqueren müssen?«

»Ja, das stimmt.« Paco warf Hartmann einen prüfenden Blick zu, ohne seinen Gesichtsausdruck in der Dunkelheit deuten zu können. »Aber ich kann nicht glauben, daß Jäger uns eingeholt hat – daß die Deutschen überhaupt an so was denken. Sie müssen völlig desorganisiert sein.«

»Wenn Jäger dort unten ist, denkt er daran und kommt auch«, stellte Hartmann nachdrücklich fest.

Lindsay stand unter leichter Schockwirkung. Er war Luftkämpfe hinter brüllenden Motoren gewöhnt, aber dies waren seine ersten Erdkampferlebnisse. Der Wing Commander verfluchte seine Langsamkeit und ärgerte sich unlogischerweise darüber, daß ausgerechnet Hartmann Paco gerettet hatte.

Die überlebenden Partisanen hatten den Höhenzug ebenfalls hinter sich und stiegen durch andere Rinnen ins nächste Tal ab. Zwischen dem dumpfen Krachen der Werfergranaten konnte Hartmann von den Flüchtlingen losgetretene kleine Steinlawinen hören. Er stand ruckartig auf.

»Wir müssen weiter, bevor sie uns den Weg abschneiden ...«

Eigentlich merkwürdig! dachte Lindsay. Hartmann hatte den Befehl über ihre kleine Gruppe übernommen, als sei das die selbstverständlichste Sache der Welt. Sogar Paco akzeptierte ihn als Führer. Und der arme Milic war tot: ein Mann ohne Hinterkopf. Milic, der – obwohl er praktisch kein Deutsch sprach – Paco bis nach München begleitet hatte, um dort Lindsay zu retten. Eine Hand legte sich auf seine Schulter und rüttelte ihn unsanft.

»He, sind Sie eingeschlafen oder was? Die anderen sind schon fast unten!«

Das war natürlich Reader.

»Du übernimmst hier das Kommando, Alfred«, sagte Jäger. Die beiden SS-Führer standen hinter dem Halbkettenfahrzeug und studierten im Lichtschein einer abgeblendeten Taschenlampe eine Landkarte. »Erinnerst du dich an die Straßengabel, an der wir vor knapp zwei Kilometern vorbeigekommen sind? Wir sind dort rechts weitergefahren. Wenn diese Karte stimmt, führt die linke Straße durchs nächste Tal. Vielleicht können wir die Partisanen dort abfangen ...«

»Aber kommt ihr noch rechtzeitig hin?«

»Deshalb habe ich diese bewegliche Kampfgruppe zusammengestellt!«

Jäger hatte das scheinbar Unmögliche gleich zweimal geschafft. Indem er die Granatwerfertrupps geschickt eingesetzt hatte, war es ihm gelungen, die drohende Vernichtung der Fahrzeugkolonne in eine Katastrophe für die Partisanen umzumünzen. Jetzt hatte er eine bewegliche Kampfgruppe aus dem Hut gezaubert: das Halbkettenfahrzeug mit seinem schweren MG und ein halbes Dutzend Beiwagenmaschinen mit Kradschützen, die mit Maschinenpistolen und Handgranaten bewaffnet waren.

Auch das Halbkettenfahrzeug quoll über von ebenfalls mit Maschinenpistolen und Handgranaten ausgerüsteten Infanteristen, denn Jäger war davon überzeugt, daß es zu Nahkämpfen kommen würde. Während die Maschinen in Richtung Straßengabel abfuhren, erteilte er Schmidt seine letzten Anweisungen.

»Sieh zu, daß die *Männer* aus dieser Falle rauskommen, in die sie nie hätten geführt werden dürfen. Laß die Fahrzeuge vorläufig stehen! Wichtig ist nur, daß die *Männer*, auch die Verwundeten, gerettet werden. Du führst sie aus der Schlucht auf die Ebene hinaus und beziehst dort mit ihnen Stellung, bis ich wieder zu euch stoße.«

»Wird gemacht!« versicherte Schmidt. »Alles Gute und viel Glück!«

»Auf Glück kommt's nicht an«, rief Jäger ihm noch zu, als er auf das Halbkettenfahrzeug kletterte. »Hier geht's um Schnelligkeit, Beweglichkeit und Feuerkraft . . .«

Noch bevor das Fahrzeug gewendet hatte, trat der Kradmelder, mit dem Schmidt nach vorn fahren sollte, bereits den Motor seiner Maschine an. Der Sturmbannführer kletterte hinter ihm in den Sattel und schlug dem Fahrer auf die Schulter. »Vorwärts!«

Unterwegs ereignete sich etwas sehr Merkwürdiges. Lindsay begriff allerdings nicht gleich, was dahintersteckte; er verstand zunächst überhaupt nichts. Sie stolperten alle hinter Hartmann her das ausgetrocknete Bachbett hinunter. Die auf der Talsohle verlaufende Straße war kaum ausgebaut und praktisch unbefestigt. Lindsay konnte sich vorstellen, daß sie im Winter unter Wasser stand.

Sie hatten die Straße als letzte Gruppe überschritten: Die erfahreneren Partisanen befanden sich bereits auf dem Gegenhang. In der Ferne waren die heranbrausenden Motorräder zu hören. Dann konnten sie die Maschinen auch *sehen*, weil sie mit aufgeblendeten Scheinwerfern fuhren.

Paco wartete, bis sie hundert Meter über der Straße waren. Sie hatten ein Felsband unterhalb einer Karsthöhle erreicht, als die Blondine plötzlich unter ihre Jacke griff und eine Pistole zog. Sie zielte damit auf Hartmann.

»Versuchen Sie ja nicht, unsere Position Ihren Landsleuten zu verraten, sonst muß ich Sie erschießen . . .«

»Mich erschießen!«

Hartmann schüttelte sich vor Lachen. Lindsay fürchtete, der Abwehroffizier sei übergeschnappt, weil die Nervenbelastung für ihn zu groß gewesen sei. Aber der Deutsche wurde von einer Sekunde zur anderen wieder ernst und steckte die Hand nach der Pistole aus.

»Wer hat euch von dem Hügel geführt? Wer hat erkannt, was kommen würde? Wer hat euch mit knapper Not vor der Beschießung gerettet? Her mit der Waffe!«

Er hielt den Lauf gepackt und entwand sie Paco. Im nächsten Augenblick hatte er sie schußbereit in der Hand und drückte die Mündung an Readers Schädel.

»Geben Sie Ihre Maschinenpistole Lindsay. Sie haben drei Sekunden Zeit, und ich habe bereits zu zählen begonnen . . . zwei . . .«

Reader übergab die Sten. Die beiden Männer starrten sich wortlos an. Hartmann zeigte in die Höhle. Reader zuckte mit den Schultern und ging an ihm vorbei. Dann machte Hartmann Lindsay ein Zeichen.

»Folgen Sie ihm. Behalten Sie ihn im Auge. Sie haben die Maschinenpistole . . .«

»Warum?« fragte Paco.

»Vielleicht weil sein Feind dort unten ist. Wir können nur

überleben, indem wir uns verstecken. Dort kommen nicht nur Motorradfahrer.«

Zum erstenmal seit Beginn ihres anstrengenden Aufstiegs hörte Paco ein tieferes Brummen und Rattern, das den helleren Motorenlärm der Kräder übertönte. Das Rasseln eines Gleiskettenfahrzeugs. Ein leichter Panzer? Ein Halbkettenfahrzeug? Jedenfalls kam das bedrohliche Geräusch immer näher.

»Zurück!« forderte Hartmann sie auf.

Während er sprach, zog er sie am Arm tiefer in die Höhle hinein. Gerade noch rechtzeitig. Die Soldaten in den Beiwagen bestrichen jetzt den Hang mit wütendem Feuer aus ihren Maschinenpistolen. Sie hatten die nach oben flüchtenden Partisanen erkannt.

Ein Mann schrie auf, wie die Verwundeten in der Schlucht geschrien hatten. Lindsay erinnerte sich beklommen daran, wie ähnlich diese Schreie geklungen hatten. Ein sich in der Luft überschlagender menschlicher Körper fiel am Höhleneingang vorbei und prallte fünfzig Meter tiefer auf die Felsen.

Die deutschen Maschinenpistolen ratterten weiter. Die Kradschützen bestrichen den gesamten Steilhang. Aber ihr ungezieltes Feuer war erst der Anfang. SS-Standartenführer Jäger, der sich an den Hinterhalt in der Schlucht erinnerte, hatte noch eine gefährlichere Waffe einzusetzen.

In Luzern war der gleiche Abend still, und die Straßen waren menschenleer, als der kleine Mann in mittleren Jahren die Tür zu den Räumen des Verlags Vita Nova absperrte. Er hatte bis in die Nacht hinein gearbeitet, um Liegengebliebenes aufzuarbeiten; jetzt überquerte er die Straße und wartete geduldig an der Straßenbahnhaltestelle.

Das Wetter war kühl und regnerisch. Der Mann, der Filzhut und Mantel trug, sah auf seine Uhr und blickte in die Richtung, aus der die Straßenbahn kommen würde. Die Stille und das Fehlen jeglicher Passanten täuschten jedoch.

»Das ist er!« erklärte ein in einem Ladeneingang stehender Mann seinem Begleiter, einem unauffälligen Zivilisten. »Er fährt jeden Tag mit der gleichen Straßenbahn nach Hause – auch wenn's heute etwas später geworden ist. Er muß verrückt sein!«

»Er macht nie Umwege? Wissen Sie das genau?« fragte der größere Mann scharf.

»Wir haben ihn jetzt eine Woche lang beschattet. Er ist garantiert kein Profi . . .«

»Und Sie wissen bestimmt, daß das Rudolf Roessler ist? Ein Mann wie er kann einen Doppelgänger haben. Jeder von uns hat einen Doppelgänger. Ich bin selbst . . .«

»Seine Straßenbahn kommt.« In der Stimme des kleineren Mannes war erstmals etwas Erregung hörbar. »Fertig? Sind die anderen Zweiergruppen in Position?«

»Natürlich.«

Die Straßenbahn ratterte gemächlich heran. Es hatte zu regnen begonnen: ein sanfter, alles durchdringender Nieselregen, der vom See herüberzukommen schien. Roessler knöpfte geistesabwesend seinen Mantel zu, was eigentlich zwecklos war, weil er in einer halben Minute in der Straßenbahn sitzen würde. Der mit Regentropfen benetzte Wagen wurde langsamer und hielt. Roessler stieg ein und entschied sich aus alter Gewohnheit für einen der hinteren Plätze. Eine Frau stieg im letzten Augenblick zu und setzte sich ausgerechnet neben Roessler, der sich darüber ärgerte, weil er lieber allein fuhr. Er betrachtete sie aus dem Augenwinkel heraus.

»Anna . . .«

»Pst, nicht so laut! Du wirst beschattet. Siehst du die beiden Männer, die vorn an der Tür sitzen und an deiner Haltestelle eingestiegen sind?«

Roessler war verwirrt. Zuerst das unerwartete Auftauchen seiner Frau, die ihn noch nie vom Verlag abgeholt hatte. Und dann diese absurd melodramatische Geschichte . . . Um sich orientieren zu können, tat er etwas Alltägliches: Er nahm seine Brille ab und wollte die Regentropfen abwischen. Aber seine Frau nahm sie ihm aus der Hand.

»Komm, gib sie mir. Du verschmierst sie nur, anstatt sie sauberer zu machen ...«

Ohne seine Brille nahm Roessler seine Umgebung nur verschwommen wahr. Er starrte die vagen Silhouetten der beiden Männer an, die ihnen den Rücken zukehrten. Ihm war nicht einmal aufgefallen, daß sie mit ihm eingestiegen waren. Anna hatte ein Taschentuch aus ihrer Handtasche geholt, um die Brille zu putzen.

»Was ist denn los?« fragte er halblaut. »Ich verstehe das alles nicht. Wir sind in der Schweiz – wir befinden uns in Sicherheit ...«

»Wir haben *geglaubt,* uns in Sicherheit zu befinden«, verbesserte Anna ihn.

Sie gab ihm seine Brille zurück. Roessler setzte sie mit einem Gefühl der Erleichterung auf und nahm seine Umgebung endlich wieder deutlich wahr. Regentropfen liefen die Glasscheibe neben ihm hinunter. Er verfolgte einen dieser Tropfen auf seinem kurvenreichen Weg. Aber auch das konnte ihn nicht von seiner Angst ablenken.

»Wovon redest du überhaupt?« fragte er Anna. »Du hast behauptet, ich würde ›beschattet‹ – also verfolgt! Aber von wem?«

Sein Mantel roch nach feuchter Wolle. Er hätte lieber den Regenmantel anziehen sollen. Aber als er in den Verlag gefahren war, hatte er nicht ahnen können, daß ...

»Das weiß ich nicht«, antwortete seine Frau. »Vor einigen Tagen ist mir zum erstenmal aufgefallen, daß zwei Männer dich morgens auf der Fahrt in den Verlag beschattet haben. Ich habe dir hinter dem Netzvorhang versteckt nachgesehen, als du zur Straßenbahn gegangen bist. Die Männer haben auf der anderen Straßenseite gestanden und sich scheinbar angeregt unterhalten. Es hat in Strömen gegossen, aber keiner der beiden hatte einen Schirm, so daß sie klatschnaß sein mußten. Das ist mir eigenartig vorgekommen ...«

»Das bildest du dir alles nur ein«, murmelte er.

»Laß mich erst ausreden! Du bist über die Straße gegangen und noch keine fünfzig Meter entfernt gewesen, als sie dir gefolgt sind. Als du um die Ecke verschwunden bist, haben sie sogar zu laufen begonnen . . .«

»Diese beiden Männer dort vorn?«

»Nicht diese Männer. Zwei andere . . .«

»Ah, da haben wir's!« Roessler lehnte sich aufatmend zurück. »Reiner Zufall! Du bildest dir alles nur ein . . .«

»Andere Männer beobachten Tag und Nacht unsere Wohnung«, fuhr Anna unbeirrbar fort. »Wart nur, bis du sie uns auflauern siehst!«

Großer Gott! Sie saßen da, während die Straßenbahn hielt, die Türen sich öffneten, Leute ausstiegen, ein Mann zustieg und die Straßenbahn wieder anfuhr. Die beiden Männer, auf die Anna ihn aufmerksam gemacht hatte, hockten schweigend nebeneinander. Roessler blickte in den schrägen Spiegel über der Schiebetür. Einer der beiden starrte ihn im Spiegel an. Roessler senkte den Kopf. Das Ganze wurde allmählich ein Alptraum.

»Wir sind da«, sagte Anna halblaut. »Steig aus, als ob gar nichts wäre. Sieh die Männer überhaupt nicht an. Und paß auf, daß du beim Aussteigen nicht stolperst!«

Sie hatten den Luzerner Vorort erreicht, in dem sie seit 1933 eine kleine Wohnung gemietet hatten. Anna ist so stark! dachte Roessler. Sie ging mit festen Schritten zur Tür, wartete dort, bis er zu ihr aufgeschlossen hatte, und stieg dann aus. Als Roessler auf dem Pflaster stand, sah er im spiegelnden Glas seiner frisch geputzten Brille, daß die beiden Männer hastig ausstiegen, bevor die Straßenbahn wieder anfuhr. Das war einer der schlimmsten Augenblicke seines Lebens.

35

Jäger wählte den günstigsten Augenblick für einen Angriff aus dem Halbkettenfahrzeug mit Überlegung aus. Das Feuer aus den Maschinenpistolen der Beiwagenfahrer hatte die Partisanen in die Flucht getrieben: Sie versuchten jetzt, auf dem Steilhang Höhe zu gewinnen. Jäger stand hinter einem starken Suchscheinwerfer, der noch nicht eingesetzt worden war. Ein Unteroffizier namens Oldenburg bemannte das auf einem Drehkranz montierte schwere MG, dessen Schußweite die einer Maschinenpistole ganz erheblich übertraf.

»Wahrscheinlich sind sie über uns auf der Flucht, Oldenburg«, warnte Jäger ihn. »Halten Sie sich bereit, wenn ich den Scheinwerfer einschalte ...«

»Jawohl, Herr Standartenführer!«

Die Verbitterung in Oldenburgs Stimme war unüberhörbar. Er hatte bei dem Partisanenüberfall in der Schlucht Kameraden verloren, mit denen er schon in den Weiten Rußlands gekämpft hatte. Mit einem der Gefallenen war er sogar schon im Westfeldzug zusammengewesen – 1940 in Frankreich!

Das Halbkettenfahrzeug rumpelte und rasselte quietschend weiter. Jäger richtete den Scheinwerfer steil nach oben und schwenkte ihn bis zum Anschlag nach rechts. Dann schaltete er ihn ein. Der gleißend helle Lichtstrahl beleuchtete den Steilhang. Einige der Flüchtenden machten den Fehler, sich überrascht umzudrehen, und wurden geblendet. Oldenburgs schweres MG hämmerte los.

Von dem Halbkettenfahrzeug aus war zu beobachten, wie einige der winzigen Gestalten über ihnen zusammenbrachen. Der Motorenlärm, das Fahrgeräusch und Oldenburgs MG waren ohrenbetäubend laut. Der Scheinwerferstrahl glitt langsam von rechts nach links über die Bergflanke, machte Pausen und wanderte zwischendurch nach oben und unten, während Oldenburg sein schweres MG nachführte.

Auf halber Höhe über der Straße blieb Heljec, der die

Spitze einer Dreiergruppe übernommen hatte, schwer atmend stehen. Er ließ sich von dem Mann hinter ihm ein Gewehr geben, forderte die anderen auf, ohne ihn in der Rinne weiterzuklettern, und suchte sich selbst einen Standplatz, von dem aus er die Straße überblicken konnte. Dann entsicherte er das Gewehr und wartete.

Panik. Die Partisanen flüchteten wie aufgescheuchte Hühner, um dem nach ihnen greifenden Lichtfinger zu entgehen. Als erstes mußte er den verdammten Scheinwerfer ausschießen. Das würde nicht einfach sein. Der Fahrer des Halbkettenfahrzeugs war gerissen genug, seine Geschwindigkeit ständig zu ändern. So bildete er nicht nur ein bewegliches, sondern auch ein unberechenbares Ziel.

Heljec drückte den Gewehrkolben fest gegen seine rechte Schulter. Er zielte auf einen etwa zwanzig Meter vor dem Fahrzeug liegenden Punkt und wartete. Sobald der Scheinwerfer zerschossen war, war der MG-Schütze blind. Er wartete geduldig darauf, daß das feindliche Fahrzeug in seine Schußlinie geraten würde.

Der Suchscheinwerfer schwenkte ohne Vorwarnung. Eben hatte der Lichtfleck noch weit links von Heljec gelegen. Dann bewegte er sich ruckartig, wanderte zurück. Der Partisanenführer stand plötzlich voll im Scheinwerferlicht.

Heljec ließ sich fallen. Er ließ sein Gewehr fallen. Er hielt schützend die Hände vors Gesicht, während er sich in die Rinne zurückrollte, aus der er gekommen war. Heljec kippte über den Rand, fiel eineinhalb Meter tief und prallte mit einer Schulter auf.

Als er sich über den Rand wälzte, hämmerte Oldenburgs MG erneut los. Im Scheinwerferlicht sah Heljec Steinsplitter auf sich herabregnen. Er blieb liegen, rieb sich die schmerzende Schulter und hörte dem MG-Feuer zu. Verschieß nur deine Munition, Schwachkopf!

Unten auf der Straße waren Oldenburg und Jäger davon überzeugt, einen weiteren Treffer erzielt zu haben. Ihr Scheinwerfer hatte den Mann mit dem Gewehr erfaßt, der dann offensichtlich getroffen worden war, weil er im Zusammenbrechen die Waffe verloren hatte.

»Feuer einstellen!« befahl Jäger Oldenburg *und schaltete den Scheinwerfer aus*. Aus militärischer Sicht war diese Entscheidung richtig. Er hatte das Überraschungsmoment vollständig ausgenützt. Die Partisanen mußten schwere Verluste erlitten haben. Der Anblick eines Mannes mit schußbereitem Gewehr hatte ihn gewarnt, daß das Überraschungsmoment verloren war. Mit brennendem Scheinwerfer war das Halbkettenfahrzeug ein Ziel für die Partisanen geworden.

»Wir haben ihnen das Fell gegerbt!« rief Jäger seinen Leuten zu. »Sehen wir lieber zu, daß wir zu den anderen aufschließen.«

»Was hältst du davon, wenn wir an unserer Wohnung vorbeigehen?« schlug Roessler vor. »Vielleicht verwirrt das unsere Verfolger.«

Seine überragenden Fähigkeiten als Funker und seine bei anderen Gelegenheiten bewiesene Zivilcourage ließen ihn unter diesen Umständen im Stich. Aber Anna bewahrte kühles Blut.

»Unsinn!« wehrte sie ab. »Die beiden wissen genau, wo wir wohnen. Jetzt kommt's darauf an, sie nicht merken zu lassen, daß sie enttarnt sind. Wir gehen einfach weiter, als wäre nichts passiert.«

Roessler stieß seine Frau leicht an. »Siehst du den Wagen dort drüben, Anna? Die Fenster sind verhängt, damit nicht zu erkennen ist, ob er besetzt ist . . .«

»Gib dir keine Mühe, das zu erkennen. Benimm dich ganz normal. Komm, wir überqueren jetzt die Straße. Wir sind gleich zu Hause, Rudolf.«

Sie sprach beruhigend auf ihn ein, aber der gegenüber ihrem Haus geparkte Wagen, in den sie nicht hineinsehen konnten, war auch ihr unheimlich.

»Kaffee!« sagte Roessler, sobald die Wohnungstür hinter ihnen ins Schloß gefallen war.

»Ich setze gleich Wasser auf.«

Roesslers einziges Laster war das Kaffeetrinken: Er trank jeden Tag literweise Kaffee. Jetzt trat er nervös ans Wohnzimmerfenster.

»Paß auf, daß der Vorhang sich nicht bewegt!« warnte Anna.

»Was sollen wir nur tun? Die Männer aus der Straßenbahn stehen unten auf der Straße im Regen. Das ist schrecklich! Und ich soll heute nacht mit Specht Verbindung aufnehmen . . .«

»Trink erst deinen Kaffee, dann geht's dir besser. Ich bin dafür, daß wir Masson verständigen.«

Roessler nickte erleichtert, als sie den Chef der Schweizer Spionageabwehr erwähnte. Dann erstarrte er auf seinem Beobachtungsposten hinter dem Vorhang des Wohnzimmerfensters. Er blinzelte heftig, nahm seine Brille ab, setzte sie wieder auf und starrte mit zusammengekniffenen Augen auf die Straße hinunter.

»Anna!« rief er aufgeregt. »Masson ist da! Er ist eben aus dem Wagen auf der anderen Straßenseite gestiegen. Er kommt herüber, um uns zu besuchen . . .«

»Er soll in dem Auto gesessen haben?« Anna kam mit einem Tablett aus der Küche. »Du mußt dich getäuscht haben . . .«

Oberstbrigadier Roger Masson, der Zivil trug, schlenderte über die menschenleere Straße und drückte auf den Klingelknopf. Roessler betätigte den elektrischen Türöffner, ohne sich zuvor über die Sprechanlage von der Identität des Besuchers zu überzeugen. Er stand in der offenen Wohnungstür, als der sonst so joviale Schweizer mit ernster Miene die Treppe heraufkam.

»Sie hätten erst fragen sollen, wer geklingelt hat«, wies er Roessler mild zurecht. »Ich muß Sie bitten, in Zukunft alle nur möglichen Vorsichtsmaßnahmen zu ergreifen. In letzter Zeit hat sich einiges verändert – und nicht zum Besseren.«

Masson wählte seine Worte sorgfältig. Dieser Besuch in

Roesslers Wohnung war eine delikate Angelegenheit. Er mußte ihn warnen, ohne ihn zu beunruhigen.

Der Chef der Schweizer Spionageabwehr war nervös und sensibel – beides Eigenschaften, die er normalerweise durch seine joviale Art tarnte. Daß er bei diesem Besuch Zivil trug, hob sein Selbstbewußtsein keineswegs; in Uniform wäre ihm wohler gewesen.

»Trinken Sie eine Tasse Kaffee mit?« schlug Anna vor. »Und geben Sie mir Ihren Mantel – er ist ganz feucht.«

»Danke, das ist sehr freundlich von Ihnen . . .«

Während Masson seinen Mantel auszog, trat er ans Fenster und warf einen Blick auf die Straße. Roessler blieb neben ihm stehen; seine Augen glänzten wie im Fieber.

»Ich werde beschattet. Bereits seit mehreren Tagen. Anna ist zuerst darauf aufmerksam geworden, daß ich . . .«

»Seit einer Woche«, stellte Masson richtig. »Das sind meine Leute, die sich abwechseln, um eine lückenlose Überwachung zu garantieren. Das Ganze ist lediglich eine Vorsichtsmaßnahme zu Ihrem Schutz.«

»Warum gerade jetzt? Ist irgendwas passiert?«

»Nein, nein, der jetzige Zeitpunkt hat keine spezielle Bedeutung! Es geht nur darum, daß Ihre Arbeit so wichtig ist – für uns nicht weniger als für die Russen.«

Der Schweizer nahm in dem Sessel neben dem Tischchen Platz, auf das Anna seine Kaffetasse gestellt hatte. Roessler ließ sich in den zweiten Sessel fallen, schlürfte gierig aus seiner Tasse und starrte Masson unverwandt an.

»Wir haben jetzt das Jahr 1943«, sagte er, nachdem er die Tasse halb leergetrunken hatte. »Hitler hat Rußland vor über zwei Jahren angegriffen. Was ist in letzter Zeit geschehen, daß meine Arbeit plötzlich so wichtig geworden ist, wie Sie es ausgedrückt haben? Sie setzen viele wertvolle Männer ein, um eine lückenlose Überwachung zu garantieren – zu meinem Schutz, wie Sie betont haben . . .«

Masson bemühte sich, unverkrampft zu wirken. Er nickte beruhigend, seine blauen Augen strahlten Zuversicht aus. Unangenehm war nur, daß Roessler keineswegs auf den Kopf gefallen war – von Anna ganz zu schweigen. Masson wußte, daß ihn ein glücklicher Zufall an diesem Abend hierhergeführt hatte. Schon beim Hereinkommen war ihm die veränderte Atmosphäre aufgefallen: Annas mißtrauische Wachsamkeit und Roesslers an Panik grenzende Ängstlichkeit.

»Bisher hat unsere Tätigkeit unter starkem Personalmangel gelitten, aber jetzt sind mir plötzlich weitere Leute zugewiesen worden. In Zukunft kann ich mich so um Sie kümmern, wie es Ihrer Bedeutung entspricht ...«

Er trank einen kleinen Schluck Kaffee, während Anna sich neben ihren Mann auf die Sessellehne setzte. Zu seiner Erleichterung bemühte Roessler sich um einen bescheidenen Gesichtsausdruck, der seine wahre Reaktion kaschieren sollte. Masson stellte befriedigt fest, daß man mit Schmeichelei also doch weiterkam. Er beugte sich etwas vor.

»Bei künftigen Besuchen in der Villa Stutz wär's vielleicht eine gute Idee, die Zeiten und die von Ihnen gewählte Route zu variieren. Das hält meine Leute, die zu Ihrem Schutz abgeordnet sind, besser in Übung. Fassen Sie die Sache einfach als Spiel auf.«

»Gut, wie Sie wollen.«

Roessler nickte dankend, als Anna ihm Kaffee nachschenkte, und sonnte sich im Glanz von Massons Komplimenten. Seine ängstliche Nervosität war verschwunden.

Masson sah, daß er seinen Besuchszweck erreicht hatte. Am besten verschwand er jetzt, bevor das Gespräch eine ungünstige Wendung nahm. Weitere Fragen konnten nur peinlich werden. Er trank aus, schüttelte dankend den Kopf, als Anna ihm nachgießen wollte, und stand freundlich lächelnd auf. Nur rasch fort von hier ...

»So, das wäre geschafft, glaub' ich«, sagte Masson, als er wieder neben dem Fahrer der auf der anderen Straßenseite parkenden Limousine saß.

Er seufzte leicht. Während der Fahrer trotz des durchgezogenen Mittelstrichs wendete und in Richtung Villa Stutz davonfuhr, sah Masson zu Roesslers Wohnzimmerfenster hinauf. Ein komischer Kauz, dieser RR!

Der Fahrer, der einzige weitere Insasse des großen Wagens, war Hauptmann Hans Hausamann, der vor dem Krieg eine Firma geführt hatte, der er Beziehungen in ganz Europa verdankte. Bei Kriegsausbruch war Hausamann von General Guisan, dem Schweizer Oberkommandierenden, angeworben worden. Seine Geschäftsbeziehungen gaben ihm die Möglichkeit, wertvolle Informationen zu beschaffen. Jetzt leitete er von der Villa Stutz aus den als Büro Ha bekannten Spionageabwehrdienst.

»Sie haben geseufzt«, stellte Hausamann fest. »Haben die beiden Ihnen so zugesetzt?«

»Nein, eigentlich nicht. Nachdem die Anlaufschwierigkeiten überwunden waren, habe ich RR eingeredet, unsere Leute überwachten ihn lediglich vorbeugend und zu seinem eigenen Schutz.«

»Und das hat er geschluckt?«

»Ja, er hat zumindest so getan.« Masson überlegte einige Sekunden lang. »Anna ist natürlich nicht so leicht zu täuschen. Sie weiß genau, daß irgend etwas an dieser Sache faul ist, aber ich kann mich darauf verlassen, daß sie RR beschwichtigt.«

Mit RR war Rudolf Roessler gemeint. Das war eigentlich kein Deckname: Irgend jemand hatte damit begonnen, seinen Namen so abzukürzen, und dabei war es geblieben.

»Wissen Sie bestimmt, daß Anna so reagieren wird?« erkundigte Hausamann sich besorgt. »Sie kennen sie natürlich besser als ich, aber . . .«

»Anna und ich sind über RRs Kopf hinweg miteinander verbündet.« Masson lächelte flüchtig. »Ich weiß, daß es ihr darum geht, alle Sorgen von ihrem Mann fernzuhalten. Deshalb steht sie in kritischen Situationen stets auf meiner Seite. Und die gegenwärtige Lage kann man wohl als kritisch bezeichnen!«

Hausamann äußerte sich nicht dazu, und Masson blieb schweigend neben ihm sitzen, bis sie das schmiedeeiserne Tor des Parkgrundstücks der Villa Stutz passiert hatten und vor dem Haupteingang hielten.

»Wissen Sie, worüber ich unterwegs nachgedacht habe?« fragte Masson. »Als ich zum Nachrichtendienst gegangen bin, habe ich noch Ideale gehabt. Ich habe nicht geahnt, daß ich den größten Teil meines Lebens damit zubringen würde, anderen die Wahrheit zu entlocken und selbst zu lügen. Und wenn ich nur durch Verschweigen lüge . . .«

»Ich weiß nicht, worauf Sie hinauswollen«, antwortete Hausamann in seiner direkten Art.

»Ich denke dabei an RR, den ich glücklich und zufrieden zurückgelassen habe. Wie würde er reagieren, wenn er wüßte, daß es im Augenblick in der Schweiz von deutschen Agenten wimmelt, die finster entschlossen sind, ihn aufzuspüren? Daß wir es deshalb für notwendig halten, ihn durch unsere eigenen Leute zu schützen. Immerhin können wir uns mit dem Bewußtsein trösten, daß die Deutschen – vor allem Schellenberg – nicht ahnen, was hier vorgeht.«

Masson war sich nicht darüber im klaren, daß dies die vermutlich naivste Bemerkung war, die er in seiner Geheimdienstlaufbahn gemacht hatte.

NDA FRX . . . NDA FRX . . . NDA FRX . . .

Pünktlich um Mitternacht morste Roessler, der in seinem Schrank über das Funkgerät gebeugt saß, das Rufzeichen der Moskauer Zentrale. Schon damals hatten die sowjetischen Agenten sich angewöhnt, den NKWD in Moskau als »die Zentrale« zu bezeichnen.

Zuvor hatte Roessler einen Funkspruch von Specht aufgenommen, den er jetzt nach Moskau weiterzuleiten versuchte. Er nickte dankend, als eine Hand ihm eine Tasse Kaffee hinstellte. Anna, die sich nicht ganz sicher war, ob ihr Mann seinen abendlichen Schrecken völlig überwunden hatte, umsorgte ihn noch mehr als sonst.

Ihre Befürchtungen waren überflüssig. Sobald Rudolf Roessler an seinem beengten Arbeitsplatz saß, dachte er nur noch an das Funkgerät und die Funksprüche, die er aufnahm und weiterleitete. Er hatte Roger Massons Besuch bereits völlig vergessen.

Roessler wiederholte den Anruf noch zweimal wie vereinbart auf dem 43-Meter-Band. Danach schaltete er aufs 39-Meter-Band um. Er wartete. Er trank einen großen Schluck Kaffee. Er war beschäftigt. Er war glücklich. Er hielt das Schicksal der Welt in den Händen ...

NDA OK QSR5 ... NDA OK QSR5

Moskau beantwortete seinen Anruf. Roessler wartete erneut. Innerhalb weniger Sekunden folgten zwei Fünfergruppen aus Zahlen und Buchstaben: die Anweisung, wie der Text gesendet werden sollte.

Erst nachdem Roessler diese Anweisung mitgeschrieben hatte, begann er mit der Übermittlung von Spechts neuester Meldung über Truppenverschiebungen auf deutscher Seite. *Alles auf dem 39-Meter-Band.* Für RR war die Welt wieder in Ordnung.

NDA FRX ... NDA FRX ... NDA FRX ...

In der Funküberwachungszentrale Dresden wurden die Morsezeichen deutlich empfangen. SS-Brigadeführer Walter Schellenberg, der Chef des Sicherheitsdienstes der SS, hörte mit aufgesetztem Kopfhörer mit, während Abteilungsleiter Meyer den Anruf persönlich mitschrieb.

»Jetzt hat's aufgehört! Er sendet nicht mehr ... Das war also das verdächtige Rufzeichen?«

»Jawohl«, bestätigte Meyer. »Wir haben monatelang gebraucht, um die Position des Senders ungefähr zu bestimmen. Soviel ich bisher sagen kann, muß er irgendwo auf der Linie Genf–München stehen.«

»Läßt sich das nicht genauer feststellen?«

»Tut mir leid«, bedauerte Meyer, »aber genauer können wir den Sender von hier aus nicht anpeilen.«

»Und es handelt sich um einen Agentensender?« fragte Schellenberg weiter.

»Ich habe alle unsere in Frage kommenden Rufzeichen überprüft und kann mit Bestimmtheit sagen, daß das keiner unserer Sender ist. Der Funker ist übrigens immer der gleiche. Ich erkenne seine ›Handschrift‹ wieder.«

»Lassen Sie mich einen Augenblick nachdenken . . .«

Walter Schellenberg war als Nachfolger Reinhard Heydrichs Chef des SS-Nachrichtendienstes geworden, nachdem sein Vorgänger in Prag einem Attentat durch eigens in die Tschechoslowakei geflogene Exiltschechen erlegen war.

Schellenberg, ein großer, gutaussehender Mann – er trug stets Zivil –, gehörte zu den wenigen führenden Nazis, die als Intellektuelle bezeichnet werden konnten. Aus eigener Machtvollkommenheit, aber mit Zustimmung Hitlers, hatte er es sich zur Aufgabe gemacht, den Sowjetspion in Deutschland aufzuspüren, der seiner Überzeugung nach dem Kreml wertvollste Informationen aus dem Führerhauptquartier lieferte. Ein erfahrener Spionenjäger konzentrierte sich zur Lösung dieser Aufgabe auf den schwächsten Punkt des Spions: seine Nachrichtenverbindungen. Damit hatte Schellenberg in der Vergangenheit häufig Erfolg gehabt. Diese Methode erforderte Geduld und Zielstrebigkeit – Eigenschaften, mit denen Schellenberg aufwarten konnte.

»Was Sie brauchen, ist unsere neu entwickelte mobile Peilstation, Meyer«, schlug er vor.

»Damit könnten wir eine Kreuzpeilung vornehmen und den Senderstandort genau bestimmen«, bestätigte der andere. »Darf ich einen Vorschlag machen?«

»Ich bitte darum!« antwortete der SD-Chef sofort. »Sie bekommen alles, was Sie brauchen.«

Meyer hielt Schellenberg für einen feinen Kerl. Trotz ihres Rangunterschieds sprach der SS-Brigadeführer mit ihm wie mit einem Gleichgestellten. Immer lächelnd, charmant und liebenswürdig – nicht wie andere SS-Führer, die aus Berlin kamen und hier den großen Mann spielten.

Natürlich hatte Schellenberg auch einen harten Zug um den Mund. Aber ein Mann wie er hatte auch gewaltig viel Verantwortung zu tragen. Schellenberg zog sich einen Stuhl heran und wartete geduldig auf den Vorschlag des Abteilungsleiters.

Für Schellenberg war Meyer ein wertvolles Instrument, das man behutsam und mit leichter Hand wie eine Stradivari behandelte. Meyer konnte den Ausgang des Zweiten Weltkriegs beeinflussen, wenn er diesen Agentensender aufspürte. Schellenberg war der Überzeugung, daß dies die Route war, auf der Deutschlands größte Geheimnisse nach Moskau gelangten.

»Strasburg«, sagte Meyer nach einem Blick auf die riesige Wandkarte, auf der er einen Strich von Genf nach München gezogen hatte. »Dort möchte ich die mobile Peilstation aufstellen.«

»Und was halten Sie von einem halben Dutzend guter Horchfunker, die hierher versetzt und ausschließlich Ihnen unterstellt werden?«

»Damit wäre mir sehr geholfen. Das würde Zeit sparen ...«

»Zeit dürfen wir überhaupt keine vergeuden, Meyer. Damit haben Sie recht. Dieser Anruf wird jeweils auf dem 43-Meter-Band gesendet? Und danach herrscht Funkstille?«

»Jawohl, Herr Brigadeführer. Ich glaube, daß der eigentliche Funkspruch auf einem anderen Band abgesetzt wird. Dieses Band müssen wir finden. Mit den zusätzlichen Leuten müßte das zu machen sein.«

»Wunderbar! Ausgezeichnet! Ich verlasse mich ganz auf Sie, Meyer. Da Ihre Abteilung sich jetzt vergrößert, werden Sie natürlich auch befördert ...«

Auch das war eine wirkungsvolle Taktik Schellenbergs. Im Umgang mit Leuten, die er brauchte, achtete der SD-Chef darauf, sie in guter, in dankbarer Stimmung zurückzulassen. So sicherte er sich ihre Loyalität und Unterstützung. Und was Meyer gesagt hatte, bestätigte Schellenbergs wachsende

Überzeugung, daß sein cleverer Untergebener nicht nur den Agentensender entdeckt hatte, sondern auch, daß die Russen die Hand im Spiel hatten.

Im SD war allgemein bekannt, daß sowjetische Agenten beim Funkverkehr diesen kleinen Trick benützten. Sie sendeten den Anruf in einem bestimmten, zuvor festgelegten Kurzwellenband, um Verbindung aufzunehmen. Danach schalteten sie auf ein anderes, ebenfalls zuvor vereinbartes Band um und übermittelten die eigentliche Meldung.

Schellenberg sah sich in dem Saal um, der in schalldichte Glaskabinen aufgeteilt war. In jeder Kabine saß ein Horchfunker, der die ihm zugewiesene Frequenz abhörte. Dresden war die zu diesem Zeitpunkt modernste und effektivste Abhörstelle der Welt. Schellenberg verabschiedete sich, verließ das Gebäude und ging zu seinem Wagen hinaus, in dem sein Adjutant Franz Schaub auf ihn wartete.

»Ich bin jetzt der Überzeugung, daß der Nachrichtenweg über die Schweiz führt, Schaub«, erklärte er ihm, als sie anfuhren. »Das hab' ich von Anfang an vermutet. Ich weiß allerdings nicht, warum. Sorgen Sie dafür, daß weitere Leute dorthin abkommandiert werden. Ich möchte, daß wir uns in nächster Zeit auf Massons Gebiet konzentrieren. Wenn Meyer mir auch nur einen handfesten Beweis liefern kann, hab' ich Masson in der Hand. Aber warum über die Schweiz?« fügte Schellenberg irritiert hinzu.

In Dresden arbeitete Herbert Meyer mit seinen neuen Leuten bienenfleißig, um den Agentensender endlich genau zu orten. Als Dreißigjähriger hätte er an einer der Fronten stehen sollen – aber er hatte einen Klumpfuß wie Goebbels.

Meyer war lang und dürr wie eine Bohnenstange und hatte ein spitznasiges Mäusegesicht. Als schüchterner Junge hatte er von Mitschülern den Spitznamen »Maus« angehängt bekommen, den er haßte und der ihn noch jetzt verfolgte. Vielleicht hatte Meyer aus diesem Grund vor dem Krieg den zurückgezogen auszuübenden Beruf eines Uhrmachers erlernt.

So führte Meyers Geschicklichkeit im Umgang mit Präzisionsinstrumenten ihn schließlich in die große Abhörzentrale in Dresden. Er war der ideale Mann für die Jagd auf Lucy. Jetzt wartete er nur noch auf die Meldung, daß die große bewegliche Abhörstation am Fuß der Vogesen bei Straßburg aufgebaut worden war.

In Luzern lebte Rudolf Roessler praktisch weiter von Kaffee und vier Stunden Schlaf pro Nacht. Er fuhr wie jeden Morgen mit der Straßenbahn in den Vita Nova Verlag und übersah unterwegs geflissentlich seine Leibwächter, die täglich ihren Platz wechselten. Er ließ das Mittagessen meistens ausfallen und aß abends nur wenig.

Alles das war nur das Vorspiel zu seiner wirklichen Arbeit, die am späten Abend begann. Die von Specht gesendeten Meldungen waren jetzt länger. Das bedeutete, daß auch die nach Moskau abgehenden Funksprüche länger wurden.

In seiner ruhigen, zurückhaltenden Art war RR ganz glücklich. Anna kümmerte sich liebevoll um ihn. Die Schweizer hielten ihn für so wichtig, daß sie ihm eine Leibwache stellten, was beruhigend war. Und seit Kursk wußte er, daß Stalin auf ihn hörte. Was konnte man sich mehr vom Leben wünschen?

»Die Deutschen schleusen in letzter Zeit weitere Agenten ein«, warnte Masson Hausamann, sobald er in der Villa Stutz seinen Regenmantel ausgezogen hatte. »Das macht mir Sorgen, schwere Sorgen!«

Hausamann, der an seinem mit Papieren überhäuften Schreibtisch saß, lehnte sich in den Stuhl zurück und warf dem Chef der Spionageabwehr einen prüfenden Blick zu. »Was tun diese Agenten?« erkundigte er sich – und erhielt eine Antwort, mit der er am wenigsten gerechnet hätte.

»Nichts! Gar nichts! Sie wohnen in Hotels in Bern, in Genf, in Basel. Soviel wir wissen, nicht auch in Luzern, Gott sei Dank! Aber diese Leute *warten* offensichtlich . . .«

Hausamann spielte mit einem Bleistift. »Worauf denn?« erkundigte er sich nachdenklich.

»Das ist eben das Schlimme: Ich weiß es nicht! Das Ganze riecht nach Schellenberg, der anscheinend einen großen Coup vorbereitet...«

»Sie könnten sie alle ausweisen«, schlug Hausamann vor. So hätte er an Massons Stelle reagiert.

»Dann schicken die Deutschen neue Leute! Vielleicht können wir nächstes Mal nicht alle enttarnen. Vielleicht werden einige unbemerkt eingeschleust. Das wäre noch viel gefährlicher!«

»Was kann Schellenberg bei uns vorhaben?«

»Inzwischen hat sich noch etwas anderes ereignet, das mir nicht gefällt...«

Masson ging vor dem Schreibtisch auf und ab. Hausamann hatte ihn noch nie so erregt gesehen.

»Wissen Sie, was passiert ist? Schellenberg hat mir durch Gisevius, den deutschen Vizekonsul, ausrichten lassen, er wünsche mich schon bald zu sprechen – vorzugsweise auf Schweizer Boden. Das ist ein Nervenkrieg, nicht wahr? Vermutlich hat er noch einen Trumpf im Ärmel...«

»Dann warten Sie doch ab, bis er ihn ausspielt.«

Aber Masson hörte noch immer nicht zu. Hausamann wäre jede Wette eingegangen, daß sein Besucher seine letzte Bemerkung kaum registriert hatte.

»Ich bin davon überzeugt, daß das alles irgendwie mit Lucy zusammenhängt«, fuhr Masson fort. »Ich kenne meinen Schellenberg. Wenn er jemals herausbekommt, daß wir den Mann protegieren, der dem Kreml die Absichten der deutschen Führung übermittelt, können wir uns gleich in die Berge absetzen. Dann müssen wir damit rechnen, daß die Deutschen am nächsten Morgen bei uns einmarschieren...«

»Was ich nie verstanden habe«, begann Hausamann lebhaft, indem er bewußt das Thema wechselte, »ist die Tatsache, daß Specht seine Meldungen über Lucy laufen läßt. Warum funkt er nicht direkt nach Moskau?«

»Das ist mir auch nie klargeworden«, antwortete Masson. Er zuckte mit den Schultern. »Wahrscheinlich mache ich mir zuviel Sorgen. Vielleicht kommt Schellenberg nie auf die Idee, daß die Relaisstation sich bei uns befinden könnte.«

»Wissen Sie, Schaub«, sagte Schellenberg in seinem Berliner Dienstzimmer zu seinem Adjutanten, »ich glaube fast, daß ich mich bei dieser Schweizer Sache getäuscht habe. Die Eidgenossen würden niemals zulassen, daß jemand in der Schweiz Postamt spielt und die Meldungen unseres Sowjetspions nach Moskau weitergibt. Die von Meyer eingezeichnete Linie ist durch München gegangen . . .«

»Sie vermuten den Sender also in München?« fragte Schaub.

»Ich könnte mir vorstellen, daß Meyer ihn in München oder im Voralpenland ortet. Aber bis ihm das gelungen ist, müssen wir uns leider in Geduld fassen . . .«

Beide Geheimdienstchefs – Roger Masson und Walter Schellenberg – hätten sich nicht träumen lassen, vor wie langer Zeit diese Nachrichtenverbindung geplant worden war. Tatsächlich diente Lucy auch als Übermittlungsstelle für Anweisungen, die Specht aus Moskau erhielt.

Im Jargon des sowjetischen Geheimdienstes war Lucy – Rudolf Roessler – eine Sackgasse. Damit war für den Notfall vorgesorgt. Sollte es den Deutschen gelingen, Lucy zu orten, waren sie von Specht abgelenkt, dessen Meldungen direkt aus der deutschen Führungsspitze kamen.

Dieses Ablenkmanöver war schon in den dreißiger Jahren geplant worden, als Genrich Jagoda noch Stalins Geheimdienstchef gewesen war.

Damals hatten die Russen viele Samen in vielen Ländern ausgesät. Wie vorauszusehen gewesen war, fielen manche auf steinigen Boden und verdorrten. Aber andere, die aufgingen und prächtig gediehen, vergifteten die Brunnen des Westens. Tim Whelby, der sich in London mit seinem Charme und seiner Fähigkeit, aufmerksam zuzuhören und selbst wenig zu sagen, stetig nach oben vorarbeitete. Und Specht, Jagodas größter Triumph, der bis in die Führungsspitze des Dritten Reichs aufgestiegen war ...

36

»Ach, ich weiß nicht«, sagte Len Reader, »er ist nur nicht ganz auf der Höhe. Den Strapazen einfach nicht gewachsen. Er gehört zu den blonden, blauäugigen Piloten des Jahres 1940 – den Helden der Luftschlacht über England. Aber die liegt schon lange zurück. Vielleicht braucht er 'ne Frau«, fügte er grinsend hinzu.

»Schwein ...!«

Paco reagierte unerwartet heftig. Sie hatte neben Lindsay gekniet und dem Engländer die fieberheiße Stirn mit einem feuchten Tuch abgetupft. Im nächsten Augenblick war sie aufgesprungen und holte aus, um Reader zu ohrfeigen. Aber er bekam ihr Handgelenk zu fassen und hielt es lachend fest.

»Erzähl mir ja nicht, daß du dich in ihn verknallt hast, weil ich dir das nicht abnehme. Du bist eine richtige Frau, du brauchst einen richtigen Mann!«

»Sie stören meinen Patienten, Sergeant«, sagte eine milde Stimme von der Tür aus. Reader drehte sich um und starrte Dr. Macek an, der freundlich lächelte, während er den Engländer durch seine randlose Brille betrachtete. »Das kann ich nicht zulassen. Ist Ihnen klar, daß ich Sie erschießen lassen kann, wenn ich mich bei Heljec über Sie beschwere? Tut mir leid, daß ich Ihnen das so deutlich sagen muß ...«

»Leckt mich doch alle am Arsch!«

Reader, der vor Zorn rot angelaufen war, ließ Pacos Handgelenk los. Er verließ das als Krankenrevier dienende kleine Haus so rasch, daß seine Maschinenpistole gegen den Türpfosten knallte.

»Mit dem kannst du ruhig deutlich reden«, stellte Paco fest, während sie sich ihr schmerzendes Handgelenk rieb. »Ich hab' von Anfang an gesagt, daß mir der Kerl unsympathisch ist . . .«

»Und wie geht's unserem Patienten?« erkundigte sich Macek. Der Arzt trat näher und runzelte die Stirn, während er Lindsay betrachtete, der mit geschlossenen Augen auf seinem Strohsack lag. »Er schwitzt wie ein Schwein, wie man volkstümlich sagt. Eigentlich kein schöner Ausdruck . . .«

Paco wartete, während Macek den Engländer untersuchte. Sie waren viele Kilometer – und viele Wochen! – von der Schlucht entfernt, in der SS-Standartenführer Jäger im Kampf gegen Heljecs Partisanen den Spieß umgekehrt hatte. Lindsays Drüsenentzündung hatte sich seitdem weiter verschlimmert. Er war durch das Fieber so schwach geworden, daß Macek darauf bestanden hatte, ihn auf einer improvisierten Tragbahre transportieren zu lassen.

Ihr neues Hauptquartier, in dem sie vielleicht wieder nur wenige Tage bleiben würden, bestand aus den ärmlichen Steinhütten eines bosnischen Bergdorfs. Seine Bewohner waren vor den deutschen Truppen in die Berge geflüchtet.

Die im Kampf gegen Jägers Soldaten gefallenen Partisanen waren inzwischen durch Neuzugänge ersetzt worden. In seinen lichteren Momenten hatte Lindsay die Ankunft neuer Leute beobachtet. Er hatte den Eindruck gehabt, sie erschienen aus dem Nichts, und Paco darauf angesprochen.

»Heljec steht in dem Ruf, ein aggressiver Führer zu sein, der niemals aufgibt«, hatte sie mit einem resignierten Schulterzucken geantwortet. »Deshalb kommen sie von weither, um sich ihm anzuschließen, und er weist keinen ab, der eine Waffe mitbringt. Waffen und Munition sind die Voraussetzung dafür, daß er einen akzeptiert.«

An diesem Abend war Gustav Hartmann bei ihnen gewesen. Er hatte sich an ihrem Gespräch beteiligt. Im Gegensatz zu seiner sonst so unbekümmerten Art hatte er deprimiert gewirkt.

»Das Kämpfen und Morden scheint diesen Leuten Spaß zu machen, Lindsay. Schließlich hat's auf dem Balkan schon immer Krieg gegeben ... Heute abend sind die Nachrichten für dich gut, für mich schlecht, für uns alle schrecklich.«

»Das verstehe ich nicht«, sagte Paco.

Mittlerweile bildeten sie eine eigene Zelle innerhalb der Partisanengruppe: Lindsay, der Engländer, Hartmann, der Deutsche, und Paco, die halb Engländerin, halb Serbin war. Dr. Macek war noch kein Mitglied ihres Clubs, aber er war stets als Gast willkommen.

»Reader bedient nachts heimlich sein Funkgerät und läßt es tagsüber von einem der Mulis transportieren«, sagte Hartmann. »Er hat den Mulitreiber mit Gold bestochen. Mit Hilfe des Funkgeräts hält er Verbindung zur Außenwelt. Die Deutschen befinden sich entlang der gesamten Ostfront auf dem Rückzug. Für dich ist das offiziell eine gute Nachricht, Lindsay. Und für mich offiziell eine schlechte.«

»Das verstehe ich nicht«, warf Paco noch einmal ein. »Du hast doch behauptet, sie sei für uns alle schrecklich ...«

»Glaubst du an Kristallkugeln?«

»Kristallkugeln? Wahrsagerei?« Paco legte den Kopf schief und starrte den Deutschen prüfend an. Sie fand Hartmann ausgesprochen sympathisch. »Kann man denn in die Zukunft blicken?«

»Vielleicht sieht man manchmal im Traum Dinge, für die man viel opfern würde, um sie nicht sehen zu müssen.«

»Jetzt spricht er von Träumen ...« Paco sah hilfesuchend zu Lindsay hinüber, der, an einen Felsen gelehnt, auf einer Decke saß. »Er macht sich über mich lustig!«

»Ich glaube, daß unsere Nachkommen in vierzig oder fünfzig Jahren erkennen werden«, fuhr Hartmann fort, »was für eine Katastrophe es gewesen ist, Stalin die Hälfte Europas oder vielleicht noch mehr zu überlassen. Heute noch Ungeborene werden unter den Folgen dieses Krieges zu leiden haben, solange sie leben.«

»Der Weise spricht«, meinte Paco ironisch lächelnd.

»Laß ihn weiterreden!« warf Lindsay ein.

»Erleuchte uns, Weiser . . .«

»Wir Europäer sind anscheinend unfähig, aus der Geschichte zu lernen. Heute kämpft England gegen Deutschland. Früher ist Frankreich Englands großer Feind gewesen – und davor war es Spanien. Ich glaube, daß Englands wahrer Verbündeter Deutschland ist – und daß diese Erkenntnis sich eines Tages in beiden Staaten durchsetzen wird. Aber wie große Teile Europas werden bis dahin verloren sein?«

»Der ganze Krempel!« sagte Lindsay und wurde wieder bewußtlos.

»Was halten Sie von einer kleinen Auslandsreise, Whelby?« erkundigte sich Colonel Browne.

»Für länger, Sir?«

Whelby zwang sich dazu, seine gewohnte nonchalante Art beizubehalten, um seinen Vorgesetzten nicht merken zu lassen, welchen Schock dieser Vorschlag für ihn bedeutete. Der Gedanke, nicht mehr Brownes engster Mitarbeiter zu sein, sondern auf irgendeinen Vorposten weit von der Zentrale entfernt abgeschoben zu werden, gefiel ihm ganz und gar nicht.

Er war dringend in die Ryder Street beordert worden, und die Wanduhr zeigte fast Mitternacht. Soviel er wußte, waren Browne und er um diese Zeit in dem Gebäude allein. Abgesehen von dem Pförtner, der ihn eingelassen und die Tür hinter ihm abgesperrt hatte.

»Kairo«, sagte der Colonel.

Browne machte sich offenbar Sorgen. Er ging hinter seinem Schreibtisch auf und ab, hatte die Hände auf den Rükken gelegt und starrte den Besucher zwischendurch prüfend an, als versuche er, eine Entscheidung zu treffen.

»Für längere Zeit, Sir?« fragte Whelby vorsichtig.

»Nein, nur eine Stippvisite. Ich spüre dort eine gewisse Lethargie. Kairo hat gewaltig an Bedeutung verloren, seitdem Monty die Deutschen aus Nordafrika vertrieben hat und gemeinsam mit den Yankees in Italien gelandet ist. Die Meldungen von dort sind irgendwie träge. Ich brauche Informationen – und zwar verdammt bald!«

»Worüber denn?«

Wieder das Zögern, die raschen prüfenden Blicke. Im Gegensatz zu seinem Vorgesetzten blieb Whelby äußerlich gelassen. Er wußte, daß Browne es nicht mochte, wenn sein Assistent auf Dienstreise war. Whelby hatte es verstanden, sich im Büroalltag unentbehrlich zu machen.

»Über Lindsay«, antwortete Browne abrupt. »Soviel ich gehört habe, kommen Sie nicht allzu gut mit ihm aus . . .«

»Ich bin nur zwei-, dreimal mit ihm zusammengewesen. Dabei hat er einen recht guten Eindruck auf mich gemacht.«

»Ich möchte, daß Sie hinfliegen und nicht lockerlassen, bis Sie rausgekriegt haben, was aus ihm geworden ist. Es muß irgendeine Nachricht von Lindsay geben – und wenn's keine gibt, sollen sie gefälligst zusehen, daß sie was rauskriegen!« Browne zögerte, bevor er hinzufügte: »Diese Anweisung kommt von dem großen Zigarrenraucher persönlich . . .«

Sie kam tatsächlich von Churchill selbst, was Brownes Verwirrung erklärte. *Wo ist Lindsay? Ich will ihn zurückhaben. Kosten spielen keine Rolle. Erwarte umgehend Bericht!*

Großer Gott, dachte Browne, er kann von Glück sagen, wenn wir bis nächsten Monat von Lindsay hören! Whelby, der sich in den Besuchersessel zurücklehnte, achtete sorgfältig darauf, sich nicht anmerken zu lassen, welchen Triumph er bei dem Gedanken empfand, diesen Auftrag erhalten zu haben.

»Ihr Vater ist doch Arabist«, sagte Browne. »Er kennt den Nahen Osten. Das hat hoffentlich auf Sie abgefärbt. Ihre Maschine fliegt morgen abend aus Lyneham in Wiltshire ab. Und Sie sind offiziell nie nach Kairo geflogen, verstanden? Bevor Sie abfahren, unterschreiben Sie noch ein Dutzend Anwesenheitsnachweise, die beweisen, daß Sie in London gewesen sind.«

»Ich reise unter meinem eigenen Namen?« erkundigte sich

Whelby. Obwohl er nach außen hin gelassen blieb, war er mindestens so aufgeregt wie Browne. Abreise binnen vierundzwanzig Stunden ... irgendwie mußte er sich zuvor mit Sawitski in Verbindung setzen ...

»Natürlich nicht!« wehrte Browne entsetzt ab. »Sie reisen als Peter Standish.«

Er zog eine Schreibtischschublade auf. Ein englischer Reisepaß und ein zugeklebter schwerer Umschlag landeten vor dem jüngeren Mann auf der Schreibtischplatte. Whelby griff nach dem Paß und blätterte gleichmütig darin.

Mr. Peter Standish. Staatsangehörigkeit: Britischer Untertan durch Geburt. Das übliche scheußliche Paßfoto. Sogar das goldgeprägte Wappen war künstlich gealtert worden, damit der Reisepaß aussah, als trage sein Inhaber ihn schon jahrelang mit sich herum.

»Finden Sie nicht auch, daß der Name Standish ein bißchen gewollt klingt?« fragte Whelby und steckte den Reisepaß ein.

»Ganz und gar nicht! Und der Umschlag enthält den Namen Ihres Kontaktmannes, ägyptische Pfunde und ein Empfehlungsschreiben. Was könnten Sie sich mehr wünschen?«

Die viermotorige amerikanische B-24 *Glenn Miller* setzte eine Stunde nach Sonnenaufgang zur Landung auf dem Flugplatz Kairo West an. Tim Whelby streckte seine schmerzenden Arme und Beine, als die riesige Liberator sich vor der Landung auf ägyptischem Boden in eine Kurve legte.

Der Flug war scheußlich gewesen, und er hatte die ganze Zeit kein Auge zugetan. Der große Flugzeugrumpf enthielt keine Sitze; jeder Passagier hatte einen Schlafsack erhalten, der bei jeder Schräglage über den Boden rutschte. Neben Whelby lag ein englischer Generalmajor mit roten Kragenspiegeln.

»Sie sind wohl Kolonialbeamter, nehme ich an?« fragte der General.

Whelby lächelte nur, wobei er ein Gähnen unterdrückte.

Sein Anzug war verknittert, er war unrasiert, und er hatte die ganze Nacht darüber nachgedacht, wie paradox es wäre, wenn sie von einem deutschen Jäger abgeschossen würden. Hätten die Nazis gewußt, wer an Bord war, hätten sie bestimmt nichts unversucht gelassen, um den Bomber abzufangen und abzuschießen.

»Das hätte ich nicht fragen sollen, was?« meinte der General. »Ist Ihnen klar, daß ein Dutzend Fluggäste an Bord sind – und daß keiner von uns weiß, wer seine Mitreisenden gewesen sind. Als ob ein Spion an Bord wäre...«

Die Liberator stieß steil nach unten. Die ockergelbe Wüste schien ihnen entgegenzuwachsen, das Fahrwerk setzte auf, nach einem kräftigen Stoß rumpelte die Maschine über die Landebahn und rollte aus. Das endlose Dröhnen der vier Motoren verstummte; der Flugzeugrumpf vibrierte nicht mehr. Whelby sah sich um und stellte fest, daß seine Mitreisenden alle blaß und übernächtigt waren.

Die Flugzeugtür wurde von außen geöffnet. Frische Luft strömte herein und verdrängte die abgestandene Kabinenluft mit zuviel Kohlendioxid und zuwenig Sauerstoff. Die Passagiere krochen aus ihren Schlafsäcken wie Insekten aus ihrem Kokon.

»Mr. Peter Standish! Sir! Sie sollen als erster von Bord gehen, wenn ich bitten darf...«

Wunderbare Tarnung! dachte Whelby, während er, von neugierigen Blicken verfolgt, mit seinem kleinen Koffer in der Hand steifbeinig zur Tür ging.

Unter der offenen Tür war eine Metalleiter eingehängt worden. Whelby fiel als erstes auf, wie still es hier in der Wüste war. Der Idiot, der seinen Namen gebrüllt hatte, stand unten an der Leiter.

»Major Harrington, Sir. Ich bin vom Nachrichtendienst. Darf ich Sie bitten, mir in das Gebäude dort drüben zu folgen? Und willkommen in Ägypten! Ihr erster Besuch? Oh, das hätte ich nicht fragen dürfen...«

Whelby wollte seinen Augen nicht trauen. Harrington trug

eine frisch gebügelte Khakiuniform mit Shorts und kurzärmligem Hemd, so daß seine sonnengebräunten Arme und Knie gut zur Geltung kamen. Und erst der Schnurrbart! Whelby erinnerte sich an Karikaturen von Flying Officer Kite mit seinem nach oben gezwirbelten Schnauzbart. Genau diesen Bart trug Harrington.

»Glauben Sie, daß es richtig gewesen ist, meinen Namen so hinauszuposaunen?« erkundigte Whelby sich auf dem Weg zum Flughafengebäude.

»Jedenfalls besser, als wenn ich mich heimlich an Sie rangemacht hätte. So klingt alles ganz harmlos – und wie viele Ihrer Mitreisenden werden sich noch an Ihr Gesicht, von Ihrem Namen ganz zu schweigen, erinnern können, bis Sie in Kairo ankommen?«

Whelby merkte, daß die durchwachte Nacht seine sonst eiserne Selbstbeherrschung beeinträchtigt hatte. Und Harrington war keineswegs so dämlich, wie er auf den ersten Blick wirkte. Der Major ließ sich seinen Paß zeigen, sobald sie das Gebäude betreten hatten, und machte ihm dann eine überraschende Mitteilung.

»Wir schicken eine Dakota los, die Lindsay aus Jugoslawien abholen soll. Sie kommen also gerade zur rechten Zeit...«

»Woher wissen Sie, wo er ist? Hat er also die Alliierte Militärmission erreicht? Haben Sie Funkverbindung mit ihm?«

Whelby verstieß gegen sämtliche Vorschriften, indem er eine ganze Reihe direkter Fragen stellte, aber er sprach langsam und bemühte sich, nicht sonderlich interessiert zu wirken.

»Tut mir leid, aber Sie müssen auch mir meine kleinen Geheimnisse lassen, Sir. Nehmen Sie's mir bitte nicht übel... So, da sind wir schon! Hier sind Sie ganz ungestört. Merken Sie, wie's bereits heißer wird? Wir haben ein paar Khakiuniformen in verschiedenen Größen bereitgelegt, damit Sie sich umziehen können. In Ihrem englischen Anzug kriegen Sie einen Hitzschlag – und fallen außerdem bloß auf...«

Whelby mußte sich eingestehen, daß der etwas dümmlich wirkende Major gut organisieren konnte. Sobald der andere den spärlich möblierten Raum mit dem Betonfußboden verlassen hatte, suchte Whelby sich unter den auf dem Tisch bereitliegenden Khakiuniformen die richtige Größe heraus. Er hatte sich eben fertig umgezogen, als an die Tür geklopft wurde.

»Herein!« rief Whelby.

»Na, die Kluft steht Ihnen aber gut! Paßt wie angegossen!«

Während Whelby die Brusttaschen seines Khakihemds zuknöpfte, betrachtete er Harrington erstmals genauer. Der ulkige Schnurrbart war irreführend – er lenkte von den scharfen grauen Augen ab, denen keine Bewegung zu entgehen schien. Der erkennt dich noch in zehn Jahren wieder, dachte Whelby, selbst wenn du dich als Araber verkleidest . . .

Harrington zwirbelte seinen Bart wie ein Varietékünstler. »Sie brauchen nur zu sagen, wann Sie abfahrtbereit sind.«

»Ich soll mich in Shepheard's Hotel mit einem Leutnant Carson treffen.«

»Richtig! Ich hab' eben mit Jock – das ist Carson – telefoniert, während Sie sich umgezogen haben. Er wollte benachrichtigt werden, sobald Sie heil runtergekommen sind. Sie haben die Herrentoilette dort drüben entdeckt? Prächtig! Sie leben sich wirklich rasch ein. So, dann wollen wir mal! Auf, auf zum fröhlichen Jagen!«

Irgendwas stimmt hier nicht ganz, dachte Whelby, während sie auf einer mit feinem Sand bedeckten Teerstraße durch die Wüste fuhren. *Major* Harrington als Chauffeur für die Fahrt von Kairo West in die Stadt. *Leutnant* Carson, der ihn in Shepheard's Hotel erwartete. Whelbys Instinkt sagte ihm, daß hier mit Dienstgraden jongliert worden war. Er hatte den Eindruck, daß »Jock« hier den Ton angab.

»Dort vorn sind die Pyramiden«, schwatzte Harrington weiter. »Als ob Sie das nicht selbst gemerkt hätten! Die Cheopspyramide läßt sich besteigen...« Er zeigte mit einer Hand darauf, während er mit der anderen lenkte. »Die Türken – oder sonst jemand – haben die Marmorverkleidung abgetragen. Jetzt sind Riesenstufen übrig, auf denen man allerdings ein bißchen aufpassen muß. Sie sind gerade ein Stück zu hoch. Eine anstrengende Kletterei, kann ich Ihnen sagen! Aber von der Spitze aus hat man einen wunderbaren Blick übers ganze Nildelta.«

»Vielleicht ergibt sich während meines Aufenthalts Gelegenheit zu einem Besuch.«

»Ich fahre Sie gern her, wenn Sie mal Zeit haben...«

Die drei alten Bauwerke standen verhältnismäßig dicht beieinander. Ihre Umrisse hoben sich scharf von dem wolkenlos blauen Himmel ab. Whelby spürte, daß ihm die Sonne bereits auf den Rücken brannte. Sie verließen abrupt die Wüste, indem sie scharf nach links abbogen und auf einer bis zum Horizont schnurgeraden Straße weiterfuhren. Phantasievolle eingeschossige Villen in sämtlichen europäischen Stilrichtungen säumten diese Straße.

»Dort drüben ist das Hotel Mena House«, erklärte Harrington dem Besucher. »Sieht so aus, als würden die verdammten Russen den Krieg stellvertretend für uns gewinnen, was? Ich weiß nicht, was Sie davon halten, aber mir wäre dabei nicht wohl.«

»Ich n-n-nehme an, d-d-daß wir unseren B-B-Beitrag leisten werden, wenn's soweit ist.«

Während Whelby seine Antwort stotterte, merkte er, daß der Major zu ihm herübersah und sein Profil studierte. Er spürte eine Veränderung in seiner kurzen Beziehung zu Harrington – als sei irgend etwas aus dem Takt geraten.

»In diesen verrückten Häusern leben lauter reiche Ägypter«, fuhr Harrington im gleichen Tonfall fort. »Soviel ich weiß, ist diese Walt-Disney-Architektur in den zwanziger und dreißiger Jahren von italienischen Baumeistern errichtet worden.«

Den Rest der Strecke legten sie schweigend zurück.

»Könnten Sie mich vor Shepheard's Hotel absetzen? Vielleicht hundert Meter davor?« bat Whelby. »Ich möchte nicht mit dem Militär in Verbindung gebracht werden. Das ist natürlich nicht persönlich gemeint . . .«

»Natürlich! Klar, wird gemacht. Sie haben das Zimmer Nummer sechzehn.«

»Ja, ich weiß.«

Whelby ließ deutlich erkennen, daß er keine Lust hatte, ihr Gespräch fortzusetzen. Er hatte sich in sein Schneckenhaus zurückgezogen – eine Reaktion, die Harrington interessant fand. Sie fuhren langsam durch die belebten Straßen der Innenstadt. Dragomane, die sich ihren Lebensunterhalt als Fremdenführer verdienten, starrten Whelby an.

»Sie fallen natürlich auf«, erklärte Harrington. »Ein Fremder aus fernen Landen – Sie sind nicht braungebrannt. Wir haben unser Bestes getan und Ihnen lange Hosen statt Shorts gegeben. Aber Gesicht und Hände verraten Sie trotzdem. Weiß wie frisch gefallener Schnee . . .«

Whelby roch eine Mischung aus morgenländischen Gerüchen: im Rinnstein verfaulender Unrat, Kamelmist und Basardüfte. Sie wirkten auf ihn beruhigend vertraut. Verkaufsstände für alle möglichen Waren engten die Fahrbahn zu beiden Seiten der Straße ein. Eine Kakophonie auf arabisch kreischender, streitender und plärrender Stimmen. Harrington lenkte den Jeep geschickt durch das Gedränge, wich einem Kamel nur knapp aus und hielt dann an dem Straßenrand.

»Shepheard's Hotel steht dort vorn. Sehen Sie's?« fragte er. »Gut, dann steigen Sie hier aus. Sie werden in zwanzig Minuten erwartet. Jock hat's gern, wenn seine Besucher auf die Minute pünktlich kommen.«

»Vielen Dank fürs Mitnehmen . . .«

Whelby stieg aus und achtete dabei sorgfältig darauf, nicht in den stinkenden Rinnstein zu treten. Harrington nickte ihm kurz zu und fuhr weiter, während Whelby vor einem Schaufenster stehenblieb. Das Glas war nicht übermäßig sauber, aber es konnte ihm trotzdem als Spiegel dienen, damit er feststellen konnte, ob er beschattet wurde.

Eine Pferdekutsche hielt am Randstein. Der arabische Kutscher schien seinen Fahrgästen – zwei englischen Offizieren – irgend etwas zeigen zu wollen. Whelby, der sich unauffällig nach ihnen umsah, stellte fest, daß die beiden braungebrannt waren. Alte Hasen.

Genau die Typen, die sie auf ihn ansetzen würden, falls er überwacht wurde. Der ideale Beschatter wäre ein Araber gewesen. Aber auf ihn durften sie keinen ansetzen, weil Einheimische keinen Zutritt zu Shepheard's Hotel hatten. Whelby spürte, daß in seinem Inneren unterschiedliche Gefühle miteinander im Widerstreit lagen.

Einerseits genoß er dieses lärmende, exotische Chaos, das ihn an seine Jugend in Indien erinnerte; andererseits war er mißtrauisch und wachsam genug, um zu wissen, daß er dieses Gefühl unterdrücken mußte. Er durfte sich keine Blöße geben. Hatte er die erste Überprüfung durch Harrington bestanden? Er rechnete eigentlich damit. Die Pferdekutsche fuhr weiter, und Whelby blieb in ihrem Kielwasser. Die beiden Offiziere konnten nicht nach hinten sehen, weil das Verdeck hochgeklappt war.

Am Fuß der zum Eingang von Shepheard's Hotel hinaufführenden Treppe blieb er stehen, um sich den Schweiß von der Stirn zu wischen. Die Sonne brannte unbarmherzig herab. Vom Pflaster stiegen flimmernde Hitzewellen auf. Whelby steckte das Taschentuch wieder ein und sah auf seine Uhr. Er durfte keine Zeit verlieren.

In der belebten Hotelhalle drehten sich große Deckenventilatoren, denen es jedoch auch nicht gelang, die stickige Luft in eine kühle Brise zu verwandeln. Whelby stieg die Haupttreppe hinauf, blieb in einem menschenleeren Korridor stehen, las die Zimmernummern und wartete eine halbe Minute lang. Als er sah, daß ihm niemand gefolgt war, ging er weiter und klopfte auf ganz bestimmte Weise an die Tür von Zimmer vierundzwanzig.

In Zimmer sechzehn klingelte das Telefon. Ein untersetzter, stämmiger Schotte in der Uniform eines Oberleutnants nahm den Hörer ab. Er sprach mit deutlichem schottischen Akzent.

»Ja? Was gibt's?«

»Hier ist Harrington. Das Paket wird demnächst bei Ihnen ausgeliefert. Aber der Inhalt ist möglicherweise beschädigt. Ich hab' mich mit dem Neuen unterhalten.«

»Und?«

»Macht mir Sorgen. Ich hab' ihm aus heiterem Himmel eine Frage gestellt. Er hat bei der Antwort gestottert. Das tun nur Leute, die man aus dem Gleichgewicht gebracht hat. Sonst stottert er übrigens nicht. Aber das ist nur eine Beobachtung. Wahrscheinlich steckt nichts dahinter . . .«

»Danke für den Anruf. Wir sehen uns später.«

Der Mann namens Jock Carson faltete die Hände auf der Tischplatte und starrte aus dem Fenster. *Wahrscheinlich steckt nichts dahinter* . . . Übersetzung: Höchste Alarmstufe!

Auf Whelbys Klopfzeichen hin wurde die Tür von Zimmer vierundzwanzig geöffnet, und ein kleiner Mann in einem verknitterten Leinenanzug ließ den Engländer ein. Er schloß die Tür hinter ihm und sperrte ab.

»Vlacek?« fragte Whelby. »Die Moskitos sind bei diesem Wetter besonders lästig . . .«

»Die Malaria ist eine Last, die der Mensch nach Allahs Willen zu tragen hat«, antwortete Vlacek.

»Ich hab' nur ein paar Minuten Zeit«, erklärte Whelby irritiert. Er sah sich in dem unaufgeräumten Zimmer um und nickte zur Balkontür hinüber. »Am besten reden wir auf dem Balkon miteinander. Zimmer sechzehn liegt doch auf der anderen Seite des Hotels? Wissen Sie das ganz bestimmt?«

»Natürlich, werter Herr. Ja, lassen Sie uns auf dem Balkon miteinander sprechen.«

Vlacek, ein Pole aus dem polnisch-russischen Grenzgebiet, hatte ein typisch slawisches Gesicht. Hervortretende Backenknochen, scharfe Nase, energisches Kinn. Ein knochiges Gesicht mit glänzenden braunen Augen. Und schmale Hände mit langen, kräftigen Fingern. Würgerhände.

Er sprach Englisch mit starkem Akzent, so daß Whelby sich anstrengen mußte, ihn zu verstehen. Der Engländer war nicht darauf gefaßt, daß Vlacek ihm lautlos auf Tennisschuhen folgen würde, und schrak zusammen, als der andere plötzlich neben ihm stand. Whelby begann zu sprechen, nachdem er sich hastig nach beiden Seiten umgesehen hatte.

»London hat mich hergeschickt, damit ich Lindsay abhole. Er lebt offenbar irgendwo in Jugoslawien. Anscheinend soll er mit einer Dakota abgeholt werden. Wahrscheinlich wird er hierhergebracht, um dann nach London weiterbefördert zu werden...«

»Nicht hierher.« Der kleine Mann schüttelte den Kopf und zündete sich eine übelriechende Zigarre an. »Und er darf London auf keinen Fall lebend erreichen. Dafür bin ich verantwortlich. Sie müssen dafür sorgen, daß die Dakota auf dem Flugplatz Lydda landet. Der liegt in Palästina...«

»Ja, ich weiß. Aber warum gerade Palästina?«

»Er muß dort zwei Tage festgehalten werden. In dieser Zeit kann ich meinen Auftrag ausführen. Zwei Tage...«

»Das kann verdammt schwierig werden. Die anderen wollen ihn natürlich so schnell wie möglich nach London bringen. Der Wechsel nach Lydda läßt sich vielleicht arrangieren – aber ein zweitägiger Aufenthalt...«

»Sie behaupten einfach, Sie müßten ihn eingehend über seine Erlebnisse befragen. Und Lindsay ist vermutlich etwas mitgenommen. Bestehen Sie darauf, daß er sich erholen muß, bevor er die Rückreise nach London antritt.«

»Warum gerade Palästina?« wiederholte der Engländer.

Ihr Gespräch entwickelte sich zu einem Duell, bei dem es darum ging, wer von ihnen in Zukunft den Ton angeben würde. Vlacek schien seine Fragen absichtlich nicht zu beantworten. Whelby sah umständlich auf seine Uhr. In spätestens fünf Minuten mußte er gehen, sonst kam Carson noch auf die Idee, ihn suchen zu lassen.

»In Palästina werden viele Engländer – Soldaten und Polizeibeamte – von Juden erschossen«, erklärte Vlacek ihm schließlich. »Die dortige Lage ist nicht mit Ägypten zu vergleichen. Palästina ist ein Vulkan kurz vor dem Ausbruch – und ein weiterer Mord wird einfach jüdischen Extremisten angelastet.« Er machte eine Pause. »Falls möglich, treffen wir uns morgen eine Stunde später bei mir; sollten Sie verhindert sein, treffen wir uns übermorgen wieder eine Stunde später und so weiter . . .«

»Und was ist, wenn ich überhaupt nicht kommen kann, was wahrscheinlich ist?«

»Ich erfahre von anderer Seite, ob Sie nach Palästina abgereist sind. Nehmen Sie im Hotel Scharon in Jerusalem mit mir Verbindung auf. Ich habe wieder Zimmer vierundzwanzig.«

»Und jetzt muß ich wirklich gehen! Auf der Stelle . . .«

»Oberleutnant Carson ist ein hoher Nachrichtendienstoffizier.«

Whelby ließ den kleinen Mann auf dem Balkon stehen, wo Vlacek in die Ferne starrte, während er seine Zigarre zwischen nikotingelben Zähnen hatte. Der Engländer hielt ihn für einen der bedrohlichsten Männer, denen er je begegnet war, und kam nur nicht gleich darauf, an wen der andere ihn erinnerte. Er hatte die Zimmertür geöffnet und blickte in den nach wie vor menschenleeren Korridor hinaus, bevor er den Raum verließ, als es ihm einfiel. Diese glasigen Augen! Eine Echse, ein Reptil.

Whelby blieb im Korridor stehen, bevor er sich auf den Weg zu Zimmer sechzehn machte. Carson erwartete ihn erst in zwei Minuten. Er hatte also zwei Minuten Zeit, um seine gewohnte Selbstbeherrschung zurückzugewinnen.

Wie verdammt er sich in London hatte beeilen müssen, nachdem er überraschend zu Colonel Browne zitiert worden war! Und allzu große Eile war immer gefährlich. Das von einer Telefonzelle aus geführte dringende Gespräch mit Sawitski. Die Mühe, die es gekostet hatte, dem Russen in unverfänglichen Worten mitzuteilen, womit Browne ihn überrascht hatte. Sawitskis Anweisung, zu einem Treff zu Beryl zu kommen – ». . . um zu sehen, wie's der armen Kleinen geht. Vielleicht gleich morgen früh?«

In Moskau mußten einige Leute rotiert haben! Sawitskis Funkspruch würde den gesamten Apparat aufgeschreckt haben. Aber sie hatten's geschafft, das mußte man ihnen lassen. Whelby hatte sich zum Frühstück mit Sawitski im Hotel Strand Palace getroffen. Gott sei Dank, daß man dafür keine Lebensmittelmarken brauchte.

»Wir haben einen unserer Leute in dem Hotel in Kairo untergebracht, in dem Sie sich mit Ihrem englischen Kontaktmann treffen sollen«, hatte Sawitski ihm mitgeteilt.

Der diesmal wie ein englischer Geschäftsmann angezogene Russe hatte sogar einen Tisch in der hintersten Ecke des Restaurants gefunden, an dem sie nur von wenigen Gästen beobachtet werden konnten. Solche Kleinigkeiten erledigte er recht geschickt.

»Er heißt Vlacek«, fuhr Sawitski fort. »Er wartet in Zimmer vierundzwanzig auf Ihre Ankunft – notfalls auch tagelang. Sie identifizieren sich mit folgendem Satz: ›Die Moskitos sind bei diesem Wetter besonders lästig.‹ Und er antwortet darauf . . .«

In bestimmten Stadien ihres hastigen Gesprächs hatte Sawitski sich Whelby gegenüber bewußt undeutlich ausgedrückt. Zum damaligen Zeitpunkt hatte der Engländer das noch auf die an Panik grenzende Eile zurückgeführt, mit der dieses Unternehmen vorbereitet worden war.

»Wer ist dieser Vlacek?« fragte Whelby. »Gehört er irgendeiner Untergrundbewegung an? Oder dem russischen Geheimdienst?«

»Großer Gott, nein!« wehrte Sawitski ab. »Er ist ein Pole, der bei einer englischen Propagandaabteilung beschäftigt ist. Vlacek kann sich in Kairo frei bewegen. Sie dürfen nur nicht mit ihm in der Öffentlichkeit gesehen werden . . .«

Jetzt, in einem Korridor von Shepheard's Hotel, fragte sich Whelby, wer dieser Vlacek in Wirklichkeit sein mochte. Er hatte unterschwellig anklingen lassen, daß er sich als Whelby überlegen betrachtete. Der Engländer hatte das gräßliche Gefühl, eben mit einem professionellen Killer gesprochen zu haben.

Harrington war gut gelaunt, extrovertiert, liebenswürdig gewesen. Jock Carson war mürrisch, zurückhaltend, wachsam. Der Schotte gab Whelby nicht einmal die Hand. Er schloß die Tür und deutete wortlos auf den Besuchersessel vor einem Glastisch. Whelby betrachtete Carson, während der andere um den Tisch herum an seinen Platz ging.

Als erstes fielen ihm die beiden Oberleutnantssterne auf den Schulterklappen seines stämmigen Gegenübers auf. Whelby hatte damit gerechnet, daß sie wie frisch aus dem Laden blitzen würden. Aber die Sterne waren abgenutzt wie das Gesicht mit der Hakennase und den unter schweren Augendeckeln kaum sichtbaren Augen. Carson hielt sich nicht mit langen Vorreden auf.

»Wir rechnen damit – falls Gott und das Wetter mitmachen –, Wing Commander Lindsay in ein bis zwei Wochen nach Kairo bringen zu können, damit Sie ihn nach Hause begleiten. Sie sind natürlich niemals hier gewesen. Die Passagierliste des Liberator-Bombers, mit dem Sie aus London gekommen sind, enthält lediglich elf Namen. Sie verhalten sich während dieser Wartezeit so unauffällig wie möglich und . . .«

»Augenblick, Leutnant! Ich habe schließlich mitzureden, wenn es darum geht, wie dieses Unternehmen ablaufen soll. Ihre Diskretion ist mir nur sympathisch. Aber darf ich erfahren, welche Route für Lindsays Reise nach Kairo vorgesehen ist?«

»Vorgesehen?«

Carsons schottischer Akzent wurde noch stärker. Whelby ahnte, welche Kräfte in diesem vierschrötigen Mann stecken mußten. Jeder von ihnen versuchte natürlich, die Oberhand zu gewinnen. Die erste Begegnung – der erste Zusammenprall – war stets entscheidend. Sie legte die Unterstellungsverhältnisse fest, die Bestand haben würden.

»Ganz recht«, bestätigte Whelby.

»Wir bestimmen die Route. Wir bestimmen den Ablauf. Wir bringen ihn hierher. Sie begleiten ihn nach London zurück.«

»Seit wann sind diese Einzelheiten schon festgelegt? Seit Stunden? Oder seit Tagen?«

»Tagen.«

Das war Carsons ganze Antwort. Er hielt die Hände auf der Tischplatte gefaltet, saß unbeweglich da und starrte den anderen aus blauen Augen durchdringend an.

»Und die Route?« fragte Whelby weiter.

»Von Jugoslawien nach Bengasi in Libyen. Die Dakota landet auf dem Flugplatz Benina – abgelegen, weit draußen in der Wüste. Wird aufgetankt. Dann weiter nach Kairo West . . .«

»Nein!« Whelbys Tonfall duldete keinen Widerspruch. »Dieser Plan ist seit Tagen bekannt und kann folglich verraten worden sein. Lindsay wäre hier zu gefährdet. Ich möchte, daß er von Benina aus nach Lydda in Palästina geflogen wird. Dort erwarte ich ihn dann. Nach allem, was er durchgemacht hat, und dem langen Flug ist der Bursche wahrscheinlich erledigt. Ein paar Tage Ruhe irgendwo in Jerusalem tun ihm bestimmt gut. Die geänderte Route bewirkt zugleich, daß ein etwaiges Leck ohne Folgen bleibt. London ist nicht allzu glücklich über die Art und Weise, wie hier Geheimhaltung betrieben wird . . .«

»Armes, altes London . . .«

»Natürlich könnte jemand hergeschickt werden, der ein paar Köpfe rollen läßt. Ich will Ihnen nur einen guten Rat geben. Ein Wort unter vier Augen: Lydda. Warum auch nicht? Bitte!«

Carson saß wie aus Stein gehauen da. Unglaublich, wie

lange er still sitzen konnte! Whelby hütete sich wohlweislich davor, auch nur ein Wort hinzuzufügen. Er spürte, daß der Schotte das Für und Wider seines Vorschlags gegeneinander abwog, und wußte, daß seine logischen Argumente kaum zu widerlegen waren. Whelby hatte es sorgfältig vermieden, Carson zu drohen; er hatte ihm lediglich nüchtern klargemacht, wie die Dinge standen. *Sie wissen ja, wie so was geht; das ist nicht meine Idee; ich will Ihnen nur einen guten Rat geben . . .*

»Gut, also Lydda«, entschied Carson schließlich. »Wir tun eben alles, um Besucher zufriedenzustellen. Ich vermute – was aber noch geprüft werden muß –, daß Sie morgen ungefähr um diese Zeit nach Lydda fliegen werden. Damit ist noch nichts über Lindsays Ankunftszeit gesagt. Um ganz offen zu sein: Die kenne ich selbst noch nicht. Sie übernachten in Grey Pillars . . .«

Grey Pillars war der Spitzname für das britische Hauptquartier im Nahen Osten: eine durch Stacheldrahtzäune von Kairo abgetrennte Gruppe düsterer Wohngebäude. Carson war aufgestanden, als sei ihr Gespräch damit zu Ende. Whelby blieb sitzen und schlug die Beine übereinander.

»Ein Hotelzimmer – zum Beispiel dieses hier, falls es nicht anderweitig benötigt wird – würde mir besser passen. Ich bin nicht hergekommen, um mich hinter Stacheldraht einsperren zu lassen. Ich habe das Recht, meine Entscheidungen selbst zu treffen . . .«

Das war eine Feststellung, keine Frage. Whelbys Tonfall war unverändert freundlich. Carson kniff die Augen zusammen und rückte seinen Schulterriemen zurecht.

»Nennen Sie mir einen Grund für Ihren Wunsch. Nur als offizielle Begründung.«

»Sicherheitsgründe«, antwortete Whelby knapp. »Die Gegenseite läßt Grey Pillars natürlich überwachen. Hier bin ich anonym – so anonym wie überhaupt möglich. Und stellen Sie mir bitte keine Wache vor die Tür. Ich komme allein zurecht.«

»Einverstanden! Sie können dieses Hotelzimmer haben.

Major Harrington setzt sich mit Ihnen in Verbindung. Nach Lydda fliegen Sie übrigens von Heliopolis, nicht von Kairo West aus – und wieder mit den Yankees.«

»Aus dem gleichen Grund – wegen der Passagierliste?«

»Sie begreifen rasch, worauf's ankommt. Die RAF will unbedingt Ihren Namen wissen, bevor sie mit Ihnen über die Sinai-Halbinsel fliegt. Und wer zu benachrichtigen ist, falls die Maschine abstürzt, und so weiter. Die Yankees machen übrigens selten Bruch ...«

Carson setzte seine Schirmmütze auf. Er grüßte militärisch, wobei er Whelby erneut anstarrte, ging zur Tür und blieb nochmals kurz stehen.

»Ich sage unten Bescheid, daß Sie hier wohnen. Sie brauchen sich gar nicht am Empfang blicken zu lassen. Sie existieren überhaupt nicht ...«

»Lydda!« explodierte Harrington in seinem Dienstzimmer im ersten Stock eines Gebäudes in Grey Pillars. »Palästina ist ein Minenfeld! Das können wir unmöglich zulassen!«

»Uns bleibt nichts anderes übrig.«

Carson stand am Fenster, starrte in den Park hinaus und beobachtete die Allee. Von seinem Platz aus konnte er die Kontrollstelle sehen, die jeder passieren mußte, der ins Allerheiligste wollte.

»Dieser letzte Funkspruch von Len Reader – wiederholen Sie ihn mir bitte?«

»Kurz gesagt: Wir haben eine genaue Angabe, wo die Dakota in Bosnien landen soll. Die Befeuerung soll vor der Landung vereinbart werden, weil die Jerries oft Scheinflugplätze mit ähnlichen Feuern markieren. Das Ganze läuft auf einen glatten Tausch hinaus – eine Sendung Waffen und Munition für Lindsay. Die Einzelheiten sind von ganz oben genehmigt worden. Sobald Reader sich wieder meldet, kann die Maschine starten.«

»Und wo steht die Dakota?«

»Sie wartet mit voller Ladung auf dem Flugplatz Benina.

Der Pilot hat Anweisung, anschließend nach Kairo West zu fliegen.«

»Sie geben nicht leicht auf, Harrington – das muß man Ihnen lassen. Ich habe Lydda gesagt, und ich meine Lydda! Sorgen Sie dafür, daß der Pilot neue Anweisungen erhält.«

»Wird gemacht.« Harrington zögerte. »Was halten Sie von Tim Whelby? Wann kommt er übrigens hierher?«

»Überhaupt nicht. Er bleibt in Zimmer sechzehn in Shepheard's Hotel. Das war sein eigener Wunsch.«

»Merkwürdig! Eigentlich gehört er *hierher* . . .«

»Ja, ich weiß.« Carson wandte sich vom Fenster ab. »Andererseits ist's vielleicht ganz gut, wenn er die Zentrale nicht von innen zu sehen bekommt. Ich habe zwei Männer, die seine Ankunft von einer Kutsche aus beobachtet haben, so stationiert, daß sie sehen können, ob er das Hotel verläßt.«

»Warum nicht? Vielleicht hat er Lust, eine Stadtrundfahrt zu machen oder die Bauchtänzerinnen zu besuchen . . .«

»Dann wird er auf Schritt und Tritt beschattet. Er hat behauptet, er wolle möglichst ungesehen bleiben. Das hat alles sehr logisch geklungen. Mich interessiert jetzt, ob er in diesem von ihm selbst vorgegebenen Rahmen bleibt.«

»Sie haben mir noch immer nicht gesagt, was Sie wirklich von ihm halten«, stellte Harrington fest.

Carson blieb an der Tür stehen. »Ich würde nicht mit ihm in den Dschungel gehen«, sagte er und verließ den Raum.

37

Am nächsten Morgen klopfte Whelby um Punkt acht wieder an die Tür von Zimmer vierundzwanzig. Eine Stunde später als am Vortag. Sie wurde ihm erneut von dem kleinen, knochigen Mann geöffnet. Whelby hatte den Eindruck, der andere sehe noch skelettartiger aus als bei seinem ersten Besuch. Vielleicht machte er eine Fastenkur . . .

»Was gibt's Neues?« fragte Vlacek, sobald sie auf seinem Balkon standen.

»Ich habe erreicht, daß er nach Lydda kommt. Das ist verdammt schwierig gewesen.«

»Wann kommt er dort an?«

»Keine Ahnung«, antwortete Whelby irritiert. »Wollen Sie alles in einer Geschenkpackung mit rosa Band?«

»Rosa Band?« wiederholte Vlacek langsam. »Soll das ein Witz sein? Ihnen ist doch hoffentlich klar, wie ernst dieser Auftrag ist?« Er machte eine Pause. »Und die Route?«

»Von Jugoslawien aus über Benina in Libyen nach Lydda. Genügt Ihnen das?«

»Sie fliegen also nach Lydda?«

»Irgendwann im Laufe des Tages – von Heliopolis aus.«

»Gut, dann treffen wir uns in Jerusalem im Hotel Scharon. Ich bin in ...«

»Zimmer vierundzwanzig! Danke, soviel kann ich mir gerade noch merken!«

Die beiden Männer bombardierten sich gegenseitig mit Fragen und Antworten. Sie konnten sich gegenseitig nicht leiden und hatten nur den Wunsch, dieses Gespräch möglichst abzukürzen. Whelby vergrub beide Hände in den Außentaschen seiner Khakijacke und ließ nur die Daumen draußen. Er sah den kleinen Mann nicht an, während er rasch weitersprach, ohne Vlacek die Möglichkeit zu geben, ihn zu unterbrechen.

»Ich habe jetzt alles in meinen Kräften Stehende getan. Da ich jeden Augenblick damit rechnen muß, daß Harrington mich abholen kommt, müssen Sie mir jetzt bitte zuhören. Ich kann nicht dafür garantieren, daß ich im Hotel Scharon wohnen werde. Unter Umständen vergeht nur sehr wenig Zeit zwischen der Ankündigung von Lindsays Eintreffen, seiner Ankunft und unserem gemeinsamen Abflug ...«

»Ich habe zwei Tage verlangt.«

Vlacek schien kaum zuzuhören. In der linken Hand hielt er eine grüne Mokkatasse; in der rechten hatte er eine seiner übelriechenden Zigarren. Während er abwechselnd trank und paffte, starrten seine glasigen braunen Augen in die Ferne.

»Ich tue natürlich mein Bestes.«

»Ich brauche unbedingt zwei Tage.«

Whelby gab keine Antwort. Er verzog absichtlich das Gesicht, um zu zeigen, wie er den Zigarrengestank verabscheute. Aber Vlacek reagierte nicht darauf. Der Engländer beschloß, die Initiative zu ergreifen und das Gespräch zu beenden.

»Sie können rechtzeitig in Lydda sein? Selbst wenn ich heute hinfliege?«

»Natürlich ...«

»Gut, das wär's also.«

»Zwei Tage, Mr. Standish.«

Whelby verließ Zimmer vierundzwanzig ebenso vorsichtig wie am Tag zuvor. Als er rasch den Korridor hinunterging und um eine Ecke bog, um in sein Zimmer zu gelangen, erwartete ihn ein häßlicher Schock. Vor seiner Tür stand Harrington und hob eben die Hand, um anzuklopfen.

»Ah, da sind Sie ja ...!« Der Major wartete schweigend, während Whelby aufsperrte und seinem Besucher mit einer Handbewegung den Vortritt ließ. Als Whelby die Tür hinter sich schloß, sog Harrington prüfend die Luft ein und verzog das Gesicht.

»Der Geruch – eigentlich fast der Gestank – einer billigen Zigarre. Sie scheinen sich in schlechter Gesellschaft aufgehalten zu haben. Hab' ich recht?«

»Unten in der Hotelhalle herrschen sämtliche Wohlgerüche des Morgenlandes ...«

Dieses scherzhaft klingende, aber keineswegs oberflächliche Geplänkel alarmierte Whelby. Harrington war ein erfahrener Vernehmungsoffizier. Whelby kannte diese Methode. Eine beiläufige Frage, die unbeantwortet im Raum schwebte. Dann das Schweigen, das den Verdächtigen dazu trieb, irgend etwas zu antworten, um nur irgend etwas zu sagen.

»Nehmen Sie doch Platz«, schlug Whelby vor. »Was darf ich Ihnen anbieten? Kaffee? Einen Drink?«

Harrington entschied sich für den Stuhl hinter dem Glastisch, so daß Whelby in dem Besuchersessel Platz nehmen mußte. Die beiden Männer saßen sich wie bei einem Verhör gegenüber ...

»Danke, nicht für mich«, wehrte Harrington freundlich ab. »Immer erst nach dem zwölften Stundenschlag. Übrigens schlägt die Uhr auch für Sie zwölf ...«

Er machte eine Pause, während Whelby langsam die Beine übereinanderschlug. Der letzte Satz hatte fast bedrohlich geklungen. Wußte Harrington etwa von seinen Kontakten zu Vlacek? Whelby gelang es mit bewußter Willensanstrengung, seine Befürchtungen zu unterdrücken. Ein erstklassiger Vernehmungsoffizier gab dem Verdächtigen Gelegenheit, an seinen eigenen Ängsten zu scheitern. Er wartete schweigend.

»Um zwölf Uhr in Heliopolis«, fuhr Harrington schließlich fort. »Das Flugzeug startet nach Lydda. Ich hab' alles mit den Yankees arrangiert. Ich fahre Sie noch hin, damit Sie in die richtige Maschine klettern. Danach müssen Sie allein zurechtkommen. Zur Tarnung hab' ich Sie als meinen Freund ausgegeben, der auf Erholungsurlaub ist. Wegen Überanstrengung. Das paßt ganz gut auf Sie, wenn ich's mir recht überlege. Sie haben wohl Sorgen? Wegen der Verantwortung für alles, meine ich.«

»Danke, ich komme schon zurecht. Was für einen Job habe ich angeblich? Die Yankees sind gesellige Leute ...«

»Verwaltung«, antwortete Harrington prompt. »Darunter kann man vieles verstehen. Sie schnorren nur einen Flug. Kein Mensch wird sich für Ihre Identität interessieren. Sind Sie in der Hotelhalle gewesen, als ich vorhin gekommen bin?«

Eine teuflisch geschickte Methode! dachte Whelby. Wenn man glaubt, er habe endlich aufgegeben, fällt er aus anderer Richtung über einen her. Soll ich den Empörten spielen? Er hielt es für besser, Gelassenheit zu zeigen: Er reckte sich und unterdrückte ein Gähnen.

»Sitzen wir bis Mittag hier herum?« erkundigte er sich.

»*Sie* hocken hier rum. Ich habe seit gestern keine ruhige Minute mehr gehabt. Mein bester Informant stellt eine Verbindung zwischen dem Diebstahl von drei Sten-Maschinenpistolen und dreißig Magazinen aus einem Armeedepot bei Tel-el-Kebir mit einem bevorstehenden Anschlag auf Lindsays Leben her...«

Whelby war verblüfft. Er ließ sich diese Reaktion anmerken. Der andere beobachtete ihn aufmerksam. Harringtons Gesichtsausdruck war jetzt ebenso ausdruckslos wie sein Tonfall.

»Wo liegt Tel-el-Kebir?« fragte Whelby.

»Eine gute Frage. Hier in Ägypten – auf halbem Weg zwischen Kairo und Ismailia am Suezkanal.«

»Das würde bedeuten, die anderen glauben weiterhin, daß er hierhergebracht werden soll. Falls Ihre Information zutreffend ist. Entschuldigen Sie, aber das kann ich nicht ohne weiteres glauben.«

»Dieser Informant – er gehört natürlich dem Untergrund an – hat sich noch nie getäuscht.« Harrington beobachtete Whelby, der einen losen Faden von seinem Ärmel zupfte. Auch diesmal schwieg Whelby hartnäckig und weigerte sich, den Erwartungen seines Gegenübers entsprechend zu reagieren.

»Ich warte darauf, daß Sie die logische Frage stellen – die Frage, die jeder in Ihrer Position sofort stellen müßte«, sagte der Major.

Der Druck wurde stärker. Harringtons freundliche Art – »Ich weiß, daß ich Sie das ruhig fragen darf, alter Junge« – war schlagartig von ihm abgefallen. Trotzdem wäre es nicht klug gewesen, jetzt einen Wutanfall zu bekommen.

»Und welche Frage wäre das?« erkundigte sich Whelby.

»Wer hinter diesem Mordanschlag steht!«

»Zweifellos die Deutschen, nehme ich an...« Whelby zeigte sich überrascht darüber, daß ihr Gespräch diese Wendung genommen hatte. »Natürlich unter der Voraussetzung, daß an diesem Gerücht etwas Wahres ist. Sie müssen mir das Recht zubilligen, mich vorerst noch nicht dazu zu äußern.«

»Hinter dieser Sache stecken keineswegs die Deutschen – und mein Informant sitzt an der Quelle. Können wir vorläufig von diesen Tatsachen ausgehen? Dem Gerücht nach wollen die Russen verhindern, daß Lindsay heil nach Hause kommt.«

Das amerikanische Flugzeug startete Punkt zwölf vom Flugplatz Heliopolis. Harrington, der schützend eine Hand über die Augen hielt, beobachtete, wie es in Richtung Sinai-Halbinsel außer Sicht kam, bevor sich die beim Start aufgewirbelte Staubwolke verzogen hatte.

Aus dem Gebäude hinter ihm kam Carson, der eine Sonnenbrille trug, und marschierte mit festem, ruhigen Schritt auf den Major zu. Sie standen einige Sekunden lang unbehaglich schweigend nebeneinander.

»Na, was halten Sie von ihm?« fragte Carson.

Er nahm seine Sonnenbrille ab, klappte sie zusammen und steckte sie in ein Lederetui. Seine Bewegungen waren präzise und gemessen.

»Irgendwas an ihm ist nicht in Ordnung, das kann ich beschwören«, antwortete Harrington.

»Beweisen Sie's mir!«

»Das kann ich nicht. Kennen Sie irgend jemand, der billige Zigarren raucht? Irgendein gräßliches Kraut, das nach Kamelmist stinkt?«

»Nein. Warum?«

»Er hat danach gerochen, als ich ihn in Shepheard's Hotel besucht habe. Der Gestank muß vom Aufenthalt in der Nähe eines Mannes gekommen sein, der dieses Zeug raucht. Aber er hat den Eindruck erweckt, als habe er mit keiner Menschenseele gesprochen. Und er versteht es ausgezeichnet, Fangfragen abzuwehren.«

»Kein Wunder, wenn man berücksichtigt, woher er kommt ...«

Die beiden Männer standen in der Mittagshitze in der Sonne, ohne sie richtig wahrzunehmen. Sie waren die Hitze längst gewöhnt. Sie blieben noch eine Weile in der Sonne, weil sie dort unbelauscht miteinander reden konnten.

»Ich habe ein merkwürdiges Gefühl«, fuhr Harrington fort. »Ein sehr starkes Gefühl, daß hier etwas sehr Wichtiges vorgeht – praktisch vor unseren Augen, aber ohne daß wir's erkennen. Wir müssen diesen Wing Commander Lindsay unbedingt lebend zurückbringen. Ich hab' schreckliche Angst . . .«

Das war eine so atypische Feststellung, daß Carson ihn verblüfft anstarrte. Harrington starrte weiterhin in die Richtung, in die das Flugzeug verschwunden war, als wünschte er sich nichts sehnlicher, als an Bord der Maschine zu sein.

»Wen haben Sie in Jerusalem verständigt?« fragte Carson.

»Sergeant Terry Mulligan von der Palestine Police. Er holt diesen Standish in Lydda am Flugplatz ab. Erinnern Sie sich an ihn?«

»Knorrig und zäh wie ein alter Hickorybaum. Er würde nicht mal seiner Großmutter trauen. Aber warum die Palestine Police statt der Army?« fragte Carson.

»Er kennt sich mit gemeinen Tricks aus, er hat Erfahrung im Umgang mit Ganoven.«

»Ist das ein guter Grund?«

»Im Umgang mit Standish ganz sicher! Der Mann stinkt förmlich nach gemeinen Tricks – und billigen Zigarren. Mulligan wird dieser Gestank auffallen, sobald Standish aus dem Flugzeug klettert.«

An Bord der Maschine befanden sich nicht mehr als ein halbes Dutzend Fluggäste. Beim Start in Heliopolis waren sie alle auf einzelne Sitzpaare verteilt. Whelby saß an einem der Fenster und starrte auf die weiten Ebenen der ockergelben Wüste Sinai hinab. In der Ferne ragten an schwarze Schlakkekegel erinnernde Berge auf, deren Umrisse in der vor Hitze flimmernden Luft verschwammen. Er merkte, daß jemand bei dem freien Sitzplatz neben ihm stehengeblieben war, und blickte zögernd auf.

»Schicken Sie mich ruhig weg, wenn Sie lieber allein bleiben möchten. Aber ich habe unterwegs gern Gesellschaft...«

»Bitte, nehmen Sie doch Platz – mir ist's allein auch zu langweilig.«

Whelby sagte ausnahmsweise sogar die Wahrheit. Und er hatte etwas für hübsche Frauen übrig; er war schon immer gut mit ihnen ausgekommen. Die Frau neben ihm war eine Amerikanerin Anfang Dreißig mit blendender Figur, die in einem leichten Sommerkostüm steckte.

»Sie gestatten...«

Er beugte sich wie selbstverständlich über ihren Sitz, um ihr zu helfen, den Sitzgurt zu schließen, weil sie wegen der Turbulenzen über der Wüste angeschnallt bleiben mußten. Die Amerikanerin lehnte sich zurück und beobachtete ihn ganz aus der Nähe mit ihren großen grauen Augen. Whelby griff sanft nach ihren schlanken, langfingrigen Händen und faltete sie, worüber seine Nachbarin belustigt lächelte.

»So, das hätten wir! Bequem?«

»Sogar sehr. Vielen Dank! Ich bin Linda Climber. Auf Urlaub von der amerikanischen Botschaft...«

»Peter Standish. Auf Urlaub vom Leben...«

Sie drückten sich die Hand. Die Schwarzhaarige achtete darauf, ihre Hände danach wieder zu falten. Sie trug ihr volles Haar schulterlang. Whelby war davon überzeugt, daß sie vor dem Abflug beim Friseur gewesen war. Sie hatte breite, dunkle Augenbrauen – nicht diese schrecklichen ausgezupften Striche. Ihre Nase war lang und gerade, der Mund hatte volle Lippen, und das Kinn war fest. Sie saß ruhig neben ihm, während er sie mit leicht verlegenem Lächeln betrachtete.

»Jedenfalls erkennen Sie mich jetzt überall wieder«, stellte sie schwach lächelnd fest. »Und falls Sie sich fragen, weshalb ich allein reise: Mein Mann hat dienstlich irgendwohin fliegen müssen. Wissen Sie zufällig ein ruhiges Hotel in Jerusalem?«

»Ja, ich habe von einem gehört. Aber d-d-da ich's n-n-nicht selbst kenne, müßten wir's uns erst ansehen. Ein Freund hat mir davon erzählt. Andererseits sind Freunde nicht immer zuverlässig. Und Hotels können von einem Jahr zum anderen besser oder schlechter werden.«

»Aber ich möchte Ihnen keineswegs zur Last fallen . . .«

»Ich werde in Lydda von einem Dienstwagen abgeholt. Es wäre mir ein Vergnügen, wenn Sie mitfahren würden.«

Whelby verstand es, mit Frauen umzugehen. Zu Hause in England beneideten ihn andere Männer um diese Gabe, ohne ihm deshalb feindlich gesinnt zu sein – wahrscheinlich, weil er nie den Eindruck erweckte, ein Schürzenjäger zu sein. Bei seinem Charme, seiner unaufdringlichen Zurückhaltung und seiner liebenswerten Schüchternheit fielen sie ihm in den Schoß. Und von dort war's nicht mehr weit in sein Bett.

An sich entsprach es ganz und gar nicht Whelbys Art, sich Unbekannten anzuschließen, solange er mit dienstlichem Auftrag unterwegs war. Diesmal hatte er einer plötzlichen Laune nachgegeben, denn Linda Climber war eine attraktive Frau, die jeder normale Mann reizvoll gefunden hätte. Aber sie war zugleich eine hervorragende *Tarnung*.

Wenn es ihm gelang, sie anständig im Hotel Scharon unterzubringen, hatte er einen wunderbaren Grund, ins Hotel zu kommen, wenn er Verbindung mit Vlacek aufnehmen mußte. Außerdem konnte er auf diese Weise Sergeant Mulligan – ein gräßlicher Name! – auf der Fahrt von Lydda nach Jerusalem neutralisieren.

»Kommen Sie, wir tauschen die Plätze«, schlug er später vor, »damit Sie aus dem Fenster sehen können. Die Aussicht ist wirklich sehenswert.«

Ihre überraschend kühle Hand streifte seine, während sie die Plätze wechselten. Linda sah aus dem Fenster, und Whelby beugte sich zu ihr hinüber, um ebenfalls hinauszublicken. Er hatte den richtigen Augenblick abgepaßt.

»Sehen Sie die klare Trennlinie zwischen der unfruchtbaren ockergelben Wüste auf unserer Seite und der dahinter beginnenden, scheinbar endlosen grünen Oase?«

»Sie verläuft schnurgerade ...«

»Auf unserer Seite liegt Ägypten, die Wüste Sinai. Auf der anderen liegt Palästina – die von jüdischen Siedlern bestellten und bewässerten Felder.«

»Zwei grundverschiedene Welten, Peter? Einander fremde Welten?«

Whelby erinnerte sich später – nach der Landung – mehrmals an ihre Bemerkung. *Zwei grundverschiedene Welten ... einander fremde Welten.* Wie die beiden verschiedenen Welten in seinem eigenen Kopf. Unvereinbare Welten, die er sorgfältig voneinander getrennt hielt. Er lächelte, als Linda etwas sagte. Ihr blasser Teint war rosig angehaucht, während sie animiert auf ihn einredete.

Als sie in Lydda zur Landung ansetzten, wußte Whelby, daß Linda Climber einem Abenteuer nicht abgeneigt war. Er hatte nichts Besonderes getan, um sie in dieser Richtung zu beeinflussen. Das war eine Beziehung, wie sie der jüngere Wing Commander Lindsay nie hätte herstellen können.

Whelby konnte Sergeant Mulligan auf den ersten Blick nicht ausstehen, hütete sich aber, sich etwas davon anmerken zu lassen. Mulligan, ein großer, wortkarger Mann Anfang Dreißig mit sehr kurz geschnittenem Haar erwiderte dieses Gefühl, ohne die Finesse Whelbys zu besitzen.

»Ich bin in Begleitung einer amerikanischen Dame, einer Mrs. Climber. Ich möchte sie in einem Jerusalemer Hotel unterbringen.«

»Wer ist sie ... Sir?« Mulligan hängte den »Sir« sichtlich widerstrebend an. »Unsere Sicherheitsbestimmungen sind sehr streng.«

»Ich übernehme die volle Verantwortung, Sergeant. Kennen Sie das Hotel Scharon? Sie will sich wahrscheinlich dort ein Zimmer nehmen, wenn ihr das Hotel gefällt ...«

Er drückte sich so aus, als sei der Vorschlag von Linda gekommen. Die beiden Männer warteten in der Sonnenhitze, während Linda ausstieg. Der Flugplatz Lydda bestand aus wenig mehr als aus einer Start- und Landebahn, auf der das Gras kurz geschoren war – wie Sergeant Mulligans Haar.

»Sie gehört zum Personal der amerikanischen Botschaft in Kairo«, fügte Whelby halblaut hinzu. »Das bedeutet, daß sie in Ordnung ist.«

»Wenn Sie's sagen . . .«

Mulligans Tonfall und sein ganzes Verhalten zeigten deutlich, wie wenig er von dieser Abänderung des ursprünglichen Plans hielt. Aber er war höflich, als Whelby ihn Linda Climber vorstellte, und ging dann zu einem in der Nähe eines der Flugplatzgebäude abgestellten Panzerspähwagen voraus. Seine Augen unter den buschigen Augenbrauen suchten unablässig die Umgebung ab, und seine rechte Hand blieb in der Nähe seiner Pistolentasche.

»Fahren wir mit diesem eisernen Ungetüm?« fragte Whelby laut.

»Soll das ein Witz sein?« flüsterte Linda. »Darin zerreiße ich mir bestimmt die Strümpfe!«

Mulligan blieb in dem schmalen Zwischenraum zwischen dem Panzerspähwagen und dem Gebäude stehen. Sein Vortrag kam knapp und abgehackt. Der englische Soldat, der über ihnen am Steuer des Panzerspähwagens saß, blickte mit ausdrucksloser Miene auf sie herab.

»Dieses gepanzerte Fahrzeug gibt Ihnen einen guten Begriff davon, wo Sie reingeraten sind«, begann Mulligan. »Ist Ihnen unterwegs zufällig die Trennungslinie zwischen Wüste und Grünland aufgefallen?«

»Ja, die haben wir gesehen«, bestätigte Whelby fast gelangweilt.

»Hören Sie beide bitte gut zu. Das kann Ihnen das Leben retten. Südlich dieser Linie liegt Ägypten, wo jetzt wieder Frieden herrscht, seitdem Monty Rommel zum Teufel gejagt hat. Nördlich dieser Linie – hier, wo Sie jetzt stehen – befinden wir uns im Kriegszustand. Treiben Sie sich nicht auf eigene Faust herum. Meiden Sie kleine Straßen und Gassen, wenn Sie ausgehen.«

»Ist das alles wirklich nötig, Sergeant? Sie erschrecken die Dame.«

»Ich versuche sogar, ihr eine Heidenangst einzujagen ...« Der Sergeant betrachtete Whelby mit unverhohlener Abneigung. »Ich habe in meiner Einheit vierundzwanzig Mann gehabt. Beachten Sie bitte die Vergangenheitsform. In den letzten zwei Monaten sind drei von ihnen von der jüdischen Untergrundbewegung ermordet worden. Von hinten erschossen. Sie haben nicht die geringste Chance gehabt. Das war's, was ich sagen wollte. Wir fahren damit.«

Er zeigte auf eine im Schatten des Gebäudes geparkte Limousine mit gelblich weißen Netzvorhängen an den hinteren Fenstern.

»Und der Panzerspähwagen?« erkundigte sich Whelby. Der Fahrer hatte den Motor angelassen. Die seitlichen Panzerschürzen vibrierten.

»Der arme Kerl fährt voraus. Wir folgen mit hundert Meter Abstand. Falls die Juden die Straße vermint haben, kriegt er die Ladung ab. Sie können sich bei Corporal Wilson dort oben bedanken ...«

Aus Mulligans Tonfall und Verhalten sprach jetzt offene Feindseligkeit. Whelby schob die Unterlippe vor und vermied es geflissentlich, zu Wilson hinaufzusehen. Der Sergeant führte sie zu der Limousine und wandte sich dann mit sanfter, höflicher Stimme an Linda Climber.

»Geben Sie mir Ihren Koffer? Sie können inzwischen einsteigen und es sich bequem machen. Und machen Sie sich keine Sorgen. Nach Jerusalem ist's nicht weit ...«

Er hielt ihr die hintere Tür auf, stützte ihren Ellbogen mit der freien Hand und ignorierte dabei Whelby. Linda beugte sich von der Sitzkante aus vor und lächelte aufrichtig mitfühlend.

»Danke, Sergeant. Ich beginne zu begreifen, wie schrecklich das alles sein muß. Danken Sie Corporal Wilson bitte von mir, wenn das nicht allzu lächerlich ist . . .«

»Er hat viel für hübsche Frauen übrig. Damit ist der Tag für ihn gerettet.«

Die Straße von Lydda nach Jerusalem führte bergauf: Sie bestand aus einer ganzen Serie enger Kurven, durch die sie höher und immer höher über die Ebene gelangten. Ideales Gelände für einen Hinterhalt. Sergeant Mulligan, der am Steuer der Limousine saß, hatte eine Maschinenpistole auf dem Beifahrersitz neben sich liegen. Er hielt gut hundert Meter Abstand zu dem vor ihnen die Steigung hinaufbrummenden Panzerspähwagen.

Die Limousine war luxuriös ausgestattet und geräumig. Eine Glastrennscheibe schloß sie von Mulligan ab und ließ ein ungestörtes Gespräch zu. Linda Climber, die sonst so lebhaft war, saß anfangs wortlos neben Whelby. Er drückte ihr einmal beruhigend die Hand und hütete sich dabei, etwas zu sagen. Sein Patentrezept bestand darin, die ersten Annäherungsversuche der Frau zu überlassen. Zumindest die allerersten.

Als die Bergstrecke mit ihren zahlreichen Spitzkehren eben hinter ihnen lag, beugte Whelby sich vor und öffnete die Trennscheibe eine Handbreit.

»Könnten Sie ungefähr hundert Meter vor dem Scharon halten? Und ein paar Minuten warten, bis ich mir das Hotel angesehen habe?«

»Ja, das müßte sich machen lassen . . .«

»Leistet dieses eiserne Ungetüm uns noch lange Gesellschaft?«

»Corporal Wilson begleitet uns bis nach Jerusalem hinein und fährt dann selbständig weiter.«

Mulligans Tonfall und der kurze Blick, den er Whelby über die Schulter zuwarf, zeigten deutlich, wie sehr er sich über den Ausdruck »dieses eiserne Ungetüm« ärgerte. Whelby schloß die Trennscheibe wieder und lächelte in sich hinein. Es hatte geklappt. Er hatte sich von dem mißtrauisch bohrenden Mulligan distanziert.

»Was Sie eben gesagt haben, hat ihm nicht gefallen«, stellte Linda fest.

»Ich drücke mich oft ungeschickt aus. Anscheinend bin ich ins Fettnäpfchen getreten. Was tun Sie übrigens in der Botschaft? Oder ist das eine zu neugierige Frage?«

»Ich bin die Assistentin eines der leitenden Beamten. Das klingt nach einem großartigen Job, aber in Wirklichkeit schreibe ich nur mit der Maschine, nehme gelegentlich ein Stenogramm auf – ich stenographiere sehr gut – und hefte ansonsten endlos viele Akten ab. Sie müssen ein wichtiger Mann sein, wenn Sie so umhegt werden – oder ist das eine zu neugierige Frage?«

»Eigentlich ja«, antwortete er gelassen. »Dieser Empfang darf Sie nicht täuschen. Ich bin selbst auf einer Urlaubsreise. Meine Vorgesetzten haben gesagt: ›Tun Sie uns einen Gefallen, alter Junge, und nehmen Sie diese Papiere nach Jerusalem mit. Sie sind ziemlich wichtig. Wir sorgen dafür, daß Sie in Lydda abgeholt werden.‹« Er lächelte schüchtern. »Ich bin wirklich ganz unbedeutend . . .«

Diese Lüge klang überzeugend. Whelby hatte sie sich impulsiv ausgedacht. Sie sprachen nicht mehr miteinander, bis sie durch Jerusalem fuhren und Corporal Wilsons »Ungetüm« an einer Kreuzung von ihrer Straße abgebogen war.

Whelby kam zu der Limousine zurück, die Mulligan hundert Meter vor dem Hotel Scharon geparkt hatte. Er öffnete die Beifahrertür, steckte den Kopf in den Wagen, überzeugte sich davon, daß die Trennscheibe geschlossen war, so daß Linda Climber nicht hören konnte, was vorn gesprochen wurde, und sprach so leise, daß Mulligan sich zu ihm hinüberbeugen mußte, um das Gesagte zu verstehen.

»Das Hotel Scharon scheint mir für Mrs. Climber geeignet zu sein. Ich nehme mir am besten auch gleich dort ein Zimmer.«

»Sie übernachten in der Kaserne. Dort ist schon alles vorbereitet.«

»Genau die Kaserne beobachtet jeder, der nach mir Ausschau hält. Ich habe volle Bewegungsfreiheit – und ich gedenke, sie zu nutzen. Das Scharon ist genau das, was ich brauche: ein abgelegenes kleines Hotel. Dafür sprechen Sicherheitsgründe, Sergeant Mulligan. Ich bin schließlich kein Amateur.«

Er gebrauchte die gleiche Taktik, mit der er in Kairo Erfolg gehabt hatte, als Carson versucht hatte, ihn in Grey Pillars festzusetzen. Whelby sprach, als sei es gänzlich zwecklos, mit ihm über diesen Punkt diskutieren zu wollen. »Geben Sie mir eine Telefonnummer, unter der ich Sie erreichen kann. Ich habe Zimmer sechs.«

Er steckte den zusammengefalteten Zettel ein, auf den Mulligan widerstrebend eine Telefonnummer gekritzelt hatte, und öffnete die hintere Tür. Linda stieg aus, strich ihren Rock glatt und drehte sich um, um ihren Koffer von Mulligan in Empfang zu nehmen. Eine blasse Hand, Whelbys Hand, griff nach dem Koffer. Whelby nickte dem Sergeanten zu und nahm den Arm der Amerikanerin.

»Ich habe mir das Hotel angesehen. Es ist nicht das Waldorf, aber es ist sauber, und die Speisekarte scheint in Ordnung zu sein.« Sie überquerten eine gepflasterte Straße, auf der nur wenige Passanten unterwegs waren. Whelby blieb auf der anderen Straßenseite stehen und nickte in die Ferne. »Wirklich erstaunlich! Als kleiner Junge habe ich in der Sonntagsschule farbige Bilder des alten Jerusalem geschenkt bekommen, die in ein Album geklebt werden sollten. Ein Bild pro Woche. Die Stadt sieht genau wie auf diesen Bildern aus . . .«

»Überwältigend schön«, stimmte Linda zu. »Sie haben vorhin Ihren Koffer mitgenommen. Wo ist er jetzt?«

»In meinem Zimmer . . .« Er ging mit ihr weiter. »Ich habe ebenfalls Urlaub, wie Sie wissen. Deshalb habe ich mir Zimmer sechs im Scharon genommen. Für Sie ist Zimmer acht reserviert. Wenn es Ihnen nicht gefällt, suche ich Ihnen etwas anderes.«

Das Scharon war ein lang gestreckter zweistöckiger Bau aus der Zeit um die Jahrhundertwende. Sein Ziegeldach war zu einem rötlichen Gelb ausgebleicht. Vier Stufen führten zu einer Holzveranda hinauf, auf der kleine Tische mit rot karierten Tischdecken standen. Dichter Efeu umrankte die Verandastützen, bedeckte die Wände und schaute zu den offenen Fenstern hinein.

»Sehr hübsch«, meinte Linda sichtlich angetan.

»Sie müssen selbst entscheiden, ob's Ihnen hier gefällt«, antwortete Whelby zurückhaltend.

Mulligan, der unbeweglich am Steuer der Limousine sitzen blieb, beobachtete, wie die beiden die Treppe hinaufgingen. Als er Schritte näherkommen hörte, warf er einen Blick in den Rückspiegel und griff unwillkürlich nach der Maschinenpistole auf dem Beifahrersitz. Aber dann lehnte er sich aufatmend zurück. Das Geräusch war unverkennbar: genagelte Soldatenstiefel. Corporal Wilson, dessen Gesicht so ausdruckslos wie zuvor war, öffnete die Beifahrertür. Mulligan nickte ihm zu, er solle einsteigen.

»Haben die beiden gemerkt, daß ich hinterhergefahren bin, Sarge?« erkundigte sich Wilson.

»Nein, bestimmt nicht. Freut mich, Sie heil wiederzusehen.«

»Was läuft hier eigentlich? Oder darf man das nicht fragen?«

»Je mehr Sie von dieser Sache wissen, desto besser«, antwortete Mulligan. »Ich brauche Sie vielleicht als zweiten Mann. Wo haben Sie Ihren Panzerspähwagen abgestellt?«

»In der ersten Seitenstraße hinter uns. Nobby Clarke paßt auf ihn auf. Ich dachte, wir sollten unseren Mann in die Kaserne bringen . . .«

»Das hab' ich auch gedacht, Wilson. Aber der Kerl hat nicht mitgespielt. Er hat beschlossen, im Hotel Scharon zu wohnen. Folglich muß ich Uniformierte einteilen, die vor dem Hotel Streife gehen. Dadurch werden sie zu Zielen für jüdische Bombenwerfer. Ich möchte, daß Ihr Panzerspähwagen mit aufgebautem Maschinengewehr in einer Seitenstraße zur Unterstützung meiner Männer bereitsteht. Ich rufe Ihren Colonel Payne an, sobald ich wieder im Büro bin, aber er hat bestimmt nichts dagegen.«

»Nein, nachdem Sie uns neulich unterstützt haben . . .«

»Der verdammte Mr. Standish hat also erreicht, daß wir alle vierundzwanzig Stunden mindestens ein Dutzend Mann zu seinem Schutz einsetzen müssen. Wäre er mit in die Kaserne gefahren, wäre dieser ganze Aufwand überflüssig gewesen. Der Teufel soll ihn holen!«

»Was ist mit der Mieze? Sieht verteufelt gut aus. Ist er mit ihr weg?«

»Sie dürfte der eigentliche Grund sein, daß er im Scharon bleiben will.« Mulligan nahm seine Polizeimütze ab und kratzte sich das kurzgeschnittene Haar. »Soll ich Ihnen mal was sagen, Wilson? Glauben Sie auf dieser Welt niemals das Offenkundige. Bevor ich wegfahre, sehe ich mir noch das Gästeverzeichnis des Hotels an . . .«

»Unsere Zimmer liegen nebeneinander«, stellte Linda fest, während sie ihren Schlüssel in der Hand hielt, ohne ihn ins Schloß zu stecken. Sie beobachtete Whelby aus dem Augenwinkel heraus. »Zimmer acht für mich, Zimmer sechs für Sie . . .«

»Sie haben gehört, wie Mulligan die hiesige Situation geschildert hat. Ich dachte, Sie würden sich dann . . . sicherer fühlen.«

Er stand mit den Koffern in den Händen neben ihr.

»Das ist nett von Ihnen. Dann wollen wir uns das Zimmer mal ansehen.«

Sie sperrte auf und betrat den altmodisch, aber behaglich eingerichteten Raum. Eine weitere Tür führte ins Bad. Linda blieb kichernd vor dem Bett stehen.

»Mein Gott, sehen Sie sich dieses Ungetüm an!«

Das riesige Bett hatte ein blankpoliertes Messinggestell mit Eichenlaubornamenten. Die Balkontüren standen offen und gaben den Blick auf den fernen Ölberg frei. Whelby legte Lindas Koffer auf einen Stuhl und blieb neben ihr stehen. Sie wartete darauf, daß er den Arm um sie legen würde, aber er dachte gar nicht daran. Sein Gesicht trug einen geistesabwesenden Ausdruck.

»Ich muß die Papiere abliefern«, sagte er mit einem Blick auf seine Armbanduhr. »Treffen wir uns um zwei unten zum Mittagessen?«

»Ja, gern. Ich mache bis dahin einen Schaufensterbummel.«

»Aber halten Sie sich dabei an Hauptstraßen. Und achten Sie darauf, daß Ihre Zimmertür stets abgeschlossen ist.«

»Jawohl, Sergeant Mulligan!«

Whelby schloß die Tür hinter sich und wartete im Flur. Er setzte sich erst in Bewegung, als er hörte, daß Linda absperrte. Mit dem Koffer in der Hand hastete er die Treppe in den nächsten Stock hinauf. Zimmer vierundzwanzig lag am Ende eines menschenleeren Korridors, in dem es nach Bohnerwachs roch.

Als Whelby anklopfte, wurde die Tür sofort geöffnet, als habe Vlacek ihn bereits erwartet.

Die Morgensonne warf ihren gelblichen Schein über das gepflegte Grün des Polofelds. Die einzigen Geräusche waren der dumpfe Hufschlag von Pferden und das hölzerne Klikken, wenn ein Schläger den Ball traf. Der Gezira Sporting Club lag auf einer Nilinsel Kairo gegenüber und war mit der Stadt durch Brücken verbunden.

Jock Carson trieb eben einen Ball vor sich her, als er Harrington am Spielfeldrand stehen und mit einem Zettel winken sah. Carson schwenkte seinen Schläger, um seine trainierenden Mitspieler zu warnen. Er trabte mit seinem Pferd zum Platzrand, schwang sich aus dem Sattel und gab dem Wallach ein Stück Würfelzucker, bevor er ihn einem wartenden Ägypter übergab.

»Schwierigkeiten?« fragte Carson, als er neben Harrington her zum Pavillon ging und nach dem Zettel griff.

»Ganz im Gegenteil!« Die Stimme des anderen klang aufgeregt. »Ein Funkspruch von Reader aus Jugoslawien. Der Handel ist perfekt. Dreihundert Maschinenpistolen mit je tausend Schuß Munition. Im Tausch dafür bekommen wir Lindsay . . .«

»Müssen wir weitere Waffen nach Libyen fliegen lassen?«

»Nein! Das ist eben das Praktische! Dieser verdammte Heljec wollte anfangs eine ganze Schiffsladung Waffen und Munition – aber Reader hat ihn auf das runtergehandelt, was sich bereits an Bord der in Benina stehenden Dakota befindet! Wirklich ein Prachtkerl!«

»In dem Funkspruch werden die Koordinaten eines Landeplatzes in Bosnien bestätigt. Für wie lange?« Der Rasen war ein grüner Teppich unter ihren Füßen; der Straßenlärm Kairos schien tausend Meilen entfernt zu sein. »Wir dürfen keine Zeit verlieren.«

»Ich bin mit dem Jeep hier. Wieviel wollen Sie wetten, daß ich meinen bisherigen Rekord für die Strecke nach Grey Pillars unterbiete?«

Carson wischte sich Stirn und Nacken mit einem Handtuch ab, das ihm der ägyptische Stallbursche gegeben hatte. Er runzelte die Stirn, während er den Funkspruch zum zweitenmal durchlas.

»Ich habe ein schreckliches Gefühl bei dieser Sache. Irgendwas stimmt nicht. Ich sehe sie schlimm enden, ganz schlimm . . .«

38

Als sie zurückkamen, klingelte in Harringtons Büro das Telefon. In seiner Eile rutschte der Major wie schon oft auf dem blankgebohnerten Parkett aus, hielt sich an der Schreibtischplatte fest und nahm den Hörer ab, bevor das Telefon zu klingeln aufhörte.

»Harrington . . .«

»Hier ist Linda Climber. Ist dort die amerikanische Botschaft? Ich habe *Botschaft* gesagt. Wollen Sie's zum drittenmal hören?«

»Harrington – wie immer zu Ihren Diensten. Für Sie ist ein Paket aus New Jersey angekommen.«

Damit waren sie füreinander identifiziert. Harrington ließ sich in seinen Schreibtischsessel fallen und deutete mit der freien Hand auf die zweite Hörmuschel. Carson, der die Tür geschlossen hatte, griff danach.

»Was unseren Freund betrifft, weiß ich nicht recht, was ich von ihm halten soll . . .« Ihre Stimme klang unschlüssig, als sie weitersprach. »Er scheint soweit in Ordnung zu sein. Haben Sie Papier und Bleistift vor sich? Gut. Wir wohnen im Hotel Scharon. Ja, sozusagen zusammen. Ich bin unter folgender Nummer zu erreichen . . .«

Harrington notierte sich ihre Angaben in dem Gekritzel, das nur er entziffern konnte. »Was gibt's sonst noch über unseren Freund zu berichten?«

»Er macht sich manchmal selbständig. Vielleicht trifft er sich hier im Hotel mit irgend jemand. Einen Fehler hat er bereits gemacht: Er hat behauptet, er müsse fort, aber als ich den Ausgang von meinem Fenster aus beobachtet habe, hat er das Hotel nicht verlassen. Nach ungefähr zehn Minuten ist er zurückgekommen; er hat behauptet, er habe seine Brieftasche im anderen Anzug vergessen, und mich zu einem Morgenspaziergang eingeladen . . .«

»Wann ist das gewesen? Wann ist er fort gewesen?«

»Von zehn bis zehn nach zehn.«

»Und sein Verhalten bei der Rückkehr?« drängte Harrington.

»Normal.« Eine Pause. »Vielleicht etwas entspannt, in gewisser Beziehung erleichtert. Mehr gibt's im Augenblick nicht zu berichten. Ich telefoniere von Mulligans Büro aus. Er ist gerade nicht da.«

»Passen Sie gut auf. Und melden Sie sich, sobald sich was Neues ergibt.«

»Wird gemacht!«

Beide legten gleichzeitig den Hörer auf. Carson griff nach seinem Offiziersstöckchen und tippte sich mit dem Knauf leicht gegen die Vorderzähne, während er in Harringtons Dienstzimmer auf und ab ging. Er blieb an einem offenen Fenster stehen. An diesem Morgen wehte nicht einmal ein leichter Luftzug, der die Vorhänge hätte bewegen können. Stickige Luft lastete wie eine unsichtbare Decke über Grey Pillars.

»Warnen Sie den Piloten in Benina, daß er unter Umständen sofort starten muß«, wies Carson den Major an. »Aber geben Sie ihm noch keine Koordinaten. Die können sich in letzter Minute ändern. Weil wir gerade bei Minuten sind – diese in Standishs Leben fehlenden zehn Minuten stören mich . . .«

»Was kann man in zehn Minuten Großes tun?«

»In dieser Zeit haben andere Leute den Lauf der Weltgeschichte geändert. Nein, alter Junge, diese Sache gefällt mir ganz und gar nicht.«

»Wollen Sie nicht dringend in London nachfragen und Ihre Zweifel zum Ausdruck bringen?«

»Und welche Antwort bekomme ich aus London?« fragte Carson aufgebracht. »Vor allem nicht etwa dringend, sondern nach ungefähr zwei Wochen, wenn sie dort ihre Gehirne auf Trab gebracht haben. Irgendeine beschwichtigende Antwort: ›Unser Kurier genießt unser volles Vertrauen. Er ist hundertprozentig zuverlässig . . .‹ Nein, das können wir uns sparen!«

»Also kein Telegramm nach London?«

»Wir müssen wie immer allein zurechtkommen.« Carson ging rascher auf und ab. »Ich lasse Sie als Alleinverantwortlichen hier. Sie treffen alle fälligen Entscheidungen, verstanden?«

»Natürlich. Sie verreisen wohl?«

»Ich fliege mit dem nächsten Flugzeug nach Lydda. Sorgen Sie dafür, daß ich dort abgeholt und auf dem schnellsten Weg nach Jerusalem gebracht werde. Hoffentlich kann ich den scheinbar unbedeutenden Widerspruch aufklären, der mich verrückt zu machen droht...«

Nachdem Stalin jetzt volles Vertrauen zu den von Specht und Lucy gelieferten Informationen hatte, hatte die Rote Armee im Frühwinter 1943 Kiew zurückerobert. Die Russen befanden sich trotz gewaltiger eigener Verluste auf breiter Front im Vormarsch.

Die Wälder, in denen die Wolfsschanze verborgen lag, waren tief verschneit. Die Äste der Bäume bogen sich unter ihrer schweren Eis- und Schneelast. Häufig hallte ein Geräusch wie ein Schußknall durch den Wald. Aber dort war kein Schuß gefallen, sondern nur ein Ast abgebrochen.

Ein grauer Winterhimmel mit tiefhängenden dunklen Wolken schien auf dem Komplex des Führerhauptquartiers zu lasten. Diese Atmosphäre – und die von der Ostfront eintreffenden Hiobsbotschaften – lastete schwer auf den dort Lebenden. Nur der Führer bewahrte sich einen zur Schau getragenen Optimismus.

In seiner spartanischen Unterkunft in einem der Blockhäuser – Hitler konnte den zum Schutz vor Luftangriffen gebauten Bunker nicht leiden – ging er auf und ab, während er auf Bormann einsprach. Er trug wie gewöhnlich eine dunkle Hose mit hellbrauner Uniformjacke und als einzigen Orden sein Eisernes Kreuz aus dem Ersten Weltkrieg.

»Ich verlange, daß Wing Commander Lindsay so schnell wie möglich hierher zurückgebracht wird. Wir müssen zu einer Übereinkunft mit England gelangen. Ich werde die Existenz des Britischen Weltreichs garantieren, das ein wichtiger – einzigartiger – Stabilitätsfaktor ist. Sollte es jemals zerstört werden, würde Chaos herrschen. Danach können wir uns ganz darauf konzentrieren, den Russen zu eliminieren, der Englands Feind wie unserer ist. Wo steckt Lindsay jetzt? Mein Mittagessen wird kalt ...«

Auf dem Tisch stand eine zugedeckte Terrine mit Gemüseeintopf. Hitler, der kein großer Esser war, achtete kaum darauf, was er aß. Seine einzige Schwäche war Apfelkuchen, wie es ihn auf dem Berghof gab.

»Ich mache mir Sorgen, weil ich fürchte, daß Lindsay entdeckt haben könnte, daß Sie nur ein Doppelgänger des Führers sind«, begann Bormann zögernd. »Ich habe seine Personalakte gelesen. Er ist früher Schauspieler gewesen. Auch einige Besucher haben Sie sichtlich erstaunt beobachtet. Ich denke nur an Ribbentrop ...«

»Und wer hat ein Wort gesagt?« unterbrach ihn Hitler. »Wer hätte den Mut, seinen Verdacht zu äußern, selbst wenn ihm Zweifel gekommen wären? Ich bin der Schlußstein des Bogens, der das Dritte Reich trägt. Ohne mich sind alle anderen nichts – und das wissen sie recht gut!«

»Ich denke außerdem an Eva ...«

»Eva!« Der Führer war belustigt, aber er sprach mit gespieltem Zorn. »Eva und ich kommen prima miteinander aus! Lassen Sie sich ja nicht dabei erwischen, daß Sie sie lüstern anglotzen, sonst sind Sie die längste Zeit Reichsleiter gewesen!«

»Mein Führer! Ich wollte nur ...«

»Ich wiederhole meine Frage: Wo steckt Lindsay?«

»Ich erwarte jeden Augenblick eine Nachricht von SS-Standartenführer Jäger aus Zagreb. Er macht in Jugoslawien noch immer Jagd auf Lindsay. Bisher ist es ihm gelungen, die Partisanengruppe, bei der Lindsay sich aufhält, auf Trab zu halten, so daß die Engländer ihn nicht mit einem Flugzeug abholen konnten.«

»Ein ausgezeichneter Mann, dieser Jäger! Ich habe ihn selbst für diesen Auftrag ausgesucht. Erinnern Sie sich noch daran? Aber wir müssen rasch handeln. Alexander kontrolliert jetzt ganz Süditalien. Alliierte Militärmissionen arbeiten eng mit den Partisanen zusammen. *Bormann!*« Hitlers Stimmung schlug plötzlich um. Er hämmerte mit der Faust auf den Tisch. »So, jetzt haben Sie mir das Mittagessen verdorben! Ich möchte Erfolge sehen! Ich verlange, daß Lindsay aufgespürt wird!«

»Ich gehe sofort in die Fernmeldezentrale und setze mich mit Standartenführer Jäger in Verbindung . . .«

»Ich erwarte Sie zurück, bevor ich die Überreste meines Mittagessens aufgegessen habe.«

»Soll ich nicht klingeln, damit Sie eine neue Terrine serviert bekommen?«

»Gehen Sie, Bormann, gehen Sie schon!«

Auf seinem Weg zur Fernmeldezentrale begegnete Bormann Generaloberst Jodl, der soeben den Sperrkreis I betreten hatte, nachdem er seinen vom Kommandeur der SS-Wachen ausgestellten Sonderausweis vorgezeigt hatte. Der blasse, schlechtaussehende Jodl machte eine Handbewegung, die das gesamte Führerhauptquartier umfaßte.

»Hier könnte man Platzangst bekommen. Diese Atmosphäre bedrückt uns alle . . .«

»Wo sind Sie gewesen, mein Lieber?« erkundigte Bormann sich beiläufig.

»Ich habe einen Waldspaziergang gemacht, um einmal in Ruhe nachdenken zu können.«

»Das haben offenbar auch andere Leute getan . . .«

Keitel, der wie Jodl zu seinem Uniformmantel Schal und Handschuhe trug und Schnee an den Stiefeln hatte, passierte eben die Kontrollstelle. Er war so unnahbar wie immer, hob grüßend seinen Marschallstab und machte einen Bogen um die beiden Männer, die ihm nachsahen, als er zu seinem Blockhaus davonstolzierte.

»Keitel schnappt auch bald über«, stellte Jodl fest.

»Er muß lange im Wald unterwegs gewesen sein. Haben Sie seine Stiefel gesehen?«

»Er will eben auch einmal ausspannen. Warum so nervös, Bormann?« erkundigte Jodl sich spöttisch. »Schwierigkeiten mit dem Führer?« Der große Chef des Wehrmachtführungsstabs verschränkte die Arme. »Sie sollten sich selbst ein bißchen mehr Bewegung verschaffen«, fuhr er im gleichen Tonfall fort. »Bei Ihrer Arbeitsbelastung klappen Sie uns sonst eines Tages zusammen.«

»Schwierigkeiten mit dem Führer? Natürlich nicht! Und ich habe erst heute morgen einen Spaziergang gemacht.«

»Ja, ich weiß. Ich habe Sie von meinem Fenster aus beobachtet ...«

Er sah Bormann nach, wie er durch den Schnee davonhastete, rieb sich die Hände, um seine kältestarren Finger zu wärmen.

»Widerlicher kleiner Kriecher!«

In den Tiefen des Waldes ruhte das von Specht bediente Funkgerät weiterhin in seinem Baumversteck. Behandschuhte Hände hatten es erst an diesem Morgen wieder mit einer dicken Schneeschicht getarnt.

»Standartenführer Jäger ist am Apparat – ein Ferngespräch aus Zagreb ...«

In der Fernmeldezentrale ließ Bormann sich außer Atem auf einen Stuhl fallen, dessen Sitzfläche sein breiter Hintern fast verdeckte. Er nahm wortlos den Hörer entgegen, den ihm der Diensthabende hinhielt, und nickte zur Tür hinüber. *Verschwinden Sie, damit ich ungestört reden kann!*

»Bormann am Apparat ... Ich wollte Sie eben anrufen ... Der Führer verlangt, daß ...«

»Hören Sie mir bitte zu! Ich habe nicht viel Zeit ...«

Jägers tiefe, volltönende Stimme schnitt dem Reichsleiter mitten im Satz das Wort ab. Der Standartenführer sprach wie auf dem Kasernenhof. Er hatte endgültig die Geduld mit der ganzen Bande im Führerhauptquartier verloren. Was, zum Teufel, wußten diese Leute eigentlich davon, was in der Außenwelt vor sich ging?

»Ich rufe an, damit Sie dem Führer melden können, daß wir die Partisanengruppe, der Lindsay sich angeschlossen hat, endlich in die Enge getrieben haben. Die Partisanen haben es bisher immer wieder verstanden, sich ihren Weg freizukämpfen – bei schweren Verlusten auf beiden Seiten. Jetzt habe ich ein Luftlandeunternehmen mit Fallschirmjägern vor. Das müßte uns das bisher fehlende Überraschungsmoment sichern. Verbinden Sie mich mit dem Führer, damit ich ihm selbst Meldung machen kann.«

»Ich habe bisher alles verstanden . . .«

»Bisher! Großer Gott, ich habe Ihnen die Lage aus militärischer Sicht so präzise wie möglich geschildert. Mehr gibt's dazu nicht zu sagen!«

»Aber der Zeitplan für Ihr Unternehmen . . .«

»Der steht noch nicht fest. Die Sache hängt von der Wetterentwicklung ab.«

»Und Lindsay hält sich tatsächlich bei dieser Gruppe auf?«

»Hören Sie denn nicht zu? Ich habe von der ›Partisanengruppe, der Lindsay sich angeschlossen hat‹, gesprochen.«

Jägers Stimme klang noch ungeduldiger als zuvor. Schmidt, der am Fenster stand, drohte ihm warnend mit dem Zeigefinger. Der Standartenführer hob drohend den Telefonhörer, als halte er eine Keule in der Hand; dann kniff er ein Auge zusammen und blinzelte Schmidt grinsend zu.

»Was haben Sie gesagt?« knurrte er ins Telefon.

»Wann kann ich mit Ihrer Meldung über weitere Entwicklungen rechnen?« wiederholte Bormann.

»Wenn sie sich entwickeln.«

Jäger knallte den Hörer auf die Gabel und trat ans Fenster seines im ersten Stock einer alten Zagreber Villa liegenden Dienstzimmers. Draußen schneite es leicht: Die zarten Flokken sanken in der windstillen Luft senkrecht herab.

»Was sagen die Wetterfrösche diesmal?«

»Innerhalb der nächsten vierundzwanzig Stunden soll das Wetter aufklaren. Für morgen ist ein wolkenloser Tag versprochen – sogar schriftlich«, antwortete Schmidt grinsend.

»Stehen Stoerners Fallschirmjäger bereit?«

»Das Unternehmen kann losgehen, sobald du den Einsatzbefehl gibst.«

»Ist dir übrigens klar, daß das Ganze ein Rennen gegen die Uhr wird?«

»Das verstehe ich nicht ganz . . .«

»Daran ist das gute Wetter schuld – falls es wirklich eintritt. Ideal für unser Luftlandeunternehmen, aber ebenso ideal für die Engländer, die ein Flugzeug schicken können, um Lindsay abzuholen. Und dieser Flug ist gerüchteweise schon mehrmals angekündigt worden. Aus Fitzroy Macleans Hauptquartier, aus anderen Quellen. Ich habe übrigens beschlossen, das Luftlandeunternehmen selbst mitzumachen. Es ist schon lange her, daß ich unter einem Fallschirm gehangen habe . . .«

»Ausgeschlossen!« widersprach Schmidt energisch. »Weißt du nicht mehr, was der Arzt im Münchner Lazarett gesagt hat?«

»Ich soll nur tun, wozu ich Lust habe. Und ich habe Lust zu einem Überraschungsbesuch bei Wing Commander Lindsay. Du meldest Stoerner, daß er einen weiteren Fallschirm bereithalten soll, verstanden?«

»*Zwei* weitere. Wir haben den gleichen Springerlehrgang in Langheim absolviert.«

»Hör zu, Alfred«, sagte Jäger ernst. »Ich habe ein schlechtes Gefühl bei diesem Unternehmen. Du hast eine Frau und zwei Kinder . . .«

»Wie du! Bis heute habe ich jeden deiner Befehle ausgeführt. Willst du mich jetzt zu einer Befehlsverweigerung zwingen?«

»Gut, wenn du dir unbedingt den Hals brechen willst«, knurrte Jäger.

Als Schmidt den Raum verließ, um Stoerner anzurufen, nahm der Standartenführer am Schreibtisch Platz und holte ein Blatt Briefpapier aus der Schublade. Er brauchte einige Zeit, um den Brief an seine Frau zu schreiben. Briefe waren noch nie seine Stärke gewesen.

Liebste Magda! Unser gemeinsames Leben ist wunderbar gewesen – dank Deiner grenzenlosen Geduld und Güte. Ich schreibe Dir am Vorabend eines etwas schwierigen Unternehmens. Ich möchte nicht, daß Du durch eine dieser nüchternen amtlichen Mitteilungen einen Schock bekommst . . .

»Die Meldung ist vorhin über Funk eingegangen«, teilte Reader Lindsay mit. »Das Flugzeug landet morgen um elf.«

»Menschenskind, es schneit doch! Sind die denn übergeschnappt?«

»Für morgen ist klares Wetter vorhergesagt. Und unser Wetter kommt von Westen – von Italien über die Adria –, so daß sie's eigentlich wissen müßten.« Reader war hörbar gut gelaunt. »Mein Gott, vielleicht liegt der verfluchte Balkan binnen vierundzwanzig Stunden hinter uns! Wissen Sie, was ich mir vorgenommen habe? Daß ich niemals zurückkommen werde – jedenfalls nicht freiwillig!«

Er sah auf, als Paco auf sie zukam. Sie trug eine Tarnjacke, einen dicken Wollrock und Schaftstiefel. Ihr blondes Haar war frisch gebürstet, und sie hielt Readers Maschinenpistole in der rechten Hand. Er hatte ihr gezeigt, wie man damit umging.

»Wie wär's mit einem kleinen Spaziergang, Lady?« schlug Reader munter vor. »Das bringt den alten Kreislauf in Schwung.«

»Meinetwegen. Wie geht's dir heute morgen, Lindsay?«

»Danke, mir fehlt nichts.«

Er beobachtete, wie die beiden über die Hochebene gingen: so dicht beieinander, daß sie sich fast berührten. Sein Gesichtsausdruck war finster, verbittert. Er stützte sich auf seinen Stock. Lindsay war wieder marschfähig; seine Temperatur war dank der Bemühungen Dr. Maceks, der die Drüsenentzündung unter Kontrolle gebracht hatte, wieder normal. Ihr Verhältnis zu den Partisanen hatte sich in den Monaten, in denen sie mit Heljecs Gruppe gekämpft hatten, ständig auf der Flucht vor den Deutschen gewesen waren und sich oft nur mit knapper Not vor Jäger hatten retten können, grundlegend gewandelt. Dieser Wandel war größtenteils auf Reader zurückzuführen, der weiterhin die Rolle eines Cockney-Sergeanten spielte und es klugerweise vermied, seinen wirklichen Dienstgrad und seine Geheimdiensttätigkeit preiszugeben. Er versteckte sein Funkgerät nicht mehr, sondern schleppte es überallhin selbst mit. Er hatte den aggressiven Heljec schon mehrmals in Wortgefechte verwickelt und war jeweils Sieger geblieben.

»Wenn Sie die Waffen und die Munition wollen«, hatte er dem Partisanenführer immer wieder erklärt, »müssen Sie mit meinen Leuten zusammenarbeiten. Lindsay, ich und Paco – falls sie mitkommen will – müssen ausgeflogen werden. Hartmann übrigens auch. Das Flugzeug, das uns abholt, hat die Waffen an Bord.«

Reader wußte schon nicht mehr, seit wie vielen Wochen und Monaten diese Auseinandersetzungen dauerten. Ein endloses Gefeilsche, wie es hier auf dem Balkan üblich war. Er hatte Hartmann als zusätzliches Angebot ins Spiel gebracht, weil er ohnehin vorhatte, den Deutschen im richtigen Augenblick zu opfern. Aber das hatte zu heftigem Streit mit Lindsay und Paco geführt.

»Hartmann hat mir mehr als einmal das Leben gerettet«, erklärte Paco. »Er muß einen Platz im Flugzeug bekommen!«

»Er ist ein deutscher Gefangener«, antwortete Reader. »Heljec will ihn nicht rausgeben – und warum sollen wir uns deswegen mit ihm streiten?«

»Gustav Hartmann kommt mit uns«, warf Lindsay ein. »Das ist ein Befehl! Vergessen Sie nicht, daß ich den höheren Dienstgrad habe, Major . . .«

»Und wer muß wieder alles ausbaden?« fragte Reader erbittert. »Ich verbringe mein halbes Leben damit, mit diesem Banditen zu feilschen. Wissen Sie, was er seit neuestem verlangt? Granatwerfer mit Munition! Dabei kann er von Glück sagen, wenn er die Maschinenpistolen kriegt!«

»Hartmann ist Abwehroffizier«, stellte Lindsay fest, ohne die Stimme zu heben. »Ich glaube, daß Ihre Leute großes Interesse daran haben werden, ihn eingehend zu vernehmen.«

»Kommt nicht in Frage! Von ihm ist in meinen Anweisungen nie die Rede gewesen ...«

»Aber in meinen!« Lindsays Tonfall ließ keinen Widerspruch zu. »Ich brauche meine Entscheidung Ihnen gegenüber nicht zu begründen. Ich habe lange mit Hartmann gesprochen; er ist ein Gegner der Nazis und ...«

»Ein Nazi-Gegner!« schnaubte Reader verächtlich. »Das sind die Deutschen alle, wenn der Krieg erst einmal verloren ist!«

»So, jetzt reicht's! Hartmann kommt mit, verstanden? Sorgen Sie dafür, daß Heljec das begreift. Dazu sind Sie schließlich hier! Einigen Sie sich mit Heljec – oder überlassen Sie die Verhandlungen mir.«

»Jawohl, *Wing Commander!*«

Lindsay hatte absichtlich verschwiegen, daß Hartmann auch ein wertvoller Augenzeuge für die im Führerhauptquartier herrschenden ungewöhnlichen Zustände war.

»Die beiden scheinen sich recht gut zu verstehen.« Hartmann setzte sich auf einen Felsblock neben den Engländer.

»Danke, das sehe ich selbst ...«

»An deiner Stelle würde ich versuchen, sie zu vergessen. Eine Frau zu lieben, die einen niemals lieben wird, kann schlimmer als eine Gestapofolter sein. Es dauert jedenfalls länger.«

»Ich kann sie aber nicht vergessen! Ich denke Tag und Nacht an sie.«

»Dann bedaure ich dich aufrichtig.«

Hartmann stopfte sich die Pfeife und paffte zufrieden. Sein Tabakvorrat war so weit geschwunden, daß er in letzter Zeit nur noch eine Pfeife pro Tag rauchen konnte.

»Das Flugzeug soll morgen kommen«, sagte Lindsay plötzlich.

»Das habe ich mir schon gedacht, als die Landebahn dort drüben von Steinen und Felsbrocken geräumt worden ist. Kaum zu glauben – bei diesem Wetter!«

Er klopfte sich Schneeflocken von der Schulter. Es schneite leicht, aber der kalte, beißende Wind, der in den letzten Tagen geweht hatte, war völlig abgeflaut.

»Für morgen ist sonniges, klares Wetter vorhergesagt«, erklärte Lindsay.

»Das könnte Jäger auf den Gedanken bringen, einen weiteren Angriff zu unternehmen. Unser hartnäckiger Standartenführer ist in letzter Zeit auffällig ruhig gewesen.«

»Heljec ist auf alles gefaßt. Sämtliche Aufstiegsrouten zu unserem Hochplateau werden bewacht. Ich bezweifle, daß Heljec sich Sorgen um uns macht – aber er ist scharf auf die englischen Maschinenpistolen.«

Lindsay zog den in schwarzes Leder gebundenen Taschenkalender aus seiner Jacke, ließ ihn aber geschlossen, um den Inhalt vor Schneeflocken zu schützen. Er behielt ihn auf der flachen Hand und starrte Hartmann grimmig an.

»Wie du weißt, kritzele ich seit Wochen darin herum. Jetzt steht alles drin. Unser Verdacht in bezug auf einen zweiten Hitler in der Wolfsschanze. Deine Schlußfolgerungen über die Identität des sowjetischen Spions im Führerhauptquartier. Sollte mir etwas zustoßen, muß dieser Kalender nach London gelangen, damit sie dort Bescheid wissen . . .«

»Warum so pessimistisch?«

»Ob ich persönlich durchkomme oder nicht, spielt eigentlich keine Rolle. Das ist realistisch gedacht. Mein Tagebuch muß ankommen! Und es wäre nützlich, wenn du ebenfalls durchkommen würdest. In der Maschine, die uns abholt, ist ein erstklassiger Platz für dich reserviert . . .«

»Vielen Dank!«

Hartmann entlockte seiner Pfeife, die ihm plötzlich nicht mehr so gut schmeckte, blaue Rauchwolken. Lindsays Einstellung, die geradezu fatalistische Einstellung des RAF-Offiziers, gefiel ihm nicht. Und während sie sprachen, beobachtete Lindsay ständig die beiden kleinen Gestalten, die das Plateau umwanderten. Paco und Reader.

NDA OK QSR5 . . . NDA OK QSR5 . . .

Sekunden später schrieb Meyer, dem in der Funküberwachungszentrale Dresden Walter Schellenberg gegenübersaß, zwei Fünfergruppen mit Zahlen und Buchstaben mit. Dadurch wurde der benützte Code festgelegt.

»Jetzt schalten wir vom 43-Meter-Band, auf dem nur der Anruf gesendet wird, aufs 39-Meter-Band um«, kündigte Meyer an. »Auf diesem Band wird die eigentliche Nachricht gesendet . . .«

Meyer hatte Lucys System geknackt. Das hatte monatelange geduldige Versuche erfordert, aber zuletzt war der gelernte Uhrmacher doch erfolgreich gewesen. Schellenbergs kluge Augen leuchteten triumphierend, als er sich mit aufgesetztem Kopfhörer vorbeugte.

Zehn Minuten später war die Sendung, die Meyer mitschrieb, zu Ende. Dies war die Nacht vor dem von Jäger geplanten Luftlandeunternehmen gegen das Hochplateau in Bosnien. Schellenberg setzte den Kopfhörer ab, stand auf und schüttelte Meyer anerkennend die Hand.

»Sehr gut gemacht! Ausgezeichnet, Meyer!«

»Ich habe nur meine Pflicht getan.«

»Und die bewegliche Horchstation in Straßburg?«

Das Telefon auf Meyers Schreibtisch klingelte. Meyer griff nach dem Hörer und nickte Schellenberg zu.

»Das ist sie bereits, nehme ich an. Meine Leute dort arbeiten rasch . . .«

Er meldete sich, nickte Schellenberg zu und ließ sich Bericht erstatten, wobei er gelegentlich Zwischenfragen stellte.

»Auch diesmal ...? Wie in allen bisherigen Fällen ...? Sind Sie ganz sicher?«

Meyer dankte dem Anrufer herzlich, was Schellenberg nicht entging. Dem SD-Chef entging nicht leicht etwas. Der stets so zurückhaltende und bescheidene Meyer hatte Mühe, seine Zufriedenheit zu verbergen.

»Straßburg hat den Standort des Senders zum viertenmal genau angepeilt. Er steht in Luzern.«

Schellenbergs flache Hand klatschte auf die Schreibtischplatte. Seine spontane, ansteckende Begeisterung war mit ein Grund für seine Beliebtheit bei Untergebenen. »Jetzt habe ich Masson in der Hand! Mein Schweizer Kollege läßt zu, daß ein Geheimsender Nachrichten an die Russen übermittelt. Damit kann ich ihn zwingen, die Identität des sowjetischen Spions in der Wolfsschanze preiszugeben! Vielleicht ändert das sogar noch den Lauf des Krieges.«

Typisch für Schellenberg war die Unbefangenheit, mit der er Meyer gegenüber die größten Staatsgeheimnisse erwähnte. Aber der Abteilungsleiter war hundertprozentig zuverlässig. Indem Schellenberg ihn ins Vertrauen zog, sicherte er sich Meyers völlige Loyalität und seinen weit überdurchschnittlichen Einsatz.

»Ich habe auf diese vierte Bestätigung gehofft«, fuhr Schellenberg fort. »Deshalb habe ich mit Masson im voraus eine Besprechung vereinbart. Wir treffen in wenigen Stunden in der Schweiz zusammen.«

»Die Schweizer lassen Sie über die Grenze?« fragte Meyer erstaunt. »Wie läßt sich das mit ihrer vielgerühmten Neutralität vereinbaren?«

»Ich reise natürlich inkognito«, erklärte Schellenberg ihm grinsend. »Das ist nicht mein erster Besuch. Aber jetzt muß ich so schnell wie möglich zum Flughafen! Sie hören wieder von mir, Meyer ...« Draußen schneite es in dicken Flocken, als er aus dem Gebäude zu seinem Dienstwagen hastete.

»Schließ den Lieferwagen selbst auf, Mosche«, sagte Vlacek. »Sieh dir an, was ihr bekommt, sobald der Auftrag ausgeführt ist.«

Er drückte seinem kleinen, stämmig gebauten Begleiter einen Autoschlüssel in die Hand. Der Lieferwagen stand in einem Jerusalemer Vorort auf einem von Lagergebäuden umgebenen Hof. Mosche gehörte zu den Anführern der Stern-Bande, einer der aktivsten und gewalttätigsten jüdischen Untergrundorganisationen.

Mosche sah sich rasch auf dem gepflasterten Hof um und sperrte dann die Hecktür des Lieferwagens auf. Er öffnete die links angeschlagene Tür und starrte den Stapel eingefetteter Lee-Enfield-Gewehre an. Dahinter standen Munitionskisten aufgestapelt.

»Dieser Lindsay, den du liquidiert haben willst – wann kommt er an?«

»Bald. Schon sehr bald. Er landet auf dem Flughafen Lydda.«

»Zu gut bewacht.«

»Laß mich doch ausreden!« knurrte Vlacek. »Er bleibt ein, zwei Tage in Jerusalem. Ihr erfahrt noch, wo er sich aufhält. Und ich lasse euch sofort benachrichtigen, wenn er eintrifft.«

Der braungebrannte, pockennarbige, schwarzhaarige Mosche nickte zweifelnd, kletterte in den Lieferwagen und zog eines der Gewehre aus dem Stapel.

Nachdem er sich davon überzeugt hatte, daß die Waffe nicht geladen war, betätigte er den Mechanismus, entsicherte, legte das Gewehr wie zum Schuß an und drückte ab. Dann ließ er die Waffe sinken, legte sie auf den Stapel zurück und beugte sich über die Munitionskisten.

Mosche klappte den Deckel der obersten Kiste auf, griff hinein, ließ eine Handvoll Patronen in die Kiste zurückfallen und behielt eine Patrone, mit der er das vorhin geprüfte Gewehr lud. Zu Vlaceks Erleichterung hatte er die Waffe zuvor wieder gesichert. Nachdem er das Gewehr entladen hatte, warf er die Patrone in die Munitionskiste zurück und legte das Gewehr weg. Er sprang mit einem geschmeidigen Satz aus dem Lieferwagen und überließ es Vlacek, die Hecktür zu schließen.

»Dein Lindsay ist so gut wie tot«, sagte er.

Eine Ironie des Schicksals: Am Ausgangspunkt von Lindsays Reise bot Reader den Partisanen Waffen an, um das Leben des RAF-Offiziers zu retten und ihn mit einer DC-3 in den vermeintlich sicheren Nahen Osten bringen lassen zu können. In Palästina benützte Vlacek aus einem englischen Munitionsdepot gestohlene Waffen zur Bezahlung des Mordanschlags der Stern-Bande auf Lindsay. In den Wirren dieses Krieges bildeten nicht Geld oder Gold, sondern Waffen die Universalwährung.

Sobald Mosche auf seinem Motorrad weggefahren war, machte Vlacek einem unsichtbaren Helfer ein Zeichen. Das zweiflüglige Tor eines an den Hof angrenzenden Lagerhauses wurde geöffnet. Dahinter stand ein großer Lastwagen mit kastenförmigem Aufbau, dessen Hecktüren einladend offen waren. Zwei massive Bohlen bildeten eine befahrbare Rampe in den Laderaum hinauf.

Vlacek setzte sich ans Steuer des mit Gewehren und Munition beladenen Lieferwagens. Er lenkte ihn geschickt über die improvisierte Rampe ins Innere des Lastwagens. Der zweite Mann schloß die Türen und hastete nach vorn zum Fahrerhaus.

Schon wenige Minuten nach Mosches Abfahrt rollte der große Lastwagen aus dem Hof auf die Straße hinaus. Sein Fahrer, der darauf achtete, unter der zulässigen Höchstgeschwindigkeit zu bleiben, steuerte auf Umwegen eine fünf Kilometer entfernte Lagerhalle an. Dort wurde der Lastwagen mit seinem brisanten Inhalt endgültig abgestellt.

Vlacek, der sich Staub vom Anzug klopfte, kam aus dem Kastenaufbau zum Vorschein. Er wollte unter keinen Umständen riskieren, daß die Stern-Bande die Waffen durch einen Überfall an sich brachte, bevor sie ihren Auftrag ausgeführt hatte. Wie in Jugoslawien herrschte auch hier weitverbreitetes – und begründetes – Mißtrauen.

»Morgen um elf Uhr«, sagte Reader, während er die Teleskopantenne seines Funkgeräts zusammenschob. »Sie schikken eine Dakota, einen richtigen Seelenverkäufer. Hoffentlich eine mit Flügeln dran . . .«

»Diesmal wirklich?« fragte Paco. »Ohne irgendwelche Einschränkungen?«

»Ehrenwort! Ich habe ihnen die Landeplatzkoordinaten durchgegeben. Sie glauben's wohl erst, wenn Sie 'nen Flugschein in der Hand haben, Lady?«

»Sie wissen genau, daß man uns schon mehrmals Hoffnungen gemacht hat, die sich dann doch nicht erfüllt haben . . .«

»Aber diesmal kommen sie wirklich. Sie wollen Lindsay zurückhaben. Irgendein Kerl ist eigens abbeordert worden, um ihn in Empfang zu nehmen.«

»Welcher Kerl?« fragte Lindsay, der plötzlich hellwach war.

Draußen war es längst stockfinster. Lindsay, Paco und Hartmann, die unter einem Felsvorsprung hockten, hatten darauf gewartet, daß Reader, der mit dem Funkgerät einen das Plateau überragenden Felsen erklettert hatte, zurückkommen würde. Es schneite nicht mehr, was immerhin ein Hoffnungszeichen war. Aber es war bitterkalt. Trotzdem durfte auf Befehl Heljecs kein Feuer gemacht werden.

»Darf ich erst sagen, wenn wir in der Maschine sitzen und in der Luft sind«, antwortete Reader lakonisch. »Befehl von oben.« Er kroch in seinen Schlafsack.

»Wer hat das angeordnet? Wohin fliegen wir? Was soll diese Geheimnistuerei?«

Lindsay fühlte sich unbehaglich. Er spürte, daß irgend etwas an dieser Sache faul war, obwohl er seinen Verdacht nicht hätte begründen können. Reader machte kein Hehl aus seiner Gereiztheit.

»Aus Sicherheitsgründen, nehme ich an. Kann ich jetzt 'ne Mütze voll Schlaf nehmen, Kumpel, oder geht das Gequatsche die ganze Nacht weiter? Schließlich haben wir morgen einen langen Tag vor uns . . .«

»X-Zeit ist elf Uhr«, teilte Schmidt Jäger mit, während er den Hörer auflegte. »Stoerner hat sie nochmals bestätigt.«

»Ja, ich weiß.« Der Standartenführer zeichnete den letzten Einsatzbefehl ab, schob ihn über die Schreibtischplatte und reckte sich gähnend. »Ich habe mich absichtlich für diesen späten Zeitpunkt entschieden. Wir greifen nicht im Morgengrauen an, weil die Partisanen bei Tagesanbruch auf einen Angriff gefaßt sind. Um elf Uhr sind sie weniger wachsam und glauben vielleicht schon, der Tag müsse so friedlich wie bisher weitergehen.« Er gähnte erneut. »Ich bin so müde, daß ich am Schreibtisch einschlafen könnte . . .«

»Kommt nicht in Frage!« protestierte Schmidt. »Glaubst du etwa, ich hätte die Feldbetten nur zur Dekoration aufstellen lassen?«

Jäger stand auf, zog seine Uniformjacke aus, setzte sich auf die Bettkante und schnürte seine Springerstiefel auf. Er hatte sie tagsüber getragen, um sich wieder an sie zu gewöhnen. Kräftige, bequem sitzende Stiefel konnten im Einsatz vor Knochenbrüchen bewahren.

Der Standartenführer streckte sich auf dem Feldbett aus und zog die graue Wolldecke hoch. Er sah noch einmal zu Schmidt hinüber, bevor er die Augen schloß.

»Morgen um elf Uhr wird's spannend! Gute Nacht, Alfred.«

39

SS-Brigadeführer Walter Schellenberg passierte die Schweizer Grenze bei Konstanz. Der SD-Chef, dessen Mercedes von einem Fahrer in Zivil gefahren wurde, trug einen eleganten Maßanzug. Der Aufenthalt an der Grenze dauerte kaum eine Minute. Sein Schweizer Kollege Masson hatte einen Mitarbeiter entsandt, der die Formalitäten abkürzte und Schellenberg zum Treffpunkt begleitete.

Der Mercedes fuhr durch die mondlose Nacht nach Frauenfeld weiter, wo Brigadier Masson seinen Gast in einem der Zimmer im ersten Stock des Gasthofs Winkelried erwartete.

Dort war ein Tisch für zwei Personen gedeckt. Weißes Porzellan und schweres Tafelsilber. Blankpolierte Gläser, die das Kerzenlicht zurückwarfen. Schellenbergs bevorzugter Wein in einem Sektkühler. Die holzgetäfelten Wände wirkten im Kerzenschimmer warm und gemütlich.

»Ah, mein lieber Masson! Wie ich mich freue, Sie wiederzusehen! Wenn Sie wüßten, wie erholsam diese Besuche in der Schweiz für mich sind! Dabei kann ich für ein paar Stunden all meine Sorgen und Kümmernisse vergessen.«

Schellenberg zeigte sich von seiner freundlichsten und charmantesten Seite; er sprach so herzlich, daß ein weniger mißtrauischer Mann als der Chef des Schweizer Nachrichtendienstes sich vermutlich von ihm hätte einwickeln lassen.

Massons Stimmung war das genaue Gegenteil. Er begrüßte den Deutschen höflich, aber er blieb dabei kühl und distanziert, beinahe kalt. Schellenberg war sensibel genug, um die seit seinem letzten Besuch eingetretene Klimaverschlechterung sofort zu bemerken. Er tat jedoch so, als nehme er sie gar nicht wahr.

Das Abendessen wurde serviert.

»Mir ist neulich ein kleiner Rubens angeboten worden ... ich habe sofort zugegriffen ... ein wunderbares Frühwerk, das schon seine ganze Genialität ahnen läßt.«

Schellenberg aß und trank mit Genuß. Er machte geistreich Konversation. Das Gespräch drehte sich um niederländische Meister. Goethes Stücke. Einen neuen französischen Roman. Beethovens Sinfonien. Masson hörte vor allem zu;

seine blauen Augen beobachteten das lebhafte Mienenspiel des Deutschen.

Der Besucher rückte erst mit der Sprache heraus, als die beiden Männer nach dem Essen in den Sesseln am offenen Kamin saßen, in dem ein lebhaftes Feuer prasselte. Schellenberg hielt seinen bauchigen Cognacschwenker gegen das Licht. Er starrte den edlen Cognac Napoléon zufrieden an, während er sprach.

»Das Leben des Führers ist in Gefahr. Das ist Ihre Schuld. Sie lassen zu, daß ein russischer Spion unsere größten Geheimnisse aus der Schweiz nach Moskau funkt. Sobald der Führer das erfährt, läßt er die Schweiz besetzen. Wer ist der Spion im Führerhauptquartier? Ich bin gekommen, um seinen Namen zu erfahren.«

Jock Carson saß in dem Büro, das Sergeant Mulligan ihm in der Polizeikaserne zur Verfügung gestellt hatte, an einem leeren Schreibtisch. Durchs offene Fenster konnte er die Lichter von Jerusalem sehen: Hier gab es keine Verdunklung. Die Nachtluft war unangenehm feucht und stickig. Carson wartete seit über einer Stunde auf einen Anruf aus Kairo. Als das Telefon endlich klingelte, riß er den Hörer schon nach dem ersten Klingeln von der Gabel.

»Carson. Sind Sie's, Harrington? Wir sprechen über eine direkte Militärleitung – Sie können also auspacken. Was haben Sie rausgekriegt?«

»Vielleicht sind wir bereits fündig geworden.« Harringtons Stimme klang leise, aber doch so deutlich, daß Carson einen triumphierenden Unterton wahrnahm.

»Sie sollen auspacken, hab' ich gesagt!«

»Wir haben uns ein bißchen mit der Gästeliste aus dem Hotel Scharon befaßt, die Sie uns durchgegeben haben. Ich habe sie mit dem Gästeverzeichnis in Shepheard's Hotel verglichen. Außer Standish gibt es einen weiteren gemeinsamen Nenner – einen gewissen Victor Vlacek.«

»Wie lange hat er in Shepheard's Hotel gewohnt?«

»Zwei Nächte. Vor Standishs Ankunft und als Standish dort gewohnt hat.«

»Nur schade, daß wir nicht wissen, wann Standish erfahren hat, daß er nach Ägypten fliegen würde ... Und wer ist dieser Vlacek?« erkundigte sich Carson.

»Ein durchaus angesehener Pole, der bei dieser merkwürdigen Propagandaeinheit in der Abassia-Kaserne arbeitet. Er ist nach Kriegsausbruch über Rußland in den Nahen Osten gekommen und ...«

»Aus Rußland!«

»Was ist denn los, Chef?« fragte Harrington erstaunt. »Wir führen Krieg gegen die Nazis, nicht gegen die Russen.«

»Manchmal frage ich mich, ob das wirklich stimmt. Dieser Vlacek scheint sich sehr freizügig bewegen zu können ...«

»Ich habe mich auch danach erkundigt. Natürlich unauffällig. Er hatte noch Urlaub gut, den er ganz plötzlich genommen hat ...«

»Da haben wir's! Auf einen ›Zufall‹ dieser Art habe ich gewartet. Jetzt ist ein Gespräch mit Mr. Vlacek fällig, sogar überfällig. Und es ist allmählich höchste Zeit!«

»Deshalb habe ich Sie sofort angerufen. Weiß Standish übrigens, daß Lindsay erwartet wird?«

»Das mußte ich ihm sagen ...« Carsons Tonfall verriet, wie sehr er diese Mitteilung bedauerte. »Er weiß auch, daß Lindsay von einer Dakota abgeholt wird. Ich konnte ihm nicht sämtliche Informationen vorenthalten. Allerdings kennt er den Zeitplan nicht. Noch was, Harrington? Ich habe einen Besuch zu machen – bei Mr. Victor Vlacek.«

Linda Climber war früh zu Bett gegangen. Sie drehte sich auf die Seite, um mit dem Zeigefinger Whelbys Gesicht zu erforschen: eine buschige Augenbraue, über den Backenknochen, die Nase entlang bis zu den Lippen hinunter.

»Du bist ein geheimnisvoller Mann, Peter. Für einen Urlauber scheinst du erstaunlich viel zu tun zu haben. Du bist ständig irgendwohin unterwegs.«

Whelby schüttelte lächelnd den Kopf und zog sie an sich. Linda sprach weiter, während er hinter ihrem nackten Rükken den Arm anwinkelte, um auf seine Uhr sehen zu können.

»Du bist irgendwie rätselhaft, Peter. Das spüre ich deutlich. Du verschließt so vieles in dir.«

»Und jetzt muß ich schon wieder für ein paar Minuten fort!« Er küßte sie und stand aus ihrem Bett auf. »Ich habe vergessen, einen Freund anzurufen, mit dem ich mich morgen treffen will.« Whelby schlüpfte in den Schlafrock. »Ich bin in ein paar Minuten wieder da. Lauf nicht weg . . .«

»In diesem Aufzug? Ohne etwas an? Kannst du deinen Freund nicht von hier aus anrufen?«

»Die Telefonnummer liegt in meinem Zimmer. Ich kann mir einfach keine Zahlen merken . . .«

Er warf einen Blick in den Wandspiegel, fuhr sich mit einem Kamm durchs Haar und beobachtete Linda, die im Bett saß und die Bettdecke bis unters Kinn hochgezogen hatte. Diese merkwürdige Geste weiblichen Schamgefühls hatte Whelby noch nie verstanden. Er nickte ihr beruhigend zu, bevor er den Raum verließ.

Linda schimpfte leise vor sich hin. Ein glänzend gewählter Augenblick! Sie konnte unmöglich hinter ihm herlaufen, um festzustellen, wohin er ging. Das hatte vielleicht nichts zu bedeuten. Aber es hatte schon zu viele nichtssagende Kleinigkeiten gegeben.

»Endlich greifbare Nachrichten«, erklärte Whelby Vlacek in Zimmer vierundzwanzig. »Lindsay trifft morgen im Laufe des Tages auf dem Flugplatz Lydda ein. Er kommt mit einer DC-3 Dakota an. Die Maschine landet vielleicht erst nach Einbruch der Dunkelheit, aber er kommt jedenfalls morgen.«

»Das genügt mir nicht . . .« Der Mann mit dem schmalen, knochigen Gesicht machte eine ungeduldige Handbewegung. »Sie müssen doch *irgendeine* Vorstellung von der Ankunftszeit haben – oder wenigstens wissen, woher das Flugzeug kommt?«

»Nein, leider nicht. Ich habe danach gefragt. Mulligan hat nur ausweichend geantwortet. Ich habe nicht weitergebohrt, um keinen Verdacht zu erwecken. Sie haben das Foto von Lindsay gesehen, folglich müßten Sie ihn mühelos identifizieren können.«

»Ich möchte das Foto behalten. Können Sie's entbehren?«

»Nein! Es muß in die Akte zurück, aus der ich's in London stibitzt habe. Solche scheinbaren Kleinigkeiten können alles verderben. Wann sehen wir uns wieder? Mit welcher Methode w-w-wollen Sie das Problem lösen?«

»Wir sehen uns nicht wieder. Die Methode geht Sie nichts an. Ich verlasse dieses Hotel noch heute nacht. Amüsieren Sie sich gut mit Mrs. Climber?«

Ein scharfer Blick, um Whelbys Reaktion zu beobachten. Reine Zeitverschwendung. Der gleichmütige, unbeteiligte Gesichtsausdruck des Engländers verriet nicht, was er dachte, während er mit den Händen in den Taschen seines Schlafrocks im Zimmer auf und ab ging.

»Sie macht mir Sorgen. Sie stellt auffällig viele Fragen. Sie ist clever, aber ich habe das Gefühl, einem Verhör unterzogen zu werden . . .«

»Wie haben Sie sie kennengelernt?«

»Durch Zufall auf dem Flug hierher. Sie ist zu mir rübergekommen . . .«

»*Sie* hat *Ihre* Bekanntschaft gesucht?«

Irgend etwas in Vlaceks Stimme bewog Whelby dazu, stehenzubleiben und den Gesichtsausdruck des kleinen Mannes zu studieren. Was er dort sah, gefiel ihm nicht. Es war falsch gewesen, Vlacek von der Amerikanerin zu erzählen.

»Warum? Worauf wollen Sie hinaus?« erkundigte sich Whelby.

»Ziehen Sie sich sofort an. Fahren Sie schnellstens in die Polizeikaserne . . .« Vlacek sah auf seine Uhr. »Bleiben Sie bis Mitternacht, und sorgen Sie dafür, daß Zeugen bestätigen können, daß Sie ununterbrochen dort gewesen sind. Behaupten Sie, auf einen Anruf aus Kairo zu warten. Lassen Sie sich irgendeine Ausrede einfallen, solange Sie dadurch ein Alibi nachweisen können.«

»Hören Sie, das gefällt mir nicht . . .«

»Sind Ihre Fingerabdrücke in Mrs. Climbers Zimmer zu finden?«

»Nein. Deshalb behalte ich die Hände in den Taschen. Das ist mir sozusagen zur zweiten Natur geworden . . .«

»Haben Sie irgendwas zurückgelassen, das Ihnen gehört?«

Vlacek führte dieses Verhör in einem scharfen Tonfall, der Whelby aufregte.

»Nein!« sagte er irritiert.

»Gehen Sie nicht dorthin zurück. Gehen Sie in Ihr Zimmer, ziehen Sie sich schnell an, und verlassen Sie das Hotel. Sie haben zehn Minuten Zeit . . .«

»Das gefällt mir nicht«, wiederholte Whelby. »Was haben Sie vor? Die Amerikanerin weiß von nichts . . .«

»Das ist lediglich Ihre Vermutung. Tun Sie gefälligst, was ich gesagt habe. Von jetzt an bestimme ich, was getan wird. Sie haben nur zu gehorchen.« Vlacek lächelte sarkastisch. »Wie schon immer . . .«

Jock Carson parkte den Vauxhall am Randstein, stieg aus, sperrte den Wagen ab und ging auf das Hotel Scharon zu, das er in einiger Entfernung als beleuchtete Insel wahrnahm. Es war für diese nachtschlafende Zeit auffällig hell beleuchtet. Als er näherkam, sah er zwei Streifenwagen vor dem Hotel stehen. Carson ging schneller.

Einer der diensthabenden Nachtwächter hielt ihn an, als er die Treppe zur Veranda hinauflaufen wollte. Im Hotel selbst schien ungewöhnlich viel Betrieb zu herrschen.

»Haben Sie schon von dem Mord gehört, Sir?«

»Von welchem Mord?«

Mein Gott! dachte er. Sie haben Whelby abgemurkst.

»Eine Amerikanerin, die hier im Haus gewohnt hat. Sie ist angeblich . . .«

Carson hörte bereits nicht mehr zu. Er hastete die wenigen

Stufen hinauf, stieß die Tür auf und betrat die Hotelhalle. Ein Beamter in der blauen Uniform der Palestine Police vertrat ihm den Weg.

»Entschuldigen Sie, Sir, darf ich Sie bitten, mir ein paar Fragen zu beantworten? Sie wohnen hier im Hotel?«

Carson zückte seinen Dienstausweis, gab ihn dem Polizeibeamten und sah sich um, als suche er bereits nach Spuren. Der Uniformierte gab ihm den Ausweis zurück und machte ein unbehagliches Gesicht.

»Entschuldigung, Sir. Sie sind an den Ermittlungen beteiligt?«

»Wohin muß ich?«

»Zimmer acht im ersten Stock.«

Carson war mit wenigen großen Schritten am Empfang. Ohne auf den Nachtportier zu achten, drehte er das Gästebuch zu sich herum und ließ seinen Zeigefinger über die Namen gleiten: Mrs. L. Climber, Zimmer 8. Mr. P. Standish, Zimmer 6. Mr. V. Vlacek, Zimmer 24...

»Was kann ich für Sie...«, begann der Nachtportier.

Carson rannte die Treppe hinauf und blieb oben kurz stehen, um auf seine Armbanduhr zu sehen. Null Uhr fünfzehn. Ein Polizeibeamter hielt vor Zimmer acht Wache. Auch diesmal mußte Carson seinen Dienstausweis vorzeigen. In dem Raum wimmelte es von Männern. Ein Fünfziger mit einer schwarzen Arzttasche wollte eben gehen. Die Beamten suchten nach Fingerabdrücken und machten Blitzaufnahmen. Sergeant Mulligan trat vor.

»Eine schlimme Sache...«

»Darf ich sie sehen?«

Nicht aus Neugier, sondern aus einem Gefühl heraus, das mit Pflichtbewußtsein nur unzulänglich beschrieben gewesen wäre. Carson hatte Linda Climbers Einsatz in Palästina genehmigt. Er hatte gewisse Zweifel gehabt, aber Linda hatte ihn schließlich doch überredet. Sie hatten einen Austausch mit den Yankees vereinbart: Eine Amerikanerin arbeitete beim britischen Nachrichtendienst; er hatte eines seiner

Mädchen zu den Amerikanern abgeordnet. Das war ihm damals als originelle Idee erschienen. Carson trat ans Bett. Mulligan blieb dicht hinter ihm.

»Sie ist mit einer Drahtschlinge erdrosselt worden«, warnte er Carson. »Das hat der Arzt festgestellt. Kein angenehmer Anblick . . .«

Sie lag auf dem blutbefleckten Kissen. Ihr Hals war von einem Ohr zum anderen durchgeschnitten; ihr Gesicht trug einen entsetzten Ausdruck. Carson, der sie mit versteinerter Miene anstarrte, stellte fest, daß das Bettlaken von der Matratze gerissen war. Alles deutete darauf hin, daß Linda Climber um ihr Leben gekämpft hatte.

Das Hotelzimmer war durchwühlt und auf den Kopf gestellt worden. Der Inhalt herausgerissener Schubladen und Schrankfächer war über den Fußboden verstreut. Zwischen Kleidungsstücken lag eine aufgebrochene Schmuckschatulle. Carson kämpfte gegen leichte Übelkeit an. Seine Stimme klang heiser, als er sich schroffer als sonst an Mulligan wandte.

»Nebenan liegt Zimmer sechs – Standishs Zimmer. Ist sie vergewaltigt worden?«

Sein Verstand arbeitete sprunghaft.

»Nein«, antwortete der Sergeant. »Das hier ist übrigens Doktor Thomas . . .«

»Nicht vergewaltigt«, bestätigte der Gerichtsmediziner in nüchternem, stark walisisch gefärbtem Tonfall. Er wirkte gelangweilt und schien sich nichts mehr zu wünschen, als heimfahren und wieder ins Bett gehen zu können. »Aber sie hat erst vor kurzem Geschlechtsverkehr gehabt. Heute abend.«

»Bestimmt nicht vergewaltigt?« faßte Carson nach. Dieser Punkt war vielleicht wichtiger, als die übrigen Anwesenden ahnen konnten.

»Genau das hab' ich gesagt«, erklärte Thomas. »Sie hat mitgemacht . . .«

Carson wandte sich wieder an Mulligan. »Ich möchte, daß Sie Zimmer sechs nach Fingerabdrücken absuchen lassen, um sie mit den hier gefundenen zu vergleichen. Ob Standish im Bett liegt, braucht Sie nicht zu kümmern. Werfen Sie ihn raus!«

»Er ist nicht im Bett. Er ist nicht mal im Hotel. Und meine Leute sind schon dabei, drüben nach Fingerabdrücken zu suchen. Sie haben sich den Generalschlüssel des Direktors geben lassen. Standish ist seit zwei Stunden bei uns in der Kaserne. Soviel ich weiß, wartet er dort auf einen Anruf aus Kairo.«

»Wann ist sie ermordet worden?«

Carson vermied es, zum Bett hinüberzublicken. Er sah nicht einmal Thomas an, der seine Frage beantwortete. Er konnte Ärzte nicht ausstehen.

»Das läßt sich erst bei der Obduktion ...«

»Danke, ich weiß!« unterbrach Carson ihn geradezu diktatorisch. »Ich kenne die üblichen Einschränkungen. Mir genügt eine qualifizierte Schätzung.«

»Schreiben Sie anderen Leuten immer ihre Antworten vor?« wollte der Gerichtsmediziner wissen. Er ärgerte sich über Carson, der ihn noch immer nicht ansah. »Irgendwann zwischen zweiundzwanzig und vierundzwanzig Uhr, vermutlich eher gegen Mitternacht.«

»Womit Standish als Verdächtiger ausscheidet«, stellte Mulligan fest. »Die Überprüfung von Zimmer sechs ist eine reine Routinesache. Doktor Thomas möchte gehen, glaube ich. Wenn Sie keine weiteren Fragen haben ...«

Carson schüttelte den Kopf und wartete, bis der Arzt den Raum verlassen hatte. »Was hat sich Ihrer Meinung nach hier abgespielt? Das Zimmer sieht aus, als wäre es von einem Hurrikan verwüstet worden.«

»Raubmord«, antwortete der Sergeant lakonisch. »Die Schmuckkassette ist aufgebrochen und geleert worden. Von der linken Hand fehlt ein mit Gewalt abgezogener Ring. Das läßt auf einen professionellen Einbrecher schließen. Der Mord – vor allem die ungewöhnliche Methode – spricht allerdings dagegen.«

»Zimmer vierundzwanzig«, sagte Carson. »Nehmen Sie ein paar Ihrer Leute mit schußbereiten Waffen mit. In diesem Zimmer wohnt ein gewisser Victor Vlacek.«

Mulligan stellte keine Fragen. Er nahm zwei seiner Männer mit und folgte Carson aus dem Zimmer. Als sie vor der Tür mit der Nummer vierundzwanzig standen, warf der Sergeant Carson einen fragenden Blick zu.

»Generalschlüssel«, flüsterte Carson. Er hielt seinen Smith & Wesson in der rechten Hand, während er mit der linken vorsichtig den Schlüssel ins Schlüsselloch steckte und die Tür fast lautlos aufsperrte. Dann holte er tief Luft und stieß die Zimmertür auf.

Die vier Männer blieben überrascht auf der Schwelle stehen. Das Zimmer war leer und bot einen chaotischen Anblick. Das Bett war zerwühlt und halb abgezogen. Kissen lagen auf dem Fußboden. Schubfächer waren herausgezogen und auf den Boden ausgekippt worden. Der Kleiderschrank stand offen; die Kleidungsstücke bildeten einen wüsten Haufen auf dem Teppich.

Carson trat auf Zehenspitzen an die Tür zum Bad. Er warf einen Blick hinein, schüttelte den Kopf und wurde dann durch einen schwachen Luftzug auf das hinter dem zugezogenen Vorhang offene Fenster aufmerksam. Carson öffnete den Vorhang und sah hinaus. Erst dann steckte er seinen Revolver weg und drehte sich nach den anderen um.

»Der gleiche Scheiß wie unten«, stellte Mulligan fest. »Wie viele Zimmer hat er heute nacht durchwühlt?«

»Nur diese zwei, nehme ich an.«

»Das verstehe ich nicht ...«

»Das dürfte beabsichtigt sein.« Carson deutete auf das offene Fenster. »Dahinter befindet sich die Feuertreppe. Gibt's einen rückwärtigen Ausgang hinter dem Hotel?«

»Ein Kinderspiel! Auf dem Hof hinter dem Hotel stehen die Garagen an einer niedrigen Mauer, die leicht zu überklettern ist; dahinter liegt ein unbebautes Grundstück, das bis zur nächsten ruhigen Seitenstraße reicht. Und an Mrs. Climbers Fenster, das wir ebenfalls offen vorgefunden haben, führt auch eine Feuertreppe vorbei. Als Sie uns hierher mitgenommen haben, hab' ich geglaubt, dieser Vlacek sei der Täter, aber...« Mulligan machte eine hilflose Handbewegung. »Hier sieht's genauso aus. Wo ist die Leiche?«

»Die werden Sie wohl nie finden, Sergeant. Höchst professionelle Arbeit. Auf der ganzen Linie. Ich mache mir jetzt wirklich Sorgen...«

Draußen schneite es stark, als Masson Schellenberg im Gasthof Winkelried in Frauenfeld gegenübersaß. Die beiden Männer konnten das Poltern eines Schneepflugs hören, den der Chef des Schweizer Nachrichtendienstes angefordert hatte, um die Straße freizuhalten. Sein deutscher Gast sollte auf keinen Fall in der Schweiz übernachten müssen.

»Ich bestehe darauf, daß Sie mir den Namen des russischen Spions im Führerhauptquartier nennen«, wiederholte Schellenberg. »Sonst übernehme ich keine Verantwortung für etwaige Konsequenzen.«

»Mein Land hat keinen Einmarsch der Wehrmacht zu befürchten«, stellte Masson kühl fest. »Sie versuchen, mich zu erpressen, aber Sie bluffen nur.«

»Das ist kein Bluff! Es gibt eine Karte, auf der...«

»Ein Exemplar dieser Karte besitze ich schon seit über zwei Jahren.«

Masson sagte die Wahrheit. Die von Schellenberg erwähnte Landkarte war in Deutschland gedruckt worden. Sie zeigte die zukünftigen Grenzen des Großdeutschen Reichs unter Einschluß der deutschsprachigen Schweiz.

Trotz der Strahlungswärme des lodernden Kaminfeuers war die Atmosphäre zwischen den beiden Männern, deren Gegnerschaft jetzt offen zutage trat, merklich abgekühlt. Bei ihren früheren Gesprächen hatte Schellenberg abwechselnd gelockt und gedroht; Masson war nachgiebig und zur Zusammenarbeit bereit gewesen. Nun schien Schellenberg unter der Einwirkung eines leichten Schocks zu stehen. Masson wirkte eher unbeteiligt, aber er war hartnäckig und weigerte sich, auch nur einen Finger breit nachzugeben.

»Die Wehrmacht kämpft ohnehin schon mit dem Rücken an der Wand«, fuhr Masson unerbittlich fort. »Sie könnte gar keine neue Front mehr eröffnen.«

»Wir haben gewisse Schwierigkeiten«, gab Schellenberg zu.

»Ich nehme an, daß *Sie* bald Schwierigkeiten haben werden«, sagte Masson kalt. »Was wäre – eine rein hypothetische Annahme –, wenn Deutschland den Krieg verlieren würde? Dann bräuchten Sie ein Schlupfloch, um sich vor den Russen in Sicherheit bringen zu können. Auf Ihrem Weg zu den Alliierten könnte die Route in die Freiheit recht gut durch die Schweiz führen.«

Nichts demonstrierte das entscheidend veränderte Verhältnis zwischen den beiden Männern besser als ihre Haltung. Während Schellenberg in seinem Sessel zusammengesunken war und in einer Hand das leere Cognacglas hielt, saß Masson ihm aufrecht und mit strenger Miene wie ein Richter gegenüber.

»Wir wissen genau«, sprach Masson unbeirrbar weiter, »daß Sie mit Billigung und voller Unterstützung Himmlers bereits Verbindung mit den Westmächten aufgenommen und versucht haben, sich mit ihnen unter Ausschluß der Russen zu einigen ...«

»Diese verdammte Ankündigung nach der Konferenz von Casablanca!« knurrte Schellenberg. »Bedingungslose Kapitulation ... Einfach verrückt! Ist Churchill sich denn nicht darüber im klaren, welche Gefahr dem Westen von den Bolschewisten droht?«

»Das weiß Churchill recht gut«, antwortete Masson. »Aber Roosevelt, der über fünftausend Kilometer von Europa entfernt ist, weiß es nicht. Sie werden Ihr Schlupfloch brauchen, mein Freund – vielleicht schon bald. Das ist übrigens ein Aspekt unseres Gesprächs, von dem ich General Guisan nichts mitteilen werde.«

»Besten Dank.« Schellenberg fand es beschämend, sich bei Masson bedanken zu müssen. Er raffte sich zu einem letzten Versuch auf. »Sie weigern sich also, mir den Namen des russischen Spions zu nennen? Ich muß bald wieder fort ...«

»Tut mir leid, in diesem Punkt kann ich Ihnen nicht weiterhelfen.«

Obwohl Schellenberg ihm das nie geglaubt hätte, sprach Masson die Wahrheit: Er hatte keine Ahnung, wer »Specht« in Wirklichkeit war.

In Jerusalem raste Sergeant Mulligan mit Carson durch schwach beleuchtete Straßen zur Polizeikaserne zurück. Der Jeep fuhr auch in Kurven nicht langsamer. Carson hatte das Gefühl, der Wagen rutsche auf zwei Rädern um die Kurven.

»Fahren Sie immer so?« erkundigte er sich gelassen.

»Nachts immer. Sie wollen doch nicht, daß uns jemand eine Handgranate in den Jeep schmeißt? Kurven sind gefährlich.«

»Ist's tatsächlich so schlimm?«

»Schlimmer! Jetzt sind wir da, Gott sei Dank.«

Um zwei Uhr morgens löste Mulligan als erstes eine Großfahndung nach Victor Vlacek aus, dessen Personenbeschreibung ihm Harrington aus Kairo übermittelt hatte. Nachdem er den Hörer auf die Gabel geknallt hatte, sah er zu Carson hinüber, der in dem durchgesessenen Besuchersessel hockte.

»Ich kann für nichts garantieren«, sagte der Sergeant. »Er kann bereits über die Grenze nach Syrien verschwunden sein. Unsere Leute verständigen die Freien Franzosen, aber was geht die unsere Fahndung an?«

»Richtig, was geht sie unsere Fahndung an?« stimmte Carson müde zu.

Tatsächlich blieb Vlacek spurlos verschwunden. Wahrscheinlich war er nach Syrien übergewechselt. Von dort aus konnte er über die Türkei in die Armenische Sozialistische Sowjetrepublik gelangt sein.

Bei Tagesanbruch lag der Mann namens Mosche hinter einigen Felsblöcken oberhalb der Straße Lydda–Jerusalem in Stellung. Als es hell wurde, stellte er sein Fernglas auf den Flugplatz Lydda ein. Mosche war darauf gefaßt, lange warten zu müssen. Aber dies war der große Tag.

40

Staffelkapitän Lester Murray-Smith, ein kleiner, athletischer Mann mit einem dunklen Menjoubärtchen, steuerte die Dakota übers Mittelmeer nach Jugoslawien. Murray-Smith war nicht nur ein eingebildeter Affe – nach Ansicht seiner Kameraden –, sondern hatte auch Mut.

Auf dem libyschen Flugplatz Benina hatte er seine Entscheidung im letzten Augenblick im Kasino bekanntgegeben. Der Einsatz, um den es hier ging, wäre normalerweise nichts für einen Offizier seines Dienstgrades gewesen.

»Halten Sie das für richtig?« hatte der Platzkommandant gefragt.

»Und wen interessiert Ihre Meinung?« hatte Murray-Smith sich unfreundlich erkundigt. »Das ist *meine* Show. Ich fliege die Dak selbst«, wiederholte er. »Das arme Schwein, dieser Lindsay, sitzt jetzt weiß Gott schon lange genug in der Scheiße.«

»Das müssen Sie selbst entscheiden.«

»Freut mich, daß Sie die Lage so rasch erfaßt haben. Conway kann als Kopilot mitkommen. Einverstanden, Conway? Zufrieden? Dann lächeln Sie gefälligst, Mann!«

»Whisky« Conway, der seinen Spitznamen einer offenkundigen Vorliebe verdankte, war keineswegs zufrieden gewesen und hatte im Gegenteil den Verdacht gehegt, der Staffelchef habe ihn aus Bosheit ausgewählt. Murray-Smith hatte wenige Tage zuvor mitbekommen, wie der angeheiterte Conway ihn im Pilotenkreis als »dieser Miniatur-Führer« bezeichnet hatte.

Während die Maschine in zweitausend Meter Höhe übers Meer brummte, hatte Conway, der als Navigator fungierte, eine Luftfahrtkarte in großem Maßstab auseinandergebreitet auf den Knien liegen. Er ahnte nicht, daß Murray-Smith ihn deshalb zu seinem Kopiloten gemacht hatte; Conway war vermutlich der beste Navigator zwischen Algier und Kairo.

»Die Wetter-Trottel scheinen ausnahmsweise recht gehabt zu haben«, meinte Murray-Smith. »Natürlich reiner Zufall . . .«

Der Himmel glich einem endlos weiten blaßblauen Meer, in dem kein einziges Wolkenschiff schwamm. Unter ihnen erstreckte sich das Mittelmeer als ebenso leere dunkelblaue Fläche. Murray-Smith sah auf seine Armbanduhr. Er verließ sich auf keines der verdammten Instrumente vor ihm, solange ihm andere Mittel zur Verfügung standen.

»In sechzig Minuten sind wir da. Stimmt's, Conway?« fragte der Staffelkapitän, während er ihren Kurs geringfügig korrigierte.

»Richtig, Sir, noch sechzig Minuten.«

»Heljec, oder wie du sonst heißt, wir kommen!« rief Murray-Smith aus. »Wir haben die Waffen, und du hast unseren Mann, deshalb brauchen wir nicht lange zu palavern . . .«

Großer Gott, dachte Conway, dem Kerl macht das Spaß!

Hartmann und Paco, denen Heljec nur widerstrebend folgte, marschierten langsam die provisorische Landebahn hinunter und suchten jeden Quadratmeter ab. Der Deutsche hatte sich dem Partisanenführer gegenüber durchgesetzt: Er blieb hier und dort stehen und verlangte, daß allzu hoch herausragende Felsbrocken entfernt wurden. Die dadurch entstehenden Löcher mußten mit Geröll und Erdreich aus einem von zwei Partisanen geschleppten großen Weidenkorb aufgefüllt werden.

»Kein Wunder, daß hierzulande nichts vorankommt!« knurrte Hartmann. »Überall Schlamperei. Entschuldigung, ich wollte deine Heimat nicht beleidigen . . .«

»Ich bin zur Hälfte Engländerin«, erinnerte sie ihn. »Und ich glaube nicht, daß ich hierher zurückkommen werde. Bestimmt nicht! Ich kann nicht vergessen, was die Amazonen-Brigade getan hat.«

»Warum gehst du nicht hin und munterst Lindsay ein bißchen auf? Er hat's nötig, glaub' ich.«

»Wenn wir mit dieser Arbeit fertig sind. Das Flugzeug müßte bald kommen. Es ist schon fast elf.«

Lindsay, der sich darüber im klaren war, daß Hartmann eine Arbeit tat, die eigentlich seine Aufgabe gewesen wäre, hockte erschöpft auf einem Felsen. Er verfluchte seine Untätigkeit, aber das lange Fieber hatte ihn doch sehr geschwächt. Dr. Macek tauchte hinter dem Felsen auf und legte Lindsay eine Hand auf die Stirn.

»Wir sind heute wohl mit uns und der Welt unzufrieden?« erkundigte er sich.

»Ach, es geht. Ich sollte dort drüben bei Hartmann und Paco sein.«

»Temperatur normal. Allerdings brauchen Sie Genesungsurlaub. Nur gut, daß das Flugzeug endlich kommt!«

»Ich möchte Ihnen für alles danken, was Sie für mich getan haben.«

»Das ist mein Beruf. Danken Sie mir, indem Sie sich am Ende Ihrer Reise erholen. Vielleicht sehen wir uns eines Tages wieder.«

»Daran kann ich nicht recht glauben . . .«

Macek nickte sanft lächelnd und ging davon. Abgesehen von der Fünfergruppe, die letzte Verbesserungen an der Landebahn vornahm, lag das Plateau menschenleer in der hellen Vormittagssonne. Heljec hatte die Hochfläche von allen Männern und Waffen räumen lassen und seine Kräfte in den Steilrinnen am Rande des Plateaus in Stellung gebracht. So konnte er glauben, sämtliche Zugänge zu seiner improvisierten Bergfestung abgeriegelt zu haben.

Lindsay raffte sich auf, verließ seinen Sitzplatz und bewegte sich schlurfend in Richtung Landebahn. Er stützte sich auf den Stock, den Milic ihm geschnitzt hatte. Der arme Milic, der vor langer, langer Zeit bei dem deutschen Granatwerferangriff gefallen war. Milic, von dem niemals gesprochen wurde, den die meisten Partisanen vergessen hatten.

»Wie kommt ihr voran, Hartmann?« rief er. »Das Flugzeug müßte bald kommen, stimmt's?«

»Die Landebahn ist eben, mein Freund«, antwortete der Deutsche. »Glatter wird sie nicht mehr. Und du hast recht: Die Dakota müßte jeden Augenblick in Sicht kommen – wenn sie pünktlich ist.«

»Wenn sie uns überhaupt findet, meinst du.«

»Du hast doch Vertrauen zur Royal Air Force?« fragte Hartmann scherzhaft. Er merkte, wie sehr schon das Gehen Lindsay anstrengte, aber er verzichtete bewußt darauf, den Engländer zu stützen: Lindsay würde nicht als Krüppel behandelt werden wollen. »Die Maschine dürfte aus Süden anfliegen, deshalb sollten wir diesen Sektor beobachten ...«

»Ich bin vor Nervosität ganz zittrig«, sagte Paco. »Ist das nicht lächerlich?«

»Nervös sind wir alle«, versicherte ihr Lindsay und legte eine Hand über die Augen, um den Himmel abzusuchen.

Setzte ein alter Instinkt sich wieder durch? Eine unbewußte Erinnerung an die Zeit, in der er am Steuer einer Spitfire über den sattgrünen Feldern Südenglands gelernt hatte, nach allen Richtungen zu beobachten? Ununterbrochen ...

Er blickte nach Süden, wie Hartmann vorgeschlagen hatte, und suchte langsam den gesamten Horizont ab. Nirgends eine Wolke. Nach den gestrigen Schneefällen kaum zu glauben. Vor dem Blau des Himmels ragten zerklüftete Berggipfel auf. Nichts im Osten. Ostnordost. Wieder nichts. Lindsay drehte sich weiter. Er hatte schon immer bemerkenswert gute Augen gehabt. Bald würde er genau nach Norden blicken. Noch eine kleine Bewegung. *Um Himmels willen! Nein!*

»Alles einsteigen zum Flug nach Süden! Dort vorn kommt der Clipper ...«

Das war Reader, der sein Funkgerät wie einen Tornister

auf dem Rücken trug, als er sich jetzt zu ihnen gesellte. Er hatte vom höchsten Punkt des Plateaus aus versucht, mit der anfliegenden Maschine Funkverbindung zu bekommen. Dort oben hatte er die Dakota als erster entdeckt.

»Nach Norden müßt ihr sehen, ihr Schwachköpfe!« rief Lindsay mit sich überschlagender Stimme. »Die Deutschen kommen – eine ganze Armada von Transportflugzeugen!«

Im Cockpit der Dakota schlug Conway sich vor Begeisterung mit der geballten Faust auf die Knie. Er verfehlte sie jedoch und boxte ein Loch in seine Karte.

»Da ist das Plateau! Da ist die Markierung – ein mit Steinen ausgelegter fünfzackiger Kommunistenstern. Mein Gott, da bleibt nicht viel Platz für 'ne Landung ...«

»Immer mit der Ruhe, Mann!« wies Murray-Smith ihn zurecht. »Wenn's sein muß, setze ich die alte Mühle auf einem Fußballplatz hin.«

»Viel länger ist die Landebahn auch gar nicht!«

Conway griff nach dem Fernglas und richtete es auf die zu ihrem Flugzeug aufblickenden winzigen Gestalten. Einer der Männer schwenkte einen Stock in der rechten Hand und reckte gleichzeitig den linken Daumen hoch.

»Der Kerl mit dem Stock dürfte Lindsay sein«, meinte der Kopilot. »Er fuchtelt damit wie ein Verrückter herum. Eigentlich sogar verständlich ...«

»Vor allem deshalb, weil im Norden die ganze verdammte Luftwaffe im Anflug ist«, stellte Murray-Smith sarkastisch fest. »Aber wir sind viel näher dran; vielleicht schaffen wir's vor denen ...«

»Heiliger Strohsack!«

Conway entdeckte erst jetzt, was Murray-Smith schon vor zwanzig Sekunden gesehen hatte. Eine ganze Armada winziger Flugzeuge, die unmerklich größer wurden, während er sie beobachtete. Deutsche Transportflugzeuge. Ziemlich hoch, weit auseinandergezogen und gut gestaffelt, so daß keine Maschine eine andere unter sich hatte.

»Ich tippe auf ein Luftlandeunternehmen«, sagte Murray-Smith. »Fallschirmjäger. So, jetzt geht's abwärts. Hoffentlich haben sie wirklich alle Felsbrocken aus der Landebahn gebuddelt. Aber das werden wir gleich merken, was?«

Jäger und Schmidt saßen mit umgeschnallten Fallschirmen zum Sprung bereit in der Führermaschine des Transportfliegerverbands. Auf dem Flug von Zagreb nach Süden hatte es keine besonderen Vorkommnisse gegeben – bis Oberstleutnant Stoerner, der Kommandeur der Fallschirmjäger, plötzlich dringend aufgefordert worden war, nach vorn zu ihrem Piloten zu kommen.

»Wir müssen schon fast über dem Absetzgelände sein«, sagte Schmidt laut. »Und ich schwitze, obwohl's gar nicht heiß ist.«

»Wer tut das nicht?«

Die Fallschirmjäger saßen sich in zwei langen Reihen auf beiden Seiten des Mittelgangs gegenüber. Der Absetzer stand bereits an der Tür. Jäger blickte die Reihen entlang und sah überall starre, schweißnasse Gesichter. Keiner sprach. Jäger konnte die Spannung, die nackte Angst förmlich riechen.

»Weißt du, woran ich gerade denke?« fragte Schmidt ihn halblaut. »Zuletzt sind wir über dem Flugplatz Malemes auf Kreta abgesprungen. Ich kann mich nicht einmal mehr daran erinnern, in welchem Jahr das gewesen ist. Mein Kopf ist wie vernagelt. Was ...«

Jäger hob den Kopf, als Stoerner aus der Führerkanzel zurückkam und ihm eine Hand auf den Arm legte. Der stiernakkige Oberstleutnant hatte ein merkwürdiges Gesicht praktisch ohne Wimpern und Augenbrauen. Er zog Jäger am Arm hoch.

»Ich muß Sie unbedingt sprechen. Kommen Sie bitte mit nach vorn ...«

Das konnte nur bedeuten, daß eine kritische Situation entstanden war, noch bevor das Unternehmen richtig begonnen hatte. Jäger ließ sich verschiedene Möglichkeiten durch den

Kopf gehen, während er dem Fallschirmjägeroffizier durch den Mittelgang folgte. Erst vor einer Stunde hatte ein Aufklärer das Zielgebiet in weitem Abstand umflogen. Sein Pilot hatte gemeldet, die Partisanen befänden sich nach wie vor auf der Hochfläche. Was konnte in der Zwischenzeit passiert sein?

Jäger, den sein Fallschirm behinderte, zwängte sich durch die schmale Tür der Führerkanzel. Stoerner – ein fähiger, aber nach Ansicht des Standartenführers oft zu impulsiver Offizier – zog die Tür hinter sich zu. Sein kräftiger Zeigefinger deutete über den Piloten hinweg nach vorn. Jäger konnte die Dakota deutlich erkennen.

»Wir kommen genau richtig«, sagte Stoerner heiser. »Passen Sie auf, gleich dreht der Engländer ab . . .«

»Er denkt gar nicht daran!« widersprach Jäger. »Er landet – er hat Mut!«

»Ein Verrückter!« Stoerner starrte wie gebannt nach draußen. »Wie will er das schaffen? Er kommt zu spät . . .«

»Das ist noch nicht gesagt. Ich gehe wieder nach hinten. Lassen Sie mich als ersten absetzen. Dann Schmidt und die anderen.«

»Sie wollen Vorbild sein? Gut, wie Sie wollen.«

Stoerner machte eine wegwerfende Handbewegung, als wolle er damit andeuten, ihm sei es egal, ob der andere Selbstmord verübe. Aber Jäger hatte die Führerkanzel bereits verlassen. Der Standartenführer nahm nicht wieder Platz. Er winkte Schmidt zu sich heran und blieb hinter dem Absetzer stehen.

Das rote Licht brannte noch. Jäger hakte seine Aufziehleine in das über seinem Kopf verlaufende Stahlseil ein, als die Tür geöffnet wurde. Die hereinströmende frische Luft reinigte die nach Schweiß riechende Kabinenatmosphäre binnen weniger Sekunden. Schmidt folgte Jägers Beispiel und hakte seine Aufziehleine ebenfalls ein.

»Was ist los?« fragte er mit den Lippen fast an Jägers Ohr.

»Die Engländer holen Lindsay raus. In diesem Augenblick

landet eine Dakota auf der Hochfläche. Jetzt geht's um Minuten. Sobald wir landen, müssen wir das Flugzeug beschießen, damit es nicht starten kann. Das ist im Augenblick wichtiger als alles andere.«

Während Jäger sprach, überprüfte er nochmals seine Maschinenpistole. Nachdem er sich davon überzeugt hatte, daß sie einwandfrei funktionierte, nahm er das Magazin ab und steckte die Waffe mit dem Kolben voraus in seine Sprungkombination.

Die Fallschirmjäger standen jetzt auf, bildeten eine lange Schlange, die den Flugzeugrumpf ausfüllte, und hakten ihre Aufziehleinen ein. Jäger beobachtete die gewohnte Mischung von Erleichterung und Angst auf ihren Gesichtern. Erleichterung, weil die Wartezeit endlich vorbei war. Angst vor dem Empfang, der ihnen bei der Landung bevorstand – falls ihr Schirm nicht etwa versagte. Von Stoerner hatte Jäger erfahren, daß über die Hälfte von ihnen lediglich einen Übungssprung absolviert hatten. So erzwang der Krieg auch hier Einschränkungen. Jäger wartete auf das grüne Licht.

»Viel länger als ein Fußballplatz ist die Landebahn tatsächlich nicht«, stellte Staffelkapitän Murray-Smith nonchalant fest, als das Plateau ihnen entgegenzuwachsen schien.

»Mein Gott, dabei ist die Mindestlänge doch durchgegeben worden!« keuchte Conway.

Murray-Smith ließ die Maschine auf den letzten Metern fast durchsacken. Dann setzte die Dakota im Langsamflug hart auf. Der Pilot schob die Unterlippe vor – bei ihm ein Zeichen höchster Konzentration –, während die Zweimotorige auf den Steilabfall im Norden der Hochfläche zurollte.

Die Dakota war schon fast zum Stehen gekommen, als Murray-Smith ein Manöver vollführte, bei dem Conway beinahe einen Nervenzusammenbruch erlitten hätte. Er wendete das ausrollende Flugzeug um hundertachtzig Grad, so daß es in Gegenrichtung startbereit stehenblieb. Und er ließ vorschriftswidrig die Motoren weiterlaufen.

»Los, los, machen Sie die Frachttür auf!« knurrte er Conway an. »Wir müssen diese Horde von Kanaken auf Trab bringen.«

Murray-Smith sprang aus der Maschine, sobald sein Kopilot die Tür geöffnet hatte. Der kleine Staffelkapitän verschwand fast inmitten der neugierig herandrängenden Partisanen. Er sah einen Mann auf einen Stock gestützt heranhinken, sah die abgetragene, schmutzige RAF-Jacke und die attraktive Blondine an seiner Seite.

»Lindsay?«

»Ja. Ich ...«

»Wer ist hier der Boß?«

»Heljec dort drüben. Paco kann für Sie dolmetschen.«

»Keine Zeit für Sprachkünstler. Ich mache mich auch so verständlich. Passen Sie auf!«

»Sie lassen mich erst an Bord, wenn sie die Waffen und die Munition haben.«

»Tatsächlich? Na, wir werden ja sehen ...«

Der Staffelkapitän drehte sich nach der Frachttür um, aus der Conway bereits mehrere Kisten mit Seilgriffen zu den wartenden Partisanen heruntergelassen hatte. Murray-Smith öffnete die Schnappverschlüsse einer Kiste, klappte den Deckel auf, holte ein halbes Dutzend Maschinenpistolen heraus und drückte sie Heljec in die Arme. Dann hielt er Lindsay mit einer Hand am Ärmel fest, zeigte mit der anderen ins Flugzeug und redete dabei auf Heljec ein.

»Da haben Sie Ihre verdammten Maschinenpistolen! Ich hab' mein Leben riskiert, um Ihnen dieses Zeug zu bringen! Lindsay geht gleich jetzt an Bord, verstanden? Falls Sie's noch nicht gemerkt haben sollten: Sie bekommen Besuch – allerdings keine Leute, die ich zu mir ins Kasino einladen würde ...«

Er gestikulierte heftig, deutete ins Flugzeug, zeigte dann wieder auf die herandröhnenden deutschen Maschinen und brüllte Heljec an, als stauche er einen unfähigen Flugzeugwart zusammen.

Das Ganze wäre komisch gewesen, wenn die Lage nicht so verzweifelt ernst gewesen wäre. Der kleine Mann vor dem vergleichsweise riesigen Heljec. Aber Murray-Smith behielt recht: Er brauchte wirklich keinen Dolmetscher. Nachdem Heljec sich von seiner ersten Verblüffung erholt hatte, begann er, die Maschinenpistolen samt den Magazinen an seine Männer auszugeben.

»Los, klettern Sie schon rein!« forderte Murray-Smith Lindsay auf. »Conway, helfen Sie ihm – er hat ein lahmes Bein. Muß ich wieder alles selbst machen? Aber das bin ich eigentlich schon gewöhnt ...«

Das Tauschgeschäft wurde rasch abgewickelt. Der Frachtraum leerte sich mit Hilfe einiger Partisanen. Lindsay wurde an Bord gehievt; Conway zog ihn hoch, während Hartmann ihn von unten stützte. Dann hob der Deutsche Paco hinauf, und Reader kletterte nach.

»Hartmann habt ihr wohl vergessen?« fauchte Paco.

Sie beugte sich aus der Tür, reichte ihm die Hand und zog Hartmann ebenfalls an Bord. Murray-Smith kam aus dem Cockpit, als Conway die Frachttür verriegelte.

»Nach vorn durchgehen!« forderte der Staffelkapitän seine Fluggäste auf. »Los, los, Beeilung! Bei uns gibt's nämlich Sitze. Nehmt auf den verdammten Sitzen Platz! Schnallt euch mit den verdammten Gurten an! Das wird ein schlimmer Start. Turbulenzen sind ein Dreck dagegen ...«

»Gegen dich auch, Kamerad«, sagte Reader, während er sich in einen Sitz fallen ließ.

Seine Bemerkung ging ins Leere. Murray-Smith war bereits wieder nach vorn gehastet. Er starrte durch die Windschutzscheibe die Fallschirme an, die sich über ihnen in immer größerer Zahl öffneten.

»Sie kommen, Conway. Sogar in rauhen Mengen. Wird allmählich Zeit, daß wir unsere Rückfahrkarte benützen ...«

Paco, die aus dem Fenster neben sich starrte, hatte den Eindruck, die Dakota rolle unendlich langsam an. Das Flugzeug bewegte sich noch kaum, als sie den ersten Deutschen landen sah. Er rollte sich ab, löste sich von seinem Fallschirm und richtete sich mit der Maschinenpistole im Anschlag kniend auf.

»Mein Gott, Lindsay . . .!«

Sie erkannte Jäger ganz deutlich. Er zielte aufs Cockpit der anrollenden Maschine. Aber er konnte nicht gleich schießen, weil weitere Fallschirmjäger vor ihm landeten. Heljec, der mit einer der neuen Sten-Maschinenpistolen bewaffnet war, tauchte hinter einem Felsen auf und schoß mit einem einzigen langen Feuerstoß ein halbes Magazin leer.

Jäger riß die Arme hoch, wurde vorwärtsgeworfen und blieb bewegungslos liegen. Was denkt ein Mann in seinen letzten Augenblicken? *Liebste Magda! Unser gemeinsames Leben ist wunderbar gewesen . . .* Er war tot, bevor er den Boden berührte. Paco kämpfte gegen einen Brechreiz an. Sie erinnerte sich an das Restaurant Walterspiel in München. An das Mittagessen mit Jäger in seiner eleganten Uniform, an seine ritterlich-charmante Art, an seinen . . . Dieser verfluchte Krieg!

Die Dakota wurde schneller. Murray-Smith, der die Leistungshebel ganz nach vorn geschoben hatte, konzentrierte sich auf den Start, ohne nach rechts oder links zu sehen. Trotz des Motorenlärms war das Rattern von Maschinenpistolen, das Klatschen von Einschlägen im Flugzeugrumpf und das Krachen detonierender Handgranaten deutlich zu hören. Aber er ignorierte alle diese Geräusche.

Lindsay sah die vertraute Gestalt des sanftmütigen Dr. Macek hinter einem Felsen auftauchen. Der Arzt schien eine Handgranate werfen zu wollen. Ein Feuerstoß traf ihn und ließ ihn zusammenbrechen. Lindsay war davon überzeugt, daß Macek soeben den Tod gefunden hatte.

»Eben hat's Macek erwischt«, sagte er zu Paco, die vor ihm saß. »Der arme Kerl . . .«

»Mein Gott, wozu das alles?«

»Das frage ich mich schon, seitdem ich nach Berchtesgaden geflogen bin«, antwortete Lindsay.

Nach monatelangen Entbehrungen, endlosen Märschen und ständiger Angst vor einem Überfall während des Balkanwinters war ihr erster Anblick Nordafrikas unvergeßlich. Sie drückten sich die Nasen an den Fenstern der Dakota platt, um das bis zum Horizont reichende warme Ockergelb der ebenen Libyschen Wüste zu begaffen.

Sie befanden sich noch über dem dunklen Blau des Mittelmeers und sahen den weißen Brandungsstreifen, der die Grenze zwischen Land und Wasser bezeichnete. Das Flugzeug begann seinen Landeanflug. Zehn Minuten später setzte Murray-Smith in Benina auf. Paradiesische Wärme strömte in die Kabine, als Conway die Tür öffnete.

»Eine halbe Stunde Aufenthalt, bis die Maschine aufgetankt ist«, erklärte Conway den Fluggästen. »Sie können sich die Beine vertreten, weil Sie ohnehin aussteigen müssen, aber bleiben Sie bitte in Sichtweite des Flugzeugs. Doktor Macleod hält sich für den Fall bereit, daß einer von Ihnen ärztliche Behandlung braucht ...«

»Ich möchte mich bei dem Piloten bedanken«, sagte Lindsay.

»Das würde ich bleiben lassen, Wing Commander, wenn ich Ihnen einen guten Rat geben darf. Unser Staffelkapitän Murray-Smith ist ein bißchen eigen. Man weiß nie, wie er darauf reagieren würde. Jedenfalls bringt eine frische Besatzung Sie an Ihren Bestimmungsort.«

»Und der wäre?«

»Keine Ahnung. Tut mir leid, Sir ...«

Sie fühlten sich merkwürdig desorientiert, während sie in der Sonnenglut über den Flugplatz schlenderten. Lindsay vermutete, daß daran der im Gegensatz zum bosnischen Karst so weite Horizont schuld war. Er beschloß, die Gelegenheit beim Schopf zu packen und von Reader weitere Informationen zu verlangen. Paco und Hartmann folgten ihnen in einigem Abstand.

»Wie Sie wissen, stehe ich im Dienstgrad über Ihnen, Major Reader«, begann Lindsay. »Normalerweise wäre mir das piepegal, aber jetzt will ich wissen, was gespielt wird. Was ist unser Bestimmungsort? Kairo? Tunis?«

»Lydda in Palästina.«

»Aber das ist doch verrückt!« rief Lindsay ungläubig aus.

»Können wir kurz unter vier Augen miteinander reden? Vielleicht drüben im Hauptgebäude, falls Sie sich lieber hinsetzen möchten . . .«

Lindsay nickte Paco und Hartmann um Entschuldigung bittend zu und bog rechtwinklig von ihrem bisherigen Weg ab. Nach der Kälte im bosnischen Bergland sog er die Hitze wie ein Schwamm auf. Sobald sie außer Hörweite waren, blieb er stehen und drehte sich nach Reader um.

»Wieviel wissen Sie? Ich will alles erfahren. Irgendwas ist faul an dieser Sache. Wir fliegen in die falsche Richtung – ich muß nach London!«

»Die Flugzeuge nach London starten in Kairo West.«

»Noch verrückter! Wozu soll ich dann erst nach Lydda fliegen?«

»Aus Sicherheitsgründen, soviel ich gehört habe. Außerdem werden Sie dort erwartet – von einem eigens zu Ihrem Empfang aus London angereisten Burschen. Ein regelrechter Fünf-Sterne-Empfang!«

»Wer ist der Kerl?«

»Ein gewisser Peter Standish . . .« Reader zögerte. »Da Sie ihn noch heute kennenlernen werden, kann ich's Ihnen ebensogut sagen. Standish ist ein Deckname. Ich spreche von Tim Whelby.«

»Aha!«

Lindsay hinkte, auf seinen Stock gestützt, weiter über den Wüstenboden. Bengasi war von hier aus nicht zu sehen: Die Stadt lag jenseits einer niedrigen Hügelkette am Mittelmeer. Lindsay hatte lediglich die Wüste, das Flugplatzgebäude, die zweimotorige Dakota und einen Tankwagen vor sich. Er hörte, daß Reader ihm folgte. Der Major ging schneller, um wieder zu ihm aufzuschließen.

»So, jetzt haben Sie eine Minute Zeit zum Nachdenken gehabt«, stellte Reader fest. »Ich wüßte gern, was Ihnen nicht paßt. Tim Whelby ist schließlich harmlos. Kein Himmelstürmer, sondern ein Mann der Mitte, der's sich mit niemand verderben will . . .«

»Oh, ist Ihnen dieser interessante Zug auch aufgefallen?«

»Interessant?«

»Haben Sie nicht gemerkt . . .« Lindsay, der sich seit Monaten nicht mehr so wohl gefühlt hatte, ging langsam weiter. »Haben Sie nicht gemerkt, daß er sich größte Mühe gibt, um mit den Indern *und* den Akademikern gut auszukommen?«

Die »Inder« waren die aus der Indischen Zivilverwaltung rekrutierten SIS-Angehörigen. Sie galten als ziemlich stur, traditionsverhaftet und unbeweglich, aber der Krone treu ergeben. Die »Akademiker« waren Absolventen der großen Universitäten: Intellektuelle, die Probleme unvoreingenommen angingen. Sie bildeten neben den Traditionalisten die zweite Clique. Man mußte sich für eine dieser Gruppierungen entscheiden. Nur sehr wenigen gelang es, eine Brücke zwischen ihnen zu schlagen.

»Wahrscheinlich haben Sie recht«, gab Reader zu. Er zuckte mit den Schultern. »Spricht das nicht eher für Whelby?«

»Noch etwas: Ich habe immer das Gefühl, daß er schauspielert – daß keiner von uns den wahren Mann kennt . . .«

»Tut mir leid, ich kann Ihre Route jetzt nicht mehr ändern. Alles ist bereits arrangiert.«

»Von wem arrangiert?«

»Von Whelby, nehme ich an.« Reader ließ seiner Gereiztheit einen Augenblick freien Lauf. »Verdammt noch mal, ich hab' wie Sie in dem verdammten Jugoslawien festgesessen! Streiten Sie sich mit Whelby darüber – nach unserer Landung in Lydda. Nehmen wir einmal an, jemand hätte es auf Sie abgesehen – falls Ihnen das Sorgen macht –, wer sollte dann auf die Idee kommen, Sie könnten ausgerechnet in Lydda aufkreuzen?«

»Whelby.«

Als sie zur zweiten Teilstrecke ihres Flugs an Bord der Dakota gingen, erlebte Lindsay eine Überraschung. Er hatte sich einen Fensterplatz ausgesucht, weil er damit rechnete, daß Paco neben Reader sitzen würde. Aber sie nahm wortlos neben ihm Platz und schnallte sich an.

»Ich langweile dich doch hoffentlich nicht?« fragte sie halblaut, während der neue Pilot zum Start rollte. »Sonst suche ich mir einen anderen Platz. Sitze sind ja genügend da!«

»Nein, nein, ich freue mich, daß du mir Gesellschaft leistest. Aber ich hatte gedacht . . .«

»Daß ich mir Len Reader als Reisegefährten aussuchen würde? Ich sehe dir an, was du denkst! Du kapierst noch immer nichts, was?«

»Ich bin wahrscheinlich ein bißchen begriffsstutzig . . .«

Lindsay fehlte es noch immer an Selbstbewußtsein, wenn es um Frauen ging. Er fürchtete stets, abgewiesen zu werden. Trotz seiner sechs über Südengland und dem Ärmelkanal erkämpften Luftsiege war er in mancher Beziehung noch etwas unreif und wagte nicht, aus seinem Schneckenhaus zu kommen.

»Allerdings!« bestätigte Paco leise, aber sehr nachdrücklich. »Du bist geradezu vernagelt, und ich als Frau habe keine Lust, ganz allein die Initiative ergreifen zu müssen!«

»Aber du hast doch gesagt . . .«

»Ja, ich weiß selbst, was ich in Jugoslawien gesagt habe – aber wer hätte damals gedacht, daß wir dort lebend rauskommen würden? Und ich habe Reader *wirklich* verdächtigt. Ich wollte ganz sichergehen, daß man uns keinen Spitzel untergeschoben hatte.«

»Spitzel?«

»Einen als Engländer auftretenden Deutschen, Dummkopf! Damit haben die Deutschen schon mehrmals Erfolg gehabt – mit schlimmen Folgen für die jeweiligen Partisanengruppen. Ich habe alles, was ich über England weiß, zusammengekratzt und dazu benützt, um Reader auf die Probe zu stellen. Als Frau gelingt einem das am leichtesten, wenn man vorgibt, sich für einen Mann zu interessieren – in der Hoffnung, daß er dadurch unvorsichtig und gesprächig wird. Mein Gott, Lindsay, manchmal glaube ich wirklich, daß du begriffsstutzig bist . . .«

Sie bedeckte seine linke Hand mit ihrer rechten und ließ sie einfach dort liegen. Er starrte sie an. Auf ihrem Gesicht stand ein reizvolles schwaches Lächeln. Auch ihre halb geschlossenen grünen Augen lächelten. Sie legte ihren Kopf auf seine Schulter.

»Oh, Lindsay, Lindsay, du dummer Kerl . . .«

»Dumm ist gar kein Ausdruck«, bestätigte er. »Sogar strohdumm!«

Lindsay nahm Pacos Hand in die seine und drückte sie, während er schluckte. Sie verstand, was er ihr hätte sagen wollen.

»Lindsay, nimmst du mich nach London mit? Ich möchte wieder im Green Park spazierengehen . . .«

»Ich zeige dir ganz London! Und dann fahren wir irgendwohin aufs Land . . .«

»Oh, wie ich mich darauf freue!« Paco setzte sich strahlend auf. »Das wird bestimmt herrlich! Ich will nicht wieder nach Jugoslawien zurück. Ich habe zwei Staatsbürgerschaften, weißt du, und auch einen englischen Paß.«

»Du hast mir nie davon erzählt. Aber dadurch wird alles einfacher. Hast du denn keine Angehörigen in Jugoslawien?«

»Nur ein paar entfernte Verwandte. Als Einzelkind habe ich nach dem Tod meiner Eltern bei dem Luftangriff auf Belgrad völlig allein gestanden.« Sie schob ihren Arm unter seinen. »Ich lasse dich keine Sekunde mehr aus den Augen, bis wir in London sind! Ob die Leute mich dann für ein Flittchen halten? Aber das ist mir gleichgültig! Das ist mir völlig gleich!«

Auf dem Fensterplatz ihnen gegenüber verstand Reader, der ein ungewöhnlich scharfes Gehör hatte, jedes Wort, obwohl er wegzuhören versuchte. Er starrte angelegentlich aus seinem Fenster aufs Meer hinunter, über das der größte Teil ihres Flugs führen würde. Seiner Überzeugung nach wußten weder Lindsay noch Paco, daß sie sich über dem Mittelmeer befanden. Nachdem Paco *Das ist mir völlig gleich!* gerufen hatte, schlug sie die linke Hand vor den Mund.

»Mein Gott, hab' ich gekreischt? Das muß das ganze Flugzeug gehört haben ...«

»Zweimal richtig geraten. Und mir ist's auch gleich!« Lindsay wurde wieder ernst. »Es kann übrigens sein, daß wir nicht gemeinsam nach London reisen können ...«

»Und warum nicht?«

»Aus Sicherheitsgründen. Ich muß meinen Auftrag noch zu Ende führen. Da fällt mir ein, daß ich rasch etwas mit Reader besprechen muß. Das dauert nicht lange – und du brauchst nicht aufzustehen. Ich kann mich vorbeizwängen ...« Er legte ihr eine Hand aufs Knie, um sich abzustützen, und ließ sie einen Augenblick dort liegen.

Lindsay nahm neben Reader Platz und kehrte Paco den Rücken zu, so daß sie auf keinen Fall mitbekam, was er mit dem Major vom Nachrichtendienst zu besprechen hatte. Er zog sein in Leder gebundenes kleines Tagebuch aus der Innenseite seiner Jacke und drückte es Reader in die Hand.

»Was ich jetzt mit Ihnen bespreche, muß strikt unter uns bleiben, Reader. Dieses Tagebuch ist sehr wichtig. Es enthält alle Informationen, die ich im Kopf mit mir herumtrage – deshalb brauche ich einen sicheren Aufbewahrungsort für das Tagebuch für den Fall, daß mein Kopf niemals nach London zurückkehrt. Sonst wäre alles, was passiert ist, vergeblich gewesen.«

»Was soll ich für Sie tun?«

»Sie sind auch nicht feuerfest. Kennen Sie jemand in Palästina, dem Sie vertrauen, wirklich vertrauen können? Bei dem Sie dieses Tagebuch hinterlegen könnten, bis ich's abholen lasse?«

»Nur einen Zivilisten. Einen gewissen Aaron Stein. Er ist

Diamantenhändler. Der berufliche Erfolg dieser Männer beruht auf ihrer Integrität. Und er hat nichts mit den jüdischen Untergrundorganisationen zu schaffen. Ihm könnten Sie Ihr Leben anvertrauen . . .«

»Vielleicht läuft's darauf hinaus . . .«

Lindsay war von dem Sitz neben Reader aufgestanden und wollte sich wieder zu Paco setzen, als Hartmann im Mittelgang an ihn herantrat. Der Deutsche fragte ihn, ob er einen Augenblick Zeit für ein vertrauliches Gespräch habe. Sie nahmen ganz hinten Platz, und Hartmann begann auf englisch zu sprechen.

»Da wir uns jetzt über alliiertem Gebiet befinden, kann ich dir mein Geheimnis verraten: Ich bin mit einem Sonderauftrag von Admiral Canaris, dem Chef der deutschen Abwehr, unterwegs. Er hat mich angewiesen, Deutschland heimlich zu verlassen – deshalb habe ich die Gelegenheit genutzt, dir auf der Spur zu bleiben. Ein anstrengendes Geschäft! Ich mußte so viele Leute täuschen . . . Gruber, Jäger, Schmidt, Maisel, der übrigens am gefährlichsten war. Und natürlich Bormann persönlich . . .«

»Mir ist von Anfang an irgend etwas Merkwürdiges an dir aufgefallen.«

»Das hab' ich mir gedacht.« Hartmann nickte. »Ich kenne die Namen aller führenden Köpfe der deutschen Widerstandsbewegung. Wir haben versucht, unsere Friedensvorschläge über alliierte Agenten in Spanien weiterzuleiten, aber irgend jemand hat diese Route blockiert. Ein gewisser Whelby ist dort zuständig gewesen.«

»Ja, ich kenne ihn«, antwortete Lindsay, ohne sich näher über Whelby auszulassen.

»Ich muß so schnell wie möglich nach London. Wir sind bereit, Hitler zu beseitigen, eine Zivilregierung ohne Nationalsozialisten einzusetzen und Friedensverhandlungen aufzunehmen. Namen kann ich erst nennen, wenn wir sicher in London sind. Bis dahin möchte ich dich bitten, diese Sache für dich zu behalten . . .«

»Nur dann bist du deines Lebens sicher«, bestätigte Lindsay.

Es war noch hell, als Mosche, der hinter einem Felsen hockte, von dem aus er den Flugplatz Lydda überblicken konnte, die Dakota im Landeanflug sichtete. Nach seiner langen Wache taten ihm alle Knochen weh, aber er besaß außergewöhnliches Durchhaltevermögen.

In dem Segeltuchbeutel neben ihm steckten seine Wasserflasche, ein letztes Käsebrot und ein lichtstarkes Nachtglas. Die Abenddämmerung würde bald über das stille Land herabsinken, und er mußte damit rechnen, daß das Flugzeug mit Lindsay an Bord erst nach Einbruch der Dunkelheit landete.

Mosche setzte sein Fernglas an die Augen und stellte es auf die grasbewachsene Landebahn ein. Die Dakota landete, ohne zuvor eine Platzrunde geflogen zu haben, rollte aus und steuerte mit noch laufenden Motoren das Abfertigungsgebäude an. Mosche wußte, daß dahinter, wo er sie nicht sehen konnte, eine Limousine und ein Panzerspähwagen parkten.

Der Mann, den Vlacek ihm in Jerusalem als Tim Whelby gezeigt hatte, ging übers Vorfeld zu der Maschine. Obwohl der Abend kühl war, trug er lediglich einen Khakianzug ohne Kopfbedeckung. Mosche verfolgte Whelby durchs Fernglas und wartete auf das Zeichen, das ihm bestätigen würde, daß der andere mit Wing Commander Lindsay sprach.

Ein Angehöriger des Bodenpersonals rollte eine Fahrtreppe an die offene Tür der Dakota. Zwei mit Maschinenpistolen bewaffnete englische Soldaten sicherten inzwischen das Vorfeld. In der Tür erschien ein Mann mit einem Stock in der Hand. Mosche drückte die Okulare gegen seine Augen, als der Fluggast mit gesenktem Kopf Stufe für Stufe die Treppe hinunterstieg. Als er festen Boden unter den Füßen hatte, blickte er auf, so daß Mosche sein Gesicht genau sehen konnte. Das war eindeutig Lindsay! Dann wurde ihm die Identität des RAF-Offiziers bestätigt.

Während Whelby Lindsay zur Begrüßung die Hand schüttelte, hob er unauffällig die linke Hand und faßte sein Ohrläppchen: das mit Vlacek vereinbarte Signal. Weitere Fluggäste stiegen aus der Maschine. Zu Mosches Überraschung tauchte hinter Lindsay eine blonde junge Frau auf, der noch zwei Männer folgten.

Mosche beobachtete weiter. Er wollte sehen, welche Maßnahmen zum Schutz der Neuankömmlinge getroffen wurden, denn bei Lindsays Flug nach Kairo würden die Engländer zweifellos die gleiche Methode anwenden. Diese Angewohnheit der Engländer, bei Routinelösungen zu verharren, hatte ihnen schon oft Tod und Verderben gebracht.

41

»Willkommen in der Zivilisation nach all diesen Monaten, alter Junge!« Whelby schüttelte Lindsay die Hand, während er ans linke Ohrläppchen faßte. »Sie s-s-sehen allerdings ziemlich erledigt aus, m-m-muß ich sagen.« Er sprach etwas leiser. »Die Leute hier kennen mich als Peter Standish . . .«

»Was führt Sie hierher?« fragte Lindsay, ohne das Lächeln des anderen zu erwidern.

»Ich soll Sie natürlich heimbegleiten.«

»Nach London, meinen Sie?«

»Ganz recht.«

»Auf welcher Route?«

»Müssen Sie das unbedingt gleich wissen?«

»Allerdings!«

»Sobald Sie sich ein bißchen erholt haben, geht's in ein paar Tagen nach Kairo zurück. Und dann weiter ins liebe alte London . . .«

Ein Sergeant in der Uniform der Palestine Police war herangekommen und ließ deutliche Zeichen von Unruhe erkennen. Er mischte sich in ihr Gespräch ein, ignorierte dabei Whelby und wandte sich ausschließlich an Lindsay.

»Entschuldigung, Sir, aber meine Leute werden allmählich nervös. Wir befinden uns hier sozusagen auf dem Präsentierteller – und ich möchte Sie sicher nach Jerusalem bringen, bevor es dunkel wird.«

»Sergeant Mulligan – Wing Commander Lindsay«, machte Whelby die beiden miteinander bekannt. »Ich nehme an, daß Sie uns in dieser alten Blechbüchse ins Hotel Scharon transportieren wollen . . .«

»Passen Sie bloß auf, daß Corporal Wilson das nicht mitkriegt!« knurrte der Sergeant. »Neulich haben Sie von ›diesem eisernen Ungetüm‹ gesprochen, und jetzt ist's ›diese alte Blechbüchse‹. Vielleicht interessiert es Sie, daß Wilson darin schon drei Bombenanschläge überstanden hat, was immerhin für dieses Transportmittel spricht. Sie sind zu fünft, deshalb fahren vier hinten in der Limousine – zwei davon auf den Klappsitzen. Ich bin der Chauffeur.«

»Mir macht's nichts aus, neben Ihnen zu sitzen, Sergeant«, warf Paco ein.

»Nein, Sie sitzen hinten, so gern ich das Vergnügen Ihrer Gesellschaft hätte. Der Beifahrersitz ist der Todessitz. Sie befinden sich jetzt in einem Kriegsgebiet.«

»Ich komme gerade aus einem«, antwortete Paco.

»Deshalb haben Sie jetzt Anspruch auf größtmögliche Sicherheit«, erklärte Mulligan. »Was ist mit Ihnen, Mr. Standish – Sie haben doch nichts dagegen, vorn neben mir zu sitzen? Können wir dann fahren . . .?«

Lindsay hatte deutlich den Eindruck, daß Standish Sergeant Mulligan herzlich unsympathisch war. Eine angesichts seiner eigenen Einstellung interessante Tatsache.

Mosche beobachtete, wie die Kolonne den Flugplatz verließ und auf die nach Jerusalem hinaufführende Bergstraße abbog. Der Panzerspähwagen an der Spitze. Als Bahnbrecher für den Fall, daß die Straße vermint worden war.

Hundert Meter dahinter folgte die Limousine. Die vier Fluggäste waren hinten eingestiegen. Der Mann, der sie begrüßt hatte, saß auf dem Beifahrersitz. Am Steuer saß der Sergeant der Palestine Police; er achtete darauf, daß der Abstand zu dem vorausfahrenden Panzerspähwagen unverändert blieb. Die Kolonne fuhr mit Licht, weil es jetzt schnell dunkel wurde. Mosche benützte sein Nachtglas.

Weitere hundert Meter hinter der Limousine bildeten zwei uniformierte Kradfahrer die Nachhut. Mit diesen beiden Soldaten konnte es Schwierigkeiten geben. In einiger Entfernung hinter ihnen fuhr ein Lastwagen mit leeren Gemüsesteigen auf die Straße nach Jerusalem hinaus. Der Fahrer würde Mosche später berichten, welche Route der Konvoi genommen hatte. Auf halber Strecke sollte der Lastwagen durch einen Lieferwagen abgelöst werden, den ein weiteres Mitglied der Stern-Bande fuhr. Mosche stand auf, warf sich die Segeltuchtasche über die Schulter und ging zu der Stelle, wo er sein Motorrad versteckt hatte.

Sie wurden in die Kaserne gebracht. Vor der Abfahrt hatte es auf dem Flugplatz Lydda eine kurze Auseinandersetzung wegen ihres Fahrtziels gegeben. Sergeant Mulligan hatte sich energisch gegen Whelbys Absicht ausgesprochen, sie im Hotel Scharon unterzubringen.

»Dort hat's bereits einen Mord gegeben. Ein Hotel steht jedem offen. Im Scharon kann ich keinerlei Sicherheitsgarantie geben.«

»Wo würden Sie uns unterbringen?« warf Lindsay ein.

»In der Polizeikaserne.« Mulligan nickte zu Paco hinüber. »Die junge Dame kann ein Einzelzimmer kriegen.«

»Angesichts der hier herrschenden Verhältnisse ist der Vorschlag, uns in einem Hotel einzuquartieren, geradezu gefährlich dumm ...«

Dieser überraschende Einwand kam von Hartmann. Der Abwehroffizier hatte Whelby seit ihrer Ankunft keine Sekunde aus den Augen gelassen. Mulligan, der die Anwesenheit des Deutschen noch immer nicht verstand, zog die Augenbrauen hoch.

»Was wissen Sie von den hiesigen Verhältnissen?«

»Wir haben unsere Quellen«, antwortete Hartmann ausweichend.

»Gut, wir fahren in die Kaserne«, entschied Lindsay. Er hielt es für überflüssig, seine Entscheidung Whelby gegenüber zu begründen. Der Mann aus London zuckte lediglich mit den Schultern. Wahrscheinlich war es besser, in diesem Punkt nachzugeben.

In der Polizeikaserne lernten sie Jock Carson kennen, der darauf verzichtete, sie auszufragen, weil er merkte, wie übermüdet die Neuankömmlinge nach ihrem langen Flug waren. Sie aßen gemeinsam, sprachen kaum miteinander und ließen das halbe Essen zurückgehen, weil sie keine so üppigen Portionen mehr gewöhnt waren. Dann fielen sie in ihre Betten – wieder etwas, woran ihre Körper nicht gewöhnt waren –, warfen sich eine Weile schlaflos herum und sanken zuletzt aus Erschöpfung in tiefen Schlaf.

Am nächsten Morgen nach dem Frühstück nahm Lindsay Reader beiseite. Um nicht belauscht werden zu können, schlenderten sie über den Exerzierplatz. Auf diesem auf allen Seiten von einstöckigen Gebäuden umgebenen Platz genossen sie das neuartige Gefühl, in Sicherheit zu sein.

»Könnten wir heute diesen Stein besuchen?« schlug Lindsay vor. »Ich möchte mein Tagebuch loswerden. Mulligan sagt, daß wir morgen nach Kairo weiterfliegen . . .«

»Ich bin vor zwei Jahren ein paar Monate lang nach Jerusalem abkommandiert gewesen«, antwortete Reader, »deshalb kenne ich mich hier aus. Steins Büro liegt ganz in der Nähe – in fünf Minuten zu Fuß zu erreichen. Mulligan ist damit beschäftigt, die Vorbereitungen für unsere Weiterreise zu treffen. Wir könnten ganz frech die Wache passieren . . .«

»Einverstanden! Am besten sofort!«

»Überlassen Sie das Reden mir. Ich weiß, wie diese Leute reagieren.«

Es erwies sich als überraschend einfach, die Kaserne zu verlassen. Reader marschierte selbstbewußt und energisch ins Wachlokal neben der Schranke. Er hielt sein Soldbuch, das ihn als Major im Nachrichtendienst auswies, bereits in der Hand.

»Wir müssen dienstlich fort«, erklärte Reader dem Wachhabenden. »Wir sind in einer, höchstens zwei Stunden wieder zurück.«

Sie warteten, während der Uniformierte sorgfältig ihre Namen ins Wachbuch eintrug. Ihre Dienstgrade. Die Uhrzeit. Dann machte er dem Wachposten ein Zeichen, den Schlagbaum zu heben und die beiden passieren zu lassen.

»War das nicht eine ziemlich lasche Kontrolle?« meinte Lindsay, als sie die Straße entlanggingen.

»Wir wollten *hinaus*«, erklärte Reader. »Folglich mußten wir beim Hereinkommen überprüft worden sein. *Hinein* kommt man nicht so leicht!«

»Mulligan wird toben, wenn er hört, daß wir uns selbständig gemacht haben.«

»Hoffentlich sind wir zurück, bevor er überhaupt davon erfährt . . .«

Aaron Steins Büro lag im ersten Stock eines massiven alten Hauses in einer Seitenstraße. An der Eingangstür fehlte jeglicher Hinweis darauf, welche Firma hier ihre Geschäftsräume hatte. Als Reader anklopfte, wurde ein in die Tür eingelassenes Fenster geöffnet. Zwei dunkle, kluge Augen musterten die Besucher. Dann konnte Lindsay verblüfft feststellen, wie umfangreich die von Stein getroffenen Vorsichtsmaßnahmen waren.

Er zählte acht Schlösser und Riegel, die aufgesperrt und zurückgezogen werden mußten, bevor die Tür sich nach innen öffnen ließ. Dieser Vorgang wiederholte sich in umgekehrter Reihenfolge, nachdem sie eingetreten waren. Lindsay wunderte sich über Steins Aussehen. Der Diamantenhändler schien erst zwanzig, höchstens einundzwanzig zu sein. Er hatte ein glattes, blasses Gesicht, war mittelgroß und hatte ziemliches Übergewicht.

»Aaron, das hier ist Wing Commander Lindsay«, stellte Reader seinen Begleiter vor. »Er möchte dir etwas zur Aufbewahrung übergeben. Ich kann mich persönlich für ihn verbürgen.«

Lindsay streckte ihm rasch die Hand entgegen. Aaron Stein schüttelte sie gemessen, während seine dunklen Augen den Besucher studierten. Er schien mit dem Ergebnis seiner Musterung zufrieden zu sein.

»Ich freue mich, Sie kennenzulernen, Wing Commander. Kommen Sie doch bitte mit in mein Büro.«

In dem altmodisch-behaglichen Kontor erwartete sie ein weiterer junger Mann. Lindsay schüttelte auch ihm die Hand, während Aaron ihm sein Gegenüber vorstellte.

»Das ist mein Bruder David. Sie können in seiner Gegenwart unbesorgt über vertrauliche Dinge sprechen. Wir sind Partner. Außerdem ist das eine Vorsichtsmaßnahme, die in Ihrem eigenen Interesse liegt – für den Fall, daß mir irgend etwas zustößt.«

»Ich will nicht hoffen, daß . . .«, begann Lindsay.

Aaron machte eine wegwerfende Handbewegung und bot seinen Besuchern Sessel an. David Stein sah seinem Bruder erstaunlich ähnlich. Die beiden waren leicht miteinander zu verwechseln. Lindsay dachte kurz an die Szene, die er bei seinem ersten Besuch auf dem Berghof erlebt hatte. Der von einem Dutzend Spiegeln umgebene zweite Adolf Hitler, der Sprache und Gestik eingeübt hatte. Angeblich hatte jeder Mensch irgendwo einen Doppelgänger . . .

»Wir leben in gefährlichen Zeiten«, erklärte Aaron gelassen. »Mein Bruder und ich sind aus Rumänien geflüchtet, als Antonescu und die Eiserne Garde die Macht übernommen haben. Sozusagen die rumänischen Nazis . . .«

»Wenn mein Bruder von gefährlichen Zeiten spricht, meint er die hiesige Lage«, warf David ein. »Wir wünschen uns einen eigenen Judenstaat, aber wir verurteilen jegliche Art von Gewaltanwendung.«

»Aus diesem Grund haben wir Rumänien verlassen«, fuhr

sein Bruder fort. »Wir haben nichts für die Irgun Swai Leumi, die Stern-Bande, übrig.«

»Oder die Haganah – die jüdische Untergrundarmee«, stellte David fest. »Viele unserer eigenen Leute können uns nicht leiden, weil wir uns gegen jegliche Art von Gewalt wenden. Nach dem Krieg, wenn Deutschland besiegt ist, gehen wir wahrscheinlich nach Antwerpen – oder nach London.«

»Wenn nur Rußland nicht siegt!« fügte Aaron hinzu. »Das ist die große Gefahr . . .«

Die beiden Brüder sprachen sich ungewöhnlich offen aus. Lindsay hatte das Gefühl, sie seien froh, einmal unbesorgt ihre Meinung äußern zu können. Offenbar mußten sie sonst jedes Wort auf die Goldwaage legen. Aaron Stein bat mit einem Lächeln um Entschuldigung.

»Wir reden zuviel über uns selbst. Was können wir für Sie tun, Wing Commander?«

Lindsay zeigte ihnen sein Tagebuch und bat um einen festen Briefumschlag. Aaron gab ihm eine Versandtasche, wie sie von Banken und Rechtsanwälten verwendet werden. Der Engländer nahm am Schreibtisch Platz, steckte das Tagebuch in den Umschlag und klebte ihn zu. Dann lieh er sich einen Füllfederhalter, dachte kurz nach und schrieb groß und deutlich auf die Vorderseite des Umschlags:

Bericht über meinen Besuch in Deutschland im Jahre 1943 und meinen anschließenden Aufenthalt in Jugoslawien. Im Falle meines Todes zu übergeben an Leutnant Jock Carson, Abteilung 3, Grey Pillars, Kairo, Ägypten. Ian Lindsay, Wing Commander

Er übergab den Umschlag Aaron, reichte David den Füllfederhalter zurück und seufzte befriedigt, weil er das Gefühl hatte, damit sei eine schwere Last von seinen Schultern genommen.

»Ich bewahre ihn in unserem Safe auf«, schlug Aaron vor. »Ist Ihnen das sicher genug? Gut. Wie ich aus dem Text ersehe, haben Sie ebenfalls den Eindruck, in unsicheren Zeiten zu leben – auch hier.«

»Danke, das genügt völlig.« Lindsay machte eine Pause. »Geben Sie mir bitte irgendein Erkennungszeichen mit, damit Sie wissen, daß die Bitte tatsächlich von mir kommt, wenn ich Ihnen schreibe und Sie ersuche, das Tagebuch einem Kurier auszuhändigen?«

»Meine Geschäftskarte? Ich zeichne einen Davidsstern darauf.«

»Eine gute Idee!« Lindsay steckte die Karte in seine Geldbörse. »Falls ich Ihnen schreibe, erwähne ich außerdem die grüne Tinte, mit der ich den Umschlag beschriftet habe. Das ist ein zusätzliches Erkennungszeichen . . .«

Aaron stellte bereits die Kombination des Zahlenschlosses des Wandsafes ein. Er öffnete die schwere Tür, hielt den Umschlag hoch und trat beiseite, damit Lindsay sehen konnte, wie er ihn hineinlegte. Dann schloß er die Tür und verstellte das Zahlenschloß durch eine willkürliche Drehung.

»Herzlichen Dank!« sagte Lindsay.

Er schüttelte den beiden Brüdern die Hand. Reader, der sie aufmerksam beobachtete, hatte den Eindruck, sie betrachteten Lindsay mitleidig, beinahe traurig. Die Engländer verließen schweigend das Büro. Lindsay blieb im Treppenhaus stehen. Sie konnten hören, wie Aaron Stein hinter ihnen abschloß und die Riegel vorschob. Der Wing Commander wandte sich mit einem fast verlegenen Lächeln an Reader.

»Die Bewegung, mit der er den Umschlag in den Safe gelegt hat, hat etwas schrecklich Endgültiges an sich gehabt, nicht wahr?« Lindsay gab sich einen Ruck. »Kommen Sie, wir müssen in die Kaserne zurück!«

42

Am nächsten Morgen verließen sie die Polizeikaserne, um zum Flugplatz Lydda zu fahren, auf dem die Dakota für den Flug nach Kairo bereitstand. Der Konvoi wurde am Kasernentor zusammengestellt. Die Spitze übernahm wieder der von Nobby Clarke gefahrene Panzerspähwagen mit Corporal Wilson im Turm.

Dahinter stand die Limousine, die auch diesmal von Sergeant Mulligan gefahren wurde. Die Abfahrtszeit war überraschend um eine Stunde vorverlegt worden, so daß alle Vorbereitungen in größter Eile getroffen werden mußten.

Die beiden Kradfahrer, die wieder die Nachhut bilden würden, standen hinter der Limousine. Die Uniformierten rauchten eine letzte Zigarette in der Morgensonne. Der Tag versprach heiß und wolkenlos zu werden.

Zwischen Mulligan und Whelby war es zu einer Auseinandersetzung gekommen, die beinahe zu Handgreiflichkeiten geführt hätte. Whelby, der in Mulligans Dienstzimmer stand und die Hände in die Jackentaschen steckte, daß nur die Daumen herausragten, war stur wie ein Maultier.

»Wie Sie wissen, habe ich mit Kairo telefoniert, Sergeant. Ich erwarte eine dringende Antwort aus London, die von Grey Pillars übermittelt werden soll. Ich muß hier auf diesen Anruf warten und Sie danach einholen. Dazu brauche ich einen Wagen mit Fahrer. Keine Angst, ich bin rechtzeitig da, bevor das Flugzeug startet. Hinter dem Panzerspähwagen kommen Sie ohnehin nicht schnell voran.«

»Sie kriegen einen Jeep – einen offenen Jeep ohne Begleitschutz«, knurrte Mulligan. »Das ist das einzige Fahrzeug, das ich Ihnen geben kann. Und einen Fahrer . . .«

»Ein Jeep genügt mir völlig. Auf diese Weise holen wir Sie bestimmt ein . . .«

»Gut, wie Sie wollen. Das Flugzeug startet pünktlich. Es wartet auf niemanden – nicht mal auf Sie!«

Whelby war in Mulligans Dienstzimmer geblieben und hatte beobachtet, wie die vier Fahrgäste in die Limousine einstiegen. Lindsay, Paco, Reader und Hartmann hinten, zwei von ihnen wieder auf den Klappsitzen. Keiner neben Mulligan auf dem »Todessitz«. Er sah den Panzerspähwagen durchs Tor vorausfahren.

Tim Whelby war nicht der einzige Neugierige. An den Fenstern der Kasernengebäude standen Männer, die gerade keinen Dienst hatten, und starrten dem anfahrenden Konvoi nach. Offiziell kannten nur Mulligan und die übrigen Mitfahrer das Fahrtziel, aber die Buschtrommeln innerhalb der Kaserne hatten es längst überall verkündet. Die Gesichter an den Fenstern waren auffällig ausdruckslos; die Zurückbleibenden wirkten eigentümlich deprimiert.

Mulligan, der noch gewartet hatte, bis der Panzerspähwagen genügend Vorsprung hatte, fuhr nun ebenfalls an. Whelby blieb unbeweglich stehen, weil er sich von dem Beamten am Schreibtisch hinter ihm beobachtet wußte. Die Limousine rollte auf die Straße hinaus. Whelby zwang sich dazu, weiterhin kühle Gelassenheit auszustrahlen.

Die Kradfahrer waren eben durchs Tor gefahren, als ein Jeep unter dem noch offenen Schlagbaum hindurchpreschte, scharf bremste, schleudernd einen Halbkreis beschrieb und in einer Staubwolke zum Stehen kam. Der Fahrer schwang sich aus dem Wagen und betrat Mulligans Dienstzimmer, in dem Whelby wartete.

»Corporal Haskins meldet sich zur Stelle! Mr. Standish?«

»Richtig . . .«

Der von Mulligan telefonisch angeforderte Jeep mit Fahrer war weit schneller gekommen, als Whelby vorausgesehen hatte. Er warf einen bedeutungsvollen Blick auf das stumme Telefon auf dem Schreibtisch.

»Wir können jederzeit abfahren, Sir!« meldete der sommersprossige Haskins unbekümmert. »Und ich weiß, wohin Sie müssen.«

»Setzen Sie sich lieber ein bißchen hin, Corporal. Rauchen Sie ruhig eine Zigarette, während Sie warten. Ich muß einen Anruf aus Kairo abwarten.«

»Besten Dank, Sir«, antwortete Haskins und blinzelte seinem Kameraden zu, während er Platz nahm und seine Zigaretten aus der Hemdtasche zog. Mulligan konnte es nicht ausstehen, wenn in seiner Nähe geraucht wurde. Haskins hielt Standish für einen netten Kerl – ein Eindruck, den alle Untergebenen von Whelby hatten. Aber er achtete nicht mehr auf die beiden Uniformierten, sondern dachte an Vlaceks Warnung:

»Fahren Sie unter keinen Umständen mit den anderen nach Lydda zurück!«

»Endlich sind wir nach London unterwegs«, stellte Paco fröhlich fest. »Ich kann's kaum noch erwarten! Ich fühle mich wie im siebten Himmel . . .«

Ihre heitere Laune verbesserte die etwas trübselige Stimmung, die bei der Abfahrt geherrscht hatte. Paco saß rechts hinten und hatte Hartmann, der mit dem Rücken zur Fahrtrichtung saß, auf einem Klappsitz vor sich. Neben ihr lehnte Lindsay, dessen Gegenüber Reader war, in den Polstern. Er hatte leichtes Fieber und war deshalb wenig gesprächig. Hartmann griff in seine Jackentasche, brachte die Hand aber leer zum Vorschein. Paco kannte diese Bewegung unterdessen recht gut.

»Nur weiter!« forderte sie ihn lächelnd auf. »Du wolltest doch deine Pfeife rauchen?«

»Das bißchen Luft ist schnell verqualmt«, wandte der Deutsche ein.

»Unterwegs darfst du eine Pfeife rauchen. Die Morgenluft ist so herrlich . . .«

Sie kurbelte das Fenster auf ihrer Seite halb herunter. Die Sonne stand an einem wolkenlos blauen Himmel. Hartmann lächelte dankbar, zog seine Pfeife aus der Tasche und machte sich daran, sie zu stopfen.

»Wo ist Whelby?« fragte Lindsay plötzlich.

Er setzte sich ruckartig auf. Im Trubel ihres Aufbruchs war ihm nicht aufgefallen, daß der Engländer fehlte. Lindsay machte ein besorgtes Gesicht. Er schob die Trennscheibe zur Seite und stellte Mulligan die gleiche Frage.

»Er kommt mit einem Jeep nach«, antwortete der Sergeant lakonisch. »Anscheinend wartet er auf ein Ferngespräch aus

Kairo. Ich hab' ihm gesagt, daß das Flugzeug nicht auf ihn wartet ...«

»Ja, ich verstehe«, sagte Lindsay langsam.

»Du sollst dir nicht ständig Sorgen machen!«

Paco nahm seinen Arm und drückte ihn an sich. Hartmann beobachtete sie mit Vergnügen. Sie war ihm niemals reizvoller erschienen: Ihre Augen blitzten, und ihre Fröhlichkeit, die sie seit dem Start in Benina zur Schau trug, war geradezu ansteckend. Er paffte zufrieden seine Pfeife, während die Limousine die vielen Kehren nach Lydda hinunterrollte.

Der unauffällige kleine Mann, der in der Nähe der Kaserne seinen Fahrradschlauch zu flicken schien, hatte die Abfahrt des Konvois beobachtet. Er wartete noch einen Augenblick, schwang sich dann auf sein Rad und strampelte einige hundert Meter zur nächsten Telefonzelle. Der Teilnehmer, mit dem er sich verbinden ließ, meldete sich sofort.

»Hier ist Danny«, sagte der Radfahrer.

»Mosche am Apparat. Was gibt's?«

»Die Sendung ist unterwegs.«

»Haben Sie alles eingepackt? Fehlt auch nichts?« erkundigte sich Mosche.

»Alles drin! Ich hab' die Artikel selbst gezählt.«

»Gut, dann kannst du schon mal auf die nächste Lieferung warten ...«

Der Radfahrer hängte den Hörer ein. Die nächste Lieferung sollte morgen erfolgen. Danny würde in sein Versteck zurückradeln und auf den Anruf warten, der ihm sagte, wo er die versteckten Gewehre abholen konnte – auf den Anruf, der erst kommen würde, wenn die Nachricht durch Presse und Rundfunk verbreitet worden war.

In einem alten Haus am Stadtrand, das in der Nähe der Straße nach Lydda stand, knallte Mosche den Hörer auf die Gabel und lief zu seinem Motorrad hinaus, das in einem Schuppen versteckt war. Er würde das Motorrad am Zielort erneut verbergen müssen, bevor er in Stellung gehen konnte.

Im Turm des Panzerspähwagens beobachtete Corporal Wilson unaufhörlich nach allen Seiten, während sein Fahrzeug die Gefällstrecke hinunterrollte. Er hielt nach der kleinsten Bewegung Ausschau. Der Panzerspähwagen bildete die Spitze der Kolonne, falls die Straße über Nacht vermint worden war. Sein Gewicht ließ jede Mine mit Druckzünder hochgehen, so daß die in hundert Meter Abstand folgende Limousine in seiner Spur ungefährdet war.

Wenn der Panzerspähwagen die Straße befahren konnte, war sie für die leichtere Limousine erst recht sicher. Ein anderer Angriff war nicht denkbar, solange der mit einem MG bewaffnete Panzerspähwagen so nahe war. Der Konvoi fuhr weiter bergab. Noch drei Kilometer bis zum Flugplatz Lydda.

Mosche lag hinter den gleichen Felsen, von denen aus er am Vortag die Landung der Dakota beobachtet hatte. Aber diesmal blickte er in die entgegengesetzte Richtung: Sein Fernglas war bergauf auf die letzte scharfe Kurve gerichtet.

Mosche hielt sich für einen Patrioten. Ihm ging es lediglich um die Gründung des Staates Israel. Die Engländer waren ebensolche Feinde wie die Araber. Und das nach Mosches Überzeugung beste Mittel zur Durchsetzung ihrer Ziele waren Gewehre. Um weitere Waffen zu bekommen, schreckte er vor nichts zurück.

Er sah den Panzerspähwagen mit dem aufmerksam nach allen Seiten beobachtenden Soldaten im Turm auftauchen. Mosche erstarrte zur Bewegungslosigkeit. Der Panzerspähwagen rollte bergab weiter. Dann kam die Limousine in Sicht.

Durch sein starkes Fernglas konnte Mosche die Fahrgäste erkennen. Lindsay saß hinten links am Fenster. Neben ihm auf dem Rücksitz hatte die blonde junge Frau Platz genommen. Er zuckte innerlich mit den Schultern. Wie viele junge Jüdinnen waren in Europa umgekommen?

Mosche ließ sein Fernglas sinken, so daß es an seinem Lederriemen vor seiner Brust hing. Ohne die Limousine aus den Augen zu lassen, tastete er nach dem Hebel der Zündmaschine und umfaßte ihn mit beiden behandschuhten Händen. Ein verkrüppelter Baum am Straßenrand zeigte ihm, wo nachts die riesige Mine vergraben worden war. Seine Leute hatten sogar den Straßenbelag erneuert und den Asphalt an dieser Stelle mit Staub grau eingefärbt. Von der Mine führte ein dünnes Kabel hügelaufwärts zu Mosches Zündmaschine. Wegen des Panzerspähwagens hatten sie nicht einfach Minen mit Druckzündern verlegen können.

Die Limousine erreichte den verkrüppelten Baum. Mosche rammte den T-förmigen Hebel mit aller Kraft nach unten. Auf der Straße tat sich ein Krater auf.

Die große Limousine wurde in Fetzen gerissen. Der Detonationsknall der Mine war noch unten auf dem Flugplatz Lydda zu hören. Corporal Wilson reagierte instinktiv richtig: Er zog den Kopf ein, knallte das Turmluk zu und beobachtete die Szene hinter ihnen durch seinen Sehschlitz.

Autotrümmer segelten durch die klare Luft und regneten wie Granatsplitter auf den Panzerspähwagen herab. Der verbogene, ausgebrannte Rahmen der Limousine wurde später in einem benachbarten Feld entdeckt. Der in der Straße entstandene Krater hatte fast drei Meter Durchmesser. Es gab keine Überlebenden.

Sobald es keine Metallteile mehr regnete, stemmte Wilson das Turmluk hoch und starrte nach hinten. Die Limousine war verschwunden; sie hatte sich in der gewaltigen Detonation in ihre Bestandteile aufgelöst. Es gab keine Gräber für Lindsay, Paco, Major Len Reader, Major Gustav Hartmann und Sergeant Mulligan. Ihre sterblichen Überreste lohnten keine Bestattung. In der Polizeikaserne fand später unter Ausschluß der Öffentlichkeit ein stiller Gedenkgottesdienst statt.

Whelby, der eine halbe Stunde später mit dem Jeep folgte, mußte die Straße verlassen, um den Sprengkrater zu umfahren. Sanitäter starrten den Ort des Gemetzels hilflos an. Whelby sprach kurz mit Corporal Wilson, der noch unter der Einwirkung des erlittenen Schocks stand.

»Offenbar ein weiterer jüdischer Terroranschlag. Die Toten sind Opfer eines feigen Mordkomplotts geworden. Sagen Sie das den Reportern, wenn sie hier aufkreuzen. Auf mich wartet in Lydda ein Flugzeug, deshalb muß ich weiter . . .«

Auf dem Flugplatz erwartete ihn Jock Carson, der vorausgefahren war, um die Dakota zu überprüfen. Whelby schüttelte den Kopf und ging an Bord, ohne ein Wort zu sagen. Carson, der viel dafür gegeben hätte, an den Tatort zurückfahren zu können, folgte ihm. Er hatte soeben einen dringenden Funkspruch von Grey Pillars erhalten, in dem er angewiesen wurde, auf dem schnellsten Wege nach Ägypten zurückzukehren. Wenige Minuten später befand er sich auf dem Rückflug nach Kairo.

Nachdem Aaron Stein am nächsten Morgen die kurze Rundfunkmeldung gehört hatte, daß ein Dienstwagen der Palestine Police auf der Fahrt nach Lydda in die Luft gejagt worden sei, rief er die Nummer in Grey Pillars an, die Lindsay ihm gegeben hatte. Er bat die Telefonistin, ihn mit Leutnant Jock Carson von Abteilung drei zu verbinden.

»Einen Offizier dieses Namens gibt's hier nicht«, erklärte ihm die Telefonistin. »Wie heißen Sie, bitte?«

»Es muß ihn aber geben!« beteuerte Stein. »Leutnant Jock Carson von . . .«

»Darf ich um *Ihren* Namen bitten?«

Stein, den diese unerklärliche Entwicklung ängstigte, legte wortlos auf, starrte den Wandsafe an und warf dann seinem Bruder einen fragenden Blick zu.

»Was tun wir jetzt mit dem Umschlag? Carson scheint nicht zu existieren.«

»Wir lassen ihn, wo er ist, und kümmern uns um unsere eigenen Angelegenheiten. Wir leben in schwierigen Zeiten . . .«

Die beiden konnten nicht wissen, daß Carson bei seiner

Rückkehr nach Kairo einen sofort wirksamen Versetzungsbefehl nach Birma vorgefunden hatte. Als Stein anrief, befand er sich bereits an Bord eines Flugzeugs auf halber Strecke nach Indien. Wie aus den amtlichen Verlustlisten hervorgeht, fiel ein Colonel Carson vom militärischen Nachrichtendienst einige Zeit später in Birma.

Teil IV

Lohn des Verrats

Der Specht

43

Christrose. – Wacht am Rhein.

Das waren die beiden ersten Decknamen Hitlers für die unter größter Geheimhaltung vorbereitete Offensive gegen die Anglo-Amerikaner durch die engen Waldtäler der Ardennen.

Aber dies war nicht mehr der Mai 1940, in dem der massierte Ardennendurchbruch bei Sedan über die Meuse die Niederlage der britischen Expeditionsstreitkräfte und die Vernichtung der starken französischen Armee einleitete – alles auf der Grundlage eines Plans, den der Führer damals selbst gebilligt und mit ausgearbeitet hatte.

Herbstnebel.

Das war der endgültige Deckname für die neue Ardennenoffensive des deutschen Heeres. Und der Kalender zeigte den 11. Dezember 1944 an. Die Anglo-Amerikaner waren am 6. Juni in der Normandie gelandet und standen jetzt vor dem Rhein. Im Osten stieß die Rote Armee auf dem Balkan und in Mitteleuropa unaufhaltsam weiter nach Westen vor. Bei allen ihren Angriffen wußte sie genau, wo die deutschen Truppen zur Abwehr bereitstanden, denn der Specht lieferte unermüdlich weitere Informationen, die von Lucy in Luzern an Stalin weitergegeben wurden.

»Das Unternehmen ›Herbstnebel‹ ist verrückt«, vertraute Jodl Keitel im Speisewagen des Führerzugs *Amerika* an, der sie zu Hitlers Gefechtsstand im Westen brachte.

»Schon möglich, aber warum?« erkundigte sich der steife Keitel.

»Ich weiß noch genau, mit welchen Worten er es im April 1940 abgelehnt hat, die im Ersten Weltkrieg erfolgreiche Strategie wiederaufleben zu lassen. Er hat gesagt: ›Das ist nur der alte Schlieffen-Plan – damit kommen Sie nicht zweimal durch . . .‹ Und jetzt macht er diesen Fehler selbst. ›Herbstnebel‹ ist eine Wiederholung seines brillanten Angriffsplans vom Frühjahr 1940 . . .«

»Vielleicht wäre das die richtige Adresse für Ihre Einwände«, schlug Keitel vor, als Martin Bormann den Speisewagen betrat.

Der trotz seiner Kleinwüchsigkeit stets sehr selbstbewußte Reichsleiter stolzierte den Mittelgang hinunter und musterte dabei alle Anwesenden, als erwarte er noch immer, den Verräter enttarnen zu können, der sich nach Hitlers Überzeugung unter seinen engsten Mitarbeitern befand.

Sein Blick fiel auf Jodl, der ihn ironisch lächelnd anstarrte, bis Bormann an ihrem Tisch vorbei war. Dann nahm der Chef des Wehrmachtsführungsstabs das unterbrochene Gespräch wieder auf.

»Die ganze Geschichte kommt mir eigenartig vor – als sei der Führer des Jahres 1940 ein anderer Mann gewesen als der des Jahres 1944 . . .«

»Er ist krank. Er leidet unter den Folgen des in der Wolfsschanze auf ihn verübten Bombenanschlags . . .«

Keitel sprach nicht weiter, sondern zog den Brotkorb zu sich heran und griff nach der nächsten Scheibe. Dieser Charakterzug war Jodl schon häufig an Keitel aufgefallen: Er schien seine Meinung freimütig zu äußern, aber wenn man genau hinhörte, sagte er eigentlich nichts – jedenfalls nichts, was gegen ihn verwendet werden konnte.

»Wir fahren sogar zum gleichen Gefechtsstand ›Adlerhorst‹, den Hitler 1940 benützt hat«, fuhr Jodl fort. »Ich halte das für ein beunruhigendes Omen für ›Herbstnebel‹ . . .«

»Meine Herrn!« rief Bormann vom anderen Ende des Speisewagens aus. »Ich bitte zur Besprechung beim Führer. Kommen Sie bitte sofort. Ihr Frühstück kann warten.«

»Ja, aber der Kaffee wird kalt!« murmelte Keitel.

Der »Herbstnebel« wurde buchstäblich zerstreut. Solange tiefe Wolken über den Ardennen hingen, stießen die deutschen Panzerdivisionen vor und brachen wie im Mai 1940 zu den entscheidend wichtigen Meuse-Brücken durch.

Dann schlug das Wetter um. Die Wolken verzogen sich, und die überwältigende Schlagkraft der alliierten Luftstreitkräfte traf die Panzer, zwang die deutschen Panther und Tiger zum Rückzug.

Hitler war am 11. Dezember 1944 im Gefechtsstand »Adlerhorst« eingetroffen. Am 15. Januar 1945 reiste er mit seinem Gefolge – darunter wie immer Bormann, Jodl und Keitel – nach Berlin zurück. Er sollte die Reichshauptstadt nicht mehr lebend verlassen.

30. April 1945. Berlin stand in Flammen. Rauchschwaden und Ascheregen wurden von dem feurigen Inferno blutrot beleuchtet. Die Rote Armee stieß in die Innenstadt vor und hatte den Führerbunker, in dem Hitler und Eva Braun Selbstmord verübt hatten, schon fast erreicht.

Die Leichen der beiden waren nach oben gebracht, in der Nähe des Bunkereingangs mit Benzin übergossen und in Brand gesetzt worden.

Die noch verbliebenen Mitglieder von Hitlers Gefolge suchten in panischer Angst nach einer Möglichkeit, vor den Russen zu fliehen und sich den Anglo-Amerikanern zu ergeben. In den frühen Morgenstunden des 1. Mai 1945 schloß Martin Bormann sich einem Ausbruchsversuch an.

Geplant war, in mehreren Gruppen zu Fuß von der U-Bahn-Station Kaiserhof aus durch den Tunnel zum Bahnhof Friedrichstraße zu gehen, dort die Spree zu überschreiten und sich durch die unmittelbar nördlich davon verlaufenden russischen Linien durchzuschlagen.

Die von sowjetischer Artillerie beschossene Stadt lag in Trümmern, ihre Straßen lagen unter Schutt begraben, und es gab kaum noch unbeschädigte Gebäude. Trümmerstaub hing in der Luft, setzte sich auf ihrer Kleidung ab und erschwerte das Atmen.

»Wir müssen weiter!« sagte Bormann zu Arthur Axmann, dem Reichsjugendführer. »Am besten bleiben wir hinter diesem Panzer – er schützt uns vor russischem Gewehrfeuer . . .«

Sie stolperten durch die von Bränden erhellte Nacht weiter und benützten den deutschen Panzer, der in die feindlichen Linien schoß, als rollende Deckung. Der Kampflärm war ohrenbetäubend. Überall detonierten russische Granaten. Bei Volltreffern brachen ausgebrannte Ruinen krachend zusammen und bedeckten die Fahrbahn mit neuen Schuttbergen.

»Deckung!« rief Bormann warnend.

Vor ihnen war ein bedrohliches Zischen zu hören. Irgend etwas traf den Panzer, hinter dem sie bisher hergegangen waren. Er kam zum Stehen und begann sofort zu brennen. Bormanns Uniform war rauchgeschwärzt und schmutzig. Während der Reichsjugendführer hinter einem Schuttkegel in Deckung liegenblieb, marschierte Bormann allein weiter.

Der letzte westliche Augenzeuge, der Bormann lebend sah, war der SS-Sturmbannführer Joachim Tiburtius, der sich in der Nähe des Reichsleiters und Axmanns befand, als der Panzer abgeschossen wurde. Er konnte Bormann nach der Explosion nicht mehr sehen und schlug sich zu den noch von Deutschen gehaltenen Linien durch.

Eine Viertelstunde später sah Tiburtius, der jetzt in der Berliner Flammenhölle allein war, ein noch fast unbeschädigtes Gebäude zwischen Ruinen stehen, die wie bizarre Kulissen vor dem durch Brände erhellten Himmel aufragten. Er betrat das Gebäude – das Hotel Atlas – und blieb in der Hotelhalle verblüfft stehen.

Martin Bormann durchquerte die Halle in Richtung Ausgang. Daß er überlebt haben sollte, war geradezu ein Wunder. Aber er trug nicht mehr Uniform, sondern hatte irgendwo einen Straßenanzug aufgetrieben. Sturmbannführer Tiburtius wartete acht Jahre, bevor er berichtete, was er in dieser Nacht gesehen hatte. Sein Erlebnisbericht erschien am 17. Februar 1953 in der Berner Zeitung *Der Bund.*

Er (Bormann) hatte inzwischen Zivil angezogen. Wir arbeiteten uns gemeinsam in Richtung Schiffbauerdamm und Albrechtstraße vor. Dann verlor ich ihn endgültig aus den Augen . . .

Stalin selbst hatte ein Sonderkommando der Roten Armee mit einem streng geheimen Auftrag nach Berlin entsandt. Ein ungewöhnlicher Aspekt des aus elf schwerbewaffneten Männern bestehenden Kommandos war die Tatsache, daß ihm eine Dolmetscherin beigegeben war: Jelena Rschewskaja.

Noch ungewöhnlicher war die Tatsache, daß diese Einheit von Jelena geführt wurde. Die erste Hälfte des ihr von Stalin persönlich erteilten Doppelauftrags lautete, Hitler »tot oder lebendig« zu finden.

Kaum einen Kilometer vom Hotel Atlas entfernt lief Bormann diesem Kommando in die Arme. Er blieb stocksteif stehen, während die Männer ihn mit Maschinenpistolen im Anschlag einkreisten. Als Jelena auftauchte und ihn in fließendem Deutsch ansprach, hatte er Mühe, sein Erstaunen zu verbergen.

»Sie sind Martin Bormann?«

»Ja, das stimmt.«

»Und wo finden wir Hitler?« fragte sie weiter.

»Am Ausgang des Führerbunkers in den Ruinen der Reichskanzlei. Ich kann Ihnen den Weg zeigen und . . .«

»Danke, das ist nicht nötig«, unterbrach Jelena. »Wir finden uns mit unserem Stadtplan zurecht.«

»Allerdings sind nur seine Gebeine übrig«, fuhr Bormann fort. »Die Leichen sind mit Benzin übergossen und angezündet worden, damit . . .«

»Leichen?«

»Eva Braun ist gemeinsam mit ihm verbrannt worden. Er hat sie noch geheiratet, bevor . . .«

»Die Einzelheiten können Sie uns später berichten«, schnitt sie ihm das Wort ab. Auf Jelenas kurzen Befehl hin verschwanden sieben der elf Rotarmisten ihres Kommandos. »Sie kommen jetzt mit uns, Herr Bormann«, erklärte sie dem Deutschen. »Ein Flugzeug steht bereit, um Sie nach Moskau zu bringen.«

Das russische Flugzeug mit Jelena Rschewskaja, Bormann und den vier Angehörigen der Sondereinheit landete auf einem Militärflugplatz außerhalb Moskaus. Dort standen zwei große schwarze Limousinen mit Vorhängen am Heckfenster und an den hinteren Seitenfenstern für sie bereit.

»Sie sitzen mit mir hinten«, erklärte die Russin Bormann.

Es war noch dunkel – das trübselige Dunkel eines regnerischen Morgens –, als die erste Limousine in den Kreml einfuhr. Der ehemalige Reichsleiter sah neugierig nach vorn und erinnerte sich an die Beschreibung dieses eigenartigen Bauwerks, die er von Reichsaußenminister von Ribbentrop gehört hatte, nachdem dieser im August 1939 in Moskau den deutsch-sowjetischen Nichtangriffspakt unterzeichnet hatte, der Hitler die nötige Rückendeckung für die Entfesselung des Zweiten Weltkriegs verschafft hatte.

Die schwarze Limousine, die auf der Fahrt in die Stadt ein halsbrecherisches Tempo vorgelegt hatte, rollte jetzt ganz langsam in diese geheimnisvolle innere Stadt hinein. Bormann hatte das seltsame Gefühl, sein bisheriges Leben hinter sich zurückzulassen.

Die Limousine überquerte einen Innenhof mit der zu ihrer Zeit größten Kanone der Welt – so gewaltig, daß niemand es gewagt hatte, sie zu laden und abzuschießen. Bormann starrte die kleinen Holzhäuser und die Kirchen an, die eine ganz eigene Welt bildeten. Schließlich hielt die Limousine vor einem modernen Verwaltungsgebäude. Jelena begleitete den Deutschen hinein. Stalin erwartete sie. Der dritte Mann in dem kleinen Raum war Lawrentij Berija. Stalin, der die Uniform eines Marschalls der Sowjetunion trug, wartete, bis Jelena gegangen war, bevor er das Wort ergriff. Sein Tonfall war nüchtern, geschäftsmäßig, aber in seinen gelblichen Augen glitzerte es boshaft.

»Das hier«, sagte Stalin, indem er auf Bormann zeigte, »ist der Specht.«

Berija war sprachlos. Da ihm nicht leicht etwas entging,

hatte er gehört, daß ein Sonderkommando nach Berlin entsandt worden sei, und sich gefragt, weshalb der NKWD übergangen worden war. Nun verstand er. Er putzte umständlich seinen Kneifer, bevor er reagierte, und starrte Martin Bormann an, der jetzt nicht mehr kleinwüchsig wirkte. Stalin und der Deutsche waren etwa gleich groß und ähnlich stämmig gebaut.

»Sie haben also Ihren eigenen Informanten in Hitlers Hauptquartier gehabt?«

»Seit seinem Überfall auf uns ...«

»Aber Sie haben verdammt lange gebraucht, um mir Glauben zu schenken«, stellte Bormann gekränkt fest.

Berijas sonst so ausdrucksloses Gesicht erstarrte. Niemand durfte es wagen, Stalin zu unterbrechen! Aber der Marschall schien diese Unverschämtheit überhören zu wollen. Er zupfte an seinem Schnauzbart und lächelte verschlagen.

»Sie sind vor vielen Jahren von uns angeworben worden. Ich mußte sichergehen, daß Sie nicht als Spion enttarnt worden waren – daß Sie nicht gezwungen wurden, uns falsche Informationen zu liefern.«

»Mit dem neuen Hitler bin ich recht gut fertig geworden«, sagte der Deutsche selbstgefällig.

»Ah! Der zweite Hitler ...« Stalin schüttelte belustigt den Kopf. »Den hat's nie gegeben. Wir haben es immer mit dem gleichen alten Hitler zu tun gehabt. Das ist unsere Version, nicht wahr, Berija?«

»Selbstverständlich!«

»Sie können sich auf meine Diskretion verlassen«, versicherte Bormann den beiden.

Stalin lachte halblaut. »Davon bin ich überzeugt! Sie werden natürlich anderswo eingehend vernommen ...«

»In gewisser Beziehung«, warf Berija listig ein, »könnte man sogar sagen, der Specht habe den Krieg gewonnen ...«

»Ach, so weit würde ich nicht gehen«, wehrte Bormann mit schlecht gespielter Bescheidenheit ab.

»Jetzt wird's Zeit für Ihre offizielle Vernehmung«, sagte

Stalin abrupt. »Am Haupteingang steht ein Wagen für Sie...«

Er drückte auf einen Klingelknopf. Drei Männer in Zivil kamen so prompt herein, als hätten sie nur auf dieses Zeichen gewartet. Die drei NKWD-Beamten führten den verwirrten Bormann zu der Limousine zurück, die ihn in den Kreml gebracht hatte. Derselbe Fahrer saß am Steuer, als der Wagen die kurze Strecke bis zu der berüchtigten Adresse Dserschinskiplatz 2 zurücklegte: zu dem anonymen grauen Steinbau der NKWD-Zentrale, in dem vor der Oktoberrevolution die Allrussische Versicherungsgesellschaft residiert hatte.

In dem von Gebäuden umgebenen Innenhof herrschte bedrückende Stille, als der Fahrer den Motor abstellte. Alle NKWD-Mitarbeiter, die sonst dort arbeiteten, hatten einen Tag Sonderurlaub bekommen – »zur Feier der Eroberung Berlins«.

Zwei weitere NKWD-Offiziere in Zivil gesellten sich zu den drei Männern, die Bormann begleiteten, als er aus dem haltenden Wagen stieg. Sie legten ihm sofort Handschellen an und stellten ihn gegen eine Wand. Die fünf mit Gewehren ausgerüsteten NKWD-Beamten bildeten ein Erschießungskommando. Bormann konnte sich vor ungläubigem Entsetzen kaum noch auf den Beinen halten, als er die Gewehre auf sich gerichtet sah.

»Feuer...!«

Nach dem Vorbild von Hitlers Feuerbestattung wurde die Leiche mit Benzin übergossen und verbrannt. Bormanns Asche wurde später aus der Luft über dem Peipus-See verstreut.

Sobald die Verbrennung beendet und die Asche eingesammelt war, traf ein erheblich größeres Kontingent von NKWD-Beamten ein. Sie wußten nicht, was hier vorgefallen war; man hatte ihnen lediglich mitgeteilt, einige ihrer Kollegen seien als Staatsfeinde entlarvt worden. Die fünf Männer, die das Erschießungskommando gebildet hatten, sowie der

Chauffeur und der Pilot, der Bormann nach Moskau geflogen hatte, wurden standrechtlich erschossen. Nun wußte nur noch ein Mensch außer Stalin und Berija, daß Martin Bormann jemals Moskau erreicht hatte.

In seinem Arbeitszimmer im Kreml wartete Stalin mit Berija auf den ersten Anruf. Der sowjetische Diktator wirkte entspannt. Er unterhielt sich mit seinem Volkskommissar für Staatssicherheit und rauchte seine Pfeife.

Er nahm den Hörer selbst ab, als das Telefon klingelte. Stalin hörte nur kurz zu und legte dann wieder auf. Er zog mehrmals an seiner Pfeife, bevor er sich an Berija wandte.

»Bormann ist tot. Sie können mit Ihrer Flüsterkampagne beginnen. Vielleicht unterstütze ich Sie dabei sogar selbst ...«

»Und die Gebeine des zweiten Hitler?« fragte Berija.

»Die hat das von Jelena Rschewskaja geführte Sonderkommando bereits in Berlin geborgen. Sie sind über der Ostsee verstreut worden, so daß sie nie wiedergefunden werden können. Das war ein notwendiger Schlußpunkt dieses Krieges. Schließlich dürfen wir nicht riskieren, daß Neonazis ans Grab des Führers wallfahren, nicht wahr?«

»Natürlich nicht! Das war die richtige Lösung.«

Berija sagte klugerweise nicht mehr. Er wußte, daß es noch andere Gründe gab, aus denen der vor so vielen Jahren angeworbene Specht hatte verschwinden müssen. Der Mythos von der Feldherrnkunst Stalins wäre zerstört worden, wenn die Öffentlichkeit erfahren hätte, daß er die Absichten der deutschen militärischen Führung jeweils im voraus gekannt hatte, während die fünf Millionen Mann starke Rote Armee unaufhaltsam weiter nach Westen vorstieß.

Ebenso wichtig war es für Stalins Ruhm, daß die Existenz des zweiten Hitler niemals bekannt wurde. Hätten die westlichen Nachrichtendienste die verbrannten Überreste von Hitlers Leiche gefunden – nach denen ein anglo-amerikanisches Team unter Führung von Hugh Trevor-Roper eifrig suchte –

hätten Pathologen möglicherweise nachweisen können, daß dies nicht der echte Hitler gewesen war.

Jelena Rschewskaja, die an der Spitze des nach Berlin entsandten Sonderkommandos gestanden hatte, war die dritte, die noch Bescheid wußte. Selbst Diktatoren können inkonsequent handeln. Anscheinend hatte Stalin viel für diese bemerkenswerte Frau übrig, die ins brennende Berlin eingedrungen war.

»Jelena, außer Berija und mir sind Sie die einzige, die weiß, was wirklich passiert ist. Sollte also irgendwas durchsickern, wüßten wir, an wen wir uns zu halten hätten, nicht wahr?«

So ähnlich dürfte es gewesen sein. Tatsächlich schrieb Jelena 1965 – zwölf Jahre nach Stalins Tod – einen Artikel für die sowjetische Zeitschrift *Snamja* mit dem Titel *Berlinskije Stranitski* (Berliner Notizen). Darin erwähnte sie ihren Sonderauftrag in der Reichshauptstadt: »Hitler tot oder lebendig zu finden...« Aber der Artikel blieb vage und enthielt keinerlei Hinweis auf Bormann.

Wie Stalin Berija versprochen hatte, nutzte er die nächste Gelegenheit, um die Gerüchte, die Berijas sowjetische Agenten in Südamerika über Bormanns Flucht dorthin verbreiteten, zu bestätigen und zu unterstreichen.

Er sprach mit Harry Hopkins, dem noch von Präsident Roosevelt entsandten Sonderbotschafter, als er wie beiläufig die Bemerkung einfließen ließ:

»Ich bezweifle ernstlich, daß der Führer tot it. Er ist bestimmt geflüchtet und hält sich mit Martin Bormann in Argentinien versteckt.«

Das war Stalins einziger Nachruf auf den Specht.

Nachwort

Nach der Rückkehr von einem Auslandsaufenthalt lernte der Verfasser David Stein (der in Wirklichkeit anders heißt) kennen – einen in Hampstead lebenden Diamantenhändler. Stein zeigte ihm einen geöffneten Umschlag mit einem in schwarzes Leder gebundenen Taschenkalender. Dieser Umschlag trug folgende Aufschrift:

Bericht über meinen Besuch in Deutschland im Jahre 1943 und meinen anschließenden Aufenthalt in Jugoslawien. Im Falle meines Todes zu übergeben an Leutnant Jock Carson, Abteilung 3, Grey Pillars, Kairo, Ägypten. Ian Lindsay, Wing Commander

Er durfte das Tagebuch nicht mitnehmen, deshalb las er die Eintragungen in Steins Büro. Als er es zurückgab, gewann er den Eindruck, es werde demnächst vernichtet werden. Stein erklärte ihm, der Gedanke, sein Haus könnte von Geheimdienstagenten durchsucht werden, sei ihm unerträglich. Im übrigen sei sein Bruder Aaron vor kurzem bei einem Verkehrsunfall ums Leben gekommen.

Das Schicksal einiger der Hauptpersonen dieser Story ist allgemein bekannt. Die Einzelheiten sind in zeitgeschichtlichen Werken nachzulesen.

Generaloberst Alfred Jodl: Im Nürnberger Prozeß als Kriegsverbrecher angeklagt. Zum Tode verurteilt und durch den Strang hingerichtet.

Generalfeldmarschall Wilhelm Keitel: Im Nürnberger Prozeß als Kriegsverbrecher angeklagt. Zum Tode verurteilt und durch den Strang hingerichtet.

Brigadier Roger Masson: Der Chef des Schweizer Nachrichtendienstes, der Lucy (und damit unwissentlich auch Specht) beschützte, trat nach dem Zweiten Weltkrieg in den Ruhestand. Da ihm wegen seiner Verbindungen zu Schellenberg Zusammenarbeit mit den Nazis vorgeworfen wurde, mußte er sich einer amtlichen Untersuchungskommission stellen, die ihn jedoch von allen Vorwürfen freisprach. Trotzdem war Masson gekränkt und verbittert, als er sich in sein Heim in Vevey über dem Genfer See zurückzog.

Rudolf Roessler: Der asthmatische Deutsche mit dem Decknamen Lucy, der eine der seltsamsten Rollen in diesem Krieg spielte, hatte plötzlich keine Aufgabe mehr, als die Waffen schwiegen. Er hatte sich so ausschließlich auf den Kampf gegen Hitler konzentriert, daß er sich wie ein an den Strand geworfener Fisch vorkam, als alles endete. Roessler starb im Oktober 1958; er liegt auf dem Friedhof von Kriens bei Luzern begraben. Der kleine Grabstein aus Marmor trägt die kurze Inschrift *Rudolf Roessler. 1897–1958.*

Walter Schellenberg: Dem Chef des SS-Auslandsnachrichtendienstes gelang es bei Kriegsende, die anglo-amerikanischen Linien zu erreichen. Er verbrachte die nächsten drei Jahre als Gast des englischen Geheimdienstes in Großbritannien und lieferte zweifellos wertvolle Informationen. Schellenberg wurde in Nürnberg vor Gericht gestellt und hätte freigesprochen werden müssen, wenn der sowjetische Richter nicht auf einem Schuldspruch bestanden hätte. Er wurde zu vier Jahren Haft verurteilt und nach drei Jahren wegen seines schlechten Gesundheitszustands entlassen. Er starb einige Jahre später.

Tim Whelby: Im Jahre 1944 wurde Whelby befördert und an die Spitze einer neuen SIS-Abteilung gestellt. Ihr Zweck: Spionageabwehr. Ihr Operationsgebiet: das sowjetisch besetzte Osteuropa.

Das alles liegt schon lange zurück.

Robert Ludlum

»Ludlum packt allein in einen Roman mehr Spannung, als dies einem halben Dutzend anderer Autoren zusammengenommen gelingt.«
THE NEW YORK TIMES

01/06941

Eine Auswahl:

Der Gandolfo-Anschlag
01/06180

Die Borowski-Herrschaft
01/07705

Das Omaha-Komplott
01/08792

Das Scarlatti-Erbe
01/09407

Die Halidon-Verfolgung
01/09740

Der Rheinmann-Tausch
02/260

Die Lennox-Falle
01/10319

Der Ikarus-Plan
01/10528

Das Ostermann-Wochenende
01/05803

Das Jesus-Papier
01/06044

Die Aquitaine-Verschwörung
01/06941

HEYNE-TASCHENBÜCHER